The Enchanted Configurations: Selected Essays of Modern and Contemporary Poetics

主　　　　编：江汉大学现当代诗学研究中心
　　　　　　　《江汉学术》编辑部
编 委 会 主 任：李强
编委会副主任：涂文学
编　　　　委：(以姓氏笔画为序)
　　　　　　　王泽龙　[美]米家路　吴思敬　陈大为
　　　　　　　李　怡　张桃洲　杨小滨　郑慧如
　　　　　　　唐晓渡　耿占春　臧　棣
策　　　　划：朱现平　张桃洲
执 行 主 编：刘洁岷
责 任 编 校：夏　莹　倪贝贝　王继鸽

群像之魅

"现当代诗学研究"专题论集

江汉大学现当代诗学研究中心
《江汉学术》编辑部 主编

长江文艺出版社

图书在版编目（ＣＩＰ）数据

群像之魅："现当代诗学研究"专题论集 / 江汉大
学现当代诗学研究中心，《江汉学术》编辑部主编. --
武汉：长江文艺出版社，2018.3

ISBN 978-7-5702-0108-2

Ⅰ. ①群… Ⅱ. ①江…②江… Ⅲ. ①诗学－中国－
文集 Ⅳ. ①I207.2－53

中国版本图书馆 CIP 数据核字(2017)第 302235 号

责任编辑：沉 河 谈 骁　　　　　责任校对：陈 琪
封面设计：徐慧芳　　　　　　　　　责任印制：邱 莉 王光兴

出版：长江出版传媒　长江文艺出版社

地址：武汉市雄楚大街 268 号　　　邮编：430070
发行：长江文艺出版社
电话：027—87679360
http://www.cjlap.com
印刷：武汉市福成启铭彩色包装印刷有限公司

开本：787 毫米×1092 毫米　　1/16　　印张：37　插页：2 页
版次：2018 年 3 月第 1 版　　　　2018 年 3 月第 1 次印刷
字数：617 千字

定价：68.00 元

目　录

诗歌的"当代"研读

现代诗潮与诗人重释

当代诗潮与诗人

台湾诗歌

异域诗歌

新诗的技艺、体式与语言

附　录

CONTENTS

Studies of Contemporary Poetry

Restudy of Modern Poetry and Poets

The Contemporary Poetry and Poets

Poetry Studies in Taiwan

Studies of Exotic Poetry

Artistry, Style and Language of New Poetry

APPENDIX

诗歌的"当代"研读

米家路　颜炼军　李海英　柯夏智
彭吉蒂　李海英　吴　昊　张伟栋

河流抒情,史诗焦虑与1980年代水缘诗学

◎ ［美］米家路（文），赵 凡（译）

摘 要：在1980年代的十年间，中国大陆的文学、艺术、电影、政治书写经历了一场河流话语的大爆发，这股"河流热"既记录了1980年代社会、文化、美学，以及政治征候与创伤，更彰显了后毛泽东时代民族理想主义冲动的社会—文化想象。这股"奔向大河"的冲动与书写尤其激励我们去追问与此相关的一连串问题。为了阐明这些问题，笔者提出"水缘诗学"（poetics of navigation）作为一种分析性概念来考察在海子、骆一禾及昌耀的抒情诗中对于民族河流认识学上的建构。与其把河流的景观仅仅视为象征物或待破译的文本，毋宁凸显河景的动态表现，以在窥探其隐藏于对民族河景重绘的史诗冲动。构成这一独特"大河漫游奇景"（excursive scenario）的实质在于运用过度抒情的热望来创造史诗，借由河流的幻想性形象，重绘后毛泽东时代的空间及地缘政治的民族身份。因此，他们所赞美的河与水的疗法以及神话诗性的力量，构成了1980年代的文化乌托邦主义的真正内容与欲求达成的深切焦虑。[①]

关键词：河流；水缘诗学；史诗；乌托邦主义；海子；昌耀；1980年代

水是人类创伤之一。[1]
河，载荷天地的精气，把它分布到四方。
怀藏着属阴的水，五行始于水，
循着地势低洼处而流。[2]

在鲁迅1921年的短篇小说《故乡》的结尾，河流梦境般的本性得到了一次生动而短暂的记述。叙述者"我"在河上的小船里打盹儿，在目睹故乡的崩溃后，即

便未来飘渺难测，他毅然决定永远离开他的故乡。就在他若有所思的一刻，他梦想一个去除了旧人类（包括代表知识阶层的"我"和代表愚昧农民阶层的"闰土"）的全新的自然空间（"我在朦胧中，眼前展开一片海边碧绿的沙地来，上面深蓝的天空中挂着一轮金黄的圆月"），一种从未有过的全新的生活（"他们应该有新的生活，为我们所未经生活过的"）[3]。其中怀望着四种新的生活方式：新生代间"没有隔膜"；没有劳动阶级的"辛苦辗转"；生命不再"辛苦麻木"，以及生活不再"辛苦恣睢"。叙述者梦中的河流所唤起的渴望清晰地表达了某些现代性的宏大理想，自转入 20 世纪起，这些理想就为中国知识分子热烈地追求：平等、自由、幸福、尊严感与生活之美。在中国现当代文学中，关于民族身份与主体性的书写关联着民族河流梦的乌托邦地形学，鲁迅这篇对理想化之未来的幻想可以说称得上一部发轫性的文本（inaugural text）。根据法国哲学家加斯东·巴什拉（Gaston Bachelard）的看法，雄性之海激发冒险故事，河流（包括湖与溪流）凭借其流动性，则唤起梦与幻想："溪流的景象再次唤醒遥远的梦；使我们的幻想富于生气。"[4]185 如果我们细致地考察 20 世纪的文化想象便会发现，河流的形象不仅仅与中国的现代性紧密关联，即河流的形象与民族国家的兴起以及新的民族身份的建构相伴相随；除此之外，在现代中国的启蒙大业中，作为生产、维系现代性理想与渴望的忧患话语（obsessive discourse），河流的形象还会被当作此一梦想的基质。②

在 1980 年代生机勃发的所谓"文化复兴"中，河流对于重新浮现的民族大业来说不可或缺。在 1980 年代的十年间，中国的文学、艺术、电影、政治书写经历了一场河流话语的大爆发，所有这些都或隐或显地记录着社会、文化、美学，以及政治征候与创伤，记录了 1980 年代对民族复兴的集体渴望。③最强有力地表达了民族河流之魅力的小说有：张承志的《北方的河》（1984）、李杭育的《最后一个鱼佬儿》（1982）、郑义的《老井》（1985）、张炜的《古船》（1986）、贾平凹的《浮躁》（1985）等；诗人则有昌耀、海子和骆一禾。

1980 年代的中国正处于转变与过渡期，在激发社会想象、文化理想以及政治无意识方面，河流想象非比寻常地激增并在其中扮演了一个动态的角色。河流想象把差异与对立的话语捆绑在一起，成为一个开放媒介，关于自我与民族身份的竞争话语在其中得到展现与沟通。河流话语的膨胀尤其激励我们去追问与此相关的一连串问题：什么样的集体愿望被刻写在民族河流所呈现的幻景中？在河流话语与身份想象的相互作用之间，社会—文化的无意识欲望如何得以表征？河流话语怎样处理 1980 年代中国在民族重建中所产生的张力与犹疑？

为了厘清这些问题，我提出"水缘诗学"（poetics of navigation）作为一种分析性概念来考察对于民族河流认识学上的建构，这一点在张承志的《北方的河》以及海子、骆一禾与昌耀的抒情诗中最为清晰地显现出来。我认为构成这一独特"大河漫游场景"（excursive scenario）的实质，在于创造史诗时过度狂热的激情，借由河流的幻想性形象，重绘了 1980 年代的空间及地缘政治的民族身份。在追踪这条庞大的水缘轨迹时，我欲考察这一新的生命欲望在投入营造史诗工程时所产生的解放性力量以及实现此一宏大愿景的困难艰辛。与其把河流的景观仅仅视为象征物或待破译的文本，我则凸显其动态表现的语义运作，依照威廉 J. T. 米歇尔（W. J. T. Mitchell）的识见，即考察景观的"文化实践"与"身份的构成"[5]。

本文希望揭开在全球化、去疆界化的时代，中国所呈现出的深切焦虑，阐明在 1980 年代新时期，由文化乌托邦主义所重新界定的民族身份。

一、海子与骆一禾：水缘诗学中史诗意识的重构

1980 年代两位天才诗人的出现使得"史诗冲动"或"史诗意识"得到了最完整的昭示，他们捕捉到了大体上贯穿了整个 20 世纪（尤其是 1980 年代）的知识分子的民族想象。他们就是骆一禾（1961—1989）与海子（1964—1989）。1989 年之后，两位诗人的早夭使他们变成了民族崇拜的偶像④。随着二人地位的上升，张承志的史诗追寻找到了其在诗歌中最具雄心的释放，特别是河流之诗，我称之为"水缘诗学"（poetics of navigation）。

和张承志一样，在 1980 年代上半期，诗人们同样对这些河流着迷，特别是黄河。最有趣的是，对河流或海洋的诗意认同强烈到某些诗人把自己称为"江/河"或"海/洋"，他们的笔名多与河流（波、浪、流或渡）以及海洋（涛或沙）的元素相关⑤。因此，河流作为诗人想象之所在不仅成为民族的象征景观，对民族振兴的极度热情，使得河流同样成为特定年代心灵史的景观。

如果张承志在《北方的河》中以一种雄性气概的方式，通过对神圣黄河的朝圣肩负起后革命时代中国神话的重构，那么骆一禾和海子则向往创造彻头彻尾的中国史诗，海子称之为"真诗"或"大诗"[6]888。没有一个中国现代诗人表现出的"史诗冲动"如这两位诗人般充满力量与不可抗拒，他们惊人的诗歌作品令同代诗人难以望其项背。然而如果我们仔细地观察他们的创作轨迹，我们就会看见，河与水的形象在激起他们的史诗图景的过程中，扮演了一个重要角色。换言之，是河流引领两位诗人雄心勃勃地创作一部终极史诗的计划：逐日之河造就了海子未完成的史诗《太阳》；汇海之河则造就了骆一禾未完成的史诗《大海》。这一水缘诗学便着眼于将民族河流的话语"史诗化"。

二、河流的再神话化：骆一禾

　　作为一部史诗诞生的序曲，黄河又一次成为诗意想象的所在。在他们逝世前，二位诗人都写出了一组以黄河为中心母题的微型抒情史诗（大多写于 1980 年代中早期），其中包括骆一禾的《河的旷观》（1983）、《河的传说》（1983—1984）、《滔滔北中国》（1984）、《水（三部曲）》（1985—1986）、《祖国》（1985）、《大河》（1987）、《水的元素》（1987）以及《黄河》（1987）；还有海子的《龙》（1984）、《河流》（1984）、《传说》（1984）、《但是水、水》[7]。作为北大的同窗与好友，二人不可避免地相互影响，他们诗中的主题有着非常明显的重叠现象。

　　首先，两位诗人河流诗歌的特征在于，他们对于作为精神资源的河流存在想象力的一致性，此种精神资源在于民族的复兴，以及作为英雄主体为民族代言的诗人形象。通过河流的持续性与流动性，对民族身份的想象在他们对河道的神话、传说、历史和民俗的诗性重构中强烈地表达出来。许多河流诗歌展示出一种神话化的时空，其中的河流与河水唤起了复苏与滋养的力量，敞开为一种民族兴衰的进化论式的叙述。因此民族的命运切近地与河流的原始神话相联系。在《河的旷观》这首诗中，骆一禾描述了春天河流的苏醒，从压抑的萧条中解放，并使祖国大地重现生机："大河今日/到底像祖国一样/奔流了……"[7]45-46 通过显示河流之"旷观"的壮丽场面，诗人梦想着民族的"奔流"与"苏生"。

　　通过河流来呼吁自我赋权与民族苏醒，在他的长诗《河的传说》中得到了最强力的表达，副标题为"献给中国精神发源地：伟大的河流"。标题传达出这首诗是一首赞美河流的颂歌，它是塑造中华民族的原型力量，这首诗同时也唤起大灾难之后民族振兴的力量。诗歌的史诗结构，以黄土高原上中国人种的创造为开端，探索民族神话的起源、记忆、离散、战争、苦难、历史性时刻以及先驱者的轨迹，并终结于河流激荡的高潮中那可感的民族重生的启示性图景。作为中国文化的源头，大河的力量正迷失"在火山灰和健忘火山的记忆中"[7]61；河流在等待复苏的循环，好使那些满载"燃烧"能量的人，借着对河流深度的挖掘释放这种能量："骚动在果实里的生命在燃烧/这一瞬间河流明亮起来/我们的身躯轰然作响/一切都回荡在激动的心中。"[7]63 诗人寻问："有力的河/还在流动吗？"回答坚定无疑：

河
是不会枯干的
河是空气的母亲

河把满天的流星
化作饱含着水分和热量的树种
我们在那里流散
分而复合合而复分
哼唱着河道谱下的迈进的歌[7]64

河流再次与树的有机形象相连，树"经受"了民族生与死的历史。河流经由"水文圈"（"hydrologiccircle"）的循环往复展现出它的转换力，这股力量常常与人类命运以及宇宙秩序紧密联系[8]。河流不仅滋养了"土地史诗和中国人的神话"[7]66，而且也被当作了中国历史变迁的见证。最为重要的是，河流在这种循环性中总是孕育着中国人的新希望，"河流的种族"："于是宇宙对人说/你们是伟大的/于是人们在河流里/获取了跃动的再生。"[7]68诗人相信"有了河流/中国的火才燃烧到如今"[7]68。伴着"我们"的激情、祈祷甚至牺牲，诗人呼喊着原型河流的复活：

河呵河呵
我们民族最古老的传说
那关于天地起源的传说
就是这样的
在靠近生存的地方
锤炼生活锤炼壮丽的忧患
沟通起群山和先驱者的意义
河水滔滔的惊醒黔暗的时间
阳光敲响大地
河呵河呵……阳光敲响大地[7]69

民族的神话因此在河水滔滔的流动上孕育。"阳光敲响大地"的景象显示了一种乌托邦式的愿望：在冲突得以解决与创伤得以治愈之后，民族能和谐地安定下来。正如怀曼·赫里迪恩（Wyman H. Herendeen）注意到，这样一种乌托邦话语精确地阐明了"基本冲动"与河流的联系。在创世神话中，河流即为自然神性的显现，以及从堕落世界中复活的超然力量。[9]正如文章开头的引文所示，黄河在古代中国作为荷载宇宙精气的大河被神话化了，黄河给予泥土里的东西以生命。如此一来，如果河流显现出它的神力，那么民族的复活便指日可待。诗歌以此种可能性暗示作为结尾"从那里远远传来/河流的声音……"[7]70。最重要的是，诗人唤起的神话之河来自未来而非过去，这是一条不存在现世的河流，而仅仅存在于梦境之中。

三、作为神秘超然的水

其他作品像是《滔滔北中国》《水（三部曲）》《祖国》《水的元素》全都在赞美河流救世主般的超然力量与民族命运之间的休戚相关。《大河》中的两行可以作为对神话之河崇拜的最佳例证："我们仰首喝水/饮着大河的光泽"[7]243。仰首的姿势显示出由大河之神力所驱使的超然信念。在《黄河》一诗的开头（写于1987），骆一禾将中华民族的因缘认同为黄河，并以此作为全诗的开端：

> 人民。在黄河与光明之间手扶着手，在光明
> 与暗地之间手扶着手
> 生土的气味从河心升起，人民
> 行走在黄河上方
> 人影像树木一样清晰，太阳独自干旱
> 黄河是一条好姻缘
> 只一条黄河就把人民看透了[7]369

黄河的幻景作为神性与因缘的显现给人们带来幸福，并极具神话意味，使得诗歌的开端呼应宇宙与人类的开端，一个在尚未堕落与腐化之前的清白、纯洁与原始和谐的伊甸园世界："村庄在大气间颤抖/人民用村庄的语言在天上彼此知道/在黄河上昼夜相闻"[7]369。黄河进一步被喻作一只"大碗"，男男女女在其中生生死死，畅饮其中的圣水。饮水再次强调了生命滋养与生命提升的过程，使得与水相联系的血在整个身体内循环。因此，河流的干枯象征着文明的死亡，民族的衰落："在枯水季节/我走到了文明的尽头"[7]370。值得注意的是"人民"这个词，一个在革命意识形态中被神圣化了的关键语。然而，通过解构这个符码，骆一禾为"人民"这一术语赋予了一种新含义："人民"不是"一个抽象至上的观念，他不是受到时代风云人物策动起来的民众，而是一个历史地发展的灵魂。这个灵魂经历了频繁的战争与革命，从未完全兑现，成为人生的一个神秘的场所，动力即为他的深翻，他洗礼了我的意识，并且呼唤着一种更为智慧的生活。"[7]833很明显，滋养与洗涤生命的"神秘灵魂"即为黄河，一个拟人化的心灵承载着中国人集体无意识的原型力量：

> 人民以手扶手，以手扶手，大黄河

一把把锄头紧紧抱在胸前

在太阳正中端坐

这就是人民的所有形态，全部的性命

闪烁着烛光

美德的河，贫困的河

英雄学会了思想的河

一场革命轻轻掠过的河

美德在灯盏上迟钝地闪耀[7]371

"锄头、太阳、英雄、革命与灯盏"的形象作为意识形态的能指，指涉了基于延安的革命（从 1930 年代到 1940 年代），黄河的支流渭河流过那里。那种由一系列革命运动来振兴中国的乌托邦信仰已经流过，中国之灵黄河流域有的地方仍遭受着贫穷、萧条与落后。以略带超现实的笔触，诗人在作品结尾写道：

在牛头的屏蔽下

两眼张开，看见黄河不再去流

而是垂直的断层

以罕有的绿光

向我们迎面压来[7]371

"牛头"所展开的景象，或许可以读解为祈祷者的仪式，用作求雨、求得好运或保佑丰收（就像在陈凯歌的电影《黄土地》里的最后一幕所看到的那样）。黄河的断流预示着深重的民族危机，"垂直的断层"一方面展示了探索萎靡不振之真正原因的雄心，另一方面，揭示了河流向内流入人们的灵魂。因此从"垂直的断层"发出的"绿光"表征了一个历史性契机，或表征了一个为创造新生活而需要实现的期许。这是一次对中国魂强有力的召唤，它赋予民族主体在后革命时期一种"使命感"和"忧患意识"，以此来进行英雄主义般的重新赋权，民族亢奋主导了 1980 年代的认知想象。

四、作为征候的河流：海子的史诗诗人身份

海子与骆一禾一样，急剧地受到"史诗冲动"的驱使，洞悉到河流修辞中的中国神话、历史与民族身份的存在。在他短暂而富有创造性的一生中，他创作了多首

卓越的微型河流史诗。在三章史诗《河流》中，海子揭示了河流的全景图貌：追溯河流神话的诞生，生殖力与毁灭力，母性护佑与创生的光辉，原始的神性。最有意义的是，他创造了一个对话空间，在这个空间中，他将河流拟人化为"你"和"我"，二者能够相互作用、质疑、挑战以及反思。河流的"你"代表了历史与神话，过去丰富的文化，如今却消失殆尽，然而河流的"我"看似一个年轻英雄，在一段英雄成长与成熟的旅程中，寻求"你"失落的根源。诗歌开始于"你"的诞生，历经"你"与"我"之间对抗性的交流，最后在黄河"你"与"我"的融合之中结束：

> 编钟如砾
> 在黄河畔我们坐下
> 伐木丁丁，大漠明驼，想起了长安月亮
> 人们说
> 那儿浸湿了歌声[6]205

　　"编钟"与"长安"（盛唐的大都）的意象同时唤起由黄河养育的中国历史的荣光。诗人的探寻使得"我"将自己的身份视为"你"那持续流动、不可分离的一部分：

> 我凝视
> 凝视每个人的眼睛
> 直到看清
> 彼此的深浊和苦痛
> 我知道我是河流
> 我知道我身上一半是血浆一半是沉沙[6]187

　　身份的相互指认——"你是河流／我也是河流"[6]193——促使青春期的"我"穿过失落的世界并进一步进行自我探索：流经远古的河流现在也流经他的身上。诗人规定了神话的连续性而非差异性，神话的在场而非缺场。只有意识到这一点，原型的"你"和被放逐的"我"的最终融合才成为可能。与骆一禾的诗篇《树根之河》一样，海子使用了树这样一种有机体修辞来描述持续生育的河流："树根，我聚集于你的沉没，树根、谷种撒在我周围。"[6]193在河里深深扎下的树根变成中国的生命之源。这一有机统一体以幻想的方式提供了治愈经由荒谬的极端革命所造成的分裂、麻木以及创伤身份的可能性。换言之，河流神话的"你"向内流经个体生命的"我"，同样也会使历史残骸得到洗涤，彻底地恢复濒于精神崩溃边缘的生命，引导自我的重生："我不得不再一次穿过人群走向自己，我的根须重插于荷花清水之中，月亮照着我/我为你穿过一切，河流，大量流入原野的人群，我的根须往深里去。"[6]194 此处，海子民族之河的三部曲史诗——《春秋》（意为历史的开端）、《长路当歌》（意为国家的发展历程）、《北方》（赞美原型力量的重聚与重归）——清晰地显示出对"清澈如梦的河流"[6]201 之回归的召唤，映照出民族振兴的无意识欲望。

六章史诗《传说：献给中国大地上为史诗而努力的人们》（1984）是一部梦之诗，表达了从死灰（不死凤凰的神话）中复兴的中国（"中国的负重的牛"[6]208）的预言景象，滔滔江河（母性的"东方之河"[6]225）带来了重生。通过对文化记忆的发掘与重拾——不朽诗人李白，禅宗诗人王维，道家圣人老子与庄子，孔圣人以及诗圣屈原——诗意的"我"宣示："诞生。/诞生多么美好！"[6]227 初生的婴儿来自"河上的摇篮"[6]221，"绛红的陌生而健康"[6]221，象征了中国的重生——"更远处是母亲枯干的手/和几千年的孕"[6]222。"河水初次"[6]220 使得类似的重生成为可能。

在诗人看来，有两个关于中国的传说：一个关于"早晨的睡眠"（中国文化犹如一个早夭的早熟婴儿）；"在早晨早早醒来"（中国的民族复兴受一股危机感与焦虑感所驱使）："第一次传说强大得使我们在早晨沉沉睡去/第二次传说将迫使我们在夜晚早早醒来"[6]222。"夜晚早早醒来"的景象清晰地显示了 1980 年代的社会—政治心理。换言之，这两个传说暗示了中国落后于西方列强，因为她在全世界都在发展时过早地停止了生长；现在她应该在全世界处于睡眠的夜晚中早早醒来开始工作。接下来的问题变成如何能使仍在酣睡中的人们得以苏醒。这也是一个困扰鲁迅的问题，鲁迅将中国比作一间"黑暗的铁屋子"，人们在其中沉睡，悲观地拒绝任何苏醒的可能性。跟鲁迅一样，海子面对同样的真实困境，他对能否唤醒一般民众并不确定，但同时海子也意识到那些少数已经醒过来的知识分子可以甘愿成为殉道者；海子诗意的英雄主义使他确信，少数几位上下求索寻找史诗的诗人是真正的大彻大悟者：

> 我继承黄土
> 我咽下黑灰
> 我吐出玉米
> 有火
> 屈原就能遮住月亮
> 柴堆下叫嚣的

火火火
只有灰，只有火，只有灰
一层母亲
一层灰
一层火。[6]228

残酷的事实在于重生只能以牺牲生命来实现。个体的"我"决定肩负起使中国觉醒与振兴的英雄使命，只是此番壮举重如泰山，难以完成，因此通灵的诗人最终必须牺牲他自己，来促成这个乌托邦大业的成功。令人唏嘘的是，甚至海子的殉难，尽管在全民族的顶礼膜拜中获得了名垂青史的光环，也无助于唤醒人们的麻木意识，最终被媒体哗众取宠，庸俗化以满足贪婪无忌公众的猎奇心理。⑥

五、作为宇宙招魂符语的水

尽管海子不确定如何唤醒那些沉睡的人们，但有一件事他相当确定，河流对于中国之复兴至关重要："啊，记住，未来请记住/排天的浊浪是我们唯一的根基。"[6]219此种对母性河流所具有的生殖、生育与复兴神力的呼唤在海子四章的史诗《但是水，水》（1985）中获得了最强烈的表达。在这首长诗中，海子急迫地构造了中华文化的广阔图景——创造、衰落、苦难与重生的神话贯穿于广阔的河系。在其广阔的视野下，以宏大的时间架构、神秘的典故以及寓意来寻求中华文化的身份，这首诗不禁让人联想起 T•S•艾略特的划时代史诗《荒原》。⑦第一篇是题为"遗址"的三幕诗剧，开始于一个诗人与战俑之间的对话，背景为一条完全干涸的大河（黄河），四位老人像树根一样盘坐着。被活埋的战俑，呼求一头母羊的到来（母羊即指用以复活的水），即将在绝望中崩溃，因为他害怕拯救他的母羊永不到来，但诗人相信水和母羊一定会到来。诗人将亲手把母羊牵到战俑那儿。从这个意义上来说，如果战俑代表死亡，那么诗人就代表生命。战俑所拒斥的，便是诗人所坚持的。

第二幕是对沉江的诗圣屈原的咏唱，神秘的山峰，背景悠远，群巫在沿南方的大河（长江）边采药。巫医用超自然的神力来治病、召唤死灵，从第三幕起，诗人与"母羊"回来了，背景中伴有雨水声。诗人无疑在这里成了通过巫术唤回生命的屈原的化身。说话人不仅仅代表了复活的屈原，也代表海子自己，因为海子总是宣称自己是现代世界中诗圣的化身。诗人在他的长篇独白中宣称他从雨季的荒原中返回，他是"倾盆大雨"，他将使莲花开放，给干旱与死亡的世界废墟带去新生——

"在东方，诞生、滋润和抚养是唯一的事情"[6]236。因此在剧末，传来了新生婴儿的哭泣声，伴随着"雨水声像神乐"[6]237。显然，这是一个在肥沃的土地与丰饶的江河上重生、复兴与赞美新生的时刻。

第二篇题为"鱼生人"，探索摧毁世界的大洪水神话以及再造世界的天神盘古和女娲。诗人以独特的结构呈现了灾难性的大洪水，在同一页纸上再造了对称性的双重世界，以此展示同时发生的死亡与再生。在这样一个生死同质的时空中，尽管看上去风格古怪，却可用来消解时间的流动，并打碎历史的线性时间，创造一个没有时间的神话时空，其中和谐的宇宙秩序被刻写、被依次赞美。此一创世神话的关键在于诗人所赞美的水的女性力量。黄河"神秘的水"[6]245赋予中国文化以生命与滋养：

> ……母亲
> 母亲痛苦抽搐的腹部
> 终于裂开
> 裂开：
>
> 黄河呀惨烈的河
>
> 东方滚滚而来[6]240

滚滚而来的母性力量创造了光辉的史前中国文化——"青铜时代"与"新石器的半坡文化"[6]244。因此，为了生命的创造与抚育，"靠近大河"的呼喊响彻了整首诗篇。只要靠近"大河"，无论何地，生命便生长繁茂。为了与河流的神性力量重聚，"靠近大河"的召唤话语贯穿了整个1980年代，激发了对河流的崇拜，促发了书写河流的史诗之梦。从另一面看，激情昂扬地呼唤"曙光逼近大河"同样释放了海洋的乌托邦[6]248，亦即想要同海洋合并的社会欲望："我的呼吸/把最初的人们/带入大海。"[6]248然而，诗人说："东方是我远远的关怀。"[6]248生与死的矛盾母题最终在毁灭与创造的一节诗中得到融合："一共有两个人梦到了我：河流/洪水变成女人痛苦的双手，河流/男人的孤独变成爱情。和生育的女儿。"[6]249"靠近大河"便是亲近始源的创造能量，融入生生不息的民族之魂。

第三篇题为"旧河道"，通过强调水的女性与母性品质来继续探讨生与死的主题。包括黄河与长江的旧河道，同时指向中国历史（"盛唐之水"[6]251）及其衰落的现代。通过回到旧河道去经历光辉的过往——"我便回到更加古老的河道……女人最初诞生……/古老的星……忘记的业绩……五行……和苦难"[6]255，并进一步探索衰落的轨迹——"我便揪住祖先的胡须。问一问他的爱情。"[6]255 正如诗人所揭示的预言图景，承载着中国文化记忆的旧河道将用复活之水再次将自己填满：

> 便是水、水
> 抬起头来，看着我……我要让你流过我的身体
> 让河岸上人类在自己心上死去多少回又重新诞生
> ……
> ——水
> 让心上人诞生在
> 东方归河道[6]253

　　水所携带的复兴力量完全源自海洋，诗人将在那里开始重建："……水噢蓝的水/从此我用龟与蛇重建我神秘的内心，神秘的北方的生命。"[6]252 最终，旧河道便载着新生命的水重新澎湃："根上，坐着太阳，新鲜如胎儿……但是水、水。"[6]258

　　最后一篇题为"三生万物"，女人诞生于水中，水承载着持续生殖的母性力量。这一篇还包含了诗人作为失落世界的救世主的预言图景。这一篇的第二部分意义最为深远，诗圣屈原"A"与后辈诗人"B"之间进行的对话。在他们晦涩的交流之间，诗圣将自己称作"水"和"神秘的歌王"，像一个导师一般（正如维吉尔对于但丁）引领出场的诗人穿越死亡与干旱的陆地；屈原将诗歌遗产传给了这位年轻诗人，并最终激励着后辈诗人的成熟。⑧现代诗人的崇高形象便傲然地出场了：

> B：是的。我记住了。
> 诗人，你是一根造水的绳索。
> 诗人，
> 你是语言中断的水草。
> 诗人，你是母羊居留的二十个世纪。
> 诗人，
> 你是提水的女人，是红陶黑陶。[6]264

　　新生代诗人为屈原招魂成为一场诗歌契约的转让仪式，由此确立了海子作为"神秘歌王"的现代化身的合法性，一个中国文化长久地诉诸屈原的角色。在圣诗人的角色中，海子便有能力创制他的梦之诗，那部他称之为"大诗"的终极史诗。

因此我们发现，女性在海子的微型河流史诗中的突出地位是其史诗的一个重要特征。与张承志甚至骆一禾的作品中男性主义的河流概念正相反，海子赞美河流的女性特质，全身心地拥抱河流散发出的爱与抚育的母性力量。在 1987 年之后，他放弃了这一主题，并转向一种"父性，烈火般的复仇"来对抗世界[6]923。正如巴什拉所注意到的，水带有"强烈的女性特质"，养育、护佑与管制[4]9。在他的一篇短文《寂静》（《但是水，水》的原代后记）中，海子清晰地解释了他对水的女性特质的偏爱。在海子看来，世界是水质的，因此具有包含的特质：如同女人般的身体，生产但同时也包含——"女性的全面覆盖……就是水"[6]877。相对于男性世界，水是一种痛苦的征服，水质的女性世界是"一种对话，一种人与万物的永恒的包容与交流"[6]877。他这么写道：

> 但是水、水，整座山谷被它充满、洗涤。自然是巨大的。它母性的身体不会无声无息。但它寂静。寂静是因为它不愿诉说。有什么可以要诉说的，你抬头一看……天空……土地……如不动又不祥的水……有什么需要诉说呢？但我还是要说，写了这《水》，因为你的身体立在地上、坐于河畔，也是美丽的，浸透更多的苦难，虽不如自然巨大、寂静。我想唱唱反调。对男子精神的追求唱唱反调。男子精神只是寂静的大地的一部分。我只把它纳入本诗第二部分。我追求的是水……也是大地……母性的寂静和包含。东方属阴。
>
> 这一次，我以水维系了鱼、女性和诗人的生命，把它们汇入自己生生灭灭的命运中，作出自己的抗争。[6]877

由此可以看出，海子将河流的女性气质放置到突出的位置具有两个目的：一方面，利用与河之女性气质的对话，来与男性意识形态的主流社会在 1980 年代透露出的尚武情绪相抗衡；另一方面，构造和平主义以及包容的"东方精神"来对抗西方霸权侵略性的思想状态。然而，这样一种浪漫的反抗姿态只能是自我防卫、自我催眠，因为诗人的目标非常模糊，抒情力量在日常的平庸现实面前显得如此脆弱，简直不堪一击。在 1980 年代后半期，从此种"史诗冲动"的英雄主义画景中实际出现的并非包容的女性气质，以及河流水质的母性所拥有的梦幻景象，而是一些古怪、讽刺以及荒谬的梦魇焦灼，亦即在郑义、张炜的作品中出现的末世感。⑨

六、水缘弥赛亚主义：昌耀

我已经在上面讨论了张承志、骆一禾与海子的水缘诗学，下面我将简要讨论

1980 年代另一位重要的水缘诗人昌耀（1950—2002）的诗歌。昌耀是青海大西北的诗人，因为其地理上的遥远以及他作品不羁的风格，常被称作"边塞诗人"。像骆一禾与海子一样，昌耀热情洋溢地拥赞黄河，他的诗极力推崇对民族身份的精神崇高性进行神话—诗性的探寻。作为对张承志的小说中河流朝圣的回响，昌耀的《青藏高原的形体》（1984）是一部包含 6 个部分的史诗，描述了重新探索中国的旅程，通过对黄河源头的考察来追溯河流的神话、历史、文化与地理。例如，在《之一：河床》中，河床被拟人化为抒情的"我"从河流的源头升起，"白头的巴彦卡拉"——携带着历史与神话的声响——"我是时间，是古迹。是宇宙洪荒的一片化石。是始皇帝。"——伴随着拯救与重生的期许从祖国的陆地流入海洋——"我答应过你们，我说潮汛即刻到来，/而潮汛已经到来……"。[10]100 承诺疗救的弥赛亚力量并没有呈现为母性的力量，而是父亲的形象，一个文身的、身体多毛的巨人（粗犷男性的象征），一颗博爱的胸襟，以及"把龙的形象重新推上世界的前台"[10]100 的力量：

> 他们说我是巨人般躺倒的河床。
> 他们说我是巨人般屹立的河床。
>
> 是的，我从白头的巴颜喀拉走下。
> 我是滋润的河床。我是枯干的河床。我是浩荡的河床。
> 我的令名如雷贯耳。
> 我坚实宽厚、壮阔。我是发育完备的雄性美。
> 我创造。我须臾不停地
> 向东方大海排泄我那不竭的精力。[10]98-99

"排泄"一词的身体性行为释放出的创造能量，源于大河作为一种驱动力所激发出来的原始激情的欢腾表演，以及面对海洋世界，社会的生命冲动之解放，男性主义的欲望再一次与张承志产生了共鸣。在诗歌《之六：寻找黄河正源卡日曲：铜色河》中，不同于第一首中原型抒情的"我"，说话的主语在这一章变成了复数的"我们"，无疑暗示了集体所承担的探求："从碉房出发。沿着黄河/我们寻找铜色河。寻找卡日曲。寻找那条根。"[10]103

将河流的源头转喻为树的根，使得对河流源头的寻找变成了对某些基本事物之根基的寻找：中国文化的根。"我们"被赋予这样一个崇高任务，被"亲父、亲祖、亲土的神圣崇拜"[10]103 所驱使，预备去探索中华民族与中国文化的源头——"我们一代代寻找那条脐带。/我们一代代朝觐那条根"[10]104。在黄河源头，"我们"找到了一棵深深扎根的大树，"生长"出中国的神话家园：

> 而看到黄河是一株盘龙虬枝的水晶树。
> 而看到黄河树的第一个曲茎就有我们鸟窠般的家室……
> 河曲马……游荡的裸鲤……[10]105

通过将河流构造为一棵神话之树①，"我们"在第一条"曲径（'曲茎'）"里发现，中国文化之树的原始灵魂，成长、开放，最后结出果实——"腾飞的水系"。"腾飞"作为 1980 年代新时期的关键词，表达出"民族振兴"的普遍梦想。不同于《河床》启示性的口气，诗歌的结尾采用安静的口吻："铜色河边有美如铜色的肃穆。"[10]106 这个结尾一方面显示出，经过对中国文化圣地的朝圣油然而生的精神净化，另一方面也显示出，在自信恢复以后，对民族复兴的要求。这种安静不是永久的，而是高潮的爆发与腾飞之前的平静。因此我们看到经过对中国的再次探索，昌耀对黄河源头的史诗探索是一个神话化的进程。在河流神话里镌刻着 1980 年代上半期乌托邦幻象的主要能指，诸如："振兴中国""赶上世界强国"或是"四个现代化意识"。

张承志、骆一禾、海子与昌耀的作品，催化了对民族河景的水缘性重绘的史诗冲动，记录了 1980 年代民族振兴冲动的社会—文化想象。因此，他们所赞美的河与水的疗愈性以及神话诗性的力量，构成了 1980 年代早期的文化乌托邦主义的真正内容。与欢欣鼓舞的陶醉于拥抱生机勃勃的生殖力相对，一些作家（如郑义、张炜）在 1980 年代后半期，开始通过提供一幅更加荒谬的熵之河景（entropic riverscape），挑战这种民族河流之神话力量的浪漫化形象。水缘的争论性话语催促我们去提出更多关于社会幻想、民族身份，以及后社会主义的生态状况之诸种问题。

注释：

① 该文原为笔者的英文论文 "Poetics of Navigation：River Lyricism，Epic Consciousness and Post-Mao Sublime Poemscape"，承蒙赵凡翻译成中文，特致谢。

② 由冼星海（1905—1945）创作于 1939 年，改定于 1941 年的音乐史诗《黄河大合唱》或许是最有影响力与最具民族主义的作品，这部作品确立了黄河作为民族主义、英雄主义与爱国主义事业的合法性地位。经由神话—诗学的重构，黄河不再

是大灾难的来源，而变为民族的大救星，带来幸福与自由的生命源头。

③ 例如，关注黄河的重要电影包括陈凯歌的《黄土地》（1984）、《边走边唱》（1990）、沈钧的《怒吼吧！黄河》（1979）以及滕文骥的《黄河谣》（1989）。在电视纪录片领域内则有三部重要作品：40集的《话说黄河》（1986—1987）；《话说长江》（1986—1987）以及《话说运河》（1987）。另外，全民族都席卷于确定黄河源头的科考热，以及在黄河与长江上的漂流热。

④ 对这两位诗人的死亡崇拜及其一系列殉道者/圣徒身份，请参阅奚密的两篇论文：Michelle Yeh，《中国当代的诗歌崇拜》（Cult of Poetry' in Contemporary China），The Journal of Asian Studies55，no. 1（1996 February），51—80 页；《诗人之死：当代中国与台湾的诗歌与社会》（Death of the Poet：Poetry and Societyin Contemporary China and Taiwan），参见齐邦媛与王德威（2000 年），第 216—238 页。对于海子自杀与诗人身份的浪漫图景之间的复杂关系，最为全面的研究可参看柯雷最近的论文。Maghiel Van Crevel，《死亡学与诗性声音：阅读海子的方式》（Thanatography and the Poetic Voice：Ways of Reading Haizi）．Minima Sinica，1（2006），第 90—146 页。感谢论文作者柯雷将这篇颇具洞见的论文寄给我。

⑤ 笔名字面上与河流/水有关联的一些较为著名的诗人有：江河、西川、欧阳江河、西渡、孟浪、孙文波、宋渠、刘漫流；与海洋相关的诗人则有：海子、海男、海上、海客、巴海、伊沙、北岛与岛子。

⑥ 参见他的诗人朋友西川（1962 年生）对海子神话的警惕和批判。西川：见《海子诗全编》，上海：三联出版社，1997 年，第 919 页。

⑦ 《荒原》早在 1937 年就被赵萝蕤译成中文，在 1980 年代由裘小龙、赵毅衡、查良铮、汤永宽、叶维廉等译者再次译成中文，在中国被广泛地阅读，这首诗对中国当代诗人的史诗意识与汉语史诗的写作产生了巨大的影响。

⑧ 海子理念中向后辈诗人平和地传递诗歌资本的景象，不同于对先驱诗人的布鲁姆式的暴力弑杀，却更像在初学的转折过程中，荣格式的原型力量的宇宙起源变形。然而，海子通过屈原确立自己诗性语言的合法性之景象，与布鲁姆称之为"阿波弗里达斯"（Apophrades）（或死者的回归）的最后阶段相适应。通过对前辈诗人的原创/转换性改写，现代诗人获得了彻底的胜利，从而成为大宗师。参看哈罗德·布鲁姆（Bloom，Harold．）：《影响的焦虑：一种诗歌理论》（The Anxiety of Influence：A Theory of Poetry）（London/New York：Oxford University Press，1997）。

⑨ 在笔者的英文论文《熵的焦虑与消失的寓言：论郑义〈老井〉与张炜〈古船〉中的水缘乌托邦主义》（Entropic Anxiety and the Allegory of Disappearance：Hydro-Utopianism in Zheng Yi's Old Well and Zhang Wei's Old Boat）中，笔者分析了郑

义与张炜的作品如何挑战与介入民族河景的抒情地形学诸种问题。Jiayan Mi，China Information. 21 No. 1（March 2007），第 109—140 页。

⑩ 在古代神话中，对树之仁慈力量的崇拜，参看詹姆斯·弗雷泽影响甚广的作品《金枝：巫术与宗教之研究》，尤其是第九章：树之崇拜。参阅詹姆斯·弗雷泽（Frazer，James G）.《金枝：巫术与宗教之研究》（The Golden Bough：A Study in Magic and Religion）（New York：The Macmillan.，1922），第 109—135 页。

参考文献：

[1] 让·盖博赛. 持续在场的原点：整一体世界的基础（The Ever-Present Origin：Part One，Foundations of the Aperspectival World）［M］. Columbus：The Ohio University Press，1985：219.

[2] 郦道元. 水经注 ［M］. 太原：山西人民出版社，1995：1.

[3] 鲁迅. 故乡 ［M］//鲁迅全集：第一卷. 北京：人民文学出版社，1981：485.

[4] Gaston Bachelard. Water and Dreams：An Essay on the Imagination of Matter ［M］. Trans. Edith Farrell. Dallas：The Pegasus Foundation，1983：185.

[5] Mitchell W. J. T. Introduction ［M］//Landscape and Power. Chicago：The University of Chicago Press. 1994：1—2.

[6] 西川. 海子诗全编 ［M］. 上海三联书店，1997.

[7] 西川. 骆一禾诗全编 ［M］. 上海三联书店，1997.

[8] Yi-Fu Tuan. The Hydrological Cycle and the Wisdom of God：A Theme in Geoteleology ［M］. Toronto：University of Toronto Department of Geography，1968.

[9] Wyman H. Herendeen. From Landscape to Literature：The River and the Myth of Geography ［M］. Pittsburgh：Duquesne University Press，1986：8.

[10] 昌耀. 青藏高原的形体 ［M］//昌耀诗集. 北京：人民文学出版社，1998：100.

——原载《江汉学术》2014 年第 5 期：51—59.

"大国写作"或向往大是大非

——以四个文本为例谈当代汉语长诗的写作困境

◎颜炼军

摘　要： 近几年诞生的四部汉语长诗或说大篇幅的诗歌作品：欧阳江河的《凤凰》、西川的《万寿》、柏桦的《史记》、萧开愚的《内地研究》，多半是诗歌强力"转向"所谓当代中国复杂生活现场的产物，它们显示了这一代诗人写作的一种集体性的转向。它们的横空出世，似乎满足了不少读者和批评家的期待，甚至满足了一些汉学家们寻找当代中国隐喻的需求。可就当代汉语长诗两个方面的困境——精确性和整体性，即技艺层面和观念层面而言，这些作品有诸多不足；从写作立场的角度看，在这些长诗写作中，诗人的非诗学立场没有成功地转换为词语立场，进而却对写作造成了干扰。一首理想的长诗，应该拨开"现实"的云雾，展开一幅令我们沉迷的新的语言"现实"，这才是它应追求的大是大非。

关键词： 长诗；精确性；整体性；隐喻；欧阳江河；西川；柏桦；萧开愚

一、长诗之"大体"

"为了发出声音，他们每个人都不得不首先要确定自己在我们眼前形成的这个世界中究竟处于何种位置。"[1]伟大的诗歌女性曼德尔施塔姆夫人在回忆斯大林时期诗人们的处境时，曾精确地洞察到现代诗人与世界之间的紧张关系。极端社会血腥的或美学化的压迫与诱惑，与消费社会的枯燥、甜腻以至刀不见血，是现代诗歌遭遇的两大劲敌。面对前者，诗人已经坚韧地发出了夜莺的声音；而面对正经历着的后者，诗歌正在练习新的苦吟。对当代汉语诗歌写作者来说，后者也是烙在脑门儿上的魔咒：来自社会历史的压抑，让当代汉语诗歌写作整体陷入另一"如何确定自身的位置"的焦虑。许多热爱诗歌的人也被这个魔咒附身：他们常常认为，比起极端社会下的夜莺，被我们这个时代的齐声合唱淹没了的诗歌，已经陷入一种令人失望的哑火状态；而之所以如此，多半是因为诗歌没有进入时代复杂的"现场"云云。最近几年先后诞生的几部汉语长诗或说大篇幅的诗歌，堪称是从这种焦虑出发的代表作品，它们似乎满足了不少读者的期待，甚至满足了一些汉学家们寻找当代中国隐喻的需求。其中特别引起瞩目的作品，有欧阳江河的《凤凰》、西川的《万寿》、柏桦的《史记》、萧开愚的《内地研究》等。①

要确定诗歌写作的出发点，就得一定程度地定义写作主体置身的困境。欧阳江河在最近一篇诗学笔记中，表达了他长诗写作的几个基点："单纯的美文意义上的'好诗'对我是没有意义的，假如它没有和存在、和不存在发生一种深刻联系的话。"欧阳江河认为，"长诗有可能变成什么或者已经变成什么，是一个只有极少数大诗人才问的事情"，他将"长诗"与"大国写作"这一自己发明的概念联系起来。[2]这种"大国写作"意识，部分地说出了当代汉语诗人面临的那种康德—利奥塔式的崇高感：由全球化、现代化、消费、高速 GDP、生态危机、核危机、矿难、高房价、民工、雾霾、转基因、地沟油、微博、恐怖袭击、微信……构成的当代中国社会，以及置身其间的十几亿个体，每天都在发生各种远超乎文学想象力的事件，都足以让诗歌写作者望洋兴叹，无从置喙，唯有祈望分泌激素般，发明诗歌得以成立的某种精神力量。诗人萧开愚在近期的一篇文章里，也讲到这种困惑："当代文化的共享能源是共谋之枯竭，所谓左右不适、横竖不对。为治疗失眠而失眠，排空愚蠢的愚蠢：将自我设计为无法把握的差异社会中能够自我把握的玩偶。"[3]置身于这样的混沌里，艺术中的主体构建本身，已经无奈地玩偶化，任何一般意义上的抒情，不小心都会沦为虚伪或矫情的语言面具，成为欧阳江河所谓的美文意义上的"好诗"。

这种处境，一方面让诗人对诗歌写作产生一种持守的态度："诗歌的文化触角除了吸血、输血和引导关注，还承担着明确自身界限、性质和功能的任务，诗歌只是诗歌，不是烹调、栽培、升天和政权，它的范围极端有限。"[3]同时，也对诗人发出了写作的诱惑：通过词语的吸星大法，把世界的喧嚣与寂寥内化为诗歌的爆发力；把当代中国人面临的崇高感，置入诗歌之中，把世界的复杂、碎片和诡异，通过诗歌庞大固埃（《巨人传》的主人公）式的胃消化为魂灵的丰富。这正如贝多芬、肖斯塔科维奇把大革命或世界大战的激昂和悲怆置入音乐的交响中一样。

由于近代以来中国强大的文学现实主义批评传统，实践"大国写作"式的诗歌梦想，不仅诱发了诗人创作的野心，也诱发了批评家们的阐释冲动。比如，资深批评家李陀在为欧阳江河《凤凰》写的序言中，就高度赞扬了诗人进行的这种"由外至内"的转换。李先生的逻辑简单明确：一方面，他痛切地表达了对大众文化无所不在的愤怒和恐慌，由此表达了对诗歌处境和未来的担心；同时，他也充满了革命者式的乐观：我们处于一个前所未见的"文化大分裂"时代，而《凤凰》显示了当代诗歌对这种大分裂的"宣战"。他认为这样的"诗的锋芒不是指向大分裂本身，而是形成这个大分裂背后的更深层次的动力和逻辑"[4]。他由《凤凰》欣喜地联想到波德莱尔、艾略特、庞德所标志的伟大诗歌时代。李先生看到，北岛、翟永明、西川等诗人近期的长诗作品，都显示了攻击这个"大分裂"时代的"勇气"。[4]这种赞美，得到了不少批评家各个角度的呼应。当然，也有一定的质疑，比如诗人批评家姜涛撰文指出了这些长诗面临的历史想象力与诗歌想象力之间失衡的问题。[5]

那么，"诗人览一国之事以为己心"（孔颖达《毛诗正义》）的这种抱负，在他们的作品中是怎样展开的？萧开愚的长诗《内地研究》虽佶屈聱牙，以至满纸"乱文"，但开篇的一句诗，却讲出了长诗写作的处境："摸黑接近大体，经验宏观逼供。"这里的"大体"，一方面是"差不多"的意思；按齐泽克式的理解，也有"世界整体"之意。两者连起来，其实就是当代长诗写作困境的两个方面：命名的精确性和命名的整体性。

二、"意不指适"之病

就精确性而言，现代诗歌越来越明显地进入一种前所未有的处境：文字语言的传统功能领域自17世纪以来越来越缩小，首先是科学语言与文学语言的渐趋分野，随后是图像语言大面积占领了日常生活的各个角落，再接着是人类有史以来最剧烈的信息革命。它们对长诗写作的直接影响就是，现代长诗不可能再像但丁、弥尔顿、歌德那样，可以有兼容巨细的知识、真理抱负和语言抱负，可以用词语大江大海的雄辩或戏剧场景来命名剧变的生活世界。现代诗人的长诗写作虽因克服上述不可能而自铸伟辞（比如艾略特的《荒原》《四个四重奏》、庞德的《诗章》），他们将精确命名"大体"的艰难，通过各色反讽结构转换为诗歌的晦涩，但其中显示的现代长诗可能的展开方式，显然已经成为现代长诗写作的通则，不断地被轻松重复演绎。诗歌语言与世界之间的重重隔阂，也在这种渐趋固化的写作图示中加厚。

汉语新诗一开始是作为现代启蒙话语的一部分，可惜启蒙之期未竟，却宿命般先后被革命话语利用和遗弃，当代以来又被消费社会边缘化。由于自身独特的历史，它反思工业现代性和全球化危机的传统非常弱，直到1990年代以来的当代诗歌，才在这方面有所作为。现代以来成功的欧美长诗都是以批判现代性为主题，梦想新的精神统一性为主旨，它们在这两方面都走在了思想与政治反省的前面，因此而显出特殊的历史价值。对当代汉语诗人来说，要以长诗写作来大面积地发明精确性命名，面临着种种困难。首先，经典意义上的现代性反省修辞，在西方的现代长诗写作中已然消耗殆尽，不可复制；同时，针对中国当下面临的复杂体验，已有的新诗技艺资源则显得捉襟见肘。现实内蕴的超级想象力，对诗歌命名的精确性，提出了近乎残酷的要求，对长诗写作尤然。诗歌的精确性涉及各方面的因素，我们可以在最近诞生的几部长诗中看到。

欧阳江河的长诗近作《凤凰》中，精确性的不足主要体现为两方面。

首先是诗歌主题的方面。以第一章为例。开头三行"给从未起飞的飞翔/搭一片天外天，/在天地之间，搭一个工作的脚手架"[4]为全诗打开了一个元诗的起点，即说出现代诗歌的基本特征："飞翔""天地之间""工作的脚手架"，这既指涉了当代社会的物象特征，也指涉了诗歌写作本身。在现代诗写作里，这已是常见的手法。接下来的部分，在精确性上就出现了问题：

> 神的工作与人类相同，
> 都是在荒凉的地方种一些树，
> 炎热时，走到浓荫树下。
> 树上的果实喝过奶，但它们
> 更想喝冰镇的可乐，
> 因为易拉罐的甜是一个观念化。

诗人想建立一个隐喻，举重若轻地呈现人类从伊甸园/农业社会进入超级工业社会的过程。如果在西方语境中，神种树，可以与伊甸园自然地联系起来，比如读者从艾略特的"荒原"（waste land）中的各种现代物象的词根或语意双关的隐喻结扣中，就可以联想前工业化的西方社会；但我们从上面的诗句里，就不能明确地被唤起某种文化上的类似联想。"荒凉""树""炎热""奶"这些诗句中的核心名词，显得很单调，没有复义。这几行诗的读者，可能直到"可乐"的出现，才恍悟其主旨。"可乐的甜"，料想是欧阳江河在好友张枣那里得到的启发。张枣在《跟茨维塔伊娃的对话》中写过"英雄早已隐身，只剩下非人与可乐瓶，围观肌肉的健美赛"，在他生前最后的访谈中，专门阐释过诗歌对甜的想往："诗歌也许能给我们这个时代元素的甜，本来的美。"在这个互文关系的基础上，我们便可知晓欧阳江河的主旨："元素的甜"被"可乐的甜"取代，"众树消失了：水泥的世界，拔地而起。"除去这个现代艺术中陈旧的现代性批判主题，这部长诗的开篇一章给了我们什么新的见识呢？原因在于，诗人没有做出一个精确的、纯然的词语建筑，能够让词语的延展，摆脱对陈旧观念的演绎，按照米兰·昆德拉的话说，这样的诗没有成就一种"彻底的自主性"[6]。"凤凰"这个意象以及诗人由此展开的词语魔术，与徐冰的凤凰雕像、与古典意义上的"凤凰"之间，虽然成功地构成了从德国浪漫派批评家开始辨认出的那种主宰了现代诗歌内在逻辑的反讽结构或悖论修辞，但由它散开的意义暗示空间，由此生成的种种命名，只是呼应、演绎而非超越了当下中国社会批判的常识。在《凤凰》全诗的各部分中，不同程度都有"自主性"不足的问题。

其次是诗歌素材自我重复的问题。就前述演绎"陈旧观念"的方式而言，熟悉欧阳江河诗作的读者很容易发现，诗人常常以他早期作品中一再出现的诗意逻辑，来展开《凤凰》的长诗写作。他写于 1985 年的著名短诗《手枪》中的诗句："而东西本身可以再拆/直到成为相反的向度/世界在无穷的拆字法中分离"，道出了欧阳江河写作中"强词夺理"的特征，可以说，这正是他早期创作中的核心诗意逻辑。这种欧阳风格的诗意逻辑，也大量地出现在长诗《凤凰》的字里行间。只是，诗人后者中把构成"相反向度"关系两端的元素做了替换，置入了更为"时髦"的内容。比如，《凤凰·19》开头写道："凤凰把自己吊起来，去留悬而未决，像一个天问。"早在 1989 年写的《快餐馆》中，已经有类似的诗句："货币如天梯，存在悬而未决。"货币被置换成了"凤凰"，其他成色基本不变。这类例子能找出不少。

许多作家、诗人会对自己最为天才的那部分发明过于痴迷，这可能也是《凤凰》中有许多细节是对此前诗歌素材的直接重复的原因之一。作为一个不算高产的诗人，欧阳江河诗歌的素材重复率集中体现在了《凤凰》一诗中。下面举出几例：

诗人在《凤凰·13》中写道："孩子们在广东话里讲英文。/老师用下载的语音纠正他们。/黑板上，英文被写成汉字的样子。"[4]熟悉欧阳江河诗作的读者，一定会想起欧阳江河 1987 年的诗《汉英之间》："英语在牙齿上走着，使汉语变白。"诗人在《凤凰·2》中写道："飞，或不飞，两者都是手工的，/它的真身越是真的，越像一个造假。"[4]而在《感恩节》中有相似的诗句："……分离出一个皇后，或一只金丝鸟，/两者都带有手工制作的不真实之美。"诗人在《凤凰·13》中写道："穿裤子的云，骑凤凰女车上班，/云的外宾说：它真快，比飞机还快。"[4]在 2005 年写的《一分钟，天人老矣》中，诗人写过这样的诗句："你以为穿裤子的云骑车比步行快些吗？/你以为穿裙子的雨是一个中学教员吗？"这样的例子，还可以找出不少。重写自己写过的素材，这不是什么怪事，许多伟大作家的写作中都有过。但是，在欧阳江河的诗中，我们没有看出前后之间具有足够的"变形"。他那些先前的发明是如此迷人，以致喜爱他诗作的读者，在《凤凰》中一眼就看出它们，这种似曾相识感，泄露了这部长诗的局限：诗人并没有兑现他的"大国写作"蓝图，仅就这些局部的"砖瓦"看，他并没与摆脱自身已经"石化"了的那些诗歌发明，那些欧阳江河式的"美文"。一句话，他在细处写得太像自己了。

比起欧阳江河曲折的雄辩，北方诗人西川的长诗，向来被认为有宣言式的风格，至少在诗歌的声音上更具统摄力。他的尚未最后完工的长诗巨制《万寿》，显示了张开诗歌的大嘴来吞吐近现代中国史的雄心，可以说，这就是他十多年前的长诗《致敬》中那头"嘟囔着厄运的巨兽"[7]的变形。我们先从诗人西川的长诗《万寿》随便拿出一段：

> 吾皇万岁万岁万万岁。
> 吾皇三百二十二人中也有好的。
> 吾皇宽宏大量，把宣武门的一小片土地卖给了利玛窦。
>
> 利玛窦穿儒服，徐光启有面子。
> 康熙道："难道我们满洲人在祭祀中所树立的杆子
> 不如尔等的十字架荒唐吗?"
>
> 艾儒略不得不瑟瑟发抖。
> 他写完《职方外纪》，也就写尽了天下的边边角角，
> 只是未写到脚下生虱子的土地——这不是他的使命。
>
> 艾儒略瑟瑟发抖，请求上帝饶恕自己不务正业
> ——
> 他没能广布福音，
> 却殚精竭虑为中国皇帝尽了点"绵薄之力"。

作为现代中国的开端，晚清民国在时下广受思考和阅读，这是当下中国所处的境地使然。西川一向被认作诗人中的博学者，他也从这里取材写诗，当然不能以时髦等闲视之。一路读下来，可以感觉到，诗人告别了自己此前的长诗写作中那种高密度的隐喻修辞，而代之以对历史细节的磨洗和呈现。而遗憾的是，诗人过分依赖于被挑选出的历史细节，即这些历史细节的精确，某种程度替代了诗歌自身的精确，当然，这些细节足够精确吗? 它们组合起来的诗歌肌理的精确性，必然要受限于诗人的历史感与历史见识；还有一个老问题，也是最重要的一点，诗人对历史的调度方式，能否凭空发明出一个秩序，来容纳历史的庞杂与凌乱? 这首长诗细节精确性上的问题，似乎应该回溯到对诗歌本身雄辩的声音——这些细节的分泌者的反省。在词语的精确与历

史的精确之间的平衡上，诗人柏桦《水绘仙侣》《史记》系列的写作，至少在表面上不像欧阳江河与西川那样有一以贯之的史诗抱负，因而可以在片段的精确与优美上，发挥他出色的抒情才华。他撷取的素材，加上剪裁的方式，更像一位高妙的文抄公或糊裱匠，在攒造一部晚明至近现代历史小品或掌故集。从注释看，他似乎比较酷爱汉学家略显陌生化的中国史表述，善于触摸革命美学器官中那些最敏感的末梢，善于在他提取的素材里，找出一种独特的词色和语调。诗人学者杨小滨在评价柏桦这个系列的作品时曾说，它们"出色地探索了现代性宏伟意义下的创伤性快感"[8]。的确，"创伤性快感"就是给不熟悉近现代史的当代读者们，重现近现代中国各个角落里的创伤性记忆，让我们在重返历史的途中，获得段子或短信般的消费快感。从这个意义上讲，"史记"系列寻租历史想象力的方式，暗合了当下的历史消费癖好；当然，不可避免的是，如果诗歌借助历史的转基因，然后退化为掌故，诗歌命名的精确针芒，是不是也会随之变幻成如意，把创伤摩挲成快感？

从面目上看，在这几部长诗中，萧开愚的《内地研究》也许是焦灼感最强的一部。这种焦灼感体现为主题意识、文体意识和语言意识。主题意识体现为长诗所涵盖的经验与景观的庞杂多样，诗中可以看到取自当下中国社会的各种语汇、情节或素材，充满了"反诗"之诗；文体意识体现为诗人对于长诗文体的实验勇气与把握能力，诗人非常用力地编织每个交叉或延续的纹理；语言意识，在萧开愚这首诗里，如他近期不少诗文一样，显示为一种过犹不及的修辞之浓腻。比如，诗中屡屡有这样费解的诗句："兽性流动和自毁豹变因缘超觉接触，不为未知而发动，为对已知实行清扫""否认新娘由于腐烂，因为遵守唯一。/否则淫秽如多妻制，机制的清晨受控于陌生。"[②]强扭的瓜不甜，诗人的雕琢之苦，不时地把词语的长征推进了吃语的泥淖。陆机《文赋》曾讲过一种写作病兆："文繁理富，而意不指适。"似可用来批评上述品种的诗句。其中的隐喻关节过分扭曲，导致语义超载，影响了诗歌命名的有效兑现。以乱写乱，固然是一种充满挑战的长诗写作策略，但错杂终究需成文，遵守基本的语词伦理，才能将各种经验和景观焊接为流利的诗歌履带，所向披靡。质言之，想通过对词语的揉捏、拉扯和浇铸，来完成关于"内地研究"的诗意建构，可能首先得在词语面前持守某种谦卑之心，才能避免才识学力在词语的暗处纵欲过度，使其面目全非。

三、"化"功之不足

就整体性而言，这些长诗也不约而同地显示出类似的问题。汉语新诗在过去的一百年里，基本上耗尽了政治乌托邦—语言乌托邦（这是世界现代诗歌传统中的两个基本发力点）分泌的激情，转入到一个新的阶段。作为语言巫师，当前的汉语诗人必须面临复杂的崇高性处境：人类自造的拥堵的物质世界带来的种种灾变和不确定的未来，已科学化的宇宙观导致的人类的现代式孤独。当代长诗写作者面对的，不仅是民族处境或"大国写作"内蕴的复杂性，也同样面对着人类的整体处境——比如宇宙处境：地球在宇宙中的微茫，太阳系最后将转换为另一种能量，人类也可能将随之终结……在走向这一结局的路上，我们还要继续承受工业化、信息化、核武器、地球环境的彻底恶化等等随时可能失控的风险。现代人的这些困局，已然内在于我们的精神困境，使一切思考、写作都可能变得没有意义。面对这些，我们不约而同地陷入了惊惧、茫然，以及由此生发的特别美感和哀伤。如何在词语的建筑中，像一颗露珠折射无限宇宙天空，包含亿万微生物那样，包含我们面临的这一切，同时又保持诗歌的风度？这一定是长诗写作者们面临的整体性困难。

在我们所见的这几部长诗里，虽然有"前所未有的包容性和扩展性"[9]，但都可以看到其缺乏一种内在的诗歌整体性——如果对现代体验反对、诅咒或内化的态度，不能算作一种长诗意义上的新的整体性的话。这实在不能责怪诗人，毕竟这是精神困境在诗歌写作中最直接的内在体现。堂吉诃德通过把世界想象为游侠骑士的世界，然后在对桑丘的讲述中，在朝向世界的冲杀里，成功地展开了梦想，即使他伤痕累累，却信以为真。在我们的时代，任何品种的乌托邦都宣告失败，已无一个神话或传奇，能够作为长诗写作信以为真的想象基础了。我们敬佩这些长诗作者的勇气和尝试，但不得不遗憾地说，他们的写作，还没有显示出某种命名汉语复杂处境的整体性神话框架，而只是借着历史与当下现实的复杂性，来构造自己的复杂性，虽大张旗鼓，却没有逃脱前者的无所不在的手掌心。模仿柏拉图有点恶毒的话说，这只是对于摹仿的摹仿。回想一下当年的朦胧诗吧，诗歌从政治乌托邦一片光明的黑屋子里中率先醒过来，英勇地向宏大的革命、历史发起进攻，最后，却不慎让自己被同化为革命话语的回声。当下集中出现的几部长诗，在指向李陀所讲的"文化的大分裂"背后的形式与逻辑时，是否也同样会因为类似的原因，而被钙化为"大分裂"欢娱的一个部分？

有长诗写作者也许依然会说：面对这个时代之种种快与不快，他们笔下的主题指向是多么重要！这让人想起在恩格斯致考茨基那封著名的信中，曾经提到的所谓"倾向性"文学。恩格斯认为，"倾向性"最好了无痕迹地掩蔽在艺术的纹理中；深有同感的纳博科夫也强调过孔夫子"言之无文，行而不远"的道理："使一部文学作品免于蜕变和腐朽的不是他的社会重要性，而是它的艺术，也只是它的艺术。"[10]在主题的重要与诗歌的重要之间，从来都不能建立因果关系。"文"或"艺术"在长诗写作中，应是不变的基质。

古老的周易曾给我们留下一句解读空间很大的箴言："物相杂而成文。"今天，是一个真正的"物相杂"的时代，物相杂构成的天文地文人文，如此这般残酷地令人迷思。在迷思中，创造当世之"文"，以化成"天下"，是长诗写作最大的困难所在。就此而言，当前这些长诗，在"文"上，虽偶有诱人的绚烂，但"化"功显然有所不足。读这些长诗，让我想起奥古斯丁的一个小故事，据说奥古斯丁想写一部包揽万物的书，他常常憋着困顿在地中海边散步。有一个小孩每天在他散步的路边海滩玩耍。小孩从海里捧起水，然后跑上沙滩，倒入一个小沙坑。奥古斯丁不解其中乐趣，问其故，小孩说，他想把海水都放进沙坑。奥古斯丁提醒他说，你这小小的沙坑如何装得下大海？小孩反问道：先生您不是也想把万物都写到你的一本书中么？

有人会引用瓦雷里"一滴美酒令整个大海陶醉"的著名比喻，来反驳上述故事背后的寓意；但问题在于，得有瓦雷里式的比喻才能，这个反驳才能成功。亚里士多德早说过，发明隐喻，是诗人天才的标志。上述所谓"化成"，即是铸就关于这个世界的鲜活的隐喻体系，它能够以改变语言来改变世界。长诗写作得建立足够用包容力的隐喻建筑，"就我们人类的境遇说出任何社会学或者政治学都无法向我们说出的东西"[6]，这才称得上是长诗向往的"大是大非"。加缪说过，"伟大的感情到处都带着自己的宇宙，辉煌的或悲惨的宇宙。"[11]理想的当代长诗建筑，应凝聚着这种至大无外、至小无内的伟大情感。

四、回到词语的立场

对当代汉语长诗写作者来说，甚至对任何诗歌写作者来说，社会批判是容易的，甚至是廉价的；因为每个专业的知识分子甚至是普通公民，只要具备一定的良知与见识，都能对社会进行直接的批评或指责。一个诗人发明一个珍贵的隐喻，发明一个惊人的命名，产生的贡献一定远远超过他的社会诅咒——这最多是诗人的业余工作；在文学史上，可见的例证比比皆是。

从这个意义上，把上述几部长诗放到20世纪现代长诗传统中考虑，我们会发现一些有趣的参照结果。庞德《诗章》更大程度上是个诗歌观念的胜利，他的写作以一种超级强大的长诗方法论，辉煌地响应了现代西方古典崇高性坍塌之后的诗学困境。换言之，他在观念上成功地把社会、历史、文化的困境，转换为一个巨大诗学困境来突破。就像画家杜尚以小便池为泉，生动地展示出古典美感在现代人造物境中的尴尬处境，诗人庞德也把种种古典崇高性坍塌后的纷繁碎片，在诗歌中焊接起来，制造了一个篇幅巨大的诗歌尴尬。庞德式的长诗观念，让许多后来的长诗写作者着魔不已。但遗憾的是，焊接碎片的理想总是相似的，如何焊接这些碎片，却回到诗歌最为核心的问题：词如何命名物——在这个问题面前，诗人之气清浊不同，诗人之才力高下有别。曾经被庞德修改过的艾略特之《荒原》，因文本完美的内在统一性，加之庞德式的长诗观念的渗透，成了现代长诗的典范。就诗本身，它比庞德的《诗章》更为成功。在这首诗中，诗人真正发明了一种词语的液态，成功地溶解了社会历史的焦虑。以"荒原（Waste land）"为首的一系列意象，成了西方工业社会场景最为有效的诗歌命名。而我们所见的这几部当代长诗，虽有庞德、艾略特式的抱负，我们在其中却似乎还看不到"荒原"式的有效命名。一个重要的原因，可能是诗人们过于看重或依赖自己所写的所谓"现实"了，他们笔下的诗意形态、词语的指标，是直接通过其社会历史批判性呈现来完成的，有意思的是，许多批评家却也喜形于色地认同这一点。

固然，一个诗人足够的观察、阅世和体验，会增加他命名的穿透力，但它们不能直接转换为诗歌本身。这一点上，诗人瓦雷里的精辟论述可以提醒我们："令我感动和向往的是才华，是转化能力。世上的全部激情，人生经历的全部事件，哪怕是最动人的那些事，也不能够写出一句美丽的诗行。"[12]在诗人操控的词语面前，一片叶子呼吸尾气的疼痛，不应该比汶川地震或恐怖袭击渺小；蚁族在地下室潮湿发芽的灵魂，与被情人以跳楼胁迫写情书的官员的灵魂之间，应有着隐秘的共鸣；被污染的地球在宇宙的虚无，有时可以等同于某阔太太遛狗的虚无……总之，内在于诗歌的民主、正义与同情，与知识分子追求的民主、正义与同情，有着本质的区别。后者，只应是前者的一部分。在本文提及的几部长诗写作中，后者常常因为比重过大，而成为诗意展开的一个重要干扰，导致了诗歌描写的对象不能锻炼为诗歌本身。如果诗歌的社会批判，像知识分子批判那样只能依赖其批判对象而立言，那么诗歌就必然沦为它的批判对象的附庸，诗歌的反讽，也就势必成为一种戴着诗歌面罩的社会学反讽。长诗写作，需将诗人的现实立场有效地转换为诗歌的立场或词语的立场；否则，它们所持有的现实立场再尖锐，语言再绚丽，也只是借诗歌的肉身发言，时过境迁，便是一堆词语的破铜烂铁。在诗歌的词语建筑里，是不包含所谓现实立场的，只有从中折射出的一些光芒，会时常照亮"现实"的幽暗角落。我们对荷马所处的现实一无所知，却丝毫不影响他笔下的阿喀琉斯或奥德修斯的词语辐射力；从这个意义上，一首理想的长诗，应该展开一幅令我们沉迷的新的"现实"，这才是它应追求的大是大非。

注释：

① 欧阳江河的《凤凰》初刊于《今天》2012 年春季号"飘风"特辑，同年由香港

牛津大学出版社出版单行本，批评家李陀、吴晓东两位先生分别作序和专论，2014 年 7 月中信出版社出版了《凤凰》注释版；西川《万寿》刊发于《今天》2012 年春季号"飘风"特辑；柏桦《史记》系列，体量庞大，至今未全部正式出版或刊发，部分散见于《诗建设》等书刊，已出版《别裁》《一点墨》等两本诗集；萧开愚《内地研究》全文首先刊发于蒋浩主编的民刊《新诗》第十八辑（2012 年），2014 年刊发于三联书店《诗书画》杂志第十三期，其单行本 2014 年 11 月由广东人民出版社出版。

② 本文所引《内地研究》，乃据余旸提供的《内地研究》电子版。

参考文献：

[1] 娜杰日达·曼德尔施塔姆. 曼德尔施塔姆夫人回忆录 [M]. 刘文飞，译. 桂林：广西师范大学出版社，2013：182.

[2] 欧阳江河. 电子碎片时代的诗歌写作 [M] // 于坚. 诗与思. 重庆：重庆大学出版社，2013：29、31、33.

[3] 萧开愚. 当代诗歌的一些文化触角 [M] // 臧棣，萧开愚，张曙光. 中国诗歌评论：诗在上游. 上海：上海文艺出版社，2013：6、8.

[4] 欧阳江河. 凤凰 [M]. 香港：香港牛津大学出版社，2012：7—10.

[5] 姜涛. "历史想象力"如何可能：几部长诗的阅读札记 [J] 文艺研究，2013：4.

[6] 米兰·昆德拉. 小说的艺术 [M]. 董强，译. 上海：上海译文出版社，2012：132.

[7] 西川. 深浅 [M]. 北京：中国和平出版社，2006：6.

[8] 杨小滨·法镭. 毛世纪的"史记"——作为史籍的诗辑 [M] // 臧棣，萧开愚，张曙光. 中国诗歌评论：诗在上游. 上海：上海文艺出版社，2013：17.

[9] 吴晓东. "搭建一个古瓷般的思想废墟"——评欧阳江河的《凤凰》[M] // 欧阳江河. 凤凰. 香港：香港牛津大学出版社，2013：24.

[10] 纳博科夫. 独抒己见 [M]. 唐建清，译. 杭州：浙江文艺出版社，2012：34.

[11] 亚里士多德. 诗学 [M]. 陈中梅，译注. 北京：商务印书馆，2002：158.

[12] 阿尔贝·加缪. 加缪文集 [M]. 郭宏安，袁莉，周小珊，等，译. 南京：译林出版社，1999：629.

——原载《江汉学术》2015 年第 2 期：19—25.

白昼燃明灯，大河尽枯流

——论当下作为"症候"的知名诗人长诗写作

◎李海英

摘　要：针对当下一些知名诗人积极写作"里程碑式"长诗文本的现象，以柏桦《水绘仙侣1642—1652：冒辟疆与董小宛》、欧阳江河的《凤凰》、萧开愚《内地研究》、西川《万寿》等最近的几部长诗为例，可分析他们的写作抱负、写作特点、诗体模式和审美属性，以查看当前长诗写作中可能存在的问题：一是长诗文体创新的华而不实，他们所实验的元诗歌写作、史诗写作、地方志写作和百科全书式写作，均显露出勉力而为的窘蹙；二是创作者艺术感知力与创造力的明显消竭，这些长诗文本的艺术水准不仅远未达至他们之前的优秀之作，且多呈粗糙生硬之相；三是诗学理念与创作实绩之间的严重脱节；四是被评价过程中过多的虚与委蛇与牵强附会。在此过程中，可进一步探析当下长诗写作中普遍出现此类问题的动机或缘由。

关键词：长诗；元诗歌；反史诗；地方性；柏桦；欧阳江河；萧开愚；西川

　　长诗写作，在近几年来很令人瞩目。一批1980年代成名的诗人，柏桦、欧阳江河、萧开愚、西川等都陆续有长诗作品出现。据与一些诗人的私下交流得知，还有不少人正在长诗写作的进行中，或许很快就会有另一批文本出现。诗人们的意图在长诗文本中毕露无遗：柏桦在重启某种中国文人士子的内在追求，欧阳江河试图为我们这个民族重塑某种崇高精神，西川用新历史主义的态度以诗歌完成一部近现代中国社会的百科全书，萧开愚似乎要站在地方志的某个支点上把脉当下社会的种种症候。至于技巧上更是令人眼花缭乱，可谓穷尽了现代诗歌写作的种种，这其中有对百科全书式巨大文本的追求，有对元诗歌写作的探索，更有创造史诗写作的幻象……这些长诗一经推出，皆在诗歌界引起很大的"轰动"并获得广泛的赞誉。①

　　然而，作为一个阅读者，我感受到的却是这些长诗文本里面普遍存在着一些问题：首先是语言的美感变得极为艰难，其次是言说的诗意极为扭结，再次是经验的内化非常生硬，同时也没有接受到"负审美"或"恶之力"应该带来的震惊。此外，我个体对诗歌文本真实感受与已有的某些知名评论家的观点也存在很大偏差，比如被誉为"当代史诗"的文本，而我恰恰认为是反史诗的。因此，本文以几位知名诗人最近几年的"长诗"文本为例，分析他们的写作特点、诗体模式和审美属性，并非是一次自负的诊断，仅是期望了解当下长诗写作的因由与现象，并诚实地说出自己的观察与疑惑。

一、"元诗歌"还是"导游解说员"？

　　这些长诗文本给我留下的第一个深刻印象，是大量的、事无巨细的注解和过度阐释。

　　欧阳江河注释版的《凤凰》一书中，吴晓东教授的"元批评"几乎对每个句子都做了注释，详细介绍了该诗创作的起因、经过以及每句诗可能包含的指向与意义。柏桦在长诗《史记：1950—1976》中加了更多的注释，有对那个历史阶段出现并风行的词语的梳理，比如"检查""革命""老三篇""政治学习""不爱红装爱武装""大寨""神仙会""斗私批修""革命委员会"等；有对某些事物在中国现实生活中的特殊性进行放大，如"掏粪工""厕所""赤脚医生"等；更不缺个体生命经历的复述，比如"上学"等。而他的《水绘仙侣 1642—1652：冒辟疆与董小宛》（以下简称《水绘仙侣》）一书由四部分组成：序（江弱水作）、一首长诗、99 个注释、一篇近三万字的评论式附录（余夏云作），其中的 99 个注释多达十几万字。

　　诗人如此大量地使用"注释"，其目的何在？

　　欧阳江河说，他的意图是恢复某些"中国的古传统"，并提高阅读诗歌的门槛，"这个恢复（中国古传统的努力）又把这个注、批评、阐释、阅读、开放性，包括李陀的两个序放在里面，构成了一个词序的序列，这个序列非常有意思，呈现了一种多样性和开放性。而且某种意义上讲，也是提高诗歌文本阅读的门槛，不是降低。"[1]

　　柏桦的意图，则是达到"精确"："我需要经手处理的只是成千上万的材料（当然也可以说是扣子），如麻雀、苍蝇、猪儿、钢铁、水稻、酱油、粪肥……这些超现实中的现实有它们各自精确的历史地位。在此，我的任务就是让它们各就各位，并提醒读者注意它们那恰到好处的位置。如果位置对了，也就无需多说了，犹如'辞达而已矣'。"[2]

从几位诗人的创作意图和文本实现看，他们都有着明确的诗学意图，其中之一是探索"元诗歌"的创作。但其效果如何？我们以柏桦的创作为例。

按照张枣的说法，柏桦是从一开始写作就具有"元诗歌"意识的诗人，他敢于"展露写者姿态和诗学理想，并使其本身成为最具说服力的人文感召力的诗意暗喻。"[3]《史记：1950—1976》与《水绘仙侣》这两部著作中，柏桦所引资料包括文史哲与报章杂志，看起来很是详瞻，似乎要在"互文"中完成对某种历史本质或人之本质的呈现。从文本来看，柏桦做的互文工作主要是"引证"：《史记：1950—1976》引证的文本主要是旧报刊；《水绘仙侣》中"诗"的部分引证的前文本是冒辟疆的《影梅庵忆语》，"注释"部分引证的前文本主要是胡兰成的著作，具体到不同的方面则是引证各方面的名人名作，"心理时间"这样的哲学命题引证柏格森，现实主义方面引证杜甫，浪漫主义方面引证李白，现代主义方面引证艾略特、布罗茨基……从叙述意义上讲，这四个部分是相互参照的，序言与诗歌，诗歌与注释，评论与诗歌，评论与注释，都在互相说明，呈现出的是一个几乎没有歧义的大解说。以文本为例：

家居[25]
人之一生：春夏秋冬[26]。
很快，你发现了新的喜乐：
女红。饮食、财务及管理[27]。

子曰："仁者静"[28]。
你就在静中洒扫庭除[29]并亲操这份生活。
"其德性举止，乃非常人。"[30]

家务是安详的，余闲情也有情[31]：
白日，我们在湖面荡舟。
逸乐和洗钵池[32]最让人流连；
夜里，我们在凉亭里私语，
直到雾重月斜[33]，
直到寒意轻袭我们的身子。[34]
曾记得多少数不清的良夜，
你长饮、说话，若燕语呢喃[35]，
而我不胜酒力，常以茶代酒[36]。

有时，我们又玩别的游戏，
譬如读诗或抄写[37]：
"人闲桂花落，夜静春山空。"[38]
这一切不为别的，只为闻风相悦[39]，
只为唯美，只为消得这水绘的永夜[40]。

"家居"这部分中，共有三小节20行，注释为15个计30个页面。我们先来分析文本，然后观照注释及注释与文本的关系。

就文本内容来讲，并不存在阅读上的障碍，每个句子都清楚明白地在转喻的横向轴上指向了"爱情与婚姻"完美结合之后的美满状态上，这一美满状态覆盖的范围，既有日常柴米油盐的"安详"，也有琴棋书画的"闲情"；既是举案齐眉又是两情相悦。这是对一种理想婚姻描述，你情我浓并无特异之处。

文本诗意则极为平淡。语言上可以说是陈词滥调的汇聚，选用我们已经形成惯性思维的词语来指向所谓的"人生""女德""闲情逸致""恩爱""风情卓绝"时，完全没有对这些词语涵义进行新维度上的开掘。结构上，第一小节看似挪用了一个大词"人生"，把整个结构置于大命题之下，第二小节在伦理的赞扬中把叙述对象置于光辉之下，然后第三节平铺而下地讲述了一对有情人终成眷属之后的"理想生活"，节与节之间的勾连很平淡，毫无曲折与张力。而这种理想生活，不过是一个未亡人对逝者的追思罢了。

从技术性上讲，或许可以称之为是注解性元叙述。柏桦的注解性元叙述不止是一个局部技术，除了对一个词语、一句话、一段文字、一个人物或一个事件完成叙述后要加一段甚至是一篇注解说明去补正含义之外，诗人还不断地直接站出来去揭示他之所以要注释的动机，对所言之物进行揭伪示秘。这样做的效果，明的是把两个文本放在一起进行比较，暗的是把隐喻意义、象征意义含在里面。在其逻辑关联上，是按照时间的连续性，从古论到今，对不同时期的同一事物进行比对，把事物内在的矛盾性与一致性的东西凸显出来，想从本质上揭示时代、命运、人物具有的普遍性。

可这节诗歌文本多达30个页面的15个注释里，是繁复细致地讲述其对"家居""人生""女红""饮食""女德""闲情"等事物的理解，期间洋洋洒洒地引证中国古典诗文《春日田园作》《鸟鸣涧》（王维）、《陇西行》《新嫁娘》②（王建）、《客至》《江汉》《宿府》（杜甫）、《逸园放生歌》（施闰章）、《幽梦影》（张潮）等，西方经典诗歌文本《白夜》（帕斯捷尔纳克）、《论闲逸》（蒙田）等，现代才子佳人胡兰成和张爱玲（胡的《山河岁月》与《禅是一枝花》，张的《自己的文章》），以及诗人自个儿的一些相关短诗，当然还有其前文本冒辟疆的《影梅庵忆语》与李孝悌的《恋恋红尘：中国的城市、欲望与生活》。这些前文本的指向皆在说明董是一位"德艺双全，福慧双修"的好女子，这个好女子不仅"好"在其美貌资质与持家才能的卓绝，更"好"在同时能把俗常的家庭生活打造得充满甜蜜的、诗意的、醉人的艺术气息。

但我们知道，即便没有这些注释甚至没有诗人的重新讲述，我们仅仅根据关于董小宛的种种传说也会获得这些知识，柏桦的这些材料不过是增强了一点儿已有的固化的印象而已。在柏桦把这样一堆历史材料转化为诗歌文本的过程中，其目的自然不仅仅是再次复述一下故事而已。

我们再来看诗人的目标。柏桦说《水绘仙侣》选择晚明冒董二人的小世界是要"对个体生命做一番本体论的思考"，并阐释"逸乐也是一种文学观"。因为他认为"逸乐作为一种合情理的价值观或文学观长期遭受道德律令的压抑，我期望这个文本能使读者重新思考和理解逸乐的价值，并将它与个人真实的生命联系在一起"[4]。那么诗人是否实现了他的目标呢？

"逸乐"精神，不是今天的发明，这是中国文人骨子里的情结。"逸乐"在宋代达到了它的顶峰，这和当时的文化、经济、社会语境都有极大的相关性，到明末时再次掀起风潮，其中却有许多"不得已"的情愫在里面。因为在晚明时期，"逸乐"作为一种相当普遍的生活状态，和那个时期的社会价值、人生理想、生活观念的嬗变保持着历史的一贯性。由于政治避祸和经济发展，士人阶层逐渐出现了一种"生活美学"的观念，如以钱谦益、陈继儒等为代表的提倡"一人独享之乐"的精致优雅的"生活美学"，以李渔等为代表的倡导以"闲情"和"慧眼"看待生活、经营生活的"大众生活美学"。这些上层文人士大夫成为探索和践行"生活美学"的主体力量，投身于个人化的日常生活、物质体验中，以"快乐"为人生和生活的主题，追求感官和趣味的满足，并影响了整个社会风气。[5]

诗人选取的是秦淮名妓"董小宛"与江南才子"冒辟疆"为叙说对象，这里面就有极大的矛盾性。才子佳人的风流缱绻一旦变成了夫妻恩爱，那么精神上的自由与感官的愉悦便自然而然地转换为操持家务的辛劳和遵守婚姻契约的约束，"逸乐"最本质的精神也便荡然无存了。我们也很容易发现，尽管诗人竭力以展现冒董二人（以及他们身边的小圈子）的优雅与逸乐，把一对才子佳人的爱情泯化到"对于时光流逝，良辰美景以及友谊和爱情的缠绵与轻叹"。我们偏偏看到了怀才不遇的忿忿不平与落落寡欢，其实晚明士人才子在追求"个性解放""反对传统"的浪漫行动中（周作人的观点）总是深藏着"关心世道""佩服'方巾气'"的纠结（鲁迅的观点），即便是李渔那样的生活艺术家，也不过是"用狡狯伎俩，作游戏神通"。

那么，这里所谓"逸乐"精神的重说、解说，以及不厌其烦的细节设计，除了起到提供信息的作用之外，还有什么？或许诗人所想达到的是艾柯所言"双重译码"的效果：一方面诗人对其他著名文本的直接引用，或是对那些文本的几近直白的指涉；另一方面直接向读者发话，体现文本对自身特质的反思，意图实现同时照顾"少数精英和普通大众"的效果。[6] 其实诗人是用互文也好，用元叙述也好，都好理解，因为互文不仅仅是写作的一种现象，也是写作的基本机制和存在原因。在创作之前进行互文性构思，说明作家有明确的意识要在一个宽广的视角下利用更充分的资源去创造一个具有综合性包容性的巨著，但是另一方面，也可能会使创造性个性化的东西减少。那么，一个文本中使用"注释"，最基本目的应是在文本中发挥它的有效性。

但《水绘仙侣》的许多注释让人困惑，它是为了使文本更深刻、更复杂、更丰富？或是为了起结构上的、意义上的"关节"作用？或是为了制造某种非注释不能达到的效果？这些似乎都没有达到。退而求其次，它拟想的读者是谁？不熟悉中国历史和文化的外国人，未来的可能对历史模糊的中国人？固然读者以及潜在读者的在场或者缺席并不重要，然而如果文本本身的写作意图并不明确进而呈现出含糊和雾化的样态，究其原因就是因为诗歌文本本身并没有形成一个完整的场。显然，今天的读者对那些被注释的"事物"并不陌生，但诗人像个热情的"导游解说员"，生怕我们对眼前的风景缺少发现、不会欣赏，不厌其烦地在那儿指指点点，不时地制造陈词滥调的暴力灌输，比如那些反复解释的"春夏秋冬""仁者静""洒扫庭除""燕语呢喃""闻风相悦"等词条，最终成为毫无张力和艺术感染力的废料。

二、"历史想象"还是"提线木偶"？

西川也是一个对"晚世"怀有特别兴趣的诗人。如果说柏桦倾情"晚明"，想写"一部古代中国文人思想和生活的总志"[7]，那么西川则要依托"晚清"完成一部近现代"中国社会的百科全书"。如果说《水绘仙侣》是在展现历史风云际会中诉说个人的命运与际遇，《万寿》则更像是有意展现一个覆盖从晚清到现代的历史事件、风俗习惯、风云人物共时的历史场面。

现代文学中百科全书式的文学创作，最开始是在小说领域，"现代小说是一种百科全书，一种求知方法，尤其是世界上各种事体、人物和事物之间的一种关系网"[8]。其出现的一个原因，是在"传统现实主义衰落之后，对叙事的多种可能性进行试验的一种方法，也是小说在各种各样的现代知识体系和现代传媒中寻找自身新的价值的独立价值的尝试"。就像在普鲁斯特、卡尔维诺的小说中，"对生活经验的叙述性探索与对叙述形式本身的探索构成了小说的双重主题"[9]。当这样一种探索方式用于现代诗歌中，会产生什么样的效果呢？

西川似乎有着新历史主义的批评意识，他对历史进程中零散插曲、轶闻轶事、偶然事件、异乎寻常的外来事物、卑微甚或不可思议的情形等事物都有着特别兴趣。《万寿》涉及的历史事件至少包括：慈禧太后的六十大寿、太平天国运动、传教士入华引起的中西文化交流的变化、印度与鸦片贸易、革命政变等；文化现象：戏园子代表的黑白两道、黄色读物与文明的多样性、天象预兆、"土产"的资本主义的萌芽及夭折、男扮女装的戏剧艺术等；风云人物：康有为、郑孝胥、庄士敦、利玛窦、康熙、艾儒略、洪秀全、萧朝贵、赛金花、隆裕、慈禧、辜鸿铭，还有得了诺奖的莫言。如此包罗万象，目的是"有意要进入历史内部，有意揭示交织在中国近现代历史内部复杂的人性、文化逻辑"[10]。这是常见百科全书式文本的雄心，他也着力于去抓取这些内容：

> （1）扮作小媳妇的人挺不出乳房却准备登场，
> 头戴点蓝银凤冠，手持红缨枪又叫长矛。
> 为假女人叫好，乃戏园子传统之一。

> （2）小鸡巴头一点儿胭脂红。
> 小灯笼里的小火苗照着个小小的读书人。
> 黄色小说装点伟大文明。——只有自己人知道。

> （3）康有为作《大同书》，娶小老婆，
> 泛舟西湖复活了苏东坡泛舟西湖的情景。
> 文明的两面：大老婆和小老婆，有如孔孟之道和黄色小说

> （4）海关大楼里坐着忠心耿耿的英国人，
> 罗伯特·哈特。
> 比中国人还中国人的外国人傍着青花瓷打盹。

这些历史细节或许在"创造性"的意义上可以被视为"诗学的"，"因为它们对在自己出现时占统治地位的社会组织形式、政治支配和服从的结构，以及文化符码等的规则、规律和原则表现出逃避、超脱、抵触、破坏和对立"[11]。那么诗人在叙述历史时把过去的事件转变为一种叙述策略时，目的何在？西川说，是让它"帮助

我们再一次想象这个世界和我们的生活"，帮助我们与"其他文化对于世界和生活的想象"展开"真正的对话"，甚而进一步与"自己展开对话"。[12]

愿望固然是好的，可是柏桦汇聚着衣食住行、经济文化、社会风尚的互文性文本《水绘仙侣》与西川新历史主义观照下的《万寿》《潘家园的旧货市场》，为何没有产生"百科全书式"的力量，反而变成一种信息的堆积与循环重复、复制甚至戏谑？

固然这和当下语境有关，我们今天新技术时代，借助电脑网络，各种信息传递似乎都变为即时的了。我们如果为了获得"知识"，文学文本肯定不是唯一的也不是最便捷的，如果不能进行新知识的传递，"百科全书式"其实是无效的。此外，百科全书不仅仅是知识的汇编，狄德罗编写《百科全书》时，汇编的不仅是知识，他更是从涌现的大量新知识中看到了所处时代的症结所在。诗歌创作中，将历史、社会、时代做一个百科全书式的聚合则特别需要个人功力的驾驭，不仅要把思想、精神、材料、词汇等元素完美融合在一起，且要成功地转化为诗歌经验。

《万寿》的问题恰恰在这里。从内容上来讲，尽管诗人试图把晚清至现代的人物、风俗、事件囊括在一起，可他是以直接植入的方式把它们简单罗列，一个事件与另一个事件并不形成意义上或呼应或对峙或增殖或消解等关系，更像是一种无序的堆砌。杂乱的历史材料在未经加工的状态下是无意义的，一组特殊的历史素材在诗人的想象建构和经验提炼中，无疑需要赋予特殊的意义，"从纯形式的角度来看，历史叙事不仅是对其所报道事件的一种复制，而且也是一种复杂的象征系统，它指引我们在我们的文学传统中找到有关那些时间结构的一种像标"[11]。可在《万寿》中，诗人给予他所罗列的历史人物、历史事件、历史情形的态度与情感，多半时候是模糊的暧昧的，比如说，作为士大夫的康有为一面"作《大同书》"一面"娶小老婆"这样一种具有象征意义的行为，原本是可以引导我们去发现与此相关的文化、文明、习俗等一系列现象背后的本质，然而诗人却把它简单地归结为"文明的两面"，并用"大老婆和小老婆"与"孔孟之道和黄色小说"作为戏谑。这是西川语言的一贯作风，随意混合"箴言"语式与油滑修辞：一方面通过复述历史中某些通常被认为是至关重要的事件把语言制作成一本正经的警世箴言，一方面又通过抖露各种历史八卦和小段子把语言变成毫无重量的油嘴滑舌。诗歌不是不可以幽默，但它至少不能沦为轻浮好笑的段子，诗歌中幽默运用得好时完完全全可以直抵我们心底最柔软的地方，而不是油嘴滑舌地把语言上、诗意上、观念上的"轻"和"重"不加分类地随意抛掷。

与此同时，更要命的地方是该文本因为在"戏说历史"中的游戏态度，呈现的是"破碎且无创见的历史观"，既然文本选择从晚清到现代至当下这段时间作为历史语境，那么与文本同时复现的那个时期有关的一切事物的名称，都应不同程度地承担着诗人对这一段历史的某种理解其或思索，但"从该诗中丝毫看不出一个写作者本应有的对晚清以来历史的深刻理解或洞见"。[14]

最后，作为诗歌创作，诗人理应很清楚，不是所有的历史素材都可以转化为诗歌素材，可以转化为诗歌的素材也不是简单地排列下去就可以结构为诗。诗歌从本源上讲，不管选用何种材料作为言说之物，其关键的地方是材料要在每一处发挥其诗意，局部的诗意还必须相互应和着形成一个整体的诗意。如果仅仅是传达一些历史信息、一些逸闻趣事，完全可以用其他的表述方式，比如历史传奇或历史演义，在这一点上，它们似乎更有效。然而《万寿》却"类似于一篇篇用诗写成的读史札记"，仿佛是从一个历史的书袋中抽取的一些卡片，被诗人变戏法般耍成了一把扑克牌。其"诗歌想象力"与"历史想象力"几乎没发生有效的关联，我们既不能通过细节去证明"到底发生了什么"，也不能从大的意义上（如国家、民族和文化）上去把握那些值得我们把握的人类传统与记忆之物，就连反思的依据也被嬉笑掉了。那么重构历史、重述历史、想象历史，有何意义？

西川在一篇访谈中也无意中透露过写作此事物的隐在动因："我现在就实话跟你说：头两天有一个芝加哥大学的学者到我们那儿交流，他讲到当代艺术和现代艺术的区别。据他的看法，当代和现代的区别首先在于：当代艺术具有历史指涉，也就是多多少少你得处理政治问题；现代文学和艺术才只处理文学艺术问题……你走遍全世界，所有好的作家、诗人都在谈这个东西，你可以说我不进入，那好，那你就别着急了，说怎么不带我玩儿啊？对不起，不带你，因为你不关心，不谈论这个。"[14]此段心声不仅显示出作为一个诗人的西川不仅没有作为一个诗人应有的骄傲的自主性意识，更有着流俗与轻易被误导的倾向。走向群体意味着个体的消亡，诗歌恰恰要处在"个体性"的基础上。被动仓促接受某种貌似主流的思考，于是诞生了仓促写就的局促文本。而且，在诗人说来，似乎自己俨然成了一个先锋人物、迈出了关键的一步，向着"优秀作家和优秀诗人"高歌前进了——借用"历史"/"传统"作为"想象"的支点去开扩人类的认知范围。然而这个噱头中遮掩的恰恰是想象力的危机，"历史"像一个"提线木偶"被提溜着随意耍弄。

三、"超觉接触"还是"信息堆积"?

萧开愚早就谈论过这种写作现象："很久以来，我们写作的资料主要出自三个方面，风景、爱情和书面文献。我们巧妙地用修辞术改造了风景、爱情和各类文学或历史典故的含义，使其变得美丽中藏有'恶意'。诗人的改造将诗作制造成曲折、隐蔽、晦涩而又人人能懂的象征系统，作品的确因为'全体隐喻'而多了一层意思，诗人的兴趣点多数布置在暗指的一层意思上，但是其弊端显而易见，我们无法在作品中遇到正面写作必然陷入的困境和阶梯，换言之，风景和爱情作为屏障遮蔽了诗人本来想要看见观察、透视的目标区域，爱情和风景反倒成了粘满污汁的牺牲品。"[15]

当一些人扭过脸不去理睬现实土壤中暗藏的沟壑，以便返回前工业时代的那种安全的社会环境、风俗、神话或语言风格的时候，萧开愚曾把目光锁定在极具难度的"地方性"上。在回到地方性或者说以地方性为立足点处理我们的生活方式、风俗习性、伦理关系、生产方式、人际关系以及物种、气候、风土、血缘、家庭等生命经验之过程中，萧开愚要探讨的是地方秩序中深层的生理与心理结构，以便摸索到人性恶变的病因。

他的长诗《内地研究》某种程度上说延续了之前的《破烂的田野》，同样指向当下我们所置身的时刻，不过却进行了挖井钻头式的开掘。该诗对河南、山西、陕西三地展开"调查"：以"地质队"混合着"考古队"方式，进行一场关于文化、经济、政治、工业和人的"无律反复"，对其"兽性流动和自毁豹变因缘"进行"超觉接触"。虽然明确把"内地"限定在河南、山西和陕西这三个省，但我们知道所谓的"内地"在中国其复杂性是超乎想象的，尤其在涉及政治和文化方面。这块区域在中国传统社会中，原本是一个"核心"地区，而在新时期（尤指1980年代以后）却发生了断断续续的变化，像一种慢性病。比如说传统文化和生活习俗，其演变过程从未像沿海地区那样迅猛也不会像边疆地区那样坚固，海外的风即便是猛烈凌厉的，在吹遍了沿海地区之后进入内地也早已减势为轻风一缕，它可能会使身体发肤有所感知，但很难吹到人的心窝和脑袋中去，从城市吹到乡下又得一些时日，你很容易发现，新事物虽不断出现，但旧的习俗巍然屹立，就像穿着婚纱拜天地。

正是这种缺乏确切的传染性生物病因证据，此地域如果产生病变，其病症会很复杂："从豫东到豫西，并没移植到南方的戾气，在囵圄的午睡中，在忘我的夜睡中，很多地方在争吵中，在谅解中，一个接一个一样地解体容积。"在这样的一个地方，经济运作、社会风气以及思想意识，都是探不到底的"渊薮"：农业种植在科技致富的掩饰下进行的是恶性破坏，财政数据在政策条文的编织中真假难辨，工业建设在"蛮性翻覆"中全是漏洞，传统文化和道德礼仪在贫穷的羞辱里摇身为廉价的娼妓……这些"渊薮"每一个都被装饰得流光溢彩，流光溢彩之下却是一个被各种病毒交叉感染的接近枯槁的实体：

　　　　略加辨识，谨以河南为例。

只有河南，财税立项透明。

黄淮汉海四大水系，授受上下东西两股利益。郑州适中稠密，市县记得根基，过亿忧患籍贯尔尔，早睡继以晚起，日常的厉害只是日常经济的一点警惕。钱国玉厅长的报告排除经济反驳派的危耸，怠慢农业披沥的怔忡。不弄沿海的高，但将平中的层，为葱茏这些薄田和薄面，轩轻那些纵横和中计。

税收占一般预算收入的比重低。

1994 年，87.6%，2006 年，69.5%。

县级落到 56.7%，矮于全省 12.7%。

县级非税收入蹿升，

小税种税去的结合未获留意。

主体税种长得快不及税收总量长得陡，年减 2% 以上，与国均维持 3% 的差距，

财政岁入赫然不稳。

土地的使用税、增值税和耕地占用税，2004、2005、2006 年，狂突 118%、58.4%、61.9%，立桩开掉的低头和房子销掉的举头并不计作亏损。

莫非无产者的老本不抵成本？

无产者的本金是他的泥巴身体，

每枚硬币洞穿了一具。

该诗的五个部分中，前四个部分中很多细节是由政府报告中的财政报告、经济指数、工业建设、农业发展与少年犯、艾滋病、黑煤窑等新闻事件转述而来，第五部分以附录的形式，命名为"五个动机的无律反复"。哪五个动机？我个人认为是对政治、经济、文化、社会、人性的一个"调查研究"（尽管诗人说对应的是"金木水火土"）。此文本具有强烈的新闻气息，其中关于"少年犯"的转述直接来自于一个新闻报道，关于 GDP、税收立项、高铁建设、转基因农作物、上访、矿难、生态环境等材料的语式、节奏、叙述策略以及抒情方式，都有新闻体的强烈气息。为何要以"新闻报道"为次级文本？按照本雅明的说法："新闻报道的价值无法超越新闻之所以为新闻的那一刻，它只存在于那一刻，即刻向它证明自己存在的价值。"[16]萧开愚是要以这种本质上荒诞、虚构的即时性材料作为诗歌材料，从看似各不相关的事物中，呈现出一个地区（内地）的"日记"？当然，萧开愚的抱负不止于此，"三地本是留白，影射旁边的硬黑，/顺带四面边缘，层级深阔的空缺"。"内地"的问题绝不是一个地区的局部问题，至少它是一种普遍的蔓延在各处的问题。

可见《内地研究》想做的是要把宏观的结构框架（上层建筑）与个人环境之间

的相互作用、这个框架的变迁以及它对个人环境所造成的影响，全景式地展示出来。就像威廉姆斯的长诗《佩特森》，发掘出地方、文化、经济、技术等社会因素之间盘根错节的过程中所构成的合力是如何形塑了一个人"佩特森"（和一座城）的境况。确实，威廉姆斯塑造的佩特森的自我形象、他的良知以及心智的成长，他的恐惧、憎恶、爱恨情仇等等情感和心态，都和他所处的社会生活历程和社会情感密切相关。但萧开愚所塑造的盗窃集装箱的"少年犯"与"内地"却都不算成功，我个人认为，其中的一个原因是他没有把新闻话语转化为诗歌话语。

新闻和诗歌的叙述技巧中，尽管都可以对各种事件进行突兀并置或罗列，但二者之间是有本质差异的。比如说时间性，时间性是新闻事件本身最主要的一种构成要素，可新闻的时间性是最缺少真实性和同时性的，山西的矿难事件、河南的假药制作事件、上海发生的少年抢劫案、西安发现的古墓群、地方政府推出的税收改革，这些事件在新闻话语中并置一起时并不构成真正的联系，它们可能来自各自的历史时间层。而诗歌对不连续性事物的并置，则需要在一个确切的时间尺度或确定的语境中赋予事物一种内在的关联以及新的意味，诗歌中的时间性不仅仅是一个隐喻的使用，更是形成隐喻的过程。

新闻话语下表述的是"事实本身"，语言只是一个透明的媒介，它摈弃一切不能直接交流、直接理解的经验和语言。而诗歌话语则与之相反，"诗歌本身的话语形式比它实际上说了什么更加值得关注"，当"一个诗歌文本向我们'报道'一件事情或一个时刻，不是把它变成一个自命的、概念性的和已知的事件，而是模拟这个时刻，显现一个未命名的事物"。当代诗歌对日常事物和日常生活进行模态性的叙述时，是要特别强调感知力的极致深入，"用感知力深入事物的细节，或在不同的层次之间建立起联系，直到这个事物和事件看起来成了一个想象，一个隐喻，以及一种转义形式"。[17]《内地研究》并不缺少细节：

> 我们遵道而行，道而不是道德，
> 我们逐路而居，迁就道路而不使道路迁就我们，
> 我们迁就规划，无视已有，有项目才有活路，
> 我们不管荒谬与否，不问方向，管活不管生活，
> 我们开山，在山上、山下和山间铺铁轨，
> 我们在硝烟中抽烟并且向前，
> 我们沿着铁道进步，在大小火车站周边盖起大小城市，在煤灰和煤烟中排泄和亲嘴，我们方便出来的后代比我们还要还童，还要迷信闪电平铺和雷霆立交，我们修啊修啊，

我们赶、趴火车，倒卖鸡蛋和钢材，

我们批条子，干部和亲戚，盖章和签名的条子，转弯抹角接头的条子，

我们睡下铺，闻着脚和鞋臭与中和上铺畅谈国运，

我们吞盒饭，三十块降到二十块最后五块，冰冷纯粹地沟，

我们制造黄段子，圣贤与烈妇同着伪善者与卖国贼搞气，我们平等伦理，

超额实现计划生育，我们的黄色不结果……

    每一行似乎都一个关注点（拆迁、规划、修路、城镇化、倒卖、地沟油、计划生育等），但这些细节却没有活力，因为每一个细节又都是一个概括，而不是一个生命形式，细节中原本沉积的痛感、无助感、绝望感和愤怒，在看似反讽和自嘲的语调中又被化解，反讽又因词语游戏而变得轻飘，"道而不是道德""管活不管生活""在硝烟中抽烟""还要还童"等，很像词语的游戏，可诗人要谈论的却是生活中极为重要的、关涉到我们日常生活的方方面面的问题，而且正因为现实生活中大家不去思考，诗人才越发需要提供严肃的参照。《内地研究》的语言倒不是新闻语言那样透明，而是人为的晦涩。比如，我们所选文本中这句"不弄沿海的高，但将平中的层"，"中"相对于"沿海"是指"中原"？相对于"高"是指"中等"？还是把"中层"拆分开了？这种人为的晦涩给阅读造成的障碍，不是来自于言说之物或语言本身的深度与复杂性，而是词语被任意缩减、增加、组合后造成的不清楚。

    由于语言的晦涩并不深植于内部，它使经验的内化变得极为生硬，这牵涉出来的是新媒介下诗歌创作中信息如何处理的问题。该诗吸纳了很多东西，它涉及了政治方面的民主与公平、经济方面的恶性循环、科技方面的不可信任、新媒介方面的虚拟与无孔不入、地方性知识方面的质变，当然时事方面更是包罗万象。或许正是因为它吸纳了太多的东西，过多地把各种信息加入进来，信息本身具有的对当下问题的关注化解了诗意经验的生成。作为一个优秀的诗人，萧开愚自然清楚要把当下时代的一些敏感的、即时的问题，比如说留守儿童的教育问题、土质水质被污染破坏的问题、经济虚假问题、农民工权益问题引入诗中，就必须对它们进行一番处理抹去它们原本的"问题样态"，把可能是粗糙的或不具有典型性、深刻性、独特性的原态问题转化为具有诗歌活力的诗歌经验，以此达到对"新的感觉混合物"的探索。然而遗憾的是，《内地研究》中许多地方都像是新闻报道的直接平移，虽然里面会不时地冒出几个反讽性的句子（"财政岁入赫然不稳""无产者的本金是他的泥巴身体"），却也不能将大量的信息引爆为诗意的灿烂烟花。

四、"当代史诗"还是"反史诗"?

欧阳江河的《凤凰》被吴晓东教授称之为肩负起了当代史诗的重任。吴教授的长篇评论《搭建一个古瓮般的思想废墟——评欧阳江河的〈凤凰〉》为《凤凰》找到的最直接的谱系，是20世纪现代诗歌写作中艾略特的《荒原》《四个四重奏》、庞德的《诗章》、威廉姆斯的《佩特森》。对其"史诗品质"从如下几个方面展开的论证：一是追求史诗品格的《凤凰》"具有宏大叙事的特征"；二是《凤凰》"摒弃了抒情诗类型中固有的抒情主人公形象，拟设了一个与史诗类型相适应的拥有高屋建瓴的观察视角的历史叙述者"；三是"史诗追求的宏大气魄还表现在《凤凰》中蕴涵了一种世纪性以及全球化的使命意识"；四是《凤凰》"史诗追求的宏大还表现在历史时间的纵深感中"；五是《凤凰》"为当代生活赋予了整体图式"。此论是否周延？让我们回到诗歌文本。吴教授是以下面这一段文本为例：

> 人啊，你有把天空倒扣过来的气度吗？
> 那种把存心放在天文的测度里去飞
> 或不飞的广阔性，
> 使地球变小了，使时间变得年轻。
> 有人将飞翔的胎儿
> 放在哲学家的头脑里
> 仿佛哲学是一个女人
> 有人将万古交给人之初保存。
> 有人在地书中，打开了一本天书。

猛一看，确实有一种"宏大视野"的特征，该诗一开始就要把"飞翔""思想""精神""文化""神的工作""人的欲望""工业建设"，还有"诗歌写作""艺术创造"等勾连在一起，力图催生出"全诗向上飞升的整体势能"。

而略加细读，会发现其中的修辞套路极为可笑：首先是伪装成一个对宇宙有着深沉思考的大诗人。在此，诗人似乎要站在一个全新高度上开启民智，要对话世界，对话民族，对"人"（人类）进行发问。二是用一些看起来具有天马行空般想象力的词语，如："把天空倒扣""使地球变小""使时间变得年轻"，这是伪浮士德式的野心与郭沫若《凤凰涅槃》里修辞模式的仿制，这个仿制又缺少他们身上无法遏制的改造世界之激情；比如，"哲学家""哲学""女人"，把凤凰"飞翔"的这一具有神显性质的象征，先是比作"哲学"，然后又进一步比作"女人"，在短短的三行之内对自己要树立的"精神"彻底地亵渎了一番，且不说其所倡导的"精神"是什么；"万古"与"人之初"、"地书"与"天书"，这两组俗常的修辞对照无任何新意产生。三是整节文本是借助了时间与空间这样一个大概念中的常识性知识，时间上谈古论今，空间上谈天说地。而文本的构架却既不是时间性的也不是空间性的，时间与空间不过是支撑一个脚手架的钢管，以便"展开大规模的词语施工"[18]。四是所描述到的事物之间缺乏内在的关联性。欧阳江河重启远古神话"凤凰"进行现代史诗的书写，其"历史思维"和"叙事技巧"的综合显得尤为牵强。而"历史思维"和"叙事技巧"的综合能力，恰是现代史诗的"基础的元素"，将直接影响到全诗最终"格局"。[19]

仅从此四点看，此段文本仅是"具有宏大叙事的特征"，此外它既没有在形式上追求"整体性、目的性、历史性和现实批判"，也没有实现"在叙事法则之下的结构性要素和审美性要素"，更不要说完成了"一种人类思维方式和精神性追求。"[20]

第二，关于叙述者的权威。当然史诗的叙述者必须具有一定的权威，因为他要发掘某一信仰、精神、观念的重大意义并为之代言，要对历史进程中人类和社会的重大问题洞若观火并作出反思、批判或建议。欧阳江河《凤凰》中所谓的"历史叙述者"缺少权威性，其症结在：首先是对神话原型启用的不当，《凤凰》的潜文本是艺术家徐冰的"凤凰"，该作品是工业废品回收再利用后的创造，将原本不是艺术的东西制作为艺术，从而在将非艺术的转化为艺术的过程中"延展艺术的概念""打破艺术的边界"，这符合后现代前卫艺术的基本诉求。而欧阳江河在互文利用中要启用的"凤凰"象征是原型意义上的"神性"，（应该）是"天下有道，得凤象之一则凤过之。得凤象之二则凤翔之，得凤象之三则凤集之。得凤象之四则凤春秋下之。得凤象之五，则凤没身居之。"[21]而他使用的召唤"凤凰"到来、飞翔的材料，则是当下时代中失去秩序之后的后工业时代的碎片，他提供的"凤凰"形象在历史的风尘中，由"非竹实不食，非醴泉不饮，非梧桐不栖"的神鸟沦落为"女工跨在身下"的交通工具，由"五色成文章"的华贵变身为"建筑废料"的组装，神性的存在被亵神至此，这本身就具有极大的反讽性。既然如此，文本叙述者如何为之代言？代言它的什么？原型启用的不当必然导致原型精神的暧昧，在我们传统文化中对"凤凰"的期盼针对的主要是天下太平、社会和谐，当今时代的困境则远远不止于此，我们困扰于心的惶恐远大于身外的破碎。在此语境中，文本叙述者要在哪个维度和深度上显现原型精神？换言之，"凤凰"作为一种精神或信仰它能对症我们时代的哪一病症？如果不能，凭什么说它"蕴涵了一种世纪性以及全球化的使命意识"，其"使命意识"表现在哪里？

吴晓东教授的说法是，在"追求对时代的全景式和立体性的观照和把握，试图以史诗的形式，甚至可以说当代神话的形式，为当代的生活提供一种全景式或美学抽象。"[22]是否如此？我们以其他诗人的文本作一参照，以色列诗人耶胡达·阿米亥和墨西哥诗人奥克塔维奥·帕斯有一些此种向度的文本。阿米亥的创作中有很多是以犹太民族的宗教和历史为背景展现当代以色列社会的境况，比如其长诗《耶路撒冷，耶路撒冷，为什么是耶路撒冷？》以"在耶路撒冷，一切都是象征"为起点，把日常与神圣、爱情与战争、个人与民族等内容叠加于其上，像一个最柔情的爱恋者和最悲绝的祈祷者，描述出其"圣城"的过去和现在、艰难与期望。即便他的文本中有反讽的游荡，其反讽带来的是直抵内心的疼痛，他采用的个体经验中包藏着大量的集体记忆。帕斯的《太阳石》结构上以印第安人神话的圆形时间来构思，在不同文明的不同时间观的交叉中重新沉思人类的基本境遇中"时间""自我""生死"的古老命题，同时完成了他个人创作上从现实主义向超现实主义的转变。《凤凰》一诗虽然也涉及神话、历史和当代生活中工业建设、艺术问题、精神失落、神话流俗等的问题，但却是蜻蜓点水的扫描，所谓的对当代生活全景式的"洞察"，其实不过是将"一种失败感转瞬化为崇高的审美胜景"，且"包含了享乐的气质。"[18]文本中看不到"凤凰"精神可以重构在何处，而这一在当今时代被失落的"神物"也远没有显现出其不可失落的因由。

基于此，我认为《凤凰》恰恰是反史诗的。对于《凤凰》的"反史诗性"，吴教授其实看得很清楚。他自己也说《凤凰》的矛盾性表现在一方面它"承担着总体性的追求"，另一方面它表现的恰是"当代世界的本相"。然而他认为这个基本的悖论是可以解决的，"当代生活的本质可能在于整体性的无法获得，《凤凰》恰恰揭示出这一现实。因此，当代世界中如果存在一种史诗，也是以反史诗的形态呈现的，在反史诗的过程中成就了史诗的形式。"[22]这种解释看起来相当滑稽，在承认当代史诗不可能的同时，为何还要千方百计地为一个较长的文本按图索骥地寻找"史诗"的某些零星片段？难道仅仅是因为"毫无疑问，文学史诗是诗歌的最高形式，它要求作家广见博识，富于创作灵感，善于在那些囊括当时社会及广博学识的诗篇中展现其视野、壮观和权威"[23]？

五、结　语

长诗有其自身的规范，长诗之所以称之为"长诗"，无关乎数量的长短比对、空间体积的大小、时间距离的跨度、信息数据库的容量，它不是局部相加等于整体，也不是很多短诗的排队集合，尽管现代长诗多数是由一组组短诗组成，但毫无疑问，那些被认可的长诗文本，通常有其可指认的规范性，比如结构内在的完整性，意义内在的同一性与关联性，形式上的独立性与建构性，内容上的包涵性与拓展性。在这之上更重要的是，不管言说之物是什么，文本必须首先是"诗"，而不是观念阐释、文献汇编、读史札记、调查报告、短诗拼贴之类的东西，史蒂文斯的《最高虚构笔记》借用象征体系，在把世界理解为一个形而上学的过程中讨论了现代诗歌创作的一些本质性的问题，成为一个创作哲学的典范，但它首先是首卓越的诗。20 世纪以来，艾略特、圣－琼·佩斯、威廉姆斯、史蒂文斯、塞弗里斯、聂鲁达、埃利蒂斯、帕斯、阿米亥、沃伦等诗人早已提供过可资参照的杰出文本。

国内这些曾创造出优秀文本的诗人，近些年致力于长诗写作，我想最根本的原因之一是诗人的使命感所促使的：一是要呈现所处时代的各种症结所在，非规模宏大不可展现；二是要完成一个时代的代表之作，达至艺术的制高点，树立里程碑式的标记。本文所列举的几位诗人，都是在 1980 年代就成名，经过 30 年左右的写作，在处理材料与探索技艺上都曾有过不凡的文本，也都有过长诗写作的实践。可这些长诗文本呈现的结果，为何让人觉得如此惨败？

从对这些长诗的观察来看，确实存在着一些值得思考的东西。柏桦、欧阳江河、萧开愚和西川等几位诗人可以说都是当代非常重要的诗人，其重要性自然来自于他们曾经创造过一些重要诗歌文本这一事实。问题似乎也正是出在这里，即他们要处理一个巨大的题材并建造一个巨大的实体时，采取的方式深受其原来写作思维的影响。

柏桦有元诗歌意识，善于写历史，写温婉细腻的东西，他的《表达》《在清朝》《苏州记事一年》等诗都处理得很精巧，在《水绘仙侣》中偶尔也可以看到这些精巧，然而他陷入了对性情、语词、感觉、故事、事物、人物的"晚世风格"的过度把玩中，并对之进行无限放大和高蹈，也就无限地稀释了所谓的"逸乐"的真精神。

欧阳江河在 1980 年代到 1990 年代中期善于使用对立修辞，创造了一些代表性的文本，如《玻璃工厂》《最后的幻象》。2000 年之后曾一度停止创作，2010 年推出的长诗《泰姬陵之泪》，除了体积膨胀了许多之外，其思维方式、修辞方式、话语方式甚至世界观都没有更新。而《凤凰》一诗，则是遍布了诗人自己的前文本，很多个细节都是照搬他之前的一些诗作，像是对自己重要作品的一个采撷之后的汇编，空洞而矫饰。

萧开愚原本善于处理复杂的题材，长诗《向杜甫致敬》便是例证，同时他也有从细枝末节中直抵现代社会核心问题的能力，短诗《北站》《母亲》便是例证。在

2007 年写作《破烂的田野》时，使用的虽是新闻材料（山西黑煤窑事件），却能以"双性的农妇女"和"孩子们"展开对农民命运的隐喻式描述，语言是浩浩荡荡中喷薄着冷峻、毒辣、沉痛，可以说言说方式与内容达到了极高的配合。此后在诗集《联动的风景》中，语言的有意晦涩已露端倪，因为多是短诗，其缺陷还不明显。到了《内地研究》，大量的新闻事件与扭曲的语言挤压在一起，诗意几乎被完全屏蔽掉了。

西川原本是一个对语言有着独特见解的诗人，虽然曾一度被质疑有游戏语言的倾向。近些年的写作中逐渐增加了对本土历史和当下状况的关注，然而《万寿》的语言路数却是他一贯的做派，"关注"下滑为"戏说"。

总的来说，这几首长诗共有的现象是文本结果与诗学意图恰好成反比。此种状况的出现，我想与他们近些年的创作状态有关。在最近的五至十年，这些诗人虽不断有新文本产生，新文本也引起过大大小小的热议，但就文体创新和诗思开拓来讲，实在并无什么出新之处，甚至还远未达及之前的代表作：柏桦貌似站在元诗探索，实则成了主题先行的强行拼装；西川百科全书式汇聚的"历史断片"成为历史材料的戏说；萧开愚的综合写作成了写作综合征；欧阳江河的当代史诗不过是自我与他人文本的剪辑而已。换言之，他们的创造力似乎有些停滞。我不知道这是否曾引起他们的焦虑，但毫无疑问的是，他们不约而同地把目光盯在了鸿篇巨制上，试图推出自己里程碑式的作品。但是，在短诗写作都不能处理完善的状态下，如何能强行建设庞大的构想？其呈现的样态必然是仅仅对文本进行了量的扩展，而没有对其进行质的探索、推进，那么失败也便是必然的了。

注释：

① 柏桦的《水绘仙侣 1642—1652：冒辟疆与董小宛》获得第 16 届柔刚诗歌奖，该作由东方出版社 2008 年 5 月出版；欧阳江河的《凤凰》赢得了知名文人李陀、格非、吴晓东、翟永明等人的高度称赞，该作先是发表于 2012 年《今天》"飘风专辑"，很快在 2012 年 10 月由香港牛津大学出版社出版，后由中信出版社 2014 年 7 月推出注释版；萧开愚的《内地研究》被认为："创造了一种文白夹杂、骈散交替的特殊语体，它的伸缩性、扩展力极强，能波澜运势，将描写、考辨、讽刺、质询、想象，贯通于盘旋的语言气脉之中……"（姜涛语）该作由广东人民出版社 2014 年 11 月出版；而西川的《万寿》是以"诗歌的方式去严肃应对重大的思想、历史、政治问题，锻造'此时此地'的历史想象力"。（姜涛《诗歌想象力与历史想象力——西川〈万寿〉读后》，《中国诗歌》，第 37 卷），该作发表于

2012年《今天》"飘风专辑"。与西川《万寿》同期刊登的，除了欧阳江河的《凤凰》，还有北岛的《歧路灯》与翟永明的《随黄公望游富春山》。由于北岛《歧路灯》中存在着与欧阳江河《凤凰》很类似的问题，而翟永明的《随黄公望游富春山》中呈现的问题样态在柏桦和西川的诗歌中更突出。所以本文主要论述的对象是柏桦、欧阳江河、西川和萧开愚，仅是典型文本的选取，并不意味着他们所呈现的问题只是他们个人的问题，相反，这恰是一种相当普遍的现象。

② 这首诗的引用中，把"三日入厨下，洗手做羹汤"，解释为"她连续三日下厨房为婆婆做羹汤"。但这原是传统婚俗，新嫁娘在新婚第三日入厨做菜肴，既是新嫁娘谨事公婆的表态，也是新家庭对新人的能力检测。诗人在这里似乎对中国传统婚俗中最基本的礼节都不清楚了。参看柏桦：《水绘仙侣1642—1652：冒辟疆与董小宛》，东方出版社，2008年版，第74页。

参考文献：

[1] 许荻晔. 北岛、格非、徐冰等座谈在现实生活里如何"与文学重逢"[EB/OL]. [2014－09－10]. http：//culture. ifeng. com/a/20140711/41115898－0. shtml.

[2] 柏桦. 史记：20世纪60年代 [J]. 大家，2010（9）.

[3] 张枣. 朝向语言风景的危险旅行——当代中国诗歌的元诗结构和写者姿态 [J]. 上海文化，2001（1）.

[4] 柏桦. 逸乐也是一种文学观 [J]. 星星诗刊：上半月刊，2008（2）.

[5] 赵强，王确. "物"的崛起：晚明社会的生活转型 [J]. 史林，2013（5）.

[6] 安贝托·艾柯. 一位年轻小说家的自白——艾柯文学演讲集 [M]. 李灵，译. 桂林：广西师范大学出版社，2014：37.

[7] 江弱水. 文字的银器，思想的黄金周 [M] //柏桦. 水绘仙侣1642－1652：冒辟疆与董小宛. 北京：东方出版社，2008：9.

[8] 卡尔维诺. 未来千年备忘录 [M]. 杨德友，译. 香港：社会思想出版社，1994：74.

[9] 耿占春. 叙述美学——探索一种百科全书式的小说 [M]. 郑州：郑州大学出版社，2002：75.

[10] 姜涛. 诗歌想象力与历史想象力——西川《万寿》读后 [J]. 中国诗歌，2013（1）.

[11] 海登·怀特. 作为文学虚构的历史文本 [M] //新历史主义与文学研究. 张京媛，编. 北京：北京大学出版社，1993：106.

［12］西川. 传统在此时此刻［M］//大河拐大弯：一种探求可能性的诗歌思想. 北京：北京大学出版社，2012：260.

［13］张桃洲. 近年来诗歌的观感及反思——一份提纲［J］. 红岩，2014（3）.

［14］西川. 答徐钺问［M］//大河转大湾：一种探求可能性的诗歌思想. 北京：北京大学出版社，2012：220—221.

［15］萧开愚. 当代中国诗歌的困惑［J］. 读书，1997（11）.

［16］本雅明. 经验与贫乏［M］. 王炳均，杨劲，译. 天津：百花文艺出版社，1999：253.

［17］耿占春. 在经书和报纸之间［M］//叙述与抒情. 北京：中国社会科学出版社，2005：298.

［18］姜涛. "历史想象力"如何可能：几部长诗的阅读札记［J］. 文艺研究，2013（4）.

［19］陈大为. 江河"现代神话史诗"的英雄转化与叙述思维［J］. 江汉学术，2014（2）.

［20］马德生. 后现代语境下文学宏大叙事的误读与反思［J］. 文艺评论，2011（5）.

［21］韩婴. 韩诗外传集释［M］. 许维通，校释. 北京：中华书局，2009.

［22］吴晓东. 搭建一个古瓮般的思想废墟——评欧阳江河的《凤凰》［M］//欧阳江河. 凤凰. 北京：中信出版社，2014 年.

［23］艾布拉姆斯. 文学术语辞典［M］. 吴松江，译. 北京：北京大学出版社，2009：155.

——原载《江汉学术》2015 年第 2 期：26—36.

注释出历史的缺失

——"国际风格"、现代主义与西川诗歌里的世界文学

◎［美］柯夏智（文），江承志（译）

摘　要：阅读诗歌以及中国诗歌也许能够帮助理解或解决现代主义和世界文学本身固有的矛盾。如果文学现代主义确如艾略特·温伯格所言，倾向于发现从前未予关注的作品，并以"国际风格"无明显地域性的普遍主义为显著特征，那么用非西方语言创作的所谓现代主义诗歌并非代表着在西方文化逻辑驱动下对地方文化的消除，而是代表着当地文化重新发掘各自自我的过去以应对西方伦理及美学。1980年代，中国当代诗人西川以"后朦胧"抒情诗人姿态步入诗坛，后来发展到以散文诗形式持续探究古文化奥秘。通过细读西川诗文，可以探索现代主义确定性特征的方方面面，并将它们彼此联系；可考查在文学研究尤其中国现代文学研究中占主导地位的世界文学理论流派；最后，将西川诗与中西美学的双重关系为参照，可探究翻译其诗的特别之处。[①]

关键词：现代主义；后现代主义；世界文学；西川；国际风格

一、在阴影中辨认的诗句

在《重读博尔赫斯诗歌》里，西川写道：

> 这精确的陈述出自全部混乱的过去
> 这纯净的力量，像水龙头滴水的节奏
> 注释出历史的缺失
> 我因触及星光而将黑夜留给大地
> 黑夜舔着大地的裂纹：那分岔的记忆

无人是一个人，乌有之乡是一个地方
一个无人在乌有之乡写下这些
需要我在阴影中辨认的诗句
我放弃在尘世中寻找作者，抬头望见
一个图书管理员，懒散地，仅仅为了生计
而维护着书籍和宇宙的秩序[1]78−79

The precision of this statement emerges from the chaos of the past
this pure force, like the rhythm of a dripping faucet
annotates the aporia of history
touching the starlight I leave night to the earth
night that licks the earth's crevices: that forked memory

No Man is a man, No Where is a place
a No Man in No Where has written these
lines I must decipher in the shadows
I give up scouring the world of dust for the author, and lift my head to see
a librarian, lethargically, and only for his livelihood
preserving the order of the universe and books

　　豪尔赫·刘易斯·博尔赫斯（Jorge Luis Borges）跨越了文学上现代主义与后现代主义的界线，以一种"注释出历史的缺失"的"纯净的力量"，真切地表现了混乱与精确之间的张力。关于西川所指之"混乱"，拙译或失之"精确"。"历史的缺失"更准确的译法也许是"the lacunae of history"，尽管"annotates the aporia"中的头韵使选择此译的理由不言自明（参阅 J. A. Cuddon："Aporia 指某文本要说的与该文本不得不说的之间的'空隙'或空白。"[2]49）。作为一个不折不扣的后现代术语，aporia 被德里达定义成"困难或无法通达，此处指不可能通过，拒绝、不让或禁止通行的道路，实际上就是道路不通"[3]8。换言之，博尔赫斯的"小径分岔"成了西川笔下"分岔的记忆"。而为 aporia 加注有可能将后现代主义引向现代主义，解决两者间不可通的问题；在阴影中，这些诗行也许向我们展示着"书籍和宇宙的秩序"。

　　"现代主义"——尤其是在中文语境中——究竟指什么、现代主义与中国当代诗歌之间如何交流和对谈，都是众说纷纭。在这种情况下，笔者的论述理当清晰确切，并有一套术语系统为其基础。依苏源熙（Haun Saussy）所释："哲学的现代主义试图调节事实与价值的关系，而后现代主义却放弃这样的尝试。"[4]119 博尔赫斯正好适合用来讨论这一论题：他不但呼吁对后现代和现代问题予以解决或对二者进行重新配置，他的言辞还在有关中国现当代诗歌的讨论中充当了接触点。他提出，局外人眼中某文化的精髓对于置身其中者未必就是精华，并称爱德华·吉本（Edward Gibbon）说过"在《可兰经》这部杰出的阿拉伯典籍中没有骆驼"[5]423。博尔赫斯却错了：骆驼在《可兰经》里一再出现，吉本也引用过多个以骆驼为主的故事。②但奚密（Michelle Yeh）恰恰仰仗了博尔赫斯的声望，在一篇题为《"可兰经里没有骆驼"》的代表性文章中否认"中国性"这一范畴对讨论现代中文诗歌的意义③。该文揭示了追问中国现代诗歌时存在的一些固有矛盾，奚密自身也体现着矛盾。她说读者对中国性的意识并"不来自某一先在的概念"，而"来自他们长久以来读过的为数众多的个体作品"[6]11；后来又简单地说"'现代性'与'中国性'相冲突"[6]14。与其说她解构中国性，毋宁说她不过想换一个思路："相对于追问'何谓中国现代文学之中国'？一个更有意义和建设性的问题是：何谓中国现代文学之现代？"[6]16 这显然误用了博尔赫斯的观点：他并没表示自己的创作与相当于"中国性"的概念毫无关联，而是说不必对此概念如此小心翼翼地加以突出："穆罕默德……知道就算没有骆驼，他也是阿拉伯人。我认为阿根廷人可以像穆罕默德一样；可以相信，就算本地特色不浓厚，也可以是阿根廷人。"[5]424 博尔赫斯写罗马时曾引述一位英国作家提到的"阿拉伯典籍"，这表现出一种在某传统及其发生地之外处理它们之间关系的自信。然而，奚密引用博尔赫斯论《可兰经》并借其声望来反对中国性，却暴露出她对待世界主义的轻率④。为免重蹈覆辙，本文将尝试重述现代主义和后现代主义的关系，并为世界文学和"中国性"——尤其是主张"中国"现代主义的"中国性"——之间的缺失注且释。

当然，奚密这种轻率的世界主义使其与狭隘民族主义恰成反调，因为狭隘的民族主义中屡有关于"中国性"的论断。她拒绝中国性的背后，是中国（尤其是中国当代文学）语境下关于世界文学的讨论。这一讨论很大程度上由宇文所安（Stephen Owen）发起于 1990 年，当时他并非单论一位诗人："北岛（1949 年生）大体上已在写国际诗歌。"⑤对宇文所安而言，20 世纪初期白话文运动之后的中文诗歌都是"国际化的"，它们深受外来影响，"结果是毫不奇怪地变成英美或法国现代主义的翻版"[7]28。假如在宇文所安眼中，中国性在中国诗的前现代传统中表现最为突出，那么奚密意欲反驳宇文所安，宣称"（中国）现代诗歌体现了一种新的范式，它完全不同于备受推崇的古典诗歌的范式"⑥，她实际上最终重奉中国性为过去之源，而非当下。

假如对"中国性"的批评倾向于为那逝去不可追的中国"精华"重新定位，那么不将批评的对象具体化，又怎能使讨论言之有据？鉴于中国的现代主义也许"一直就是"后现代的，笔者留意到根基更加牢靠之物：建筑（别担心，同任何一位熟悉后现代主义的论者一样，笔者稍后将动摇这一基础，然后再表明我们话语的墙壁不必完全倾塌）。托洛茨基（Trotsky）曾说："人类语言在所有材料中最轻便。"[8]113虽然诗歌的表达媒介轻便如斯，但建筑的媒介却实实在在。谈论建筑从而使关于诗歌的讨论有基可立略显奇怪，但就文学史而言，建筑的影响确实影响深远。比如，宇文所安将"国际诗"定义为"变化着的复杂形状，背景是没有边框的空白"。概念上，它源自"国际风格"建筑并与之相类。宇文所安认为："它成就种种美的瞬间，但没有历史，甚至没法留下可能建构一段历史的痕迹。"笔者的论点在于，文学史叙事与宇文所安所描述的那个在研讨 20 世纪中国小说和诗歌时随处可见的"英美或法国现代主义"，其定义很大程度上来自建筑，特别是"国际风格"的建筑，而未对各地出现的文学现代主义中通常自相矛盾的因素加以细查。因此，笔者将借建筑论证国际主义诗歌的历史并不如宇文所安所论，成为对自身历史性的否认。

二、对超叙事的怀疑

如果宇文所安的"国际诗歌"来自建筑的"国际风格"，那么就涉及始于 1920至 1930 年代并由欧洲杰出人士如法国/瑞士建筑师勒·柯布西耶（1887—1965）和德国/美国后包豪斯建筑师密斯·凡·德·罗（1886—1969）所定义的建筑运动。这一运动的口号包括勒·柯布西耶的"房屋是居住的机器"[9]73和密斯·凡·德·罗奉为圭臬的"少就是多"（Less is more）。在现实建筑中，密斯·凡·德·罗的 IBM 大楼（1973）、860—880 湖滨大道（1949）、伊利诺伊理工学院（1956）堪称建筑现代主义的典范：钢铁和玻璃，直线加直角，任何装饰皆有助于提高建筑的实用性。在后包豪斯风尚之中，国际风格妥帖地结合了形式、功能以及简饰为美的原则，致力表现建筑的纯净，不引入地方特色或风俗。

据杰姆逊（Fredric Jameson）称，让·弗朗索瓦·利奥塔（Jean-François Lyotard）在《后现代状况》中做出的判断"在该领域——也就是建筑学中——得到了确认，正是在建筑学里后现代主义问题被一针见血地指出"[10]xvii。按照利奥塔的定义，"后现代即对超叙事的怀疑"，在后现代性的标签下被"补丁中建制——局部决定论"和"微观叙述"替代。[11]xxiv当然，"国际风格"代表着一种具有普遍性的宏大叙事，与此相应的是一些——哪怕不是全部——建筑上的后现代主义表现为局部小叙事，但这一转变早就发生在现代主义文学里面了。约翰·巴斯（John Barth）注意到："后

1：IBM 大楼，瓦贝希大街 330，芝加哥，伊利诺伊州；图片来源：J. Crocker

2. 860—880 湖滨大道，芝加哥，伊利诺伊州；图片来源：Jeremy Atherton

3. 芝加哥伊利诺伊理工学院的 S. R. Crown 厅；图片来源：Jeremy Atherton

现代主义批评家们的一个主要活动……存在于后现代主义是什么或应该怎样的争论之中。"⑦笔者并不认为"'后现代主义'这一术语……意味着对 20 世纪早期现代诗学的承继或反抗"[12]5，在文学和艺术方面，应当把现代主义和后现代主义看成后浪漫主义这一历史运动的两个阶段。⑧马歇尔·贝尔曼（Marshall Berman）说过，现代"就是经历如旋涡般的个人和社会生活，……成为宇宙的一部分，在宇宙中，一切固体融入空气"，同时，成为"一个现代主义者就是处在旋涡中如同居家一般"[13]345。于是我们说的后现代主义无异于持家理家，而后现代主义按杰姆逊的说法也可能是"晚期资本主义的文化逻辑"[14]，并代表了阿尔文·托夫勒（Alvin Toffler）在《未来的冲击》中提到的"加速推动力"[15]。贝尔曼指出，自工业革命以来，一直都在加速，资本主义"晚期"的提法不过是一厢情愿。"后现代主义"实为"现代哲学"中的"现代"之"后"——17—18 世纪理性主义者、经验论者和他们的承继者们直到维特根斯坦（Wittgenstein）逻辑实证主义的著作《逻辑哲学论》（1921）——而不是庞德（Pound）、毕加索（Picasso）或是艾森斯坦（Eisenstein）的"现代主义"。接受这一观点并不困难，只要把它当成语言内在不确定性的表现之一，或近似一个翻译问题：现代指不同时代，现代主义指不同流派。另外，把建筑学的现代主义/后现代主义之分应用到艺术、文学领域抬高了现代主义的机械性、极简化，同时又低估了现代主义的回顾性、历史性，甚至是地方性伦理。尽管勒·柯布西耶的"房屋是居住的机器"令人想起威廉·卡洛斯·威廉斯（William Carlos Williams）的"一首诗是由语言制作的或小或大的机器"[16]，密斯·凡·德·罗的"少就是多"令人想起埃兹拉·庞德的"勿用芜词，勿用无意义的形容词"[17]200-206或胡适（1891—1962）的"不用套语烂调；不用典"[18]，这些口号显然不适于现代主义全盛时期那些博学淹通而又组织有序的里程碑式作品，如马赛尔·普鲁斯特（Marcel Proust）的《追忆似水年华》（1913—1927）、庞德的《诗章》（1922—1962）、罗伯特·穆齐尔（Robert Musil）的《没有个性的人》（1930—1942）、毕加索的《格尔尼卡》（1937）或爱因斯坦的"相对论"（1905，1916）。说起相对性，如果现代主义已含相对之意，一定是有关地区的，福克纳的地方特色、乔伊斯的爱尔兰身份政治、鲁迅的国民性，或卞之琳的以古化反欧化并尝试将两者变为化古、化欧。[19]459现代主义并非仅仅考虑具有世界霸权的国际风格和对于历史的拒绝，在阐释现代主义时需要考虑：它根植于地方，并不断地回头审视历史。我们需要的现代主义概念应包含评论家、翻译家艾略特·温伯格（Eliot Weinberger）说的"现代反向漂移——对所有事物的再发现、容纳所有被排除之物"[20]56。这样，现代主义的定义可在讨论翻译和世界文学时，为审视"中国性"和文学现代主义的各种特定的地方史提供一个空间。

三、《现代汉语词典》中的失乐园

如果说后现代主义中的中国问题总避免不了一种指称焦虑（后现代主义者乐于在一定距离之外论中文，恰如鲍勃·派里曼（Bob Perelman）的"中国"[14]28-29，那么中国内部所指的现代主义则总是伴随着一种后现代焦虑。这种焦虑来自于本文开篇援引的苏源熙（Haun Saussy）称为"调节事实与价值"的尝试，或对这种尝试的放弃，比如中国的现代主义一定被/不可能被贬值，因为它最先出现在西方。出于这一原因，笔者认为中国的"现代主义"也"'一直就是'后现代主义"。因晚于另一事物出现而被冠以"后"字是把初始放在首位。在用后现代主义思想考察翻译和世界文学时，与其说初始解决了问题，倒不如说它提出了问题。韩瑞（Eric Hayot）曾论及这一点："把中国和全球各种现代主义摆到一起、去发现一个总体性的现代主义，需要放弃直到现在还左右着这个领域的时间逻辑（这种时间逻辑服务于它的地理中心主义）。现代主义作为一个概念存在这种断裂是否还经得起推敲，或者，从断裂中会出现什么样的现代主义，是我们面对的一个问题。"[21]162-163杰姆逊反对"另一种强有力的立场，即后现代主义不过现代主义自身的另一阶段，所有后现代主义的特征……都可以在之前这样、那样的现代主义流派中一一找到"，并阐述："对后现代主义的出现最具说服力的解释"在于"（它是）现代运动整体上经典化、学术制度化的结果。"[14]4这亦正是笔者论点之所在。因必须考虑译入另一语言和语境（如中文）时的包装和呈现，文学史对经典化必须认真对待，但具体方式也不尽一致。经典化把经典作品具有的革命性潜质悬置起来，但凭此而认为中国文学不可能对现代主义运动有所贡献不仅没有解除这种悬置，反而成为悬置之悬置。正如苏源熙提出疑问：在"中国的后现代主义"之中，"相比尽力去论述某人的后现代主义真实可靠，既有历史的原创性、又有传承的合法性而言，还有什么样的悖论会让人更不自在？"[4]118若我们在研究中国现代主义时也提同样的问题，那么就开始扩展而不是界清现代主义这样一个审视中国性的场域。

但是，说"中国'现代主义''一直就是'后现代主义"并没有说出什么来，因为我们也说过西方的文学现代主义是后现代主义。在大多数关于中国后现代主义的讨论中，颇值注意的是几乎没怎么谈及文学和艺术本身。王瑾（Jing Wang）称中国的后现代主义是一个"伪命题"[22]；张旭东运用杰姆逊理论研究1980年代中国文学和电影文化的作品题为《改革时期的中国现代主义》（没用后现代主义）[23]。同时，苏源熙的"后现代主义在中国"仅谈批评理论，没提诗文。笔者认为，文学的现代主义已依附于知识界对后现代主义的定义，阿里夫·德里克（Arif Dirlik）和张旭东似乎早就预示了这一论点："作为一种话语的中国后现代主义先于作为一个事实的后现代主义。"[24]8 依我所见，这一事实包括文学产品和风格。在这一点上，可以转向被柯雷（Maghiel van Crevel）称为"在中国创作的最著名的诗人之一"[25]187 的西川（刘军的笔名）。本文接下来的部分将从文学史角度把现代主义看成一个持续进行的活动来讨论西川诗歌，并思考这一解读方式对我们理解世界文学的影响。

西川的诗歌创作分为两个时期，以 1989 年为分界线，他亲历了朋友海子（1964—1989）的自杀和骆一禾（1961—1989）之死。此前，自他就读北京大学英文系时，其风格就被看作某一形式的现代主义；后来，发展成另外一种现代主义。

我们可以从他早期（即 1985 年 6 月大学刚毕业时）诗作开始做一个快速回顾：

我居住的城市

我居住的城市用积木搭成
街道整齐，广场平坦，
房屋虽然低矮但它们却也排列缜密

我居住的城市没有人
风吹过门窗发出微弱而单纯的声响
太阳东升西落带动四季轮替
我居住的城市里只有灰尘

甚至我死了，色彩和光死了
也不会有一只手来推倒这座城市
它将永远存在下去
因为我居住的城市没有人[1]8-9

如果说这就是建筑上的——甚至是"国际风格"的——现代主义，并不仅仅因为本诗描写了一个直线、直角和超越历史、缺乏时间感的城市（不是居住的机器），还因为诗歌亦即建筑。不经修饰而质朴无华的描述加上井然有序却无韵、对称的规则性，西川这首诗很接近亨利·罗素·希区考克（Henry Russell Hitchcock）和菲利普·约翰逊（Philip Johnson）在《国际风格》那宣言般的引言中的描述，"规则性"被列为公理之一："大部分建筑有一个潜在的规则节奏，在进行建筑外装修之前可以清楚地看到……出色的现代建筑在它的设计之中会表现出结构上富有特色的秩序性，美学秩序上各部分的相似性凸显了内在的规则性"，但"现代建筑家无须遵守双边或中轴对称以实现有秩序的美感"。[26]70,72

希区考克和约翰逊坚持认为"国际风格"是"国际性的并不因为一国之作品与另一国相类"[26]36，现有遗产说明事实并非如此，凡·德·罗和其他建筑师分住几个国家，为几个国家设计建筑，影响了几个追求同一种国际性的现代主义美学风格的国家。这也隐含在宇文所安关于"国际"或"世界诗歌"的批评之中："这些诗作翻译其自身。它们多半译自某位斯洛伐克、爱沙尼亚或菲律宾诗人。"[7]31尽管笔者一直认为宇文所安的评论夸大了事实，就这首诗而言，不得不承认西川虽意欲写他居住的城市，但不提供中文背景信息，这座城可能是北京、西安或呼和浩特，经翻译后可能是任何地方。作为一个城市，如此寻常、普遍、无时间感、居于历史之外，也许是它最引人注意之处——"它将永远存在下去"，西川如是说。

然而，几年之后，西川的风格发生了微妙的转变。自1991年始：

暮　色

在一个幅员辽阔的国家
暮色也同样辽阔
灯一盏一盏地亮起
暮色像秋天一样蔓延

亡者呵，出现吧
所有的活人都闭上了嘴
亡者呵，在哪里？
暮色邀请你们说话

一些名字我要牢记
另一些名字寻找墓碑
无数的名字我写下
仿佛写出了一个国家

而暮色在大地上蔓延
伸出的手被握住
暮色临窗，总有人

轻轻叩响我的家门[1]30—31

尽管这首诗的技巧与上一首如出一辙，城市街区般的文本透出情绪上的悲喜，其实却别有一种姿态。无时间性萦绕在《我居住的城市》，而记忆——以及对记忆的追寻——却在《暮色》中挥之不去：需要牢记的名字或寻找这些名字的墓碑，亡者重现。假如间隙边界意象（暮色、秋天、窗）构成了此诗，《暮色》在西川诗作中也是一道边界，介于他早期国际风格的现代主义和他后期重新考虑一切被排除之物的现代主义之间。

一年后，他的诗歌创作呈现出另一番面貌，就像下面的选段，只有在散文中才能找到。《致敬》发表于 1992 年，抒情性减少，情感却更加深刻，仍是现代主义，采用了一个反意相关的例子，用艾略特的说法就是"客观对应物"[26]95—103。组诗这样开头：

> 苦闷。悬挂的锣鼓。地下室中昏睡的豹子。旋转的楼梯。夜间的火把。城门。古老星座下触及草根的寒冷。封闭的肉体。无法饮用的水。似大船般漂移的冰块。作为乘客的鸟。阻断的河道。未诞生的儿女。未成形的泪水。未开始的惩罚。混乱。平衡。上升。空白……怎样谈论苦闷才不算过错？面对岔道上遗落的花冠，请考虑铤而走险的代价！[1]152—153

除了现代主义的拼贴技巧暗示疏离和组诗开始的沮丧（"阻断的河道。未诞生的儿女。未成形的泪水"），这段文字展现了对语言确定性的怀疑（"怎样谈论苦闷才不算过错？"）与文学现代主义和哲学后现代主义中常见的宏大概念（"混乱。平衡。上升。空白……"）。历史地看，《致敬》体现现代主义，因为它是散文诗，跟马歇尔·贝尔曼（Marshall Berman）一样，考鲁·史文森（Cole Swensen）听到那个刚刚被"奥斯曼工程"现代化的巴黎的各种节奏：恰似"豪斯曼的项目伴随工业化的扩大，改变着观点和视野、交通、空气质量和周遭的声音"，这首散文诗"确立了一种新的节奏，规则性降低、形式结构减小；这正是适应了周遭声音变化的诗歌。"[27]192—193

伴随对周遭声音的分离和适应，各种对可能性的拓展出现在其后的篇章中，如《箴言》：

> 你端详镜中的面孔，这是对于一个陌生人的冒犯。
> 法律上说：那趁火打劫的人必死，那挂羊头卖狗肉的人必遭报应，那东张

西望的人陷阱就在脚前，那小肚鸡肠的人必遭唾弃。而我不得不有所补充，因为我看到飞黄腾达的猴子像飞黄腾达的人一样能干，一样肌肉发达，一样不择手段。

　　葵花居然也是花！[1]158−159

此处，在《暮色》中贯穿始终的记忆和民族转化成对"中国性"和语言创造的全面审视，完全不同于对诸如法律和报应等社会现实的再现（"葵花居然也是花"）。《箴言》把中国性的新进展摆到镜子前，感叹向日葵，它呼应着中国社会在经历过毛泽东（1893—1976）时代把向日葵隐喻地看作永远向阳的中国人民这一本体的喻体（预示了艾未未2010年在泰特现代美术馆的"向日葵种子"展览）。

就在那个十年即将结束之时，西川扩大了对中国社会现实中的语言创造的考察，社会现实不但涵盖毛主席或洪秀全太平天国之类的政治历史，也包括文化历史，如《西游记》里的孙悟空。写于2000年的《个人的天堂》体现了这一点：

　　毛主席的天堂对应了穷人的好饭量；洪天王的天堂里只有他一个人闲逛；而孙大圣的天堂，既吸引好孩子，也吸引小流氓。

　　唯一的现实是伟大的现实。所谓幸福就是减少词汇量而不减少歌唱。深谙此道的小男人每天哼着小曲将他的丝袜晾在绳子上。

　　天堂丢了，像它应该被丢弃那样，《现代汉语词典》将它死记硬背在第一千二百四十六页。

　　天堂丢了，仿佛针尖丧失了它本质的和平与光芒。这使天堂的发明家徒劳一场。

　　那么，是否，在你无所思想的时候，你就碰巧穿越了你自己的天堂？你一千遍否认你是你自己的远方。[1]188−191

此中依然存在对语言、民族认同和记忆如何交叉在一起的审视——被《现代汉语词典》记住——正如认为中国历史和社会现实足以大到包括或容纳西方经典文本，如影射弥尔顿的《失乐园》（1667，1674）。以此方式，西川建立起一种国际性的现代主义诗歌，可以融合中文，也可以被中文吸收，他的诗歌没有受"国际风格"缺乏历史感的理想主义限制。

最近一段时期，西川对中国历史的考察更具深度，对长期未予考虑的东西也表现出好奇。在组诗《鉴史十三章》中，他挖掘中国过去的书写方式，并描述了书写的过程，尤其在《一个写字的人》一诗中：

> 八十根木简，像一群小老头命运相连。木简上介乎篆隶之间的文字难以辨识，但它们所表达的有关天下、国家、战争与圣贤的思想丝毫未变。那个匿名的书写者，他运笔的方式，当与司马迁、司马相如运笔的方式大略相同。时代风尚须经两千年间隔才能觉察其伟大！他甚至有可能远远瞥见过司马迁或司马相如。他用毛笔蘸着墨汁，一笔一画地工作，不允许出现一个错字；在书写到曾子的格言时，他的心情多么愉快。他似乎坚信他所抄写的思想一定会在人间派上大用。他保护了这些思想，传递了这些思想。他有意或无意地改变了某些字句，他有意或无意地在他人的见解中保留下自己的气息。他从一个谦卑的抄写者，无意间变成了那高深作者身旁一位小小的作者，像一只蚂蚁，拉住一只逆风而起的思想的风筝。阳光洒在书案上，他打了个喷嚏。街头贩履者朝他吆喝："您呐，您是和思想打交道的人！"他写字在木简上，那时纸张和印刷术尚未发明，所以他写下的是"唯一"的书（每一部如此写下的都是"唯一"的书）。但是后来，一个死人居然把这部书带入地下。从这部书演化而成的思想，从这部书变走了样的思想，最终改造了世界，而这部"唯一"的书，却在如此漫长的时间里渺不可寻。现在，即使它重见天日，它也不可能去纠正那源于它却走了样的、已然被世界所采纳的思想。它像一部伪书重返文明的现场。而那个写字的人，仿佛从未出生。他是大地上的一粒尘土，曾经在有限的范围内传播过文明。[1]212-213

此诗不但以历史的书写方式研究历史的书写，两者相互牵连的过程是：传抄曾子（公元前505—436）格言的无名氏禁不住"在他人的见解中保留下自己的气息"，将自己写入所写之物，西川也免不了在这一段里融入他自己（或我自己）的理解，即使只是个"匿名的书写者"。此诗不但宣称甚至规定了一个事实：现代主义关照历史的方式是重新考虑那些未被关注的。在对中国汉字书写的检视中，它不但和其他利用汉字书写特性来创作诗歌的诗人相联系——我想到杨炼，特别是《同心圆》——还联系起一些更早期的人物，如哲学后现代主义者——《论文字学》的德里达，或代表英美或法国的现代主义——维克多·谢阁兰（Victor Segalen）的《古今碑录》《作为诗歌媒介的书面汉字》中的庞德和米修的《中国的表意文字》。

仿佛为了抵消认为他的现代主义源于西方现代性的论断，西川在《鉴史十三章》也提到另外一篇曾让中国视自己为他者的西方早期文献。借用西川现成的译文："《沙海古卷》录佉卢文书残句。约晋代……"记录了汉代中国与邻国的交往："该女子……之女来自于阗。……彼无理占有该女子支那施耶尼耶至今。"这些片段恰和当代读者理解他们或我们社会的——和语言的、政治的——现实以及预示了这一切的晋代中亚文本相符，西川设定的早期中国，是一直与邻国保持联系、与外来新奇事物相往来、对世界文学的问题有话可说的。

上述关注在《南诏国梵文砖：仿一位越南诗人》一诗中体现得更好：

> 大理古城玉洱路上一家古董店。古董店中一块南诏国晚期的青砖。青砖上的十一行梵文。用模子压出这十一行梵文的手。将这块青砖砌进佛塔基座的手。认识这十一行梵文的南诏国晚期的高僧。将梵文从印度经尼泊尔传播至南诏国的一个人或几个人。佛教徒。大彻大悟的佛教徒或死前尚未大彻大悟的佛教徒，以及对大彻大悟了无兴趣的浪荡鬼。小乘佛教所遇到的大乘佛教不曾遇到的难题。南诏国皇帝所经历过的不曾为大唐皇帝所知的痛苦。南诏国灭国的黄昏。挤倒佛塔的暴徒。惊愕的群众。公元 902 年。从那时到现在，无数个我寻找过这块压有十一行梵文的青砖。在大理古城玉洱路上的这家古董店里，我患着感冒，流着清鼻涕，从玻璃柜里取出这块青砖，端在手上，最后跟店小二从 800 元杀价至 430 元。要是我一松手，它就会落到地上摔成数瓣。但我只曾有此念头在一瞬间。当时在场的另有诗人宋琳和一只自屋梁垂丝下挂的蜘蛛。[1]224-225

西川"反向漂移"的现代主义所具有的种种标志性特征在本诗中都有体现，他"容纳所有被排除之物"的现代主义，也就是语言、经济、中国社会现实以及中国历史和它的跨文化互动与语言及中国社会的关联。把古董店里发现青砖和与它相关的宗教、跨文化史并置，西川将那段历史带入现在，正如将曾被排除之物带入自己的诗歌。庞德说过："所有的年代都是同一时代"[28]6，在这里，这些时代就是同现于一诗。全诗结尾处，诗人将要松手时，在场的有另一诗人和垂下的蜘蛛丝，本诗回归现代性，进而回归现代主义，发现社会关系把我们绑在一张影射、语言和历史文本的蛛网中。不过，蜘蛛"自屋梁垂丝下挂"，或者说，建筑的构造同时为建筑和西川的诗歌提供了形式、功能——以及角度，但非直角。

四、走向世界诗歌

1980 年代早期，在西川尚未发表诗歌作品之前，对于中国作家而言，"现代主义"是一个颇具争议的问题。正如杜博妮（Bonnie McDougall）所指："压力加诸译者，追寻在境外发表他们的翻译，于是，在发生恐吓、审查或其他形式迫害的时候，境外出版可使作品广为人知"[29]95-96，并有助于中国当代文学在更大的"世界文学"市场传播⑤。尽管杰姆逊 1985 年访华之后，反对现代主义的运动激发了对于后现代主义的热情，但这些仍然表现得不甚明显，最终，反对"现代主义"的论点可以和宇文所安此前对"国际"或"世界诗歌"的批评联系起来（其实，不管怎么看，本土的神圣性在对现代主义的每一次谴责中都显得岌岌可危，从安德烈·日丹诺夫（Andrei Zhdanov）1934 年进攻斯大林时期的苏联到 1937 年纳粹德国"堕落的艺术"展览，再到密歇根参议员乔治·唐德罗（George Dondero）1949 年在美国的斥责。

但是，杨慧仪——尽管或者由于该书认同对现代主义的指责——把高行健的《灵山》解读为作家"告别巅峰期的现代主义，尝试转化后现代主义写作范式"[30]79。依笔者所见，她的阐述暗示一个问题：如果后现代主义的范式要求译成中文，那么它并没有提供一个清晰的方式来摆脱这样一个指责：世界文学所代表的是西方文化对非西方的文化霸权。但后现代主义没有推翻现代主义的普遍主义逻辑并代之以地方主义（文学界对建筑界后现代主义的重述一样未对地方性予以关注），而文学的现代主义一贯关注区域特征和地方性。另外，温伯格评论加百利·约斯泊维齐（Gabriel Josipovici）的《现代主义发生了什么?》时曾说：

> 我们仍在梳理现代主义发生过什么……难以置信的是，属于它的时刻过去了，我们并非简单地处于某一个稍后的阶段。现代主义那些根本性的、曾轰动一时的创新（拼贴、抽象、即兴创作、自由诗）许多已然融入我们的文化，现在成了幼儿园的日常练习。但是，被称做后现代主义的多数代表性艺术品——装置、模仿、"语言"诗——一旦剥去他们的批评理论，和一百年前的艺术品无甚差别。[31]

在注释文学史的缺失时，西川的作品不但证实了现代主义技巧可用于处理不同意识形态影响下的各种论题，还证实了现代主义，甚至英美或法国现代主义不仅仅是霸权的，它有可能赋予写作、重写地方性和文化特性一个立场。

　　这一根基和对地方性的重写对于创造一个名副其实的世界文学至关重要。西川在《传统在此时此刻》写道，只有当中国文学有能力与其他传统对话——甚至或尤其是那些借鉴过中国文化元素的传统——中国才有能力做到"与世界的对话其实也是与自己的对话"，"这既不是一个较低级的使东西方文化相结合的问题，也不是一个更低级的'越是民族越是世界'的问题，这是对歌德'世界文学'想法的呼应"⑩。没有共同的立场——哪怕这一立场是现代主义——就不可能创建世界文学。

　　创建世界文学存在可能，但犹似赌注：西川的写作不仅指向这种可能性，而且指向了创建一个可以容纳地方小叙事（如未曾僵化成保守的"中国性"的中国文化传统）的双重必要性。经由"国际风格"建筑的现代主义走向在局部逻辑和普遍逻辑中从语言学和文化的角度审视现代主义，西川的创作既呼唤对既有文学史的再定义，又呼唤世界文学出现新景象。

注释：

① 本文英文原题为"Annotating the Aporias of History：'The International Style'，Modernism，& world Literature in the Poetry of Xi Chuan"，承蒙江承志翻译为中文，特此致谢。

② 参阅 Gibbon 的 The History of the Decline and Fall of the Roman Empire 第 9 卷，尤其是第 50 章。(New York：Fred de Fau & Co.，1907)，第 1—110 页，http：//oll.libertyfund.org/titles/gibbon—the—history—of—the—decline—and—fall—of—the—roman—empire—vol—9。诚然，究竟骆驼有没有出现以及在何处出现还和译本有关。笔者所查阅的译本中，对"even if a thick rope were to pass through the eye of a needle they would not enter the Garden（即使粗绳穿过针眼，他们也进不了乐园）"的译文附有一则注释，说明"没译作'骆驼'。在阿拉伯语中，'骆驼'（camel）和'粗麻绳'（thick twisted rope）两词共有同一个词根，而'绳'在此处更说得通"。见 M. A. S. Abdel Haleem 译，The Qur'an《古兰经》，牛津：牛津大学出版社，2005 年版，第 97 页。

③ Michelle Yeh（奚密）：《"可兰经里没有骆驼"：何谓中国现代文学之现代？》，载于 New Perspectives on Contemporary Chinese Poetry，Christopher Lupke 编，New York：Palgrave Macmillan，2008 年，第 9—26 页。将此短文称为"代表性文章"是因为她自引了早期的观点，并将它们穿插起来。

④ 诚然，奚密确实表示："现代诗有意识地脱离传统的形态，但不否认传统是重要的资源……现代诗人并非抗拒传统而写作，是透过传统而写作"（见注释②中第

25 页）。但这一观点在她这篇文章和其他作品中并未详论。

⑤ 见 Stephen Owen："What Is World Poetry？The Anxiety of Global Influence," New Republic 203，1990 年 11 月 19 日，第 21 期，第 31 页。宇文所安评述北岛的第一部英文作品集 The August Sleepwalker（《八月的梦游者》，Bonnie S. McDougall 译，New York：New Directions，1990 年版），在中国及世界文学研究领域掀起了一场持续的论争。

⑥ 见注释②第 24 页。对宇文所安的文章，奚密的反应是不满于对方提出的"明白的对立"，质疑是否需要"在'民族'和'国际'诗歌间划一条清楚固定的界限？"（见《差异的忧虑——一个回响》，《今天》1991 年第 1 期，第 94—95 页。）但是，比较此文和她更早的观点会发现，奚密只是把二元对立具体化了，她早就该对现代与现代之前间的对立予以批评。

⑦ John Barth："The Literature of Replenishment：Postmodernist Fiction," 见于 The Friday Book：Essays and Other Nonfiction，Maryland Paperback Bookshelf，Baltimore：Johns Hopkins University Press，1997 年版，第 194 页。但巴斯后来称"这些对句的综合与超越加起来也许是前现代与现代的各种写作形式"，（它们）会"为后现代主义虚构作品提供（一份）有价值的提纲"（第 203 页）。笔者不想把巴斯和我自己对后现代主义的看法混为一谈。巴斯继续谈道："我理想的后现代主义作家既不单单否定，也不仅仅模仿他 20 世纪的现代主义的父辈或 19 世纪的前现代主义的祖辈。我们这个世纪的前 50 年，在他的肠胃里，不在背脊上。"

⑧ 早期一次使用"后现代"这一术语出现在查尔斯·奥尔森（Charles Olson）1951 年 10 月 20 日致罗伯特·克瑞里（Robert Creeley）的信中，信中称："后现代之人""最好别管（他身后）有那么多话语垃圾和诸神之类的事"，见 Charles Olson and Robert Creeley，Charles Olson & Robert Creeley：the Complete Correspondence，George F. Butterick 编，第 8 卷，Santa Barbara：Black Sparrow Press，1980 年版，第 79 页，转引自 Paul Hoover 所编 Postmodern American Poetry：A Norton Anthology 一书引言，见 New York：W. W. Norton & Company，1994 年版，第 xxv 页。这意味着有意识地把现代主义诗歌和后现代主义诗歌分开了，但并非多数论者理解的那种分裂。

⑨ 详情参见 Rui Kunze，Struggle and Symbiosis：The Canonization of the Poet Haizi and Cultural Discourses in Contemporary China，Edition Cathay 59，Bochum/Freiburg：Projekt Verlag，2012 年版，第 73—86 页；Van Crevel，Language Shattered，第 71—76 页；Wendy Larson，"Realism，Modernism，and the Anti-'Spiritual Pollution' Campaign in China," Modern China 15，1989 年 1 月 1 日第 1 期，

第 37—71 页；D. E. Pollard，"The Controversy over Modernism，1979—84," The China Quarterly 第 104 期，1985 年 12 月 1 日，第 641—656 页；He Li，"The Discussion Concerning the Question of Western Modernism and the Direction of the Development of Chinese Literature，Being Held in Literary Gazette（Wenyibao）and Other Journals and Papers,"收入 Trees on the Mountain：An Anthology of New Chinese Writing，Stephen C. Soong 和 John Minford 编，Geremie Barmé 译，Renditions Books，Hong Kong：Chinese University Press，1984 年版，第 49—54 页；以及 Geremie Barmé，"Translator's Introduction：Do You Have to Be a Modernist to Be Modern?,"收入 Trees on the Mountain：An Anthology of New Chinese Writing，Stephen C. Soong 和 John Minford 编，Renditions Books，Hong Kong：Chinese University Press，1984 年版，第 44—48 页。关于历史和 1980 年代中国文学的各种话题的详情参阅 Sylvia Chan，"Two Steps Forward，One Step Back：Towards a 'Free' Literature," The Australian Journal of Chinese Affairs 第 19/20 期，1988 年 1 月 1 日，第 81—126 页；Wang，High Culture Fever 和 Zhang，Chinese Modernism in the Era of Reforms.

⑩ Xi Chuan："Author's Afterword：The Tradition This Instant," 见于 Notes on the Mosquito，第 253 页。《传统在此时此刻》的中文版全文见《当代作家评论》，2011 年第 4 期，第 137—145 页。

参考文献：

[1] Xi Chuan. Notes on the Mosquito：Selected Poems ［M］. Lucas Klein，trans. New York：New Directions，2012.

[2] Cuddon J A. Dictionary of Literary Terms and Literary Theory ［M］. Oxford：John Wiley & Sons，2013.

[3] Derrida Jacques. Aporias ［M］. Thomas Dutoit，trans. Stanford：Stanford University Press，1993.

[4] Saussy Haun. Postmodernism in China：A Sketch and Some Queries ［M］// Great Walls of Discourse and Other Adventures in Cultural China. Harvard East Asian Monographs 212. Harvard University Asia Center. Cambridge：Harvard University Press，2001：118—45.

[5] Borges Jorge Luis. The Argentine Writer and Tradition. ［M］//Borges：Selected Non-Fictions. Eliot Weinberger，ed. Esther Allen，trans. New York：Penguin，

2000：420—427.

[6] Yeh Michelle. "There Are No Camels in the Koran"：What Is Modern about Modern Chinese Poetry? [M] //New Perspectives on Contemporary Chinese Poetry Christopher Lupke, ed. New York, NY：Palgrave Macmillan, 2008：9—26.

[7] Owen Stephen. What Is World Poetry? The Anxiety of Global Influence [J]. New Republic, 1990 (21)：28—32.

[8] Trotsky Leon. Literature and Revolution [M]. Rose Strunsky, trans. New York：International Publishers, 1925.

[9] Le Corbusier. Vers Une Architecture [M]. Paris：G. Crès, 1924.

[10] Jameson Fredric. Foreword [M] //The Postmodern Condition：A Report on Knowledge. Jean-François Lyotard. Geoffrey Bennington, Brian Massumi, trans. Manchester：Manchester University Press, 1984.

[11] Lyotard Jean-François. The Postmodern Condition：A Report on Knowledge [M]. Geoffrey Bennington, Brian Massumi, trans. Manchester：Manchester University Press, 1984.

[12] McHale Brian. Postmodernist Fiction [M]. New York：Methuen, 1987.

[13] Berman Marshall. All That Is Solid Melts into Air：The Experience of Modernity [M]. New York：Penguin Books, 1988.

[14] Jameson Fredric. Postmodernism, Or, The Cultural Logic of Late Capitalism [M]. London：Verso, 1991.

[15] Toffler Alvin. Future Shock [M]. Toronto：Bantam Books, 1971.

[16] Williams, William Carlos. Introduction to The Wedge [EB/OL] (2009—10—13). http：//www. poetryfoundation. org /learning /essay /237888.

[17] Pound Ezra. A Few Don'ts by an Imagiste [J]. Poetry：A Magazine of Verse 1, 1913 (6)：200—206.

[18] 胡适. 建设的文学革命论 [J]. 新青年, 1918 (4).

[19] 卞之琳.《雕虫纪历》自序 [M] //卞之琳文集：第2卷. 合肥：安徽教育出版社, 2002：44—63.

[20] Weinberger Eliot. 3 Notes on Poetry [M] //Outside Stories：1987—1991, New York：New Directions, 1992：56—64.

[21] Hayot Eric. Chinese Modernism, Mimetic Desire, and European Time [M] //The Oxford Handbook of Global Modernisms. Mark A. Wollaeger, Matt Eatough, ed. New York：Oxford University Press, 2012：149—70.

［22］ Wang Jing. High Culture Fever: Politics, Aesthetics, and Ideology in Deng's China ［M］. Berkeley: University of California Press, 1996.

［23］ Zhang Xudong. Chinese Modernism in the Era of Reforms. Post-Contemporary Interventions ［M］. Durham, N. C: Duke University Press, 1997.

［24］ Dirlik Arif, Zhang Xudong. Introduction: Postmodernism and China ［M］ // Postmodernism & China. Durham, N. C: Duke University Press, 2000.

［25］ Van Crevel, Maghiel. Chinese Poetry in Times of Mind, Mayhem and Money ［M］. Leiden: Brill, 2008.

［26］ Eliot T. S. Hamlet and His Problems ［M］ //The Sacred Wood: Essays on Poetry and Criticism, London: Methuen & Company Limited, 1920: 95－103.

［27］ Swensen Cole. A Brief History of the Early Prose Poem ［M］ //Civil Disobediences: Poetics and Politics in Action. Anne Waldman, Lisa Birman, ed. Minneapolis: Coffee House Press, 2004: 190－202.

［28］ Pound Ezra. The Spirit of Romance ［M］. New York: New Directions, 1968.

［29］ McDougall, Bonnie S. Translation Zones in Modern China: Authoritarian Command versus Gift Exchange ［M］. Amherst, N. Y: Cambria Press, 2011.

［30］ Yeung Jessica. Ink Dances in Limbo: Gao Xingjian's Writing as Cultural Transition ［M］. Hong Kong: Hong Kong University Press, 2008.

［31］ Weinberger Eliot. Who Made It New? ［EB/OL］ (2011－06－23). http: // www. nybooks. com/articles/archives/2011/jun/23/who－made－it－new/.

——原载《江汉学术》2014 年第 5 期：41－50.

以自身施喻：当代汉语诗歌中的精神疾病诗学

◎［德］彭吉蒂（文），时　霄（译），江承志（校订）

摘　要：疾病、受苦、疼痛与创伤常常带来边缘性经验，并提供一个让人类能意识到自身圉限与脆弱的语境。以疯狂为主题的文学——精神疾病或心理创伤在小说人物和诗歌话语中的再现——清晰地描写了此类经验，通过不同的形式、隐喻和结构，并能够表达主体的痛苦与集体的创伤，传达病痛的经历，为健康、疾病与身份等更广阔的语境提供个人与社会的洞见。就食指、温洁而言（其他人很可能也是如此），书写疾病之诗的快乐与其说来自于对主体感受的表达，不如说在于一种对技巧和形式的追寻，即追寻如何将个人经验整合进集体，无论是悲苦的经验，还是独特的诗词传统。食指和温洁勇敢地写诗来表达其自身的病苦，因此也成就了反诸自身的隐喻，即关于自身之乖悖、健康、身体与心灵之脆弱、寻找归宿的身份之痛苦挣扎的隐喻。①

关键词：食指；郭路生；温洁；汉语诗歌；精神疾病；疾病诗学；疾病隐喻

开药方容易，了解人却难。

　　　　　　　　　——弗兰茨·卡夫卡

诗出来了，火就没了。

　　　　　　　　　——郭路生

内心一片狼藉，却貌似完好无损。

　　　　　　　　　——温洁

医学人文（medical humanities）基于一种认为文学能够"阅读伤痕"的理

论[1]537，认为艺术、诗歌、小说以及其他创造性写作对于理解和医治病人而言十分重要。文学和艺术不仅凸显了疾病怎样得到体验，而且表达并处理了意义与受苦的问题。②疾病、受苦、疼痛与创伤常常带来边缘性经验（Grenzerfahrungen），并提供一个让人类能意识到自身囿限与脆弱的语境。以疯狂为主题的文学——精神疾病或心理创伤在小说人物和诗歌话语中的再现——清晰地描写了此类经验，通过不同的形式、隐喻和结构，并能够表达主体的痛苦与集体的创伤，传达病痛的经历，为健康、疾病与身份等更广阔的语境提供个人与社会的洞见。

学界关于医学人文已经有了许多讨论，而相信"叙事"拥有处理并代表疾病的能力，仍是这一领域的核心信念。③作为一位文学研究者，尤其令我感兴趣的是那些"批判性医学人文"的主张者的相关讨论：他们提倡厘清多种文类和形式的叙事构成，研究这些文类和形式以何种方式来"言说"。这当然涉及文学研究的核心，但在安吉拉·伍兹（Angela Woods）看来，就医学人文研究而言，"在对医学与疾病叙事的文学与语义学研究中，对文类的详尽论述仍付阙如"④。除此之外，她还暗示，医学领域中与叙事相关的学者或从业者常常忽略叙事形式的文化与历史维度。某种独特的叙事常常被呈现为超越特定文化和历史的人类经验性真理，但这就妨碍了对表达焦虑的特定语词进行更具历史性和人类学性的理解。⑤[2]

本文将解读中国诗人郭路生（笔名食指，生于1948年）和温洁（生于1963年）的作品，文类批评和跨文化（而非超文化）方法是本文的两个重点⑥。郭路生被诊断为精神分裂症，而温洁则自童年起就受困于抑郁症。在我看来，无论在他们与疾病相关的内容方面，还是其继承自中国诗词传统的形式方面，都反映出一种独特的"疾病诗学"。而且，就此二人而言（其他人很可能也是如此），书写疾病之诗的快乐与其说来自于对主体感受的表达，不如说在于一种对技巧和形式的追寻，即追寻如何将个人经验整合进集体，无论是悲苦的经验，还是独特的诗词传统。

20世纪的中国文学可分为三个时期：1917—1941年为近代文学，白话文学与许多新的写作形式与翻译在此时勃兴；1942—1976年为社会主义文学，其主要的作品都具有说教与政治性；1976年至今为当代文学，其开端为毛泽东的逝世与"文革"的结束。在1970年代末和1980年代初，新的主题与风格频现迭出。中国当代文学的第一个阶段被称作"伤痕文学"，处理了"文革"多年所带来的创痛；第二个阶段"寻根文学"则致力于追溯中国文化的根源与遗产，为创伤寻找解释，同时，有些作家也在追寻中国传统宗教与哲学的复兴。1990年代，一种新兴的城市文学处理了新兴的经济腾飞与城市生活。诗歌在这一时期出现了许多短暂的潮流，往往富有文体实验的性质。当下，传统的叙事文学、诗歌与数量庞大的网络文学并存共生。我曾经讨论过，文学疯狂的主题在中国虽然从未像在西方传统中那样盛行，但却在 1920 年代和 1980 年代的小说中得到了大量的表达。这些表达大致局限于将疯狂呈现为由现代文化压抑、个人或历史创伤所导致的病症，以及一种现代书写中普遍的空虚感。[⑦]

然而，第一人称疾病叙事（不同于虚构或半虚构的记述）在中国并未出现。在中国书店中放眼望去，通常较小的流行心理学图书区往往有许多讲解情绪紊乱的自修书籍，关于抑郁症的则数目尤多。这些书的目的在于让读者了解自身的疾病、症状、诊断与治疗方法，主要讲解心理疾病"是什么"而非"会造成什么样的感觉"。除了少量译介的自传性畅销书外，直接处理心理疾病的疾病叙述的作品几乎不存在，甚至，由于强烈的成见，这类书也不会成为畅销书。中国疾病叙事的相对不足所反映的文化与社会语境表明，"对价值的喜好与评价并非普世一致"[⑧][2]。或者，如布莱恩·席夫（Brian Schiff）所论，将一个西方概念作为普世概念，"认为所有人都与我们一样，是一个错误"[3]。在这一语境下，对于医学人文的跨文化路径与中国的"疾病诗学"而言，郭路生和温洁的作品是两个重要贡献。

考虑到中国缺乏心理疾病的信息与教育，以及情绪紊乱遭受歧视的现实，疾病之诗遭受冷遇也并不出乎意料。[⑨]张枣（1962—2010）曾称赞温洁的诗展现出"一切激情的节奏、词的音乐都追寻着缭绕那个名字写在水上的'你'"[4]。但其他读者虽然看到其审美表现中的阴暗层面，却更愿意阅读其与传统诗歌及其美感相联系的其他主题。相较之下，尽管郭路生并不公开谈论自己的疾病经验，他却成了文化精神分裂症和集体性"克服过去"的象征，在中国文学史上是一个独特的声音。

当然，还有一些其他中国诗人偶尔从各个不同角度书写疯狂与心理疾病，但郭路生和温洁勇敢地写诗来表达其自身的病苦，因此也成就了反诸自身的隐喻，即关于自身之乖悖、健康、身体与心灵之脆弱、寻找归宿的身份之痛苦挣扎的隐喻。本文将探索心理疾病、身份与诗歌写作之间的关系，以及这种诗歌对医学人文的潜在价值。

一、食指（郭路生）、精神分裂及其诗歌

（一）郭路生与精神分裂

郭路生笔名食指，1948 年生于山东。他的父亲曾经在红军中做过军官，母亲是一名教师。他年轻时紧张多虑，但学习勤奋，也参与体育与各种学习活动。据说，当他中考失利的时候，他一夜之间白了头。[5]197 1965 年，17 岁的食指第一次认真写诗，并经历了更深重的焦虑。在最煎熬的"文化大革命"时期，郭路生因其大胆而

坚毅的诗歌而广受尊重。他 1971 年入伍，但提前退伍；他持久沉默、焦虑并有自杀倾向。其父亲为他担忧，将他送往医院，诊断结果为精神分裂症。[5]205 郭路生的住院治疗是不连续的，最长一段达 12 年，结束于 2002 年，其间食指再婚并回到了他北京的家。他的传记和自述都没有太多对疾病的记述。2011 年，他解释说：

> 我离开部队，是因为无法理解身边的事情——我甚至可以说，我已经完全无法理解所发生的事情，而其他人则再也无法理解我的言语和行为；在这之后，我于 1973 年 11 月 25 日被送往精神病院。这是我生命中痛苦之时，但这仅仅是个开始。这时我写了几首诗，确切说是两首：《痛苦》和《灵魂之二》（作于 1974 年 10 月）。[6]

在《灵魂之二》这首诗中，他用意象恰切地表达了自己的悲痛："假如黑夜是我的满头黑发/那么月色便是我一脸倦容。"[7]56 这首诗进而描述了他的孤独与痛苦，但没有提到疾病。当郭路生被诊断为精神分裂症时，该疾病在中国仍然只有相对性的界定——1979 年，《中国精神疾病分类方案与诊断标准》的出版方才结束了这一状况。郭路生的友人和其他学者将他呈现为一种"人民的声音"，而在这种"元文本"的表现中，他们或是刻意地不去探讨他的疾病，或是由于缺少充分的医学信息与知识背景。除了他的住院记录之外，只有为数不多的传记细节能够让人去窥见他的疾病。例如，他的传记描述了两例早年的"旅途性精神病（travelling psychosis）"，而且两次都被送入医院治疗。⑩ 他的钱包和亲友的地址被人偷走，本人则下落不明，20 天之后，"神志忽然清醒"[5]206。虽然这一记述之中不乏细节，但并没有解释他究竟是如何在这 20 天中活下来的；其中所突出的是他的一般形象，即遭遇困厄但不屈不挠、持守自我。郭路生自己则没有在诗歌或其他叙述中提及这一事件。

（二）先锋诗人

郭路生的声望既来源于其诗歌作品，也在于他在变化的社会中有一个不变的诗人（患有精神疾病的）角色。很多批评家并不认为他的诗歌是伟大的，但承认其坚韧不拔的精神令人击节。文学史和文学选集中往往仅录述其著名作品，其地位并不突出。尽管他非常关注诗歌韵律，却很少有学者对此进行分析。柯雷（Van Crevel）曾形容郭路生在"文革"及其之后是"异端诗歌的持火炬者"[8]，并认为他及其诗友黄翔"让诗歌重新获得藐视政治权威的能力（这也是传统中国诗歌的权利），使之言说个体的声音，而不是使之成为意识形态的艺术延伸"[9]。

作为一位年老而受到尊重的疯子，郭路生说道："诗人的命运都是时代决定的，我……就是写了几首受当时青年人喜欢的诗。"[10-11]他认为自己在极端残酷的时代高举自由是极为重要的，并认为自己是那时候书写"真实东西"的唯一诗人[12]。写作也让他得到了内心的平衡，而且他认为，在他12年的精神病院生涯中，是诗歌挽救了他[6]。

郭路生将自己的诗歌划分为三个阶段：在早期阶段，他虽然经常抑郁，但对诗歌风格重视有加；第二个阶段中，他"疯了"，以诗歌描写世态炎凉，抒发愤怒；第三个阶段是在精神病院中度过的，期间他感到沉静，并进行哲学思考。[13]92-93他曾经有几年时间未曾写作，他称这几年为"地狱年岁（years of hell）"，利希（W. T. Reich）曾将这种现象定义为"沉默的苦痛（mute suffering）"，是对抗疾病的三个阶段中的第一阶段。[14]一方面，郭路生声称坚持自己的观点不断地促使他回到医院，并曾抱怨在其中受到不公正的对待。①[6]另一方面，他又承认自己在医院感觉更安全。尽管他的和善与体谅为人所称赞，他也常常谈论自己的愤怒和沮丧，无论是被诊断之前还是之后。在《愤怒》（1980）一诗中，他写自己的愤怒已非雷霆万钧，而是"已化为一片可怕的沉默"[5]98。他不断地抱怨自己需要为了政治和治疗的原因（或二者兼有）而克制自己，但他并没有论及为何无法写作，虽然原因肯定不仅仅是医院的环境和药物治疗。

尽管他的创造力曾经枯竭一时，在50年里，他基本没有背离其灵感的最初来源——其早年导师何其芳（1912—1977）的诗歌形式。何其芳等人采用了一种有韵律的调式，但与传统诗歌格律并不相同。《在精神病福利院的八年》即是一首"现代格律诗"，它有四五个诗节，每节四行，每行五顿，语法结构相同并押韵，亦有通行的例外（常常是音节数目、顿，或韵式）。每行虽然字数不齐，但除了第二行外，都有五顿。无论如何变化以及采用何种韵式，每行结尾都是两顿。显然，无论对于规则性还是不规则性，构造这一诗歌形式的诗人都倾注了心血。⑫

郭路生并非有意识地试图表达其疯狂，虽然其风格反映了其心理疾病的许多方面——通过形式的技巧，而非"两面性（janusian）"或"同空间性（homospacial）"的思考甚或"思想情感分裂（intrapsychic ataxia）"等（Karl Jaspers 观点）[15]26。这并不是说，对诗歌形式的使用证明了他的精神疾病。由于思想和感觉必须被塑造成一个结构，在整合诗歌效果的过程中，形式扮演了重要作用，其自身是一种"反身性（reflexivity）"的模式。然而，郭路生的诗并不试图捕捉折磨他的疾病，他也不试图反映任何症状或现象性经验。他并没有展现出心理学界所认为的精神分裂症的典型特征，如超乎寻常的见解或"超逻辑思考"（陈维鄂的观点）⑬，以及过度的反身性和正常自我性（ipseity）的萎缩（Louis A. Sass 的观点）[16]。张清华对这位诗人的评价有些夸张——他怀疑郭路生的病理诊断，并称赞其诗歌"形式完美而有序"，却没有意识到这样一个事实：有序的诗歌反映的可能是思想的偏执[17]。奚密认为郭路生的诗歌是其疯狂的表达，似乎更接近真相：

> 反讽的是，疯狂的核心观念通过清晰布置的形式展现了出来：整齐的四行诗，句尾的韵律，因果的逻辑演进结构，立论与驳论。[18]

无论如何，诗歌的形式并不能证明诗人的疯狂。问题在于，郭路生在50年里坚持的是同样的诗歌形式。语言和心理相互依赖的过程"以言说语言、解释语言的诸种风格"[15]176来展现自身，但阿尔伯特·罗森伯格（Albert Rothenberg）发现，卓越的创造性并不必然关联于某种人格类型。事实上，患有精神疾病或抑郁症的人，写作风格往往按部就班、一丝不苟。[19]6郭路生的诗也展现了同样规整的反身性形式，在节奏、句法构造、语义层叠等方面的变化是有限的；同时，批评家也普遍同意，郭路生的风格和人生观都没有发生大的变化（后者往往博得许多称赞）。但纵使郭路生的诗歌形式刻板，其设计却可以体现出意图。他曾自学诗歌理论与传统，并喜欢大声诵读诗歌。通过格律和声韵，他有意识地试图去反映生活中的波动，以及悲喜的更迭。[13]93韵律创造了字与音之间意义远近关联的幻象，而重复则成了一种表达意义的方式。[20]557劳拉·萨里斯伯里（Laura Salisbury）称，韵与韵的关联并不是没有意义的：

> 因为诗歌恰恰运用了诸种耳朵能听见、中枢神经能够感觉到的连接方式，这些连接方式关乎对世界整体的经验如何像主观取向的一极那样类型化、愉悦、可把握，关乎对语言元素之间联系的促进，这些联系并非是直截了当的命题形式，而是可以被用于有意识的反思。[21]

对诗歌的精心建构让郭路生有了一种成就感和美学愉悦。这种推敲的诗歌风格让他调控其内心的失望和可能的混乱，同时反映了利希所说的对抗疾病的第二个阶段："表达性的痛苦（expressive suffering）"。

（三）献祭的羔羊

撇开旅途性精神病的经历和时而畸怪的行为，可以谨慎地说，郭路生的精神分裂症（及其诗歌）是"缺乏症状"的。我们可以从他的诗歌中发现什么？他的住院治疗、诊断和被贴上的标签仍然是一个事实，他时而自我矛盾的行为也有见证者，其诗歌仍可被视为一种对抗疾病的反映。他与疾病的对抗并不是"存在论"的，其诗歌中的抗争也不是"超验"的。郭路生的主要挣扎仍然关乎他的诗人身份和住院治疗。他曾抱怨，读者往往只读他早期的诗歌，而他自己则更喜欢后来的诗作。在《诗人的桂冠》（1986）中，他抱怨他的名声取决于其在"文革"中作为诗人的角色：

> 人们会问你到底是什么
> 是什么都行但不是诗人
> 只是那些不公正的年代里
> 一个无足轻重的牺牲品[5]129

如上所述，大多数学者认为郭路生的声望来自于他在大规模的意识形态话语中所表达的个体抒情之声，虽然如此，郭路生却将自己视为这种评价及时代的受害者。他的诗歌创作已有几十年之久，而他的地位仍然来自于"文革"时期地下诗人的身份，一个"无足轻重的牺牲品"，既受诗歌之害，也因诗歌而获得赞誉。他难以获得一个纯粹的、与早期诗歌中的政治语境无关的诗人身份。郭路生成了一个替代性的、治疗性的集体诚实的声音，表达了历史的伤痕、背井离乡的恐怖，以及许多人感受到的"困惑的世风日下"[22]（尤其是 1976 年毛泽东逝世之后）。让郭路生被铭记的东西，是他在时间中所创造的形象——"人性、心灵冲突、善良、坚定的信念、敏感的情感、不可动摇的意志以及一种有些悲剧的人格"[17]。

在上述一诗中，如果郭路生将自己视为时代的受害者，那么他也将自己视为一个可以从心所欲地思考的疯子。[23]这一文化与精神疾病之间的互动早已得到承认。然而，即使在西方，"精神分裂早已成为精神病学的核心难题"，[24]有些人认为，精神分裂症是"在灵魂最私人的幽闭处的现代世界的幻影"。[15]373饶有兴味的是，一个四十余年来患有精神分裂的诗人，却因其精神的坚韧不拔而广受尊敬。[25]在一个审察制度仍然存在的语境中，郭路生与读者的共鸣也反映出，其读者需要一个替代性的（同时是安全的）"克服过去"的声音。

（四）住院治疗

郭路生将其住院治疗描述为一个痛苦的经历。爱德华·威特蒙（Edward Whitmont）和约拉姆·考夫曼（Yoram Kaufmann）曾认为，"一个艺术家创作作品，不是因为他患有神经官能症，而可能是因为他具有创造力，并且不得不与自身内部的强大力量进行斗争"[26]。虽然郭路生相信，住院治疗对于他的疾病是有帮助的，他同时也抱怨，医院是个不文明的地方。没有安静的写作环境；除了他自身内部的情感之外，他还要应对医院中带来困难的环境。他说精神福利院的其他病人"野蛮、自私"，是一些生活逻辑扭曲的个体[13]90，"一帮疯子，由医生和护士看管着"[27]。其《在精神病院》（1991）贴切地传达了他的沮丧之情：

> 为写诗我情愿搜尽枯肠
> 可喧闹的病房怎苦思冥想
> 开粗俗的玩笑，妙语如珠
> 提起笔竟写不出一句诗行
>
> 有时止不住想发泄愤怒
> 可那后果却不堪设想
> 天呵！为何一年又一年地
> 让我在疯人院消磨时光
> ……
> 当惊涛骇浪从心头退去
> 心底只剩下空旷与凄凉……
> 怕别人看见噙泪的双眼
> 我低头踱步，无事一样[5]135

与其他在住院之前的诗歌一样，这首诗中的悲伤是因为他不得不将自己的真实情感加以隐藏。如果他将愤怒发泄出来会怎样呢？在那里，他应该是可以将积压的情感诉诸声音的。这首诗有力地表现出，他的疾病和治疗将他控制住了，同时也透露了医院对他的不利影响——实际上，当他初次患病时，政治环境给他带来的影响，是同样的东西，即个人自由的缺失，持续不断的监管，以及无人为他代言的现实。

他在"文革"及之后所遭受的苦痛影响了他后期的许多诗歌。2001 年，他的诗歌终于得到了认可，郭路生似乎不再纠结其诗人身份，而是转而表达其生命的痛苦；或许，他这时候将生命之痛视为自己最真实的病痛。在 2004 年末，他在《五十多岁了》一诗中写道：

> 早就失去了自我可谁都不知道
>
> 之后在精神病院里唯唯诺诺

病房里不是打架就是争吵
为点烟、沏茶甚至为看新闻
不得不低三下四地向护士讨好
一直无奈地在人前装着笑
没一点做人的尊严与自豪[7]157

郭路生将其疾病的开始视为"失去自我",而其治疗则成了一个"唯唯诺诺"的过程。然而,他自我满足的姿态却让他在医院中得到了诸如探望、抽烟、发怒的特权。其行动能力的程度和心智的敏锐程度让人迷惑,从而让某些人怀疑,他究竟是真的病了,还是有某些假装的成分。回答这些问题,需要去注意其诗歌的"字里行间"。郭路生曾在多个阶段中没有任何作品问世,所以,他写下的诗歌可能并不能反映其经验的全貌。就他(其他人亦如此)而言,这些沉寂和他的诗歌一样,都应当被视为其处境的表达。

他还有几首诗表达了对生活之徒劳、自己无法留下遗产的恐惧,但他将自己定位为一个希望将光亮给予"饥寒受冻者"的人:

懒惰、自私、野蛮和不卫生的习惯……
在这里集中了中国人所有的弱点
这一切如残酷无情的铁砧、工锤
击打得我精神的火花四溅
……
点着它,给赶路人以光亮
让饥寒受冻者来取暖
而我将化为灰烬
被一阵狂风吹散[7]129

他常常将自己置于浪漫的心境之中,叙述其痛苦是诗歌的源泉。诗歌从本质上说能够带来一种审美体验,能够通过艺术的建构,将痛苦升华,从受苦中获得意义。或许,他忍受苦难的能力中的这种诗性的升华,恰恰将其疾病经验降为一位"献祭的"诗人形象。郭路生经常摇摆于两个极端:绝望于这就是生活的全部,企盼生活不止于此。这两种感受都与他作为诗人和病人的身份有关。希望与绝望,身份与疾病的纽带可以让人明白这样的道理:

有一些痛苦是人们不想要也不应该遭受，但是必须经历的；关于万物的自然秩序，在简单的乐观主义假象背后，人们对那条由消极事件和烦扰所构成的黑暗而危险的河流有着更深的恐惧。[28]54—55

乐观主义和恐惧都试图进入郭路生的诗歌。其中总有一定程度的失落感，既关乎其听众的缺失，也关乎文字的本质——如诗人丁尼生（Lord Tenneyson）在其《纪念 A. H. H.》（In Memoriam A. H. H.）一诗中所言，"将内在的灵魂隐匿一半（half conceal the soul within）"。

二、温洁、药物治疗及其诗歌

温洁于 1963 年生于延安。她曾学习中国文学并在出版编辑行业工作多年。其诗歌写作始于 1980 年代初，但并不归属于某个诗派。在其 2003 年的诗集《片面之词》的引言中，其诗歌被称作"个体言说"，即没有意识形态（或反意识形态）语言和教育目的的羁系——在当代诗歌语境中，这种言说仍然是少见的。[29]无论过去还是当下，郭路生的个体声音以言说去对抗时代的风险与无意义，温洁的个体言说则让人注意到对诗歌语言的另一种运用：以对话的方式表达自己，同时使用原创的隐喻和巧妙的主观性。她的诗歌并没有郭路生那种固执的形式主义特征，而是使用了多种诗歌手法，如拟人、隐喻、客观化、重复、排比、跨行等等。比如，她的组诗《我的精神病医生》就有一个有趣的结构：其篇幅之长，包含八首；诗与"副歌"相交错，但副歌并不重复。四首"主诗"是她对医生说的话，而副歌则表达了她的感受、恐惧和疑惑，对自身问题的质问，以及对痛苦时刻的追忆。清楚描绘医疗诊断和治疗过程的主诗与表达内心混乱与破碎的副歌交叠在了一起，读者可以从中感受到医疗现实和病人经验之间的距离。

（一）抑郁

温洁的人生经历并不复杂。她的诗歌并不着眼于特定的大事件，而是呈现一种对生活的总体性感觉，即郭路生曾付诸诗歌而没有在对话访谈中直接透露的沮丧之感。对此，温洁曾这样解释：

由于当时的历史原因，1960 到 1980 年代，我的双亲长期分居两地。从我有记忆开始，几乎一年到头见不到父亲。而长年的独自操劳和艰辛，也磨损了母亲的温柔和耐心。长期不在一起生活，造成了双亲感情的隔膜和疏淡，自然造成儿女的惊慌、惶恐和不安。彼此在忙碌和忧心中的父母，无暇多顾及孩子的感情和感觉。这样的家庭氛围，使我沉湎于个人的内在感觉多于对外部世界的关注，当我有一天终于抬起头，才茫然发现，我的世界和外部世界，有着不小的差距。这也长久地影响了我与外部世界的关系和沟通。⑭

温洁几乎所有的诗歌都表达出这种孤立和冷漠。在《礼拜六夜晚的手套》(1986) 的描述中，她丢了一只"你"所赠予的手套，而自此之后，一只手将永远冰凉，即使在炎热的夏日。这首诗的结尾是：

> 也许整个冬天都不会下雪
> 也许我的手还会伸向你
> 但是有一只手套再也找不到
> 我一生中的礼拜六
> 永远是一只丢失手套的寒冷的手[30]28

这只手套所隐喻的是保护与归属，而寒冷的手隐喻的则是她自己。她用重复和排比，将其希望与现实并置在一起：失落之物一去不返已是现实，纵使她的希望并非如此。

根据她的解释，其抑郁始自童年，并自此之后影响了她的人生。尤其是，她哀叹自己无法像其他人一样去体验幸福，无法在温暖的家庭生活中获得满足。这种持续不断的痛苦可见于她 1994 年的《凝望》一诗：

> 痛苦把我悬挂起来，像一枚红透的果实
> 在树的顶端高不可及，你已将我培育得
> 如此丰腴，嗅着你遗留的气息像一只
> 受伤的狼，我之所以活下来是为了
> 能够凝望你，凭借它我已活过多年
> 活在自身的疯狂之中[30]61

她向自己的抑郁说话，并将抑郁的"丰腴"等同于疯狂。无论呈现为果实的红色、气息带来的嗅觉，还是受伤的狼，她的抑郁可以被所有的感官所感知，并充满了她的生活，在生命中不知不觉地久驻不去。在《隐匿性抑郁症》(1991) 中，她描述隐秘而持久同时拒绝被医治的疾病感。除了对疾病之痛苦的表达之外，这首诗也透露了一个复现在她其他诗歌中的主题：疾病并不是一种需要攘除的恶，而是她自身的一部分，需要将之接受下来。考虑到其抑郁是慢性的并将要贯穿她的一生这一"论题"对她尤为重要。在中国语境中，温洁是一位非常勇敢的诗人。带来情感紊乱的抑郁症仍然被视为一种令人羞耻的事，在专业医学的语境之外去谈论它的情形并不多见——而温洁却将心底的感受展露无遗，这很不寻常，同时也启迪人心。

（二）身份

她的诗中常言及抑郁症所带来的羞耻感，而这种羞耻感即使在医生面前依然存在。前文所述的早期诗歌主要表现了对抑郁症的抵抗，而在她后期的诗歌如《我的精神病医生》（2001）中，疾病则成了她的身份。

心理卫生中心

我知道这个世界上，一些人
是医生，另一些人是病人
一些人是另一些人的敌人
他们就像好和坏，彼此

互为存在的依据，就像是
一枚硬币的两面，质地相同
却以不同的面目示人，是否你
有永远不坏的钢筋铁骨

我却随时随地
需要修理，医生！请告诉我
这并不可靠的秘密，需要怎样的技巧
才能保持一颗战无不胜的心，需要

何等的力气，才能心中一片狼藉
却貌似完好无损，我看到大多数人
他们的脸，像你的脸一样游刃有余
他们是这个世界最正确的部分

> 最普遍，也最有力量
> 而我的脸，却是你的脸的反面
> 凹陷在自己的血肉里，在其中
> 腐烂，变质，发出令人掩鼻的气味
>
> 也就是被这个世界弃绝的气味⑮[30]117−118

在此，规则的形式（并不是其诗歌的典型特征）反映了世界强加给她的秩序。最后一节只有孤零零的一行，正如诗人—病人的孤绝。温洁的诗比郭路生更多决绝之气，但两者的内心都是"一片狼藉"，而且他们都不去质疑这种感觉的合理性，也不去对灵魂进行更深的追索以寻找疾病的原因。郭路生的挣扎主要是试图克制其愤怒，针对的是政治、不文明行为、自己的命运、其诗人身份遭受的忽略，同时，他也使其自身的脆弱性被别人获知。他希望被承认为一个诗人、一个其心理疾病应当被忽略的诗人。温洁的挣扎却指向一种存在性的身份，这种身份包括了她的疾病，以及病人反对这个世界的独特姿态。在《精神分析疗法》中，她甚至暗示，这个世界既需要健康，也需要疾病：

> [我] 是一个亟待救治的标本，但谁
> 是可以救治我的人，谁可以从这个世界上
> 拿走痛苦，只留下欢乐
> 拿走我，只留下
>
> 你们[30]122

这首诗几乎运用了一种深思熟虑的阴阳哲学：没有疾病，就没有健康。这是一种呼唤：她的疾病是其生命之过去（与将来）的一部分，因此，不应当贬损她自身内在的、无法改变的那个部分。她意识到自己是一个"他者"，但坚持认为，仅有健康和疾病被一视同仁的时候，她才能够成为健康人的"他者"。而且，这位诗人在其身份斗争中将价值赋予了精神疾病的痛苦境况，可以说有创辟之功。她渴望超越其疾病，并获得一个强化的身份——这个身份染着抑郁症的颜色，但没有被它征服。

（三）药物治疗

她的诗歌也描写了药物治疗，其中反映了她对这种消极性身份指认过程的抵

抗。在其自述中，她解释说：

> 我必须服药。很长一段时间我服食大量药片。看上去这的确减轻甚至治愈
> 了某些症状。我也有患抑郁症的朋友的确因此痊愈了。不过我个人的感觉是，
> 精神性越强的人，药物的作用就越弱。药物能减少外在症状，因为它能麻痹神
> 经。但是不久，某种契机一旦出现，症状又再次出现。因此，虽然多年来我貌
> 似正常，但内心却空空如也。如同我的诗中所言：心中一片狼藉，却貌似完好
> 无损。⑯

温洁与药物的抗争是显而易见的。她之所以抵制，似乎因为药物来自于一个对
她完全没有理解，反而自以为知晓她的需求并能够为她的感情"开药方"的人。在
其《在诊断室》（2001）强有力的描述中，最初阶段的药物治疗并没有明显的效果，
反而带来了副作用；她在其中被视为一个"病人"而非一个"人"，并透露了焦虑
感。《处方笺》中，她对自己的无力感和药物治疗的副作用感到沮丧：

> 药物堆积在身体里
> 日积月累，出人意料地长出它
> 自己的意志，代替我
> 在世上横行，药的身体
> 成了我的身体[30]114

虽然医生是治病救人者，开药的目的也在于帮助治疗，这首诗的后半部分却向
精神病医生提出了指控。就医疗而言，她显然不觉得药物对其健康的提升有所助
益。惯例性地开处方而缺乏对个体的关注，是药物治疗中常见并令人痛苦的情况，
至少在1990年代尤为常见。更为重要的是，她笔下的身体是一个社会性异化的身
体。病人感到药物抑制了身体的声音，让她疏离于其社会性自我。药物不仅没有促
进有效的治疗，反而加剧了自我与身体的异化；而她也憎恶医生，认为后者令她看
不到作为社会性存在的自我。这种感觉存在于许多病人之中，布罗（Bologu）对此
解释说，"其中所显露的一个问题是，医生这个阶层自身没有处理那些引发疾病或
者可能有助于治疗社会性身体的社会条件"[31]190。换言之，这种治疗针对的是一个
内在于其自我之中的身体，但医生仅将之作为一个客体对象来对待。病人对精神疾
病的感受尤为强烈，或许因为，药物作用于精神和身体的方式会让一个人产生难以
预料的无力感；若没有这些药物，其身体则可能是健康的。一方面，这让人们注意

到，身体和精神密不可分；另一方面，当病人被当作一个客体对待时，这种密不可分的关系恰恰被忽略了。这首诗的第二节中，这种客体化显然让病人产生了一种对医生的屈从感，从而带来了其独立与尊严的丧失。

> 病人被贬抑至"事物"的层面，医生却被提升到"超人类"的层面。医生拥有一种优越感，与病人的无力感恰恰形成对照；这种优越感与他们的治疗方式相一致，并被认为是自然的，意料之中的。[31]197

这首诗唤起了一种深切的孤独和无助感。那些有能力并愿意帮助她的人被视为敌人。然而，没有这些人的帮助，她也无法生存。

（四）追求意义的意志

温洁表现药物治疗的诗歌传达了固执的声音，但最令她感到悲哀的并不是药物的问题：

> 让我最为伤痛的是，我发觉自己无法获得情感上的满足。孩提时代欠缺的爱抚，想在长大成人之后，从两性关系中获得，这本身就是一个错位。……过去了这么多年，如今回首，我才能够清晰地看到，导致我当时逃离家庭生活的原因仍然是内在的绝望感，那时我觉得无福消受那种日常的安宁和幸福，总是有什么不安的东西在遥远地呼喊我。我不知道那是什么，却一直都在茫然地追寻……所以，怀着这样的心态，无论多少年，都不可能找到期待的幸福。⑯

《我的精神病医生》中的一首副歌表达了这种厌倦的痛苦：

副歌：异域的黄色信笺

> 我平面的生活场景，不变的客厅
> 通向陈年的宿疾，我低首敛衽
> 不愿被往事看见。脚步靠边
> 并且习惯夜行[30]119

她对病情恶化感到悲伤，并为日常行为和自信心的身体性根基而哀叹，这些都表现在这首诗之中。哈特曼（Geoffrey Hartman）主张：

[这类诗歌] 不断地与现实、身体的健全性、身份等问题搏斗。这种怀疑（有时候是一种沉思性的狂喜）让意指机能（这是否真实，或者是否至少是真实的一个符号？）、主体性（对"我"的言说以及将之赋予意义的可能性）、记忆或故事（掌控一个人生命的"情节"而非某种其他的、未知但致命的叙述）受到折磨。[1]547-548

温洁诗歌中一个复现的主题是，人成了其生命情节的一个部分。对于这一主题，医学人文也试图解释物理性、心理性、社会性、精神性表征之间的关联。医生不再仅仅是一个个从业者，而是被期望与病人有一种更为个人化的关系，并展现"同情性共契（compassionate solidarity）的痛苦感受"⑰。例如，诗人表达其痛苦的能力对于持守自我是很重要的。如果缺乏这种能力，就会引发"生命的自我反噬"的感觉。[32]在这一语境中，阿瑟·克莱曼（Arthur Kleinman）认为，我们的视角需要变化：

当我们受到震惊、丧失了看待世界的常识性视角的时候，我们就进入了一个过渡性的境况。在这一境况中，我们必须让我们的经验采用另外的视角。我们可以使用一种道德视角，以之对困难中令人烦扰的道德方面加以解释和控制，也可以使用一种宗教视角来获取意义，并努力超越不幸，或者，逐渐更多地采用医学视角来应对抑郁症。[28]27

温洁敬重诗歌的宣泄性层面。与郭路生一样，她将生活中的痛苦和她自身的敏感托付给缪斯。医院中压抑的环境，以及诗人身份所得到的接受都令郭路生感到沮丧；温洁则与此不同：她似乎想要"超越不幸"，其诗歌不仅仅是一个"临时的解决方案"；她追寻灵性（spirituality），将之作为更为持久、更为深入的药方。

我想实际上抑郁让我成了一个诗人。要是像别人一样有体验幸福的能力，可能我不会写诗。很多年，写诗是我自我宣泄和自我疗愈的一种方式。一首诗歌的写作，可以缓解内心中不断累积的复杂感受。回想起来，这种方式只是暂时延缓了我的痛苦，并不能消除。对佛法的了解，效果似乎更有效和持续……至少我觉得生活有了方向。⑯

与精神性和治疗相关的诸议题已经成为医学人文研究的重要方面，因为它们常常表达未被言说的世界观和价值[33]。多学科研究的一个目的是，"病人—医生"或

"人—治疗者"的新型关系的目的是帮助受苦之人超越其痛苦。托马斯·伊格纽（Thomas R. Egnew）解释说，"当与个体性整全的新感觉相一致的意义被加入进去，痛苦就可以被超越。个体性的整全通过以连贯性为标志的个体性关系而得到促进"[34]。温洁渴望这种超越，因为她新找到的信仰显然让她进入了健康的轨道，让她感受到了一种有意义的"斗争"。而这也让她对于一直以来不健康的路径十分敏感；这些路径已经制造了她之前没有经历过的严重的精神疾病。她将诗歌视为临时的救助而非长期的治疗，凸显了诗歌只是一个工具，而非一种解药。同理，精神性作为一种人类追寻意义之欲望的表达，也并不能永远被视为或者被体验为一种解药，虽然它可能是一个有价值的动机性力量，类似于弗兰克尔（Viktor Frankl）所定义的"追求意义的意志（will to meaning）"⑱。温洁的经历表明，无论是诗歌、精神性还是其他对痛苦的超越，只有在事后回顾，才能确定它们是否"成功"，是否带来了持久的"人格的整全性"和"以连贯性为标志的个体性关系"。这是一个脆弱的地方，这或许也是温洁为何渴求被"如其所是"地接受，而非必须依靠一个变化的语境的原因。

三、结　语

葛林·莫斯特（Glenn Most）解释说，"诗的语言回应着两种根本需求，一个以心理为本质的需求和一个以社会为本质的需求"[20]558。他还加上了一个哲学转折，并申明，对语言的掌握可以反映出对自身命运的掌握：

> 那些在优化生活、实现欲望方面最成功的人，通常不是试图排斥机运的人，而是那些以才智和灵巧使机运和需求彼此适应的人，即不将令人惊愕之事加以排斥，而是对之加以利用。对语言之材料性的掌握一方面可以提供一种（幻觉性的）满足，能够暗示我们掌控机运、主宰身体之上的机运之国的可能性；另一方面，对生成与转变的重复能够产生一种（虚幻的）安慰感，暗示我们能够最终将时间理性化，打破不可抗拒的时间之轮（我们有限的时间），并创造我们自己的时间之轮（无法打破，无限重复——也就是永恒）。[20]558-559

对于那些倾向于叙事或诗歌表达的人来说，写作毋庸置疑是一种治疗的方式。罗森博格（Albert Rothenberg）研究发现，虽然所有具有创造力的人都各不相同，但他们都有一个共同点，即来自于"其创造性的能力的直接、强烈、意志效果"的动机[19]4。因此，写诗的能力能够常常被认为是健康的标志，而不是诗人深切痛苦的直接表达。郭路生和温洁两位诗人都曾纠结于长期的创造性沉寂，以及直接关联于健康的身份问题。然而，当他们拥有足够的动机性力量去从事写作的时候，他们都体验到"将叙事结构加诸混沌之上这种美学的愉悦"[35]。对读者而言，对于仍然被认为是不可解释的东西，这种诗性再现或许提供了最切近的理解与解释。

据奥登（W. H. Auden）所说，"诗并非让什么东西发生（poetry makes nothing happen）"，这或许是诗与小说的不同；虽然如此，诗歌仍然表达了感受，并促使我们"思考我们的感受有何意义"[36]。除此之外，这两位诗人的诗尽管语言风格有所不同，但都反映了医学人文的目标："探索医疗的语境；洞察健康、疾病和保健的经验；检审思想、精神与表现的关系。"[37]郭路生将情感压缩进相同诗歌形式的倾向反映了一种令人钦佩的克制，这种克制也继而反映出他处理疾病与生活的方式。温洁也将其愤怒和无助感构造为表现性的语言，将形式加诸经验，运用多种诗学技巧如句首重复、拟人、间接对话、诗性循环、副歌等。尽管两位诗人对形式极为关切，但福柯（Michel Foucault）归之于文学（浪漫化的）疯狂的"疾病的抒情焕奕（lyric glow of illness）"却是缺失的。与之相反，两位诗人的诗歌中，一种追求脆弱性的强烈意志却格外醒目。它让人瞥见了精神疾病的潜在经验，让我们能够分享他们对治疗和接纳的关注。痛苦和疾病常常是文化性和主观性的，对于历史和医疗语境而言，这两位诗人都提供了宝贵的洞见。如果痛苦不仅是主观的，而且是文化性的，那么西方的观念、理论和治疗方法就不是绝对的。医学人文中，仍然遭受忽略的跨文化层面可能为这一领域带来新的思想和疗法。一方面，阅读郭路生和温洁的诗歌，我们能够体会"将愤怒视为一种表达性的力量"[38]这一说法；另一方面，更仔细地思考某些问题也对我们是有益的，例如，健康地接受"生命的被给予性"（段义孚语）的优势⑲。

思考郭路生（食指）与温洁诗歌的基本要点在于，疾病具有慢性的特质，并且与长期的痛苦与意义建构相互关联。从文学角度对心理疾病的检审阐明了这种慢性疾病的轨迹和意义；这一轨迹构成了人生的漫漫长途，并且与生活和痛苦的意义密不可分。两位诗人的生命视角和感受都被持续的痛苦和希望的缺失所影响，或许正因此，他们将这样的信息清晰地传达给读者——"问题不在于治愈与否，而是如何生活"[39]。心理疾病不是一个生命选择，但任何面临生命难题的读者都可以从郭路生的固执顽强和温洁的勇力呈现中得到治疗性的启发。

注释：

① 本文原刊于 Literature and Medicine，2015 年第 2 期，第 368—392 页，原题为 Metaphors Unto Themselves：Mental Illness Poetics in Contemporary Chinese Poetry。

② "疯狂"指的是人物或虚构作品中叙事者的一种乖张或"疯"的行为，而非临床上的病理学含义。在文学中，这些行为在特定的社会文化语境中往往被认为是难以令人接受或者极端的。"心理疾病"则指的是得到诊断的精神紊乱，或者是可以得到确认的认知性或情绪性紊乱。

③ 近来对"批判性"医学人文的讨论表明，这一领域与其被划分为"医学人文"和"健康人文"，不如被视为一个完整研究领域。在这一领域中，除了医疗和健康的相关领域，还应该囊括一些非毗邻的领域和路径，比如批判理论和文化理论，基于社群的艺术和健康实践，行动派诸种运动的反文化实践。对医学人文领域更具体的相关讨论、文献与观点综述，以及关于"批判性医学人文"更具体的探讨，参见 Sarah Atkinson，Bethan Evans，Angela Woods 和 Robin Kearns 的文章 "'The Medical' and 'Health' in a Critical Medical Humanities，" 出自 Journal of Medical Humanites，2015 年第 36 卷第 1 期，第 71—81 页；对就批判性医学人文的特点的逐条总结，参见 William Viney，Felicity Callard 和 Angela Woods 之文 "Critical Medical Humanities：Embracing Entanglements，Taking Risks，" 出自 Medical Humanities，2015 年第 41 卷第 1 期，第 2—7 页；对"健康人文"的深度探讨，参见 P Crawford，B Brown，V Tischler 和 C Baker 的文章 "Health Humanities：The Future of Medical Humanities?"，出自 Mental Health Review Journal，2010 年第 15 卷第 3 期，第 4—10 页。

④ 参见 Angela Woods 的文章 "The Limits of Narrative：Provocations for the Medical Humanities，" 出自 Medical Humanities，2011 年第 37 卷第 2 期，第 76 页。在这篇文章中，伍兹反思了盖伦·斯特劳森（Galen Stawson）的文章《反对叙述》（Against Narrative）并暗示了一种囊括非临近领域和方法的"批判性医学人文"。

⑤ 关于医学人文最大化地表达西方文化价值的相关问题，参见 Claire Hooker，Estelle Noonan 的文章 "Medical Humanities as Expressive of Western Culture，" 出自 Medical Humanities，2011 年第 37 卷第 2 期，第 79—84 页。

⑥ 虽然超文化的路径认为特定的文化价值是普遍的、跨文化的，跨文化的路径则集中于不同文化和价值之间的差异与相似之处。本文从"西方"理论视角（医学人文）去看待中国的文化表达（诗歌）。

⑦ 对现当代中国文学中文学疯狂的深入研究，参见 Birgit Linder 的文章 "Trauma and Truth：Representations of Madness in Chinese Literature，" 出自 Journal of Medical Humanities，2011 年第 32 卷第 4 期，第 291—303 页。

⑧ 从跨文化的视角来看，有意思的是，疾病叙事在某些国家比其他国家更为流行。

心理学或精神病学方面的流行作品的缺乏，以及对心理疾病的羞耻化是其中的部分原因（比如中国）；其他社会和文化因素是另外的部分原因（比如许多欧洲国家）。但我同样不愿不加区别地使用"西方"一词。在我看来，疾病叙述，以及对心理疾病在文学中的再现——包括小说和诗歌——在某些西方国家比其他西方国家更流行，对这些多种文化之间的不同进行研究将饶有兴味，从中可以发掘对疾病和健康的不同体察。

⑨ 对"面子"、疾病和儒家思想之间关联的综述，参见 Lawrence Hsin Yang 和 Arthur Kleinman 的文章 "'Face' and the Embodiment of Stigma in China：The Cases of Schizophrenia and AIDS," 出自 Social Science and Medicine，2008 年第 67 卷第 3 期，第 398—408 页。

⑩《中国精神疾病分类方案与诊断标准》第三版将"旅途性精神病"作为精神病的一种特定文化类别。对中西方精神疾病分类学之差异的综合性讨论，参见 S. Lee 的文章 "From Diversity to Unity：The Classification of Mental Disorders in 21st-Century China," 出自 Psychiatric Clinics of North America，2001 年第 24 卷第 3 期，第 421—431 页。

⑪ 在其他地方，他曾说是其自己为无法应对日常生活因而被送往医院。

⑫ 这首诗的中英文版，可参见 Jonathan Stalling 翻译的 Winter Sun：The Poetry of Shi Zhi 1965—2007，第 128—129 页。

⑬ "超逻辑思考"指的是一种思维模式，其中思考过程超越了日常逻辑思考的普通模式。其中包括"两面性"或"同空间性"的过程。"两面性"思维是一个将悖论性和对抗性对象结合为一个整体的意识过程。"同空间性"的思维过程是将多个不相关联的对象进行叠加；这种思维是隐喻思维的本质。参见 David W Chan 的文章 "The Mad Genius Controversy：Does the East Differ from the West?"，出自 Education Journal，2007 年第 29 卷第 1 期，第 7 页。陈维鄂论述中所用文献，见 Albert Rothenberg 著作 Creativity and Madness：New Findings and Old Stereotypes，Baltimore，MD：Johns Hopkins University Press，1990 年版。

⑭ 引自温洁给笔者的私人邮件，2010 年 9 月 16 日。

⑮ 笔者曾将词诗译成英语，见 Wen Jie 诗 "My Psychiatrist," Birgit Linder 翻译，出自 Renditions，2004 年第 62 卷，第 86—102 页。

⑯ 引自温洁给笔者的私人邮件。

⑰ 关于"同情性共契"概念的定义，参见 Jack Coulehan 的文章 "Compassionate Solidarity Suffering，Poetry，and Medicine." 出自 Perspectives in Biology and Medicine，2009 年第 52 卷第 4 期，第 585—603 页。

⑱ 这一观点关联于弗兰克尔的"逻各斯治疗（logotherapy）"概念，即存在性分析（existential analysis）和心理疗法的一种形式；此概念首见于弗兰克尔的《人的意义追寻》（Man's Search for Meaning）一书。弗兰克尔认为，当一个人在受苦中能够找到意义时，痛苦更容易承受。出自 Viktor Frankl 著作 Man's Search for Meaning：An Introduction to Logotherapy，London：Random House，2004 年版。

⑲ 段义孚曾认为，西方文化鼓励强烈的自我意识，这将导致对个体力量与价值的信念被过分夸大；这带来一种独立和个人责任意识，但同时也会导致孤立和孤独，或者"一种在被给定的世界中自然活力和天真快乐的失落"。见 Tuan，Yi－fu（Duan Yifu）著作 Segmented Worlds and Self：Group Life and Individual Consciousness，Minneapolis：University of Minnesota Press，1982 年版，第 139 页。

参考文献：

［1］ Geoffrey H Hartman. On Traumatic Knowledge and Literary Studies ［J］. New Literary History，1995，26（3）.

［2］ Angela Woods. The Limits of Narrative：Provocations for the Medical Humanities ［J］. Medical Humanities，2011，37（2）：76.

［3］ Brian Schiff. The Promise（and Challenge）of an Innovative Narrative Psychology ［J］. Narrative Inquiry，2006，16（1）：21.

［4］ 张枣. 温洁与每个人的拜伦 ［J］. 作家，2001（1）：90.

［5］ 郭路生. 食指的诗 ［M］. 北京：人民文学出版社，2000.

［6］ Guo Lusheng（Shi Zhi）. To My American Readers ［J］. Chinese Literature Today，2011（2）.

［7］ Guo Lusheng. Winter Sun：The Poetry of Shi Zhi 1965—2007 ［M］. Jonathan Stalling，trans. Norman：University of Oklahoma Press，2011.

［8］ Maghiel van Crevel. Language Shattered：Contemporary Chinese Poetry and Duoduo ［M］. Leiden：Research School CNWS，1996：29.

［9］ Maghiel van Crevel. Chinese Poetry in Times of Mind，Mayhem and Money ［M］. Leiden：Brill，2008：15.

［10］ 徐熠. 朦胧诗代表食指归来 ［J］. 青春，2001（1）：88.

［11］ 李犟，陈梓荞. 写给人类的诗——食指诗歌研讨会发言纪要 ［J］. 南京理工大学学报（社会科学版），2010（1）：57.

［12］ 雷鸣. 食指诗歌的意义 ［J］. 凯里学院学报，2010（4）：66.

[13] 崔卫平. 诗神眷顾受苦的人 [M] //廖亦武. 沉沦的圣殿：中国 20 世纪 70 年代地下诗歌遗照. 乌鲁木齐：新疆青少年出版社，1999.

[14] Warren Thomas Reich. Speaking of Suffering：A Moral Account of Compassion [J]. Soundings，1989，72（1）：83－108.

[15] Louis A Sass. Madness and Modernism：Insanity in the Light of Modern Art，Literature，and Thought [M]. Cambridge：Harvard University Press，1998.

[16] Louis A Sass. Self and World in Schizophrenia [J]. Philosophy，Psychiatry，and Psychology，2001，8（4）：252.

[17] Zhang Qinghua. The Return of the Pioneer：On Shi Zhi and His Poetry [J]. Chinese Literature Today，2011（2）.

[18] Michelle Yeh. The Poet as Mad Genius：Between Stereotype and Archetype [J]. Journal of Modern Literature in Chinese，2005（1）：13.

[19] Richard M Berlin. Poets on Prozac：Mental Illness，Treatment，and the Creative Process [M]. Baltimore：The Johns Hopkins University Press，2008.

[20] Glenn W Most. The Languages of Poetry [J]. New Literary History，1993，24（3）.

[21] Laura Salisbury. Aphasic Modernism：Languages for Illness form a Confusion of Tongues [M] //Whitehead Anne，Woods Angela，et al，eds. The Edinburgh Companion to the Critical Medical Humanities，Edinburgh：Edinburgh University Press（Forthcoming），2016：12.

[22] Melinda Liu，Katharina Hesse. Puzzled Anomie [N]. Newsweek International，2001－02－14.

[23] 杨子. 食指：将痛苦变成诗篇 [N]. 南方周末，2001－05－25.

[24] Janis Hunter Jenkins，Robert John Barrett. Schizophrenia，Culture，and Subjectivity：The Edge of Experience [M]. West Nyack，NY：Cambridge University Press，2003：29.

[25] 刘志荣. 食指与一代人的精神分裂 [J]. 渤海大学学报（哲学社会科学版），2007（4）：51.

[26] Nicholas Mazza. Poetry Therapy：Theory and Practice [M]. New York：Brunner－Routledge，2003：9.

[27] Zhang Lijia. Mad Dog：The Legend of Chinese Poet Guo Lusheng [J]. Manoa，2002，14（1）：109.

[28] Arthur Kleinman. The Illness Narratives：Suffering，Healing，and the Human

Condition [M]. New York：Harper Collins，1988.

［29］ 倪卫国. 个体言说丛书序言 [M] //温洁. 片面之词. 上海：上海三联书店，2003.

［30］ 温洁. 片面之词 [M]. 上海：上海三联书店，2003.

［31］ Roslyn Wallacli Bologh. Grounding the Alienation of Self and Body：A Critical，Phenomenological Analysis of the Patient in Western Medicine [J]. Sociology of Health & Illness，2008，3（2）.

［32］ David Le Breton. Schmerz [M]. Maria Muhle，Timo Obergöker，Sabine Schulz，trans. Berlin：Diaphanes，2003：268.

［33］ Therese Jones. Introduction [M] //Therese Jones，Delese Wear，Lester D Friedman，ed. Health Humanities Reader. New Brunswick，New Jersey：Rutgers University Press，2014.

［34］ Thomas R Egnew. The Meaning Of Healing：Transcending Suffering [J]. Annals of Family Medicine，2005，3（3）：258.

［35］ Paul Crawford，Charley Baker. Literature and Madness：Fiction for Students and Professionals [J]. Journal of Medical Humanities，2009，30（4）：238.

［36］ Ronald Carson. Poetry and Moral Imagination [M] //Thomas R Cole，Nathan S Carlin，Ronald A Carson，ed. Medical Humanities：An Introduction，New York：Cambridge University Press，2015：174.

［37］ C Gardner，L Golestaneh，B Dhillon，et al. People Say There Are No Accidents：Poetry and Commentary [J]. Journal of Medical Humanities，2010，31（3）：258.

［38］ Sarah Atkinson，Bethan Evans，Angela Woods，et al. "The Medical" and "Health" in a Critical Medical Humanities [J]. Journal of Medical Humanites，2015，36（1）：78.

［39］ Sally Vickers. The Other Side of You [M]. London：Harper Perennial，2007：18.

——原载《江汉学术》2017 年第 2 期：35—46.

影响无焦虑　釜底且游鱼

——以《忧伤的黑麋鹿》为例谈当代诗写与评价的失衡

◎李海英

摘　要： 当前国内的一些长诗和组诗的写作中，因互文习性和模仿戏游行为的过度或失衡，造成部分长篇文本呈现经验贫乏、想象力枯竭、创造力稀薄的现象。此现象理应引起诗人自身和研究者的思考与忧虑，而非友情式的鼓掌与附和式的赞誉。针对此现象，以海男的大型获奖组诗《忧伤的黑麋鹿》为案例可探究诗人是如何对潜文本进行转换以及由此产生的结果，探究将从诗歌的形象、形式、结构、主题和话语方式等方面展开，在比较中观察此种写作的策略所在及生成的效果。

关键词： 诗歌写作；海男；《忧伤的黑麋鹿》；互文；模仿

　　海男的组诗《忧伤的黑麋鹿》，共有 78 首，每首 14 行，最初发表于《诗歌月刊》2008 年第 5 期，并获该刊的年度"实力诗歌奖"。时隔 6 年，以该诗为书名的诗集又获得 2014 年"鲁迅文学奖·诗歌奖"。海男在获奖后的采访中称此诗是她"诗歌写作史上的一次穿越心灵史的旅行。在诗中，弥漫着澜沧江峡谷中的黑暗和充满阳光的两种火焰，这两种火焰在不同的豁口相遇，因而构成了这组长诗的一个重要元素，……是一种身体的历险。"[1] 她也谈及尤瑟纳尔、马尔克斯等人对她创作的影响。

　　而在我有限的阅读经验里，《忧伤的黑麋鹿》可能的"潜文本"与海男所言的马尔克斯、尤瑟纳尔并不符合，这种感觉清晰而强烈，相反它们应该是：一是《黑麋鹿如是说——苏族奥格拉拉部落一圣人的生平》[2]（该书由"黑麋鹿"口述，约·奈哈特转述，完成于 1932 年。后文简称《黑麋鹿如是说》），一是艾米丽·狄金森的爱情诗篇，此外则是彼特拉克式的十四行诗。我迟疑过，但我还是判断《忧伤的黑麋鹿》由两部分组成：前半部分（约到第 47 首处）是对《黑麋鹿如是说》中的"黑麋鹿"的复陈；后半部分（约在第 47 首之后）则是一番"情爱"坦陈，借助的是萨福的名义，"潜文本"却是一生对爱情渴盼又质疑的女诗人艾米丽·狄金森的情诗。如果略加辨认，该组诗形式的潜文本似乎并非是《黑麋鹿如是说》或狄金森的情诗，而有可能是彼特拉克式的十四行体。

因而，我的文章是分析三者与海男组诗的关系，并会在形象、形式、结构、主题和话语方式等方面查看其转化策略以及由此产生的效果。目的乃在于：通过对文本的追踪调查，探究诗人创作的某些秘密或可能存在的问题。如果一个文本足够优秀，研究当然是十分必要；如果一个文本被认为优秀，对比研究及分析探究当然也十分必要。

一、形象 I 比较：从"黑麋鹿"到"黑麋鹿"

为了自己的行文方便，我要首先从该诗最主要的形象"黑麋鹿"说起。关于"黑麋鹿"，有论者如是说："海男的这组《忧伤的黑麋鹿》诗里，也同样为我们塑造了一位男主人公，也许你会发现这位男主人公和海男的其他作品没有什么不同，只不过在这里有了一个更美好动听的名字。"[3] 果真如此？让文本说话：

> 那些花蕾从石砾中一点一滴地
> 如粮食一样，融洽在前世和今世的历史中
> 在忧虑纵深的峡谷以后的地域
> 在这里看不到邮差和城垒
>
> 从云壤中破壳而出的是豌豆和大米
> 还有盘桓在泥土中，困倦万分的马铃薯
> 一声不吭地吮吸野的草莓，怀着幻象中的期待
> 它们变幻着角度、湿地和昼夜的速度
>
> 从云壤中破壳而出的神学符号
> 回到了我怀抱，这些神意恩赐的夜晚
> 我不眠着，我在夜中行走，在夜色中
> 把蜜露培植，直到遍体的忧伤绚丽起来
>
> 直到我打开那些抽屉，暴露了你或我
> 由来已久的身份之谜。之后，那些神学符号开始附体。①
>
> （第 8 首《从云壤中破壳而出的神学符号》）

关于这首诗，还有论者如此说："在海男的诗歌里，每一个让她钟情的事物，都是一个神秘的咒符。那些咒符既来自于自然和现实的影像，又来自于心灵中的诗性虚构。它们是'从云壤中破壳而出的'，它们是空无和直观的一部分。"[4]言辞之间涉及海男多年来的创作倾向，这也比较符合海男多年来的写作习性，至少看起来如此。当然，严肃的读者及研究者在通常情况下都会心存好奇，以期在诗歌文本的表层之下探究深层的某些东西是否存在。

探究"黑麋鹿"的来源，有必要回到印第安文学《黑麋鹿如是说》，既然探究，对"黑麋鹿"故事的复述就无法避免，我尽量使之简单明了。《黑麋鹿如是说》中，"黑麋鹿"是一个人名，他作为圣者也同时作为叙事者形象，以口头史诗的方式讲述了自身的经历生平：五岁时一次落日时分，黑麋鹿开始看到幻象，一只食蜂鹟开口讲话让他注意天上的云层。黑麋鹿抬头看到云层里突然出现两个人，他们像箭一样斜飞而下，对着他唱起了一支神圣的歌——"瞧，一个神圣的声音正在呼唤你！/满天是一个神圣的声音正在呼唤你！"[2]16-17九岁的又一次黄昏，黑麋鹿再次听闻到了云中的声音，随后便病倒了，双腿和手臂都肿胀起来，当他躺在帐篷里休息时，之前见到过的两位云中人突飞而至，带他飞到"雷神们生活的云山"中，黑麋鹿在云山中看到了"伟大的幻象"：一座壮观的圆锥形帐篷、熊熊燃烧的彩虹帐篷门、坐在帐篷里的六位老祖宗、聚集在四个区域的马匹、他本人所骑的枣红马、四色花神药草、红色的道路……这些"伟大的幻象"都是以"云"为材料——变换出来的，也即是说，"神迹"是以"云"的形式展现，并以"云"的形式发出启示——知晓祖先的历史和神力，知晓自己的身份和使命，启示也是托付——托付黑麋鹿带领其民族走上"红色的道路"。而这些"幻象"是在黑麋鹿昏迷的12天之中得以完成。

现在，可以看一看海男组诗《忧伤的黑麋鹿》前八首的题目：

（1）"那些该死的记忆消磨了我的……"

（2）"你病了，你的山冈也病倒了"

（3）"在你消失踪影的三天时间里"

（4）"忧伤的黑麋鹿"

（5）"忧伤的黑麋鹿迷了路"

（6）"这些华美，这些灌木丛"

（7）"善变中的女妖已出现"

（8）"从云壤中破壳而出的神学符号"

现在再来比照《黑麋鹿如是说》：

（1）从童年到青少年时期，黑麋鹿都被"神迹"（"祖先的历史"）折磨着，"我怕看见一片云涌过来；但不论云何时涌来，我总能听到有什么在向我呼唤：'瞧瞧你的老祖宗们吧！赶紧行动起来！'"[2]18幻象和云中的声音折磨着他，老祖宗的要求对于一个孩子来说似乎过于沉重，黑麋鹿为此忧伤。

（2）伟大的幻象让黑麋鹿数次"病倒"；每次生病，都见识一番祖先神力，并被一再告知要承担起民族使命，因为印第安民族正处于被赶尽杀绝失去家园的境地；

（3）每次病倒都是暂时的逃脱，位移于云端幻象中存在，可看做是在"尘世"中暂时"消失踪影"，也可看作是学习观照族群的命运；

（4）看到幻象，童年的黑麋鹿很"忧伤"且"孤单"："我活着，人人都很高兴；但我躺在那儿想起我曾经待过的神奇地方和曾经见过的一切时，我心里十分悲哀。"[2]41

（5）随后的几年里，黑麋鹿喜欢思考那个幻象，又害怕说出它，"神迹"让人兴奋也让人颤栗。换言之，他在"神力"与"个体"之间"迷路了"——恰如海男所言，"那只最忧伤的黑麋鹿迷了路/它们在翻沸的云雾中猜测着/溪水的去处；它们在雷雨来临之前/仰头猜测着人世间最遥远莫测的距离/这是被丝丝缕缕的历史割舍过的痕迹/它们是一段符号，源于一只蜂群的深穴"（海男《那只最忧伤的黑麋鹿》，第5首）

（6）在并不知晓的某个时刻，总有来自云端的声音响起，有召唤，有警示，也有提醒，"云中的声音"能帮助黑麋鹿获得猎物、带领族人脱离危险，也让他非常恐惧，作为一个孩子的黑麋鹿不知该如何承担降临己身的重任。

（7）"咄咄逼人的恐惧之感"让他再次病倒并说出真相。于是老巫医和族人组织了一场声势浩大的"马舞"，"马舞"是将"幻象"在现实中搬演以驱散恐惧、获得老祖先赐予的"神力"，之后黑麋鹿终可坦然与神力"相遇"。

（8）而这一系列的故事的发生，正是缘于"云中神迹"，即海男的"云壤中的神学符号"。

这只是到文本1/10处的简单比对，但已清晰无比，海男的"黑麋鹿"来自于《黑麋鹿如是说》，并且作为审美文本中的主人公形象，两个"黑麋鹿"具有形式的一致性。如果比较两个文本中的其他相关意象，会发现二者的关系更为清晰了，略举几例：

原型意象	《黑麋鹿如是说》	《忧伤的黑麋鹿》	方式
黑麋鹿	一个圣人、首领、巫医、骑士、诗人；信仰；"黑麋鹿神学"；印第安人的象征	一个想象中的前身、情人	缩小一部分涵义，衍生另一部分的涵义
神话	天神、地神、四方神	在澜沧江……的维度里	方位和颜色的象征意义转换
庆典	神力	神力	同质
音乐	印第安歌谣	肖邦的《夜曲》	置换
舞蹈	马舞、太阳舞等	女妖的舞蹈	置换
疾病	接近"祖先"的"通道"	接近"黑麋鹿"的"通道"	同质
云	神迹	神学符号	同质
水	生命	生命、爱、欲望	扩展
圣物	印第安烟斗	坛子	置换
植物	四色花（治病）	玫瑰（疗情）	置换
场所	北美大平原	澜沧江大峡谷	转移
语言	拯救民族的神力	诗歌的神力	置换

在接受《大家》杂志的采访中，海男声称："我所有的作品都与云南的自然人文历史相关，它就是我的永恒背景。就作品而言，在组诗《忧伤的黑麋鹿》里面，铺展着黑郁色或深蓝色的澜沧江沿岸的背景。"[5]没有人质疑海男在云南的行走以及云南版图在她作品中的位置，让人惊叹的是两个文本有如此相似的语境。

二、形象 II 比较：从"蜜蜂"到"蜜蜂"

两个"黑麋鹿"的语境有着极大的相似性原也无可厚非：一个是北美大平原，一个是澜沧江流域。从外在条件上讲，二者都有瑰丽壮美的地理状况和神秘奇异的文化风情，也都非常符合当今的审美情绪；从族群命运方面看，1900年前后的北美大平原是印第安人逐渐失去的家园，2000年前后的澜沧江流域也在经历着传统生活的土崩瓦解。然而阅读文本也很容易发现，尽管语境有很多相似之处，二者主题却似乎有些微妙的不同。《黑麋鹿如是说》是讲述"黑麋鹿"个体成长中的痛苦与忧伤、守卫家园寻求和平生活的抱负与艰难，民族的命运，以及对人类关系与生命关系的思考；《忧伤的黑麋鹿》则被视作是对爱情的追求，就其对"爱情"的表述来看，注重在如欢如梦的情绪中诉求极致的心灵契合，并如痴如狂地直言情爱之欢娱。可以说，其主题和《黑麋鹿如是说》相差甚远，那么海男借用"黑麋鹿"这一形象的缘由就饶有趣味了，现在转向文本后半部分，从另一形象来旁观其意图。

从第48首《庆典》开始，《忧伤的黑麋鹿》有一个明显的转向，之前的主要形象是"黑麋鹿"，之后的主要形象则是"蜜蜂"，与"蜜蜂"相伴的还有"玫瑰"和

"女诗人萨福"。

　　"蜜蜂"作为诗歌的一个抒情形象，在现代诗歌中常常指向"情爱"，而大量使用这一形象的应属女诗人艾米丽·狄金森②，"蜜蜂/鲜花"还被认为是狄金森诗歌中一个重要的情爱模式③：

> 蜜蜂驾着他锃亮的马车
> 悍然向一朵玫瑰赶去——
> 然后一起落下——
> 他自己—他的车子——
> 玫瑰接受了他的造访
> 显得坦诚而静幽——
> 对于他的贪婪
> 一弯月瓣也不扣留——
> 他们的时辰十分圆满——
> 给他剩下的就是逃逸——
> 给她剩下的——只有
> 销魂造成的谦卑（1339）④

　　在针对此诗的研究中，不乏有关于两性亲密关系不平衡性的论述。但阅读狄金森的诗，我个人认为，并非只是如此，其诗在阅读体验中提供了感官的集合，集合的感官种种共同促成了一个具有象征意味的事物，"蜜蜂"形象在诗歌中产生了多层意义，不再仅仅作为一个男性形象的象征物或者符号化的形象建构，于对立层面上而言，诗人通过诗歌语言的吟诵唱白中摆明了一个女性姿态的叙说者形象，这个形象可以被视为与男性客体对立的主体，将质问者、探寻者、渴求者集于一身，在多重身份建构的意味中传输出一种异样的声音。这个声音又在诗歌的直白式诉求的表面隐藏，是一个形象对着与自身形象对立的另一个的抗拒和召唤，我把诗中此种效果的生产称之为"暗语"——"蜜蜂！我正盼着你！/昨天还在/给你认识的某人说/你总如期而来——"（1035）此外，在"蜜蜂"与"鲜花"之间，并非全是男性主体对女性的强势或把控，实际上我们看到，在很多时候，"蜜蜂"更多的是一种怀有热烈情感的依恋者角色：

> 判决仪式——/末日审判/对于蜜蜂，无关紧要/他与他的玫瑰的分离/在他看来—才是最大的煎熬（167）

蜜蜂的家谱，蜜蜂并不关切——/一朵红花草，任何时候，对于他/都是千金小姐（1627）

一块红花草板/独自拯救了一只蜜蜂（1343）

简言之，狄金森指挥着"蜜蜂"组合而成的意象具有多维指向，而明确清晰的至少有以下两种：一是作为"情人"，蜜蜂酿制了"爱"的甜蜜。被造访的"玫瑰"/"红花草"/"雏菊"等等待者角色满怀期待地等候着"他"；而"蜜蜂"依照自身生物属性需要将以同样的姿态以造访者的主动在被造访的鲜花中"做窝"。二是作为"诗人"，"蜜蜂"将"诗"的甘美酿制而成：

造就一片大草原需要一株红花草和一只蜜蜂，/一株红花草，一只蜜蜂，/还有白日梦。/光白日梦就行，/如果蜜蜂零星。（1755）

在这小小的蜂巢里/蕴藏着那种蜂蜜的暗示/既可把现实变成梦想/又能把梦想变为现实——（1607）

甚至"蜜蜂的宗教"，就是"为了闲散和春天的神圣放纵狂欢"（1522），所以，一只蜜蜂嗡嗡的歌唱，是"一种巫术——把我掌握——"（155），"蜜蜂"带给诗人的是一种情感飞升甚至心灵翅翼的震颤，在渐至恒稳的细风扇动中流淌着甜蜜的梦想，也飘动着忧伤的心事。"蜜蜂"的此种双重效果在瓦莱里那儿被再次言说：

无论你的螯针有多尖，
多么致命，金色的蜜蜂，
我仍愿你的锐齿
向我温存的花篮抛一个梦

用螯针刺透我怀中的美乳吧，
爱神已死或是已然睡去，
让我那滴鲜红的血液
渗透我圆润而富有弹性的玉肌！

我急需那瞬间的痛苦：
一种强烈而致命的疼痛
比那昏沉沉的折磨要更好，

但愿我的意识
被这金色小蜂的警报照亮，
否则爱神依然酣睡在梦乡！[6]

（《蜜蜂——致弗朗西斯·苗芒德》）

金色的翅膀与金色的刺针，是既美丽又危险的事物，刺针给他者制造的是急遽的痛楚、给自身制造的则是生命的终结，而疼痛对受体是一种警报，对施为者则是一种牺牲，这是由蜜蜂自身的生物学特征所决定的。作为一个象征诗人，瓦莱里并没有脱离艾米丽·狄金森的语法——情感与创造，不过却精美了许多。

在海男组诗《忧伤的黑麋鹿》中，"蜜蜂"同样指向了以上言明的两种：一是爱情的飞行者；一是诗歌的灵翼。

你看，作为爱情的飞行者：
亲爱的忧伤，请给予我一只蜜蜂
寻找到的配偶，那些用细小的电光
垒筑起来的蜂房；那些呼吸中的花蕊
梦或水编织或吐露的甜蜜（第50首）

用蜜蜂一样放纵的姿态挽救了爱情的身体（第53首）

我溯流而上，与一只寒冷的蜜蜂相遇
我会在一个吻中，死于蜜蜂的甜蜜（第61首）

而作为诗歌的灵翼，你也看见：
蜜蜂的甜源自诗人的嘴唇（第49首）

在暗礁涌起的岛屿之上，我看到了
女诗人萨福金色的蜂房，飞舞着碰撞的蜜蜂
蜜蜂中的萨福被爱情的许多世纪
不断地哀悼，祭祀过的嘴唇
散发出最甜的琼浆。（第56首）

每一天飞舞的蜜蜂都不雷同

它们碰撞着来来往往的陌生人的下巴

不仅仅是为了蜇痛，而是为了礼赞春天（第62首）

在携带爱情寻唤的飞行中，"那些呼吸中的花蕊"正是"蜜蜂的窝巢"，"蜜蜂一样放纵的姿态"正是"驾着他锃亮的马车，悍然向一朵玫瑰赶去——"的姿态！在诗歌灵翼的震颤摆动中，海男组诗中"蜜蜂"无疑也隐喻着诗人与诗人的工作。由此，"最甜的琼浆"之于海男正如"honey"之于狄金森，二者具有同质性，皆是诗人的"爱的琼浆"和"爱的琼浆"的倾吐。异形态之处在于，海男把这"爱的琼浆"追溯到女诗人萨福身上，以萨福的名义赋予"爱"更大的合法性，而狄金森则坚信着自己为"爱"酿制的"琼浆"，哪怕只有不起眼的一点点。

"蜜蜂"飞至，"黑麋鹿"奔去，该诗的主题猛然挣脱神话的辔头，嘶鸣着奔向情爱的狂野——"我歌颂我的肉体和生命"，开始了一场酣畅淋漓的"身体历险"。

三、形式比较：从"十四行体"到"十四行"

海男历险的内容包括：甜蜜、欢娱、嫉妒、孤寂、反复、疯狂、隐情等；历险的方式有：邀请、柔声私语、祈祷、等候、回忆、梦想、猜测、誓言、诱引、呼喊等。这种要把恒久的生命经历和飞速的瞬间感觉都转化为甜蜜或痛苦、快感或疼痛、欲望或焦灼的语言符号，可以说达到了翻江倒海般的情感铺排，颇似"彼特拉克式"情歌的言说方式。细究之下，这组诗确实与西方十四行诗的主题、情绪、言说方式有着相似性。

文艺复兴时期的十四行组诗的内容主题主要是对恋情的直抒，但丁的《新生》、彼特拉克的《歌集》、锡德尼的《爱星者与星》、斯宾塞的《小爱神》，都以"爱恋"为主调，我们知道，其中彼特拉克对后世的爱情诗写作产生过深远影响，莎士比亚的《十四行诗集》与勃朗宁夫人的《葡萄牙人十四行诗集》都深受其影响。所以为了论证的理据性，下面要以彼特拉克为典型参照物，观照海男的获奖之作。先看二者主题的关系：

彼特拉克的《歌集》是将痴情男子的希望与痛苦作为主题，倾诉了对心仪情人"劳拉"的炽热之爱与得不到爱之回应的痛楚。其革新处在于，抛却了之前此类诗歌的浮夸模式，把"爱情"变成了一种建立在人的自然本性基础上的美的追求。此外《歌集》不仅是爱情的颂歌，更是诗人内心生活史，是诗人刻画自己复杂的感情体验和内心活动的作品，是"爱情"使他体验了惶惑与彷徨、忧愁与沮丧、软弱和失望等心灵经历，并从中发现了近代人的孤独性。[7]

我那迷途的欲念执着而又疯狂
正在追逐她那飘忽不定的形象，
她轻盈自如而又无拘无束，
不停地在我踯躅的脚步前跳荡。

我劝告我的欲望不要胡追乱撞，
但它不听我的劝阻，一味任性倔强。
看来规劝是徒劳无益的，
因为爱神的本性向来富有反抗。

它把羁绊的缰绳猛然夺去，
反而让我听从它的摆布，
我无能为力了，尝到了死亡般的痛创！

它把我带到月桂树下捡拾苦涩之果，
虽然是别人丢弃的，却让我吃，
我品尝着，少的是慰藉，多的是悲伤（第6首）[7]6

对比海男的《夜色弥漫》（第69首）：

迷失在人群中，这是爱你的歧途
迷失在一只黑蝙蝠所煽动的死亡中
这是爱你的末路，迷失在你对我的不倦爱恋中
这是爱你的再生

拒绝了全世界的约会
有你已足够，有你就有了巨大的谷仓
有你就有了像绿绸似的大海
有你已足够，有你就有了打开的大门

有你就有了可以通往的良宵
有你已足够，有你就有了看见云雀的午后
我伸手给你，世界的磁铁穿越了身心

亲爱的，有你已足够让我身心灿烂

夜色又一次弥漫，亲爱的
有你已足够让我舍弃一切繁芜枝叶

至于"爱情"为何必须用诗的方式来言说？一方面是诗歌具备某种神力——"走向爱神驱使我去的地方，/我需要请求悲哀的诗歌帮忙，/它是我受伤的心最亲密的朋党。"（第 127 首）另一方面是爱情需要某种仪式——"我要用非凡的方式讴歌爱情/使那个无情的人在冰冷的心中/掀起波澜，发出感叹，驱尽冰冷，/重新点燃其旧日爱恋的火种。"（第 131 首）[14] 为此，彼特拉克竟然创造出了一种"彼特拉克体"。当"爱情"必须以诗的方式来言说之时，海男的答辞显然和彼特拉克有师从之谊："诗人所发明的悲剧，它们尽可以使你在享乐之后/作为人世间最后的哀歌，成为你聆听的哀乐。"（第 78 首）然而海男每首十四行的形式和彼特拉克十四行体却又极为不同：

彼特拉克在继承"西西里诗派""温柔的新体诗派"的传统之上对原有的十四行诗体推陈出新，将原来四节的押韵方式 ABAB，ABAB，CDE，CDE，变化为 AB-BA，ABBA，CDC，DCD，或 ABBA，ABBA，CDC，EDE 的格式押韵，从而"使之具有音韵之美，起承转合自如特点，便于表现人物变化而曲折的感情，在艺术上更加臻于完美。"[7]

海男所采用的十四行形式，尽管也采用四节形式（4442），但每一单行并不遵循抑扬格五音步的要求，行与行之间也无韵律要求，节与节之间也并非是遵照内在结构上的起承转合。其实，她的构句方式是散文语体的抒情方式，其意象、语感、语式、语调都有着散文化的倾向，其抒情力度是靠不断地重复一些关键词产生的，是在用关键词的重复来构成一种咏叹调。简单说，彼特拉克式的抒情诗靠音步的转换而完成情绪的变化，海男则是以咏叹调的方式形成情绪的重叠。就修辞上来讲，海男采用了反象征、反隐喻的手法，将某种情绪反复呈现以达到浓烈情感的表象汇聚，所以该诗几乎不存在阅读的障碍。

四、结构比较：从"方位"到"纬度"

从"结构"方面进行比较，似有穿凿附会的嫌疑，毕竟一个是类史诗文本，一个是抒情诗文本，可以说二者的结构方式应有本质的不同。史诗文本，就内容来讲，是"一个民族的'传奇故事'，'书'或'圣经'"，所以它表现的是"全民族的原始精神", 是 "一种民族精神的展览馆"; 就形式来讲, 需要实现 "实体性" 和 "整一性" 的要求, 即 "一方面是一般的世界背景, 另一方面是在一般背景的基础上所发生的个别的事迹以及在神和命运的指引下行动的个别人物"; 就实现方式来讲, 要求 "以叙事为职责"[8]。因而, 史诗的结构通常呈现为: 以 "神话—原型" 结构作为精神的深层结构, 以 "自然—人" 作为叙述层面的象征结构。而抒情诗文本, 其内容是 "心灵本身", 诗歌的出发点是 "诗人的内心和灵魂", 或者说是 "具体的情调和情景", 所以抒情诗并不要求对外在现实进行广泛描绘, 而是要为内心歌唱, 表现主体自己。其展现方式, 一般来说是 "收敛或浓缩", "在叙述方面不能远走高飞, 而是首先要达到表现的深刻。"[8]192,213 因而其结构因抒情目的不同而变化多端。

具体到这两个文本, 《黑麋鹿如是说》虽是由诗人奈哈特转述的苏族圣者 "黑麋鹿" 的故事, 其本质上是遵循了史诗的内在要求, 黑麋鹿开始的方式是: "我的朋友, 我要把我一生的经历告诉你……这是所有神圣生命的经历, 是值得一讲的, 这是我们两条腿的与四条腿的、空中长翅膀的以及一切苍翠植物同甘共苦的经历……这还是一个关于在血迹斑斑的积雪中死去的民族的梦的故事。"[2]1-2 而海男的《忧伤的黑麋鹿》显然是要遵循 "彼特拉克式" 情诗的模式, 对爱情进行身体的历险。然而即便是如此大的差异性文本, 二者在结构上还有着惊人的相似性, 比如空间结构和时间结构的安排。

圣者 "黑麋鹿" 对民族历史和自身成长经历的追述, 其空间结构的安排是遵循 "神话—原型" 的深层结构, 同时是通过 "人—自然" 的象征结构进行文本叙述。他告诉我们, 印第安人的神话与宗教中有六位神灵, 分别是天空之神、大地之神与四方神。天空之神代表着友爱, 象征物是花斑鹰; 地神代表着生命的轮回, 象征物是枣红马; 西方之神的象征物是 "一杯水" (生存的神力) 和 "一张弓" (毁灭的神力), 象征颜色是黑色; 北方之神的象征物是 "神药草" (治疗伤病) 和 "白色的翅膀" (净化一切), 象征颜色是白色; 东方之神的象征物是 "启明星" (唤醒) 和 "烟斗" (和平), 象征颜色是红色; 南方之神的象征物是 "开花的红木棒" (生长繁殖的神力和民族生存的中心枢纽), 象征颜色是黄色。关于这些, 在文本中是以 "黑麋鹿" 讲述幻象的方式再现的, 它们构成了 "黑麋鹿" 作为一个圣者/巫医的心灵依据和印第安文化的精神基础而存在。更关键的是, 此六个方位神不仅是印第安民族的精神基础, 就文本而言, 此精神基础构成了文本的基本骨架, 四方与天地共筑建为一个 "圆", 所有的讲述都在 "圆" 中进行, 按照圣者黑麋鹿的说法就是, "世界的神力所干的每件事情都是在一个圆圈里干成的。天空是圆的, ……众鸟的巢都是筑成圆形的……甚至季节的变形也形成一个大循环……人的一生是个从童年到童年的循环……"[2]162

空间建构需要时间来粘合，其方法主要有两种：个人事迹的讲述通过"年岁"来展开，如：5岁的落日时分第一次看到幻象、9岁那年的夏天再次看到伟大的幻象、17岁那年冬天搬演了马舞，20岁那年夏天搬演了麋鹿舞，等等；民族事件的追忆则是通过"时令"来进行，12个月令，在黑麋鹿的描述中，既有各自的自然语境，也是民族命运的生存语境，比如：帐篷内结冰之月（1月）"踏上战争道路"，雪盲之月（3月）"歼灭长发将军"，矮种马脱毛之月（5月）"跟三星中将作战"，长膘之月（6月）"瓦死仇们在黑山"，牛犊长毛之月（9月）"疯马被杀害"，落叶之月（11月）"搬离祖母的土地"，树木爆裂之月（12月）"大屠杀"，等等。

而在《忧伤的黑麋鹿》这组诗中，海男是把"维度"作为一个关键词来构建其诗歌的物质和文化语境，以"维度"命名的诗共有11首，我姑且胆大妄为地进行分类，空间上的表述有："在澜沧江以上的维度""在澜沧江以下的维度""在澜沧江红色的维度""在澜沧江蓝色的维度""在澜沧江黑色的维度"；时间上的表述有："在澜沧江春天的维度""在澜沧江白昼的维度""在澜沧江黑夜的维度""在澜沧江甜蜜的维度""在澜沧江烛影的维度""在澜沧江唱片的维度"。空间"纬度"与时间"纬度"的纵横交叉构成了该诗的脚手架，为诗人开展大规模的爱情施工提供了上下攀越的抓手，并且海男的这种结构诗歌语境的方式，遵循的也是"神"的原型方式，以第九首为例：

> 澜沧江的灵魂在一波三折时
> 都会触碰到我们的灵魂
> 在澜沧江以上的纬度中，我此生
> 触到了那些遗骸在此地安息的声音
> 那些前世的睫毛眨动着，犹如野草
> 经过了四季的轮回，又回到了枯荣的时辰
>
> （《在澜沧江以上的纬度里》）

"以上的纬度"，对应的正是"天神"的方位，触碰的是神的灵魂，或换而言之，也是神的灵魂对"诗人"的召唤，而"遗骸"与"前世"，不正是祖先留下的呼吸？

当然，这只是具体事件在章节上的简单对应。从内在结构上看二者亦是大致对应的关系，作为酋长是追寻民族精神并承担之，作为诗人是追求诗歌精神并拓展之，比之当年的叙述活动中，《诗歌月刊》曾如此评价过："她就像一头黑麋鹿，沿

着一条自我踏踩出的小径倔强地攀援。"⑤

五、转换策略：互文习性还是模仿戏游？

《忧伤的黑麋鹿》与潜文本之间的关系是："黑麋鹿"以原型形象的方式穿越而来，在"彼特拉克式"的深情中，与"我"进行了一场"云图式"的相遇。既然是以"原型形象"的方式穿越而来，必然携带其自身的语境，尤其是那些神秘的元素，这是我们今天读起来为何会有诡秘奇魅感的原因之一。其诡秘奇魅之处除了形象本身的因素之外，应是二者的言说方式的不同，"黑麋鹿"类似于口述史诗，海男则是爱情抒情诗，抒情诗文本对（类）史诗文本转化的过程中，她把具体的故事情节模糊掉，只留下某些特殊意象，并且给现实与非现实、人与神、神与物、时间与空间、历史与神话等关系配置了一套新行头"十四行"，以产生情绪的跳跃性。以十四"行"的形式写就，其意图明显是要把主题内容置换为"苦恋/炽恋"，她的转换猛一看还是蛮巧妙：主题内容的置换容易使人忽略了两个"黑麋鹿"的关系，十四行体的外在形式又容易使人忽略与狄金森的关系，因为十四行不是狄金森的风格。我再姑妄言之，她利用的恰是印第安的"黑麋鹿"、狄金森的"蜜蜂"和彼特拉克式十四行诗之间的远距离关系。

所有人都知道，互文写作无可厚非也不可避免，所有人也都清楚，互文与模仿或戏游大相径庭。互文写作有必然的要求：首先，作为互文写作需要达到创造新文本、提供新意义的效果，比如说巴思的《白雪公主》对经典的童话形象进行拆解，其目标乃在于探索元叙述的可能性。其次，任何互文写作者的态度，对原文本是批评性的而不是赞美性的，要寻找的是新的指向、建立新的价值。海德格尔尽管是以荷尔德林作为阐释对象，却并不是简单地复陈荷尔德林的伟大，其阐释的意图乃是把"阐释"看作是"一种思（denken）与一种诗（dichten）的对话；这种诗的历史唯一性是绝不能在文学史上得到证明的，而通过运思的对话却能进入这种唯一性"[9]。此外，作为互文写作，重要的是一种新创造，此创造不在于艺术符号的复制，而在于精神指向的拓展。诗人奈哈特使用"黑麋鹿"形象乃在于他是把"黑麋鹿"看作是印第安民族的神话精神、生命态度或忍耐能力的象征，在另一种环境情况下，他重申"黑麋鹿"精神作为民族符号的意图，乃是以此实施着对现代性、对殖民主义的批判。

那么海男借用"黑麋鹿"形象，是否也施展着某些批判或反思？还是仅沉迷在"原始假想"的叙事中以仿像的方式进行模拟而已？以抒情形象"黑麋鹿"为例。

麋鹿（Elk），在苏族的文化传统和宗教生活里深具意义，尤其是对科拉特人

（Lakota）来说，麋鹿既被尊为精神导师也被看作实力、性能力、勇气的体现，同时鹿皮、鹿牙、鹿角也被视为贵重的礼物，科拉特男性出生时会被赠予一颗麋鹿牙齿以保佑他长寿。⑥而以被尊崇的动物为孩子命名既是传统也是期望，比如其首领"坐牛（Sitting Bull）"或"疯马（Crazy Horse）"的命名就是如此，继承祖先名字的"黑麋鹿（Black Elk）"亦是如此，他是作为科拉特人的"巫者、诗人、圣者"形象存在的。海男如果要将此"黑麋鹿"形象成功转化，至少要解决如下问题：首先是抒情形象原型意义的对接，从生物学上来讲，"Black Elk"是北美大平原的特有物种，不同于我们中国的"麋鹿"，中国的"麋鹿"也非是生存在澜沧江流域。从文化上来看，"Elk"确有导师、实力、性能力、勇气的象征意义，鹿皮也常发挥馈赠情人或结婚彩礼的作用，但"Elk"在其文化系统中并非是以"情人形象"存在的。与此相比，"鹿"（且不说更狭义的"麋鹿"）在中国文化或文学想象中则更多地指向祥瑞、品德、长寿等象征意义，尽管《诗经·召南·野有死麕》提供的信息也有"以鹿皮为赘"的婚姻礼俗，但"鹿"无疑也并非是作为"情人形象"使用的。简言之，"黑麋鹿"作为情人形象，很难从原型意义上成立，当然你可以说，诗人理应对原型形象进行转换变化，不错，我们也非常需要推陈出新。推陈出新需要解决的是抒情形象的审美意义如何生成及效果，显然"黑麋鹿"对于以澜沧江为语境的海男来说，并非是实在世界的经验存在而是文本世界的虚构或想象。海男使用"黑麋鹿"为抒情形象的意图乃在于完成诗人对自我情感世界的呈现，那么这就需要使该形象生成强大的情绪感染力，但正如前文所言，"黑麋鹿"被抽空原有的内涵、意义或价值之后，几乎无力承载起"人类情感向外部的投射"，也无力体现"具有社会性的人类性格"[10]，只是以"虚构性符号"的方式漂浮于文字上，此种虚构性符号仿佛构成了一个文本世界，然而却是一个没有经验性存在的世界，直言之，"黑麋鹿"作为文本最重要的抒情形象却在"文本的世界中失去了命名的功能，而在经验的世界中又失去了它的客观性。"[11]最终成为一个毫无力量的"伪形象"——"是在没有情感的条件下产生的虚假创造，并因此缺乏有生命的机体的特性，缺乏具有感染力的、可从一个机体传导给另一个机体的心灵的激动"[10]28。这或许就是阅读《忧伤的黑麋鹿》为何会有极其混乱的感觉，该诗虽以"爱情"为主题，但"爱情"却像是一件外衣，在对话与倾诉的话语方式中，言说着个体对"某物"的诉请，"某物"为何物？也许是爱情，这是普遍的观点。也许是身份，身份又是暧昧的，前半部分对"黑麋鹿"的期遇是低于语境的女性身份，而后半部分与萨福的比附中又是高于语境的女性身份。也许是梦想，诗人的梦想自然是诗歌，只是缪斯不来春花不开的时节，频来不休的往往是白日梦。

当然，此现象并非是海男诗歌独有的，它在当前一些长诗或组诗写作中广泛存在着。

　　到此，或许应该思考一下外来影响中国化的问题。外来文化对中国新诗的影响有其必然性。从整体背景来讲，当代中国诗歌写作是在当代世界大语境中展开的，不可能也不必逃开外来的影响。从写作经验的意义来说，学习移植外来技艺也是适宜的，比如西方诗歌从技巧、形式到内容的裁度，从情感、观念到语言的炼制都已形成了成熟且丰富的技艺，平移其经验肯定有助于我们的诗歌写作。而站在诗人的立场来看，接受外来影响也是必须的功课，西方诗人的价值、观念、理念以及情怀都会蕴积或展现于其文本中，我们的诗人在学习他们诗歌的过程中，必然要接受他们思想的影响，这有利于培养更深阔的理解力与更多维的观察视角。关键的问题是，如何把外来影响中国化。

　　当我们说希尼是爱尔兰诗人、米沃什是波兰诗人、聂鲁达是智利诗人、阿米亥是以色列诗人时，其实我们已经默认了他们诗歌中有某种特质的存在，一种地缘性的特质所在。我想说的是，不管外来影响多么强大，来自血脉中的东西都是不可被清洗的，中国诗歌必然应蕴积着独属的元素，比如最本质的民族经验、文化经验、地方经验与生活经验，人类的普遍命运和生存环境即便有很多相似之处，不同的族群却是在不同的生态语境与社会语境中展演各自的人生际遇，所以，米沃什和阿米亥即便是对同一事物（比如家园的失去）进行书写，呈现的也是截然不同的文本样态。海男的组诗《忧伤的黑麋鹿》中的"黑麋鹿"之所以会变成一个空洞的符号，我想某种程度上就是该形象是一个伪原型形象，脱离了最基本的地方性知识，无法承载原型的功能。如果从语言上来讲，所有人都清楚，诗的美感是从语言文字上传达出来的，一个词语、一个句式总会包含某种符码，按心理学的说法，可能就是一种情结，汉语诗歌的写作必然要开掘汉语的幽微要眇，尤其是言外意蕴的特殊美感。那大概就需要适当地节制翻译体的语言习惯，而多加注重汉语的特质以及汉语中的思维方式，具有本民族思维方式的语言或许才是产生具有中国式文体的根本。

注释：

① 海男：《忧伤的黑麋鹿》，《诗歌月刊》，2008 年第 5 期，本文所引用该诗文本皆出自此刊，不再一一注明。

② 普拉斯的《蜜蜂组诗》，并非是谈论爱情，这里暂且不论。

③ 有论者指出，狄金森诗歌中有两种情人模式：一是"太阳—雏菊"，二是"蜜蜂/鲜花"。参看：刘守兰《狄金森研究》，上海外语教育出版社，2006 年版第 233 页。

④ 狄金森诗歌的中译本主要有：江枫译《狄金森诗选》（1984）、《狄金森抒情诗歌

选》(1996),张芸译《狄金森诗抄》(1986),关天晞译《艾米莉·狄金森:青春诗篇》(1992),木宇译《最后的收获》(1996),蒲隆译《我们无法猜出等谜》(2001)等。为了引文统一,本文所用狄金森诗歌译文均转自蒲隆所译的《狄金森全集》,上海:上海译文出版社,2014年版。

⑤ 参看《诗歌月刊》2008年第5期中,《忧伤的黑麋鹿》一诗之前的“主持人语”。

⑥ 对麋鹿(ELK)的解释,参见维基百科网页。http://en.wikipedia.org/wiki/Elk. 2010年12月4日。

参考文献:

[1] 姚霏. 海男:隐秘而忧伤的黑麋鹿[M]//说吧,云南:人文学者访谈录. 昆明:云南人民出版社,2012:24.

[2] 黑麋鹿,约·奈哈特. 黑麋鹿如是说——苏族奥格拉拉部落一圣人的生平[M]. 陶良谋,译. 上海:上海译文出版社,1994.

[3] 曹语凡. 忧伤的女神——评海男的《忧伤的黑麋鹿》[J]. 诗歌月刊,2008(5).

[4] 李森. 当爱情的观念遭遇语词——读海男的组诗《忧伤的黑麋鹿》[J]. 诗歌月刊,2008(5).

[5] 海男,陈鹏. 写作是我生命中的遭遇——与《大家》杂志陈鹏对话[EB/OL]. (2014-08-17)[2015-04-10]. http://blog.sina.com.cn/hainanblog_4abc86af0102uzv7.html.

[6] 瓦雷里. 瓦雷里诗歌全集[M]. 葛雷,梁栋,译. 北京:中国文学出版社,1996:84.

[7] 李国庆. 《歌集》序[M]//彼特拉克. 歌集. 李国庆,译. 广州:花城出版社,2000.

[8] 黑格尔. 美学:第三卷(下)[M]. 朱光潜,译. 北京:商务印书馆,1981:108,150,107.

[9] 海德格尔. 荷尔德林诗的阐释[M]. 孙周兴,译. 北京:商务印书馆,2004:2.

[10] 瓦·费·佩乐列尔泽夫:形象诗学原理[M]. 宁琦,译. 北京:中国青年出版社,2004:16.

[11] 沃尔夫冈·伊瑟尔. 虚构与想象——文学人类学疆界[M]. 陈定家,汪正龙,译. 长春:吉林人民出版社,2011:257.

——原载《江汉学术》2015年第5期:66—74.

当代诗歌的"南北之辨"与戈麦的"南方"书写

◎吴　昊

摘　要：戈麦作为一位崇尚想象力的中国当代诗人，其诗作中"经验"与"想象"之间的界限并不是截然对立的，而是呈现出模糊状态。从地域角度来说，戈麦是一位成长、求学、工作在北方的诗人，但从他的自述和诗作中却可以看出他有着强烈的"南方"情结，其南方题材的诗作中也渗透着对"南方"的"想象的经验"，但这并不意味着戈麦就是一位"南方"诗人。也由此可以看出，中国当代诗人的写作中并不存在界限分明的"南方诗歌"与"北方诗歌"。戈麦对"南方"的书写与博尔赫斯的作品（诗歌、小说）有着密切关联，两者之间产生了"互文性"。另外，戈麦诗歌中对"南方"的书写，也体现了诗人对诗歌语言进行探索的努力，并且这种努力是与诗人对想象力的追求相结合的，从而使其诗作的语言也富有幻想特质。

关键词：戈麦；当代诗歌；南方；博尔赫斯；经验；想象

一、引　言

墨西哥诗人帕斯在《百年佩索阿》的序言中说："诗人们没有传记，作品就是他们的传记。"[1]对于中国当代诗人戈麦（1967—1991）而言，这句话在某种意义上同样适用。在思索"那强大的把他（戈麦）推向诗歌的东西，究竟是什么"这个问题时，诗人西渡认为："对像戈麦这样的诗人，要从他的生活传记中寻找这方面的原因的努力，也许将是一个错误。"[2]戈麦现存的生平资料是有限的，但他的诗歌作品却透露了更多关于他心灵的真实信息，其中之一便是他的"南方"情结。

戈麦是一位成长、求学、工作都在北方的诗人，诗歌也不乏北方之文"体峻词雄"[3]的特点，但在他的一些诗作中却出现了对"南方"的想象。通过考察可以发现，戈麦诗歌中所指认的"南方"，狭义上是指地理意义上的中国南方地区，广义上则是指与戈麦所居住的北京这一地点相对的整个"南方"，其中不仅包括中国的南方地区，还包括南半球的一些国家和地区，如戈麦生前所喜爱的诗人豪尔赫·路易斯·博尔赫斯的故乡阿根廷。据戈麦长兄褚福运、友人桑克、西渡所编《戈麦生平年表》来看，戈麦生前曾在1991年1月到上海访施蛰存，5月到四川访艾芜，这是目前仅有的关于戈麦与地理位置意义上的"南方"发生实际关系的两次记录。[4]由此看来，戈麦诗歌中的"南方"书写有部分的经验来源，但他在南方停留的时间过于短暂，在诗作中显现出的生活经验相比于一些长期生活在南方的诗人而言是较为模糊和抽象的，所以其诗歌中的"南方"在很大程度上是出于想象。

戈麦诗歌中的"南方"书写还与他所推崇的博尔赫斯有关。博尔赫斯的短篇小说《南方》是一个"打破现实/非现实二元对立"[5]、充满幻想特质的故事，诗作《南方》也具有梦幻色彩，从某种意义上来说"南方"即幻想。而戈麦的"南方"书写也模糊了现实与梦幻的界限，从而与博尔赫斯的作品有着某种共通性。不仅如此，从写作日期来看，诗人对自己"南方"题材的诗作均进行过精心修改，从而形成了"一题两诗"的状态，这体现了戈麦对诗歌语言"精确性"的追求。因此，戈麦诗歌中的"南方"书写不仅是深植在诗人心灵之中的"想象的经验"，也是对诗歌语言可能性的探索。

二、中国当代诗歌"南北之辨"

在出生于四川的诗人钟鸣的认识中，"朦胧诗"是"北方诗歌"，而"后朦胧诗"则是"南方诗歌"，他在随笔集《旁观者》中为"南方诗歌"的边缘地位感到焦虑，并深情呼唤和赞美"南方"："谁真正认识过南方呢？它的人民热血好动，喜欢精致的事物，热衷于神秘主义和革命，好私蓄，却重义气，不惜一夜千金撒尽。固执顽冥，又多愁善感，实际而好幻想。……这就是我的南方！"[6]另一位川籍诗人柏桦也认为，自1978年来，中国"诗歌风水"发生了几次转移：北京"今天"派（1978—1985）是最先登场的，然而四川诗歌又以"巫气"取而代之，1992年之后，诗歌风水在江南[7]。柏桦还征引刘师培、梁启超等学者的观点来证明"南""北"诗歌之不同，刘师培所说的"南方之文，亦与北方迥别。大抵北方之地土厚水深，民生其间，多尚实际。南方之地水势浩洋，民生其际，多尚虚务。民崇实际，故所著之文不外记事、析理二端；民尚虚务，故所著之文，或为言志、抒情之体"[3]，被柏桦引为同道。这些观点让人想到19世纪法国学者泰纳的"种族、环境、时代"为文学决定性要素的论断。诚然，对于诗人而言，他成长、求学、工作所处的地理环境或地理环境的改变或多或少会影响他的个人气质、创作素材和创作风格等。人们也可以在一些诗人的创作中指认出清晰可辨的地理特征来，如昌耀长期生活在青藏高原，他诗中的意象就多为雄浑壮阔的高山大川，呈现出一种"大"气象；而潘维的诗作，则以"江南雨水"作为关键词，体现了江南文化的清新秀美。就此看来，似乎"南方诗歌""北方诗歌"这种带有文化地理学意味的划分法是根据确凿的。

可是，当代诗歌是否存在绝对的"南北之别"，或者把后殖民话语应用到"南北"划分中（即北方为中心，南方为边缘）是否得当，是有必要详加辨析的。首先，无论是古代诗歌还是现代诗歌，文化地理学意义上的"南北"差异肯定存在，但"南北"也只是一种相对的风格辨析，难以概括诗歌的全貌，诗人的作品风格也存在复杂性。所谓的"南北"之别，是整体风格上的概括，而非绝对。一位于"南方"成长起来的诗人可能会用北方歌喉歌唱（如海子），一位"北方"诗人也会在诗中书写南方（如戈麦）。其次，"南北"或许会存在政治意义、群体意义上的差别，但却无文学意义上的"中心—边缘"之分。即使是《南北文学不同论》的作者刘师培，也在另外一篇文章中提到评价"南—北"之文时要用客观的眼光，否定绝对的"南北之别"："试以晋人而论，潘岳为北人，陆机为南人，何以陆质实，而潘清绮？后世学者亦各从其所好而已。……一代杰出之人，非特不为地理所限，且亦不为时代所限。"[8]再次，虽然洪子诚先生曾提到："朦胧诗运动的区域，是以北京为中心的北方；之后探索者的出身和活动地，则主要在南方。"[9]但运动的地点并不等于诗歌的艺术特质，因此绝对意义上的"北方诗歌""南方诗歌"并不存在，对"话语权"的争夺并不能掩盖文学本身的特质，地理空间意义上的"南北方"并不应该成为划分"北方诗歌""南方诗歌"的绝对标准。

戈麦成长于黑龙江，求学、工作于北京，可谓是一位地理意义上的"北方诗人"，他的诗作中也不乏"北国""冬天""冰雪"等典型的"北方意象"，在《冬天的对话》《一九八五年》《岁末十四行》等作品中，这些意象得到了充分的展现；并且，戈麦诗歌语言冷峻、坚硬的质地，也与"北方气质"相契合。但这并不影响戈麦在诗歌中对"南方"进行书写，尤其是在1991年2月，戈麦集中创作了一组以"南方"为题材的诗歌，分别为《眺望南方》《南方》和《南方的耳朵》，并对这些诗稿进行过反复修改，形成了"一题两稿"的现象。在这些作品中可以见到戈麦作为一位"北方诗人"对"南方"的经验与想象，既体现了戈麦诗歌中来自北方的"体峻词雄"的语言特点，又糅合了南方意象的精致与柔美。因此，戈麦对"南方"的书写可以视为一种"跨地域书写"。然而，戈麦对"南方"的书写是他个人"南方"情结的集中体现，其现实来源固然可以追溯到戈麦短暂的南方游历，但那并不足以让戈麦成为一位地理意义上的"南方"诗人，戈麦对"南方"的情结更多是他心中深藏已久的"向往"。他的"南方"书写在其诗歌创作中占有不可忽视的重要位置。

三、戈麦诗歌中的"南方"情结

戈麦作为一位地理意义上的"北方诗人"，却对"南方"有着深切的向往，在他作于 1991 年 5 月的《自述》（此时戈麦已去过上海）中可见一斑："戈麦寓于北京，但喜欢南方的都市生活，他觉得在那些曲折回旋的小巷深处，在那些雨水从街面上流到室内、从屋顶上漏至铺上的诡秘生活中，一定发生了许多绝而又绝的故事。"[10] 这种对"南方"的眷恋，看似与戈麦成长于东北、求学于北京的生活背景相矛盾，但这可以反映戈麦思想的一个特点："他喜欢神秘的事物，如贝壳上的图案、彗星、植物的繁衍以及怀疑论的哲学。"[10] "神秘"这个词语可被视为理解戈麦思想的关键词，戈麦之所以崇敬博尔赫斯的一个原因也是因为"他给世界带来的是月晕和神秘的背景，而不是燃烧的花朵、火热的太阳"[11]。"南方"就是一个"神秘"的象征，诗人生前仅两次短暂地到过中国南方，不曾在南方长期居住过，现实意义上的经验可谓是浅薄的，"南方"对于戈麦来说更多是一片未知、充满神秘感的地域。"南方"意味着一种"诱惑"，而这种"诱惑"来自于虚幻的想象。对于见惯黑土白雪的戈麦而言，"南方"无疑意味着一种新鲜、别样的经验。因此才有"身为过客却念念不忘"的"南方"情结。

从《戈麦诗全编》收录的诗歌来看，"南方"这个意象在 1987 年 12 月修改后的《刑场》一诗中首次出现："枪声尚未响起/青色的狼嗥着南国的歌声"。"南国的歌声"在这首诗中显得比较突兀，因为前面的诗句一直在铺设寒冷、死亡、衰颓的场景："从寒冷的尸谷走来/墨黑的冰河上/漂浮着天主教堂/沉沉的钟声//数以万计的囚徒/如亿万棵颓老的病树/从冰层深处/沉郁地呼唤着回声。"而"南国的歌声"无疑给这充满末世感的景象带来一种新鲜的血液和生命的气息。但"南方"在戈麦的诗歌中也不总是代表"希望"的，相反"南方"这种"想象的经验"也蕴含着"失望"的因素"可江南女子的青春/只是一只苦涩的微笑/苦难过去了倦容依旧"（《失望》）。在现实意义上的"南方"经验尚未形成的时候，"南方"对于诗人只是一种纯粹的想象，诗人在向往"南方"的同时也想到了可能的失望感，南方的美丽中可能也隐含着衰颓。这种对"南方"的纯粹性想象还表现在戈麦对南半球地理景观的幻想性书写之中。如"在南极这样一个冰雪的夜晚，/南十字星座垂在明亮的海岸。/世界，已滑到了最后一个峡谷的边缘。"（《南极的马》）；"亚马逊平原，黄金铁一样的月光/流满这昂贵而青色的河/阿斯特克人灰白的废墟/远处，大森林，虎豹的怒吼一浪高过一浪"(《黄金》)等。在现实经验匮乏的情况下，戈麦的"南方"书写完全借助于幻想来实现，对"南方"幻想的来源也许来自诗人的阅读体验。正如诗人在其后期诗歌《南方》中所说："我在北方的书籍中想象过你的音容"，或许由幻想而生的"南方"情结还过于浅薄，因此诗人此时并没有对"南方"这一题材进行集中书写。

戈麦真实的"南方"经验始于1991年1月。据《戈麦生平年表》和《戈麦诗全编》，戈麦从上海回到北京之后，在十天之内（1991.2.3—1991.2.13）集中创作了《眺望南方》《南方》《南方的耳朵》等一批南方题材的诗，并对这些诗作进行过修改，形成了一稿、二稿并存的格局，可见戈麦对自己诗歌技艺要求之严格，也可见戈麦对这些南方题材诗歌的重视。值得注意的是，虽然修改稿和原稿在诗句顺序、语言锤炼等方面有了较大改动，但诗句中最基本的意象却没有很大变化。如在《眺望南方》的两个版本中，都出现了"高原""草原""植物""冰海""星辰"等意象。与《眺望南方》想象中的南半球异国风情不同，《南方》和《南方的耳朵》更多地体现了秀美的中国江南风情，如"我在北方的书籍中想象过你的音容/四处是亭台的摆设和越女的清唱"（《南方（二）》）；"我目睹南方的耳朵/开放在我洁净的窗前/开在水边/像两朵梦中出生的花瓣/像清晨，像菩雨，像丝绸的波光"（《南方的耳朵（二）》）。从"亭台""越女""菩雨""丝绸"这些意象来看，戈麦所认识到的"南方"具有古典意味，是一个传统的"杏花春雨江南"。不过，从现实的观点来看，1990年代的中国"南方"却已逐渐离这种情调和氛围远去，现代化的世俗生活正在迅速蔓延，高楼大厦、车水马龙悄然替代了"亭台""越女"的存在。戈麦的"南方"，与其说是南方生活现实体验的描写，不如说是诗人的"心象"，这种具有幻想特质的"南方"在现实生活中是渐趋衰微的。

由此可见，戈麦诗歌中的"南方"情结的来源有戈麦为数不多的中国南方生活经验，但更多的是对"南方"的想象。所以戈麦诗歌中的"南方"书写呈现出"亦真亦幻"的状态。同时，戈麦诗歌中的"南方"情结又体现了戈麦对南方生活的向往。而这种向往在"北方"诗人写作中，是有历史渊源的。早在1930年代的北平"前线诗人"群中，就有对"南方"的"驰想"，这与他们身处"荒街"一般的现实环境形成明显对比，卞之琳、何其芳等人的诗作中都有对"南方"的歌唱，"南方"在他们的笔下象征着"强大的生命力、繁荣美好的未来，以及母亲胸怀般的温暖和安全"。对"南方"的呼唤也是对失落的"精神家园"的向往与渴望。[12]这与戈麦的"南方"情结既有相通之处，又有所不同。卞之琳、何其芳都生在江南，对"南方"的呼唤多带有对旧日实际生活的怀想色彩，用来与现实的荒凉相对照；而戈麦是一位成长、学习、工作皆在北方的诗人，他虽有短暂的"南方"经验，但他的"南方”书写更多是基于对“经验”的“想象”，因而多了一层梦幻的感觉，现实与幻想的距离变得模糊和不真。这样的状态，恰恰也是戈麦所尊崇的阿根廷诗人豪尔赫·路易斯·博尔赫斯在作品中追求的。

四、戈麦的“南方”与博尔赫斯作品的关联

在此可以探讨的是，戈麦的“南方”情结与豪尔赫·路易斯·博尔赫斯的影响之间的关联。博尔赫斯的作品自 1986 年之后被大规模地译介到中国，而这一时期也是戈麦开始诗歌创作的时期。戈麦曾在《文字生涯》中谈到博尔赫斯对其诗歌创作和人生选择的意义：“就在这样一种怀疑自身的危险境界之中，我得到了一个人的拯救。这个人就是豪尔赫·路易斯·博尔赫斯。”[11] 并且戈麦有过这样的断言：“如果说维多夫罗（智利诗人——引注）在某些方面还带着较为浓重的欧洲先锋文学的风范，那么博尔赫斯则更带有布宜诺斯艾利斯的情致与格调。拉丁美洲是一块巨匠辈出的新大陆。”[11] 戈麦诗歌中对拉丁美洲这块南半球大陆的想象性书写，也时有体现：“亚马逊平原，黄金铁一样的月光/流满这昂贵而青色的河/阿斯特克人灰白的废墟/远处，大森林，虎豹的怒吼一浪高过一浪”（《黄金》）；“在那曙光微冷的气色中/潘帕斯草原/你的茂盛有一种灰冷的味道/在这两块大洋，它佛手一样的浪花/拍击之下/你像高原上流淌下的铁”（《眺望南方（二）》）。这些描写无疑给人一种陌生感，它们更多与诗人的想象相关联，而非源于现实的场景。

或许是在博尔赫斯的影响下，戈麦的“南方”与后者笔下的“南方”发生了微妙的联系。博尔赫斯著有短篇小说《南方》，收入其《虚构集》中。博尔赫斯本人很看重这篇作品，并在《虚构集》的 1956 年补记中写道：“《南方》也许是我最得意的故事。”[13] 这篇小说记叙了“一个具有阿根廷和欧洲血统的男子胡安·达尔曼内心冲突的戏剧化”[5]。故事的灵感来自博尔赫斯本人受伤住院的一段经历——他在败血症的折磨下，一度出现了幻觉——而小说中的主人公达尔曼也处在现实与幻觉的交错中：他被大夫宣布身体好转，可以去南方庄园休养了，于是坐上了去南方的列车；诡异的是，这辆列车停靠在达尔曼“几乎不认识的稍前面的一个车站”，在那里下车后，他决定做一次“小小的历险”，却莫名地卷入了几个醉酒年轻人的械斗之中，为了彰显自己的“南方”精神，达尔曼决定接受年轻人的挑战，“紧握他不善于使用的匕首，向平原走去”。小说在此出现了一个问题：坐上火车去“南方”的是现实中的达尔曼，还是达尔曼在病痛中的幻觉呢？现实与非现实之间的界限就此存在不确定性，经验和想象变得模糊，因而充满了开放性。而戈麦的诗歌《南方》则与博尔赫斯的这篇小说不仅在标题上形成呼应，内在肌质也有许多暗含之

处。诗中，"像是从前某个夜晚的微雨/我来到南方的小站"，很容易使人联想到达尔曼坐火车到"几乎不认识的稍前面的一个车站"；同时，"我"也同达尔曼所做的"小小的历险"一样，"在寂寥的夜晚，徘徊于灯火陌生的街头"，并且"我"也在对自己的这一经历感到怀疑："我是误入了不可返归的浮华的想象/还是来到了不可饶恕的精神乐园"；"我"对自己经历的怀疑，与博尔赫斯《南方》的结尾带来的歧义性相类似，只不过戈麦诗中的"我"把博尔赫斯在小说中未明确提出的观念明确了。正如有论者指出："在博尔赫斯那里，任何事物都可能成为心灵的罗盘，而它给出的向度则注定是形形色色的幻想。"[14]戈麦正是把博尔赫斯的"幻想"进行中国化、诗意化，两者在"幻想"这个层面上遥相呼应，形成了关联。

博尔赫斯还有一首题为《南方》的诗歌，勾勒了一幅他心目中的"南方"场景："从你的一座庭院，观看/古老的星星/从阴影里的长凳/观看/这些布散的小小亮点/我的无知还没有学会叫出它们的名字/也不会排成星座；/只感到水的回旋/在幽秘的水池；/只感到茉莉和忍冬的香味，/沉睡的鸟儿的宁静，/门厅的弯拱，湿气——这些事物，也许，就是诗。"[15]"星星""水""茉莉""忍冬""鸟儿""门厅"这些陌生的事物，究竟是"我"在现实中看到的，还是想象中的呢？诗中并没有确定的答案。并且诗人也没有明确肯定"这些事物就是诗"，而是插入"也许"一词，使得这些本来亦真亦幻的事物更添了一层不确定性。这样的"双重虚幻"也出现在戈麦的诗歌中，他在《南方的耳朵（一）》中写道："我在一个迷雾一样的早晨/目睹了南方的耳朵/开在我的窗前/像两朵雨水中闪亮的贝壳/或是两朵清晨的梦中出生的兰花/这一景致并非寻常的幻象/幻象是一种启示/这一景致也非寻常的梦境/梦境是一种宫怨/但它不是。""我"在"迷雾一样的早晨"看到的"南方的耳朵"，既像"贝壳"也像"兰花"，非"幻象"也非"梦境"，看起来它离诗人距离很近（"开在窗前"），却又是诗人"此生此世难以接近的纯洁"。"南方的耳朵"在此成了一个具有悖论性的超现实意象，从而比一般的想象更为神秘。因此，戈麦的"南方"题材的诗歌与博尔赫斯的诗歌《南方》在"幻想"这个层面也有着共通之处。

五、戈麦的"南方"书写所展示的语言探索

从更深层面来说，戈麦对"南方"的书写以及《眺望南方》《南方》《南方的耳朵》出现的"一题两稿"现象，显示了他对诗艺的精益求精的态度。具体而言，即是一种严苛的对待诗歌语言的态度。

戈麦是一位高度重视诗歌语言的诗人，他在《关于诗歌》一文中这样说："诗

歌应该是语言的利斧，它能够剖开心灵的冰河。在词与词的交汇、融合、分解、对抗的创造中，一定会显现出犀利夺目的语言之光照亮人的生存。"[16]这种对语言于诗歌之重要性的强调，类似于马拉美"将语言的无穷潜能作为自己诗歌的真正内容"[17]的主张。恰如西渡提出，将戈麦某些诗歌的一、二稿的差异进行比较，就会看到一首诗是"如何在艰苦的劳作中逐渐锻造成型的"，这也是"与传统的写作方式迥然相异的一种写作方式"。[18]戈麦书写"南方"的诗歌中"一题两稿"的现象，正是他对自己诗歌语言进行精心锤炼的结果。在戈麦的诗句中，"读者会经常听到一种清晰的挖掘的声音，那声音来自一个神秘歌唱者的语言的暗夜融入了发现的新生"[19]。戈麦的诗歌时常迸发出一种警句般的震撼力量，词与词、词与句、句与句之间呈现出尖锐的张力，渗透进读者的心灵。戈麦这种对语言的重视使他对语言的使用更接近于波德莱尔所指称的"语言魔术"："艺术地处理一种语言，意味着进行一种召唤魔术。"[17]

以下仅以两个版本的《南方》诗稿为例，分析戈麦对诗歌语言的严格要求和精益求精的语言探索：

南方（一）

那是前一个晚上遗落的微雨
我脚踩薄绿的青苔
我的脚印深深地印在水里
一直延伸到小巷的深处

这是一个不曾破译过的夜晚
我从早晨到达的车站来到这一片屋檐
浅陌、迷濛，没有更多的认识
因而第一个傍晚
我仍然徘徊于灯火萧索的街头
耳畔是另一个国度的音乐，另一种音乐

那种柔软的舌音像某些滑润的手指
它在我心头抚起一层不名的陌生
我是来到梦里
还是被世界驱赶到经验的乐园

从此的生活是要从一种温暖的感觉开始

还是永远关闭了走回过去的径巷

南方，从更高的地方不可能望到你的全貌
在那雾一样的空气下层
是亭台的楼阁和越女的清唱
我还能记得这漫长的古国
它后来的几百年衰微的年代中
那种欲哭欲诉的情调

但我只能在狭窄的木阁子里
静静地倾听世外的聊赖
一缕孤愁从此永恒地诞生
它曾深深埋藏在一个北国人坚实的肺腑
今日我抑不住心中的迷茫
我在微雨中摸索，从一种陌生到另一种陌生

1991. 2. 3

南方（二）

像是从前某个夜晚遗落的微雨
我来到南方的小站
檐下那只翠绿的雌鸟
我来到你妊娠着李花的故乡

我在北方的书籍中想象过你的音容
四处是亭台的摆设和越女的清唱
漫长的中古，南方的衰微
一只杜鹃委婉地走在清晨

我的耳畔是另一个国度，另一个东方
我抓住它，那是我想要寻找的语言
我就要离开那哺育过我的原野

在寂寥的夜晚，徘徊于灯火陌生的街头

此后的生活就要从一家落雨的客栈开始
一爿门扉挡不住青苔上低旋的寒风
我是误入了不可返归的浮华的想象
还是来到了不可饶恕的经验乐园

1991. 2. 13

从篇幅来看，《南方（二）》明显对《南方（一）》（28 行）进行了压缩（16 行）。在形式上，《南方（二）》将《南方（一）》的不规则的 4—6 行一节，调整为整饬的 4 行一节，而且每行字数也大体相同，更体现出"句的均齐"，节奏感得到进一步突显，产生了良好的听觉效果。正如西渡所说，戈麦的诗体具有如下明显的特点："句子长度大体相等，三、四、五行为一单元的整齐、匀称的音节，饱满、充盈的诗歌节奏。"[2]这样看来，戈麦追求的乃是马拉美式的"讲求智识的、形式严整的抒情诗"[17]。不仅如此，《南方（二）》在锤炼语言（表现为剔除冗余、精简词句）的同时，还凸显了语言的张力的运用，如该诗最后两句"我是误入了不可返归的浮华的想象/还是来到了不可饶恕的经验乐园"，否定词"不可"和自我疑问的运用，"想象"与"经验"二词的对峙，使读者更为深入地进入戈麦构筑的经验与想象交错的"南方"世界。

那么，这是一个怎样的"南方"世界呢？诗中的叙述者"我"在"夜晚遗落的微雨"中来到"南方小站"，来到在"北方的书籍"中想象过的地方，从"哺育过我的原野"来到"灯火陌生的街头"，所置身的无疑是一个充满神秘感的国度。"我"徘徊于现实的"经验"和梦境中的"想象"之间，现实与梦境之间的距离变得模糊，所感受到的是一种空蒙与迷茫，但正是这种全新的"想象"中的"经验"，才让人向往，因为神秘的也是迷人的。这种神秘感正是其诗歌语言带来的。

有必要指出的是，《南方（二）》较之《南方（一）》，抒情的成分少了许多："我"不再倾诉，"我只能在狭窄的木阁子里/静静地倾听世外的聊赖/一缕孤愁从此永恒地诞生"。诗人把情感浓缩在诗句中，虽未言明自己的心态，读者却能够从"误入"与"来到"之间的犹疑和矛盾中感受到"我"的"一缕孤愁"。而正是在独处之中，"我"才能回到内心，进入灵魂栖居的空间，更好地倾听"另一个国度的音乐"。此种"孤愁"或许可与林庚《沪之雨夜》中的"幽怨"（"雨水湿了一片柏油路/巷中楼上有人拉南胡/是一曲似不关心的幽怨"）相提并论，二者都是通过"听"而产生的情绪，体现了置身于陌生环境中的孤独感。

　　此外，就这两个版本的《南方》中所包含的主要意象来看，也体现了戈麦作为一名北方诗人对"南方"的独特体认。虽然，戈麦是怀着某种古典情怀想象"南方"的，他笔下出现了诸如"青苔""小巷""亭台""越女""落雨的客栈"等富有典型"南方"特色的元素，但在这两首《南方》中，戈麦似乎更关注"南方"元素的组合所烘托出的具有朦胧效果的氛围，而并不在于具体的元素本身。这也进一步强化了戈麦诗歌中"南方"的"经验"与"想象"边界的模糊感。

　　"那可能与不可能的使我们沉迷。"诗人穆旦曾在诗中如是说。对于戈麦而言，他似乎更倾向于"让不可能的成为可能"。无论是他的"南方"情结，还是他诗歌中的"南方"书写，都存在着经验与想象边界的不确定性。经验伴随着想象产生，而想象中又混杂着经验，但想象始终要胜于经验。戈麦正是试图用"想象"的语言来表现自己心中的"南方"，而非单纯的再现。这种"想象"中的"经验"正如西渡所说："戈麦在诗歌的诸手段中把想象力提高到独一无二的位置。他认为，诗歌直接从属于幻想，他相信，'现实源于梦幻'、'与其盼望，不如梦想'。"[2] 因此，戈麦的诗歌"不愿再用人们通常所称的现实来量度自身，即使它会在自身容纳一点现实的残余作为它迈向自由的起跳之处"[17]。

　　戈麦的"南方"，是语言造就的"南方"，是他充满幻想的产物。这种"幻想"的成分也渗透到戈麦的众多"南方"书写之外的诗歌中，如《圣马丁广场水中的鸽子》《黑夜我在罗德角，静候一个人》《南极的马》《帕米尔高原》等。这些诗歌中流露出的幻想特质，暗示他追寻着比现实更高远的生活，而不是普通意义上的"俗世生活"。因为他声称"通往人间的路，是灵魂痛苦的爬行"（《空望人间》）。

参考文献：

[1] 帕斯. 不识于"我"——序《百年佩索阿》[J]. 新诗评论，2012（1）：206.

[2] 西渡. 拯救的诗歌与诗歌的拯救——戈麦论 [M] //戈麦诗全编. 上海：三联书店，1999：451—465.

[3] 刘师培. 南北文学不同论 [J]. 国粹学报，1905（9）.

[4] 诸福运，桑克，西渡. 戈麦生平年表 [M]. 彗星——戈麦诗集. 桂林：漓江出版社，1993：269—270.

[5] 肖徐彧.《南方》的幻想性质探讨 [J]. 世界文学评论，2010（1）：112.

[6] 钟鸣. 旁观者 [M]. 海口：海南出版社，1998：807.

[7] 柏桦. 左边：毛泽东时代的抒情诗人 [J]. 青年作家，2008（11）：79.

［8］刘师培. 论文学不可为地理及时代之见所囿［M］//中国中古文学史讲义. 长春：时代文艺出版社，2009：115.

［9］洪子诚，刘登翰. 中国当代新诗史［M］. 北京：北京大学出版社，2010：211.

［10］戈麦. 戈麦自述［M］//戈麦诗全编. 上海：三联书店，1999：424.

［11］戈麦. 文字生涯［M］//戈麦诗全编. 上海：三联书店，1999：428.

［12］张洁宇. 荒原上的丁香——20世纪30年代北平"前线诗人"诗歌研究［M］. 北京：中国人民大学出版社，2003：265.

［13］博尔赫斯. 1956年补记［M］//虚构集. 王永年，译. 南京：江苏文艺出版社，2008：88.

［14］陈众议. 心灵的罗盘——纪念博尔赫斯百年诞辰［J］. 外国文学评论，1999（4）：40.

［15］博尔赫斯. 南方［M］//外国二十世纪纯抒情诗精华. 王三槐，译. 北京：作家出版社，1992：260.

［16］戈麦. 关于诗歌［M］//戈麦诗全编. 上海：三联书店，1999：426.

［17］胡戈·弗里德里希. 现代诗歌的结构［M］. 李双志，译. 南京：译林出版社. 2010.

［18］西渡. 编后记［M］//戈麦诗全编. 上海：三联书店，1999：467.

［19］臧棣. 犀利的汉语之光——论戈麦及其诗歌精神［M］//戈麦诗全编. 上海：三联书店，1999：445.

——原载《江汉学术》2015年第4期：60—66.

当代诗中的"历史对位法"问题

——以萧开愚、欧阳江河和张枣的诗歌为例

◎张伟栋

摘　要：当代诗关于历史可能性的想象与书写，归根结底是关于诗歌技艺与语言可能性等问题的探讨，也就是说，诗歌中的现实与历史问题，终归是语言的问题。这一问题在"历史对位法"的视角下，可以得到清晰的说明。自朦胧诗以来的当代诗，其"历史对位法"表现为三种历史观念和历史向度的竞争与角力，分别是"历史救世""历史终结"以及"历史神学"的观念。这些观念基本上可以概括 1980 年代以来当代诗的审美、政治、伦理等问题，对这些问题的审视，将会把我们暴露在一个真实的处境中。这三种观念在诗歌的具体写作方面则表现为，将自我的经验和境遇政治化或是"理论化"或是"神学化"，萧开愚、欧阳江河和张枣的诗歌作品，则为我们提供了这些观念的具体例证。

关键词：当代诗；历史对位法；历史观念；萧开愚；欧阳江河；张枣

一、作为诗歌技艺的"历史对位法"

"历史对位法"，是我阅读荷尔德林的诗歌的一个基本思路，作为诗人的荷尔德林一生只写过七十多首诗歌，但其后期诗歌所建立的伟大诗歌模型，将帮助我们澄清诗歌的众多隐秘源泉，其中的"历史对位法"可以作为一项诗歌法则来认识。与我们今天流行的两种与现实对位的历史观念相比较，一种是"赋予生活以最高的虚构形式"的超越历史观念，另一种是"介入"、见证和改造现实的历史观念。荷尔德林的这种带有"神学"色彩的历史意识似乎没有现实的意义，因而容易被丢弃在浪漫派的废墟，被当做历史的遗迹。在我们这里，因为前者宣称，通过一种更好的

想象和更高的虚构来帮助人们生活，生活应该来模仿诗歌，而不是相反，诗人"一直在创造或应当创造我们永远向往但并不了解的一个世界，因为他赋予生活以最高的虚构形式，否则我们的生活是不堪设想的"[1]。在这里，"审美"和"想象"对人的感性机制的调节而获得的对政治的纠正和校准，被看做是改造现实最好的良药。我们所熟知的 1980 年代"美学热"，对政治权威所监管的"感性生活"挑战的成功，也就顺理成章地使其成为我们的艺术惯习之一，后经过 1990 年代海德格尔主义语言观念的改造，和欧美众多现代主义诗歌语言实践的夯实，而成为我们流行的诗歌标准之一。后者，介入的历史观念，试图通过介入现实而改变现实，从而使生活变得美好，在我们的诗歌标准里，介入式的写作因此成为衡量诗人的道德感的检测器，因为这种直接作证的诗歌，可以填补愤懑者的空虚感和无力的行动感。这里面所抱有的期许是，当现实中的"黑暗"状态开始诅咒个人的命运，并干涉个人改变自己命运的行动时，现实中就会出现与"黑暗"状态相伴随的紧急状态，这种状态要求个人去打破诅咒和干涉。直接作证的诗歌，就是在这里介入现实的，往往有着愤怒、反对、批判、针锋相对的面貌，并动用历史的名义。这种观念有着强大的历史传统和思想资源，比如儒家的"诗史"观念，左翼的革命诗歌传统，社会主义时期的政治抒情诗传统，"新左派"的全球化理论资源。这些传统和思想资源，在 1990年代以来的改革进程中，惊人地追上了我们的现实，并被我们作为现实接受下来，成为自我改造和现实改造的蓝图。它之所以被内化为当代诗的一个标准，也完全是出于这种现实的需要。

这里的问题是，如何更真实地来认识这一切，如何更精准地去校准我们的诗歌意识，而不使其沦为派系争论的僵化观念。如果我们承认，诗歌的写作并不是那种单纯的灵感迸发的迷狂行为，一种直接的"神授天启"式的写作，而是经过种种观念和现实的"中介"最终对语言的抵达，正如黑格尔的思想所宣称的，没有无中介的情感和意识，我们对自己和时代的理解和解释，都是经过这个"中介"授权和默许的，那么我们所谈论的诗歌意识终归是一种历史意识。荷尔德林当然在此也无权充当裁判者的角色，赫尔德当年反对将亚里士多德的悲剧观念当做普遍法则的做法，同样适用于我们，但可以将其作为一个例子和参照，这个参照的基本点即在于将这一问题放置在"诗艺"的范畴当中来认识，也就是荷尔德林在《关于〈俄狄浦斯〉的说明》中简略提到的，关于那些不可计算的，但需要确认和知晓其进程的活生生的意义，如何转换为一种可以确定和传授的可计算法则的技艺。在文学领域，真实的事情是，写作总是朝向于对这种可计算法则的探寻，至于诗歌的修辞、风格以及其现实的功效，则是随之而来而衍生的事情，所谓艺术上的进步，在于对这种可计算法则的添加或成功的修改、改写。但这并不是那么容易理解的事情，有时候我们理解一件显而易见的事情，反而要困难得多，尤其在相对严密的诗歌体制内，技艺的问题被等同于技术的问题，"伟大的诗"的标准被所谓的新奇的风格、感人、有现实意义的"好诗"标准所替代的时候，"诗艺"因而被当做有着具体规定的实体性概念，而不是功能性的概念接受。

更加真实的事情是，诗人在他自己的时代，和他同时代人一样，也要面对艰深难解的现实和幽暗晦涩的未来，也被笼罩在历史的迷雾当中。就像1649年的弥尔顿一样，一厢情愿地将自己献身给"党争"的事业，实际上也是历史迷雾中的"盲者"。诗人永不会是历史的先知，与他同时代人不一样的地方在于，诗人在与历史角力，试图在历史的裂缝中给出未来，尽管这种未来常以一种回溯性的方式出现。"历史对位法"就是诗人们在历史的迷雾中，向现实的讨价还价和对未来的计算法则，其轴心则是当下的真正的历史逻辑，正在展开的、塑造我们的现实和未来的具体法则。关于这一点，我们在伽达默尔对荷尔德林的阐释中，可以更明确地看到："荷尔德林的直接性就是对时代的直接性。他的本质基础是由其历史意识而决定的。……荷尔德林的历史意识更多的是当下的意识和对当下中产生未来的意识。……我们的诗人没有一个像他那样仿佛被未来的当下所吸纳。未来就是他的当下，就是他所见的东西，并以诗文形式宣告出来。"[2]23 着眼于这个"未来的当下"的诗人命运注定是黯淡的，这种对现实当下的拒斥和对"将来之神"歌咏的"非均衡性"，注定了诗人与当下的不相容，因为今天的人们试图取悦这个当下的现实，"无论如何都铁了心要去为他们的生存讨价还价，不管跟谁。这是对生命和财产的顶礼膜拜"[3]。而这样的现实和历史从来都是战无不胜的，按照本雅明的说法，"它总是会赢"，它充满诡计并且也依靠诡计。诗人唯有舍弃当下与未来的均衡性，舍弃"俗世诸神"与"唯一者"的平衡，"在舍弃中借力于真正历史的逻辑，西方的全部历史就向诗人敞开。历史的'深不可测的寓言'与希腊传说的诗学当下走到了一起"[4]14。正如"对位法"在音乐中具有的结构性功能一样，即将几个旋律编织成一个整体的技法，荷尔德林诗歌中的"历史对位法"，在于借助真正的历史逻辑，从而发明过去和未来的"神学"维度，通过这样一个维度，将历史重新编织成一个整体。

我将以伽达默尔精心阐释的《饼和葡萄酒》一诗，来继续这个问题。在这首诗中，"历史对位法"的取向就在于，这种带有"神学"色彩的历史意识，穷追当下的困厄，在当下的"黑暗状态"和不到场的"缺席之物"之中，从大地上和具体的时间、地点上，寻找解救和救赎的力量，而不是跟随教会里的基督将大地废弃，眼望上苍。这种未来的当下意识，在诗歌中汇集在"夜"这一形象之下，"夜"象征着欧洲诸神远离的时代，在这样的时代，对于未来，现实的计算法则，政治的或经济的，不断拖延这个"当下"的时间，精明的头脑满足于赢与亏的权衡，也不断制造着"缺席之物","他们被锻接到/自己的忙碌上，在喧嚣的工场里/他们听到的只是自己，这些野蛮者用强力的臂膀/拼命干活，从不停歇，然而怎么干都/没有结果，就如复仇女神，留下的都是可怜着的劳累"[2]。而诗人则以另外一种计算法则，已经熄灭的"白昼法则"，来权衡诸神远离的困苦，并保存和传达神的信息。伽达默尔对此的解释是："这就是诗人的使命：他是这个时代的领唱者。他唱出未来将要出现的东西。记忆演变成期待，保存演变成希冀。"[2]26 这种声调对于今天的诗人来说，可能过于高亢，原因就在于它几乎无法实现，它要价太高，我们现实的全面破产，注定我们无法支付这高额的索取，而以这样的观念来衡量今天的诗人，无疑也会被认定是在敲诈勒索。

二、"历史对位法"中的历史观念

这种要价太高的声调，之所以会遭到抵制和苛刻的审查，原因在于语言里那些已经根深蒂固的历史观念在左右着我们。我们归根结底是观念的动物，我们总是通过已知的一切，我们总是通过已经学会的一切来选择和行动，我们自身的局限也可以归结为意识的局限，而历史作为未来的通道，已经先行占领我们，历史总是领先于未来，这种领先在于观念的先行预支未来。但这里的关键是，我们与历史的关系并不是唯一的，任何强调历史的唯一方向和道路的做法，都可以"单边的历史幻觉"的名义去看待它，"单边的历史幻觉"本身就意味着强调历史的唯一、排他和具有专断性。在今天关于诗歌问题的一些争论中，不难看出这些带有"单边历史幻觉"的面目以及根深蒂固的历史观念的影响。这些强势的历史观念，是近代以来的历史角力的结果，所以它具有很强的"现实感"并且在现实的展开中深得人心。

其中一种，如弥尔顿一样，会将历史视为"救世"的，以历史的革新来"促使时代摆脱困境"，一切的问题都可以交付给历史的下一流程和先进的新生事物来解决，道路是曲折的，但未来一定是光明的，通过铲除阻挡历史前进的势力，我们终将可以赢得未来，是近代以来的主流意识形态。我们知道，在近代意识形态领域，最大的变化是，"历史"战胜了"自然"而被赋予优先的地位，成为行动的最高指南。15 世纪开始的"大航海时代"的冒险活动，将这一法则精心地烙印在人的行动地图上，使那些依据"自然"中的神圣理智来计算现实的"宇宙志研究者仍在这些问题上垂死挣扎"[5]，并在未来的几个世纪当中，持续地败给进化论者。关于这一问题，彼得·斯洛特戴克的《资本的内部》一书，有着非常精彩的讨论，在此我不做展开。我要说明的是，在我们的语境中，以启蒙和革命的名义所展开的历史滚轴，都可以归还为将历史视为"救世"的目的论观念，余英时的著名文章《中国近代思想史上的激进与保守》，正是对这一历史观念的批评，但是其对"激进派"评述的含混和浅陋之处就在于，没有认识到这种历史观念的根源。在 1990 年代，这篇文章被照单全收，被看做是反激进主义和反乌托邦主义的纲领，以至"激进"和"乌托邦"被当做具有特殊含义的贬义词，镶嵌在我们的词汇表中，而被击碎的历史救赎和救世的观念以弥散的方式回到了现实的底部。当我们的诗歌，不断地以"黑暗""腐朽""死亡"这样的修辞进行召唤时，这样的观念就会再一次集结，事实上，我们也似乎期待着这样的集结，似乎诗歌中的那些"愤怒的人""厌世者""虚无主义者""自我毁灭的人"在这样的历史对位法中，在这样的观念集结中，会重新变得炯炯有神、闪闪发光。但我们的困难是，以左派的政治经学的实用算法和现实斗争的法则，对这些观念的集结，是否会再一次阻隔我们与未来的通道？而以这样的历史观念来看待荷尔德林，他将被钉在高蹈的浪漫主义者的牌匾上，不得翻身。事实上，历史救赎的观念，在我们的时代同样已经变得不可能，正如萧开愚的长诗《向杜甫致敬》向我们显示的："这是另一个中国。为了什么而存在？／没有人回答，也不／再用回声回答。／这是另一个中国。"

另外一种，如作家卡内蒂的"历史终结论"："在某个时刻，历史不再是真实的。全人类在不知不觉中，就突然离开了现实：由此以后发生的一切都被认为是不再真实的；而我们也被认为并没有注意到。我们的任务就是找到那个历史时刻，只要我们没有找到它，我们就得被迫居留在我们当前的毁灭状态中。"[6] 这种对二十世纪六七十年代以来的历史逻辑的描述，一度被看做是我们当前历史的最真实的表达，历史不再变化，重复着自身单调的逻辑，荷尔德林在现代的开端处所经历的"大地的突变"、"国家的转向"和"诸神的远离"，似乎顺理成章地得到了和解，人对自我的期许，在于自身权利、利益和现实欲望的最大化满足，而这种满足则要仰仗于宪政民主制度和自由竞争的市场经济的完美运作，仰仗于技术对肉体生命缺陷的弥补，也仰仗于流行文化对自我意识的催眠。任何不同于此的历史叙事，任何试图凌驾于人之上的价值，任何神话的企图，都需要被抵押出去，都需要经过欲望法则的换算。或者按照大卫·哈维的理解，人其实是被关押在了这个由资本统治的当下，国家、市场和民主制度在新自由主义的形式下为资本的持续统治保驾护航，资本需要借用国家之手来清除其向前运动的障碍，原教旨主义的、地方主义的、自然主义的或是乌托邦主义的。诗在这里不再梦想"历史"，而是梦着自我的感官，它被放置在一个安全的位置，小心翼翼地伸展着自己的触角，捕捉时代的气味，而从不把自己的触角伸向于时代之外，因为一切时代之外的东西，都已经急剧贬值，或是像荷尔德林一样，只是一个无法经验化和理性化的空中楼阁。而经验化和理性化的现实立场，再这样交给人和诗歌斗争的策略，即将自我的经验和境遇政治化，如将农村的破败表达为一种政治诉求，包装成一种反抗的哲学，从而获得现实利益的分配；或将自我的经验和境遇外包给一种理论，即理论化，比如曾一度流行的后殖民理论、后结构主义理论、底层理论等，从而获得抵抗中心意识形态的姿态和立场。

欧阳江河的作品《凤凰》恰是这一"历史困境"的诗歌摹本。初读这首长诗，立刻会想到另一部与之相似的作品，那就是罗兰·巴特的长篇散文《埃菲尔铁塔》，两部作品的相似之处在于，都动用了"结构"编织网络的功能。这种典型的结构主义方法，在波洛克的绘画中也能找到一个解读的视角，正如画家马立克·哈尔特富有洞察力的表述所说明的："波洛克是第一个抛弃了画架的人，他将画布铺在地上，以便从高处领会画作。这就像是从飞机上看到的一幅风景；而欧洲绘画呢，就像是从火车车窗里看到的景色。"[7]从飞机上的观看，意味着人摆脱自身的位置，从自身之外去观看、俯视自己，因此无一例外地一切都获得了全景的清晰，也无一例外地获得变形的隐喻图像。因此，这个由建筑废料所搭建的"凤凰"与由4800吨钢铁所搭建的"埃菲尔铁塔"一样，在这种结构的网络中，不可能完整地忠实于自身，而变成了"目光、物体和象征"，"一个纯记号，向一切时代、一切形象、一切意义开放，它是一个不受限制的隐喻"。[8]所以我们看到凤凰漂移在由资本、历史和神迹所构成的网络，而资本、历史和神迹里面全都藏着一个死结，凤凰其实就漂移这些死结的"穴位"中，它虽以徐冰《凤凰》的面目现身，但却是受雇于所有飞翔的鸟儿的形象，所有凤凰的词条，所有当代的逻辑，所有"人之境"的幻象，它试图集合起这全部，来与天空角力。而这个"天空"也是物化的，"像是植入晶片"的深蓝的晶体，像是同样由技术构造出来的，因而这场角力，完全是技术的比拼。

在萧开愚的《向杜甫致敬》中，诗人试图将自我的经验和境遇政治化，诗人将具体时间和地点上的人和物集合起来，放置在现实的法则里给以换算，那些现实里的漏洞、扭曲的情感、变形的命运、黯淡的前景，就需要另外一个现实的法则给以回答，给以安顿。在诗中，以批判的怒火和冷静的计算发表出来的诉求和伸张，也需要具体的政治经济关系的解决，因此，诗人总是试图超越现存秩序，而朝向历史，能够重新结构现实的历史被委以重任，成为行动的最高当事人。欧阳江河的《凤凰》，则是将经验和境遇"理论化"的一个结果，诗人试图以"意象"去思考，以"结构"去整合，以"悖论"去论证，"意象""结构""悖论"也成了欧阳江河"崇高"风格的内部架构，这也使得他的诗歌像现代德语诗歌一样，偏爱重复，偏爱一种可怕的对称，偏爱词语的断开，偏爱突然的重音和语言的"硬接"。这种"理论化"修辞的内在动力在于，对真的苛求大于对美和伦理的希冀。保罗·策兰在比较法语诗歌和德语诗歌的差异时，曾完整地描述了这种诗歌的重要特征："我相信，德国抒情诗走的是不同于法国抒情诗的路线，德国诗歌弥漫着德国历史上最阴郁的事物，失去了对于美的信赖而苛求真。因此，德国诗歌的语调一定会收缩、硬化。这门语言尽管在表达上有着不可让与的复杂性，它孜孜以求的却还是用语精准。它不美化，不诗化，它命名，推定，费尽力气要测度给以的和可能的王国。"[9]

三、当代诗中的三种历史向度

张枣的诗歌并不是最晦涩的，但可能是最容易遭到误解的，他容易被看成是一个唯美主义者，一个躲在自我的装置里逃避现实的享乐主义者，一个沉迷于语言游戏的诗人，这些看法都不能算错，在某个方面来看，甚至还绝对正确，那就是在完全忽略掉其诗歌中的"历史对位法"的时候。萧开愚和欧阳江河的"历史对位法"代表了当代诗的两个重要的方向，而张枣则与他们完全不同，如果以荷尔德林作为例子的话，张枣则更接近荷尔德林。在这里，我们可以先做一个简单的比较，萧开愚以"人群"的核心意象所构建的当代历史图景，依靠的是对被深深嵌入当代历史逻辑的个人的修辞化和对这种历史逻辑中的政治经济关系的分析，这种现实的法则，使他能够将当代的形形色色的个人，回收到日常生活的各个层面，并使得他们在现实的漏洞中过度曝光，从而在平面的当代史中凿开一个深渊，它提醒我们必须跳过这缓慢的、忍受的、不真实的一幕，必须有另一幕让我们重新开始，因而"历史"在萧开愚那里更像是剧本，他事先假定了一个更合理的剧本存在，并寻求这个糟糕的、短路的剧本和合理剧本之间的平衡。

> 我痛恨下雪天小孩们躲藏得无影无踪！
> 我谴责电子游戏机和电视系列动画片！
> 长途汽车来了，云絮提起顶篷，
> 汽车轻快地刹车，吱嘎一声，
> 我挤进黑压压的农民中间，
> 这些无知，这些赞叹！
> 这些亲切，这些口臭！
>
> （萧开愚《傍晚，他们说》）

正是这种平衡感，使得诗人扮演了一个"行动者"的角色，他与现实也处于一种紧张的对冲关系之中，一种带有身体的冲撞、挤压感、血压上升的对冲，而不是那种隔窗遥看，或是聘请一个最高的"第三者"来审视裁决，充当决断。这种紧张的对冲，使得萧开愚的诗歌表现一种"热的"，甚至"白热"的气质，他的声调是高的，高过个人的声音，似乎只有这种高于个人的声音才能对历史讲话，他的诗中大量地使用动词，包括将形容词、名词、感叹词做动词化的使用，这些密集的动词，比如在《破烂的田野》中，使得现实变得紧急、迫切。"行动者"角色的意义也就再清楚不过了，在于以"失败的现实"重新赎回历史的救赎功能。欧阳江河在总体上是与萧开愚相反的，他的声调是"冷的"，是"深思熟虑"的，他在诗中扮演的是一个"思想者"的角色，他擅长在诗中以"符号化"的意象去重组和结构现实，而这种"符号化"的意象被他看做是最能够表现时代本真逻辑的核心意象。熟悉欧阳江河的读者，不难在他的"汉英之间""玻璃工场""广场""市场""机器的时代""凤凰"等意象设置中，去识别这个时代的基本特征，他忠实于这个时代，并且试图在对时代的总体性表达上去超越这个时代。因此我们可以说，欧阳江河是以"时代"的意象群来构建当代历史的图景，这个"历史"也理所当然地具有高度的隐喻和象征的特征，需要读者通过回溯性的阅读再一次重新结构，但也不会超出这个时代自身具有的含义。

　　　　从任何变得比它们自身更小的窗户
　　　　都能看到这个国家，车站后面还是车站。
　　　　你的眼睛后面隐藏着一双快速移动的
　　　　摄影机眼睛，喉咙里有一个带旋钮的
　　　　通向高压电流的喉咙：录下来的声音，
　　　　像剪刀下的卡通动作临时拼凑一起，
　　　　构成了我们时代的视觉特征。

　　　　　　　　　　　　（欧阳江河《关于市场经济的虚构笔记》）

　　张枣与萧开愚、欧阳江河最大的不同在于，他不和这个历史的"当下"直接周旋，他不寻求在这个"当下"的俗世性与引导诗人的"唯一者"之间的均衡，因此，他不扮演苦闷的厌世者，或是绝望的反抗者的角色。在张枣看来，对当下已经明确的历史逻辑的复述，才是语言的游戏，对自我情绪、情感的反复咏叹，才是逃避现实的享乐主义者，对现成诗歌语言的依赖和模仿，才是唯美主义者，而他自己则完全不是。在这一点上，张枣与荷尔德林有着一致的相似性。正如我们前面所讨论的，荷尔德林在面对时代的困厄时，他试图将自己放置于时代之外，借用古希腊"充满生机的关联和灵巧"的白昼法则，来勘探"诸神远离"的空白，他将自己归属于"非俗世的内在性"，借用"基督的当下"来探寻"将来之神"，而这个前提是，必须要舍弃这个历史当下的俗世性与白昼法则、"基督的当下"之间的均衡性，正如伽达默尔的论证："诗人表明如此赞同的那种充满痛苦的张力，在这一洞见中找到了他的解答。这个解答的惊人之处，恰恰就是对所期盼的均衡舍弃，恰恰是认清了非均衡性才能接受咏唱祖国的伟大的新任务。"[4]13

"历史对位法"是长诗的基本架构之一，没有完整的"历史对位法"的长诗，基本上要面临着失败的准备，因此，张枣的"历史对位法"在其长诗《大地之歌》中，也得到了最为明确的表达，关于这首长诗，我在《"鹤"的诗学——读张枣的〈大地之歌〉》一文中，给予了较为细致的解读，现仅就其"历史对位法"做一些补充性的说明。在这首长诗中，"鹤"与欧阳江河的"凤凰"一样具有至高的统领地位，它负责引导其他的事物和打开事物不可见的关联，从而将一首诗所创造的独特时空，像堤坝一样嵌入到当下的时间之流。但"鹤"与"凤凰"完全不同，它不是我们这个时代要努力搭建之物，它如同里尔克的"天使"一样，是已经遗弃的，被抹平的；它不是我们时代的基座：资本、技术、权力和欲望所搭建的"新"事物，而是远在这个时代之外的，"充满生机的关联和灵巧"的白昼法则所肯定的，所守护之物。因此我们可以看到，"鹤"—"浩渺"—"奇境"—"来世"所构成的中轴线，指向了一种"神话"的历史，像荷尔德林一样，试图使用这种"神话"的历史去测量当代，试图使神话理性化，去挖掘未来。毫无疑问，"神话"的历史是对自然中的神圣理性的回归，但不同于原初神话对自然的象征化视角，这种"神话"的历史，或者叫做"历史神学"，容易被看做是虚幻的，是浪漫的诗意政治，正如弗兰克所敏锐地指出的那样，"它的言说没有了超验的基础，附着在它身上的是一些暂时的虚幻之物，是一些假想，是一些预先的准备"[10]251，因而容易被无情地抛弃。但事实上，它恰恰是"历史救世"观念和"历史终结论"之外的第三条道路，是对"历史救世"中的激进的人本主义和"历史终结论"中的动物性的人道主义反驳的结果。弗兰克在另一处的判断依然有效，"当西方历史行进到主体获得了全权时，在主体之中就会达到一个转折点，即对自然的重新回归。但是事已至此，自然之中已经没有什么可期待的了，主体自身必须具有生产性"[10]245。这种生产性，寄希望于"世界的未来命运和历史的继续行进"（谢林），寄希望于对昔日"黄金世纪"的召唤，这在张枣那里表现为对古典性的继承，寄希望于对当下历史逻辑的诊治，正如《大地之歌》的结尾向我们宣示的。

> 这一秒，
> 至少这一秒，我每天都有一次坚守了正确
> 并且警示：
> 仍有一种至高无上……

这三种"历史对位法"及其背后的观念，基本上可以概括 1980 年代以来当代诗的审美、政治、伦理等问题，对这些问题的审视，将会把我们暴露在这样一个真实的处境之中，那就是，我们正处于"后社会主义"的症候之中，既对"革命""启蒙"等话语进行解构，又对历史抱有幻想；既对唯一者抱有敌意，又试图寻找"救赎"的可能。一个恰当的例子是，齐泽克的《崇高的意识形态客体》一书，正是这种"后社会主义"征候的产物，这一征候，是朦胧诗以来的当代诗的必经之地，但也是一个新逻辑的起点。

参考文献：

[1] 华莱士·史蒂文斯. 必要的天使 [M] //拉曼·塞尔登. 文学批评理论——从柏拉图到现在. 刘象愚，陈永国，译. 北京：北京大学出版社，2000：34.

[2] 伽达默尔. 荷尔德林与未来 [M] //美学与诗学：诠释学的实施. 吴建广，译. 北京：北京大学出版社，2013.

[3] 雅各布·布克哈特. 历史讲稿 [M]. 刘北成，刘研，译. 北京：生活·读书·新知三联书店，2009：7.

[4] 伽达默尔. 荷尔德林与古希腊 [M] //美学与诗学：诠释学的实施. 吴建广，译. 北京：北京大学出版社，2013.

[5] 杰弗里·马丁. 所有可能的世界：地理学思想史 [M]. 成一农，王雪梅，译. 上海：上海世纪出版集团，2008：111.

[6] 波德里亚：一个批判性读本 [M]. 陈维振，陈明达，王峰，译. 南京：江苏人民出版社，2008：406.

[7] 保罗·维利里奥. 无边的艺术 [M]. 张新木，李露露，译. 南京：南京大学出版社，2014：28.

[8] 罗兰·巴尔特. 埃菲尔铁塔 [M]. 李幼蒸，译. 北京：中国人民大学出版社，2008：33.

[9] 约翰·费尔斯坦纳. 保罗·策兰传：一个背负奥斯维辛寻找耶路撒冷的诗人 [M]. 李尼，译. 南京：江苏人民出版社，2009：130.

[10] 弗兰克. 浪漫派的将来之神：新神话学讲稿 [M]. 李双志，译. 上海：华东师范大学出版社，2011.

——原载《江汉学术》2015 年第 1 期：75—80.

现代诗潮与诗人重释

朱妍红　徐　钺　米家路　米家路
邱景华　米家路

时空维度的戏剧化探索

——论穆旦 1940 年代诗歌的现代主义追求

◎［美］朱妍红

摘　要： 1940 年代中期，袁可嘉提出了"新诗现代化"的观点，并称穆旦为"最彻底"的新诗现代化的追求者。从袁可嘉的诗歌理论入手，可讨论穆旦 1940 年代诗歌的现代主义追求。袁可嘉的"新诗现代化"理论建立在与西方现代主义思潮与文学相一致的非线性时间观上，可谓在新诗创作中追求一种"戏剧性综合"（dramatic synthesis），而穆旦的诗歌则充分体现了他在时间与空间维度进行诗歌戏剧化探索的努力。在穆旦的诗歌中，"戏剧性综合"首先表现在他对于诗歌结构以及情感的戏剧化表现的追求，使得诗歌呈现一种多层次的表现方式，也可以说是让诗歌获得了一种"空间形式"。以艾略特的《荒原》作为参照，可进一步讨论穆旦诗作中对于个人内心世界、心理空间的探索。在时间维度上，穆旦诗歌的戏剧性追求还表现在其颠覆线性时间观的历史反思上。穆旦有循环性的历史观，但抱着如尼采所推崇的"爱命运"之肯定的人生态度，穆旦在诗中表现出对"被围"命运的肯定以及对于冲出重围的决心。

关键词： 穆旦；艾略特；袁可嘉；尼采；新诗现代化；戏剧性；现代主义诗歌

> 稍一沉思会听见失去的生命，
> 落在时间的激流里，向他呼救。[1]90
>
> ——穆旦《智慧的来临》

在《智慧的来临》中，诗人穆旦（1918—1977）把人描绘成"不断分裂的个体"，在时间的激流中，感叹生命的流逝，发出对"失去的生命"的呼救。这首诗所关注的个人在现代社会中的时间体验（temporal experience）以及与此体验相联系的个人"自我"的分裂是穆旦 1940 年代诗歌创作中最为重要的主题。同属九叶诗派的诗人和诗歌理论家袁可嘉称穆旦是 1940 年代新诗潮"名副其实的旗手之一"[2]157，因为穆旦是"最能表现现代知识分子那种近乎冷酷的自觉性的"，而这种"求之于内心的自我反省""自我搏斗"的自觉性也正是西方现代派诗歌的注重之点[2]313。

1940 年代中期，袁可嘉针对当时诗坛新诗流于"说教"、流于"感伤"的倾向[2]68，提出"新诗现代化"的观点，呼吁寻求诗的"新传统"，即"现实、象征、玄学的新的综合传统"①[3]15。这一"新诗现代化"理论与西方现代主义诗歌传统、特别是艾略特（T. S. Eliot）的诗歌与文论有密切关系，正如袁可嘉提出的，"新诗现代化要求完全植基于现代人最大量意识状态的心理认识，接受以艾略特为核心的现代西洋诗的影响"②[3]20。袁可嘉更把穆旦看作是新诗新传统追求中的领军人物，认为他在新诗"现代化"的追求上"比谁都做得彻底"[2]157。"九叶"诗人之一唐祈则称穆旦是"40 年代最早有意识地倾向现代主义的诗人"，并能把"艾略特的玄学的思维和奥登的心理探索结合起来"，形成自己特有的诗风[4]55。

探讨穆旦这位"新诗现代化"实践做得最为彻底的诗人其 1940 年代诗歌创作的现代主义追求，有必要先对袁可嘉提出的"新诗现代化"理论以及与之密切相关的西方现代主义思潮和诗歌传统做一些讨论。本文将从西方现代主义思潮中的非线性时间观入手，讨论时间观念变化对于西方现代主义文学的影响以及非线性时间观在袁可嘉诗歌理论中的体现。袁可嘉作为九叶诗派这"一群自觉的现代主义者"[5]中主要的诗歌理论家，其"新诗现代化"理论倡导的是一种"中国式现代主义"③[2]2，用以艾略特为中心的"现代西洋诗的经验作根据"[2]69，追求笔者所称的诗歌的"戏剧性综合"（dramatic synthesis），而这里的"戏剧性"在笔者看来则包含了两层含义：一是注重诗歌与戏剧的关系，用袁可嘉自己的话说便是"新诗戏剧化"，以戏剧入诗或突出诗的戏剧性表现[2]65-72；二是强调对历史作颠覆性的反思。④这两个层面的"戏剧性"都反映出袁可嘉把非线性时间观作为新诗现代化的基础，希望新诗一方面能突破直线的、单一的表达方式，形成多层次的诗歌结构，另一方面又能表现出突破线性时间观念的现代历史观。探讨这两个层面的"戏剧性"如何在穆旦诗歌中体现，便可比较深入地研究穆旦诗歌的现代性。笔者认为，穆旦诗歌的"戏剧性"一方面体现在他对于诗歌创作的非线性结构以及对在支离破碎的现实世界中被孤立、被囚禁、被异化的个人内心的多层次的、极富戏剧张力的刻画的追求；另一方面，穆旦诗歌更反映出他强烈的、颠覆线性时间观念的历史反思。过去、现在、将来不再是线性时间流上互不相干的不同时段，它们相互影响，让诗人对过去矛盾、对将来怀疑、对现在执着。

一、非线性时间观与新诗的戏剧性综合

西方现代主义文学通常被认为是在 19 世纪和 20 世纪之交作家对所经历的文化危机所作出的直接反应。启蒙主义时期，在牛顿定律的基础上，自然科学得以充分的发展，因而科学家们普遍认为整个物质世界都可以用一系列抽象原理来解释。时间被认为是"绝对的""数学的"，以线性方式"不与任何外界事物相关而均匀流动的"，这样的时间观正是当时崇尚科学及抽象原理心理的反映，更表现出如黑格尔在其著作中所表述的坚信历史进步论的观念。[6]37-40 然而，19 至 20 世纪之交，特别是第一次世界大战之后，战争的残酷摧毁了人们对科技以及物质文明进步的信心，而对时间这一概念的理解也随之发生了变化。哲学家们为了证明科学并不是表现现实的唯一方法，推翻启蒙时期的科学决定论，都努力"把抽象概念与具体感受的流动完全区分开"，因而尽管他们提出的理论各不相同，如伯格森（Henri Bergson）的"真实的绵延"（real duration），詹姆斯（William James）的"意识流"（stream of consciousness），布拉德雷（F. H. Bradley）的"直接经验"（immediate experience）和尼采（Friedrich Nietzsche）的"混乱的感觉"（chaos of sensations），这些哲学家都认同一个观点，即现实世界并不能以静态的、抽象的科学原理来解释，而需要专注于动态的感受与经验。[7] 这样的思想反映一种与启蒙时期线性时间观（linear tempo-rality）相对的非线性时间观念（non-linear temporality），反映在现代主义文学中，便是按时间顺序的线性叙事结构被非线性的、多层次的结构所替代，作家们也因此更多地关注描写具体的、变化中的经历和感受，在作品中探索"多层次的意识状态"，或者转向内心，专注于抒写个人的自我审视、反省与挣扎。[8] 这种多层次的结构用弗兰克（Joseph Frank）的话说，便是"空间形式"。弗兰克在其论文《文学的空间形式》中提出现代主义文学一反线性时间逻辑，注重并置的、分裂的、非线性的文学结构，让文学作品呈现出"空间形式"，如庞德对意象的定义以及艾略特的《荒原》都是这一文学"空间形式"的代表作。[9]

袁可嘉在其"新诗现代化"的理论中提出西方现代主义诗歌在各个方面都"显示出高度的综合的性质"，因此中国的新诗也需要一个"现实、象征、玄学的新的综合传统"[3]14-15，而支持这一理论的正是在袁可嘉看来对现代主义诗歌创作至关重要的非线性时间观。在《诗与民主》一文中，袁可嘉提出"直线的运动"已无法应付"奇异的现代世界"，因此诗歌从浪漫主义发展到现代主义是从"抒情的进展到戏剧的"，现代主义诗歌要运用"曲折、暗示与迂回"的表现方式，"放弃原来的直线倾泻而采取曲线的戏剧的发展"[2]88-89。

要达到诗歌戏剧化，间接性地表达曲折变易的"感觉曲线"，袁可嘉提出诗人可以运用意象以及艾略特所提出的"想象逻辑"和"客观对应物"进行诗歌创作。诗人通过"想象逻辑"可以对全诗结构进行组织安排（sense of structure through logic of imagination）⑤[3]27，"客观对应物"则可让诗人避免平铺直叙而选择与思想或情感对应的具体事物作表达，这种方法特别能加强诗歌的戏剧性，因为这样便不会直线地表达单一的情感，而是把不同的甚至是相对抗的情感融合在一起来表现人类情感的复杂性，使诗歌以多层次的结构展开[10]131。针对当时诗坛占主导的情感泛滥、表现单一的诗歌潮流，袁可嘉根据艾略特在《传统与个人才能》一文中提出的"非个性化"的观点，要求新诗也能做到如艾略特所说的"不是放纵感情，而是逃避感情，不是表现个性，而是逃避个性"[11]10-11。艾略特倡导"逃避感情""逃避个性"并不是完全去除感情与个性，而是主张在诗中戏剧化地表现情感，把正反两种感情，如"一种对于美的非常强烈的吸引和一种对于丑的同样强烈的迷惑"，结合在一起而产生"新的艺术感情"[11]9-10。袁可嘉"新诗现代化"理论的重要观点之一也是要求在诗作中戏剧化地表现情感，这种戏剧化使得诗作具有非线性的结构，成为"包含的诗"，"包含冲突、矛盾，而像悲剧一样地终止于更高的调和"[2]78。

为了用具体的实例来更好地印证他所提出的理论，袁可嘉在《新诗现代化》一文的结尾处引用和分析了穆旦的《时感四首》中的第四首，并进一步强调了"para-dox"的运用（意指矛盾与冲突）在现代诗歌中的重要性[3]14。穆旦在这首诗中写道：

> 我们希望我们能有一个希望，
> 然后再受辱，痛苦，挣扎，死亡，
> 因为在我们明亮的血里奔流着勇敢，
> 可是在勇敢的中心：茫然。
>
> 我们希望我们能有一个希望，
> 它说：我并不美丽，但我不再欺骗，
> 因为我们看见那么多死去人的眼睛
> 在我们的绝望里闪着泪的火焰。
>
> ……
> 还要在这无名的黑暗里开辟起点，
> 而在这起点里却积压着多年的耻辱：

冷刺着死人的骨头，就要毁灭我们一生，

我们只希望有一个希望当作报复。[1]222

袁可嘉把这首诗看作是新诗新的综合传统的杰出代表，因为穆旦"并不采取痛苦怒号的流行形式"，而是把情感与思想结合为一体来控诉黑暗的现实，因此"绝望里期待希望，希望中见出绝望"这两支"Paradoxical的思想主流"相互渗透在诗的每一节中，突出了诗歌综合的效果[3]19。这样的综合是戏剧性的，因为整首诗成功地把矛盾的情感与思想糅合成"新的整体"，以非线性的、多层次的结构表现复杂的、强烈的甚至有冲突的情感，而这样的结构也正体现了弗兰克所谓的"空间形式"。正如艾略特在《形而上的诗人》一文中所说的，现代人的经历是"混乱的，不规则的，支离破碎的"，而诗人却要时时刻刻在其脑海中让看似不相关的经历形成"新的整体"[12]246—247，现代主义诗歌也正是以"空间形式"把看似不和谐或不相干的事物、情感整合在一起，使诗作有更为戏剧性的表现形式。

"空间形式"在穆旦1940年代的诗歌中有较为集中的体现。如描述城市的现代生活的诗《绅士和淑女》，便是以想象逻辑与空间架构把碎片式的现代体验结合成一体，以这首诗的部分为例：

绅士和淑女，绅士和淑女，

走着高贵的脚步，有着轻松愉快的

谈吐，在家里教客人舒服，

或者出门，弄脏一尘不染的服装，

回来再洗洗修洁的皮肤。

绅士和淑女永远活在柔软的椅子上，

或者运动他们的双腿，摆动他们美丽的

臀部，像柳叶一样的飞翔；

不像你和我，每天想着想着就发愁，

见不得人，到了体面的地方就害羞！

哪能人比人，一条一条扬长的大街，

看我们这边或那边，躲闪又慌张，

汽车一停：多少眼睛向你们致敬，

高楼，灯火，酒肉：都欢迎呀，欢迎！

诸先生决定，会商，发起，主办，

夫人和小姐，你们来了也都是无限荣幸，

只等音乐奏起，谈话就可以停顿；

而我们在各自的黑角落等着，那不见的一群。[1]267

在这首诗中，穆旦把看似不相关的生活场景联接、并置，描述了两种截然不同的城市生活，一种以"绅士和淑女"为代表，而另一种以"我们"为代表，展现了"绅士和淑女"的极度奢侈的生活与"我们"这"不见的一群"在生活底线痛苦挣扎的强烈对照。整首诗以讽刺的口吻以及平行的空间架构展示了城市生活的整体面貌，诗人则在诗的最后对这两种生活态度都作出了批判及劝诫，要求我们的下一代"别学我们这么不长进"，讽刺地敬祝绅士和淑女们"一代代往下传"但"千万小心伤风，和那无法无天的共产党，/中国住着太危险，还可以搬出到外洋！"[1]268

通过意象或客观对应物的运用，将不同场景、不和谐的甚至有冲突的情感交错杂糅在一起，是强化诗歌空间化的非线性结构和戏剧性表达的一种有效的方式；在诗中以戏剧的表现形式，运用多种声音或者角色则更能加强诗歌的戏剧性综合效果。艾略特的《荒原》作为西方现代主义诗歌的代表，一反过去诗歌传统中运用一种声音的"独白式"（monologic）结构而转向"小说式"（novelistic）的，通过结合不同声音来表现出如巴赫金所称的"众声喧哗"的特质[13]。这种具有多种声音、多层次表述的"小说式"结构与袁可嘉所称的"戏剧性"极为相近，穆旦的《防空洞里的抒情诗》则是这一类新诗戏剧化追求的代表作品。在这首诗中，穆旦运用了独白和对话的方式展现了"众声喧哗"与"多音杂响"，用"戏剧性抒情"的方式展示在战争背景下防空洞中"两种声音的尖锐对立"，一是以"他"或"人们"为代表的大众的声音，他们不关世事、浑浑噩噩地在凡俗小事中得过且过，而与之相对的则是"我"的声音，诗中的"我"既"身在其中又心在其外"，时时思索、体味着生命的悲苦[14]33-35。

让这首诗的非线性结构更为突出的，除了以多种声音入诗、多层次地展现防空洞这一具体的地理空间的情状之外，还有诗人对"我"的心理空间和内心挣扎的深层探索。这一心理与想象的空间在诗中是以缩进的两个小节来表现的，而穆旦在诗歌的格式上有意设置缩进，可见他对非线性结构的特别重视，使这两个表现"我"的内心世界、思维想象的小节既成为整首诗不可或缺的一部分又突出其与诗中所设定的防空洞的空间相隔、相左的特点。看着防空洞中人们"黑色的脸，黑色的身子，黑色的手"，"我"的思绪从防空洞中离开进入想象的空间，穆旦写道：

炼丹的术士落下沉重的

眼睑，不觉坠入了梦里，

无数个阴魂跑出了地狱，

悄悄收摄了，火烧，剥皮，

听他号出极乐国的声息。

看，在古代的大森林里，

那个渐渐冰冷了的僵尸！[1]49

    缩进的格式让这一节诗显示出转变，这一转变不仅是从现实到想象空间的变化，更是在时间维度上从当下穿越到古代，这想象中的远古时空更是与现实中预示安全与防护的防空洞形成强烈反差，充斥着阴暗、恐怖的意象，用"地狱""阴魂""僵尸"等暗示着痛苦与死亡。回到现实，"我"发现更可怕的是现实社会的同化作用，让"我"也有可能"染上了黑色，和这些人们一样"。为了抵制这磨灭个性的同化作用，诗歌再次回到想象空间，虽然痛苦依旧，却听到了战斗的呐喊，"毁灭，毁灭"！穆旦在诗中通过对想象中远古时空的描述，映射了现实中个人内心世界的挣扎与搏斗，整首诗的戏剧性表述更是在诗的最后一节达到高潮："胜利了，他说，打下几架敌机？/我笑，是我。"这一简短的对话，让读者发现这首诗虽然设置在战争的背景之下，然而其真正关注的却并不是现实中敌我双方的战斗，而是自我的搏斗，是寻求保持独立与个性的自我战胜被社会同化的自我的战斗，"我"成为分裂的个体，既是这场战争的胜利者，也是失败者，诗最后写道："我是独自走上了被炸毁的楼，/而发现我自己死在那儿/僵硬的，满脸上是欢笑，眼泪，和叹息。"[1]50

    袁可嘉在《新诗戏剧化》一文中提出诗的戏剧化至少有三个方向，一是较为内向的作者，他们"努力探索自己的内心，而把思想感觉的波动借对于客观事物的精神认识而得到表现"；二是较为外向的作者，他们利用"机智，聪明及运用文字的特殊才能"把诗作的对象描绘、表现出来；三是"干脆写诗剧"。[2]69-71穆旦这位在新诗"现代化"追求上做得最为彻底的诗人，可以说是一位"内向"的作者，在诗歌的"戏剧性综合"方面，除了尝试多层次的、空间化的甚至小说式的"众声喧哗"的诗歌结构之外，更主要的是专注于探索与外部的现实社会空间相对照的个人的心理空间以及在此心理空间中自我的分裂与搏斗。在下一节探讨穆旦诗歌的现代性追求中，笔者将着力从穆旦诗歌表现内心的挣扎、矛盾的角度，以艾略特的荒原作借鉴，讨论穆旦诗歌的戏剧性追求。

二、自我搏斗："冲出樊篱"、直面荒原

    "九叶"之一诗人唐湜在《穆旦论》中称艾略特的《荒原》是"现代诗最典型

的代表",描述的是现代与过去之间、"两种文化"以及"新旧传统间的悲剧",但大多数的中国诗人无法像艾略特这样,因为他们"忽略了诗人自己所需要完成的一种自我发展与自我完成"[3]337-338。唐湜认为穆旦是"中国少数能作自我思想、自我感受"的诗人,在诗中表现出一种"生命的肉搏",一种"深沉的生命的焦灼",因而"自我分裂与它的克服"成为穆旦诗作中一个"永无终结的过程"。唐湜同时特别指出穆旦的诗歌与艾略特的关系,称他的《防空洞里的抒情诗》与《五月》展现出"两种风格的对比",正如艾略特的《荒原》一样。[3]337-339因此,在讨论穆旦诗作中对个人生存状况的思索以及对内心世界的探求之前,也有必要进一步对艾略特的《荒原》作一些介绍与讨论。

艾略特的长诗《荒原》发表于第一次世界大战之后的1922年,通过对战后社会的荒凉现实以及对分裂的、异化的现代经历的描述,揭示了西方整个文明的瓦解⑥。运用"客观对应物"的手法,艾略特以各种形式把历史、典故、神话、文学作品等与现实生活交织在一起,展现了人类文化的传统与境遇。作为诗人,艾略特认为"对诗人最有利的不在于有一个美丽的世界去刻画,而在于有能力看到美与丑背后的东西,看到寂寥、恐怖和辉煌"[15]55。因此,在《荒原》中,艾略特揭示了现代社会中"异位化与非人化"(dislocating and dehumanizing)的力量,使得现代社会成了一个"空心人的世界,以内在的空白思考外在的空白",而"荒原"这一中心意象便同时映射了两个空间的现代体验,获得了内外双重的喻意,它既代表了外部世界中黑暗的现实与文明的瓦解,同时也代表了个人在面对自己的情感与精神危机时内心世界中"戏剧化的个人意识"(dramatization of individual consciousness)[15]57。

《荒原》展现了现代人的生存状况,一种支离破碎、百无聊赖的现代时间体验,现实社会是"非真实的",如"虚幻的城市",但这外部世界的"荒原"也正是现代人内心世界的"荒原"的表现,现代人的自我更是分裂的,这些自我呈现在诗中纷繁复杂的各个人物与角色中,如索梭斯特里斯太太、独眼商人、弗莱巴斯、泰瑞西士和渔王等等。然而在诗后的注释中,艾略特特别提到了泰瑞西士,称他"虽然仅是一个旁观者,不是戏中'角色',却是本诗中最重要的人物,他贯穿所有其他人物"[16]108。如此看来,在看似毫无中心的诗歌的各种声音背后,却也隐藏着一个贯穿始终的、戏剧化的声音。这一声音所要指出的是现代人的囚禁:

> 我听到钥匙
> 在门上转动了一次,只转动一次
> 我们想起了钥匙,每个在监狱里的人
> 都想起钥匙,只是到夜晚时分每个人

才证实一座监狱，虚无飘渺的传说
才把疲惫不堪的科利奥兰纳斯复活片刻[16]102

　　这里艾略特引用《神曲》中乌哥利诺听到"钥匙"的转动之声而意识到自己与孩子们被监禁而将饿死的典故⑦，揭示了现代人被囚禁、被隔绝的生存状况。如果说艾略特刻意地把诗人的个性与自我分散于诗中各个人物与角色之中，那么这些分散的却又相互关联的人物与角色正是诗人自己内心的分裂与斗争的表现，诗人借助这各种声音间接地表达出既对囚禁绝望，又渴望着解禁的心声，而对艾略特来说唯一的出路便是寄托于信仰，寄托于上帝。

　　在穆旦的诗中，人类在现代社会中的生存状况如艾略特在《荒原》中描述的一样，也是被隔绝、被囚禁的。在《隐现》中，穆旦写道："当人从自然的赤裸里诞生/我要指出他的囚禁"[1]237，而这种囚禁在穆旦的诗中更明确地指向了其时间性。在《牺牲》中，穆旦把现在与未来并置、对照，而人类感受的时间体验已不再是按线性模式自行流动的了。人们发现：

　　　　一切丑恶的掘出来
　　　　把我们钉住在现在，
　　　　一个全体的失望在生长
　　　　吸取明天做它的营养，
　　　　无论什么美丽的远景都不能把我们移动；
　　　　这苍白的世界正向我们索要屈辱的牺牲。[1]249

　　如果说《荒原》通过运用历史、典故、神话等暗示了一种停滞的时间体验，即所谓的"毫无任何希望转变的永久的现在"[17]，那在这首诗中，穆旦则更明确地指出"丑恶"的"现在"的永久性，任何对未来、对进步、对变化的憧憬反而更加强了人们的失望与绝望，就好像乌哥利诺那样需在囚禁中目睹自己的死亡。同样在《三十诞辰有感》中，"现在"存在于"过去和未来两大黑暗间"，而且是"不断熄灭的"、时时"崩溃"的，人被困于此，自我分裂，更"在每一刻的崩溃上，看见一个敌视的我"，这分裂、破碎的自我唯有目睹自己"跟着向下碎落""化为纤粉"。[1]228

　　在穆旦的诗中，人类的囚禁往往是出于现代文明对自然的背弃，而现代文明不仅仅是以永久性的、崩溃的"现在"为代表，更是具体地以"八小时"这一现代时间概念来展现的。《线上》写出了现代时间与自然的隔绝以及人类在这现代时间中的困顿："八小时躲开了阳光和泥土，/十年二十年在一件事的末梢上，/在人世的吝啬里，要找到安全"，而人在这样周而复始的"八小时"的现代时间的限制中，便连"自我"也无处找寻了，剩下的只是：

> 那无神的眼！那陷落的两肩！
> 痛苦的头脑现在已经安分！
> 那就要燃尽的蜡烛的火焰！
> 在摆着无数方向的原野上，
> 这时候，他一身担当过的事情
> 碾过他，却只碾出了一条细线。[1]177

人"从自然里诞生"之初，本可以在"摆着无数方向的原野上"自由发展，却旋进了世俗人生，使得人们"在约定俗成中完成人生"，因此这代表现代文明中的时间体验的"八小时"便成为使人类的"生命活力的丧失和人生理想的蜕化"的力量[18]180−184，也是现代文明的"制度化时间"对"生命异化的根源所在"[19]199。诗人在诗的开篇称"人们说这是他所选择的"，也许在无所不在的社会习俗的"儒化作用"下这种选择更揭示了人的无从选择的困境[18]184，但诗人所要强调的却不仅仅是现代社会、现代时间对人的囚禁，而更重要的是从外界世界转到内心，揭示人类自我的囚禁。梁秉钧提出穆旦的很多诗作都"强调自我的破碎和转变，显示内察的探索"[4]43−44，其中《我》是探索人与自然隔绝，经受囚禁又渴望"冲出樊篱"的代表作。在诗中，人类与自然的隔绝以"从子宫割裂"，人的诞生为标志，而人的囚禁也从此开始。诗人一语双关地指出人的生存状态："永远是自己，锁在荒野里。"这一句点出了"自我"在外部世界的"荒野"中的囚禁，同时也暗示人类一出生便是"残缺"的，而这已"残缺"的自我在离开"子宫"的那一刹那，早已裂变成琐碎的自我的化身，人类内省的时候才发现自己竟也是被这"幻化"的自我囚禁着：

> 遇见部分时在一起哭喊，
> 是初恋的狂喜，想冲出樊篱，
> 伸出双手来抱住了自己。
>
> 幻化的形象，是更深的绝望，
> 永远是自己，锁在荒野里，
> 仇恨着母亲给分出了梦境。[1]86

在诗中被囚禁的"我"想"冲出樊篱"，遇见"部分"时以为可以弥补自己的残缺，完成自我、超越自我，却发现"没有什么抓住"，有的只是"幻化的形象"和无法逃脱的"更深的绝望"。人类被永远"锁在"外部世界、现代文明的"荒原"，转向内心却发现更无奈的是永远被困在内心的自我搏斗、自我挣扎中，无法挣脱"自我"的樊篱。

写于1940年的《还原作用》以身陷在"污泥里的猪"被迫直视自己"变形的枉然"为意象，描写了青年一代在社会"还原作用"的力量压迫下挣扎在美梦破碎之后的现实中。这首诗以"污泥里的猪梦见生了翅膀"渴望飞出泥潭开篇，却又马上把它从梦境唤回现实，让它在醒来时只能"悲痛地呼喊"。在开篇第一节诗中，穆旦便用梦境与现实的强烈对照给整首诗定了基调。正如艾略特在《荒原》中揭示现实世界的丑恶与空虚一样，穆旦在这首诗中也着重描绘了社会的黑暗与其异化的力量：

> 胸里燃烧了却不能起床，
> 跳蚤，耗子，在他身上粘着：
> 你爱我吗？我爱你，他说。
>
> 八小时工作，挖成一颗空壳，
> 荡在尘网里，害怕把丝弄断，
> 蜘蛛嗅过了，知道没有用处。
>
> 他的安慰是求学时的朋友，
> 三月的花园怎么样盛开，
> 通信联起了一大片荒原。[1]85

穆旦在诗中特别强调了表达的间接性与戏剧化，运用了一系列的意象，创造出多种近乎丑恶而非诗化的角色，如跳蚤、耗子、蜘蛛等来展示现实世界的严酷，并通过"花园"与"荒原"两个相反相成的意象进一步揭示了现实与梦境的巨大落差。穆旦三十多年后曾给一位读者解释过自己当时写这首诗的想法，他说这首小诗"表现旧社会中，青年人如陷入泥坑中的猪（而又自认为天鹅），必须忍住厌恶之感来谋生活，处处忍耐，把自己的理想都磨完了，由幻想是花园而变为一片荒原"[20]212。这里诗中的"荒原"如艾略特在他的代表作中一样，不仅是衰败、萧条的现实境况的写照，更重要的是它代表了现代人的"思想状态"以及残酷的"现代机械的日常生活"给人的精神生活所带来的侵蚀。[15]58正是在这精神的荒原中，人类的一切被腐蚀殆尽，只剩下"一颗空壳"。诗的最后一节点出了整首诗的主题，以"看出了变形的枉然"揭示现代社会的"还原作用"：

> 那里看出了变形的枉然，
> 开始学习着在地上走步，
> 一切是无边的，无边的迟缓。[1]85

"还原作用"这一主题一方面直接指向外部世界，意在批判社会现实中碾碎梦想、磨灭个性的力量；可另一方面，如"荒原"的双重意义一样，我们亦可把它看作是一种向内的自省，在经历忍耐、妥协、小心翼翼、举步维艰之后才发现所剩的只有内在的"空壳"和外在的"荒原"，那么"还原作用"更应该是一种还原自我的力量。这种力量不在梦境中的天上，因为美梦终将破碎，而在现实的地上，因此诗的最后两句凸显了一种新的人生态度，那是抛弃所谓挣脱现实的梦想，踏踏实实地"开始学习着在地上走步"，勇敢地去面对荒原，也许这荒原"无边"、过程"迟缓"，但毕竟这是一种植根于现实、直面人生、还原自我的积极的人生态度。

艾略特在《荒原》最后写下了这样的诗句："我坐在岸边/垂钓，身后是干旱荒芜的平原/我是否至少该把我的国家整顿好?"[16]103这里的"我"坐在岸边，一面是水，一面是荒原，就好像处于毁灭与重生的中间地带，但是"我"是背对荒原的，并没有积极地去改变什么，即使觉得"我"有责任"把我的国家整顿好"，可并无建树，有的只是"用来支撑自己以免毁灭的零星断片"[16]103。于是，"我"只是在岸边"垂钓"，等待荒原的重生、文明的重建。身处1940年代战乱中的中国，穆旦的内心无法达到垂钓者的平静，如《在旷野上》这首诗中，当"心的旷野"与现实中"绝望的色彩和无助的夭亡"相碰撞，诗人写出了内心难以抑制的挣扎与激荡："我久已深埋的光热的源泉，/却不断地迸裂，翻转，燃烧。"[1]75穆旦这位"生命的肉搏者"，的确善于在诗中运用矛盾与冲突的情感，刻画分裂、幻化的自我，然而最为可贵的是他不仅仅止于此，而是努力正视现实世界如"可怕的梦魇"般的"一切的不真实"，追求成为"那永不甘心的刚强的英雄"，于是穆旦写道：

> 人子啊，弃绝了一个又一个谎，
> 你就弃绝了欢乐；还有什么
> 更能使你留恋的，除了走去
> 向着一片荒凉，和悲剧的命运![1]163

现实世界让人不断希望又不断幻灭、经历无穷的绝望，然而穆旦不愿背对"荒原"等待救赎，他要的是直面"荒原"，勇敢地"向着一片荒凉，和悲剧的命运"走去。穆旦的诗作关注个人在现实中的处境，特别是个人被现实、被自我囚禁的命运，通过对自我在希望与绝望间挣扎的焦灼与痛苦的描绘，戏剧化地展现了个人的内心世界。在这挣扎与矛盾之外，诗人所透露的那种直面现实的坚定与勇敢值得敬佩。

三、颠覆性的历史反思：循环历史与永恒轮回

前文提到袁可嘉提出的"新诗现代化"理论追求一种"戏剧性的综合"，而"戏剧性"不仅是讲究诗歌的戏剧化表达，更暗含了一种颠覆性的历史反思。袁可嘉指出对于现代作家来说，要表现复杂的、令人目眩的现代体验，唯有用"极度的扩展"与"极度的浓缩"两种手法，前者"表现于乔伊斯（Joyce）在《尤利西斯》中以 25 万字的篇幅描写一天平常生活"，而后者则以艾略特用"寥寥四百行反映整个现代文明"的《荒原》为代表。[3]21 这两种手法是现代主义文学"新的综合"传统的例证，而这样的综合不仅着眼于现在、着力反映"现实世界的感觉思维"，更与过去、未来紧密联接，把跨越各个时间维度的"历史、记忆、知识、宗教"以及"众生苦乐""个人爱憎"结合在一起。[3]21 袁可嘉的表述反映出他对于时间、历史的思索以及对线性时间观的反驳，强调过去、现在、未来之间的流动性与相互渗透。袁可嘉欣赏、推崇的艾略特在《传统与个人的才能》一文中也表达了相似的观点，在文中艾略特提出了他对于历史意识的理解：

> ……历史的意识又含有一种领悟，不但要理解过去的过去性，而且还要理解过去的现存性，历史的意识不但使人写作时有他自己那一代的背景，而且还要感到从荷马以来欧洲整个的文学及其本国整个的文学有一个同时的存在，组成一个同时的局面。这个历史的意识是对于永久的意识，也是对于暂时的意识，也是对于永久和暂时结合起来的意识。就是这个意识使一个作家成为传统性的。同时也就是这个意识使一个作家最敏锐地意识到自己在时间中的地位，自己和当代的关系。[11]2-3

艾略特在这里提出的"历史意识"反映的正是一种非线性的历史观，强调过去与现在的辩证关系以及他们的相互作用与渗透。⑧更重要的是，对于艾略特来说，过去是以一种完美的形式而存在的，是灵感的来源，因而诗人要认识到"过去因现在

而改变正如现在为过去所指引"[11]3，并在诗作中追求如他在《四个四重奏》中所写的"时间有限与无限的交叉点"[16]266。

以穆旦、袁可嘉为代表的九叶诗人在诗歌创作与理论方面受艾略特的影响颇深，但由于所处的时代与历史背景的不同，他们对于时间的思考、历史的反思与艾略特还是有很大的不同。尽管他们在作品与文论中也反映出与西方现代主义思潮相吻合的非线性时间观念，但艾略特在他的诗作中希望把过去转变成神话，创造一个"超越历史的事件"（transhistorical event），以达到"超越有时限的现实而追求永恒"的目的[21]115-118，而对于身处在战乱中的中国，作为中国新诗的新生代的九叶诗人们，完全取消时间的限定，超越历史、追求永恒却并不可能。他们心系国家的命运，因而对于他们自己在时间、历史中的位置与作用也特别关注。

《中国新诗》序言的开篇第一句就点出了他们强烈的时间意识："我们面对着的是一个严肃的时辰。"[3]366这个"严肃的时辰"处于过去与未来之间，是深深地植根于现在的时刻，但这"现在"的时刻却是压抑的，于是在穆旦的《海恋》中，我们看到这样的诗句，"我们已为沉重的现实闭紧"，在压制一切的残酷的力量下，"比现实更真的梦，比水/更湿润的思想，在这里枯萎"[1]186。现实之所以充满痛苦往往是由于传统在现实中的持续作用，因此过去与历史在穆旦的诗歌中常常是现实痛苦的根源，在历史的重压下，诗人提出了他的《控诉》："这是死。历史的矛盾压着我们，/平衡，毒戕我们每一个冲动。"[1]133历史是压制我们的黑暗势力，必须被摒弃、被拒绝。这里所反映出来的反历史、反传统的思想可以追溯到五四时期，但五四文人对传统的决绝的否定是建立在线性历史观上的，有着强烈的与一切传统决裂、以新代旧的欲望[22]158-159，而穆旦等九叶诗人却清醒地意识到过去、现在、未来的同时性与相互作用，因而他们对历史也有更为复杂的态度。正如保罗·德曼（Paul de Man）所说，现代性本身就是对历史的否定，但与此同时，要想真正地达到一个崭新的起点，还必须了解与掌握历史。[23]150因此，在另一些诗作中，历史不再是压制一切的残酷力量。穆旦在《森林之魅》中写道："没有人知道历史曾在此走过，/留下了英灵化入树干而滋生。"[1]214这里历史是滋润万物，孕育新生的力量。在《饥饿的中国》里，诗人更是把昨天、今天、明天这三个时间概念直接放入诗中，"昨天"是过去，象征着"理想"，"是田园的牧歌"，而"明天"是未来，象征着希望，因为"昨天"这"和春水一样流畅的日子，就要流入/意义重大的明天"[1]231。可见，跟艾略特在《荒原》中把过去神话化，希望以此来填补现实中精神世界的贫瘠不同，穆旦对于过去与历史的看法更为复杂，历史既可以压制现实又可能孕育未来，这种矛盾却让诗人更坚定地关注于现在，立足"现在"以进一步思索时间、反思历史。

穆旦诗作的"现在"是以非线性的时间概念出现的。"现在"因有过去的持续作用而可能成为压制、禁锢人类的力量，而这种压制与禁锢同时又使得与过去的决裂或向未来的进步变得困难重重，正如我们前文提到的，"现在"暗示了时间的停滞，让人们在现实中永远挣扎于希望与绝望之间。与此同时，"现在"又表现出与时间的割裂的特质，穆旦在诗中写道："今天是脱线的风筝/在仰望中翻转，我们把握已经无用，/今天是混乱，疯狂，自渎，白白的死去——"[1]231 在这里，时间断裂了，"现在"与过去与未来脱离，在"混乱"与"疯狂"中失去了中心与方向。这让我们不得不联想到里尔克在《旗手克里斯多夫·里尔克的爱与死之歌》中所说的，"没有昨日，没有明日；因为时间已经崩溃了。他们从它的废墟里开花。"[24]55 这种"时间已经崩溃"的感觉在穆旦的《玫瑰之歌》中也能找到。这首诗分为三个部分，第一部分以充满希望的口吻写了"一个青年人站在现实和梦的桥梁上"希望"寻找异方的梦"，然而第二部分的标题提醒我们，"现实的洪流冲毁了桥梁，他躲在真空里"。正是因为感受到时间的崩溃，现实才变得如真空一般，"什么都显然褪色了，一切是病恹而虚空，/……当我想着回忆将是一片空白，对着炉火，感不到一点温热。"[1]68-69 一切都是虚空，连记忆都将是空白，人所能感受到的正是里尔克所谓的时间的崩溃，"没有昨日"也"没有明日"。

这种对时间的断裂、崩塌的感觉让大多数的九叶诗人在诗作中表达出对现在的关注、对未来历史进步的渴望，而唐祈的《时间与旗》说出了他们的心声："过去的时间留在这里，这里/不完全是过去，现在也在内膨胀，/又常是将来，包容了一切。"[25]237 "现在"在诗中与过去、将来同时存在，一方面从过去的废墟中开出花来，另一方面又孕育着将来的进步，是一个真正的有转变性的时刻，而这一时刻在唐祈的诗的最后空间化成一面"人民的旗"，预示历史的进步、人民的胜利。

在穆旦的诗中，诗人有时也表露出对未来的希冀，如在《玫瑰之歌》的第三部分，穆旦发出了这样的呼喊："突进！因为我看见一片新绿从大地的旧根里熊熊燃烧，/我要赶到车站搭一九四〇年的车开向最炽热的熔炉里"，因为他看到"一颗冬日的种子期待着新生。"[1]70 用"一片新绿""冬日的种子"等意象以及"突进！"的呼喊，穆旦表现出对变化的美好期许，然而第三部分以疑问句式"新鲜的空气透进来了，他会健康起来吗"做标题，以替代常用的肯定句式，让我们又看到了作者对进步与变化的怀疑。

在他的长诗《隐现》中，穆旦也运用了种子的意象，然而这里的种子已不再"期待着新生"。穆旦写道："生活变为争取生活，我们一生永远在准备而没有生活，/三千年的丰富枯死在种子里面而我们是在继续……"[1]243 "种子"在这首诗中没有任何生长的迹象，有的只是枯死与毁灭。三千年，年复一年，我们如同这从不生长的种子一样，永远处于准备的过程却永远无法真正地掌握生活，让我们觉得

"生活着却没有中心"，我们永远被禁锢着并在禁锢中迷失，如诗的开头所写，"现在，一天又一天，一夜又一夜，/我们来自一段完全失迷的路途上，/……说不出名字，我们说我们是来自一段时间，/一串错综而零乱的，枯干的幻想。"[1]234 时间在诗中被空间化、比喻成一段路途，而这段路途是迷失的，充满"错综而零乱的，枯干的幻想"，而我们在路上的经历则是充满了矛盾的体验，"有一时候相聚，有一时候离散，/有一时候欺人，有一时候自欺，/……有一时候相信，有一时候绝望"，于是诗人指出"我们摆动于时间的两级，/但我们说，我们是向着前面进行。"[1]234-235 "向着前面进行"这种历史进化论般的思想在这儿被诗人视作是我们幼稚的、一厢情愿的看法，诗人继续写道：

> 那曾经有过的将会再有，那曾经失去的将再被失去，
> 我们的心不断地扩张，我们的心不断地退缩，
> 我们将终止于我们的起始。[1]236

在穆旦看来，历史的进程并非直线向前，而是一个循环的过程，是缺乏变化和进步的，如诗中所说"我们终将止于我们的起始"。在《裂纹》中，穆旦进一步强调了进步的不可能性："四壁是传统，是有力的/白天，扶持一切它胜利的习惯。/新生的希望被压制，被扭转，等粉碎了他才能安全。"[1]170 传统被比喻成可怕的围墙，把所有的人牢牢地困住于"现在"，而这是在"时间的两级"的中点、在"过去和未来两大黑暗间"[1]228 的现在，无论是"年轻的"还是"年老的"都无法逃脱现实中传统的力量，只有任由希望被碾碎而看不到任何进步的可能，因为"那改变明天的已为今天所改变"。[1]170 在《诗四首》的第一首中，穆旦开篇便呼喊"迎接新的世纪来临！"，但又马上在接下来的诗句中否定了这一句暗含的希望，并用"一双遗传的手"的意象作比，来点明人类文明与历史的代代相传，历史成为这一双手所画出的图案，里面只有"那永不移动的反复残杀，理想的/诞生的死亡"[1]269。人类历史充满了杀戮、矛盾和绝望，却在一代又一代中循环，重复着同样的轨迹，暴力成了人类历史中"反复无终的终极"。[1]246

面对现实的禁锢与历史的反复，穆旦似乎找到了上帝作为可以依靠的精神力量，如《隐现》中："这一切把我们推到相反的极端，我们应该/忽然转身，看见你/……请你舒平，这里是我们枯竭的众心/请你揉合，/主呵，生命的源泉，让我们听见你流动的声音。"[1]244 在诗中，上帝是救世主，是带领我们挣脱这永久现实的禁锢的主。对于深受艾略特影响的穆旦来说，在诗作中提到上帝并不奇怪，因为宗教的力量也是艾略特在《荒原》中特别关注的。但穆旦对于上帝的态度却是有所保

留的，因为这关系到中国文人一贯面对的两种人生态度间的选择，即选择出世还是入世。如果把一切寄托于上帝，那么便是以出世的态度把自己与现实分隔开来，但穆旦却要入世，要与现实以及他周围人民的疾苦紧密相连。[26]268-269

既然把一切寄托上帝并不是可取之法，那么在不断重复循环的黑暗现实和历史废墟中思索个人与国家境遇的穆旦便必须做出一个决定，而他做决定时所处的情境与尼采在《快乐的科学》中描述的关于"最大的重负"的故事十分相近。尼采假设如果一个恶魔在你最寂寞的寂寞中跟你说："这人生，如你现在这样的生活和曾经生活过的，你将再经历一次，并无数次地经历它；其中没有一件事是新的，但每个痛苦和每个快乐，每个思想和每个叹息，以及你生命中无法言说的一切渺小和伟大的事物，都将再次发生在你身上，而且以相同的顺序和排列发生——甚至这蜘蛛，这林间的月光，这一刻和我自己。人生存的永恒的沙漏将无尽地翻转，而你这微尘也将随之而动！"那么人会有什么样的反应呢？是会诅咒恶魔还是接受这永恒的轮回？[27]194-195尼采把这个"永恒轮回"的想法作为一个"是/还是"（either/or）的问题提出，是对人的生存态度的一个测试，而尼采所推崇的当然是肯定的态度，要求对人生的一切接受与肯定，即使是最艰难的部分。

穆旦所面临的也是一个相似的问题。当暴力成为人类文明的代名词，蔓延到现实的各个角落，当人被困于痛苦、黑暗的现实，循环往复却毫无出路，人们该作何反应？是痛苦绝望还是接受与肯定现实的一切？穆旦的抉择与尼采一样，都相信肯定的人生态度。尼采宣告"上帝死了"，他提出"永恒轮回"是要人们把注意力转向现在和当下而不是幻想上帝的天堂，他更提出"爱命运"（amor fati）这一命题，要求人们能勇于接受现实生活的一切。"爱命运"并不代表完全接受宿命，而是暗示着与命运作抗争的力量，因此"爱命运"也是热爱与命运抗争的机会与结果。[28]199穆旦抱着相同的想法，写下了前文提到的勇敢地直面"荒原"、直面命运的诗句"……走去/向着一片荒凉，和悲剧的命运！"在植根社会现实的《活下去》中，穆旦表现出同样坚定的信念："活下去，在这片危险的土地上，/活在成群死亡的降临中"，因为只有坚持在"无尽的波涛的淹没中"活下去，才有可能在黑夜中"孕育难产的圣洁的感情。"[1]172-173深感国家危亡与时代的召唤，与尼采那样从哲学高度去思索人生、肯定人生不同，穆旦的思想与中国1940年代的社会、政治现实息息相关，因此与命运抗争的态度，特别是要冲破这黑暗现实的无限轮回的决心也更为坚定。在《打出去》中，诗人明确地表现了冲破现实禁锢的决心："现在，一个清晰的理想呼求出生，/最大的阻碍：要把你们击倒，/……最后的清算，就站在你们面前"[1]204。最能体现穆旦的循环的时间与历史观念以及对于打破循环的希冀的是《被围者》，在诗中，时间背离了我们的意愿，形成一个永恒的圆把我们困住：

> 一个圆，多少年的人工，
> 我们的绝望将使它完整。
> 毁坏它，朋友！让我们自己
> 就是它的残缺，比平庸更坏：
> 闪电和雨，新的气温和泥土
> 才会来骚扰，也许更寒冷，
> 因为我们已是被围的一群，
> 我们消失，乃有一片"无人地带"。[1]179

　　把我们围住的时间与历史的圆，在穆旦看来，最终是我们自己的杰作。当我们放弃希望，停止斗争，让绝望占领，这个圆才变得完整。正如诗人在《裂纹》中写的，当"年轻的学得聪明，年老的/因此也继续他们的愚蠢"[1]170时，这种缺乏跟现实作斗争的勇气、软弱地接受现实的态度才让围困我们的圆更为坚固。因此，随着"毁坏它，朋友！"的呐喊，穆旦鼓励大家行动起来，而这行动是建立在肯定人生、摒弃绝望的基础上的。与此同时，要想真正冲出重围，成为这个圆的残缺，人们必须首先接受"永恒轮回"这样的观念，因为梦想一定会被碾碎，而我们不是回到黑暗的深渊就是处在崩溃的峰顶，只有在反复斗争，反复失败，再反复斗争中，只有当我们经历无数次失败甚至死亡，却依旧坚持的时候，这个圆才有可能被破坏。我们这"被围的一群"，只有在肯定我们的囚禁后才能冲破这个牢笼，这个肯定和与之相应的无限循环的、不懈的斗争让我们真正地感受到现实生活的真谛，即生活充满了"丰富，和丰富的痛苦"[1]151，而"现在"就好像罗马神话中的双面神雅努斯那样，一面对着过去，一面望着将来，是一个承载过去又孕育将来的转折的时刻。拥抱现在，拥抱这"丰富，和丰富的痛苦"，才能看到"光明要从黑暗站出来"[1]256，才能真正拥抱现在并改变未来。

四、结　语

　　针对当时诗坛盛行的"说教""感伤"之风，九叶诗人之一袁可嘉在1940年代中期提出了"新诗现代化"的观点，希望建立起新诗的新传统，而这种新传统他在多年后称之为"中国式现代主义"。如果说现代主义诗歌传统发源于西方，那么所谓"中国式现代主义"，正是一种将中西相结合的综合传统，袁可嘉称之为"现实、玄学、象征的新的综合传统"。[3]15这一"新诗现代化"的理论是建立在与西方现代主义思潮与文学相一致的非线性时间观上的，而非线时间观表现在文学中便是以非线性、多层次的结构代替线性叙事，并且更多地专注于具体多变的经历与感受以及个人多层次的意识状态，用袁可嘉的话说，便是"从抒情的进展到戏剧的"[2]88，达到新诗戏剧化。

袁可嘉的"新诗现代化"理论是希望在新诗创作中追求一种笔者所称的"戏剧性综合"（dramatic synthesis），这一"戏剧性综合"一方面是让诗歌以迂回、暗示的方式，突破线性结构，达到多层次的、戏剧性的表达（dramatic expression），而另一方面则是严肃审视自身在历史中的位置，从而对历史作颠覆性的反思（dramatic rethinking）。穆旦作为"最彻底"的新诗现代化的追求者，在其1940年代所创作的诗歌中充分体现了他在时间与空间维度进行诗歌戏剧化探索的努力。"戏剧性综合"在穆旦的诗中，首先表现在他对于诗歌结构以及情感的戏剧化表现的追求。他常常把看似不相关的事物、相反相成的情感甚至多种角色、声音并置在诗中，使得诗歌打破线性模式，呈现一种戏剧化的表现方式，或者用文艺理论家弗兰克的话说，便是让诗歌获得了一种"空间形式"。

袁可嘉的"新诗现代化"理论提出要"接受以艾略特为核心现代西洋诗的影响"[3]20，而穆旦的诗如周珏良在对他的诗评中所说，最能表现"现代中国知识阶级的最进退两难的地位"，他们"虽然在实际生活上未见得得到现代文明的享受，在精神上却情不自禁地踏进了现代文化的'荒原'"[3]319，这里的"荒原"一词正是出自艾略特最著名的长诗《荒原》。因此，在讨论穆旦诗歌现代化追求的同时，以艾略特的《荒原》作为参照，可以进一步对穆旦诗作中"戏剧性综合"最为显著的方面，即对与个人内心世界、心理空间的探索进行深入的探讨。一如《荒原》，个人在穆旦的诗歌中也是分裂的，经受囚禁之苦，内心充满搏斗与挣扎，然而不同于艾略特笔下背对着荒原、较为被动的个人，穆旦追求的是积极直面现实的个人，有勇气直面"荒原"、勇敢地"向着一片荒凉，和悲剧的命运"走去的个人。

在时间维度上，穆旦诗歌的戏剧性追求还表现在其颠覆线性时间观的历史反思上。艾略特在《传统与个人的才能》中反映出非线性的历史观，强调过去与现代的辩证关系以及他们的相互作用，而他的长诗《荒原》不仅以破碎、分裂的形式表现现代文明的崩溃，更希望通过诗歌以完美的过去来拯救分裂、崩溃的现在。与艾略特一样，穆旦也把过去、现在、未来看作是相互作用的甚至同时并存的时间点，但穆旦却希望更多地把目光放在现在与未来。在诗歌中，穆旦常常表达出循环性的历史观，把人类文明所带来的暴力认为是使历史被禁锢在恶性循环之中的主要力量，而人类则需面对被困、被围的生存状态。抱着如尼采所推崇的"爱命运"之肯定的人生态度，穆旦在诗中表现的是对"被围"命运的肯定以及对于冲出重围的决心。

注释：

① 袁可嘉的《新诗现代化》一文也被收入在《半个世纪的脚印——袁可嘉诗文选》，但在本文中笔者选择被收入于王圣思所编的《"九叶诗人"评论资料选》的版本，因为这个版本保留了当时原作中所运用的英文原文，对后文的引用有帮助。

② 袁可嘉的《新诗现代化的再分析——技术诸平面的透视》一文笔者也选择了王圣思所编的《"九叶诗人"评论资料选》中的版本。

③ "中国式现代主义"是袁可嘉在 1980 年代提出的术语，如今已被很多学者在他们关于九叶诗派的著作中广泛运用。例如孙玉石，《中国现代主义诗潮史论》，北京：北京大学出版社，1999，第 2—9 章；刘强，《中国式的现代主义艺术——对九叶诗派及其创作的研究》，《当代作家评论》，1996 年第 6 期，第 86—93 页；王德禄，《九叶诗派：中国新诗历史综合的界标》（上篇、下篇），《贵州社会科学》，1995 年第 6 期，第 51—57 页；1996 年第 2 期，第 67—70 页；蒋登科，《西方现代主义诗歌与九叶诗派的流派特征》，《社会科学研究》，2000 年第 1 期，第 143—147 页，等等。

④ 在英文中，"新诗戏剧化"可译为 dramatization in poetry，而"颠覆性的历史反思"可译为 dramatic rethinking of history。因而，笔者把这两方面结合起来，称袁可嘉提出的新诗"新的综合传统"为"戏剧性综合"（dramatic synthesis），意在用一词把这两方面的思想都能融汇于其中。

⑤ 此处所引用的英文为袁可嘉《新诗现代化的再分析——技术诸平面的透视》中的原文。

⑥《荒原》是艾略特最著名的作品，对中国现代主义诗歌也影响深远。董洪川的著作《"荒原"之风：T. S. 艾略特在中国》对艾略特的作品和诗歌理论在中国的译介以及其在中国的影响与接受作了系统的讨论。参见董洪川，《"荒原"之风：T. S. 艾略特在中国》，北京：北京大学出版社，2004；另外关于艾略特的诗作、文论在中国的传播，可参见张松建《现代诗的再出发：中国四十年代现代主义诗潮新探》，北京：北京大学出版社，2009：35—48。

⑦ 关于此处的用典，请参阅翻译者在当页的注释 4 以及原注第 411 行。参见艾略特：《荒原·艾略特文集：诗歌》，汤永宽、裘小龙等译，上海：上海译文出版社，2012：第 102 页和第 112—113 页。

⑧ 对于艾略特的历史观，笔者认为与詹姆逊所称的"存在历史主义"（existential historicism）相近，是要否定线性的、进化论的历史观而强调一种近乎"超历史的事件"，是通过现在的历史学家的思维与过去某一共时的文化相接触而产生的。

詹姆逊提出存在历史主义可以给所研究的对象极大的"审美体验"，但同时也有理论上的缺陷，因为有时展现出的仅仅是实际经验的罗列而缺乏整体性。笔者在此提到"存在历史主义"，目的是要指出穆旦以及九叶诗派的历史观与此观念在否定线性历史、强调过于与现在的交集与相互作用方面的共同性。关于詹姆逊对"存在历史主义"的阐述，请参阅 Fredric Jameson, The Ideologies of Theory：Essays，1971—1986，Vol. 2 Syntax of History, Minneapolis：University of Minnesota Press，1988。

参考文献：

[1] 穆旦. 穆旦诗全集 ［M］. 李方. 北京：中国文学出版社，1996.

[2] 袁可嘉. 半个世纪的脚印——袁可嘉诗文选 ［M］. 北京：人民文学出版社，1994.

[3] 王圣思. "九叶诗人"评论资料选 ［M］. 上海：华东师范大学出版社，1995.

[4] 杜运燮，袁可嘉，周与良. 一个民族已经起来——怀念诗人、翻译家穆旦 ［M］. 南京：江苏人民出版社，1987.

[5] 唐湜. 新意度集 ［M］. 北京：三联书店出版社，1990：21.

[6] Schleifer, Ronald. Modernism and Time：The Logic of Abundance in Literature, Science, and Culture，1880—1930［M］. Cambridge：Cambridge University Press，2000.

[7] Schwartz, Sanford. The Matrix of Modernism：Pound, Eliot, and Early Twentieth Century Thought ［M］. Princeton：Princeton University Press，1985：19.

[8] Bradbury Malcolm, James McFarlane. Modernism 1890—1930 ［M］. London：Penguin Books，1991：46—50.

[9] Frank Joseph. The Widening Gyre：Crisis and Mastery in Modern Literature ［M］. Bloomington：Indiana University Press，1968：9—12.

[10] 袁可嘉. 论诗境的扩展和结晶 ［M］//论新诗现代化. 北京：生活·读书·新知三联书店，1988.

[11] 艾略特. 传统与个人才能 ［M］//艾略特文集·论文. 卞之琳，李赋宁，译. 上海：上海译文出版社，2012.

[12] T. S. Eliot. The Metaphysical Poets ［M］// Selected Essays：1917—1932. New York：Harcourt, Brace and Company，1932.

[13] Childs Peter. The Twentieth Century in Poetry：A Critical Survey ［M］. London and New York：Routledge，1999：80—81.

[14] 张岩泉. 论"九叶诗派"的抒情表达方式 ［J］. 海南师范学院学报，2001（6）：

30—35.

[15] Weiskel, Portia Williams. On the Writings of T. S. Eliot [M] //T. S. Eliot, ed. Harold Bloom. Broomall: Chelsea House Publishers, 2003.

[16] 艾略特. 荒原·艾略特文集：诗歌 [M]. 汤永宽，裘小龙，译. 上海：上海译文出版社，2012.

[17] Nicholls Peter. Modernisms: A Literary Guide [M]. Berkeley: University of California Press，1995：253.

[18] 张岩泉. 分裂的自我形象与破碎的世界图景——穆旦诗歌研究之一 [J]. 社会科学，2013（11）：177—186.

[19] 马春光. 论穆旦诗歌对现代"异化"个体的抒写 [J]. 中南大学学报，2015（4）：197—202.

[20] 穆旦. 穆旦诗文集：第2卷. [M]. 北京：人民文学出版社，2014.

[21] Leung Ping-kwan. Aesthetic Oppositions: A Study of the Modernist Generation of Chinese Poets，1936—1949 [D]. San Diego: University of California，1984.

[22] Leo Ou-fan. Modernity and Its Discontents: The Cultural Agenda of the May Fourth Movement [M] //Perspectives on Modern China: Four Anniversaries. Kenneth Lieberthal，ed. New York: M. E. Sharpe，Inc.，1991：158—177.

[23] De Man Paul. Literary History and Literary Modernity [M] //Blindness and Insight. Minneapolis: University of Minnesota Press，1983：142—165.

[24] Rilke R M. The Lay of the Love and Death of Cornet Christophe Rilke [M]. M. D. Herter Norton，trans. New York: W. W. Norton & Company，Inc.，1959.

[25] 唐祈. 时间与旗 [M] //王圣思. 九叶之树常青："九叶诗人"作品选. 上海：华东师范大学出版社，1994：237—246.

[26] 蒋登科. 九叶诗人论稿 [M]. 重庆：西南大学出版社，2006.

[27] Nietzsche，Friedrich. Nietzsche: The Gay Science [M]. Bernard Williams，ed. Josefine Nauckhoff，trans. Cambridge: Cambridge University Press，2001.

[28] Thiele Leslie Paul. Friedrich Nietzsche and the Politics of the Soul: A Study of Heroic Individualism [M]. Princeton: Princeton University Press，1990.

——原载《江汉学术》2016年第6期：33—44.

历史"时感"中的"希望"与"控诉"

——论 1945—1948 年间穆旦诗歌创作的精神指向与矛盾

◎徐　钺

摘　要： 1945 年抗战胜利前后，穆旦的诗歌创作曾经历了一个短暂的高峰。但此后不久，诗人却停滞了诗歌写作一年多，专注办报，直至 1947 年初再次提笔，写作《时感四首》并开始又一段较集中的创作。就书写内容来看，穆旦在这几年间的写作大多可用"时感"来概括，但却并不仅仅是与某一具体时段的社会历史现实相关，也与其对战争的回忆及对"战后"的想象相关。从抗战胜利到国共内战，从在"大后方"祈盼新生活的"小职员"到北返、去沈阳创办《新报》，再到 1947 年重新提笔时，诗人的"时感"中大约怀有了这样一种焦虑和质疑：历史是否在循环？当抗战胜利前后诗歌创作中表达的对未来祈盼部分落空，"战后"中国又回到"战时"，穆旦在此时不断生发的"希望"与"控诉"之间既构成了一种矛盾，也构成了战时中国新诗作者一种深刻的、源于经验自省和历史思考的痛苦声音。

关键词： 穆旦；新诗；国共内战；抗日战争；《时感四首》

一、引子：《新报》与作为报人的穆旦

关于抗战胜利后的穆旦，曾任《新报》编辑部主任的邵寄平后来回忆说：

> 穆旦从抗战缅甸前线回国之后，那时他的家在北京，1946 年初却来到当时满目疮痍的沈阳，想替祖国做一番事业。
>
> 在沈阳，他和一位西南联大同学办起一家报纸：《新报》，于 1946 年正式出版。先是四开小报，不久即改成对开大报，是当时东北四大报之一。我开始

在编辑部做他的副手。在这个时期，他很少写诗。《新报》副刊上甚至没有发表过他的文章。[1]

这段叙述将"从抗战缅甸前线回国"和"1946年初却来到当时满目疮痍的沈阳"接续起来，在叙述上是有些奇怪的，显然省略了期间数年诗人在大后方的生活和创作变化。从相对抽象的诗歌转向创办并主编直面时事的报纸，应该与诗人在抗战胜利前后的感知、经验与思考相关，其"通过办报为战后的和平与民主开始新的'探险'，不失为诗人再度搏求的初衷"[2]。但究竟在"想替祖国做一番事业"这一判断下有多少有效性，其"很少写诗"是否是某种艺术或文类上的判断，则需要考量。另外，尽管穆旦在此一时期的发言很少，其赴沈阳办报的事实却涉及很多相关问题，如其在生活和生计上的考虑，如军旅身份在此时的复杂性，如相识于战火中的罗又伦将军的邀约及可能带来的对赴滇缅作战的回忆（此前诗人刚写完《森林之魅》），如诗人自己对未来的判断等。根据李方所编《穆旦年谱》中的资料，邵寄平说《新报》"以敢言、敢揭露黑暗著称，首创《每日谈》《读者来函照登》等栏目，公开针砭时弊，颇惹了不少麻烦。作为总编辑的穆旦"倾向民主，多与俄中友协人士有所接触，他俄文讲得很好，不少人认为他'左倾'或是'民盟'成员"[3]。而在当时，王佐良的判断则是："穆旦并不依附任何政治意识。一开始，自然，人家把他当作左派，正同每一个有为的中国作家多少总是一个左派。但他已经超越过这个阶段，而看出来所有口头式的政治的庸俗。"[4]——王佐良这篇文章最初以英文刊发之时，正是1946年6月，《新报》创刊不久的时候，其判断不能不引起注意。

总的说来，将穆旦视为"左派"的说法是比较被认可的①，但他究竟有没有更具体的态度或介入政治的意图，却不那么清晰。另外，如其南开中学同学赵清华的叙述，从战时"投笔从戎"到战后"只想去从事报业"，穆旦还是"对文学有着浓厚的兴趣"[5]。此一时期固然可能有对生计的担忧，有对时局的失望，但本文以为，就穆旦此时的生活等的具体状况而言，不宜过于拔高其办报而"很少写诗"的历史和思想政治意义。极端的例证，来自60年后的一个访谈，当被问到穆旦去办《新报》"是不是和政治有关时"，杜运燮和赵瑞蕻的妻子杨苡一同给出了这样的回答："和政治无关。他去创办《新报》，一方面是为了谋生，另一方面是为了友情，当时罗又伦极力邀请穆旦去沈阳。"杨苡随后说道："他本人是极希望安定，但实际上很难安定。"在"随时处于失业状态"（江瑞熙语）的情况下，"他后来去办《新报》，或到FAO工作，都是为了谋生，有口饭吃，哪儿有什么历史问题！"[6]本文之所以认为这一例证说法有点"极端"，是因为其赴沈阳甚至办报的决定可能"和政治无关"，但其后来身为报人本身，究竟还是需要社会政治意识的，而且从后来的诗作来看，诗人也关注社会政治生活——"办《新报》"固然是为了"谋生"，但在这谋生过程之中也可能有更多的内容。在后来发表于《新报》周年纪念特刊上的《撰稿和报人的良心——为本报一年言论作总答复》一文中，穆旦谈道："攻击贪污，揭发舞弊，攻击官僚资本，揭发不合理的现象，这些都是本报以十分勇气做过了的。"其发言的核心在于说明"报人"和"当局/政府"之间的摩擦，强调批评的价值、报纸的选择、报人的良心[7]。然而这又何尝不是诗人自己的良心呢？是不是可以说，诗人通过报人的身份，其实也发现了自己面对时代现实的声音呢？

二、"又一个诗歌创作的高峰"中的"希望"与"控诉"

关于穆旦创办及主编《新报》的更多相关细节问题，李方等学者已在《穆旦主编〈新报〉始末》等文中做过研究，本文在此不再赘述。而就本文更为关注的、诗人这段办报时期对诗歌创作方面的影响，李方则论述道：

> 变换视角来看，东北办报无疑是查良铮曲折经历中少有的一段相对稳定的生活。诗人能够获得时间与物质条件，整理修订自己的诗作，于 1947 年 5 月在沈阳自费出版了第二部诗集《穆旦诗集（1939—1945）》，且在 1947 年开始了又一个诗歌创作的高峰。这一年的 1 月到 8 月，诗人先后写出了包括《时感》《荒村》《饥饿的中国》《隐现》等一批现代意识更强烈、内涵更深广、艺术更精湛的诗篇。[2]

从 1945 年底写作的停滞，到"又一个诗歌创作的高峰"，其"相对稳定的生活"肯定是助力之一，不过值得思考的并不只是诗人此一阶段的"稳定"，也有其感知和呈现的与前一时期的对比问题。就文本而言，1947 年 1 月的《时感四首》是诗人暂停诗歌创作一年多之后又一个"高峰"的开始，仍多有辩证的思考和反讽，但情绪显然和 1945 年抗战胜利前夕的作品不同，对战后"一个合理的世界就要投下来"（《轰炸东京》）的感受不见了，而"我们"的"丰富的痛苦"则变得愈发丰富。譬如在《时感四首》的第 2 章中，就出现了这样让人感到熟悉却又非常不同的表达：

> 我们的事业全不过是它的事业，
> 在成功的中心已建立它的庙堂，
> 被踏得最低，它升起最高，
> 它是慈善，荣誉，动人的演说，和蔼的面孔。

这里的"它"几乎就是 1945 年所作《旗》中"旗"的变体②，同样以抽象的身份"升起最高"，引领着"我们"——然而却是"残酷"。诗人以相对冷静的声音说出他的"时感"，以稳定的四行一段、四段一章构成了这首诗统一的质地。袁可嘉后来在《新诗现代化》一文中评论《时感四首》的第 4 章时说："这首短诗所表达的是最现实不过、有良心良知的今日中国人民的沉痛心情，但是作者并不采取痛苦怒号的流行形式，发而为伤感的抒泄；他却很有把握地把思想感觉糅合为一个诚挚的控诉。"[9] 其实何止第 4 章，"控诉"，这个词正是诗人此时声音合适的界定。从第 1 章对"先生"等"在我们头顶"的人物的控诉，到第 2 章对"它"的控诉，到第 3 章对通货膨胀的控诉……直到第 4 章，成为无可希望的控诉：

> 当多年的苦难以沉默的死结束，
> 我们期望的只是一句诺言，
> 然而只有虚空，我们才知道我们仍旧不过是
> 幸福到来前的人类祖先，
>
> 还要在无名的黑暗里开辟起点，
> 而在这起点里却积压着多年的耻辱：
> 冷刺着死人的骨头，就要毁灭我们一生，
> 我们只希望有一个希望当做报复。[8]225

袁可嘉在评论中敏锐地把握住了"绝望里期待希望，希望中见出绝望"这一主题，分析了这两个相反的思想态度在诗中的构成③。这里的"绝望"和"希望"很容易让人想起鲁迅的"绝望之为虚妄，正与希望相同"[10] 等相似的表述，杜运燮亦曾提到穆旦"一向热爱鲁迅的著作"[11]，且有许多学者论述过鲁迅精神对穆旦诗歌的影响④。但这里穆旦所写就是鲁迅《野草》式的"绝望"和"希望"么？从"我们希望我们能有一个希望"开始，"期待"，又"见出绝望"，"层层渗透"，到最终"希望有一个希望当做报复"这一诗歌的呈现过程来看，可能和鲁迅"绝望之为虚妄，正与希望相同"等表述的态度还并不一样。

作者后来将这《时感四首》的第 4 章翻译并置于组诗 Hungry China（为《饥饿的中国》的第 1、第 2、第 3 章，《时感四首》的第 2、第 4 章和《诗四首》的第 2 章的翻译重排）时，"我们期望的只是一句诺言，/然而只有虚空"一句是"What we look forward to is only a promise；/But even this is lacking." 在这里"诺言"所对应的 promise 其实更接近"许诺"和"希望"，是一种面对未来的声音；然而 this

（"这"，代指 promise）是缺乏/缺失的（lacking），故原文中的"虚空"并非鲁迅那里作为"实有"的"虚无"，而是作为"许诺/希望"的缺失状态出现，而这缺失使"我们"感到自己"仍旧不过是/幸福到来前的人类祖先"（we are but/Ancestors of mankind before the age of human bliss）[12]。也就是说，作者明确地提出了"我们"对"希望"的渴望，"绝望"并非单纯是"希望"的对立，也是没有"希望"的"虚空"状态，其关系类似于诗人曾写过的《从空虚到充实》的"空虚"与"充实"。这种有和无的区分暗示了穆旦并非鲁迅那种"历史的中间物"的感受，而是不断追问着那可能到来的时代现实，当现实没有给出"许诺/希望"时，他就感到此刻如同远古一般，不知那"幸福"（human bliss，其中 bliss 有宗教意义上的"赐福"的意思）尚远在何处。——如果考虑到"常年浸淫于英语诗歌之中，且对奥登心攀手追，久而久之穆旦的思维与语言似乎也已经英语化了"[13]这一判断中有效的部分，以及自译作品所更容易的"达意"，可以说，这首诗的英译实在是给读者提供了一个更准确把握原作精神的材料。

三、"在过去与未来两大黑暗间"的精神"搏求"

穆旦创作《时感四首》的两个月后，即 1947 年 3 月，国共和谈破裂，国民党军队开始进攻延安，全面内战开始。也就在本月，诗人在《三十诞辰有感》中写到"在过去与未来两大黑暗间，以不断熄灭的/现在"[14]，其对"未来"之为"黑暗"的体认是让人震惊的，特别是在"三十诞辰有感"这样的标题之下。在这里，个人时间被社会历史时间裹挟，随着战争的开始、终结与再度开始，"过去与未来"成了同质的存在，被赋予个人。"三十诞辰"所暗示的时间节点没有个人生命的欢庆意味，而是面对着未来"许诺/希望"缺失的反讽，让人感到和过去、和两个月前所写"幸福到来前的人类祖先"一般，甚至"希望有一个希望"的希望都不再提及。这种关于绝望的表达在此前的穆旦那里是很少见的，很像是奥登《在战时》第 20 首中所写："我们活在这里，在'现在'的未打开的/悲哀中；它的范围就是我们的内容。"[15]此时的穆旦大约和写作《在战时》十四行组诗后附的《诗解释》时的奥登一样，怀有焦虑和质疑：历史是否在循环？对历史的态度和诗歌的伦理之间究竟存在着怎样的关系，诗人的个体声音和命运在什么位置？那些"飞来飞去在我们头顶"的人物"一丝不改：说这是历史和革命"[8]，而这不断出现的"一丝不改"中还能见到历史正义么？……当然，二者主要的区别在于：奥登是作为主动的介入者，以"鹰的视域"（hawk's vision）或"飞行员视角"——即"如雄鹰或戴头盔的飞行员所见"（As the hawk sees it or the helmeted airman）[16]——来观察社会历史现实，来书写"我们"，而此时的穆旦则是被社会历史现实强力席卷其中的"我"。

当然，这并不是说穆旦的情感或视域狭窄，事实上他的诗中一直有着主动的、智性的思考，杜运燮后来就回忆说："他特别意识到自己是一个现代人，具有现代知识分子的特有的思想和感情，对许多新问题进行思索。"[17]不过在强调穆旦的"现代知识分子的特有的思想和感情"时，也需要注意，在1940年代他"小职员"的身份可能更为重要，这决定了他感知社会政治生活的向度[18]。也就是说，当穆旦面对社会历史现实发声时，发声者并不是一个广义的而是需要界定的"现代知识分子"，其"控诉"来源于其自身的经验和真实的不满，而非奥登式的、相对高蹈的外来介入观察。如姜涛所说：

> 穆旦诗中表达的焦灼与烦恼，更多存在于城市知识分子，特别是小职员和公教人员身上（他自身所属的阶层）。这个群体渴望生活安定，渴望社会进入秩序的轨道，内战持续导致的经济崩溃和通货膨胀，对他们的冲击最大也最为直接。穆旦能较为准确地把握这个阶层的"希望"与"绝望"，在盘曲往复的诗行中将"时感"糅合成"控诉"，但其他社会群体的处境和诉求，穆旦并不一定有更多的把握。[19]

到了1947年8月，《新报》遭国民党地方政府查封，其原因复杂，但易彬认为"不管出于何种理由，均可视为书生办报遭到了现实政治的强力干扰，均显示出政治对于人们生活的强势影响——正是现实政治放逐了穆旦一度安稳的生活"[18]92。穆旦离开了报纸总编辑这"相对稳定的生活"，去北平，去上海，去南京……开始"频繁换工作"，似乎又回到了当初联大毕业后几年的生活状态[6]。而且随着内战的持续，历史也似乎将"未来"变回了"过去"，一种曾经的声音竟显得和此时穆旦的语言如此相近："冷风吹进了今天和明天，/冷风吹散了我们长住的/永久的家乡和暂时的旅店。"——当寻找1947年的"控诉"的根源时，1941年的《控诉》像是一个久远的回声，让人思考整个1940年代穆旦诗歌的外在与内在：它们是同样的"控诉"吗？在1948年发表的《穆旦论》（后改为《搏求者穆旦》，收入《新意度集》）一文中，唐湜引用了该诗的最后两段：

> 这是死。历史的矛盾压着我们，
> 平衡，毒戕我们每一个冲动。
> 那些盲目的会发泄他们所想的，
> 而智慧使我们软弱无能。

我们做什么？我们做什么？
呵，谁该负责这样的罪行：
一个平凡的人，里面蕴藏着
无数的暗杀，无数的诞生。[20]

唐湜评论道："我该指出，不仅哈姆雷特曾作出这么悲壮的呼喊，本世纪乃至前世纪末每一个有自觉的良心，忠诚于生活的艺术家都曾作过类似的壮勇的控诉，这是一个思想家的虔诚的人格的力量。"[21]如钱理群所论，"哈姆雷特"式的怀疑与呼喊也正是鲁迅《野草》的精神，这精神同样也在"热爱鲁迅的著作"的穆旦身上体现，他"是少数经过自己的独特体验与独立思考，真正接近了鲁迅的作家"[22]。在两者相近的怀疑精神之中，段从学则发现了穆旦的怀疑在具体历史语境中的特殊性，发现了1940年代的"平等"与"自由"、"社会的现代性诉求"与"个人的现代性诉求"之间的冲突加剧，及其造成的穆旦《控诉》之中"个人几乎完全无力反抗这种残酷的现实环境"状态下的"控诉"⑤。也就是说，唐湜指出的"本世纪"艺术家怀疑与控诉的共性之中，其实还有着具体时代现实造成的区别。就穆旦本人而言，从抗战前期如唐湜所说的"新生"，到"受难者的气质"中发出的"控诉"，到"沉潜的受难者"终于叫出了"一声呼号"的抗战胜利前后的诗歌[21]，再到唐湜未及论述的1947年后的作品（《穆旦论》是根据1947年自印的《穆旦诗集（1939—1945）》和1948年2月出版的《旗》而作），一个哈姆雷特式的精神自我在不断"搏求"，但诗人面对的具体时代矛盾却并无法像象征性的戏剧人物那样解决。

四、"时感"：历史变动中的希望与矛盾

关于在具体历史时代语境中穆旦所面对的矛盾冲突，段从学曾论述道：

四十年代的战争环境中，平等的现代性原则转化成了全民族的社会实践活动，而自由的现代性原则却进一步退缩为单纯的思想理念……在穆旦身上则体现为个人时间的有限性与社会历史时间的无限性之间的冲突，其基本形态是个人与外在的社会现实之间直接的坚实的冲撞，穆旦因之而突入了中国的现代性问题的核心。[23]

此处对战争环境中两种现代性原则的变化及"个人时间"和"社会历史时间"的论述或许缺少弹性，但本文以为，说此时穆旦面对的冲突的"基本形态是个人与

外在的社会现实之间直接的坚实的冲撞"，是很恰当的。1947 年时诗人再次开始的"控诉"，之所以和 1941 年的《控诉》的声音有相像，是因为它们都来自同样的矛盾冲突；而这两个时段的"控诉"又究竟有些不同，则和其间的时段相关——特别是抗战胜利前夕诗人的上一个创作高峰。其实 1945 年中国和"小职员"穆旦面对的问题并不少，通货膨胀还在加剧，部队的安置问题尚待解决，"战时流动性"面临着它的回流和各地的重建，穆旦本人将回到北方却尚未定下一份工作……然而诗人的主要声音却并非"控诉"。一方面，当然彼时中国整体上处在抗战胜利前的正面情绪之中，"商人和毛虫欢快如美军"[24]；另一方面，则不得不思考：穆旦 1945 年左右的写作仅是面对当时的社会历史现实的么？

本文以为，以《旗》为代表的那一时期的作品，其实更主要的面向，是战后中国。诗人经历一年多的创作停滞，于 1947 年再度开始的"控诉"，有着当初表达"希望"的声音落空的关系。就具体作品而言，1945 年所作的《退伍》（"过去是死，现在渴望再生"）、《农民兵》（"也不知道新来了意义"，注意"他们被谋害从未曾控诉"这一句）等触及了士兵在战争结束后的境遇及诉求，然而战争并未从此结束。《甘地》（"祈祷一个洁净的国家为神治理"）、《给战士》（"这样的日子，这样才叫生活，/再不必做牛，做马，坐办公室"）是对胜利后未来生活的展望，然而未来正和过去一样之为"两大黑暗"。《打出去》（"那美丽的也重在我们的眼里燃烧"，"最后的清算，就站在你们面前"）、《反攻基地》（"过去的还想在这里停留，/'现在'却袭击如一场传染病"）、《通货膨胀》（"天气晴朗，你的统治先得肃清"）更是对一个时段结束的确认，诗人相信会有一场清算，"现在"的"袭击"正是对战后未来发出的，可是现实呢？——一切似乎又回到了"希望"之前。

值得一提的是，就在唐湜发表《穆旦论》的同一期《中国新诗》（1948 年第 3 期，该期发上半部分，第 4 期续完）上，还刊载了穆旦的《暴力》，该诗在前一年就已发表在了《益世报·文学周刊》（1947 年 11 月 22 日）上，此次刊发，或许就有和唐湜评论相配合的考虑。从文本上看，这首诗的"控诉"更为惊人，将"暴力"拟人化（这是穆旦受到奥登影响并时常使用的）[13]并在四段中以类似排比的方式推进，直到最后一段显得残酷的表达：

> 从我们今日的梦魇
> 到明日的难产的天堂，
> 从婴儿的第一声啼哭
> 直到他的不甘心的死亡：
> 一切遗传你的形象。[25]

在这里，从过去到未来，从生到死无休止的"暴力"已经不只是落在主体"我"或"我们"身上，它还将"遗传"给"婴儿"，并带向他们的未来。"难产的天堂"不仅是明日的，也是明日之明日的，不知何时到来。就在写作此诗的 1947 年10 月，中国共产党解放军总部发布《中国人民解放军宣言》，解放军由战略防御转入战略进攻。对于"同死亡和暴力打过照面"[26]的诗人来说，那"谁该负责这样的罪行"的控诉和"我们已经有太多的战争，朝向别人和自己"[27]的感慨似乎无从挥去，在 1947 年修订并重刊（天津《大公报》1947 年 10 月 26 日）的初作于 1943 年、和赴滇缅作战"最痛苦的经验"相关的《隐现》，其回想与寄托很可理解。⑥

从抗战后期到国共内战，当部分诗人被时代的主流话语影响而转变了自己的声音时，穆旦却构成了主流话语所造成的异质的声音——他从抗战开始就以"新的抒情""试图让诗歌汇入当时的历史'大合唱'之中"[28]，然而其后来"希望"与"控诉"的声音在根本上是来源于诗人个体的经验认知，是时代的主流话语中个体独特的"时感"，一种游离于"合唱"的声音⑦。1948 年 8 月，诗人写下了内战时期最后的作品《诗四首》，开篇便是"迎接新世纪的来临！"——此时历史的选择已非常清楚，但诗人仍感到"世界还是只有一双遗传的手"。历史的变动在这里显现为一种可能的重复，诗人则以质疑整合新来的"希望"和长久的"控诉"："迎接新的世纪来临！但不要/懒惰而放心，给它穿人名、运动或主义的僵死的外衣"。少有证据证明穆旦此一阶段对又一个战后"未来"或对共产党本身抱有怎样的想象，诗人此时对内战的性质判断固然可能会受到他者主流或非主流话语的影响，或许持有"希望"，但长久以来暴力的更迭延续还是让他表达了和 1945 年战争结束前不同的声音：

　　善良的依旧善良，正义也仍旧流血而死，
　　谁是最后的胜利者？是那集体杀人的人？
　　这是历史令人心碎的导演？

　　因为一次又一次，美丽的话叫人相信，
　　我们必然心碎，他必然成功，
　　一次又一次，只有成熟的技巧留存。[29]

次年（1949 年）1 月，诗人随联合国农粮组织工作组赴泰国曼谷，并于 8 月终于赴美国留学，并在那里结婚。此间，内战结束了，诗人感到"在异国他乡，是写不出好诗，不可能有成就的"，并因"热爱祖国，热爱人民，在抗战时期他亲身经历过、亲眼看到过中国劳苦大众的艰难生活"而力争回到新中国来[30]，却开始了一段更长时间的创作停滞。

五、结　语

王佐良曾论述说，因为穆旦"同死亡和暴力打过照面"，其诗歌不仅是有"现代主义"色彩的，更是和战争有着深刻经验联系的：

> 穆旦的现代主义色彩是鲜明的，但是这是一种同现实——战争、流亡、通货膨胀等等——密切联系的现代主义。他的师辈需要经过一段曲折才到达的境界，穆旦和他的同代人如杜运燮是一直就在其中。在穆旦写诗的全部过程中，他都尖锐地意识到现实世界里的矛盾、冲突。[26]

只不过，诗人所意识到的及表现出的"现实世界里的矛盾、冲突"，在不同的时段可能也有所不同。仅就创作量来看，自赴滇缅作战归来后，穆旦于1943年和1944年分别只创作了2首和4首诗，而1945年则有25首之多，构成了一个创作的高峰。那么，这一创作高峰中"现实世界里的矛盾、冲突"及诗人自我内部可能的矛盾、冲突与之前相同么？"同死亡和暴力打过照面"的经历不可能不影响到诗人的认知，生活状况及现实的改变也是一样，都会对诗人的感知和表达构成影响。一个重要的表征是，在抗战胜利的前夕，穆旦似乎具有一种对"战后"的展望，有某种"希望"伴随着对具体时代现实的感触与批判，其作品如《退伍》《给战士》《反攻基地》等明显有着对"未来"的指向，而"现在"则在为此而等待。只不过，从1945年底《还乡记》（"大家的情形都更穷，更苦，更可怜，你就会想到既有今日，何必当初？"[31]）等之后的创作停滞来看，似乎诗人也意识到这一"现在"与"未来"间的问题并不如此简单。

创办《新报》的经历之于穆旦诗歌创作的影响不宜做定论阐释。但明显的变化是，到1947年以《时感四首》开始的另一个创作高峰时，穆旦的诗歌呈现了一种对时代现实的历史延伸思考，似乎"现在"的世界（及其"暴力"等）正"遗传"着"过去"，而对未来的希望也总在与之矛盾的"失望/绝望"的纠缠之中。这一诗歌呈现既来源于战争年代的历史现实，也来源于这样一种个体经验感知：曾经的"战后"展望并未完满实现，且又回到了"战时"。此时诗人的"控诉"绝不仅仅是对此时此刻的控诉，它像是1941年《控诉》的回声，还有对历史之循环的深深质疑和思考。这也就是说，所谓"战争、流亡、通货膨胀等等"的具体时代现实内容在此一阶段的穆旦这里并不就是单纯的具体时代现实问题，其"时感"也不是简单的一时一地之感——它包含了过去、现在与未来间的矛盾和冲突。在个体经验和历史意识之间，"希望"以其难以呈现的面目坚持着自己，它在诗中艰难地存在，在对"一双遗传的手"的质疑中等待"迎接新世纪的来临"。

注释：

① 如杜运燮在论及西南联大时期的穆旦时就认为："穆旦表面上不问政治，也没有参加'群社'，但他是一个'左派'。"参见易彬：《"他非常渴望安定的生活"——同学四人谈穆旦》，《新诗评论》2006 年第 2 辑，北京大学出版社，2006 年版第 231 页。

② 关于《旗》的形象及指向等问题，可参见拙文《抗日战争的终结与穆旦的诗歌转变》，《新诗评论》2014 年总第 18 辑，北京大学出版社，2006 年版第 193—215 页。

③ "仔细分析起来，作为主题的'绝望里期待希望，希望中见出绝望'的这两支相反相成的思想主流在每一节里都交互环锁，层层渗透；而且几乎是毫无例外地每一节有二句表示'希望'，另二句则是'绝望'的反问反击，因此'希望'就益发迫切，'绝望'也更显真实，而这一控诉的沉痛、委婉也始得全盘流露，具有压倒的强烈程度"。参见袁可嘉：《新诗现代化》，天津《大公报·星期文艺》，1947 年 3 月 30 日。

④ 参见易彬：《穆旦与中国新诗的历史建构》第二编第三章《杂文精神、黑暗鬼影与死火世界——鲁迅与穆旦的比较并兼及新文学传统的话题》，北京：中国社会科学出版社，2010 年；段从学：《跋涉在荒野中的灵魂——穆旦与鲁迅之比较兼及新文学的现代性问题》，《鲁迅研究月刊》2000 年第 6 期；全红：《鲁迅〈野草〉的怀疑精神对穆旦诗的影响》，《东疆学刊》2006 年第 4 期；李春艳：《丰富和丰富的痛苦——浅谈穆旦诗歌的鲁迅精神》，《楚雄师范学院学报》2004 年第 1 期。

⑤ "在现代中国的历史语境中，社会制度的现代性诉求与个人的现代性诉求之间从根本上说是冲突的，前者的根基是平等理念，目标是民族国家的生存，要求个人服从于国家的政治目标，后者的根基则是自由理念，目标是个人生存的真实意义，主张个人优先于国家权力。在四十年代的战争环境中，民族生存的危机使得国家权力优先于个人自由的思想获得了不证自明的合法性，使得两者之间的冲突更加尖锐化，也直接化了。因此，进入战争洪流的穆旦很快就感受到了社会现实的挤压……而且，个人几乎完全无力反抗这种残酷的现实环境"，下文以冒号接《控诉》的原文引用。参见段从学：《跋涉在荒野中的灵魂——穆旦与鲁迅之比较兼及新文学的现代性问题》，《鲁迅研究月刊》2000 年第 6 期，第 49 页。

⑥ 关于《隐现》的版本、修改及阐释问题，参见解志熙：《一首不寻常的长诗之短

长——〈隐现〉的版本与穆旦的寄托》，《新诗评论》2010年第2辑，北京大学
出版社2010年版。

⑦ 如姜涛所论："冯至主动疏离时代，在个体内心生活中挖掘对生与死、短暂与无限
的思考，而时代主流话语却以集体性、连续性、整一性的话语方式隐蔽地干涉修订
了他的个体写作，而当穆旦主动投身于大合唱式的时代话语主流，某种独特的个体
认知结构却击碎了集体叙述的连续与完整。"参见姜涛：《冯至、穆旦四十年代诗歌
写作的人称分析》，《中国现代文学研究丛刊》1997年第4期，第154页。

参考文献：

[1] 邵寄平. 穆旦二三事 [M] //杜运燮. 丰富和丰富的痛苦：穆旦逝世20周年纪
念文集. 北京：北京师范大学出版社，1997：203.

[2] 李方. 穆旦主编《新报》始末 [M] //穆旦研究资料：上卷. 北京：知识产权出
版社，2013：102.

[3] 李方. 穆旦年谱 [M] //穆旦诗文集：第二卷. 北京：人民文学出版社，
2006：383.

[4] 王佐良. 一个中国诗人 [M] //穆旦诗文集：第一卷. 北京：人民文学出版社，
2006：158.

[5] 赵清华. 忆良铮 [M] //杜运燮. 丰富和丰富的痛苦：穆旦逝世20周年纪念文
集. 北京：北京师范大学出版社，1997.

[6] 易彬. "他非常渴望安定的生活"——同学四人谈穆旦 [J]. 新诗评论，2006
(2)，237—239.

[7] 穆旦. 撰稿和报人的良心——为本报一年言论作总答复 [M] //穆旦诗文集：
第二卷. 北京：人民文学出版社，2006.

[8] 穆旦. 时感四首 [M] //穆旦诗文集：第一卷. 北京：人民大学出版社，
2006：223.

[9] 袁可嘉. 新诗现代化 [N]. 大公报·星期文艺，1947—03—30.

[10] 鲁迅. 希望 [M] //鲁迅全集：第二卷. 北京：人民文学出版社，1981：178.

[11] 杜运燮. 怀穆旦 [M] //穆旦研究资料：上卷. 北京：知识产权出版社，
2013：50.

[12] 穆旦. Hungry China [M] //穆旦诗文集：第一卷. 北京：人民大学出版社，
2006：241.

[13] 江弱水. 伪奥登风与非中国性：重估穆旦 [J]. 外国文学评论，2002：130.

[14] 穆旦. 三十诞辰有感［M］//穆旦诗文集：第一卷. 北京：人民文学出版社，2006.

[15] 奥登. 在战争时期［M］//查良铮. 英国现代诗选. 长沙：湖南人民出版社，1985：122.

[16] Auden W H. The Collected Poetry of W. H. Auden［M］. New York：Random House，1945：27.

[17] 杜运燮. 忆穆旦［N］. 新晚报（香港），1979－02－27.

[18] 易彬. "小职员"：穆旦 1940 年代社会文化身份的考察［J］. 首都师范大学学报（社会科学版），2012（1）.

[19] 姜涛. 一个诗人的战时"时感"［J］. 读书，2014（9）：140.

[20] 穆旦. 控诉［M］//穆旦诗文集：第一卷. 北京：人民大学出版社，2006：67.

[21] 唐湜. 穆旦论［J］. 中国新诗，1948（3）：30.

[22] 钱理群. 中国现代的堂吉诃德与哈姆雷特——论七月诗派和九叶诗派诗人［J］. 文艺争鸣，1993（1）：29.

[23] 段从学. 跋涉在荒野中的灵魂——穆旦与鲁迅之比较兼及新文学的现代性问题［J］. 鲁迅研究月刊，2000（6）：51.

[24] 穆旦. 反攻基地［M］//穆旦诗文集：第一卷. 北京：人民文学出版社，2006：141.

[25] 穆旦. 暴力［M］//穆旦诗文集：第一卷. 北京：人民文学出版社，2006：265.

[26] 王佐良. 中国新诗中的现代主义［J］. 文艺研究，1983（4）：35.

[27] 穆旦. 隐现［M］//穆旦诗文集：第一卷. 北京：人民文学出版社，2006：253.

[28] 张桃洲. 论穆旦"新的抒情"与"中国性"［J］. 首都师范大学学报（社会科学版），2008（4）：102.

[29] 穆旦. 诗四首［M］//穆旦诗文集：第一卷. 北京：人民文学出版社，2006：289－291.

[30] 周与良. 怀念良铮［M］//杜运燮，袁可嘉. 一个民族已经起来. 南京：江苏人民出版社，1987：131－132.

[31] 穆旦.《还乡记》——查良铮（穆旦）佚文四篇［J］. 新诗评论，2010（2）：218.

——原载《江汉学术》2015 年第 6 期：60—66.

自我的裂变:戴望舒诗歌中的碎片现代性与追忆救赎

摘　要： 现代性在 20 世纪初中国的进程造成了历史时间的中断与文化整体性的丧失，使自我破裂为许多碎片。在这分崩离析的漩涡中，戴望舒的现代主义诗歌标志着一种新的诗学意识的开启与一种根本性的转向，即从宏大的历史关怀转向微观与细小的日常事实，从更高转向更低，从外部的具体经验转向个人生命内部的体验。这种从外部世界退回到了私人的生活世界旨在捕获现代性的碎片，在追忆消逝之历史的气息中，重构消逝过往与空洞当下、外部与内部、自我与非自我以及部分与整体的分裂，并最终将创伤的身体重塑为一个整合的自我。①

关键词： 戴望舒；现代主义诗歌；碎片现代性；内转体验；追忆救赎

> 我底记忆是忠实于我的，
> 忠实得甚于我最好的友人。
>
> ——戴望舒《我底记忆》

　　戴望舒（1905—1950）作为象征主义诗人的初次亮相，恰是诗怪李金发鬼迷心窍地误入自由诗创作爆发的终止时间，这或许是一次奇妙的历史巧合②。戴望舒在这一意义上承续了李金发的象征主义传统，并使之在 1930 年代趋于成熟。在现代汉诗的编年史序列中，李金发代表了 1920 年代第一代诗人早期的诗歌实验，这一点与浪漫主义先驱诗人郭沫若相似，而戴望舒则体现了五四新文学革命之后，活跃于 1930 年代的第二代诗人们更为复杂精致的写作实践。[1]4-6 因此，戴望舒的出现不仅体现了现代汉诗史上一次关键性的突破，同时亦标志着"无论艺术精神或艺术形式，中国新文学的现代主义的新纪元之到来"[2]。

　　浸淫在象征主义传统中的戴望舒，从题材、主题到影响的渊源上都与他的前驱者李金发相似，尽管他们发展出了不同的创作趋向③。就对外国诗歌的模仿而言，戴望舒和李金发一样，同样受到了早期法国象征主义大师波德莱尔与魏尔伦的影响，尽管他曾更多地受惠于诸位"新象征主义"诗人，如耶麦（Jammes）、福尔（Fort）、道生（Dowson）、特·果尔蒙（de Gourmont）、核佛尔第（Reverdy）、苏佩维埃尔（Supervielle）、梅特林克（Maeterlink）、阿波利奈尔（Apollinaire）、瓦雷里（Valéry）以及艾吕雅（Eluard），戴望舒曾或多或少翻译过他们的作品。据戴望舒的同仁施蛰存所言，戴望舒早期的创作始于他对英国颓废派诗人欧内斯特·道生（Ernest Dowson）与法国浪漫主义诗人雨果的翻译；中期则受法国象征主义诗人的影响，尤其是保尔·福尔（Paul Fort）与弗朗西斯·耶麦（Francis Jammes）的影响；后期则从他所翻译的西班牙诗人加西亚·洛尔迦（Garcia Lorca）那里吸收了一些元素，因而，戴望舒的翻译与创作互为影响并互为激发。[1]6 其中，波德莱尔、魏尔伦、耶麦与道生这四位诗人直接或间接地影响着戴望舒的诗学意识，或者说，他从这些诗人中获得了极大的诗性灵感。

作为一个"幽微与精妙"的诗人，戴望舒对现代性拥有犀利的敏感度，他延续了李金发开创的传统，绝非简单重复或模仿，而是背离、反叛与创造性的转化，进而为中国现代诗学贡献了三种独特的话语要素，即琐屑与碎片的现代性、记忆气息的叙述、自我分析的实践。下面我将戴望舒的诗歌放置于若干现代性理论视域中并对其提出新的解读，以此凸显戴望舒诗歌中自我模塑话语范式演变的曲折轨迹。

一、琐屑与碎片的现代性

戴望舒诗中最突出的特征便是极度地沉浸于最细小、最无意义、最表层的事物，日常生活世界中的具体细节，以及存在的惯常形式。确切地讲，在个体世界中的外部的、细微的、无意义的日常事物，皆被抒情主体的"我"从内部与心理上体验为现代生活的碎片，并由诗人赋予了其重大的意义与价值。

像是用旧/磨损了的日常物件和非常个人化的器具残渣这类细微事物，表面上虽看不出有何意义，却仍被诗人注入了非同寻常的情感。这种碎片般的琐屑，在一首广为人知的作品《我底记忆》的第二节中非常典型：

> 它存在在燃着的烟卷上，
> 它存在在绘着百合花的笔杆上。
> 它存在在破旧的粉盒上，
> 它存在在颓垣的木莓上，
> 它存在在喝了一半的酒瓶上，

在撕碎的往日的诗稿上，在压干的花片上，
在凄暗的灯上，在平静的水上，
在一切有灵魂没有灵魂的东西上，
它在到处生存着，像我在这世界一样。④

　　《过旧居》一诗中出现午炊的香味、羹、饭、窗、书架、一瓶花、灯光、餐桌、盘、碗，诗人极度地珍视这些家庭生活中的常见之物，并将之审美化。在《野宴》《小病》《示长女》这几首诗中，一些如莴苣、番茄、金笋、韭菜、芦笋等菜蔬亦特别令诗人喜爱。对于戴望舒来说，正是在这多种多样的日常而普通的菜蔬中，一个人便可能经历生存意义的气息。

　　戴望舒这种对日常生活中庸常与琐屑的极度迷恋招致了种种非议。赞同戴望舒的人认为，他向日常生活世界（lebenswelt）的转向乃是努力抓住"现代感应性"的"舒卷自如、锐敏、精确"[3]，这为现代诗创造出一种现代人能够用以自如表达的日常口语迈出重要一步[4]，并且形成"一种原生状态的情感世界，一些微妙的感觉，一种朦胧的心境"[5]。然而，持相反意见的另一些批评家则认为，戴望舒的转向是一次对"人道主义关怀"的逃避，遁入了"虚无主义"[6]，诗才被无益地消耗掉了[7]。其结果，这种细节与情绪上的过分沉溺便限制了其主旨的广度，在中国新诗人中至多不过是一位"二流诗人"[8]。

　　从郭沫若对宏大主题的倡导（进步、民主、自由、新中国的理想）到李金发开始的反启蒙的悲怆感（一种颓废的负面伦理，一种自反之美的推崇），最后到戴望舒向庸常现实的日常细节转向，表面上看，中国现代性本身似乎经历了某种自我分解、自我碎裂以及自我中断。但就更深层的意义来看，现代汉诗中的现代性经验，事实上发生了某种根本性的转变，即从宏大的历史关怀转向微观与细小的日常事实，从更高转向更低，从外部的具体经验（Erfahrung）转向个人生命内部的体验（Erlebnisse）⑤。戴诗的显著特征在于日常生活的碎片性琐屑，他将过度的力比多倾注其中。为了理解这种转向，我们需要考察一些与论述相关的现代性话语与理论。

　　现代性话语的中心论述就是，现代性应该被理解为一个划时代的大事件，它摧毁历史时间的连续体[9]216，与传统文化的彻底决裂[10]，将神圣/更高的意义庸俗化为日常与普通的"祛魅"过程[11]。作为审美现代性（modernité）概念的创始者，波德莱尔（Baudelaire）在他的经典论文《现代生活的画家》中将时间的这种非连续性经验总结为"过渡、短暂、偶然，就是艺术的一半，另一半永恒和不变"[12]439-440。为了将此种奇异的都市经验合法化为一种规范性概念，用卡林内斯库（Calinescu）的话来说，波德莱尔将现代性重新界定为："一种悖论式的可能性，即通过处于最具体的当下和现时性中的历史性意识来跃出历史之流。"[13]

随着时间连续性的中断以及宏大叙述的庸常化，世界之后的处境便是被摧毁为小颗粒，过往的众多遗迹，以及即刻当下中破碎的历史现实那无意义的碎片。更根本的是，在个体世界中，总体性不再存活，现时则因其对新奇（la nouveauté）的狂热而变成非历史的——仅仅是局部占据着主导地位。正如尼采生动的描述：

> 生活不再以总体性的形式存在。字词跳跃出句子之外而独立，句子取代并遮掩了段落的意思，段落以牺牲全篇为代价获得生命——总体不再是总体性。……整体不再存在；它是复合的、蓄意的、巧饰的，一个赝品。[14]45

现代性中时间流的瞬时过渡性，对于个体来说，不可能在上面的（above）世界中重获失落历史的意义，而只能在下面（below）的世界中获得，也就是在日常世界中获得，因为在这种日常世界中，包含了细微痕迹的丰富性，以及某个失落的近期之最表面的细节。人们不仅能在这种庸常状态下（内含个体独特之生存经验的连续性）发现现代性的遗迹与残余，人们也能发现美学的总体之美，"总体存在的结晶"[14]256。在齐美尔（Simmel）看来，每一个碎片、每一个社会快照，自身都包含着昭示"整个世界的总体意义"的可能性，而且应被视作一个自洽的独立世界，一些自决自立的事物[14]77。因此，对于艺术家来说，为了能捕捉现代性的内质，穿透庸常经验的细腻与灵光，并最终从"过渡中抽出永恒"[12]439，滋生出一种对于琐屑与无意义碎片的感受力便显得十分重要。

为了开发这种对琐屑与碎片的敏感力，齐美尔和本雅明（Benjamin）均认为，一个人只能从碎片的、细微的、无意义的细节与个体的局部开始，即"碎片就是总体"[14]77，因为"是碎片为总体保留着通道，而不是总体澄明碎片"[14]256。就此看来，最终从这些日常生活的琐屑实践产生的结果便是：小即大，局部即整体，碎片即总体，无意义变得有意义，可有可无之物变成了根本之物。正如波德莱尔所言："许多琐屑的东西变得硕大无比，许多细微不足道的东西抢了引人注目的风头。"[12]488在碎片性的琐屑、感官、感情、知觉、情感、情绪、印象、细腻的感觉领域内，乃是一个个体独有的力比多能量的最小因子与单元，从而制导着整合自我的机制[15]。对于波德莱尔、魏尔伦、耶麦、李金发和戴望舒来说，在生命的日常生活中，现代性意识充当将外部生命的飞逝、破碎与偶然瞬间注入进其内在生命的功能，以便使"外在世界已经变成了'一个内心世界'"[14]83。换言之，经验（外部的群体经验）被融化进体验（内部的个体的鲜活经验）之中。因此，所有的庸常瞬间、每一个日常细节、所有的外在物以及时间的每一个瞬间均被异常性地风格化了，并被赋予内部（intérieur）活生生的气息体验。

由此看来，戴望舒在中国现代性的语境中，将注意力转向生活世界的日常琐屑，可以从两个层面加以描述。一是在社会现实的经验层，后革命时代（"五四"的社会—文化革命）中，整合自我的总体与宏大历史不复存在。转留给个体经验的便是与后历史的尘埃、废墟与碎片相遇，与失落历史的最小单元相遇。这被打碎的社会现实，借特罗尔奇（Troeltsch）的隐喻来说，"类似一片已经被砍伐的森林，只有树桩留在地面上，树根正在枯死，再也不能生长出一片森林，宁可说是，长满了美学意义上的各种各样的装饰物"[14]79。因此，戴望舒对郭沫若甚至是李金发所建立的现代诗学传统之偏离，便在于特别强调个体自我所经历的细微事物，被用以重获隐藏在这些日常微物中的独特性与真实性，以便为个体自我重构一个自主的世界。

在上引《我底记忆》一诗中，日常世界中个体所经历的这些细微、无意义且庸常的细节"燃着的烟卷""破旧的粉盒""木莓""喝了一半的酒瓶""往日的诗稿""压干的花片""凄暗的灯""平静的水"，一一体现出诗人异常的感情投入。对于诗人来说，这些细微的表面事物只不过是对其生平细节的瞬间记录——一种消逝的灵感、爱情、友谊、家园——它们并不仅仅是对消逝过往的简单怀念——而且也是形成个体自我的自足生活世界的每一个碎片之原料。更重要的是，它们被当做"我"在这个庸常世界中寻求连续感的能量源。它们是记忆的固恋，过往之价值与生命之意义从中爆发。所以戴望舒在日常世界内提取生活的总体性，在这样的尝试中，回到细微的事物，遁入某种消隐现实的庸常碎片。对于琐屑的感受力与捕获日常生活之气息的能力以这种方式而得滋养。

戴望舒转向的另一层特征在于，对非连续性的新颖体验，这种体验兴起于中国社会特有的现代性进程。如上所述，中国现代性发生于19世纪、20世纪之交，这不仅令社会—文化的总体性破裂成无数的碎片，而且还创造了一种非历史的空洞现时——一种新近的过去。现代性刷新一切事物——一种新的心理经验，一种新的生活方式，一种新的都市文化奇观，这一理念决然地粉碎了个体生命经验与他所珍视的神话过去的关联。戴望舒的同仁，也是戴望舒诗歌的主要编者，施蛰存在1932年的《现代》杂志上写过一篇文章，此文极其精确地对现代生活的新风貌作了如下描述："所谓现代生活，这里面包括着各式各样的独特的形态：汇集着大船舶的港湾，轰响着噪音的工场，深入地下的矿坑，奏着Jazz乐的舞场，摩天楼的百货店，飞机的空中战，广大的竞马场。"他进一步强调现代生活与过去的根本差异："甚至连自然景物也和前代的不同了。这种生活所给予我们的诗人的感情，难道会与上代诗人从他们的生活中所得到的感情相同的吗？"[16]施蛰存就此呼唤"用现代人在现代生活中所感受到的现代的情绪用现代的辞藻排列成的现代的诗形"去写"纯然是现代的诗"[16]。尽管施蛰存表达了对现代性的崭新意识，但最有意义的还是，他将现代情绪突出为现代人的感觉、经验与经历。然而，在一种非历史的现时中，何谓新/旧，何谓现代/近世，何谓感觉现代情绪/经验，它们又将何处安放？如果日常生活中最细微的琐屑与碎片是对现代性经验的感觉，那么诗人又是如何产生或捕捉这些细小的事物与微粒的呢？

因此，在戴望舒的日常世界中出现的一些典型形象，其功能就如同波德莱尔世界中的英雄：诗人或抒情主体"我"作为聚集者、拾荒者，以及作为搜寻者出场。聚集者将失落历史的痕迹、零碎与碎片搜集起来，拾荒者围绕着现代性的废物与残渣进行开掘，搜寻者则提取神话的远古中那灵光满溢的遗迹、废墟和残骸。他就像波德莱尔笔下的游荡者（flâneur）一样，在充满现代性废物的巴黎街道上步履矫健："这个富有活跃的想象力的孤独者，有一个比纯粹的漫游者的目的更高些的目的，有一个与一时的短暂的愉快不同的更普遍的目的。他寻找我们可以称为现代性的那种东西，因为再没有更好的词来表达我们现在谈的这种观念了。对他来说，问题在于从流行的东西中提取出它可能包含着的在历史中富有诗意的东西，从过渡中抽出永恒。"[12]434 在戴望舒的《单恋者》中，我们能听到波德莱尔式搜寻的回音：

> 在烦倦的时候，
> 我常是暗黑的街头的踯躅者，
> 我走遍了嚣嚷的酒场，
> 我不想回去，好像在寻找什么。
> 飘来一丝媚眼或是塞满一耳腻语，
> 那是常有的事。
>
> 但是我会低声说：
> "不是你！"然后踉跄地又走向他处。
> 人们称我为"夜行人"，
> 尽便吧，这在我是一样的；
> 真的，我是一个寂寞的夜行人。
> 而且又是一个可怜的单恋者。

这个孤独的夜行者，在庸常的日常性中不停地搜寻神秘之物——暗黑的街头、嚣嚷的酒场、一丝媚眼、一耳腻语——展现出一股强烈的英雄式欲望，去发掘现代生活的微小细节中的无价之宝（"我不想回去""不是你"）。现代性的非连续经验所催生的新奇能量，令夜行者不断地搜寻日常生活中的非同凡响之物。在另一首《夜行者》中出现了一个相似的形象：

> 这里他来了：夜行者！
> 冷清清的街上有沉着的跫音，
> 从黑茫茫的雾，
> 到黑茫茫的雾。
>
> 夜的最熟稔的朋友，
> 他知道它的一切琐碎，
> 那么熟稔，在它的熏陶中
> 他染了它一切最古怪的脾气。
>
> 夜行者是最古怪的人。
> 你看他走在黑夜里：
> 戴着黑色的毡帽，
> 迈着夜一样静的步子。

因为关注于日常的、程式化的细节，夜行者因此变成了一个琐屑鉴赏家，对细微事物养成了一种特别的品位。正如波德莱尔笔下的拾荒者，仅在世界沉睡时开始工作，戴望舒笔下的"夜行者"同样在夜晚荒凉的街道上出现，开始搜集现代生活的破烂玩意，为了重构而将它们分门别类⑥。如此看来，戴望舒转向现代性的琐屑与碎片便可得以令人信服的确认。

现在，我们应当回到上文所提出的问题，即：如果琐屑与碎片是现代性最具体的形式，那么戴望舒向此端转向亦变得相当合理，那么这种日常性的个体经验应置身何处？如果现代性的碎片可能被重构，那么这种重构发生的场所何在？由于这些碎片和琐屑在现代性的飞速时间中如此过渡与偶然，诗人何以可能再次将它们一一捕捉？为了考察这些问题，我们必须转向对现代性主题最具意义的表达，同时也是戴望舒贡献给现代汉诗最独特的话语元素：追忆叙述。

二、追忆叙述：自我重构的新句法

随着戴望舒的出现，现代汉诗目睹了其在记忆领域内最强烈的表达⑦。在他的世界中，记忆无处不在，他最好的诗便产生于此；记忆即一切，充当了其诗歌创造的媒介与内容；记忆是全知的，记忆将自身塑造为"我"得以思考的源头。这种特别的记忆，不论是其失落的过往、失落的理想、失落的家园、失落的友谊，还是其作为生命的力量、焦虑的来源以及对以往之梦的记录，皆成为戴诗中最独特的品质。戴望舒的整个诗歌生命着魔似的全神贯注于一些完成的、终结的以及失落的事物。因此，我揣而言之，没有记忆（作为文学灵感与自我的全部意义），戴望舒根本无法创作，或者至少无法写出他最好的诗篇。是戴望舒创造了追忆叙述，并将一种全新而深远的意义赋予中国现代文学。⑧正是在追忆中，现代性的琐屑与碎片才拥有位置；正是通过记忆的媒介与力量，现代性的气息才得以捕获，以及自我的丧失才得以重构。

如上所述，现代性中断了在历史的过往中个体经验的连续性，并创造出一种非历史的时间当下性，一种空无的状态，如缪塞（Musset）笔下的主人公那样："过往的一切都不再，未来的一切还未来。对痛苦的堂奥无处可视。"[17]在文学中，对这种现代性观念之效应的直接反思，则是当下时间中对丧失、缺失、缺乏、虚空之激烈经验的倾泻，凭借各式再现的能力——各式各样的记忆技巧（mnemo-technics）来努力回忆、复原、描绘、重现逝去的时间（temps perdu）⑨。所以，记忆母题便成为了现代文学里的中心主题之一，众所周知，现代主义的整个传统都无法摆脱记忆的经验，普鲁斯特的记忆巨著《追忆似水年华》便是一个明证⑩。

浪漫主义诗人笃信，过往与当下之间的和谐循环与自我之合一，可以全然通过记忆的复原力来重新获得，正如华兹华斯诗中所描绘的那样⑪。然而，记忆在波德莱尔、魏尔伦、马拉美、耶麦、道生、普鲁斯特和乔伊斯这些现代主义者的世界中，以截然不同的形式出现。在现代主义之中，总是存在一种记忆的焦虑，它表征着"一种痛苦意识的分裂结构"[18]21，一种无奈的悲凉意识，就是，消逝的过去只能被局部地、碎片地以转喻形式复活。用塞尔托（Certeau）的话来说："每种记忆都发着光，在与这种整体的关联中，它就像一个转喻。"[19]88这得归于现代性时间中不可逆转的分裂。因此，过去的总体性已经永远逝去，时间的透明度不可挽回地被替换，凭借记忆来探寻理想的现实，因而变成了最一贯的主题，它滋养了现代主义文学中最强力的想象能源。

在波德莱尔的诗歌中，记忆占据了一个中心位置。一方面，他相信记忆的复原力，消逝的过往可以重获恢复。另一方面，他将记忆视为"一种抑制其全面转化的中介"[18]110，一种记忆，拒绝当下与过往之间的流动而得以被表征。在波德莱尔的著名论文《现代生活的画家》中，他推崇那些将记忆视为创造活力之源头的艺术家，并指出了记忆的两种功能："这样，在 G 先生的创作中就显示出两个东西：一个是可复活的、能引起联想的贯注的回忆，这种回忆对每一件东西说：'拉撒路，起来吧！'；另一个是一团火，一种铅笔和画笔产生的陶醉，几乎象是一种癫狂。这是一种恐惧，唯恐走得不够快，让幽灵在综合尚未被提炼和抓住的时候就溜掉。"[12]489《恶之花》中有一首名诗《天鹅》（"Le Cygne"），这首诗同样表达出这个观念：通过洞穿记忆与符号——一语双关：天鹅/符号（swan/sign）之间的相互作用，在记忆的符号中不可能使失去的得以再现[12]。在《天鹅》中，逝去的过往作为一种不可挽回的放逐，它所招致的创伤经验由记忆所唤醒：缺失定义了恋旧之情。"老巴黎不复存在（城市的模样，/唉，比凡人的心变得还要迅疾）"[20]289。

通过记忆打捞逝去的时间的困难，不过是波德莱尔反思现代性中记忆本性的一部分；波德莱尔诗学中的关键点在于，他也许相信追忆的生殖力能使过往的价值得以再生，尽管这价值不在诸种总体性中，然而却在最细微的碎片中。在《阳台》（"Le Balcon"）中，他将记忆的力量赞颂为"回忆之母，情人中的情人"（"Mère des souvenirs, maîtressedes maîtresse"），能从遗忘那无限曲折的深渊中打捞起过往的美与旧日的美好时光："我知道怎样召回幸福的时辰。"在《远行》（"Le Voyage"）中，波德莱尔将记忆非凡的照亮之力彻底化，这力量触发了某种超自然的经验：作为整体的局部经验或作为局部的整体经验——一种转喻与提喻的表达法[13]：

> 对于喜欢地图和画片的娃娃，
> 天和地等于他那巨大的爱好。
> 啊！灯光下的世界那么的广大！
> 回忆眼中的世界多么地狭小！[20]342

马塞尔·普鲁斯特（Marcel Proust）同样通过记忆，令逝去的过往之景象得到复原，他或许是现代文学中探索记忆领域的最伟大的作家，他写下了唯一的追忆杰作《追忆逝水年华》（A la Recherche duTemps Perdu）。如果波德莱尔由于记忆本身处于放逐之中，而部分地怀疑记忆的恢复力，那么普鲁斯特则不仅将记忆投入到对生活所有经历的复原上（temps perdu towards le temps retrouvé），而且还巧妙地赋予记忆某种拯救力量，从隐没或被毁中拯救生命的经验；通过描写个体自我目下最真实的意义，普鲁斯特坚定地相信经由记忆的媒介，过往能够拯救当下。[14]

为了实现这一救赎性理念，普鲁斯特开始在最无意义的素材、最细微的碎片、非自主回忆（mémoire involuntaire）以及日常世界里最平常的细节内，探寻富有创造性的时刻[15]。对于普鲁斯特来说，非自主性回忆是最有效的，具有内在活力的媒介，通过这一触媒，过往被压抑、被隐藏的细致入微的内容，便被一点一滴地揭示出来；过去与当下、那里与这里，以及外部与内部的创伤性分裂由此得以弥合治愈。因此正是在这个小茶杯中，在最迷人的日常事项中，凭借记忆的精挑细选（recherché），于最超凡的生命经验中感知、发现、重获玛德琳小蛋糕（madeleine）这个独立自主的宇宙。通过视非自主回忆为一种扬弃的过程——细微的事物经过回忆而变得非凡和重要，或用本雅明的话来说"从时间中脱颖而出"[21]。普鲁斯特以此开启了现代主义中，最为奇特的个体之私人生活世界的追忆叙述，一种与戴望舒记忆诗歌不谋而合的叙述。

现代主义对于记忆的理解大致有三：一是对逝去之过往的复原力；二是经由过去来救赎当下的拯救观念；三是自白叙述中的放逐符号学（the semiotics of exile）。另一个时常萦绕在波德莱尔以降的现代主义者们头上的观念认为，记忆这一理念还充当着折磨、痛苦、失望、苦恼与灾难的场所。[22]239 去追忆、回忆、铭记即是去受难，去感受不可触及之过往的伤痛。波德莱尔认为，这种折磨来自于一切过往记忆的同时呈现："诗性记忆，曾为某种无尽欢乐的源泉，如今变成了摆满无穷折磨刑具的库房"；[23]魏尔伦认为记忆唤醒了他过往的恶魔："啊，人类的智慧，啊新事物横陈眼前/而过往——令人厌倦的回忆！/你的声音描述，还有更险恶的建议/我记下的便是我所犯下的邪恶。"[24]明确影响过戴望舒的记忆主题的诗人耶麦⑥，在诗歌《无名之美》（"beauté sans nom"）中感到痛苦，即追忆纯洁的不可接近的理想女性"我徒劳地寻着你的出现"（"Je cherche en vain votre présence"）。对在记忆中保存瞬逝之美的不可能性，道生则流露出深深的苦痛与惋惜"往日的愁怨，平凡的旧事，/又同来侵我忧心"（《请你暂敛笑容，稍感悲哀》，戴望舒译）。

以上简述了现代性中典型的记忆经济（mnemonic economy）的不同形式，据特迪曼（Terdiman）的看法，它们的特质在于记忆的危机，这种记忆症候的类型源于当下与过去之联系的中断[22]3-6。根本上，这种记忆危机拥有两种主要的失序特征："太少的记忆与太多的记忆"（"too little memory and too much"）[22]14。前者陷溺于"可怜的欠发展"（"pitiful underdevelopment"）中的记忆；后者则困扰于"可怕的过度生长"（"monstrous hypertrophy"）中的记忆[22]25。就陷溺于过少记忆之一端来看，不断进步的空虚当下吞噬着过往，将记忆驱遣入遗忘，正如波德莱尔的《恶之花》所示"其身无血，流着忘川之绿汤"（《忧郁之三》）；就困扰于太多的记忆之一端来看，过去仍活在当下，或者当下被过去移植，很难记住什么，如波德莱尔的《忧郁》（"Spleen"）一诗"我若千岁也没有这么多回忆"（《忧郁之二》）。特迪曼断定，这两种功能的失调反映出某种文化焦虑，具体表现为现代性经验之中，个人与集体之意识均遭遇了前所未有的断裂[22]8。

在 20 世纪初，中国文化的连续性发生了某种认识论的断裂，中国新文学经历了对过去的深深丧失，因而记忆的文学便随之兴起了。西方现代性中出现的记忆危机也同样出现在中国现代文学中，记忆问题的两种矛盾类型呼之欲出。⑰在现代汉语诗歌的语境中，郭沫若恰好表现出记忆太少的问题，而李金发的又太多。在郭沫若的《女神》中，由于从过往的尘埃中爆发出了创造全新自我与全新民族身份的膨胀能量，因此在这具热烈的身体中便不会包含任何过往的记忆，这身体永不停歇地向着新的未来时间挺进。对于郭沫若来说，一切旧事物的绝对毁灭是创造一切新事物的前提。没有必要，也无可能回望过去。犹如《天狗》诗中的爆炸身体拥有越少的记忆，它所爆发出的力比多能量便越有力。记忆在郭沫若自我形塑的叙述中被视作某种障碍与妨害，可能阻挡了一个完全透明的现代新自我的创造。因此，在《女神》中，几乎难觅记忆的踪迹。⑱在李金发的诗歌世界中则正相反，记忆占据了一个重要的位置：对失去的爱情、消逝的青春、童年、破裂的友谊与异国旅行的记忆。因为过往的记忆已死，已然凋谢，有时，他为自己模糊的记忆而烦躁：

> 我的记忆全死在枯叶上，
> 口儿满着山果之余核。[25]384
>
> ——《爱憎》
>
> 在淡死的灰里，
> 可寻出当年的火焰，
> 惟过去之萧条，
> 不能给人温暖之摸索。
>
> ——《在淡死的灰里……》[25]248

然而更重要的是，记忆太多令李金发饱受搅扰，痛苦不堪，正如我们在李金发的《夜之歌》，这首现代汉诗中最为古怪的诗句中所看到的那样：

> 粉红之记忆，
> 如道旁朽兽，发出奇臭，
>
> 遍布在小城里，
> 扰醒了无数甜睡。[25]37

这几行诗呈现出现代世界的空间视野，小城布满了记忆。此处，记忆被描绘得充满诱惑（粉红：感官上的/视觉上的性感诱惑），邪恶（发出奇臭的朽兽：侵略性的/无处不在的嗅觉），不可避免地入侵现代世界（在味觉器官中呼吸它的臭气），不可抗拒（引人注目的粉红色），而终成灾难（扰醒了无数睡眠/引发失眠症）。这首诗，充满了波德莱尔式的记忆焦虑的气息［例如《腐尸》（"The Corpse"）一诗］，准确地捕捉到了现代性最直接的后果，即"记忆危机的周期性发作"[22]343，这一危机的持续，在戴望舒那里达到爆发点。

作为一个现代主义诗人，戴望舒尤其陷溺于过量的记忆。这种记忆危机表露在记忆过旺（hypermnesia）的症状中：一种他永不遗忘也无从逃避，却似乎在与日俱增的记忆。在这首著名的《我底记忆》中，我们可以目睹到记忆无处不在，一切都成了记忆：

> 在一切有灵魂没有灵魂的东西上，
> 它在到处生存着，像我在这世界一样。

无处不在与无所不知的记忆塞满了诗人的整个世界，更准确地说，"我"的整个心灵在记忆的控制之下。一种记忆的物化在此出现——"我"变成了记忆的他者，由存在于"我"之中的他者所唤醒，但最终却致使"我"屈从于他者：

> 它的拜访是没有一定的，
> 在任何时间，在任何地点，
> 甚至当我已上床，朦胧地想睡了；
> 人们会说它没有礼貌，
> 但是我们是老朋友。

尽管如此，这种无所约束的记忆过旺，或栩栩如生的不正常记忆，如此粗暴地干涉着私人的生活—世界，相反却并未给"我"带来极大的痛苦：

> 我底记忆是忠实于我的，
> 忠实得甚于我最好的友人。
> ……
> 但是我是永远不讨厌它，
> 因为它是忠实于我的。

在《我底记忆》中，诗人表达了对记忆本质在现代生活的状况下的纯粹沉思。

在这首里程碑式的作品中，戴望舒不仅界定了他的诗，还界定了他自己。也就是说，记忆是诗人最主要的抒情议题、主题、世界，以及他诗歌写作的中介与内容。记忆是他愿意交流与愿意称颂的最重要的朋友、最亲密的他者以及最可靠的伙伴。在记忆的领域之外，世界一无所有。戴望舒给予记忆过度的特权，并将一种新的诗学敏感性推向极致，他创造了孙玉石称之为"开了中国三十年代现代派的一代诗风……的记忆体"[26]。

由此看来，就记忆的功能在于连结当下与过去而言，记忆创造了一种叙述、一种探求（追忆，recherche），记忆组成了详细的单元：事件、时序、行为、路径、叙述主体，从过去的碎片尘埃中构造出一种连贯的整体[27]。"过往"这一观念以某种叙述形式传递至当下，它能够产生记忆的复原力与拯救力，这一点我们已在上文有所涉及。然而，在中国历史连续性中断的语境下，现代性前所未有的冲击造就了戴望舒诗中一种独特的追忆叙述，即一种微小叙述的兴起。这种小叙述提供了最个人化的生命史，个体"我"之中最意味深长的事件，以及日常世界中最为琐屑的故事。

记忆的微小叙述作为较长历史记忆的宏大叙述的对立面，开始于"局部、当下与个人……个别的与特殊的"，在某种意义上可被称之为"反记忆叙述"[19][28]。利普希茨（Lipsitz）认为，反记忆叙述乃是"某种开始于局部、即时与个人的铭记与遗忘的方式"。不同于历史叙述那种始于人类的总体性存在，然后聚焦于其中特定的行动与事件，反记忆叙述开始于个别与特殊，然后朝外向着一个总的故事铺展。反记忆将目光投向排除了主流叙述的隐蔽历史。但反记忆叙述又与神话不同，神话寻求源于较长历史构成中的事件与行为的分离，而反记忆叙述则通过提供关于过往的新角度，来推动对现存的历史进行修正。戴望舒的大部分诗作均具有反记忆叙述的品质。在上述对《我底记忆》一诗的讨论中，正是这种典型的反记忆叙述，诉说着一些发生于"它"——记忆，与"我"——叙述者之间的重大事件。"它"所有的叙述细节在诗中被唤醒："它"——到处存活、胆小、安静，言语琐碎，它的故事嗡鸣着同样的语调，娇媚无比、滔滔不绝、不请自来。"我的"与"它"的关联在于，"在寂寥时，它便对我来作密切的拜访"；"我的"对"它"的态度，即使它的拜访行踪不定，而且"琐琐地永远不肯休止的"，但"我"却绝不会讨厌它，因为"它"是忠实于"我的"。对细节如此的专注，令戴望舒成功地展现出一幅生动鲜活的记忆图景，最终将记忆的概念提升到一种活力存在的地位。如此一来，戴望舒实实在在地复活了中国现代文学中，现代生活世界内的记忆诗学。

微小的追忆叙述/反追忆叙述的特征同样可见诸许多别的作品。戴望舒最脍炙人口的作品《雨巷》，表面上诉说着叙述者"我"与丁香一样的姑娘之间一段失败的爱情故事，但实际上这首诗拥有更多的指向。这首诗叙述了在丁香一样的姑娘身上的个人细节。撑着油纸伞，她在一条雨巷中游荡，她的颜色、芬芳、忧愁就像丁香一样，她的眼光悲哀，她的举止与众不同，这些事件共同演示了在一条雨巷中姑娘的出现与消失。日常的细节得以被强调：油纸伞、雨巷、丁香、颓圮的篱墙。通过这种记忆的微小叙述，戴望舒实际上书写了一段个体"我"的极简历史，他尝试从这些无意义的记忆细节中构建出一个真实的个人身份。换言之，诗人以这种微小的追忆叙述的方式，探寻现代日常生活中一种"我是谁？"的自我界定。

《断指》这首典型之作追忆了一个悲剧故事，诗人的一个朋友，从他被捕到在监狱中受尽折磨，以及最后死去，对这事件的追忆仅由保存在酒精瓶中的断指唤醒。就像普鲁斯特超自然般的"玛德琳小蛋糕"点燃了一段久逝之过往的珍贵记忆，这根浸泡在酒精瓶中的奇妙断指同样激起抒情者"我"对记忆的搜寻——与此关联的过往中特定之物的所有细节：断指作为一位朋友遗志的纪念，纪念他未知的可怜的爱恋，他的被捕、折磨、死亡与他偶尔醉酒。这样一种微小的叙述把我们带进碎片的意味中，记忆使之突然膨胀为一个独立的宇宙。此诗的中心视角在于抒情者"我"——作为一位遇难者朋友的记忆陈述者，这个"我"日益凸显出"我的"当下与过去。死去的朋友在断指的转喻中存活下来，产生出生命的复原气息，直指当下之"我"，将"我"从空虚中拯救出来，在"我"中种下现代世界的坚定信念：

> 这断指常带了轻微又粘着的悲哀给我，
> 但是这在我又是一件很有用的珍品，
> 每当为了一件琐事而颓丧的时候，
> 我会说："好，让我拿出那个玻璃瓶来吧。"

另一首题为《祭日》的诗，同样响彻着与《我底记忆》《断指》中类似主题的回声：追忆某些丧失、离开与凋零的东西。丧失令记忆成为可能。因此，在这个特别的祭日（"今天"），诗人忆起他六年前死去的朋友，推断他的朋友大概已经老去，日渐消瘦，依旧过着漂泊的生活，但朋友依旧忠诚于诗人以及仍活在世上的妻女：

> 今天是亡魂的祭日，
> 我想起了我的死去了六年的友人。
> 或许他已老一点了，他剪断了的青春。
> ……
>
> 快乐一点吧，因为今天是亡魂的祭日，

我已为你预备了在我算是丰盛了的晚餐，
你可以找到我园里的鲜果，
和那你所嗜好的陈威士忌酒。
我们的友谊是永远的柔和的，
而我将和你谈着幽冥中的快乐和悲哀。

意味深长的"今天"唤起了从时间中凸显的往日记忆，面对消逝之物事、空虚之当下与过往之不幸，构建出一种悲悼的叙述，在这种悲悼叙述中显示出的仍旧是极端个人化的事件与生活的日常琐屑。祭日（"今天"）实际上是当下沟通过往的日子；当时（the then）［过去是（what was）］回到现在（now）［现在是（what is）］是为了尚未（not-yet）［将会是（what will be）］而被铭记与纪念。[40]

记忆仅能从过往中重捕获缺陷与苦痛，正如此诗表达了消逝即为追忆中的当下，然而除此之外，戴望舒还反思了一个不寻常的主题：不是过去被铭记，而是未来。尚未出现的［可能是（what might be）］被提前得以体验，如已然发生了一般，就像这些诗行所述："或许他已老一点了"；"他一定是瘦了……而我还听到他往昔的熟稔有劲的声音"；"他不会忘记了我：这我是很知道的，/因为他还来找我，每月一二次，在我梦里"；"当然她们不会过着幸福的生涯的，/像我一样，像我们大家一样"；特别是最后两句"我们的友谊是永远地柔和的，/而我将和你谈着幽冥中的快乐和悲哀"[41]。过去预言了未来；因此铭记未来亦即发明过去，戴望舒负载了太多不幸的过度记忆引发了某种关于时间的吊诡经验。在《过旧居》这首诗中可以清晰地看见同样的理念：

或是那些真实的年月，年代，
走得太快一点，赶上了现在，
回过头来瞧瞧，匆忙又退回来，
再陪我走几步，给我瞬间的欢快？

从上文讨论的四首诗来看，我们可以区分暗含在追忆的微小叙述中常见的叙述性特征，乃是一种"我"的视角——一种以自我为中心的第一人称视角。"我"成了围绕在所有记忆中发生过的事件的聚焦点。在《我底记忆》中，是"我"辨认与界定了记忆；在《雨巷》中，是"我"梦见了与丁香一样的姑娘的相遇，但实际上她却试图接近"我"（"像我/像我一样地"）；在《祭日》中，是"我"铭记住在梦中访我的亡友（"像我一样，像我们大家一样。"）；在《断指》中，是"我"保存着亡友的断指，亡友的不幸可循着"我"的记忆而找到（"我会说：'好，让我拿出那个玻璃瓶来吧。'"）。使用这种特定的第一人称叙述作为中心视角，在于诗人强调所有的记忆行为开始于、亦结束于个体生活世界，这一点在《我底记忆》中尤其如此。作为某种探寻叙述，从根本上来说，追忆是对一种自我建构的新句法的探索，"我—经验—现在开始意识到一种先前—我—经验它的（先在）环境"　　["the me-experience-now becoming aware of a prior-me-experiencing its（prior）environment"]。[29]在铭记的过程中，出现一种生殖力，它能令过去与当下、内部与外部一致，它能将分散的碎片之气息聚集为生命经验的一种连续体，一种自我的新知识从中被重新获得，一种新的自我身份从中被塑造。正如玛丽·沃诺克（Mary Warnock）所见：

> 任何真正被忆起的记忆必然……包含自我的理念。无论是通过形象还是通过直接的知识，将记忆视作一种认知的经验或思想，必须含有这样一种确信，我自己曾是记忆场景中的这个人。形象（若真有一个形象）必须不仅仅被贴上"这属于过去"的标签，还要贴上"它属于我的过去"的标签。[30]

所以"我的"记忆最终引出了第一人称视角，作为抒情主体，书写已经发生的眼下之事，但现在并非如此，在最后，"我的"记忆所假设的探寻叙述，将同某些不同的事物以及特定的事物——一种活跃的、创造性的时间连续性意识——一起复归至抒情者"我"，最终变成一种自我成熟的叙述。在《不要这样盈盈地相看》一诗中，这一点清晰可见：

> 不要这样盈盈地相看，
> 把你伤感的头儿垂倒，
> 静，听啊，远远地，在林里，
> 惊醒的昔日的希望来了。

始于"我"又终于"我"的记忆，构造出一种极简叙述（彻底的第一人称主体性视角），并把我们带向了戴诗中追忆领域的另一个特征，即第一人称的追忆叙述，共时性地创造出一对追忆之眼，"我"用这眼来探寻消逝之事物，来挖掘残余，来审视被铭记之事物的价值，来重获记忆碎片中独一无二的气息。在《十四行》一诗中，戴望舒展示出这种追忆之眼：

> 像淡红的酒沫飘在琥珀中，

我将有情的眼藏在幽暗的记忆中。

记忆在黑暗的、模糊的、混浊的、阴郁的场所中出现，这场所无人得见。然而，诗人将追忆中的眼睛描述得像是漂浮在琥珀玻璃瓶中的玫瑰酒沫：五彩斑斓、跳动着、富于魅力、光彩夺目、温暖、梦幻、充满肉欲、芬芳、震撼、有力与流动。

最有意味的是，这对追忆之眼在本质上乃是身体之眼。追忆首先是身体的记忆，与一个人如何铭记于身体中，如何由身体铭记，又如何凭借身体铭记有关。正如凯西所言："没有身体的记忆是不存在的。"[31]172正是在身体中，记忆才能被聚集、保留、固定与维持。[32]正是经由身体，其他身体才被铭记，他者的记忆被聚集起来，汇集为一个整体，又正是通过身体，自我的连续感与个体身份才在铭记的行为中显现出来。②戴望舒诗中，身体记忆的观念（从内部铭记）、身体的记忆（从外部铭记）、铭记的身体以及被铭记的身体扮演着一种与第一人称反追忆叙述相关的修辞性（转喻—提喻—隐喻）功能。

三、身体追忆的修辞学

身体及其肉身性乃是戴望舒诗中记忆运作最强有力的元素，正是身体去铭记或是被记住。我们可以在早先讨论过的诗中看到那些被铭记的身体细节，比如在《我底记忆》中，强调了胆小、低微、娇媚的声音，以及记忆的眼泪与太息；在《雨巷》中，丁香一样的姑娘之步幅、颜色、芬芳、太息与眼光被凸显出来；在《祭日》中能辨认出老年、消瘦、熟稔的声音、亡友的口吻。尤其在现代性中，当下的时间变得空洞、毫无历史，用身体来测量、记录时间的飞逝感成了戴望舒最主要的议题。在上文提及的作品《Spleen》中，我们能在如下两行内感受到时间之残酷性所带来的震撼：

我底唇已枯，我底眼已枯，
我呼吸着火焰，我听见幽灵低诉。

时间之进程在身体上的烙印颇具毁灭性；能够连续地在记忆中保存唯有那被经验过的事物之气息，如下列这首《老之将至》所示：

我怕自己将慢慢地慢慢地老去，
随着那迟迟寂寂的时间，

而那每一个迟迟寂寂的时间，
是将重重地载着无量的怅惜的。

而在我坚而冷的围椅中，在日暮，
我将看见，在我昏花的眼前
飘过那些模糊的暗淡的影子：
一片娇柔的微笑，一只纤纤的手，
几双燃着火焰的眼睛，
或是几点耀着珠光的眼泪。

　　用身体来丈量或记录时间的流动，一方面令人痛苦，因为从丈量本身那里累积起来的实际上不过是某种深深的失落感、对不可再现之物的感觉（"是的，我将记不清楚了：……这些，我将都记不清楚了"），以及无法计量的惋惜记忆。另一方面，这也是一个危险行为，因为身体将会完全被转瞬飞逝的时间摧毁；身体最终的结果不过是残存的肢体局部：痕迹、碎片、无法掩盖的痛楚、记忆库中的创伤。凯西（Casey）认为，身体记忆的主要形式之一便是创伤的（traumatic）身体记忆，这种记忆"在被胁迫时兴起于自己的活体，亦影响自己的活体。"[31]154 一般来说，这种创伤的身体记忆同活体的碎片化（fragmentation）相关："一具分解成肢体间无法协调的身体，因此，完整之躯便无法进行连续、自发之类的行为。"[31]155 或拉康所称之为"支离破碎的身体"（le corps morcellé）。[33] 戴望舒在《过旧居》一诗中，回忆起生命中最受伤的时刻，这首诗记录了损伤、痛苦、损坏与残疾对身体毁灭性的影响。烙在身体上的灾难日月如此悲惨，身体的创伤印刻在记忆之根的深处，或许相反地也令身体器官在回忆时，激起最为苦涩的新鲜欢愉，这与习惯性的身体记忆的碎片关系紧密。[31]155-157 正是在这创伤的身体记忆中，最深层与最真实的自我才能被感知，最重要的是，才能从感觉上被铭记。戴望舒对于破碎的身体记忆经验，在《断指》与《我用残损的手掌》两首诗中，最为彻底地通过转喻—提喻—隐喻的修辞格表现了出来。

　　在《断指》这首诗中，正是这节小小的断指唤醒了诗人朋友的完整生命，以及他们之间的亲密关系。作为身体的一处破碎的局部，断指本身转喻性地产生出一种价值：一个完整的世界凭借追忆叙述的力量而被敞亮：

在一口老旧的，满积着灰尘的书橱中，
我保存着一个浸在酒精瓶中的断指；

每当无聊地去翻寻古籍的时候，

它就含愁地向我诉说一个使我悲哀的记忆。

书橱中的书、瓶中的手指、回忆中的"我"以及身体中的记忆：这种特别的意象群富有隐喻性，以及意义的异质性，恰当地暗示了现代性中记忆的本质。多层意义可以从这些比喻中辨别出来。

其一，一种容器与被容者的基本关系：书被包含在书橱中（书橱/容器；书/被容者）；手指被保存在瓶中（瓶/容器；手指/被容者）；"我"在回忆中（记忆/容器；"我"/被容者），记忆被存放在身体中（身体/容器；记忆/被容者）。但是，如果容器与被容者的关系被颠倒，也就是说，如果书被阅读，手指被铭记，回忆被唤醒以及记忆被激活，那么被容者与容器的逻辑便被完全打破，而一种新的翻转关系就被建立了起来：被容者变成了容器；向内的显现出向外，自此以后便获得了一种主导性力量（书橱在书中、瓶子在手指的气息中、"我"在回忆的时间中以及身体在记忆中）。通过这样的比喻性翻转，某种"我"与"非我"之间的陌生化（defamiliarized）关系便由此得以确立；内与外的边界因而崩塌。照此看来，记忆的发生不仅仅是出场，而且记忆本身也变得可以再现。在波德莱尔的许多诗中，《香水瓶》（"Le Flacon"）、《头发》（"La Chevelure"）、《天鹅》（"Le Cygne"）与《忧郁》（"Spleen"）（"我若千岁也没有这么多回忆"）（J'ai plus de souvenirs），这种比喻性的替代昭然若揭。

其二，容器与被容者之间的这种关系暗示出聚集与包裹这种典型的现代性碎片修辞学。在现代性的飞速瞬间中，所有细微的痕迹与碎片需要汇集在个体内部（intérieur）才得以弥补。在汇集与包裹的行为中，最细微的痕迹和碎片，二者之气息的价值便在这内部的内在空间中驻留。[9]246-249 这样一来，聚集物的蒙太奇，用本雅明的话来说，"可以被置于最亲近的可想象的关系中，其中拥有最密切的亲和力"，以便形成属于其本身的独特世界。[34] 聚集与包裹（包装）就如同容纳、重构，就如同记忆领域中现代性的奇特形塑，在波德莱尔的叙述中成为反复出现的母题，正如《香水瓶》一诗所述："因此，当我消失于人们的记忆/消失于阴冷衣橱的角落时，/当人们扔掉我，像悲痛的，满布灰尘的，/肮脏的、卑贱的、粘滞的、破裂的旧香水瓶时。"[35] 在《恶之花》中的《忧郁》系列里，波德莱尔在其中一首诗中探索了记忆领域内聚集、包裹、容纳的最佳比喻性表达：

我若千岁也没有这么多回忆

一件大家具，负债表塞满抽屉，

还有诗篇、情书、诉状、浪漫歌曲，

粗大的发髻缠绕着各种收据，

可秘密没我愁苦的头脑里多。

……

我是间满是枯萎玫瑰的闺房，

里头一大堆过时的时髦式样，

唯有布歇的苍白，粉画的悲哀，

散发着打开的香水瓶的气味。㉘

同样，戴望舒在那首诗里创造出一个包裹的迷宫世界，用以容纳这一独特的碎片——断指：（1）断指浸泡在瓶子里，（2）瓶子由它的主人"我"保管，（3）"我"把这根断指浸泡在酒精瓶中并放在老旧的书橱中，（4）覆满了经年的灰尘，（5）它常常激起"我"超强的回忆，回忆征服了"我"这个断指持有者，亦征服了这个事件的叙述者。在这一层层迷宫似的包裹里，其深处容纳了断指最丰富的记忆气息。随着这神秘的内部被唤醒、被震撼并被翻转，使里朝外，于是，一层层的记忆就被昭示、被穿透、被散布以至于最终被审视。整个鲜活的世界本身成为记忆中断指的存活过的内部。通过这个小小碎片的记忆包裹，通过记忆的想象连结起消逝的过往与空虚的当下，去铭记即是去探寻自我身份的整一。正如海德格尔所言，记忆乃是一种想象行为，它总是朝向被追记之物，总是朝向视"一直被"（"having being"）与"已经被"（having been）记之物为生成的"尚未"（not-yet）。[36]

其三，如上所述，丧失乃是记忆的前提，乃是某种"唯有当它消失时才能被忆起"的东西[19]87，而且消失之物就其本质而言并不能被完全地记起、复制与恢复。唯有消逝之物的局部、痕迹与碎片可以在追忆中存活。因此，记忆仅保留过去的转喻性价值。由此看来，戴望舒的《断指》不仅仅是一首悼念亡友的诗，而且是一首探讨现代性中，与记忆本质有关的诗。它纯粹是一种记忆的隐喻。破碎的身体——断指——在此充当了现代性经验中揭示记忆之内质的基本性比喻。从这个角度来看，戴望舒转向现代性中的琐屑与碎片这一点，可以进一步证明对于这首诗的探索：身体局部的隐喻性表达被铭记为一个完整的世界。这种隐喻性的核心起源于这样一个理念，去铭记便意味着为了某个绝对的他者，促发了我们的牺牲——一种难以定夺与不可触及的丧失，唯有局部能从中复归，并且穿过虚构的路径抵达被反复书写的绝对丧失，在其记忆的浮现之中永不休止的重复。

破碎的身体记忆不仅仅与在个体之"我"的世界中出现的创伤与伤害有关，而且还与降临在存在的共同体"我们"的世界（像是居住地与场所）中的苦难与灾害有关。换言之，个体的身体总是与共同的身体相联，它由凯西称之为"作为内场所（intraplace）的身体或作为交互场所（inter-place）的身体"构成。[31]196凯西认为，作为内场所的身体关系到身体的特殊角色，身体扮演一个内在场所来组织协调围绕身体诸物的空间性，这一观点来自于，我们的身体在铭记的场所内拥有它自己的内场所："我们曾在那里，除了那里，别无所在。"[31]196换言之，我们的身体得以安顿的某处场所，与被铭记的场景有关；作为交互场所的身体指的是从一地向另一地活动的活身体，这身体作为场所变换的基础。作为交互场所的身体在这里与那里之间创造出一个具体的联系，无论何时，我们的身体动作都发生在某个场所。㉔[31]196

　　写于1941年抗战期间的作品《我用残损的手掌》，堪称表达这两个概念的典范，作为内场所的身体和作为交互场所的身体，凭借破碎的身体记忆而获得统一。抒情者的"我"，想用受伤/破碎的手抓起一张中国地图，民族景观的全部物理形态被全然压缩进这个小而破碎的身体部位——残损的手掌之中。作为内场所的身体拴系并紧握着民族广袤的土地于一只手掌中；但当民族景观的全部物理形态通过这只残损的手掌而被昭示时，或当这只残损的手掌缓慢地摸索每一片土地时，那么作为交互场所的身体便由此出现，并且将地图上隔离的区域连结入另一个不可分割的整体。

　　更具辩证意味的是，这首诗暗示了，"我"作为实际上居住于并守卫着这块国土的个人身体，相反却是被作为交互场所的身体所居住与保护，这个身体就在"我们"这一总体性的空间中存在。因此，在交互场所中感受到的苦难与灾害将会深深地被/在/由个人身体所感觉、分享与反映，同样地将被"我"感受到。这令"我残损的手掌"之地位得以确证。在这首诗中，戴望舒再次构建起一套转喻—提喻—隐喻的记忆修辞来传递他对丧失交互场所的悲痛。简而言之，用残损的手掌来抓住国家的地图乃是将整体空间进行某种提喻的缩小；通过受伤之手掌来揭示民族景观的广阔则是隐喻性的放大，将局部扩展为整体，这残损的手掌本身进而变成一个宏大的隐喻，隐喻着国家的灾难（作为交互场所的身体），以及个体之"我"的痛苦（作为内场所的身体）。如此一来，戴望舒有效地令疼痛、痛苦与苦难这些不幸的存在状况得到了"一次悲剧性的升华"[37]，并赋予它们以新的力量、"新的生命、爱与希望"——个体之"我"的希望，同一个充满希望的交互场所："永恒的中国。"

　　为了更直接地靠近被铭记之物，为了使内省之景观更强烈地被残损的手掌感受到，为了令民族的总体性更真实地被经验，戴望舒特意把身体的感觉诉诸为统一着记忆经验的最大感官力量。在《我用残损的手掌》一诗中，五种基本感觉被极度地强调与认可，进而创造出一种感官追忆的叙述，使得在地图上分布的地方苏醒过来，从而产生一种整体性。下面我将引用这首诗，并在诗的每一句后面附上辨识的五种感觉（关键词下面加了着重线）：

我用残损的手掌

摸索这广大的土地：（触觉）

这一角已变成灰烬，（视觉）

那一角只是血和泥；（视觉/嗅觉/触觉）

这一片湖该是我的家乡，（视觉）

（春天，堤上繁花如锦障，（视觉/嗅觉）

嫩柳枝折断有奇异的芬芳，）（味觉/听觉/嗅觉）

我触到荇藻和水的微凉；（触觉）

这长白山的雪峰冷到彻骨，（视觉/触觉）

这黄河的水夹泥沙在指间滑出；（视觉/触觉）

江南的水田，你当年新生的禾草（视觉）

是那么细，那么软……现在只有蓬蒿；（触觉）

岭南的荔枝花寂寞地憔悴，（视觉）

尽那边，我蘸着南海没有渔船的苦水……（触觉/味觉/视觉）

无形的手掌掠过无限的江山，（触觉/视觉）

手指沾了血和灰，手掌粘了阴暗，（触觉/视觉）

只有那辽远的一角依然完整，（视觉）

温暖，明朗，坚固而蓬勃生春。（触觉/视觉）

在那上面，我用残损的手掌轻抚，（触觉）

像恋人的柔发，婴孩手中乳。（触觉/视觉/味觉）

我把全部的力量运在手掌

贴在上面，寄与爱和一切希望，（触觉）

因为只有那里是太阳，是春，（视觉）

将驱逐阴暗，带来苏生，（视觉）

因为只有那里我们不像牲口一样活，

蝼蚁一样死……那里，永恒的中国！

一九四二年七月三日

我们可以看到，上述五种感官被全部唤醒，每一种感官深远的启示意义被逐渐地沿着地图移动的残损的手掌展现出来。根据这首诗的律动，感官频率的顺序是：触觉—视觉—味觉—嗅觉—听觉；触觉位列第一，视觉其次。诗歌以触觉开篇，但是以视觉结尾。从触觉转视觉的位移揭示出可见物的隐形身份，指向记忆领域中的升华进程。残损的手掌最直接地感受到了故土，通过来自追忆之眼，或一种诗人内在意识之中的"纱之眼"的触觉[38]，将故土隔绝的部分统一进这最真实的全体。最后这双追忆之眼敞开了一片图景，并超越了具体景观的触觉；这是"爱、一切希望、全体、太阳、春、苏生、永恒的中国"的图景。就此而言，戴望舒的这首诗通过追忆（源自身体的感官），以及在记忆之中，再造了一个最为乌托邦的民族新身份愿景。

由此可见，身体追忆在戴诗世界中扮演了一个极为重要的角色，它不仅仅成了他最激进作品中的力量源，而且还为了自我的持续与重塑而催生出某种强大的追忆能量。这种特别的追忆能量一旦被释放，则将会继续在记忆的力比多经济范围中运转，并进而勘定了戴望舒诗歌中独特的现代性气息。

注释：

① 本文根据笔者的长篇英文论文 "*The Narcissistic Body：Mnemonic Auras and Fragments of Modernity in Dai Wangshu's Poetry*" 改写而成，承蒙赵凡翻译成中文，特致谢忱。

② 时间上的巧合可以从两方面加以体察。其一，从诗歌创作的年限看，李金发于 1920 年至 1924 年间完成了他的三部主要诗集，而据戴望舒的诗友杜衡所言，戴望舒于 1923 或 1924 年开始了他的诗歌学徒期（杜衡 1936）。李金发的第一部诗集《微雨》出版于 1925 年，另外两部诗集则出版于 1926 年和 1927 年，而戴望舒的第一部诗集《我底记忆》则出版于 1929 年，也就是《微雨》出版后的四年。

③ 有趣的是，现代汉诗的学者与批评家们，通常喜欢戴望舒的诗甚于李金发的诗。争论的焦点集中于二人诗歌的易解与否，据说是由于李金发的欧式句法，他的诗被认为难以理解，进而被斥为败坏汉语的"罪魁祸首"（孙席珍，1981）。相反，戴望舒的诗则被视为相当的清晰而易于理解（朱自清，1936；利大英，1989）。

④ 梁仁，编：《戴望舒诗全编》，浙江文艺出版社，1989 年版，第 29 页。以下引诗皆出自该书，不另注。

⑤ 齐美尔与本雅明都将经验（Erfahrung）视为对外部现实与历史总体性的经验，而体验（Erlebnisse）则是对个人内部经历的经验。在他们看来，现代性便是一种由经验缩小为体验的经历模式的转变（见 Simmel 于 Frisby 1986；Benjamin 1973）。

⑥ 就波德莱尔拾荒者、搜集者和游荡者的讨论，参看瓦尔特·本雅明：《查尔斯·波德莱尔：发达资本主义时代的抒情诗人》*Charles Baudelaire：A Lyric Poet in the Era of High Capitalism*（1973）。

⑦ 我在讨论中将"记忆"（"memory"）、"铭记"（"remembering"）、"追忆"
（"reminiscing"）、"回忆"（"recollecting"）、"助忆"（"the mnemonic"）视作相
等的术语，尽管在哲学上它们之间拥有细微的差别。对于这些术语在西方历史中
的详尽讨论，请参考玛丽·卡拉瑟斯（Mary Carruthers）：《记忆之书：中世纪文
化的记忆研究》*The Book of Memory：A Study of Memory in Medieval Culture*
（1990）以及克雷尔（Krell）：《论记忆》*Of Memory*（1990）。

⑧ 参阅 A. E. Cherkassky 的著作 *New Chinese Poetry*，Moscow：Nauka，1972 年
版，第 334 页；Gregory Lee 的著作 *Dai Wangshu：The Life and Poetry of a Chi-
nese Modernist*，香港中文大学 1989 年版，第 121 页；孙玉石：《戴望舒名作欣
赏》，北京：中国和平出版社，1993 年版，第 86 页。

⑨ 有关现代记忆的症候，请参阅 Davis Farell Krell 的 *Of Memory，Reminiscence，
and Writing：On the Verge*，Bloomington：Indiana University Press，1990 年版；
Richard Terdiman 的 *Present Past：Modernity and the Memory Crisis*，Ithaca/Lon-
don：Cornell University Press，1993 年版。

⑩ 另一个现代诗的突出主题是梦。对西方文化中的梦颇具启发性的研究请参看加斯
东·巴什拉（Gaston Bachelard）：《梦想诗学》*The Poetics of Reverie*，1971 年。

⑪ 在对浪漫主义诗歌的一般性研究，以及对华兹华斯诗歌的详尽研究中，其中对记
忆概念颇富吸引力的讨论，请参看克里斯托弗·萨尔韦森（Christopher
Salvesen）：《记忆的风景：华兹华斯诗歌研究》*The Landscape of Memory：A
Study of Wordswoth's Poetry*，1965 年版。对于华兹华斯来说，记忆的力量在于
能够再创造一种过去，在他的《颂歌：永恒之暗示》（*Ode：Intimations of Im-
mortality*）中有这么两句："每当我回忆起过往的岁月/无尽的感激油然而生"
（"The thought of our past years in me doth breed / Perpet-ual benediction"）。

⑫ 就《天鹅》一诗中对双关语（swan/sign）之功能的详细讨论，请参看理查德·
特迪曼（Richard Terdiman）颇具启发性的著作《当下的过往：现代性与记忆危
机》*Present Past：Modernity and the Memory Crisis*，1993 年版，第 106—147 页，
此论启发了我确切地理解现代性中的记忆概念。

⑬ 德·塞尔托（de Certeau）对空间的记忆进行了相当程度的阐释。在德·塞尔托
的笔下"提喻使某种空间要素得以膨胀，以使其担当起一种'更多'的角色。提
喻使碎片代替整体性，它放大了细节，缩小了整体"（The Practice of Everyday
Life，1984 年版，第 101 页）。

⑭ 参见 Georges Poulet 的文章 Proust and Human Time，出自 *Proust：A Collection of
Critical Essays*，René Girard 编，Englewood Cliffs：Prentice-Hall，1962 年版，第

163 页；Richard Terdiman 的 *Discourse and Counter-Discourse：The Theory and Practice of Symbolic Resistance in Nineteenth-Century France*，Ithaca：Cornell University Press，1985 年版，第 152 页。

⑮ 就普鲁斯特的记忆概念之详尽讨论，参看瓦尔特·本雅明的《发达资本主义时代的抒情诗人》中《论波德莱尔的几个母题》一文，London：Verso，1973 年版，第 109—154 页。以及乔治·波利特（Georges Poulet）的《普鲁斯特与人类时间》"*Proust and Human Time*"，载于热内·吉拉德（René Girard）编：《普鲁斯特：批评论文选》*Proust：A Collection of Critical Essays*（1962）；理查德·特迪曼的《超常记忆：普鲁斯特的记忆》"Hypermnesia-Memory in Proust"一文，载于《当下的过往：现代性与记忆危机》*Present Past：Modernity and the Memory Crisis*，1993 年版，第 151—238 页。

⑯ 有关耶麦对戴望舒主题上的影响涉及诸如：《雨巷》《回了心儿吧》《Spleen》《我底记忆》《秋天》《对于天的怀乡病》等诗作中的记忆，神秘女郎与烟的意象，请参看利大英：《戴望舒》，1989 年版，第 139—173 页。

⑰ 据我所知，对于中国现代文学中的记忆经济学的研究十分稀少。一项关于中国古典诗歌的记忆功能的研究由宇文所安（Stephen Owen）的《追忆：中国古典文学中的往事再现》*Remembrances：The Experience of the Past in Classical Chinese Literature*（1986）一书完成，尽管研究领域不同，但并非与本论毫不相关。反传统主义者与传统主义者之间就"过去"这一问题的争论正炙手可热，尚未解决，因此将研究转向中国现代文学文本中记忆的特殊功能，便是一项十分有益的工作。

⑱ 异议便会随之而起，郭沫若确实在《女神》中利用许多过去的神话传说，也回忆了自己童年的快乐时光。然而笔者认为，尽管诗人采用了一些过往的文化来源，但这只不过是创造的中介，这种对过去文化的采纳绝非组成其诗歌主题的意识。更重要的是，就郭沫若来说，这种对过去神话的采用绝不会成为自我反思的中心场所。抒情"我"无法追忆，无法在记忆的领域里内省，更重要的是，抒情主体从未沉溺于记忆。此外，由于记忆总是在朦胧、模糊之处出现，照亮万物的自生光在郭沫若的进步身体中一定会横扫记忆所有的驻留地。

⑲ 关于反记忆的概念，亦可参见米歇尔·福柯：《语言，反记忆，实践》*Language，Counter-Memory，Practice*，Ithaca/NewYork：Cornell University Press，1977 年版。

⑳ 关于悲悼和纪念的记忆的相关讨论，请参看爱德华·凯西（Edward Casey）颇有助益的著作《铭记：一次现象学研究》*Remembering：A Phenomenological Study*，1987 年版，第 216—260 页。

㉑ 类似的诗句可见于卡洛斯·富恩特斯（Carlos Fuentes）的"铭记未来，发明过去"（*"Remembering the Future，Inventing the Past"*）；刘易斯·纳米尔（Lewis Namier）"想象过去，铭记未来"（*"Imagine the Past and Remember the Future."*）。参看大卫·洛文塔尔（David Lowenthal）编：《过去即异乡》*The Past Is a Foreign Country*。换言之，被铭记的自我亦即发明者，当下的自我被视作其持续的发明。关于铭记自我与被铭记自我之间的差异，请参看乌尔里克·奈瑟（Ulric Neisser）与罗宾·菲伍什（Robyn Fivush）：《铭记自我：自我叙述中的建构与精确》*The Remembering Self：Cons truction and Accuracy in the Self-Narrative*（1984）。

㉒ 有关记忆中身体的作用，我们可以回溯至柏格森、梅洛庞蒂、海德格尔、本雅明与弗洛伊德的理论。请参看爱德华·S·凯西：《铭记：一种现象学研究》；大卫·法雷尔·克雷尔（David Farrel Krell）：《论记忆、怀旧与书写：临界》*Of Memory，Reminiscence，and Writing：On the Verge*。在讨论普鲁斯特的"非自主记忆"时，本雅明指出："四肢是他最喜欢他们呈现出来的方式，他屡次谈及的记忆画面都存放在四肢中——当他们在较早时，大腿、手臂、肩胛骨在床上摆出姿势时，这些画面突然闯入记忆，而未接到来自意识的任何指令。"（本雅明，London：Verso，1973 年版，第 115 页。）

㉓ 译文引自郭宏安：《恶之花》，广西师范大学出版社，2002 年版，第 271 页。对于这首诗在文学中阐释性接受的更详尽的研究，请参看汉斯·罗伯特·姚斯（Hans Robert Jauss）在著作《面向一种接受美学》*Toward an Aesthetics of Reception* 的第五章中富有挑战性的讨论，1983 年版，第 175—229 页。笔者受惠于姚斯那令人着迷的解读。

㉔ 关于身体记忆和场所这两个术语的详尽讨论，请参看凯西的著作《铭记》1987 年版，第 181—215 页；关于纪念活动身体的功能，同样可以阅读凯西在其同一本著作的第十部分（第 216—257 页）的讨论。

参考文献：

[1] 施蛰存. 引言［M］//梁仁. 戴望舒诗全编. 杭州：浙江文艺出版社，1989.

[2] 痖弦. 从象征到现代［M］//戴望舒卷. 台北：洪范书店，1977：2.

[3] 卞之琳. 序［M］//戴望舒诗集. 成都：四川人民出版社，1981：5.

[4] 秦亢宗. 现代作家和文学流派［M］. 重庆：重庆出版社，1986：215.

[5] 陈丙莹. 戴望舒评传［M］. 重庆：重庆出版社，1993：107.

[6] 朱自清. 导言 [M] //中国新文学大系·诗集卷.上海：良友图书印刷公司，1935：8.

[7] 艾青. 望舒的诗 [M] //戴望舒诗集. 成都：四川人民出版社，1981：4.

[8] 余光中. 评戴望舒的诗 [M] //痖弦. 戴望舒卷. 台北：洪范书店，1977：226—227.

[9] Davis Frisby. Fragments of Modernity：Theories of Modernity in the Works of Simmel，Kracauer，and Benjamin [M]. Cambridge：MIT Press，1986.

[10] Michel Foucault. What Is Enlightenment? [M] //The Foucault Reader. Paul Rabinow，Ed. New York：Pantheon Book，1984：39.

[11] Marx Weber. Science as a Vocation [M] //Marx Weber：Essays in Sociology. New York：Free Press，1974：155.

[12] 波德莱尔. 波德莱尔美学论文选 [M]. 郭宏安，译. 北京：人民文学出版社，2008.

[13] 马泰·卡林内斯库. 现代性的五副面孔 [M]. 顾爱彬，李瑞华，译. 北京：商务印书馆，2002：56.

[14] 戴维·弗里斯比. 现代性的碎片：齐美尔、克拉考尔和本雅明作品中的现代性理论 [M]. 卢晖临，译. 北京：商务印书馆，2003.

[15] Charles Taylor. The Sources of the Self：The Making of the Modern Identity [M]. Cambridge：Harvard University Press，1989：284.

[16] 施蛰存.《现代》杂忆 [J]. 现代，1932 (4).

[17] Alfred de Musset. La Confession d'un enfant du siècle [M]. Paris：Gallimard-Folio，1973：20.

[18] Richard Terdiman. Present Past：Modernity and the Memory Crisis [M]. Ithaca/London：Cornell University Press，1993.

[19] Michel de Certeau. The Practice of Everyday Life [M]. Berkeley：University of California Press，1984.

[20] 波德莱尔. 恶之花 [M]. 郭宏安，译. 桂林：广西师范大学出版社，2002.

[21] Walter Benjamin. Charles Baudelaire：A Lyric Poet in the Era of High Capitalism [M]. London：Verso，1973：139.

[22] Richard Terdiman. Discourse and Counter-Discourse：The Theory and Practice of Symbolic Resistance in Nineteenth-Century France [M]. Ithaca：Cornell University Press，1985.

[23] Baudelaire. Baudelaire：Oeuvres Complètes [M]. Paris：Gallimard，1961：402.

［24］Paul Verlaine. Ouvres Poétiques Complètes ［M］. Paris：Gallimard，1962：285.

［25］李金发. 李金发诗集 ［M］. 周良沛，编. 成都：四川文艺出版社，1987.

［26］孙玉石. 戴望舒名作欣赏 ［M］. 北京：中国和平出版社，1993：81—86.

［27］Hyden White. The Historical Text as Literary Artifact ［M］//The Writing of
History：Literary Form and Historical Understanding. Robert H. Canary,
Henry Kozicki，Eds. Madison：University of Wisconsin Press，1978：41—62.

［28］George Lipsitz. Time Passages：Collective Memory and American Popular Culture
［M］. Minneapolis：University of Minnesota Press，1990：213.

［29］Ulric Neisser，Robyn Fivush. The Remembering Self：Construction and Accuracy
in the Self-narrative ［M］. New York：Cambridge University Press，1984：8.

［30］Mary Warnock . Memory ［M］. London：Faber，1987：58—59.

［31］Edward S Casey. Remembering：A Phenomenological Study ［M］. Bloomington
& Indianapolis：Indiana University Press，1987.

［32］Martin Heidegger. What Is Called Thinking? ［M］. New York：Harper and
Row，1968：3.

［33］Jacques Lacan. The Mirror Stage as Formative of the Function of the "I."
［M］//Écrits. A Sheridan，trans. New York：Norton，1977：1—7.

［34］Benjamin. Gesammelte Schniften ［M］. R Terdimann，ed. Frankfurt：
Suhrkamp，1982：271.

［35］波德莱尔. 香水与香颂：法国诗歌欣赏 ［M］. 莫渝，译. 台北：书林出版有限
公司，1997：27.

［36］Martin Heidegger. Time and Being ［M］. London：SCM Press，1962.

［37］Dominic C N Cheung. Feng Chih：A Study of the Ascent and Decline of His Lyri-
cism ［D］. Seattle：University of Washington，1973：11.

［38］Gregory Lee. Dai Wangshu：The Life and Poetry of a Chinese Modernist ［M］.
Hong Kong：The Chinese University of Hong Kong，1989：264.

——原载《江汉学术》2017 年第 3 期：26—40.

反镜像的自恋诗学

——戴望舒诗歌中的记忆修辞与自我的精神分析

◎ ［美］米家路（文），赵 凡（译）

摘 要：由于现代性的飞逝时间撕碎了中国文化叙述的总体性，一切坚固的东西都烟消云散了，唯有文化的碎片保存在记忆的气息之中。在这种从 1920 年代到 1930 年代的转向中，断裂的时间意识在戴望舒的追忆诗学中逐渐内在化，为诗人提供了观照自我与他者之间身份张力的反镜像行为。通过记忆、女性与花朵的修辞转化，戴望舒在现代汉诗的自我形塑冲动中发掘出了一个划时代的自我精神分析学，即自我经他者而塑形。戴望舒这种独特的反镜像自恋诗学一方面标明了从郭沫若，经李金发到戴望舒之间，自我形塑嬗变的边界；另一方面，反映了中国新文化叙述中自我身份之进步的成熟展望，从而创造性地回应了自我意识对历史气息的召唤。①

关键词：戴望舒；自我形塑；镜像；精神分析；诗学

> 而我是你
> 因而我是我
>
> ——戴望舒《眼》

在戴望舒的追忆诗学中，记忆焦虑源自于丽人的逝去以及不可能通过记忆复归其美丽。虽然每当记忆发生时都唤醒每一次时间中的悲伤与痛苦，但这种追忆的无能为力却成为其诗歌创作的持久源泉；当戴望舒投入他记忆的固恋时，那个神秘的、匿名的、难以触及的丽人便凸现为诗歌的突出主题。[1]94−199 然而，在戴望舒的诗性追忆中，对女性主题的推崇，可以谱系性地追溯到记忆的希腊词根：摩涅莫绪涅（Mnemosyne），一个拥有神话与诗性要素的记忆女神。在希腊神话中，摩涅莫绪涅是缪斯女神的母亲，她掌管着聚集、容纳、纪念、赠予、回忆与礼物[2]。正如海德格尔写道：

她是天地之女。作为宙斯的新娘，摩涅莫绪涅九夜之后成为缪斯的母亲。戏与舞，歌与诗，都归于摩涅莫绪涅的怀抱。……但作为缪斯之母，"回忆"（Gedächtnis）并不是任意地思念随便哪种可思想的东西。回忆在此乃是思想之聚集，这种思想聚集于那种由于始终要先于一切获得思虑而先行已经被思想的东西。回忆聚集对那种先于其他一切有待思虑的东西的思念。这种聚集在自身那里庇护并且在自身中遮蔽着那种首先要思念的东西，寓于一切本质性的现身并且作为本质之物和曾在之物允诺自身的东西。回忆，即被聚集起来的对有待思想的东西的思念，乃是诗的源泉。[3]

记忆意味着丧失，但丧失仅存于追忆的复归中，仅存于伟大的缪斯的女性气质之复归中，丧失的才得以被记起。在现代主义诗学中，记忆的这种女性特征被如此强烈地受到称颂。在波德莱尔那里，它被视为"我的回忆之母，情人中的情人"（《阳台》）或"被放逐的安德罗玛克"（《天鹅》）。尤其在《人造天堂》中，波德莱尔将这一神秘的女性气质极端化为象征主义诗歌的理想女性："女人是那种在我们的梦中投下最多的阴影或者最多的光明的人。女人生来就是富于启发性的；她们过着她们自己的生活以外的一种生活；她们在精神上生活在她们早晨的并受到其侵扰的想象之中。"[4]魏尔伦则将其幻想为"未知的女人"（une femme inconnue），在"我熟悉的梦"（Mon rêve familier）中，她的声音"遥远、沉静、低缓"（lointaine, et calme, et grave）[5]。耶麦将女性描述为善变与难解的，道生则将它想象为一位纯洁无瑕的小姐不可触碰："此刻不在眼前，哦，幻想之面！"[6]

一、花卉与女性：感官的馈赠

在戴望舒诗中，记忆的这种女性气质不仅含有上述理想的、善变的、神秘的、不可触碰与难解的要素，而且被赋予了留驻记忆的特殊功能。换言之，在戴望舒的诗歌世界中，女性成了记忆集聚与存留的场所，比如《雨巷》。在此，吊诡的二重性随即产生了：一方面，理想女性是一位记忆试图将其召回的失落对象，然而另一方面，这个理想女性本身却成了记忆存在的场所。就此而论，搜寻消失的女性之美本身的记忆便成了被追索的对象：一种元追忆叙述，亦即记忆被视作诗性反思的恰切主题。

可见，记忆即女性，女性即记忆。他们的交融似乎难解难分，充满辩证。然而，这样一种水乳交融的二重性又如何在诗中呈现？或者说，这种记忆的女性气质的符号学呈现又如何可能？正是在这一意义上，就其形状、颜色、香味与感官品质来说，花成为了戴望舒呈现这种记忆—女性气质之二重性的最钟意的隐喻。在文学中，花通常表示美、生命、无瑕与贞洁，因此它们自然而然地与女性联系在一起。与此同时，因为其感觉形象，以最完满与最直接的方式，花成了唤醒记忆的最有力的植物。花充当了最有效的中介，刺激所有的感官，并使这些感官协调一致：颜色/视觉、气味/嗅觉、形状/触觉、花瓣/味觉、颤动/听觉。花同样成了定义现代性之本质的主要比喻之一。在波德莱尔那里，尽管在一个现代的、庸常的世界中，花变成了"恶之花"，但这些花在一个奇妙之乡中绽放出"整齐和美/豪华，宁静和沉醉"。生长出"最珍奇的花，/把芬芳散发，/融进琥珀的幽香"：

> 而我，我已经发现我的黑色郁金香和我的蓝色大丽花！
> 无与伦比的花，被重新发现的郁金香，含有寓意的大丽花，
> 你应该去生长和开花的地方，不就在那里，不就在那如此宁静、
> 如此梦幻般美丽的国土上吗？

（《邀游》）[7]

对马拉美来说，花是象征主义至高无上的理念中最形而上的象征："我说：'一朵花！'这时我的声音赋予那淹没的记忆以所有花的形态，于是从那里生出一种不同于花萼的东西，一种完全是音乐的、本质的、柔和的东西：一朵在所有花束中都找不到的花。"[8]马拉美的另一首诗作《花》则喻示了绝对的象征观念：

> 从古老穹天崩溃下的金涛中，
> 从创世纪星空中永恒贮积的瑞雪中，
> 往昔你撷来一朵朵巨大的花萼，遗赠给
> 青春焕发的大地。
>
> 浅黄的菖兰花，像伸出细颈的天鹅，
> 又像为流放者的灵魂准备好的桂冠，
> 红得像染上一簇晨曦报晕的
> 赛拉芬纯美的脚趾。
>
> 风信子，犹如光彩照人的香桃木，
> 洁白得像玉人的肌肤，而那无情的玫瑰
> ——披着花园灼灼花朵的海洛狄亚德

浇洒了一身殷殷的鲜血！

百合咽喧的白色
流动在被它划破而叹息的海洋上，
穿过苍白的地平线上蓝色的烟霭
冉冉地升向泣露的明月。

赞美歌飘拂在曼陀铃上，回绕在香炉里，
圣母，这是待福国的圣歌！
让夜晚的群星结束这回声，
那是神往的眼神，闪烁的灵光！

圣母呵，你用强壮、正义的圣体
为惨淡人生中憔悴的诗人
创造了满贮苦药的圣酒杯
和一朵朵带着死亡芬芳的鲜花。[8]

对魏尔伦来说，在他最幸福的日子（plus beau jour），他们是美丽的陌生人
（belle inconnue），回忆"动人的目光"（regard émouvant），"啊！这初绽的花朵，她
是那样的芬芳！"（Ah! les premières fleurs, qu' elles sont parfumées!），这个无名美人
嗓音甜润（voixd' or vivant），洁白的手（main blanche）和恋人的唇间（lèvres bien-
aimées）。[5]尤其是白色的和绿色的花，同样是耶麦用以传递其记忆的最钟意的比喻，
"蓝色天堂中拥有纯美的美丽女孩"（Les jeunes filles avec la beauté virginale dans le
ciel bleu）。

就道生来说，花代表了他在往日的睡莲时刻，对一个纯真的理想女性形象的追
求，"妮奥波，她至死还厌倦/那我抛掷在她身前的花瓣，/散在她花朵似娇娇的身
畔。/她为那憔悴的花枝轻叹——/那月色的蔷薇惨白又阴蓝，/和那睡莲出自尘
寰。"（《安灵曲》，戴望舒译）②或是"爱情再不管那风啸好花间，/你花园终已成
荒：/没个人儿能寻一瓣/去年玫瑰的褪色残香。"（《幽暗之花园》，戴望舒译）
或者：

作歌歌落花：
灿烂枝头摘。

清艳霎时间，
曾亲云发鬓。——
今日知何处？
寒灰伴幽寂。

花朵意象是戴望舒上乘之作中着力颇多的诗歌形象，因此围绕记忆与女性的合并，花朵意象构成了其诗歌的中心主题之一。戴望舒的花朵话语可大致辨识为如下几种特定的类型。

1. 花与女性记忆

当记忆的角色被归属于特定的女性时，记忆对这种女性特征的分解，便使其能以花的意象呈现出来。与诗人进行秘密交流的女性主角主导了全部的叙述：记忆取用了花朵所有可能的特征。脍炙人口的《雨巷》一诗乃是"中国新诗的序幕"（朱湘语），或是"在中国新诗的浪漫或写实的抒情之外，开辟了一个新的艺术天地"[9]。作为一个典范文本，《雨巷》阐明了女性气质、记忆及花朵之间的亲密纽带。诗人，抒情者"我"或第一人称叙述者，撑着油纸伞（与颠倒之花或一束干花的形状相联系）独自（处于隔绝的私密个人状态）彷徨（无目的寻找）在悠长（距离）的雨巷（记忆中典型的晦暗场景），希望逢着一个丁香（与理想的花之角色的认同）一样地结着愁怨（忧愁是象征主义诗人最热衷的感觉）的姑娘，她是有丁香一样的颜色、芬芳和忧愁（花的性质）[③]：

撑着油纸伞，独自
彷徨在悠长，悠长
又寂寥的雨巷，
我希望逢着
一个丁香一样地
结着愁怨的姑娘。

她是有
丁香一样的颜色，
丁香一样的芬芳，
丁香一样的忧愁，
在雨中哀怨，
哀怨又彷徨；

她彷徨在这寂寥的雨巷，
撑着油纸伞
像我一样，
像我一样地
默默彳亍着，
冷漠，凄清，又惆怅。

她静默地走近
走近，又投出
太息一般的眼光，
她飘过
像梦一般地，
像梦一般地凄婉迷茫。

像梦中飘过
一枝丁香地，
我身边飘过这女郎；
她静默地远了，远了，
到了颓圮的篱墙，
走尽这雨巷。

在雨的哀曲里，
消了她的颜色，
散了她的芬芳，
消散了，甚至她的
太息一般的眼光，
她丁香般的惆怅。

撑着油纸伞，独自
彷徨在悠长，悠长
又寂寥的雨巷，
我希望飘过
一个丁香一样地

结着愁怨的姑娘。

这首诗的叙述由这三个节点发展而来：追忆中的"我"，愁怨的姑娘和丁香花。在追忆中，"我"作为一个旁观者，尝试去重获记忆中的"她"，但最终却没有相逢。两对"眼光"从未相遇，她眼光冷漠、凄清又惆怅（"太息一般的眼光"）。通过丁香花的比喻，召回象征着理想之美/自我的姑娘，此端的不可能性昭然若揭。作为一种无生命之物，一种物化的、非人性化的物象，丁香花转瞬即逝、易于枯萎，因此致使欲想之物难以把握与捉摸不定。为了遭遇理想而适得其反的欲望，同样能够用容器与被容器的关系来解释，也就是说，如果记忆容纳了姑娘，那么追忆便不可能将她捕获，正如塞尔托所言，"记忆产生于某个不属于它的地方……通过他者的唤醒，通过失去，从而形成记忆……只有当它消失时，记忆才会被铭记"[10]；因此记忆从它本身之外的地方，总是要将理想姑娘视为他者。如果这个姑娘/女性持存了记忆，那么与她直接的遭遇也会失败，因为姑娘自己被退化为丁香花的脆弱（"消了她的颜色/散了她的芬芳"）。以此看来，这首非凡之作凭借追忆之力，实在地记录下了这一二重性：构建一个理想自我的失败与不可能性。丁香花的花朵比喻意味深长地加剧了这种记忆与女性气质之间的悲剧效果，而结果本身终会被铭记。

正如以上所见，花朵意象作为诗人沉思的比喻，不仅仅用以表达对理想女性（本体上难以接近、不可触碰）的欲望，同时也表达了源起自此种力比多投射的苦难与疼痛。通过这一特殊的花朵比喻，悲剧效果终得升华，"我"的生存状况而得到审视，丧失之物也留存于记忆之中。

2. 花、时间与放逐

花朵具有季节性，它与四季一同生长、开放、凋零。因此，时间的飞逝感蚕食着女性之美，也由此生发了诗人追忆中某种绝望的丧失，而表达此种感觉最好的比喻便是花[11]。因此，在戴望舒的追忆场内，时间的残酷性表现在如花般女性之美的衰褪（用花的特征来描述）。在《残花的泪》诗中，我们看到：

寂寞的古园中，
明月照幽素，
一支凄艳的残花
对着蝴蝶泣诉：

我的娇丽已残，
我的芳时已过，

今宵我流着香泪，
明朝会萎谢尘土。

　　花朵/女性之美在时间之流中如此短暂，甚至刚一抓住便随即消逝。在这样一种毁灭性的暂时性中，一个人如何定位某个暂停的瞬间？诗人在《小曲》中哀叹到："老去的花一瓣瓣委尘土，/香的小灵魂在何处流连？"时间不仅扼杀花朵，同时还使一种花生长：这种花比自然的花更具毁灭性。正是年龄的白花生长于众人的庙阶之上：《赠内》一诗表现了人岁增添，令头发花白，看上去像一朵白花："即使清丽的词华/也会消失它的光鲜，/恰如你鬓边憔悴的花/映着明媚的朱颜。"花朵意象此处的比喻性呈现，记载着时间的残酷性，诗人无疑将被导向了对生之有限的冥思，审视着他所珍爱的女性之美消失的轨迹，正如《霜花》一诗所示：

九月的霜花，
十月的霜花，
雾的娇女，
开到我鬓边来。

装点着秋叶，
你装点了单调的死，
雾的娇女，
来替我簪你素艳的花。

你还有珍珠的眼泪吗？
太阳已不复重燃死灰了。
我静观我鬓丝的零落，
于是我迎来你所装点的秋。

　　在一种轻微的哀婉情绪中，拟人化为一位美丽姑娘的秋日冰霜，正逐渐侵蚀着诗人的生命。然而诗人并未逃避，亦未害怕，他自愿地邀请她的到来，以便令自己能细致入微地审视生命的退却。在这种时间的体验里，诗人把自己自觉自愿地抛入时间残酷的流逝，以便达至对生命的自我观察。从这一角度而言，花朵比喻促成了诗人对时间流逝的内在意识，从而使诗人直接地、即时与时间无情地流逝遭遇。因此，这首诗的主题并非恐惧或消极的服从，而是一种沉凝与反思的自我认知，它确认某种内部的成熟与自我理解。这种自我意识的时间观经由花朵比喻的中介，在戴望舒诗性追忆的叙述中，标志着一个相当重要的阶段，容后进行讨论。

与花相关的便是诗人思想中遭放逐的记忆。换言之，花朵成了某种为家园与异乡、熟悉与陌生、在家与放逐划分界限的植物。现代生活的飞逝驱使现代人离家而出，进而暴露了现代人的无根性。在戴望舒诗中，这种无根性反映于生命过客的典型形象，在《过旧居》一诗中有这么几句：

> 生活，生活，漫漫无尽的苦路！
> 咽泪吞声，听自己疲倦的脚步：
> 遮断了魂梦的不仅是海和天，云和树，
> 无名的过客在往昔作了瞬间的踌躇。

在现代文化中，人类的存在状况本体上即为漂浮的无根性；因此放逐的主题在现代主义诗歌中随处可见。在戴望舒的世界里，由于花朵与女性相融合，女性变成了文化意义上家园的守护者，而花朵成了家园、居所与家庭的花朵。花的凋零与女性之美的丧失，这一双重丧失指向家园的丧失，因而成了放逐的真正原因，不断困扰纠缠着诗人。经过这样一段曲折的道路，花朵、女性、记忆与家园聚集一处，戴望舒得以对乡愁、家园与放逐之本性进行反思。正如《游子谣》一诗所传达的那样：

> 海上微风起来的时候，
> 暗水上开遍青色的蔷薇。
> ——游子的家园呢？
>
> 篱门是蜘蛛的家，
> 土墙是薜荔的家，
> 枝繁叶茂的果树是鸟雀的家。
>
> 游子却连乡愁也没有，
> 他沉浮在鲸鱼海蟒间：
> 让家园寂寞的花自开自落吧。
>
> 因为海上有青色的蔷薇，

游子要萦系他冷落的家园吗？
还有比蔷薇更清丽的旅伴呢。

清丽的小旅伴是更甜蜜的家园，
游子的乡愁在那里徘徊踯躅。
唔，永远沉浮在鲸鱼海蟒间吧。

　　这首诗的特征在于由花所构成的两个不同世界：暗水上的青色蔷薇与家园里寂寞的花。表面上看，旅途中的诗人被青水的蔷薇（水波的转喻）所迷惑，令他不会感到想家；然而在更深的意义上，不是诗人不想念家园，只因家园已逝，他遂变得孤独凄凉，因为回家已遥不可及。家中园子里的花独堪寂寥，诗人的"游子的乡愁在那里徘徊踯躅"。所以在青水蔷薇以外与家中的花朵之内，其间踯躅着难以抗拒的乡愁欲望，以及放逐与回归之间的痛苦张力。诗歌起于诱发家园记忆的青水之花——"游子的家园呢？"，终于"唔，永远沉浮在鲸鱼海蟒间吧"——这种没有终点的无根之放逐。

　　无根的行旅感受与回归的死途在《旅思》这首诗中同时表现了出来："故乡芦花开的时候/旅人的鞋跟染着征泥/粘住了鞋跟，粘住了心的征泥，/几时经可爱的手拂拭？"另一首短诗《深闭的园子》，同样以花朵比喻来展现某种失落感、家园的疏离感以及无尽的放逐感：

五月的园子
已花繁叶满了
浓荫里却静无鸟喧。

小径已铺满苔藓，
而篱门的锁也锈了——
主人却在迢遥的太阳下。

在迢遥的太阳下，
也有璀璨的园林吗？

陌生人在篱边探首，
空想着天外的主人。

如果存在着一个家，即使是想象中的家，因为没有人从远方的放逐中回来而无人居住其中，这个家遂孤离荒凉。花在园中的满满绽放使得荒废的气氛更加浓烈，凸显这废墟乃是由残酷的时间所引起。就此而论，花的意象与时间和放逐相连，并十分有效地引领诗人去践行一种更深刻的沉思：时间对自我内在感受的影响。

3. 花、梦与蝴蝶

花在什么样的意义上与梦，甚至与蝴蝶相联系？正如弗洛伊德注意到，一种特定的花朵与梦紧密相关；花朵的梦或作为梦元素（dream-element）的花尤其与记忆、女性与无意识相连[12]。因此，这朵花只有在消失和缺席时重现于梦中才成为花[13]69。若就此而论，梦就成了花朵凋零后得以留驻的最终场所。或者说，为了被记住，这花朵不得不隐没于梦中。正如我们在上文已经注意到戴望舒的《Spleen》："心头的春花已不更开，/幽黑的烦扰已到我欢乐之梦中来"；同样在《雨巷》中："她飘过/像梦一般地，/像梦一般地凄婉迷茫。/像梦中飘过/一枝丁香地，/我身旁飘过这女郎。"花是一种短生植物，梦中的花同样短生，梦中的女性作为一朵花，则更加短生，更难把握。在花与女性之间，唯有记忆能够持存它们。《跟我这里来》一诗精确地暗示了这一点：

> 我将对你说为什么蔷薇有金色的花瓣，
> 为什么你有温柔而馥郁的梦，
> 为什么锦葵会从我们的窗间探首进来。
>
> ……
>
> 可是，啊，你是不存在着了，
> 虽则你的记忆还使我温柔地颤动，
> 而我是徒然地等待着你，每一个傍晚，
> 在菩提树下，沉思地，抽着烟。

在另一首卓越的诗作《寻梦者》中，花与无意识的梦相连。诗歌开始于一个令人稍感震惊的意象："梦会开出花来的，/梦会开出娇妍的花来的：/去求无价的珍宝吧。"诗人并未说他正梦见一朵花，而是描述作为梦之潜在内容的花。一个梦如何能开出一朵花？是由于梦与花之间毫不相似吗？据弗洛伊德的看法："我们的记忆——没有剔除那些我们意识中最深的印记——在其本身中是无意识的。"[12]539因此，仅仅在无意识中，花才能开放，在梦中涌现为某个特定的象征。如此一来，在诗中为何出现这一古怪的、随意的、无关的，甚至神秘的意象，这一问题须得细查阐明。

　　三种基本的象喻贯穿全诗：梦、花朵与金色的贝。一系列的双重特质在这三个意象中一脉相承：打开/闭合，折叠/展现，揭示/隐藏，容纳/暴露，诸如此类。梦所暴露的便是梦所隐藏的（一种弗洛伊德式的伪装）；一朵花所带来的同时也是它所包裹的，一只贝所展现的正是它向着自身闭合。总是在这样的间隔中，它们相互缠结，回避欲望，致使对终极性毫无把握。正如上所述，戴诗中所有理想女性的形象都被赋予花朵之美，或者花朵就总是与他陌生的美丽女人相联系。因为花的形制与视效（花冠、花蕾、花蕊、花心、花萼、花胚、花柱、柱头、叶片、花瓣），一朵花就如一只贝，反之亦然。在这个意义上，一只贝即是女性的比喻，而诗中金色的贝可以读作理想的丽人之象征（如一朵金色的完全绽放的花那般美丽！）。

　　如此看来，这首诗的主题就变得明了易解：一朵盛开于梦中的花，是诗人渴望的无价珍宝，无论去哪里寻找（攀爬冰山或航行于旱海）或需要花费多少时日（九年），最终不过是绝望与徒劳，因为：

　　　　当你鬓发斑斑了的时候，
　　　　当你眼睛朦胧了的时候，
　　　　金色的贝吐出桃色的珠。

　　　　把桃色的珠放在你怀里，
　　　　把桃色的珠放在你枕边，
　　　　于是一个梦静静地升上来了。

　　　　你的梦开出花来了。
　　　　你的梦开出娇妍的花来了，
　　　　在你已衰老了的时候。

　　金色的贝象征着这个理想的女人，当生命之火熄灭，欲望衰退之时；当头发灰白，双眼模糊之时[④]，桃色的珠仅现于梦中。尽管理想的女性遥不可及，但诗人平静地沉思着这个安静与平和的事实。花朵隐喻再一次令这幅生命图景成为可能。

　　诗人由蝴蝶的比喻进一步地被带向对生命之意义的探究。蝴蝶的本性，恰与花朵联系在一起。花朵是蝴蝶驻留的场所，蝴蝶色彩斑斓的翅膀正像极了花瓣。戴望舒在《古神祠前》中写道："它飞上去了，/这小小的蜉蝣，/不，是蝴蝶，它翩翩飞舞，/在芦苇间，在红蓼花上。"在其振翅神秘的开合中，蝴蝶似乎特别地促发了记忆与梦。彩翅的扇动令一切欲望的达成几无可能，因此欲望的充实被永久地延宕与拒绝。对诗人来说，逝去的时日就像一只蝴蝶，五彩缤纷，但想要把握旧日的完满，重获旧日的全体，却是注定失败、枉费工夫。在《示长女》一诗中，诗人哀叹道：

> 你呢，你在草地上追彩蝶，
> 然后在温柔的怀里寻温柔的梦境。
> ……
> 那些绚烂的日子，像彩蝶，
> 现在枉费你摸索追寻。

在蝴蝶象喻中出现了一种双重身份。一方面，蝶翅扇动起了观者的欲望，也诱惑其野心；而另一方面，蝶翅的扇动闭合欺骗了观者的欲望，戏仿了其渴望，进而践踏了其潜在的情欲。从这一点来看，因在力比多欲望的经济中创造空隙、匮乏与缺席，如同花朵、贝类一样，蝴蝶便成了最不确定性的比喻。这或许说明了戴望舒为何要使用彩蝶的象喻去呈现记忆无力复原的逝去之物。

尽管在日益空虚的当下中留驻过去并无可能，然而对于自我来说，最有意义的并非再造逝去之物，而是找到通往丧失得以被思考的可能性路径。如前所述，依照海德格尔之见，记忆乃是思的聚集；是赋予回想过去的一种馈赠。最重要的是，追忆是对思的召唤——去回想那些将我们凝聚之物。鉴于此，蝴蝶彩翅的扇开，谐谑着勾起我们的追忆，这便是一种对思的召唤，它揭示了令我们赞颂之物。以此看来，蝴蝶比喻以及花朵比喻均承担着建立一种可能的通道来连接起过往与当下，内在世界与外在世界，自我与非自我。最终，随着思之召唤的兴起，自我见证了一次分裂：其本身成为思的对象，进而获得一种崭新的自觉。这一观念精确地在一首小诗《我思想》中得到巧妙的呈现：

> 我思想，故我是蝴蝶……
> 万年后小花的轻呼
> 透过无梦无醒的云雾，
> 来震撼我斑斓的彩翼。

这种西方的启蒙主体性（笛卡尔的"我思故我在"）与非同一变形的中式讽喻

（庄子自我主体性与非自我蝴蝶的合一寓言）的互融，在花的神奇召唤中达到极致，它唤醒了从历史尘埃中走来的"我"，激起了一种突然的敞开，这全赖传递这种馈赠的冥思能力。此处的花已然不朽，花的召唤释放出一股神秘的力量，一方面使蝴蝶的诱惑内在化，另一方面释放了这股追求一个想象的未来（an imaginary not-yet）的欲望。这首诗的声音显得如此沉凝，其语调充满期许，将戴望舒的诗学意识提升到一个更高、更成熟的层次。

4. 花、悲悼与书

当事物永远消逝，空缺再难弥补，追忆便发生了。我们之所以铭记便是为了防止丧失，或者说，把我们带回到依旧活在我们内心中的往常。因此，正如德里达所示，记忆一直就是"他者，有作为他者之记忆的追忆，后者源自他者，又复归于他者。它使任何总体化愿望落空，并使我们受庇于寓意的场景，拟人化的虚构，换言之，使我们受庇于悲悼的修辞学：悲悼的记忆和记忆的悲悼"[14]50。因此，铭记即为悲悼⑤。在"纪念"（in memory of）或"怀念"（to the memory of）的修辞学中，花朵持存了悲悼最具象征性的意义：庆祝、感谢、爱、尊重、悲哀、期许、承诺、忠贞、惋惜、思考、奉献、信仰、真相与启示。在《萧红墓旁口占》一诗中，戴望舒在悲悼过程中凸显了花的主题：

> 走六小时寂寞的长途，
> 到你头边放一束红山茶，
> 我等待着，长夜漫漫，
> 你却卧听着海涛闲话。

这首悲悼短诗具有非同寻常的含混性。诗人独自走了六小时的路程来到一位亡友的墓旁，仅仅只是为了放上一束花，写下一首口占诗吗？口占到底在此为何意？这首诗究竟想表达什么意思？这束红山茶又意味着什么？由于死者的名字被召唤，便因此代表了某种亏欠、感激、追悔或仅仅只是铭记？如此的阅读，会忽略诗中的悲悼价值。相反，让我们来考虑以下几个问题：是什么将该诗作者带至萧红之墓？或者说，是什么把他们二人在诗中相连起来？众所周知，萧红是一位女性作家（一位小说家），抗日战争时期，她逃难至香港，并不幸病死在那里。诗的作者同样是一个作家（一位男性诗人），他在同样的境遇下逃至香港，但还活着。他们因为都是作家而彼此相连，换言之，把他们俩连在一起的便是他们操同样的行当，即写作。最根本的差异在于：她死了，而他逃过劫难还活着。因此，在诗中我们看到，活着的人来到墓前"看望"死者，并在墓旁放上一束红花。表面上，这是一幅生者悲悼死者的场景。但这些花为何是红色的？红色不正意味着革命（正如人们所普遍理解的那样）、美丽、欲望、爱情、激情吗？"我"为何要经受如此长时间的等待？又等待什么？

　　正如我们已经注意到，花朵乃是人们表达悲悼之情最钟意的媒介。然而，作为一种比喻，花朵无法直接地通达死者，仅仅通过其象征性意义，曲折地表示出悲悼的意味。花朵仅能以曲折的方式，亦即通过花朵的象征意义来呈示悲悼的意义。换言之，花只为了消失而出现[13]72；只有把花视作非花，或别的什么，或比喻为他者，花才成为花本身。正如德里达写道："花朵乃是局部（消逝）［(de) part (ed)］。花从其现有的局部（消逝）［(de) part (ed)］中，持存了一种先验之赘疣（a transcendental excrescence）的力量，这赘疣只是令花看上去是如此（先验），这赘疣甚至不再会败落。"[15]就此而论，悲悼场合中的花绝非真正的花，它不过是语义上的花；花只不过是标志，指涉着出场者的缺席。由此观之，诗人置于萧红墓旁的红山茶不过是语义上的花、书本甚或是他自己的诗选，这些东西充当了召唤亡者向着文学使命、文学创造，以及最终的写作之思回归。

　　这召唤传递给死者，甚至她的名字也被召唤，但无人回应。回归的路径被永久地叛逆，语义的召唤是一种在缺乏所指的状况下，播撒自身的召唤。因此，诗人/生者穿过漫长的夜晚等待着一个无声的回答。墓旁的红花还未败落，显然承载着某种永不停歇的悲悼之志，一种被内在化的召唤确认思之许诺，它只存在于写作——书本之中，别无他处。对悲悼主题的如此阅读使我们了解到，戴望舒的"口占"实在是一首追忆其文学使命与文学创造性的诗篇（同样可以考虑到，1944年这首诗写作时，戴望舒的诗歌创作已相当贫乏）[1]227-238。他坚定地期待这没有回响的应答，或许这应答会在书本里与作品中出现，亦即出现在为死者而口占的持续不断的语言作品之中，一直为我们隐秘的悲悼经验提供力量，将会形塑生者的身份。

　　花（同记忆）与人类知识世界中的书本、文字、写作与艺术紧密相连⑥。写作是将记忆转译为艺术，好让隐秘之物显见，比如在上文讨论过的《断指》一诗：

　　　　每当无聊地去翻寻古籍的时候，
　　　　它就含愁地向我诉说一个使我悲哀的记忆。

　　花在书本中的出现凭借语言的再现与转化。戴望舒的某些诗作非常善于在花的整体中表达这一特征，表达记忆与书本、文字与写作的连结。《我底记忆》里有这么两句准确地暗示了这种移植的技艺：

它存在在绘着百合花的笔杆上，

……

在撕碎的往日的诗稿上，在压干的花片上。

　　一支绘着百合花的笔是一件写下（创造）记忆之意义的艺术品；然而绘在笔上的百合则位于笔的书写之中，这朵百合不是真的花，而是物质的花的缺席。就这一意义来看，正如德里达所言："花是局部（消逝）〔（de）part（ed）〕。"[14]15 只有在花朵消失或败落之后，花才成为花。正如萨缇利奥特（Sartiliot）与德里达同时注意到，花作为一株自然植物转化为某种与书本、书写与艺术相连的非花的美学对象，这主要集中在植物标本（herbarium）与词语形态（verbarium）之间，植物学与语言学之间，以及花、织物（textile）与文本（textual）之间的联系之上。在艺术的意义生产经济学中，花的生殖方式与艺术作品之间存在某种亲密的对应。首先，通过种子、精子、内核的播撒，花可能倚赖偶然的机会而存活，正如一部艺术作品所承载的信息，通过许多曲折与偶然才能触及对主题的密码。

　　其次，花的萌发与绽放乃是通过各种中介（风、昆虫或水）而实现，正如意义由读者而生一样。再次，花只能由载体使其子房的柱头授粉才得以绽放。然而，在花朵绽放的过程中，授粉并非每次都成功，因为并非所有的介质都能到达传递授粉的终点，准确地说，就像艺术作品的意义无法被读者完全地把握，这源于他们无法确定的文本性。一言以蔽之，花/植物的受孕过程在许多方面与书本、写作、文字与艺术之意义的生成十分相似。用德里达的话来说："艺术作品，（是）那不可把握的花朵。"[14]15

　　在戴望舒的几首诗中，蜜蜂授粉于子房的柱头的意象，令他触及到了生殖的母题、作品的意义，或爱的生成性，因而释放出生殖的可能性，正如《小病》一诗："小园里阳光是常在芸苔的花上吧，/细风是常在细腰蜂的翅上吧。"此处，早春园中的阳光、花、风、嗡嗡的蜜蜂为病人搭建了一个富有意义的世界，一个充满复原与康健的世界，病人在此感受泥土的气息，享受莴苣的脆嫩与韭菜的嫩芽。为了意义生成的成功，为了达至生命的繁衍，戴望舒毅然地将花与蜜蜂同女性联系在一起，在《三顶礼》一诗中，我们读到了如下的句子：

恋之色的夜合花，

佻㒓的夜合花，

我的恋人的眼，

受我沉醉的顶礼。

给我苦痛的螫的，
苦痛的但是欢乐的螫的，
你小小的红翅的蜜蜂，
我的恋人的唇，
受我怨恨的顶礼。

蜜蜂是令花朵授粉并使其开放的中介。红翅蜜蜂同样给恋人授粉（恋人的双眼正像花子房的柱头一般，唇就像花的瓣），恋人心中的爱如受孕般开始萌发，最终开出爱之花。意义因而生成，生命因而延续。

在另一首题为《微辞》的诗中，戴望舒用谐谑的语调描绘授粉、绽放与生殖的完成：

园子里蝶褪了粉蜂褪了黄，
则木叶下的安息是允许的吧，
然而好弄玩的女孩子是不肯休止的，
"你瞧我的眼睛，"她说，"它们恨你！"

女孩子有恨人的眼睛，我知道，
她还有不洁的指爪，
但是一点恬静和一点懒是需要的，
只瞧那新叶下静静的蜂蝶。

魔道者使用曼陀罗根或是枸杞，
而人却像花一般地顺从时序，
夜来香娇妍地开了一个整夜，
朝来送入温室一时能重鲜吗？

园子都已恬静，
蜂蝶睡在新叶下，
迟迟的永昼中，
无厌的女孩子也该休止。

生殖完成（蜂蝶安息在新叶下），意义发生（花朵开了一个整夜）。然而，女孩继续弄玩，似乎她的欲望还未被满足（恨人的眼睛依旧充满激情）。由于生命的受限，生死如花，通过暗示无垠的宇宙中她生命的界限，诗人拒绝了女孩的诱惑。尽管这首诗所暗示出的某种自我满足的哲学，听起来相当讽刺——甚至如果人之生死如花，而花仍不过在人死后的每一个春天复生，因此死亡与再生周而复始，那么人类为何不在此列？戴望舒在这里似乎拒绝某种超然感，其中部分原因在于他向日常性诗学的转向，然而园中蜜蜂、蝴蝶、花朵、新叶以及谐谑的女孩之形象，如果从文学与植物的关系的角度追踪下去，或能引发更多的遐想。

在耶麦与道生的诗中可以找到同样的概念——通过蜜蜂、花、花粉和女人来受孕及繁殖。在耶麦的作品《她》（Elle）中我们可以读到细致入微的生成：

> 她蹑步至低处的牧场，
> 因牧场开满簇簇的鲜花
> 花的茎秆喜欢在水中生长，
> 我摘取这些没入水的植物。
> 迅而湿透，她抵达牧场高处
> 婷婷绽放
> ……
> 她眼中的目光宛如紫色的薰衣草。
>
> 她带走了满怀的丁香。
> 因为在春天中，她抛弃了外饰
> 她就像一朵带粉的百合，或受了
> 销魂的花粉。她的前额光滑，稍稍突出。
> 她怀抱的丁香，放在那处。[16]

耶麦把"她"理想化为一朵花（丁香/薰衣草），根茎生长于水下，当她走入春天的牧场，上面覆满了盛开的花朵。这个"她"是完美、纯洁与美丽的，但最意味深长的是，她是可生殖的："她就像一朵带粉的百合/或受了销魂的花粉。她的前额光滑，稍稍突出。"她生殖了什么？对于耶麦来说，她生出了箴言："祈祷、信念与希望"（prier, croire, espérer）。耶麦的另一首诗《屋子会充满了蔷薇》（La Maison Serait Pleine de Roses et de Guêpes）精确地显示出这种爱的繁殖通过蜜蜂的作用给花带来花粉，并使一个受孕的胚珠从花蜜中产生：

屋子会充满了蔷薇和黄蜂，

我只知道，如果你是活着的，

如果你是像我一样地在牧场深处，

我们便会欢笑着接吻，在金色的蜂群下，

在凉爽的溪流边，在浓密的树叶下。

我们只会听到太阳的暑热。

在你的耳上，你会有胡桃树的阴影，

随后我们会停止了，密合我们的嘴，

来说那人们不能说的我们的爱情；

于是我会找到了，在你的嘴唇的胭脂色上，

金色的葡萄的味，红蔷薇的味，蜂儿的味。

在这首诗中，诗人幻想着与他理想中的陌生恋人幽会，他们会在金色的蜂群下、凉爽的溪流边、浓密的树叶下欢笑着接吻。诗人最终生出了爱的味道，他在女人带粉的唇边、在葡萄、红蔷薇，尤其是蜂儿那儿觅得了这味道（戴望舒可能从中吸取了这样一种爱的修辞学灵感，因为他翻译了这首诗）。道生同样利用花、蜜蜂和爱情的比喻。正如《我们爱人，有什么不能希望啊？》（Quid non Speremus, Amantes?）一诗中他写道：

要是爱可向一切花枝采蜜，

女郎又如紫兰般繁茂靡靡，

怎的我还喜过空自伤怀的往日，

为了她失去的幽声，和堪忆的青丝？

对道生来说，如果爱情总是能由蜜蜂对授粉的花枝采蜜的话，那么女孩的美丽便永不会消逝。然而，道生却倍感无助，悲叹持存这种美丽与爱情的徒劳，因为"她去了，一切都随她残落；/或是她冷冷无情，我们的祈祷成空；/夏日灿烂的心儿已破碎，/而希望又入了深幽的坟冢"。

正如道生诗中所示，爱情无法从花朵中永远采蜜，美丽也一样无法留存，那么，在戴诗中，唤起超自然记忆的蝴蝶，曾被诗人视为"智慧之书"，亦未能驱赶诗人所深陷的寂寞，正如《白蝴蝶》一诗所示：

给什么智慧我，

小小的白蝴蝶，

翻开了空白之页，

合上了空白之页？

翻开的书页：

寂寞；

合上的书页：

寂寞。

戴望舒又一次利用蝴蝶振翅的开/合之二重性来构建起花朵（由于追忆中的事物永不再现为本来的样子，蝴蝶的形象便经常与花混合，反之亦然，这得归为二者的亲密熟识）与书本之间的联系。从蝶翅的开/合之中，揭示出在书本的空白之页，历史未曾写下什么或抹去什么。换言之，书本的空白之页可能喻示这样一个事实：时间已经毁灭一切或一无所创。书本中徘徊的孤寂反映出这种焦虑、犹疑、迷惑与窘境，这种焦虑情绪普遍地存在于二十世纪早期的中国现代知识分子身上，即现代性摧枯拉朽的线性时间。从另一个角度来看，这首诗表达出某种极度的自我怀疑，试图质疑诗人的地位——诗人之使命，诗人之功用，甚至怀疑一般意义上的文学。根据齐美尔、阿多诺（Adorno）与本雅明，要使现代性碎片中的飞逝之美永固，便只能通过艺术，只能通过对空洞、外在的琐屑进行艺术的升华。由此可见，作为诗人的戴望舒，当书本打开，一片空白，甚至没有任何书写的痕迹，完全白纸一张时，他的诗学使命又是什么？他又如何能将自己界定为一个诗人？

然而事实上是，在现代性历史的书本中，什么都未曾留下，或什么都未曾创造正好确认了戴望舒作为诗人的身份，即是说，空白之页本身变成了一个时代的历史性证据，在空白之页的间隔中，他的孤独目睹了非历史、空洞之当下以及现代性的绝对新时间。正如保罗·德·曼（Paul de Man）所言："现代性存在于一种欲望的形式之中，这种欲望否弃任何先前发生之物，以期抵达可称之为一种真正现时的终点，起源之点标识出一种新的开始。"[17]如果事实如此，那么这些空白之页不仅仅界定了戴望舒作为诗人的身份，而且还概括出一个完整的历史时代。戴望舒的诗歌雄心在于，为这个灾难时代竖立起一座里程碑。《赠内》便清晰地表达了这一点：

空白的诗帖，

幸福的年岁；

因为我苦涩的诗节

只为灾难树里程碑。

这句带有某种悲悼式口吻的箴言昭示着诗人的英雄意志，而且点明了中国新文化叙述中，诗的本质与诗人的使命。

从对上述诸种形象的考察中，我们可以看到，花朵，乃是戴望舒追忆诗学中最显著的主题，不仅呈现出对某种理想之美的美学化欲望，一种在现代生活中不可企及的欲望，而且成了支持诗人不断追求这一理想的最强动力。花朵成了自我模塑中的一个核心，而被加以界说与意味深长的观照。通过这一特别的自我观照，自我意识逐渐抵达了一种成熟度，不同于李金发，更与郭沫若完全相异。这种自我成熟并非起源于某种身体感觉，却源自所有的感觉或超感觉，戴望舒在其文章《诗论零札》一文中说："诗不是某一个官感的享乐，而是全官感或超官感的东西。"记忆意味着自我的丧失，但唯有通过追忆，自我才能完成其自我知觉与自我定义，丧失的也才能从中重新获取。因此，追忆变成了驱动这一特定的铭记的力比多能量，只不过这种能量的运动带有某种自恋式症候。

二、自恋的身体：朝向一种自我的精神分析法

戴望舒的诗本质上是内倾性的，唤起之物仅出现在其个体的私人世界中：凡是记忆所唤起的必是他所亲历之物。正是在这一自我将本身唤起（selfrecalling-itself）的过程中，外部世界才得以容纳，他者才得以被同化吸收，过往才成为"我"之中的当下，进而"我"才得以完全地内化为他者。其结果便是，这种自我指涉的同一性，催生出一种自我叙述，去观照叙述个体"我"的自我历史。在戴诗中，自我知觉主要来自于他的自我意象，一种他自己反思的自恋知识。正如塞内特（Sennett）所注意到："自恋关联着自我需求与自我欲望的外部事件，仅仅只是问：'这对我意味着什么。'对于'我是谁'的自恋追求，乃是对一种沉溺于自恋的表达，而非一种可实现的探寻。"[18]至于追忆中的时间，其运动迂回曲折，总是折返自身，缠绕纠结。换言之，记忆乃身体所固有，发生在个人身体上的事件，便只能在其身体中被铭记。记忆在本质上即为一种大脑缘叶的环形运动。[19]就这一方面来看，相较于其他任何因素，在戴望舒追忆叙述中，自我身份被定义为一种自恋身体，其中包含并辐射出独一无二的现代性气息，这气息源自感官上的刺激：曾经触摸、看见、闻到、尝过与听过的日常之物。

并非简单地将其力比多兴趣（libidinal interest）从外部世界抽回，然后注入其作为自爱或自赏形式的内部（intérieur），亦非令自我投入到时间之流的体验中，戴

望舒诗歌的特别之处就在于，他把诗人的自我身份嵌入诗中，这在早期现代汉诗中十分稀见。从另一个角度说，诗人不仅仅书写自我，而且他也展示出其自传式的身份；换言之，在写作中，诗歌作者便是他的专有名词。令人叹服的是，一位书写关于自我的作者，与此同时，他也在其诗中写下他自己；一个在诗中回溯性地铭记自己过往的诗人，为了被铭记而同时将自身的过往嵌入其中。这么一来，观看之诗人，便反过来被自身观看，或在作品中看向自身。如果这便是自我如此认识自身的时刻，一种导向自恋式状态，结果，一种双重意识便产生了。这种自我反射的自我，既是意识，又是知觉到自身的意识；自我将自身当作意识的一个对象。在这一自恋的时刻中，作为主体的自我与作为客体的自我一分为二：作为主体的自我不得不从自身中被疏离出来，以便将自我视为一个客体，视为某种位于自身之外的东西。⑦

　　《秋天》即为一首戴望舒书写自身疏离的范例：

再过几日秋天是要来了，
默坐着，抽着陶器的烟斗，
我已隐隐地听见它的歌吹
从江上的船帆上。

它是在奏着管弦乐：
这个使我想起做过的好梦；
从前我认它是好友是错了，
因为它带了忧愁来给我。

林间的猎角声是好听的，
在死叶上的漫步也是乐事，
但是，独身汉的心地我是很清楚的，
今天，我是没有闲雅的兴致。

我对它没有爱也没有恐惧，
我知道它所带来的东西的重量，
我是微笑着，安坐在我的窗前，
当浮云带着恐吓的口气来说：
秋天要来了，望舒先生！

众所周知，戴望舒借用了这一关键形象——抽着烟斗微笑着，以及来自耶麦的诗《水流》（L'eau Coule）与《膳厅》（Salle à Manger）中特异的句法结构："你好吗，耶麦先生？"（comment allez-vous, monsieur Jammes）。[1]字面上看，这首诗是对秋天主体的沉思冥想。一个男人默坐在他生活的内部空间里，抽着陶器的烟斗，"我是微笑着，安坐在我的窗前"这句诗中面对秋天所带来的"东西的重量"，这个男人展现出成熟的心智。这种沉思默想同样持存了某种深深的自恋特征："我"正孤坐在自己的隐退中，抽着烟（一种开始并结束于自身的行为，一种呼/吸的自恋式的同一），听见遥远的乐声，梦想着自己的梦以及遗下孤身一人。

这个男人以一种自我满足的姿态拒绝了外部世界。此外，令人震撼的是最后一行："秋天要来了，望舒先生！"整首诗结束于诗人的专有名词被写进诗中，这呈示出最为自恋的紊乱：诗人将自己看作分裂在外的客体，或者说，诗人在诗中被疏离出来的自我所观看，说着"秋天要来了，望舒先生！"在抒情者"我"与"望舒先生"之间涌现出自我反思的意识，这种意识暗示出自我观照的意志。如此一来，当"我"诉说无爱亦无惧于秋天时，因为他已经知道"东西的重量"，那么"秋天来了，如何，望舒先生？"这一自我观照的问题才能被提出。因此，从这首诗来看，我们能看见戴诗中的自恋姿态确实并非一种退缩，却意义深远地成为一个时机，诗人能够在其中实践自我观照的行为；他得以把自我放入诗中来分析。这么做时，一种成熟个性才得以被形塑，一种新身份才能被构建。

相同的自我观照行为还体现在其他几首诗中，比如在上述《断指》一诗中："为我保存着这可笑又可怜的恋爱的纪念吧，望舒，/在零落的生涯中，它是只能增加我的不幸的了。/他的话是舒缓的，沉着的，像一个叹息，/而他的眼中似乎是含着泪水，虽然微笑是在脸上。"诗人将亡友与自己置于一处，一方面是为了共享或经验在朋友身上发生的灾难，另一方面，是为了审视诗人之自我的存在状况。随着诗人自己的名字在亡友的独白中反映出来，一种归属感在这个过程中或许被生发出来。在上文讨论过的《祭日》一诗中，诗人同样以一种被亡友问候的方式，直接将自己的名字放入诗中：

> 而我还听到他往昔的熟稔有劲的声音，
> "快乐吗，老戴？"
> （快乐，唔，我现在已没有了。）

一个由亡友提出的问题立即由诗人自己在一个内心独白中回答。自反式的问候由自我本身作出了分析式的回应。通过这种特别的自我观照修辞学，一种关于自我的新视角由此引介开来，一种自我意识的个性从中得到了有效的建立。因此，通过一种自我身份的内视、分析和塑造，自我意象（imago）便得以构形出来。为了探索自己的身份问题，戴望舒出色地实践了这种自我分析的方法。他就像一位技艺高超的画家，把自己当作自画像的模特；在动手画之前，他必须小心翼翼地考察自我意象的细节，并在画完之后，反复地端详这一意象。《我的素描》一诗便可充分地证明这一视角：

> 辽远的国土的怀念者，
> 我，我是寂寞的生物。
>
> 假如把我自己描画出来，
> 那是一幅单纯的静物写生。
>
> 我是青春和衰老的集合体，
> 我有健康的身体和病的心。
>
> 在朋友间我有爽直的声名，
> 在恋爱上我是一个低能儿。
>
> 因为当一个少女开始爱我的时候，
> 我先就要栗然地惶恐。
>
> 我怕着温存的眼睛，
> 像怕初春青空的朝阳。
>
> 我是高大的，我有光辉的眼；
> 我用爽朗的声音恣意谈笑。
>
> 但在悒郁的时候，我是沉默的，
> 悒郁着，用我二十四岁的整个的心。

画家并未仅仅只是描摹出其外形，在这首诗中，诗人像医生那样小心地诊断自己的病症：寂寞、恋旧、恐女症、胆怯、高大、光辉的眼、青春和衰老的集合体、健康的身体、病的心、恋爱中的低能儿，以及陷于抑郁与悲伤之中。这些病症特指一种自恋的个性，其特点在于，在理想化、贬值、自我夸耀狂、自卑贬低之间令人困惑的矛盾⑧。从不同视角来看，作为医生的画家在绘画中描摹出了所有的症候；作为画家的医生则解开了画中人染上疾病的密码。这样一种自我分析的方法非常有力，自我个性的秘密因而将被穿透。为了彻头彻尾的审视，自我令自身进入诗中，以便我（宾格）存在的理由能被明证，以及被合法化。从这一独特视角来看，戴望舒追忆叙述特具有的自恋意识，滋养了一种审视其个性之存在状态的能力，以便捕捉现代生活碎片中的真实性。正如《霜花》一诗中的两句所示："我静观我鬓丝的零落，/于是我迎来你所装点的秋。"

在象征主义先驱诗人李金发诗歌中，诗人常常将自己视为一个空白，以镜子内部的反射出现。戴望舒如何呢？在一首题为《眼》的诗中，我们来看看当自我注视镜子时，镜中发生了什么：

> 我晞曝于你的眼睛的
> 苍茫朦胧的微光中，
> 并在你上面，
> 在你的太空的镜子中
> 鉴照我自己的
> 透明而畏寒的
> 火的影子，
> 死去或冰冻的火的影子。
>
> 我伸长，我转着，
> 我永恒地转着，
> 在你的永恒的周围
> 并在你之中⋯⋯
>
> 我是从天上奔流到海，
> 从海奔流到天上的江河，
> 我是你每一条动脉，
> 每一条静脉，
> 每一个微血管中的血液，
> 我是你的睫毛

（它们也同样在你的
眼睛的镜子里顾影），
是的，你的睫毛，你的睫毛，

而我是你，
因而我是我。

　　这或许是戴望舒写过的最形而上的作品，而且也是现代汉诗中，与自我模塑叙述有关的最意味深长的诗作。以历史的眼光来看，这首诗代表了由郭沫若开启的自我话语的第一次话语转向。从反思意识的方面来说，在镜中对"我"的观看产生出一种双重跨越：从自我移至非我，从他者移至自我身份。在眼中的镜子里，反射出一种自恋的凝视与一种交互的注视。光源并非完全透明，却朦朦胧胧，微光闪烁；"我"不得不艰难地看入镜中，看见他反射的自我意象。因为光源的模糊，反射的自我意象并不完全清晰，只是一个影子正与对立的身份交互往来：冷与热或冰与火，光与影的矛盾统一体，一种典型的自恋矛盾心理状态。这种离散的身份意识之所以成为可能在于观照主体的"我"旋转所产生的不同视角，去感知镜中迷幻的自我（"我伸长，我转着，/我永恒地转着"）。通过与他者的身体性认同，或变成部分的"你"——通过成为血液、每一条静脉、每一个微血管甚至他者的睫毛——一个真实的自我最终形成："我是我！"这最后的确认源自从"我是你"的折返与转化而来。

　　这首诗的句法与郭沫若的《天狗》十分相似。像"我是……"以及"因而我是我"这样奇特的陈述句法确有点重复郭沫若的句式。尽管郭沫若与戴望舒属于不同的诗歌传统与诗歌代际，但郭沫若的新诗实践乃是戴望舒生长的泥土。毋庸置疑，戴望舒读过郭沫若的《天狗》，其中的特异句法一定令戴望舒印象颇深，以至于在自己的作品中对郭沫若进行了借鉴与戏拟。换言之，这一巧合可能还暗示了戴望舒为了展示自己的反思，而有意戏仿郭沫若句法的企图。他确实在郭沫若的"我便是我呀"之前加上了最具关键性的一行"而我是你"，这标志着他们之间的重大差别。毫无疑问，戴望舒质疑"我是我"这同一自我的幻觉，进而将其改写并实施了颠覆。

　　由于郭沫若的现代性催生于自生光源，在他的世界中，自我完全透明，完全自主。这种自我之所以可能，是因为对他者的吞噬，自我将他者吸入自身，反之则不成立。而李金发没有把自我定位在自然光之中，而是在折射光之中。正是光的这种反射令李金发看见空洞的自己，由于其颓废身体中的力比多能量的麻痹，他并不能恢复已然疏隔的他者。戴望舒同样在镜子的反射中观看自己，但他在其中感知到了多重的自我。最意味深长的是，他不仅看见镜中自己的反射，而且还从多重视角中将其分析。这种镜像自我的自我分析可以被理解为一种反镜像行为，这种行为开启了一种新的自我意识。彻底地不同于郭沫若的通过对大写之他者的主宰而创造出的"我便是我呀"，戴望舒的"我是我"建构于他与大写之他者的认同："我是你。"

在这种从 1920 年代到 1930 年代的转向中，存在着历史意识的基本断裂，就像郭沫若与戴望舒所展现的那样。面对现代纪元的开启，裹挟于革命的潮流，郭沫若渴望创造一种唯我主义的新自我，作为个体身份的根基，在对自我与他者间的辩证作用毫无认知的情况下，通过排除外在的他者，许给个体身份以自我同一的特权。由此而言，郭沫若"我便是我呀"（某种坚称自我拥有一个名字的自我指涉，坚称这名字为其独有）的自本透明（self-transparent）之自我，或许类似于身份意识的最初阶段：孩童在镜中看见自己，拉康将其视为镜像阶段（stade du miroir）。

随着 1930 年代现代性的逐渐形成，自我采取了不同的形式，这得归因于历史性时间的中断与总体性的丧失，使自我破裂为许多碎片。戴望舒正是在这一情形下意识到了自我与他者之间的分隔，通过在记忆的镜中，确认他者与他自己的分离，他镇静地、自反性地践行了对自我的观照与分析。戴望舒在郭沫若的"我便是我呀"之前"哐当"一声拉下"我是你"这一声划时代的重音，一方面戏剧化了他者在场的意识；另一方面，他从郭沫若自我话语的中心偏离，以一种更新的个性意识将其瓦解与重述。由此看来，在重构一种新的中国身份的叙述中，戴望舒及其作品的兴起开创了一种新的自我形塑阶段，某种自反的成熟不仅仅定义了他自己的诗，而且回应并重获了前代的声音，尤其是对历史气息的召唤。

从这一方面来看，自恋叙述催生出某种自我意识反射的能量，因此成了中国现代性大业中自我形塑的根基。萨特对波德莱尔自恋本性的揭示凸显了我们的论点。萨特写道：

> 波德莱尔的原初态度是个俯身观看者的态度。俯向自身，如同那喀索斯（希腊文 Narkissos，希腊神话中顾影自怜的美男子）。……他看是为了看见自己在看；他观看的是他对树和房子的意识……物件的直接使命是把意识发回它自身。他写道："位于我之外的真实是个什么样子又有什么关系呢，只要它能帮助我活着，让我感到我存在着，感到我是什么。"[20]

在丧失与碎片的世界中，折返自身的人竖立起一种自恋式的弯曲姿势，一部分看返入自己身体的深处而获自我认同，而其余部分则滋育了"一种不同的现实原则的种子，就是说，自我（一个人自己的身体）的力比多的贯注可能成为客观世界的一种新的力比多贯注的源泉，它使这个世界转变成一种新的存在方式"[21]。一种新的生活秩序投射出一种未来。以一种相当坚定与快乐的声音，期待这样的许诺的到来，诗人在《偶成》一诗中揭开了他洞视启示录的秘密：

> 如果生命的春天重到，
> 古旧的凝冰都哗哗地解冻，
> 那时我会再看见灿烂的微笑，
> 再听见明朗的呼唤——这些迢遥的梦。
>
> 这些好东西都决不会消失，
> 因为一切好东西都永远存在，
> 它们只是像冰一样凝结，
> 而有一天会像花一样重开。

伴随这种预言式的宣告，以及随之而来这一宣告向前的神秘召唤，我们又返到这一恰当的时刻：其中顿悟式的气息或可涌现而出。

三、结　语

至此，我们已经讨论了在戴望舒的追忆诗学中，通过自恋身体而提出的自我反射的双重意识。正如我们所展示的那样，戴望舒从外部世界退回到了私人的生活世界（lebenswelt），这不应被简单地理解为一种自恋的症状，以及一种纯粹的自我疏隔之内部的特权行为，而应理解为自反观照的反镜像行为，这种行为分析并坚持他者的在场，它是理想的女性，他的情人，他失落的过往或历史。在这种自恋反思中，我们目睹了诗人对其内倾个性的积极冥想，目睹了自我与他者之间矛盾身份的张力，目睹了与个性观念相关的前辈同一种现代身份意识展现的成熟之间的互文性沟通。

我们持续考察了支配戴望舒追忆叙述的花与女人的修辞术。在研究之初我们便注意到，记忆、女性与戴望舒所使用的花朵意象，这三者之组合所呈现出的二重性。通过对记忆、女人、时间感、放逐、梦、蝴蝶、悲悼、书本与花之间的联系进行详尽的分析，我们阐明了戴望舒对现代生活中的生命意义、个性状况的冥想。这种自我冥想导向了自我观照。在现代汉诗的自我形塑运动中，戴望舒占据了一个重要的位置，他在这场运动中不仅表现出作为一位现代诗人的自我反思，而且亦在其作品中分析了他自己的自我。这种关于自我的自我意识之新观念，唯有在自我之内对他者的自恋性吸收中才成为可能。戴望舒的自恋意识，是一种典型的反镜像的自我分析与自我诊断。一方面，这一意识标明了从郭沫若，经李金发到戴望舒之间，自我形塑泾渭分明的边界；另一方面，映现了中国新文化话语中自我身份模塑逐渐的成熟观念。

注释：

① 本文根据米家路长篇英文论文 "The Narcissistic Body：Mnemonic Auras and Frag-ments of Modernity in Dai Wangshu's Poetry" 改写而成，承蒙赵凡翻译成中文，作者特致谢忱。

② 梁仁编：《戴望舒诗全编》，浙江文艺出版社，1989 年版。文中引诗未特别标注的，皆出自该书。

③ 这首诗的写作应归于耶麦的直接影响，后者给戴望舒提供了丁香花的中心意象，或者说受了中国古典诗人李商隐的影响，尤其是南唐后主李煜和李璟的影响，二人都喜欢在诗中描写丁香花。此一讨论参看卞之琳的著作与利大英的著作《戴望舒》（1989：140—153 页）。

④ "当我老了"这一经典句法展现出生命的老去，头发灰白、视力衰退的特征，在道生的诗《In Tempore Senectures》（戴望舒译）中也可读到："当我老来时候，/悲苦地偷自相离，/走入那黑暗灰幽，/啊，我心灵的伴侣！/不要把彷徨者放上心怀，/只记得那能歌能爱，/又奔腾着热血的人儿，/在我来时候。……"或是在叶芝的名作《当你老了》："当你老了，头发花白，睡意昏沉，/倦坐在炉边，取下这本书来，/慢慢读着，追梦当年的眼神/你那柔美的神采与深幽的晕影……"载于《诺顿英国文学选》The Norton Anthology of English Literature（1979：1961—1962 页）。

⑤ 在印度日尔曼语系中，记忆一词与悲悼拥有共同的语义枝蔓。悲悼（Mourn）的印度日尔曼语系的词根 smer-，"铭记"（to remember），与希腊语 merimna，"关切、悲伤、孤独"（care，sorrow，solitude）相联系。悲悼还关联了 morior（拉丁语，死）、mourir（法语，死）。关于两个词之间的亲缘性的详尽研究，请参看凯西的《铭记》（273 页；353 页）；克雷尔的《论记忆》（284 页）；海德格尔（Hei-degger）的《存在与时间》Being and Time（199 页）；德里达（Derrida）的《多义的记忆》Mémoires 以及在第二章曾讨论过的弗洛伊德的《悲悼与忧郁症》。

⑥ 康纳利（Canali）对"花"在其古典起源中的这一关系做了精妙的阐释："（花）就其隐藏的秘仪、寓意与神圣的秘密来说，便能很好地称之为神圣的字符、人间的象形文字、神的文字、自然之书、象征符码与全能上帝手写的神秘纹章，用他穿过广大土地的隐形的笔写印在一幅巨大的纸页上，让一切可见，使得花对于我们的眼睛是美丽、对于我们的嗅觉是甜蜜、对于我们的触觉是愉悦、对于我们的智识是惬意、对于我们的灵魂是欢喜，花能读出深埋其中的真相，解读最深的教义……因此埃及人把他们的知识隐藏在他们称之为象形文字的字符中，同样也利用了花。当他们希望展示自己的美德只能通过艰辛与牺牲来获得时，他们画下一朵茎秆带刺的玫瑰，扯下时必定带来刺痛感。他们将神描绘在荷叶与荷花的中心，因为他是一个巨大的球体。起初是紫色，但很快就变为白色的蓟花，一股微风便可将其吹散，他们从中把我们生命之虚浮与短促描绘"（Canali 1609 见于 Camporesi 1994）。

⑦ 关于自反意识的论述，可参阅 John V Canfield 的著作 *The Looking-Glass Self*：*An Examination of Self-Awareness*，New York：Greenwood，1990 年版；Ruben Fine 的著作 *Narcissism*，*The Self*，*And Society*，New York：Columbia University Press，1986 年版；Sigmund Freud 的 *The Interpretations of Dreams*，New York：Avon，1965 年版。

⑧ 关于自恋症候，请参阅 Otto Kernberg 的 *Borderline Conditions and Pathological Narcissism*，New York：Aronson，1975 年版。

参考文献：

[1] Gregory Lee. Dai Wangshu：The Life and Poetry of a Chinese Modernist [M]. Hong Kong：The Chinese University of Hong Kong，1989.

[2] Davis Farell Krell. Of Memory，Reminiscence，And Writing：On the Verge [M]. Bloomington：Indiana University Press，1990：264.

[3] 海德格尔. 演讲与论文集 [M]. 孙周兴，译. 北京：生活·读书·新知三联书店，2011：144.

[4] 夏尔·波德莱尔. 人造天堂 [M]. 郭宏安，译. 上海：上海译文出版社，2011：29—30.

[5] Paul Verlaine. Ouvres Poétiques Complètes [M]. Paris：Gallimard，1962：63.

[6] Ernest Dowson. Verses 1896 with Decorations 1899 [M]. Oxford：Woodstock Book，1994：53.

［7］ 波德莱尔. 巴黎的忧郁 ［M］. 钱春绮，译. 北京：人民文学出版社，1991：419.

［8］ 马拉美. 马拉美全集 ［M］. 葛雷，译. 杭州：浙江文艺出版社，1997：13—14.

［9］ 孙玉石. 戴望舒名作欣赏 ［M］. 北京：中国和平出版社，1993：8.

［10］ Michel de Certeau. The Practice of Everyday Life ［M］. Berkeley：University of California Press，1984：87.

［11］ Piero Camporesi. The Anatomy of the Senses：Natural Symbols in Medieval and Early Modern Italy ［M］. Allan Cameron，trans. Blackwell：Polity Press，1994：34.

［12］ Sigmund Freud. The Interpretations of Dreams ［M］. James Strachey，trans. New York：Avon，1965.

［13］ Claudette Sartiliot. Herbarium，Verbarium：The Discourse of Flowers ［J］. Diacritics，1988（4）：69.

［14］ Jacques Derrida. Mémoires：For Paul de Man ［M］. New York：Columbia University Press，1986.

［15］ Derrida. Glas ［M］. Rand Richard，Leavey John P Jr，trans. Lincoln/London：University of Nebraska Press，1986：15.

［16］ Francis Jammes. Choix de Poésies ［M］. Paris：Librairie-Larousses，1970：82—83.

［17］ Paul de Man. Blindness and Insight ［M］. Minneapolis：University of Minnesota Press，1983：148.

［18］ Richard Sennett. The Fall of Public Man ［M］. Cambridge：Cambridge University Press，1977：70.

［19］ Edward S Casey. Remembering：A Phenomenological Study ［M］. Bloomington：Indiana University Press，1987：172.

［20］ 让—保尔·萨特. 波德莱尔 ［M］. 施康强，译. 北京：北京燕山出版社，2006：6—7.

［21］ 赫伯特·马尔库塞. 爱欲与文明 ［M］. 黄勇，薛明，译. 上海：上海译文出版社，1987：123.

——原载《江汉学术》2017 年第 4 期：38—52.

哲人目光和母性慈怀

——郑敏 20 世纪 40 年代诗歌的独特性

◎邱景华

摘　要：诗界比较普遍的观点认为：郑敏师承冯至和里尔克诗歌与哲学相融合的传统，并达到形而上的高度。但这过于简化的概括，很难揭示郑敏诗作的独特性和丰富性。其实，从学生时代起，郑敏并没有逃避现实，躲进象牙塔。恰恰相反，西南联大的世界性教育和哲学系大师们的智慧，培养了青年郑敏对人类命运的关注和哲人目光。毕业后所从事的国际时事翻译，又使她得以用哲学眼光观察和思考世界所发生的重大历史事件，并以诗作出回应。哲人目光、母性慈怀和充满女性感觉想象的十四行体的融合，构成 20 世纪 40 年代郑敏诗歌的独特性。选取郑敏的四首诗作进行细读，可讨论其独特性形成和发展的过程。郑敏早期诗歌虽然因为没有表现抗战而不被同代人所理解和关注，但她诗作中对人类共同命运的关注，对世界文明进程的希冀，却不断得到历史时间的认同。郑敏也是当之无愧的诗人预言家。

关键词：郑敏诗歌；哲人目光；母性慈怀；人类命运；预言家；十四行体

　　诗人郑敏不仅独特，而且奇特。像她这样充满女性感觉、想象和爱心，又具有玄学思维的女诗人，在 20 世纪中国新诗史上几乎是独一无二的。

　　长期以来，诗界普遍观点认为：郑敏是师承冯至和里尔克诗歌与哲学相融合的艺术道路，达到形而上的高度。这样本质主义的概括，虽然没有错，但很难揭示郑敏诗作的独特性和丰富性。其实，1940 年代的郑敏诗歌的形成和发展的一个重要特点，就是哲人目光、母性慈怀和充满女性感觉性的十四行体的融合。找到了这三者的结合，青年郑敏，就能写出具有独特而鲜明的创作个性和艺术风格的佳作。

　　当然，这是一个艰难的艺术探索过程。最初成功融合的标志，是郑敏在西南联大读书时所创作的《金黄的稻束》，但那只是哲人目光与母性慈怀的融合，还缺少十四行体。毕业后，郑敏从事国际时事翻译，职业的敏感，使她的哲人目光，具有更多的世界性的历史事件内容；她的母性慈怀，也不停止于抽象的母爱，而是发展为具有时代内涵的母爱，和更博大的人类之爱；她也尝试用自由体，但最终在十四行体，自如而娴熟地融入女性独特的感觉性和充满母爱的想象，从而异于她所师承的作为男性诗人的冯至和里尔克。

一、西南联大世界性教育、哲学智慧与国际时事翻译

作为诗友，青年唐湜于 1949 年 5 月写的《郑敏静夜的祈祷》，受到广泛好评。但很少有人注意到，唐湜在对郑敏艺术大加赞赏之后，在文章结尾，却对其诗作的思想作了几乎全盘的否定；只是说得很委婉含蓄，不认真细品和思索，很难察觉：

> 我们虽然对诗人的虔诚的祈祷与真挚的思索，丰盈的思想与生动的意象，感到一种莫大的喜悦：有时感到一种沉重的压力，有时又感到一种快乐的解脱；而压力愈大，解脱中跃起的生机也就愈能蓬勃；但我们仍不能不说：这仅仅是过于绚烂、过于成熟的现代欧洲人思想的移植，一种偶然的奇迹，一颗奇异的种子，却不是这时代的历史的声音。[1]155-156

以现在的眼光看来，唐湜对郑敏诗作思想的理解，明显是受到当时所处时代的影响和局限。所谓"……却不是这时代的历史的声音"，其实是一种委婉的说法，暗示郑敏诗作没有表现出 20 世纪 40 年代中国社会的历史声音，只是"成熟的现代欧洲人思想的移植"。文中虽然也提到当年郑敏最有深度的两篇杰作：《战争的希望》和《最后的晚祷》，但只是蜻蜓点水，因为不理解，更遑论公正的评价？

郑敏在西南联大读书时，曾选修闻一多的《楚辞》。但由闻一多编选、1947 年出版的《现代诗抄》，收入穆旦、杜运燮、王佐良、罗寄一等西南联大学生诗人的作品，却没有收入郑敏的诗。这也说明，当年闻一多的编选标准，也是受所处时代的影响，比如他对田间抗战诗歌的力推，却忽视了郑敏的佳作。

确实，在郑敏 1940 年代的诗歌中，看不到艾青和田间那样群体性的抗战呼唤；也看不到抗战胜利后，如马凡陀那样对国民党腐败政权的讽刺和抨击。但二战前后，郑敏一直关注着人类的命运和未来，这在当时的中国诗界，受到普遍的误解。不仅激进的左翼人士强烈反对，就连闻一多和唐湜这样的师长和诗友，也难以理解和认同。

不过，唐湜的感觉是正确的，郑敏 1940 年代诗的内涵确实不是对所处时代的概括；当然也不只是所谓"成熟的现代欧洲人思想的移植"，而是一种 1940 年代中国新诗罕见的哲学目光和人类视野。这种有些超越时代的博大而深广的前瞻性，自然为同代人难以理解。

那么，郑敏早期诗歌中这种哲学目光和人类视野，是如何形成的？

晚年的郑敏说："现在有人指责我们躲在远离炮火的昆明，写写诗丝毫不顾国家民族的存亡。其实，当时的西南联大与世界是非常接近的，能感受到各种世界范围内的信息。我当时对战争的感觉是全人类的一场战争。在我当时的许多诗中都反映了战争、和平、人类命运等大问题。联大给我们的教育是世界性的，不了解这种情况的指责是不正确的。"[2]

西南联大是抗战的产物，郑敏是在 1939 年考入西南联大哲学系，大三开始诗歌创作。她深受冯至《十四行集》的影响，冯至这本诗集写于 1941 年，但超越了抗战的时代性，表现出深邃的哲理性。当代的研究者都关注到郑敏在冯至的引导下，走诗歌与哲学相融合的艺术道路；但很少有人注意到郑敏早期诗歌对二战前后重大世界历史事件的积极关注和回应，对人类命运的深度关切和思考——这是冯至诗歌所没有的。

不仅郑敏，西南联大"三星"，都有这种特点。因为同样受到西南联大的世界性教育，而且穆旦和杜运燮还参加缅甸远征军，有与盟军共同作战的经历。所以，晚年郑敏认为，二战以后，"穆旦和杜运燮是当时中国诗人中能用诗反映那个历史阶段人类关心的世界问题的诗人，使得中国新诗在艺术表达和内容上能和当时世界诗歌前沿所关注的问题接轨"[3]。这段话，同样适用于郑敏的早期诗歌。而唐湜，之所以对郑敏诗作的内涵无法认同，这跟他是毕业于浙江大学外文系，而不是在西南联大求学有很大的关系。

正是西南联大哲学系冯友兰、汤用彤、郑昕诸大师的教导和世界性教育，使郑敏获得了深邃的哲学目光。所谓"哲学目光"，就是能从哲学高度观察和思考人生和现实，并且能超越所处的时代，关注世界，获得广阔的人类视野。所谓"母性的慈怀"，不是对自己子女的一己母爱，因为具备了人类视野，使一己母爱升华为人类之爱。这种人类视野和人类之爱的融合，就是世界性，具有普世的艺术价值。

1943 年 7 月，西南联大毕业后，郑敏到重庆的中央通讯社任翻译。抗战胜利后，随中央通讯社迁回南京，一直工作到 1948 年去美国留学。她所从事的是英文的时事翻译，就是把上司选定的外国通讯社的新闻翻译出来。每天翻译半日，余下时间写诗。国际时事翻译，让郑敏与世界保持一种更密切的联系，能用哲学目光，观察和思索世界上所发展的重大历史事件。青年郑敏并不是整天在形而上的象牙之塔冥想，这与她的职业有重要的关系。

概言之，西南联大的世界性教育，哲学系诸多大师的哲学智慧，和中央通讯社的国际时事翻译这三者的结合，使青年郑敏能从国际视野关注二战而不仅仅是中国的抗战（这也是郑敏早期诗作常遭误解的原因之一）。在她的诗作里，有对二战前后所发生的世界大事的积极回应。如1945年罗斯福逝世，她写了《一九四五年四月十三日的死讯》；二战结束后，她创作了《战争的希望》；1948年甘地遇刺，她又有《最后的晚祷》。不了解这些国际性的题材，我们对1940年代郑敏诗歌的独特性和丰富性，就无法全面理解和把握。

二、国际题材与艺术题材

美国佐治亚州时间1945年4月12日3时35分，总统罗斯福在让人画像时猝死。5时47分，全美三大通讯社向海内外发出罗斯福逝世的电讯。作为中国中央通讯社的时事翻译，郑敏是在中国时间4月13日看到这条电文。这个"惊人的哀耗"，让郑敏的心灵受到巨大的震撼……罗斯福的猝然去世，使全世界倍感震惊。因为1945年4月，正是第二次世界大战的转折期，作为盟军的领袖，罗斯福的猝死，给正在走向胜利的二战时局，蒙上了浓重的阴影和不可预测的变数，全世界都处在悲痛之中。国统区的吊唁就不用说了，当时在延安的毛泽东和朱德也发了唁电。斯大林亲自到苏联的美国使馆吊唁，莫斯科红场下半旗志哀。只有轴心国的法西斯分子弹冠相庆，陷入意外的惊喜之中，幻想二战局势会发生有利于他们的大逆转。

作为一个英文时事翻译，郑敏迅速作出自己的回应，写了《一九四五年四月十三日的死讯》。"死讯"道出了她作为时事翻译的职业敏感。这首诗发表时没有注明写作时间，大概是在罗斯福逝世不久后创作的。

> 因为我们是活在一个这样的时代；
> 理性仰望着美丽的女神——情感
> 自她那神圣的面容上
> 寻得无量生命的启示；
> 情感信赖的注视着她的勇士——理性
> 扶着他强壮的手臂，自
> 人性的深谷步入真实的世界。

第一节并不是直奔主题，写对罗斯福的悲悼，而是写似乎是与此无关的情感与理性的关系，让人略感意外。但通读全篇就会明白：这首诗是写当噩耗传来，人类和世界应以理性的态度，来承受这个巨大的不幸，压制感情的悲痛。所以，第一节先写情感与理性的关系，引出后面所强调的要用人类理性，来平衡内心的悲痛和对二战局势的担忧，因为这是当年盟国民众们的普遍心理。

> 世界是在极大的哑静里
> 接受一个冷酷的试探，
> 这是在问：
> 纵使在一个科学的时代
> 历史的因素中不仍是
> 存在一个不定形的"偶然"吗？
> 即使对于能计划未来的人类
> 不仍有一只外在的手
> 可以扭转他们的命运吗？

作为一个只有 25 岁，刚走出校园不久的女诗人，对世界风云突变的复杂局势，有着如此惊人的判断力和清醒的思考，不能不说是一个奇迹。究其原因，是因为她是从哲学的高度，用"偶然"和"必然"来思考罗斯福之死。相信"偶然"的突变，不会改变二战必胜的历史大趋势，不会扭转人类的命运。诗的后面，作者把"人类"拟人化："啊，我看见'沉思'停在/人类的额上"，"他用粗大的笔从/作品里将'偶然'涂去"。

这首诗的主题不仅仅是悼念罗斯福之死，而是强调如何用人类的理性，学会从情感的巨大悲痛的迷惑中走出来，突发的"偶然"因素，不会改变历史的"必然"。相信二战一定会胜利。历史也证明，青年郑敏的敏锐而超前的思考，和对二战前景乐观的预言，是正确的。

从这首诗中，可以清楚地看出：哲学对青年郑敏的影响，并不是使她不关心现实和时代，高居于形而上学之塔；恰恰相反，哲学使她超越了所处的时代，获得一种世界性的视野来关注人类的命运；并且能用哲学思维，理性思考突发性的世界大事，作出有前瞻性的正确判断。这样的诗，在 19 世纪 40 年代的中国诗坛上是罕见的。

但是，这首诗只有哲人目光，而没有女性的感觉和母性的慈怀；所采用的自由体，具有明显的说理和散文化倾向。在艺术上，显得稚嫩，不能表达出郑敏诗歌的特点。作为一个迅速走向成熟的诗人，青年郑敏很快就意识到这首诗的局限和不足。她感悟到：十四行体比自由体更适合表现她那深沉凝练的哲思。要娴熟地运用十四行体，就必须向冯至特别是里尔克，还有华兹华斯的经典之作学习，并在创作实践中细心领悟。此后，郑敏创作了一批十四行体。其中最主要的艺术探索，是如何在十四行体中表现出自己的女性感觉、想象和爱心，使十四行体具有新鲜的感觉性和思辨性。

青年郑敏酷爱艺术，喜爱以绘画、音乐、雕塑等作为题材。里尔克也喜欢写这类艺术题材的诗歌，受他的影响是自然的。不同的是，郑敏所选择的艺术题材，主要是喜欢原作所表达的女性内容。如《雷诺阿的少女画像》《濯足》《一瞥》，以及晚年的《戴项链的女人》和《云鬓照春》。在这样的题材中，她更容易找到和表达自己独特女性感觉和想象，并且以哲人目光感悟画中女性的生命和命运。其中的《雷诺阿的少女画像》，是当年十四行体的名篇：

> 追寻你的人，都从那半垂的眼睛走入你的深处，
> 它们虽然睁开却没有把光投射给外面的世界，
> 却像是灵魂的海洋的入口，从那里你的一切
> 思维又流返冷静的形体，像被地心吸回的海潮
>
> 现在我看见你的嘴唇，这样冷酷的紧闭，
> 使我想起岩岸封锁了一个深沉的自己
> 虽然丰稔的青春已经从你发光的长发泛出
> 但是你这样苍白，仍像一个暗淡的早春。
>
> 呵，你不是吐出光芒的星辰，也不是
> 散着芬芳的玫瑰，或是泛溢着成熟的果实
> 却是吐放前的紧闭，成熟前的苦涩
>
> 瞧，一个灵魂先怎样紧紧把自己闭锁
> 而后才向世界展开，她苦苦地默思和聚炼自己
> 为了就将向一片充满了取予的爱的天地走去。

青年郑敏是以自己的女性心灵，去感悟雷诺阿笔下的少女，让她从画布上"复活"。或者说是借雷诺阿的名画，反观自己的内心世界，借他人写自己，也可以说是她的精神自画像。正因为如此，她开放自己的感觉和想象，使笔下的十四行体充

满着青春气息的女性生命感，"虽然丰稔的青春已经从你发光的长发泛出/但是你这样苍白，仍像一个暗淡的早春。"这就使原本长于形而上哲思、容易僵硬的十四行体"软化"，充满着女性新鲜的感觉性。这是郑敏对十四行体艺术功能的一种开拓。

郑敏天性沉静、好思，经过哲学熏陶后，又增加了爱智和思辨。"瞧，一个灵魂先怎样紧紧把自己闭锁/而后才向世界展开，她苦苦地默思和聚炼自己/为了就将向一片充满了取予的爱的天地走去"。这其实是郑敏在展示自己的心路历程。她在远离世俗喧嚣的"寂寞"中，把自己的灵魂紧紧闭锁，"苦苦地默思和聚炼自己"，培养自己超越现实和抽象思维的能力，即哲学眼光。而后她才能从一己哀乐，和现实的局限中跳跃出来，怀着爱心，以哲学眼光关注人类的命运。这样的诗人，不会停留在《雷诺阿的少女画像》这一类的艺术题材上，她还要对世界性的主题，发出自己的声音。

三、超验境界和母性想象

《战争的希望》没有注明写作时间，但收入《诗集 1942—1947》，推测大约写于二战胜利前后，很可能是二战结束后所引发的思考。郑敏虽然没有穆旦和杜运燮参加远征军的战争经验，但诗人可以凭借自己的想象和女性的体验，化意念为形象，即"思想知觉化"，没有说教，但具备了杰出的广度和深度。

> 宁静突然到来，
> 世界从巨大的音乐里退出，
> 生命恢复他原始的脉搏，
> 在远远的巨岩下
> 无人力达到的海在翻腾，
> 从一切的深渊里涌也呼问。
>
> 自己的，和敌人的身体，
> 比邻地卧在地上，
> 看他们搭着手臂，压着
> 肩膀，是何等的无知亲爱，
> 当那明亮的月光照下
> 他们是微弱的闭着眼睛
> 回到同一个母性的慈怀，

再一次变成纯洁幼稚的小孩。

《战争的希望》是一首十四行体，且是一种特殊的变式。据许霆、鲁德俊《十四行体在中国》的研究，这种六·八式的变式，冯至和里尔克都未采用过，是1920年代初由清华大学生浦薛凤创造的。[4]

郑敏在西南联大所创作的诗，基本上是抒情自由体；毕业后则开始较多地采用十四行体，共有十几首，比如《歌德》《献给贝多芬》等。这种诗体的转变，意味着冯至和里尔克的影响加大，反映出郑敏艺术思维发生了较大的变化。但作为一个迅速成熟的诗人，郑敏并不拘泥于冯至和里尔克的模式，能根据所写的题材，对十四行体进行更自由更独特的创造。比如《战争的希望》《最后的晚祷》《少女的画像》《荷花（观张大千氏画）》等，表现出郑敏鲜明而独特的艺术个性和独特魅力。

《战争的希望》，为什么要采用这种特殊的六·八变式？当然是由这首诗的内容所决定的。十四行体最为常见的是彼特拉克创造的八·六式，分为前后两节，中间有停顿和发展。六·八式与此相似，也分为两节，节与节之间也有所停顿和发展；但不同的是行数相反，由上节八行，下节六行，变为上节六行，下节八行。《战争的希望》重点是在后面，所以需要采用特殊的六·八式。可见郑敏构思的精妙，能根据素材而选择十四行的各种变体。

"宁静突然到来"，开篇就点出战争结束后，原本是炮火连天、震耳欲聋的战场，突然沉寂下来，这是表层的含义；深层的暗示是，只有战争结束后，狂热的世界，才会从战争的巨响中退出来，无数个体生命被战争所煽热的疯狂状态，才有可能平静下来。于是"生命恢复他原始的脉搏"。从战场上震耳欲聋的巨响，到生命脉搏的轻微跳动，这两个听觉意象的对比转变，写得细致入微。

至此，叙述者并没有继续写战争，而是诗笔忽然一转，把读者从战争引向另一个超验的世界。"远远的巨岩下"，这巨岩究竟有多远？原来是"无人力达到的海"，也就是说，这不是现实中的天涯海角，而是人力所无法到达的超验世界。这就是郑敏哲思的独特处，给她的想象力以强大的翅膀，能从现实的战争中超脱出来，上升到超验的层面思考战争。"从一切的深渊里涌也呼问"，这是上段的第三个听觉意象，是对战争残酷性和毁灭性的否定性的疑问和呼号。

这三个听觉意象是相联的：战争的巨响沉寂下来，人的原始脉搏恢复了，意味着人类理性的恢复，于是随之响起的是对战争的质疑和呼问。通过这三个听觉意象的相互递进，写出人类心理与战争的多重复杂关系。这种精微的听觉和想象，真是独特而奇妙。

从结构上看，这一节，强调要从战争的狂热状态中冷静下来，才能获得一个超越现实的视角，进入超验境界，才会有形而上的思辨：战争的希望就是泯灭敌我对立，追求和平。

上一节六行，是从听觉写起，写一连串的听觉意象，从经验到超验。下一节八行，在获得超验的哲学目光后，再回到和观照现实的战场，从听觉转为视觉，写战场上的视觉意象：在明亮的月光照耀下，战场上的尸体交错重叠，惨不忍睹。但是，当诗人用"母性慈怀"观照战场上的遍地尸体，却发生了惊心动魄的艺术转换：活着的时候，"敌""我"双方拼命搏杀，恨不得置之死地而后快；阵亡后，原本势不两立的敌我双方的尸体，却重叠在一起。"看他们搭着手臂，压着/肩膀，是何等的无知亲爱"。这是一种悖论的语言，按常理，"亲爱"本是一种生命的感觉，人死了就没有这种感觉。但在战场上，却恰恰相反，由于敌我双方的对峙，士兵们活着的时候，无法"亲爱"；只有等到战死后，已经"无知"——生命没有了知觉的敌我两方的士兵们，才表现出"亲爱"。"是何等的无知亲爱"，此句震撼心灵，在"反讽"中，充满着郑敏悲天悯人的博大情怀。

"当那明亮的月光照下"，这里所说的月亮，是复义。既有写实层面的天上月光，又暗喻来自天国的光辉。在天国光辉的照耀下，"他们是微弱的阖着眼睛"，士兵们虽然死去，但灵魂回归天国。所以是"微弱的阖着"，好像还有生命，还在沉睡。于是，才会有后面"回到同一个母性的慈怀"的联想，不会有突兀感。

不管是"敌"还是"我"的士兵们，他们出生时都是纯洁幼稚的小孩，长大后被各种政治集团、不同国家的意识形态，训练和打造成各种零件，组装到战争机器之中。只有在战争中阵亡后，他们才泯灭了强加在他们身上的种种后天意识，"再一次变成纯洁幼稚的小孩"，回到"同一个"人类母亲的慈怀。他们是同属于人类母亲的孩子，在人类母亲的眼里，他们都是纯洁幼稚的可爱的孩子。

如果说，在郑敏的诗中，《金黄的稻束》中的哲学眼光，使现实中的母亲升华为抽象而永恒的母爱，这是哲学眼光和母爱的第一次融合，并结出艺术的硕果；那么，《战争的希望》则把早先的母爱，升华为母性的慈怀——一种更宽广博大的悲天悯人的大境界。其哲学眼光和母性慈怀的第二次结合，产生杰作。哲学的眼光，使诗人超越时代和现实，产生强烈的反战意识；而圣母的情怀，则把这种反战意识提升到人类之爱的高度。

这样一首杰作，在 1940 年代的中国战争语境里，显得不合时宜，而它长期被忽视和遮蔽，也便是在情理之中了。

四、晚祷的庄严与人性的悖论

1948 年 1 月 30 日，圣雄甘地在进入晚祷的会场遇刺身亡。全世界震惊，各国的知识界都在进行各种各样的悼念活动。中国诗人也发表悼念诗作：郑敏的《最后的晚祷》、穆旦的《甘地之死》、辛笛的《甘地的葬仪》等。

晚年郑敏回忆说："甘地之死对于上世纪 40 年代全球知识分子的震动是今天一般人难以想象的。二战战后，甘地在印度似乎向全世界被歧视的民族宣布一个人类高尚的历史时代的到来。……但当我读到甘地遇刺的报道时，我的心灵受到无比之大的震动。当甘地举手祝福人类时，却在这个姿态被人类中的败类击毙。他的死充分说明人类是半个天使半个魔鬼的混合怪物。如果真有'造物主'，他为什么要和人类开这样的玩笑呢？"[3]

郑敏《最后的晚祷》发表在《中国新诗》第一集，出版于 1948 年 6 月。写作时间大约在 1948 年 2 月至 5 月之间。

> 人们被枪声惊醒，发现世界在重复它的愚蠢
> 那幅记载着爱与罪恶的画又在这绿草上复活，耶稣
> 这一次他没有分给面包，却将手举起
> 放在额上：宽恕。犹大，是他分得耶稣的最后宽恕！
>
> 圣河与圣河汇合，然而我们的灵魂里却汇合着神性
> 与魔鬼，甘地，他的归属是两条圣水的交点，回忆
> 那漫长的奋斗，他的起点却是这样谦卑，在这里，
> 就在你的胸上，那一片产生了约翰与犹大的国土上。
>
> 是我们的爱哺育了他，是我们的恨击倒了他，
> 同一块土地哺育了慈悲，又孕育了仇恨，孕育了圆寂
> 又孕育斗争，呵，最光辉最黑暗的印度，人性的象征
>
> 她先加给我们光荣，又掷给我们耻辱，暴力终于使
> 一座顽强的火山沉寂了，纵然死去，他是农夫早已
> 在心灵的泥土里布下种子，那总有长成绿苗的一日

郑敏的哲人目光，在这首诗中，表现为一种诗性的悖论：主张非暴力的甘地，却被暴力所杀害。整首诗围绕着这个悖论展开想象和思辨。诗的第一节，是从感觉和想象写起："人们被枪声惊醒"，这是从听觉上放大暴徒杀死甘地的枪声——全世界都被这枪声惊醒！用放大的枪声开篇，产生一种惊心动魄的效果。但接下来，并没有写甘地遇刺的场景，而是把笔一转："发现世界在重复它的愚蠢"，由此联想到同样是提倡非暴力、宽恕和博爱，却同样死于暴力的耶稣。

这一非凡的想象，大大拓展了这首诗的时空：甘地之死并不是偶然、孤立的现象，而是历史的"愚蠢"重复，具有不寻常的意义。叙述者想到达·芬奇的著名油画《最后的晚餐》："耶稣/这一次他没有分给面包，却将手举起/放在额上：宽恕。"这就是主张博爱、宽恕和非暴力耶稣的最后形象。虽然遭犹大出卖，但耶稣还是宽恕他。所以诗中特别强调："犹大，是他分得耶稣的最后宽恕！"因为，"爱你们的仇敌"，是耶稣的教义。这三行，实写耶稣，虚写甘地，因为耶稣的教义，是甘地思想的主要来源之一。这是从人类历史的高度，把甘地之死与耶稣之死连在一起。换言之，主张非暴力的圣者虽然被暴力所杀害，但这种人类之爱，是不会因为圣者被杀而消亡，反而会在全世界传播开来。

在这首诗中，晚祷的祝福和暗杀的枪声交响着，构成相互冲突的不和谐的旋律。诗中巨大的艺术张力，呈现了两个圣者为人类之爱而献身的艰难和伟大，整首诗充满着庄严的气氛。

耐人寻味的是，穆旦的《甘地之死》与郑敏的《最后的晚祷》同期发表在《中国新诗》第一集上，但排在郑诗后面。穆旦的《甘地之死》只是一般性的悼念，不如他1945年写的《甘地》有深度。《甘地之死》与《最后的晚祷》相比，缺少从甘地到耶稣的非凡联想，缺少从悖论的角度，探究和追问主张非暴力的人，为什么会不断被暴力所杀的原因和意义，所以达不到《最后的晚祷》的大境界。辛笛《甘地的葬仪》亦如此。

第二节，继承悖论的思辨。叙述者用两个"汇合"作比较：人类的灵魂汇合着神性和魔鬼，甘地的起点，和我们每个人一样。但他通过漫长的奋斗，却能超越了人性中的魔鬼，达到"圣河与圣河汇合"。"甘地，他的归属是两条圣水的交点"。甘地的思想直接师承耶稣，是以印度教为主，吸收了基督教，以及托尔斯泰、梭罗等人的思想。甘地的不合作非暴力思想，是人类多元文化的"汇合"，这是圣雄的伟大之处。但之所以会出现主张非暴力的圣者，被暴力所害的根本原因，是因为人性中的魔鬼。出卖耶稣的门徒犹大，是因为贪婪；而刺杀甘地的凶手，原本也是甘地的追随者，后来却成为一个狂热的印度教徒。

郑敏的哲人目光，表现为对人性恶有清醒的认识。这首诗的深刻在于，并不只是批判出卖耶稣的犹大，和刺杀甘地的凶手；而是对人性不断进行自我反省："然而我们的灵魂里却汇合着神性/与魔鬼"，"在这里，/就在你的胸上，那一片产生了约翰与犹大的国土上。"正因为"我们"每一个人的灵魂，都存在着天使和魔鬼，所以要自我反省和忏悔。

意体十四行在结构安排上有一个特点，第三节是一个回旋，必须转回原意。郑敏充分利用这个特点，继续强调产生悖论的原因：因为人性是神性与魔鬼并存，所以印度的土地上不断上演慈悲与仇恨、圆寂与斗争的故事。诗人把印度称为最光辉和最黑暗并存的国度，是"人性的象征"。

第四节，虽然从耶稣到甘地，主张非暴力的却被暴力所杀的现象，成为无法解决的悖论；但耶稣和甘地的死，并不是毫无意义的，它唤醒了人类对自身人性中神性和魔鬼并存的认识和反省，提醒人们要走出狭窄的宗教意识，认识到隐藏在人性中魔鬼的可怕，要加以自我约束和禁锢。以暴力对抗暴力，永远没有尽头，永远没有出路。而甘地所提倡的不合作非暴力的思想，把耶稣的教义，变成一种政治理想，以自我牺牲的实践，走出一条新路，虽然这条新路坎坷而漫长……

谢冕对这首诗的艺术，给予很高的评价，他说："女诗人提供给我们的是一座辉煌的立体的宫殿，而她却吝啬得只肯付出十四行的篇幅。"[5]242 换言之，青年郑敏对十四行体的驾驭，迅速成熟了。《战争的希望》是六、八式，而《最后的晚祷》是意体的十四行：四、四、三、三，有更多的层次和变化。《最后的晚祷》没有说教，理念是通过感觉、想象、思辨和激情表现出来，用谢冕的话来说是"结构完整而充满庄严气氛"[5]241。

这首诗的特点是悖论思辨，所以采用长句式表现悖论，两个矛盾句同时出现，常常是将二句合成一行，每一行长达十多字，最长达二十多字。悖论的尖锐性和复杂性，只有用这样的长句式，才能表现。诗中还大量采用跨行，十四行中有八行是跨行。跨行，不仅可以把长句式连成一体，而且还造成一种情感上的跌宕起伏。《最后的晚祷》内含强烈的情感，因甘地被暗杀，而引起的震惊、愤怒、悲痛、紧张、思考等交织成一种激情，在不断的跨行中，诗人起伏跳荡的情感，得到富有韵律的表现。

《最后的晚祷》的传播，却充满着艰辛。29岁的唐湜，深受当时主流思想的影响，他在《郑敏静夜里的祈祷》一文中，虽然注意到《最后的晚祷》，但是对甘地的思想持完全否定的态度："其实，甘地是托尔斯泰之后一个不合时宜的存在，与后者同是古代型的先知，也同是糊涂的政治家：东方古典文化与西方原始基督教的混合体。"[1]155 青年唐湜无法理解甘地非暴力不合作思想的深远意义，自然也就无法理解《最后的晚祷》超越时代的世界性，和对人类命运深切的关注，更无法理解是郑敏的哲人眼光和母性慈怀，使她超越所处的时代，并且认同甘地非暴力不合作思想。

五、"诗人是预言家"

晚年郑敏，一再引用雪莱的名言：诗人是预言家。因为诗人最敏感，对人类的共同命运极度关注，并用诗歌表达人类新的希望。七十多年过去了，郑敏1940年代诗歌中，对世界文明进程的希冀而发出的预言，不断得到历史的证实。

比如，她在《一九四五年四月十三日的死讯》中，认为罗斯福的突然去世，是偶然的因素，不会改变二战盟军"必然"胜利的进程，要用人类的理性平衡悲痛情感。

又如，2009年6月6日，是二战盟军诺曼底登陆65周年纪念日，法、美、英等国在诺曼底举行盛大的纪念仪式。当年郑敏在《战争的希望》所写的愿望，竟然在纪念仪式上看到了。65年过去了，当时的敌我双方，都已回到"生命恢复他原始的脉搏"的理性状态，已经彼此能理解当时作为战争机器的炮灰们的无奈，和相同的悲剧命运。具有象征意义的是，一个美国的二战老兵，与一个德国老兵相互握手，象征着"相逢一笑泯恩仇"。如今，诺曼底不仅有盟军的墓地，而且还有德国士兵的墓地：当年敌我双方的墓地，现在遥遥相对，似乎在诉说着历史的遗恨，又好像是一同回到大地母亲的慈怀。可以说，65年后的诺曼底纪念仪式，似乎是对郑敏《战争的希望》的最好解读：那就是战争的希望，不是消灭对方，而是希望和平，世界和平！

再如，郑敏《最后的晚祷》认为：甘地"纵然死去，他是农夫早已/在心灵的泥土里布下种子，那总有长成绿苗的一日"。这个预言非常准确，甘地死后，他的不合作非暴力思想，迅速在全世界传开了。美国民权主义者马丁路德·金说："基督给我们目标而圣雄甘地给我们战术。"马丁·路德·金接受了甘地的不合作非暴力思想，虽然最后也被暴力所杀。南非的曼德拉，也是甘地思想的认同者和实践者。2007年，第61届联大通过决议，把甘地诞辰10月2日，定为"国际非暴力日"。

概言之，郑敏对人类命运的深切关注，对于世界文明进程的希冀，是她成为"诗人预言家"的主要原因。

参考文献：

[1] 唐湜. 郑敏静夜里的祈祷 [M]. 新意度集. 北京：三联书店，1986.

[2] 郑敏，刘福春. 四十年代的诗歌 [EB/OL]. (2000—07—10) [2015—10—10]. http：//www. cssm. gov. cn/view. php? id=2262.

[3] 郑敏. 再读穆旦 [J]. 诗探索：理论卷，2006 (3).

[4] 许霆，鲁德俊. 十四行体在中国 [M]. 苏州：苏州大学出版社，1995：123.

[5] 谢冕. 新世纪的太阳——二十世纪中国诗潮 [M]. 长春：时代文艺出版社，1993.

——原载《江汉学术》2016 年第 3 期：68—75.

张狂与造化的身体：自我模塑与中国现代性

—— 郭沫若诗歌《天狗》再解读

◎［美］米家路（文），赵 凡（译）

摘 要： 自我在现代性话语中异常重要，尤其关涉催生现代中国主体性与民族性的宏大叙事。郭沫若那部诞生于1922年中国现代性启蒙始初的诗集《女神》值得我们重新细读、研究，进而重塑其诗的特异性、文本性与多重性。我们有必要对其中那首众所周知的作品《天狗》进行文本细读，欲求厘清郭沫若在《女神》中如何通过对身体的唤醒从而创造自我主体性。通过对《天狗》一诗中"身体的双重运动"的文本细读，可揭示郭沫若在《女神》中如何通过对身体的唤醒而创造自我，从而重构郭沫若诗歌中的身体诗学与中国启蒙大业中的现代性修辞。并且，我们还可以窥察在进步自我中涌现出一条历时的轨迹，即身体的扩张生成使得面向现代性的进步自我之诞生成为可能。[①]

关键词： 郭沫若；《天狗》；细读；身体诗学；自我诞生；现代性

如果说自我意识、自我觉醒与自我主体性是界定现代性话语的根本要素，那么，追寻"中国现代性中自我话语的形成轨迹始于何时、何处"这一问题就尤为重要。无论我们今天对郭沫若（1892—1978）的人品和作品如何言说，要回答这个问题，郭沫若是无法绕开的诗人。郭沫若最先对这个根本性的问题做出了至为关键的回应。尽管不少人对他的诗艺以及意识形态立场持疑，但从历史事实的角度仍可达成某种批评上的共识。他那部诞生于1922年中国现代性启蒙大业始初的诗集《女神》仍值得我们重新细读、研究，进而重塑其诗的特异性、文本性与多重性。我们有必要对一首家喻户晓的作品《天狗》进行文本细读，欲求厘清郭沫若在《女神》中如何通过对身体的唤醒从而创造自我主体性。这样，郭沫若诗歌中的身体诗学与中国现代性大业中的主体性修辞便可得以重构。

一、自我诞生的双重旅程

天　狗

我是一条天狗呀！
我把月来吞了，
我把日来吞了，
我把一切的星球来吞了，
我把全宇宙来吞了，
我便是我了！

我是月底光，
我是日底光，
我是一切星球底光，
我是 X 光线底光，
我是全宇宙底 Energy 底总量！

我飞奔，
我狂叫，
我燃烧。
我如烈火一样地燃烧！
我如大海一样地狂叫！
我如电气一样地飞跑！
我飞跑，
我飞跑，
我飞跑，
我剥我的皮，
我食我的肉，
我吸我的血，
我啮我的心肝，
我在我神经上飞跑，

我在我脊髓上飞跑，
我在我脑筋上飞跑。

我便是我呀！
我的我要爆了！

1920 年 2 月初作②

《天狗》一诗作于 1920 年 2 月，发表于当月的上海《时事新报·学灯》。全诗分5 节，共 29 行，每一行的开头都以"我"作为抒情主体（lyric agent），这是一首在中国现代诗歌史上极其特别的作品。整首诗是由 29 个作为抒情主体的"我"所激起的自我宣示；换言之，抒情身体经历了一次主体"我"多重阶段的戏剧性旅行。如果使用"我"的能力以及其他与主体相关的词语成为自我意识与个人身份出现的一个前提[1]，那么此诗可以被视作现代中国自我之发生的一个意义深远的转折点，因为在过往的中国诗歌中从未有过任何一首诗如此密集地使用"我"作为抒情主语。正如李欧梵所言，如此持续频繁地使用"我"揭示了"郭沫若的思维态势在于强调主体自我的全能"[2]。

照字面看，这首诗所述相当简单："我"吞噬了宇宙之后所发生的事。从主题上来看，这首诗直白得令人迷惑：通过反复吞噬的步骤，从身体中诞生了自我。但自我如何通过身体的生成与形塑而诞生的问题则相当复杂。为了解开自我经身体而诞生的秘密，我们需要对这首产生了重要影响的作品进行一丝不苟的文本分析。按照"我"一连串"吞噬/吞食行为"时序的叙述方式，我姑且把全诗分为两部分：一是"从外至内"到"由内向外"；二是"从上到下的纵轴（垂直）运动"到"由后向前的横轴（水平）运动"。

二、狂暴的吞噬：绞痛的身体与自我的创生

让我们首先讨论"从外到内"到"由内向外"的结构。诗开头第一行："我是一条天狗呀！"便彻底地表现出第一人称的我——抒情主体，句子主语——的反常，异端的立场和颠覆性行为："我"与中国传统民间传说中代表邪恶、厄运与灾异化身的反面形象——"天狗"相认同。③首先，这一"异端"的认同行为被句子本身的感叹语式强有力地加以肯定，并从而重新定义了"我"的身份。自此之后，"我"作为一只天狗的全新地位得以确立。通过对"天狗"的彻底认同，而显明"我"为

野兽的新身份之后，"我"才能够进行下面一连串的吞食/吞噬行为：吞月、吞日、吞星球、吞全宇宙。"我"之所以能吞食/吞噬这些存在于我身体之外，并大大超过其身体的遥远的"日、月、星球和宇宙"，全然依赖于天狗同类相残的本性，它具有一股强烈的动物性欲望来吞食它面前的一切而毫无怜悯之心。现在"我"成为天狗，在一切面前，我拥有了同样的动物性欲望。重复了四次的"我……吞了"清晰地显示了强烈欲望的积极实现，而且实际上应被理解为转化的意动行为，即将在"我"身体之外遥远的空间之物"日、月、星球、全宇宙"转变为时间之物，以便用以吞噬/吞食。亦是说，"我"吞噬"日、月、星球、全宇宙"的空间过程变为"我"身体中的时间过程，广袤无垠的宇宙被吸入了有限的"我"的存在。就此而言，正是通过使外在空间变为"我"之内在身体的"吞食行为"，由"日、月、星球、全宇宙"所构成的外部空间才最终化为"欲望主体"的内在空间。

经过野兽化"我"的吞食之时间化，这一空间的肉身化或身体化才得以达成。在这里，时间的改变成了唤醒主体性意识的关键要素。正如芬格莱特（Fingarette）所论，在自我的构成中，时间是一个关键性要素，对于时间的体验"生成了一个特定的自我与大写的自我"[3]208："自我与时间有一种特别的关系。作为'本体'而非现象存在的大写自我，并不处于现象性的时间与'主体'的时序中，而是时间（主体）顺序的来源。"[3]206"就启蒙而言，时间的确是透明的，就蒙昧来说，时间则通常令人困惑，总是成为一个负担。"[3]212在"我"持续地吞食/吞噬使"日、月、星球、全宇宙"的空间形式转化为肉身化的时间形式之后，"我"认识到了自己，并获得了"我"之独特性的意识——"我便是我了！"作为"天狗"的"我"吃掉了所有异己与他者的空间之物，进而空间之物在"我"的体内溶解了，最终使得欲望主体发现了一个没有他者存在的自我、一个同质的独一体（a self-same singularity）以及一个自洽的主体性。因此，"我"变成了世界的中心：一个主体中心自我的孕育事件。同时，"我"不仅成了自我的中心，也成了全宇宙的中心，因为全宇宙之物早已被"我"同类相残的"吞食"行为所征服，进而成了主体身体的部分，"我"及"我"的身体已具有了宇宙的功能特征：自我觉醒的膨胀，自我中心主体的诞生。这种自我膨胀在一个以自我泯灭为传统的社会中则是革命性的、颠覆性的。

在第二节中，既然"我"已经把"日、月、星球、全宇宙"吞食进了"我"的体内，"我"已经完成了从外部空间向内部的身体时间的转化，最终"我"把自我的觉醒视作身处整个宇宙中的单一身份。因此，"我"自然便拥有了成为生长与更新之源头所应具有的一切物质形式——"光、热和能量"。"我是……底光，我是……energy底总量"的肯定句式清楚表明"我"已不再依赖"我"的身外之物而存在了。"我"已经吸收了宇宙的形式。因此，"我"便是我自己的"光、热和能量"的来源。"我"自足、自构、自创、自生。最重要的是，此一能量与力量的积聚从数量上对空间之物的吞食转向质量上在个体体内能量的生成，即一次具体显示时间之身体化的行为。全宇宙的"光、热和能量"全部汇聚于一个个体的身体，一具从黑暗的沉睡状态中觉醒出自我意识的身体，已使"我"的身体膨胀到了白热化的极限，一种无法忍耐其残酷性的存在状态，"全宇宙底 energy 底总量"之爆发与释放势在必行，无人无物可挡。

于是，在第三节中，一个动态的、神经质的、兴奋的世界显现出来，"我飞奔（如电气一样），我狂叫（如大海一样），我燃烧（如烈火一样）。"这些肢体部位的动态活动，即脚（飞奔）、喉咙（狂叫）以及细胞（燃烧），这一系列动词一方面表达了"我"吞食"日、月、星球、全宇宙"后具有"光、热和能量"的物质转化形式，即快速度（如电气飞跑）、高声音（如大海狂叫）和强热能（如烈火燃烧）；但另一方面，"飞奔""狂叫""燃烧"外加三个"飞跑"的一连串行为本身不具有造物的功能，或任何清晰的目的，因为这些动作全都为不及物动词。所有的这些行为的功能是为了显现主体的身体在其消耗了全宇宙、成为宇宙总能量之后的能量状态：强力的激情与不安的骚动，这不过成了接下来的新行动的序曲。也就是说，"我"在前 20 行中只完成了由外在空间向内在时间化的转化过程，"我"的自我觉醒来自于身体形式的时间维度，"我"在其中汇聚了全宇宙的能量。"我"虽已具备了创造光、热与能量，速度、声音和热能的能力，但创造和彻底爆发的时机还没有到来。包含着全宇宙之总能量的身体仍旧以老套、顽固与冷漠的形式存在——一具无力生殖的躯体，它需要被完全地更新、变形与彻底地脱胎换骨，用青春、旺盛的生殖力以及丰饶的能量去加以除旧换新。只有如此，"由内向外"的现代新"自我"的创造与诞生才会成为可能。

所以在第四节，当"我"体内的激情、骚动四处奔突、蔓延、裂变时，对自我的否定与对自我的更新同时开始了。"我"开始毫不留情地自噬其身/自我吞食，"我剥我的皮，/我食我的肉，/我吸我的血，/我啮我的心肝"，进而最后穿入身体的内部："我在我的神经上飞跑，/我在我脊髓上飞跑，/我在我脑筋上飞跑。"这一自我转变的戏剧性的场景可以被历史性地视作一个非常特别的事件，以及在现代性新身体的转变中的剧痛时刻。通过极痛的身体性经验与自毁的极度苦恼，一个新的现代主体性诞生了。"剥、食、吸、啮以及飞跑"的行为暴力性地影响"皮、肉、心、肺、血、神经、肝、脑"这些身体部位的真意为何？字面上，它们的功能定义了这些行为的身份，例如，"我"强烈的动物性欲望啮食并刻上了行为的限度，例如，这一行为仅发生在"我"的身体上。换言之，"我"只是将自己啮食。但就主题的上下文而言，自食与自毁的行为精确地产生了变化的行为。他们成为生长的要素，以及一具新鲜身体诞生的场所。所以在彻底地自我质变、自我瓦解以及与旧身体全然地断裂之后，整个形塑过程才得以完成，在"我"的躯体历史性地割断与分裂的时刻：一个崭新的自我诞生了。

"我便是我呀！"④在末节，"我"天启般地最后宣示，并非是奋力一吼的产物，而是在经过一段曲折之途后（从吞食外在的他者进入内部的能量聚集，又从内部的自啮朝向外部的自我生成），"我"终于赢得了自我身份的合法性地位。一个中心主体站立起来。从第一节"我便是我了！"的自我形塑开始，"我"的自我意识之觉醒（我是我自己，独一的"我呀"，而不是别人，这与拉康镜像理论中的自我观念相呼应），以及肉身化"我"的雏形，在征服、合并了他者之后，使自我形塑得以完成，"我便是我呀！"雅克·拉康对于人类主体概念的新图景——小我或自我——可以帮助我们厘清郭沫若"我便是我了！"与"我便是我呀！"的特殊句法学。我们使用拉康的架构，便可将第一个"我"指定为说话的主语"我"，第二个"我"则为对主语个性化的认同"我呀"，而"是"则被归于"我呀"的存在属性。据拉格兰—苏利文（Ellie Ragland-Sullivan）所言："我呀是理念中的自我，其基本形式在有意识的生命中不可追溯，但却反映在其所选择的认同对象（第二自我或自我理念）中"。[4]如果我们用拉康的"三界"概念（想象界或镜像阶段、象征界和实在界）来分析此诗，那么可以更好地理解自我诞生的形塑与构成过程。大致来看，如果想象阶段可以简单地被解读为一个婴儿对于其存在认识，或通过消融他的他者性来将其塑造为镜中的对应物，那么将"日、月、星球、全宇宙"（注意日、月、星辰甚或天空那镜子般的澄明）吞入身体的行为则切实地成为"我"（"我呀"）或自我的生成过程。如果"象征秩序"被理解为指向"我呀"作为人类主体的认识与意识的力比多或偏执欲望的动态运动的话，那么能量、力量与热量的聚集，以及一连串的自我转化便显示出内在的"我呀"与外在主体构成（"我便是我呀！"）之间的分离。最后，如果"实在秩序"被解读为"代替了已然赋予象征的许多力量的无尽的畏惧力"[5]，那么作为中心主体的"我呀"在最终诞生后，"我的我就要爆了"——"我"被转入了实在界，这一界大体上形成了一个"我呀"，尤其是"自我"的力比多关系⑤。

对自我新生的合法性肯定，以及肉身成功的脱胎换骨（"我"不再仅仅是作为奇点的"我"，而成了一个富有强健体魄的新人）后对新生的狂喜称颂，经历了一次内外关系中的辩证交互。"新人"概念即为现代性的理想人格，一般由新文化的主将们所倡导，并由新文学或"人的文学"之功能所构成。我们能在那些新型知识分子，如鲁迅、周作人、李大钊、陈独秀、胡适、茅盾、巴金等作家的笔下读到一系列的"新人"形象。这一运动开启了一场对中国人国民性的激进批判，这种风潮也成了努力创造民族新人的典型例证。例如，周作人曾在一篇文章中重新将人定义为"一切生活本能，都是美的善的，应得完全满足"。他认为人之内面生活的力量可以"转换一种新生命"，并最终将人的理想生活提高至"道德完善"与"使人人能享自由真实的幸福生活"[6]。显然透过这层辩证关系，我们便能窥探到郭沫若在自我形塑的过程中，诗人所怀抱的"光、热与能量；快速度、高声音和强热能"的现代性精神，以及世纪转折之际中国新型知识分子的伟大梦境。然而，当"我"宣布"我便是我呀！"这一历史性的自我新生之后，一股在身体内积聚的创造力并未停止，不仅如此，"我"所建立起来的新生自我亦作为此一创造力的终极目的。"我"继续沉醉于此一强大的力量，热情与骚动把"我"推向了"我的我要爆了！"的临界点。

最后一行可以说是全诗叙事发展的必然逻辑结果，也点明了诗人面对世界时的基本立场。正如上文所示，诗歌从一开始，就把作为反叛角色的"我"与"天狗"的反叛形象相认同，把"日、月、星球、全宇宙"吞入自己的体内，从而使身体聚集了"全宇宙的光、热和总能量"，由于自我蜕变是在"我"体内的"高声音，快速度与强热能"的驱使下进行，所以"我"便完成了对自我的创造。但是，这种创造性行为并不能完全耗解我体内"在燃烧，飞奔，狂叫"的"光，热和能量"，因此，才创造出来的自我不得不爆炸，或曰自我摒弃。自我消解与反自我中心的行为表明了自我意识之觉醒的真相：若没有经历自我形塑这一重要过程就不可能完成比之更伟大的任务，郭沫若在"五四"时期想要完成的最终任务也并非自我的创造。正如郭沫若在《我是个偶像崇拜者》中所表现的破/立思想那样："我崇拜偶像破坏者，崇拜我！/我又是个偶像破坏者哟！"正是这种"不断的破坏！不断的创造，不断的努力哟！"（《立在地球边上放号》）的创造/破坏的辩证法，使得郭诗中"双重身体"所生出的"双重世界"最终变成一个真实的现代世界，"表现自我，张扬个性，完成所谓'人的自觉'"（周扬语，1941）。

然而，问题也由此而起。既然在"我"吞食/吞噬了"日、月、星球、全宇宙"之后获得了"我"对"我"的自我意识（"我便是我了！"），继而又在自噬其身之后驱使身体的自我转变，引发了新"自我"的诞生（"我便是我呀！"），但就在自我诞生的同一历史时刻，新生的"我"（个性主义自我）却又不能存在下去便自行爆炸了，那么，这不就等于宣布了"我"一系列的吞食行为与创造努力不过换来了最终的"流产"吗？既然"我"无法适应作为存在之绝对基础的"我/自我"，那么作为个性主义的我又存于何处呢？"我的我"爆炸了，自我的边界消失了。那么自我又导向了怎样的世界？自我与它所安身立命的世界如何交流？自我与这一世界的关系如何？这些问题把我们带至别样的话语，诸如泛神主义与民族主义，这些问题将不在本文中论述。

三、口腔膨胀：未来的敞开与自我的裂爆

我已经在上文中讨论了通过身体进行自我创造与自我削除的双重行为这层结构，而自我的身体之特征便在于抒情主体从外到内与由内向外时间运动。下面我将分析另一层结构：从上到下的垂直运动以及向后的过去与向前的未来的水平运动。就拓扑学角度来看，垂直—水平轴的交叉结构映射出身体本身的直立结构。

首先，就从上到下的垂直运动来看，在诗的开篇，作为天狗的"我"将"日、月、星球、全宇宙"吞进自己的体内，使"我"产生了自我意识，并承受了自我形塑的一系列行为。然而，我们很快便会注意到一个事实，按照一般生物正常的进食顺序，吞噬/吞食行为必须先从嘴开始。是故，"我"若要把庞大的"日、月、星球、全宇宙"吞了，那么"我"必须先得张开大嘴，扩张上下两颚，打开双唇，伸露舌头，甚至变形"我"的面部肌肉，以便为这些庞大的"日、月、星球、全宇宙"的进入腾出一个"通道"，一个巨大的口腔空间。作为"天狗"的"我"虽具有极强的吞食欲望（可能饥肠辘辘），但也不能立马"狼吞虎咽"。"我"必须先用嘴巴"吃掉"日、月、星球、宇宙，再用牙齿"啮咬/嚼烂"它们，然后用舌头"送食"，最后才能把它们"吞、啖"入身体的下部（lower stratum），在肠肚之中"消化"。通过对"日、月、星球、全宇宙"的渐进性"吃、嚼、咬、啖、吞、化"这一细腻的吞食行为，"我"在充满整个口腔的复杂感觉中获得了最微妙的时间体验：时间的肉身化以及味觉的分解使得"我"意识到了自我，唤醒了自我意识的感觉——"我便是我了"。换言之，"我"扩张为全宇宙的中心主体在于"我"逐渐吃掉了比"我"大得多的外在之物。此处，口腔在启发"我"与天狗的自我意识的认同中扮演了一个决定性的角色。正如让·吕克·南希（Jean-Luc Nancy）指出："嘴是自我的敞开，自我是嘴的敞开。通过之处正是倾吐之物。"[7] 被"倾吐/隔绝"之物随之成了"我"之奇点的诞生，以及受形塑欲望驱使的自我扩张。

其实，除了口的吞食行为之外，郭沫若还把眼睛、视像与视觉的功能在《女神》中加以表现。在他的各种太阳诗篇，例如《凤凰涅槃》《太阳礼赞》《天狗》《浴海》《金字塔》等作品中，他展现出对"太阳、阳光、光亮/光明"的强烈赞美，换言之，太阳变成最为显著的意象——太阳崇拜的神话。对郭沫若而言，太阳光亮的启蒙力量对于自我的感知来说非常重要，即是说，视觉（voir）即知觉（savoir），眼睛即启蒙现代性的典型逻辑之"我"。对梅洛·庞蒂来说，看见或感知由一个视觉

空间的知觉主体构成的世界成了一切表达的来源；同样，对尼采来说，看见什么便意味着眼中图像（the ocular image）尚未被视觉化，或意味着对"独创性"焦虑的救赎。但就郭沫若《女神》中自我的创生之重要性来看，口/嘴、声音、咀嚼、品尝、吞食的功能显著地高于眼睛、看见与视像/视觉[6]。就此而言，如嘴高于眼，南希的论述颇具指导性，他指出："看见一具身体恰恰是用一种视觉来把握：视像（sight）本身被此处的身体所胀大、隔空……神秘的'凝视'（epopteia），一方面，只知一个面容和一种视觉……它本然地并决然地是一种死亡的视觉……美杜莎……但裂隙、孔穴和区域并不呈现所见之物，无所揭示：视觉并不渗透，而是沿着间隙滑行，紧随边界。它是一种并不吸收的触摸，沿着突处与凹陷移动，对身体进行着内外的刻写。"[8]

因此，口腔敞开（espacing）的行为致此二端：一方面，通过将比"我"高大的"日、月、星球、全宇宙"吞进主体的内在身体，"我"获取了宇宙的维度；"我"便是宇宙的血液和肉体，"我"的身体获得了与宇宙一样的基本力量（光、热、能量、气、水、火、土）——宇宙化的身体，"身体成为宇宙最后且最好的语词，主导力量"[9]。另一方面，通过对全宇宙的吞食行为，宇宙从而也获得了"我"的身体属性，具有了"孕育、诞生、死亡和再生"的人类存在形式——肉身化的宇宙。在前者，"我"便是宇宙，"我"将拥有创造一个新自我的无限"能量、光和热"；在后者，宇宙便是"我"，"我"将拥有自我更新与自我超越的力量。

就此看来，当"我"把"日、月、星球、全宇宙"吞食进"我"的身体之内，并经过"胃"的"消化、磨碎"后，我们才能理解这两个过程。"我"才获得了自食其身的能量，"我"才能"剥""食""吸"和"啮"自己的"皮""肉""血"和"心肝"，在对"我"的"神经""骨髓"和"脑筋"进行层层穿透和全面清理之后，完成创造"我便是我呀！"的使命。换言之，正是"日、月、星球、全宇宙"从身体的上部（口、嘴、齿、舌头、喉）被吞噬进"我"身体的下部（肠、胃、心肝、子宫），并在其中接受受孕与胎化—成型（剥皮、食肉、吸血、啮心象征了形塑、萌发与生长中的受孕与能量消耗），最后达到"我的我要爆了！"这一完全复活、再生、新生，更新的大诞生、大出世事件。

因此，在这双重的身体所生成的双重世界中，一边的死亡便是另一边的诞生；旧世界的毁灭也就预示了新世界的降生；自我的创造便是自我的消除。这种生生不息的死亡/再生的辩证时间几乎成为贯穿郭沫若《女神》全诗的主导性主题，它表达了现代中国的文化叙述中新的历史时间意识：世纪转折之际社会—文化的突变与启示。

在向后之过去到向前之未来的水平运动中，整首诗响彻着一种全新的现代性时间意识。为了从文本上阐明此点，我们或可认为，当"我"把"日、月、星球、全宇宙"吞入"我"的体内从而使"我"具有了宇宙的形态，并使宇宙具有了"我"的形态之后，敛聚于"我"身体中的"光、热与能量"使"我"能够"去旧换新"，使"我"能超越一个秩序遂进入另一个新秩序。这种跃进/生长的行为便把"我"处于的历史时间不断推向前进，推向未来的新时代，"一个个恐后争先，争先恐后/不断地努力，飞扬，向上"（《心灯》）。新文化运动的主将之一李大钊表述了这一进步演化至完美未来的乐观的至高图景："无限的'过去'都以'现在'为归宿，无限的'未来'都以'现在'为渊源。"[10]所以，"我"把"日、月、星球、全宇宙"的"光、热与能量"吸纳入"我"的体内之后，"我"身体的强劲、激昂、力量便表现为"高声音、快速度、强热能"的"狂叫、飞奔、燃烧"，促使"我"沿着一条水平时间线不断地"飞跑又飞跑"，直到刚显现为"我"的自我—主体（释为对现时间的自我定位），便以加速向前推进后的爆炸而告终。

从这飞速的时间运动中可以看出，作为行为主体的"我"因身体内的"光、热与能量"的不断激增，以至于根本就不能有一刻的停歇。由体内向体外能量的快速释放使"我"的"双脚"注满了向前推进（"如电气一样飞跑"）的动力；使"我"的"嘴"因快速的奔跑而处于紧张的呼吸运动中，从而生出极端狂喜的自由（"如大海一样狂叫"）；使"我"全身体的细胞因"双脚的飞奔，狂叫的嘴"而沸腾、膨胀到了极点（"如烈火一样燃烧"）。终于，这一连串的身体运动（双脚，口/嘴，细胞）促使了"我"体内的"光、热与能量"的最后大释放：爆炸—毁灭/创生—开始；旧历史之粉碎/新未来之诞生；单一自我与中心主体之否定/无我和宇宙大我的再生。正如拉康所说："在我的历史中所实现的定非过去的所是，因为过去已逝，甚或我之所是乃已然完成的现在完成时，而是我之未来的可能形构即为我现时将生成的东西。"[11]

简言之，通过分析《天狗》的叙述时间：从上体到下体的纵轴（自我的诞生过程）和从后向前的横轴（自我与非我的生长形态），我试图厘清"自我"如何在身体中，并通过身体形塑、构成及诞生的辩证过程，并且证明了郭沫若对身体这一独特功能（哺育、诞生、生长、死亡/再生）的有力调动与准确把握。如上所述，本诗的双重结构显示出郭沫若对身体重要性的意识，这一意识抓住了世纪之交大变革的精神动态，以及将西方现代性移植于中国的梦想，中国新型知识分子对此表现出矛盾的心理（梦、欲望与焦虑）。最后，我们将以一幅图表示纵横两轴交叉的结构形式：

```
                    ┌──────────────────────────────────────┐
                    │          上部：头                      │
                    │ （以口/嘴为中心的吞食行为）             │
                    │ 日、月、星球、全宇宙能量的吸收/剥皮、   │
                    │ 食肉、吸血、啮心的自我创生；           │
                    └──────────────────────────────────────┘
┌────────────────────────┐                                      ┌──────────────────────────┐
│（由后向前；由内向外）    │                                      │（螺旋时间逻辑）           │
│过去（旧时间）            │─────────────────────────────→       │未来                        │
│（能量：速度，热能/力量） │                                      │（进步梦想/现代性理想）    │
└────────────────────────┘                                      └──────────────────────────┘
                    ┌──────────────────────────────────────┐
                    │          下部：底                      │
                    │ （以生殖区为核心的繁殖、孕育/造化）     │
                    │ （宇宙化身体/肉身化宇宙）             │
                    └──────────────────────────────────────┘
```

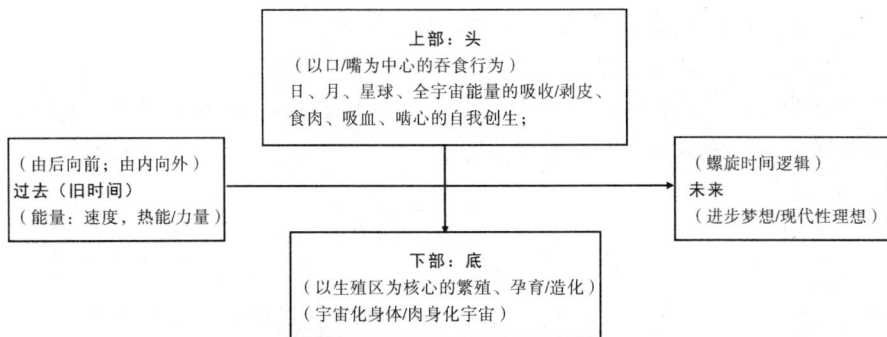

四、祛魅与重构：现代性的自我幻象

　　将这幅简图延伸至更深层的结构，即中国的社会—文化语境，如此便精确地揭示了以口/嘴为中心的吞食/吞噬的行为实际上是一种"祛魅"行为，亵渎与俗化发生于中国从农业经济向现代工业经济的转变，由一个王朝帝国向一个共和国的转变，以及从一个静止、封建的文化系统向一个科学民主与个体自我盛行的现代系统转变的过程之中⑦。这一行为作用于两个层面：一方面，"我"把所吞食之物从象征着至高能力的上部（一切神性与神圣、至高无上、经典的宏大叙事、正统秩序）送入下部（感觉器官与生殖器官，被"上部"当作丑陋、低级、次等、非理性、肮脏、粗野、下流、寄生的、黑暗、混乱而被完全地压抑、拒绝、控制和诅咒）。在下部沸腾的血液、汗淋、饥肠绞痛、抽搐、痉挛的疼痛及颤栗的胃中，神圣性、正统性、崇高性以此种方式遭到了亵渎与揭秘，从而经历了为着他们的繁殖而创造的一种新秩序的否决、消化与祛魅。从这个角度来看，从上部到下部的吞食行为恰好地反映了中国社会—文化语境中现代性构成的种种特征：传统的去合法性（反传统的兴起），权威性的消散（清朝土崩瓦解），传统宏大叙事的中断（白话文与多种文类之现代文学的兴起）。

　　另一方面，从外到内的吞食行为实际上被视为一种对旧有价值规范的颠覆与替换，与对新价值的重建。"我"把外在于"我"的"光亮、可见与确定的世界"统统吞进"我"的身体内部。这个世界被传统、伦理、道德价值以及秩序合法化了，身体通常遭到这些主导性力量的压抑、折磨、规训与虐待。非人的奴性、非自我、非个性，以及麻木不仁的国民性被消化进入身体，并把它们抛入身体代谢的幽暗深处，固定在敞开于生死之际的神秘的空隙时刻：黑暗、死亡、神秘、生命、本能、欲望、性欲、冲动、意志、感性、疯狂、爱。这一运动使稳固的等级秩序和封建价值符码遭到中断与颠转，这是为了开辟一个以生命价值（生命意志、本能、欲望、感性、冲动）为中心的内在性独特世界，最终重建一个以人的本性、个性、自我、主体性为存在基础的新文化范式和生命表现的美学模式。

为了阐明此点，我们可以引用《女神》中包含了这些颠覆性理念的三首诗。在诗剧《湘累》中，郭沫若借被放逐的屈原之口寻找"宽仁"之夜的最快路径：

> 太阳往哪儿去了？我好容易才盼到，我才望见他出山，我便盼不得他早早落土，盼不得我慈悲的黑夜早来把这浊世遮开，把这外来的光明和外来的口舌通同掩去。哦，来了，来了，慈悲的黑夜渐渐走来了。我看见她，她的头发就好像一天的乌云，她有时还带着一头的珠玉，那却有些多事了；她的衣裳是黑绢做成的，和我的一样；她带着一身不知名的无形的香花，把我的魂魄都香透了。她一来便紧紧地拥抱着我，我便到了一个绝妙的境地，哦，好寥廓的境地呀！

在《夜》一诗中，郭沫若以反常态的形式赞美黑暗的夜，称此为真正的"德谟克拉西"（"解放、自由、平等、安息"）；而与此同时他憎恨那些制造"差别"的"外来的光明"。他唱道："黑暗的夜！夜！我真正爱你/我再也不想离开你。"在《死》中，他又以更极端的方式把"死"譬喻为"年轻的处子"，称"死"为"我心爱的死！"并时刻梦想见到"她"（死）。这种对"从外到内"的传统叙述模式的大胆颠覆与替代，以及新的表现范式的建立，全然体现了"五四"时代自我意识的觉醒，生命价值的新发现，知识分子人格的重新塑造，同时还展现了20世纪初现代性进程中自我觉醒的思维新路径。

由外向内的"内转"便是对人之存在的本体论的肯定，强调凡是内在的东西都是健康、自然、富有生命力和创造力的；反之则被设定为不健康、病态、枯萎与腐朽。正如周蕾所述，中国现代性进程中的"内转叙述"被用于构建一个新自我的革命性努力中，"一种（反偶像的）'看见''人性'的浑浊的尝试……'人类思维'的一套新机制在严密的定向中趋进新中国"。然而周蕾也认为向内退撤，或作为一种不可穿透其内护的无上自我必定"切碎统一民族意识的庞大地位"。其中细节的叙述令"作为民族主体的身份"失去存在的可能性。因此，她最后的结论是："叙述不再是构建民族的手段，而细节生成的过程正不断地拆毁此类爱国大业。"[12]鉴于中国几千年的封建礼教、宗法制度以及伪道德对个体生命的无情扼杀、摧残、压制，对身体及其内在性价值的完全摒弃、否定和禁锢。这种"从外到内"的转移，重新对身体的合法性，以及内在要素的绝对肯定可以说象征了一个新的文化典范的诞生，并具有划时代的影响和意义。

在更大层面上讲，在外辱内乱的危机情景中，作为个性主体的"我"退回到

"我"本身内在的生命之中，并发现了内在的身体本性：本能、冲动、潜意识、生育功能、感性、爱欲所具存的合法性、创造性和根源性力量，而不再是那种被传统宏大叙事所定义的无用性、低级性和丑陋性。如此一来，通过突出作为生命存在基质的自我，"我"便能完全依赖初始的本性和内在身体的力量，以及坚持以真实为本的身体内在的生命活力，向封建旧系统的一切形态发起攻击。

五、郭沫若的身体诗学与新民族身份

这些均源自于郭沫若找寻的"身体诗学"的新概念。在 1921 年，一篇题为《西厢记：艺术上的批判与其作者的性格》的论文中[13]，郭沫若便对文学和生命（"性欲、潜意识、力比多、人性、梦"）进行了重新阐释、颠转和定位。他一开头便把文学重新定义为"文学是反抗精神的象征，是生命穷蹙时交出来的一种革命"。这正是封建礼教对人性，尤其是男女性欲的迫害、压制，他从生理学、心理学上把人的性欲、无意识、潜意识、力比多阐释为人的生理的自然发展和合理的心理要求，并对数千年以来礼教对人性，尤其是身体（如"缠足"的"恋足癖"）的摧残进行了强烈的抨击、批判，称"以礼教自豪的堂堂中华，实不过是变态性欲者一个庞大的病院"！但同时，他又指出"如今性的教育渐渐启蒙，青年男女之个性觉悟已如火山喷裂"，赞颂人的脉管里流动着的"青春的血液"。

更有甚者，郭沫若在文章结束时完全颠转了传统文学对创作源泉和审美标准的定义，称创作者在经过"个体的性欲"和"力比多"的"精神创伤"之后，"惟其有此精神上的种种苦闷才生出向上的冲动，以此冲动以表现文艺，而文艺之尊严性才得确立，才能不为豪贵家儿的玩弄品"。对个体内在质素的放大，对生命原动力的高扬，以及对身体内在性的创造性力量的称颂，可以被理解为五四新文化运动中"人的文学"得以建立的根本动力和基础。此一决然的呼喊直接唤醒了那些仍沉睡在"铁屋子"中的国民精神与灵魂，激发健康的、强力的国民性"启蒙思想"来重铸中国新人强健的人格结构。

从上部到下部，由外向内的运动就是一种迈入黑暗、混沌及死亡的时间之运动，其真正的目的便是为了从死亡中再生、复活、新生，从死亡中重建光明，正如诗歌《Venus》所示：

我把你这对乳头，
比成着两座坟墓。
我们俩睡在墓中，

血液儿化成甘露！

1919 年间作

所以，在横水平轴方向，从内向外的运动便精确地表现为一种由后向前的时间运动。如果仅从时间运动来看，这种从上到下与由内向外的运动实际上是一种时间向后倒退的时间运动：从上部到下部呈现为一种下降与沉沦；由外向内则呈现为一种逆时方向的后撤与退化。

但从水平轴运动方向上看，这种时间的沉沦、下降实为向上、突破与进步。这在最后一行"我的我要爆了！"中的动词"爆"最为明显，这是因为一系列的骤变具有独特的语义功能。爆炸就是"光、热和能量"由内向外的释放，就是某种内在的动力突破自我的内环、内层、内壳向外部空间的跃出、喷放。因此，由内向外的"爆炸"所释放的"热量"无疑显现为"我"从后向前的高速飞跃。将此置入一个逻辑顺序中，便可见到进步的程序："我"否决过去时间，透过现在时间，意在进入一种未来时间，即进步、希望与现代性的新秩序。与此同时，一系列的新意象将会沿着这一连续朝向未来发展的历史道路不断涌现：新太阳、黎明、朝阳、新宇宙、新大陆、新春、新时代、新世界、新中国……为了展现时间的意识："时间的行动、创造、发现与变革……从黑暗中脱身而出的时代，一个觉醒与'复兴'、预示着光明未来的时代。"卡林内斯库（Calinescu）认为现代性常常以"光明与黑暗、白天与夜晚、清醒与睡眠"的隐喻形式，以及"上升、黎明、春天、青春、萌芽"的意象来表达自己。[14]在李大钊那里，我们同样可以读到他对中国自新的信念："我们现在必须向世界证明的并非旧中国未死，而是一个青春的新中国正在诞生之中。"[10]就此紧要点来看，在郭沫若的《女神》中，时间的概念完美地表征了始于启蒙运动之后西方文明宏大的现代性：对于人性大解放与社会进步的乐观信念，一个许诺"启蒙理想的社会：自由、公正、理性、幸福、社会和谐以及文化追求、美"，这些全都仰赖科技的发展⑧。现代进步理想的天真与乐观已然遭受严厉的质疑，对现代性传统的重估与批判运动根植于启蒙观念，自西方 19 世纪中叶始，可以列出一长串批评家、哲学家与思想家的名字，例如：马克思·韦伯对"工具理性"的全面宰制，以及"官僚系统"的扩张予以批判；卡尔·马克思将西方现代性描绘成人的全面"异化"；涂尔干把西方的个体存在特征描述为"失范"（"anomie"）；弗洛伊德将现代人诊断为"压抑变态"（"perverse repression"）的精神病人；尼采把西方的发展视为"混乱/颓废"；海德格尔发现西方人甚至不"在世，而在此在"（"being-in-the-world, in Dasein"）；波德莱尔将现代性的进步时间重新定义为"短暂、易逝、偶然"；福柯的知识考古学诅咒通过技术的力量和西方现代性的知识，从而

残酷地"对人类身体逐渐规训与折磨"。然而对进步理念的诚挚信仰事实上引出了
20世纪伊始中国的一系列社会—文化的变迁、转型与革命。

就我们对《天狗》一诗的细读考察来看，可见一个现代新自我的诞生多归功于
郭沫若对于身体在创造行为中之重要性的意识。通过对这一重要文本的细读，我们
可以窥察在进步自我中涌现出了一条历时轨迹，即身体的扩张生成使得面向现代性
的进步自我之诞生成为可能。

注释：

① 该文根据笔者1993年的长篇英文论文 "The Dialectic of Progressive Body: Self,
Cosmos and National Identity in Guo Moruo's The Goddess" 一节改写而成，承蒙
赵凡翻译成中文，特致谢忱。

② 郭沫若：《天狗》，见《郭沫若全集》（文学编第一卷），北京：人民文学出版社，
1982年，第54—55页。文中所引郭诗皆出自该卷。

③ 据中国的民间传说，当月食或日食发生时，人们相信是天狗在吞食日或月。所以
当日月食发生时，不论何时人们都会击鼓鸣锣驱赶代表着不幸与灾难的天狗。

④ 根据马立安·高利克（Marián Gálik）的说法，郭沫若的这一行诗有可能借用自
《圣经》上帝对摩西说："我是自有永有者！"参看马立安·高利克：《中西文学碰
撞大事记（1898—1979）》，Milestones in Sino-Western Literary Confrontation
(1898—1979)，北京：北京大学出版社，1991年。

⑤ 尽管如此，本文并不着重于用拉康的术语细致地阐明此一论点，更为详尽的信
息，请参看艾莉·拉格兰—苏利文：《雅克·拉康与精神分析哲学》，Jacques
Lacan and the Philosophy of Psychoanalysis，1986年；马尔康·鲍伊（Malcolm
Bowie）：《拉康》，Lacan，1991年。

⑥ 参看尼采：《快乐的科学》，1969年，261节。关于看见或观看自我之形成的重要
文献，参看约翰·V·坎菲尔德（John V. Canfield）：《镜中自我：自我意识的考
察》，The Looking-Glass Self: An Examination of Self-Awareness. New York：
Greenwood，1990年版，第19—56页。

⑦ 马克思·韦伯将兴起于西方的现代性视为一种"祛魅"的过程，一种"神性被驱
逐的过程，亦即，使之变得日常和平凡。通过工具'合理化'，使世界的内在意
义与价值空乏。"马克思·韦伯：《学术作为一种志业》，载于马克思·韦伯：《社
会学论文》。New York：Free Press，1974年，第151—160页。更详尽的信息，
请参看斯科特·拉什 & 山姆·维姆斯特（Scott Lash & Sam Whimster）编：《马

克思·韦伯：合理性与现代性》，Max Weber，Rationality and Modernity. London：Allen & Unwin，1987 年。

⑧ 对于启蒙观念更为详尽的阐述，请参看尤根·哈贝马斯以下两部著作：《现代性的哲学话语》，The Philosophical Discourse of Modernity. Cambridge，Mass.：MIT Press，1987 年。《道德意识与交往行为》，Moral Consciousness and Communicative Action. Cambridge，Mass.：MIT Press，1989 年。

参考文献：

[1] Anthony Giddens. Modernity and Self-Identity：Self and Society in the Late Modern Age [M]. Cambridge：Polity Press，1991.

[2] Leo Lee. The Romantic Generation of Modern Writers [M]. Cambridge：Harvard University Press，1973：190.

[3] Herbert Fingarette. The Self in Transformation：Psychoanalysis，Philosophy，& the Life of the Spirit [M]. New York：Harper & Row，1963.

[4] Ellie Ragland-Sullivan. Jacques Lacan and the Philosophy of Psychoanalysis [M]. London：Croom Helm，1986：3.

[5] Malcolm Bowie. Lacan [M]. London：Fontona Press，1991：95.

[6] 周作人. 人的文学 [J]. 新青年，1918，6（10）.

[7] Jean-Luc Nancy. Ego Sum [M]. Paris：Flammarion，1979：161—162.

[8] Jean-Luc Nancy. Corpus [M]. Paris：Metailie，1992：42.

[9] Mikhail Bakhtin. Rabelais and His World [M]. Cambridge：MIT Press，1968：341.

[10] 李大钊. 今 [J]. 新青年，1918，4（4）.

[11] Jacques Lacan. Speech and Language in Psychoanalysis [M]. Baltimore：Johns Hopkins University Press，1968：63.

[12] Rey Chow. Woman and Chinese Modernity：the Politics of Reading between West and East [M]. Cambridge：Harvard UP，1991：96.

[13] 郭沫若. 西厢记：艺术上的批判与其作者的性格 [M] //郭沫若全集：卷十五. 北京：人民文学出版社，1990：321—327.

[14] Matei Calinescu. Five Faces of Modernity [M]. Durham：Duke UP，1987：20. 156.

——原载《江汉学术》2016 年第 1 期：13—21.

当代诗潮与诗人

陈培浩　白　杰　西　渡　林　琳
杨小滨　段从学　邱景华

命运"故事"里的"江南共和国"

——论朱朱的近期诗歌

◎陈培浩

摘　要：朱朱的近期诗歌特别是其最新诗集《故事》里，融合重构了诗人的童年经验和中年回望，其诗歌"故事"的核心指向了"生命落差"的命运谜底。朱朱以突出的"诗性记忆"能力使种种生命细节在诗艺创造中获得造型、色彩和温度。它们见证了朱朱从早期繁复的工笔细描到新近的质朴准确的技艺转变，同时也是已届不惑的朱朱重建自我跟世界、自我跟记忆关系的一次意味深长的尝试。俞平伯曾经有过"诗歌共和国"的说法，朱朱则进一步发挥。"江南"在汉语中是一个文化地理的概念，在悠久的诗文传统中，"江南"沉淀的更多是一种美学风格。当朱朱把一个文化地理的概念和一个现代政体概念相连的时候，他其实是在思考着时间中的"生命囚徒"如何通过文化书写而突围的问题。《故事》的"故事"在小处关乎童年、亲情，又在大处勾连着作为伤痕和禁忌的历史记忆，并被提升为一种生命主体的思想体悟以及走向语言以自我拯救的诗写立场。

关键词：朱朱；《故事》；当代诗歌；诗性记忆；囚徒体验

朱朱是 1990 年代崭露头角的诗人，也是这个时代的重要诗人。他对诗歌有着特别的珍重和敬意，诗歌是多种写作样式中最令他不敢造次的一种。朱朱还是优秀的艺术评论家，他对诗歌的理论思考不乏真知灼见，但是他却几乎没有加入当代诗坛各种似是而非的论争中。早年的朱朱没有借助"惊世骇俗"的诗人批评进行自我建构，也没有参与各种"热闹喧嚣"的"诗歌运动"，他贴近诗歌本体营构，凭着工笔细描的诗艺获得文本辨析度。他的近期诗歌似乎蕴含着他写作上的某些变化和新的启示，这尤其体现在他新近出版的诗集《故事》①之中。

一、朱朱的《故事》和《故事》里的朱朱

《故事》之前，朱朱已经出版了《驶向另一颗星球》《枯草上的盐》《青烟》《皮箱》等诗集。这一次，朱朱以"故事"来命名诗集，对于诗集而言，这颇为特别，间或提示着朱朱诗歌写作从内容到技艺的转变。

《故事》至少包含着三个层面的"故事"：其一是"童年故事"，在诗集后面的《七岁》（组诗）中，诗人特别创设了一个七岁的视角，回到七岁的自己，用七岁的高度和体验重温童年往事。把少年设置为诗学视角，这个层面的故事丰盈的童年细节又是童年视觉和成年眼光的融合：朱朱无疑返回了七岁孩童的世界，但成年诗人的"视界"又时时浸染其中。因此，这层童年故事就不仅止于童真童趣，它因为充满细节而真切，因为携带着情感而感人，因为呈现了复杂性而引人深思，毋宁称之为关于童年的"诗性记忆"。

《故事》的另一层面是"中年故事"。这部诗集弥漫着一股鲜明的中年回望气息，即使是"童年往事"，很多时候也是统摄于一种成年眼光之下的。显然，以"故事"来命名诗集，朱朱有更多非抒情的经验要处理，当他回望人生的过往时，常常发出一种中年人才有的感慨。

在童年往事和中年姿态之外，《故事》的第三层其实试图讲述一个关于"落差"的命运故事。落差是命运故事的谜底，他称为"真正的故事"：

> 你向我们展示每个人活在命运要给他的故事
> 和他想要给自己的故事之间的落差，
> 这落差才是真正的故事，此外都是俗套……
>
> （《拉萨路》）

《故事》关乎童年和家园，关乎亲情、童年的父母之爱，关乎一个小镇 30 年前的日常，关乎少年成长的美好和疼痛，关乎青涩美好的爱恋。但《故事》也关乎命运的秘密，那些在生命的斜坡中一路滑行至今的人们，那些想向"严冬墙沿带着全部崽子呼救的猫"伸以援手却"无法克服与生俱来对毛茸茸动物的恐惧"的人们，始终活在各种宰制中。各式"练习曲"和"蝴蝶泉"故事的核心是生命的规训和格式化，这在朱朱诗中被隐喻为童年村头的"高音喇叭"：

> 我并不知道从那时候开始，自己的脚步

已经悄悄迈向了成年之后的自我放逐，

迈向那注定要一生持续的流亡——为了

避免像人质，像幽灵，被重新召唤回喇叭下。

（《喇叭》）

命运故事的层面同时也关涉着朱朱《故事》中的囚徒体验，这三个层面，我们下面会专门分析。值得一提的是，《故事》里的朱朱，较之以往呈现了对诗艺的不同理解：纯熟、疏朗的诗艺代替青春朱朱那种无所不在的工笔细描。朱朱并不着力于发明新奇繁复的语言装置，从表面上说，你甚至可以说，朱朱对语言修辞的使用，是常规化的。然而，朱朱的语言却透露出更朴素的质感，只有贮藏了丰富生命细节和强大的语言剪裁能力的诗人，才能以看似简单的方式带给诗歌特别的生命质感。在《故事——献给我的祖父》中，诗人基本上只使用比喻，那些比喻简单明了，并没有复杂的修辞机制，然而都准确而迅速地勾勒出书写对象的精神质感：

老了，老如一条反扣在岸上的船，

船舱中蓄满风浪的回声；

老如这条街上最老的房屋，

窗户里一片无人能窥透的黑暗。

大部分时光他沉睡在破藤椅上，

鼾声就像厨房里拉个不停的风箱，

偶尔你看见他困难地抬起手臂，

试图驱赶一只粘在鼻尖的苍蝇。

但是当夜晚来临，煤油灯

被捻亮在灰黑的玻璃罩深处，

他那份苍老就变成了从磨刀石上

冲走的、带铁锈味的污水——

这首诗共四节，每节基本分为三小节（除第三节为二小节外），每一小节都为四行。有趣的是，每一小节中诗人都安排下一个比喻，比喻是这首诗最核心的推动机制，这种最普通的修辞在此诗中大放异彩，原因在于朱朱对比喻极其准确的把握，如何来写祖父的垂垂老矣，诗人用了一个特别精彩的比喻，"老如一条反扣在岸边的船"，离水之船，被反扣在岸边，状态（反扣）和方位（岸边）都显示着被离弃的生活。这已是不错的比喻，但诗人加上了一句"船舱中蓄满了风浪的回声"让这个比喻更为增色。如果说反扣岸边是船的外在状态的话，蓄满风浪回声则是它的内在状态，内外的张力才是船，也是老如船的祖父的"故事"之所在。这个比喻，有赖于朱朱对岸边反扣之船的发现和对船的语言符号的进一步强化。写诗者，有人擅长发现新的修辞手段，创造新奇的表达效果；有人却擅长把体验准确地移置于并不新奇的修辞装置中，同样创造出新奇的表达效果。前者靠的是语言创造力，后者靠的却是生命体验和语言准确性的平衡能力。

二、童年往事的"诗性记忆"

每个人都有自己的童年，但每个人的童年经验不同，每个人对童年的诗性记忆能力也不同。记忆在普通人那里日渐黯淡、松弛乃至逃遁，经过诗歌提炼的记忆却在艺术的定型剂中获得造型、色彩和温度。所以，诗人对于记忆的造型能力，便是所谓的"诗性记忆"。朱朱是那种既有较特别体验，又有突出诗性记忆能力的诗人。他的"童年往事"中充满各式各样的人、事、物：母亲、祖父、祖母、邻居女孩、理发店师傅、一头待宰的牛、沉默的井台、前年的日历、绣着过时图案的缝纫机、滴答滴答画着自己的圆的墙头钟，还有那条坑坑洼洼、由无数次跌倒组成的去见父亲的漫漫长路。

《故事》的童年记忆主要呈现于《七岁》组诗中：《早晨》和《数学课》专门写母亲。儿女对母亲的爱和感激，是一个因为永恒而困难的写作主题，朱朱却有自己精彩的表达：

> 母亲知道第一束阳光的金色丝线，
> 怎样在天空的蓝缎子上滚边。
> 每个早晨她的眼睛总是最先睁开，
> 枕边一小块湿痕，来自伤心的梦。
>
> 她的目光像风筝升过了晾衣绳，
> 跃向了山墙之上的天空，
> 在风中打几个寒噤般的趔趄，
> 然后不断地高飞，盘旋在云彩。

（《早晨》）

母亲之爱，实写常流于平淡，虚构又有欠真实。从童年的眼光看，往往真切有余而体贴不足，纯从成年视角出发，又难免过滤了温润的细节。朱朱既用修辞也用想象，既从童年，也从成年的眼光去描述母亲，这就是所谓"诗性记忆"的高妙和哀而不伤。这两节诗都安排下精彩的比喻，特别是第二个"目光如风筝"，后面三个句子都在延伸铺排这个比喻，风筝"在风中打几个寒噤般的趔趄，/然后不断地高飞，盘旋在云彩"跟第一节母亲"每个早晨她的眼睛总是最先睁开，/枕边一小块湿痕，来自伤心的梦"有内在的呼应。母亲的泪痕和伤心的梦或者是成年的朱朱更能体会到的情感伤疤，每个母亲大概都是带着伤疤，在生命寒风中打着趔趄然后高飞的吧。朱朱的诗，既有童年的恋母细节，又有成人后对母亲的体贴和理解，更有诗人特有的修辞想象的才华，所以《早晨》里的母亲便显得特别动人。

朱朱用一种复杂的眼光来写亲人，他忠于自己的情感体验。他写祖母的《另一个家》，就努力写出那种复杂性，他写祖母对自己粗糙而细心的爱：

> 黄昏时老风箱的哮喘开始复发，
> 烟雾层层扩散，吞没篱笆上的天空。
> 然后她吹散小勺子边的热气，
> 将烂如反刍过的山芋填进我的嘴巴。
> 入夜后灯芯被捻亮，她检查
> 我的袖口有无裂缝，以及纽扣
> 又掉落了几颗。针线无声地缝合，
> 而我交缠起双手在墙上做一只大雁。

他也写童年自我对祖母的陌生感：

> 她因为长久地和牲畜相处
> 习惯于沉默，只发出令它们
> 进退的象声词，这样我不仅
> 学不到新词语还会丢失已学的。

他甚至产生了一种"人质"的体验（"人质"体验显然是成年视角对童年经验的加工和提炼）：

> 从小我就被教导说：

你有两个家。一处是母亲的村庄，
我出生的地方；另一处是这里，
我来充当一个不定期的人质，

一件信物，以证实这里
有一种尚未彻底破产的尊严；
我来，是为了来降低
这里所有年轮的平均数。

在两个家之间来回的少年，有一种撕裂的体验，觉得自己更像是：

大人们用来拔河的一根粗麻绳
绷紧在两地之间，而我
就是那个系在中间的绳结，
在缓慢的挪动中，在撕裂的感受里。

朱朱童年记忆的丰富性，还表现于他对童年"类爱情体验"的书写，《排水》交错呈现的便是童年家庭战火下的无奈和童年的"类爱情体验"。有趣的是，诗人举重若轻，用"雨水"和"算术题"来串起这种体验：

大人们争吵时，我在窗边
做一道算术题。

我抬头望去：她也在窗边
做一道更复杂的算术题——

不止加减法；还有×，÷，
还有我记不住它古怪发音的"π"，

形状像屋檐下躲雨的两个孩子。
她比我大三四岁。

这首诗是典型的儿童视角，不露痕迹，有举重若轻的高妙。大人吵架，是孩子眼中可怕的灾难，于是他们佯装做题，以挣脱父母吵架制造的精神恐慌，对他们来说，这是一道更复杂的"算术题"。所以，"我抬头望去：她也在窗边/做一道更复杂的算术题"，其实是一个有趣的隐喻。她也和"我"一样，在家庭争吵的阴雨中，做着一道关于"避雨"的算术题，而且，她的问题更复杂。在"算术题"的符号过渡下，π的出现自然而然，精彩的是，诗人觉得π"形状像屋檐下躲雨的两个孩子"，所以"π"也就成了两个处在家庭争吵暴雨下，跑到数学题屋檐下躲雨的孩子的心灵符号。

对于"我"而言，"她"因为跟我相似的遭遇而获得认同，"我"需要这样一个可以无言地共享"家庭恐慌"经验的朋友；而对于她而言，"我"比她小三四岁，她和我一样是"躲雨"的孩子，什么样的体验使她和"我"缔结一份内心的密约呢？诗歌留下一个引人遐思的空间，接下来又呈现了童年"类爱情体验"的进展：

> 我踮起脚尖
> 才和她的额头一般齐。
>
> 忽然她将我
> 搂在胸口，于是我数着她越来越快的
>
> 心跳，直到同样的频率
> 也来自我的脉搏。

共同躲过雨的伙伴，缔结了一份秘密的私人情感，他们类爱情的"情谊"成了彼此心灵的"绿荫"：

> 树叶交接在一起（像π除不尽的
> 尾数），垂悬下同一块绿荫。
>
> 大人们交谈着，
> 好像什么也没有发生过。
>
> 而我们又可以手牵着手
> 走过卵石已显露的、浅亮的溪水。

　　这里诗人对 π 又有新的诗歌使用：同样是从 π 的形象出发，这里不再指向两个躲雨的孩子，而成了树叶垂下的绿荫。童年的视角和纯熟多姿的诗艺，使这首诗令人印象深刻。整个《七岁》组诗，让人难忘的还有一种气氛，朱朱诗歌中充满着一股浓郁、挥之不去的乡村气味。他当然是擅长修辞的，但他的修辞令人眼亮心动之处，不在于他绣口锦心捕获天马行空的想象之物，而在于他不着痕迹地激活那些轻易从我们的记忆中溜走的细节：

　　　　碎裂在河岸地的空旷里。
　　　　我能够听见什么？
　　　　一头被宰杀的牛发出最后的哀鸣；
　　　　路上自行车的链条响过铃铛声。

　　　　　　　　　　　　　　　　　　（《井台》）

　　　　那转椅铺着黑色人造革的垫子，
　　　　周边已经破损，露出发霉的海绵。
　　　　一块脏油布开始将我裹紧，
　　　　即使我屏住了呼吸也能嗅到
　　　　他指甲盖里的焦油、他的鼻孔
　　　　和腋窝里喷出来的酒精味。

　　　　　　　　　　　　　　　　（《理发店的椅子》）

　　　　这消息像泥瓦匠的刮刀
　　　　瞬间抹平了所有人脸上的表情

　　　　　　　　　　　　　　　　　　（《喇叭》）

　　　　他那份苍老就变成了从磨刀石上
　　　　冲走的、带铁锈味的污水——

　　　　　　　　　　　　　　（《故事——献给我的祖父》）

　　这些句子中，细节包裹着修辞散发着强大的童年乡村气息扑鼻而来，激活了有着相近体验的读者记忆。当代诗歌中能如此好地把现实气息和精神勾勒结合起来的，显然并不多。

三、《故事》的中年回望

　　欧阳江河曾经在他引发很大关注的文章《89 后国内写作：本土气质、中年特征与知识分子身份》中使用了"中年特征"这个概念[2]。在他的文章中，中年写作是作为一种值得追求的诗歌价值而存在的。也就是说，在彼时的欧阳江河看来，诗歌必须写出"中年姿态"才更值得追求。然而，当我说朱朱《故事》中存在着中年回望的姿态时，跟欧阳江河的上述概念基本无涉。朱朱的中年姿态是个体的，是诗人本人在而立与不惑之间对生命和诗歌的重新认识。

中年的回望，在《故事》中无所不在地呈现："当/推土机铲平了记忆的地平线，当生活的/航线再也难以交叉，当我们的姑娘们/早已经成为母亲，当上海已经变成纽约/二十年间我越来越少地到来，每一次/都几乎认不出它。"（《旧上海——给 S. T.》）

这里在勾勒着一种回望的眼光。所谓中年回望，不仅指这部诗集充满着对青春记忆的凭吊。中年回望，更暗示着一种中年危机。危机的实质是旧视界和新视界的冲突：一直以青年的眼光在世界上行走，有一天，这道眼光撞上了年龄和世界合力堆砌的墙。这个时候，需要一种新的视野和立场来消化新世界，同样也需要一场回眸来重新解释往事，来重新梳理自我与记忆的关系。所以，我们看到诗人回到童年，回到初恋，回到故乡，也回到青春期，他回到故人（如张枣），回到与古人的对话（如苏轼、张岱、柳如是、鲁迅），他回到亲人（祖父、母亲），他甚至回到七岁时的理发椅，诗中的"我"与七岁等高，内里却响起了一种中年浓厚的声音。

《故事》中，朱朱通过更富叙事意味的语言回溯到童年并梳理着自我与世界、自我与命运、自我与故乡的多重关系。回溯与梳理，意味着重构过去，寻找心灵新的平衡点，这大概是所谓中年回望的特点。此处朱朱不仅仅是讲一个关于故乡、友人、童年和初恋的故事，这些故事又生发着诗人关于个人生命的悲剧与挣脱的思考，深深地打上了诗人在岁月捕手追捕下的精神烙印。

导演李安曾经说，当他拍摄《卧虎藏龙》时，他正处于中年危机之中，他需要这样一部戏来处理自己的危机。我们虽然无法确知李安中年危机的具体内涵，也不知道《卧虎藏龙》如何处理了他的危机。但这里暗示着艺术创作对艺术家的一种疗救的功能，我也如是看待《故事》跟朱朱之间的关系。写作与疗救的实质，是旧视界的退场和新视界的确立。我们可以通过朱朱早期的《一个中年诗人的画像》和《故事》中的《旧上海》来对照分析这种内心的"新旧交替"。前者是 25 岁的朱朱对中年的想象；而后者，则是已到中年的朱朱对青春岁月的回眸。展望与回眸都是主体与年龄的错位，是行走在岁月跑道上的诗人与其实际体验之间的交叉跑动。毋宁说《一个中年诗人的画像》和《旧上海》是不同时期的朱朱对相近经验的不同处理。前者，悲剧艺术家的形象被凸显得相当醒目：

入夜的树影挽留着激情，
颤动的涟漪里映现天穹；
白昼里昏沉的脚步，恭谦的举止，
对一封信残忍的沉思，出于
逢迎的感叹，启蒙的热诚以及
对零星的美感的搜集，
在黑暗的统治中全成为老派的谎言，
甚或世界也是举灯的侍女，
听任他向废墟弥漫，掘开堤岸，
淹没这帝国的长夜。[3]373

　　整首诗渲染的是一种无以复加的艺术悲剧感，然而，正是悲剧感本身挽留和确认了诗人的价值。他不是滑稽可笑的，因为他的悲剧、艺术的没落本身值得以一首诗艰难地问候：

看，他不彻底，回来了，
将梦想带回尘土。
这是感性的另一座城市，
其实是相同的隐喻；
这是流亡，其实是追逐。
冷落地，怀疑伴随着生活，
他将诗艺雕琢了又雕琢，
但这手杖上的珍珠唯有光洁的表面，
内部缺损了又缺损。[2]374—375

　　诗歌在内容上越是突出艺术的"光洁"与"缺损"的反差，就越深地显示了艺术应有的价值。朱朱越是"复杂地"表达了艺术家命运的"破损"，诗歌本身的"高贵性"就越得到确认。所以，《一个中年诗人的画像》其实是属于青年朱朱的。那时，他用诗艺创造着非诗时代的悲怆感，并提供了对非诗时代之沦落的一种抵抗。
　　也许可以说年轻的朱朱借着这首诗在想象未来，那时，他是忧郁的，但又是澎湃的；他有叙事的雄心和机智，有写诗的精致和用心。而《旧上海》则显然是中年的，是朴素的，站在非诗年代"赶上青春末班车"的狂欢节，他不再采用"中年诗人"这样的形象作为中介。如果说前一首诗的写作本身就是一种对抗悲剧的方式的话；那么，后一首诗则是真正中年来临时无以掩饰的苦涩。所以，"你入炼狱，把我们全部禁锢在外边"才那么让人刻骨铭心。

显然，《一个中年诗人的画像》写的是中年，但其立场和书写视点却是青年的；而《旧上海》写的是青春岁月，却是典型的中年姿态的青春回首。某种意义上说，朱朱也是1980年代精神狂欢骤然消逝所造就的深刻记忆，之后的1990年，只有21岁的他还没有真切地感到中年，他必须等到真正的中年来临时才能再次重返记忆中的肃杀和严寒。也许写作《旧上海》，就是为一段随时都会发炎、一段在行进中遇难的记忆举行一场符号葬礼。否则，记忆的孤魂将夜夜压迫着诗人的梦境。

四、《故事》的"囚徒"体验

《故事》的中年姿态，既是诗人对自我与记忆的清理和重构，同时也透露着诗人对生命更深沉的认知，事实上指向了朱朱心中浓厚的生命囚徒体验。

不难发现，朱朱其实是一个早熟的诗人，这既指他的诗艺，也指他的思想。他很早就有一种秋的萧瑟感：对于他这个年龄的人来说，1990年代或者是他们的黄金时代，在这里他们可以欢呼时间开始了。但朱朱在观念上却更多地缅怀着如黄金灿烂的1980年代，以至于他在同代人中极为罕见地与上一代诗人共享着一份"亡灵"体验。他的《一位中年诗人的画像》就是用1990年代的叙事性来处理1980年代遗留的某种体验。朱朱的诗调子是低的，1990年代的诗，他总是会去触及"黑暗"和"死寂"，但是并没有触及"囚狱"：

> 此刻楼梯上的男人数不胜数
> 上楼，黑暗中已有肖邦。
> 下楼，在人群中孤寂地死亡。
>
> （《楼梯上》）
>
> 鸟儿衔来"炉火"这个词寻觅着木板，
> 我凝视一扇空中跳动的窗；
> 写作，写作，
> 听漏向黑暗的沙……
>
> （《下午不能被说出》）

朱朱无疑不是词穷之人，但他在《故事》中却大量采用与监狱有关的意象和词语，他喜欢用"典狱长""监视"等词语。前者让人想到商禽的《长颈鹿》，这首诗中人是时间的囚徒，却眺望着岁月。仁慈的狱卒，不识岁月的容颜，于是夜夜前去为岁月把门，却被时间以另一种形式囚禁。商禽的这首诗跟卡夫卡的《法庭门外》有异曲同工之妙，朱朱的诗歌触及了相近主题，并把这种囚徒体验延伸到整个生命领域，他是如此喜欢使用"囚禁"的意象，《故事》事实上成了演绎生命囚徒体验的完整系列。

《故事》共收录了 37 首诗，令人惊讶的是，其中直接采用囚徒意象或描写囚徒经验的竟超过 10 首，这无疑是极有意味的。但显然不宜将《故事》中这些生命囚徒体验的表达同质化，它们在不同的诗歌主题、不同的词语链中出现，凸显着囚禁意义的层级差异。

朱朱诗歌的囚徒体验，首先关联着具体的历史情境、现实中的记忆误区。被扭曲的记忆投射于朱朱的意识中，便成了一种记忆被囚禁的体验，他甚至会在书写极其美好的记忆时跳接到此种记忆的囚禁。譬如《两个记忆——致 Y. J》，这首诗描述了青梅竹马的水晶之恋，源起当然是一次多年之后的重逢：

> 两个记忆在今天相遇，
> 在桌子的空地上，一盏灯
> 洒落好像林中午后的阳光，
> 他和她，披着成年人的外套在这里坐着。
>
> （《两个记忆——致 Y. J》）

顺着相逢的契机，朱朱回到记忆中："记忆因叠加而透明，透明到/透明是两个赤露的孩子"，于是童年口袋里作为小礼物的那张邮票，以及"她分派他剥毛豆，自己蜷在藤椅上读小说"的细节都被挖掘出来。这样的透明记忆是很容易在个体生命博物馆中获得一个浪漫化展位的。可是，正是在如此美好的记忆最后，朱朱依然不可避免地带出他的"囚徒"体验：

> 那是无尽的喧哗中一个强烈的寂静，
> 一个每代人都拥有过的永恒片段，
> 一幅被行刑队带走的人最后会伸手扶正的镜框；
> 别的东西更像酷暑的连枷下纷扬的谷壳。
>
> （《两个记忆——致 Y. J》）

青梅竹马的秘密情感是一种一生中会不断被重新叙述的记忆，朱朱在面对这种透明记忆时突然跳接了"一代人"的记忆——"一个每代人都拥有过的永恒片段"。朱朱深信，这种永恒片段，必是"一幅被行刑队带走的人最后会伸手扶正的镜框"，一代人集体的、美好的"透明记忆"以及后来的灼痛，必然会被重新叙述、被扶正，而其他的一切，不过是"纷扬的谷壳"，将随风而散。

至于何为他所谓的一代人的永恒片段，朱朱的其他诗中不乏呼应和回声：

> ……
> 即使远在威尼斯，我也能
> 嗅到那份暴力的腥臭
> 尾随着海风涌来；在记忆的禁忌中
> 沉默得太久，我们已经变成
> 自我监禁的铁门上咬紧铜环的兽首
>
> （《圣索沃诺岛小夜曲》）
>
> 你入炼狱，将我们全部囚禁在外面。
>
> （《旧上海——给 S. T.》）

作为反思，朱朱的这类诗提供的正是为创伤记忆举行的符号葬歌。正是在这场多少必须有所修辞的葬歌中，朱朱书写了我们作为历史囚徒的中国经验。

沿着现实中时间制造的记忆禁忌的意识模糊，朱朱还悲哀地发现了现实的观念规训，这里无疑有着极其明显的福柯"规训"理论的影子。福柯以全景敞视的监狱模型揭示了现代意识形态规训的运作，无所不在的意识规训工具塑造着合目的性的主体。[4]在此，不但记忆被改写，个体视野中的世界图景也将被改写。正是基于这样的认知，我们不时地在朱朱诗歌中发现俯瞰式监狱意象：

> 总是说变就变。总是说这一页已经翻过了……而这里，未来总是被经过，被经过，变化并没有真正地到来……某扇窗突然发出刺目的反光，如同俯瞰整个监狱的瞄准镜：低下头去，干你的活！
>
> （《记一个街区》）
>
> 强光刺目，大喇叭高高地悬挂
> 就像电影里岗楼哨卫发亮的头盔
> 在俯瞰整座监狱，天空的湛蓝反衬着
> 一个停摆的刑期，男低音宣告领袖之死。
>
> （《喇叭》）

　　"喇叭"无疑正是中国式"监狱"的声音传播工具，"村头的喇叭"凝结着特定时代人们的集体记忆。这种记忆让朱朱心有余悸，令他更惊心的是某个意识形态的幽灵藏身于"风平浪静"、"勤奋练习"的生活实践之中。他在《练习曲》中书写了这方面的观察，这首叙事意味颇浓的诗歌写隔壁楼传来钢琴练习曲的声音：

　　　　那个瘦瘦的、扎着马尾辫的小姑娘，
　　　　每天都在窗边反复地弹奏，琴声
　　　　就像一盒坏损的旧磁带在录音机中。
　　　　我熟悉这尖厉的旋律，
　　　　以每只高悬在电线杆上的大喇叭，
　　　　它们曾经垄断童年的天空，
　　　　辐射无处不在，即使我捂上耳朵，
　　　　也能听见歌词像标语，像握紧的拳头，
　　　　在墙壁上一遍遍地怒吼……

　　一项记忆掩埋工程洗刷了藏身于歌曲中的旧色彩，但那陈旧意识形态的幽灵重现却深深勾起了诗人的记忆，并让他对意识形态的聒噪有着生理性的反胃。更令他担忧的是，一种以"练习"为面具的生活实践，同时也是某种潜移默化的文化实践：钢琴曲的练习，同时也是主体性的习得和塑造过程，它在复制和传播着某种思想的"病毒"，并以这种方式让人们成为意识形态的囚徒：

　　　　然而，沿着这小姑娘的指尖
　　　　那些被埋葬的音符如同幽灵
　　　　纷纷地复活，如同电影里
　　　　一辆辆满载士兵的卡车，
　　　　或者，如同恐怖小说中的病毒，
　　　　通过声波将瘟疫重新扩散在全场。

　　　　哦，多么邪恶而聪明的设计，将
　　　　这样的曲子编进一本入门的琴谱里，
　　　　哦，无辜的小姑娘，沉浸在勤奋的练习中，
　　　　梦想能成为音乐家，有一天坐在舞台上，
　　　　从聚光灯的下方撑起黑色的琴盖，

却全然不知自己是打开了盒子的潘多拉。

如果说上述的囚徒书写有着历史和现实指涉的话，那么，朱朱又常常把"囚徒"的体验引申向更抽象、宽泛的生命领域。在他眼中，人类本质上正是生命的囚徒。所以，他会在很多没有明确所指的诗歌中引入"囚徒"的意象：

> 风筝绕缠在老树的卷轴上，
> 生活，还是那张旧底片……
> 我们从衣橱里翻寻出冬装，
> 如同假释的犯人重新领回囚服
>
> （《乍暖还寒》）
>
> 我握住笔，像假释的提琴手
> 抚摸蒙尘的乐器，感觉自己的手
> 仍然戴着镣铐，脑中已不存一张乐谱，
> 眼前只有典狱长的指挥棒在晃动。
>
> （《岁暮读诗》）

"典狱长"典出商禽的《长颈鹿》，此处，朱朱的化用显然也是在"岁月囚徒""生命囚徒"的意义层面上展开。在波兰导演波兰斯基描写二战的电影《钢琴家》中，那个颠沛流离、受尽折磨的钢琴家一旦重新坐在钢琴前，修长的手指似乎完全没有受到记忆的干扰，迅速而敏捷地弹奏出水银泻地般的曲子。然而，朱朱对此并不乐观，假释的提琴手，手上没有镣铐，但镣铐已在心中：典狱长已经成了他的乐队指挥。显然，"假释"是相对的，"囚禁"才是绝对的。虚构的提琴手，绝对的囚禁指向的便是生命层面的囚禁了，跟生命的囚禁相连的是对生命荒谬的认识。生命的荒诞感、现代文明的异乡人以及永远不得其门而入的城堡外游荡者，是现代主义作品的重要主题，它们像激越的曲调，回响在朱朱的诗行中：

> 穿梭于道路与风尘，
> 两年过去了，今天，我
> 独坐在桌边，像一只委地的陀螺
> 带着被鞭打之后的晕眩。
>
> （《岁暮读诗》）
>
> 旅馆在山顶——

一条曾经萦回在白居易暮年的山道，
积满了无法再回到枝头的落叶；
在旅馆的登记簿上，
我们的一生被判决为异乡人。

（《石窟》）

我们像棋盘上的卒子再无回返的机会——
却又在梦中端起微弱的烛台，走下石阶，
去瞻仰遥远的黄金时代。

（《石窟》）

《故事》中有一类对话诗，诗人以不同形式跟古代、现代的文化人，或身边的文化友人对话，这些对话，都清晰地透露着诗人的生命悲剧意识。在《多伦路》中，他戳破由旗袍、默片和咖啡馆组成的通俗民国想象，进入对鲁迅生命、精神的蠡测之中，通过鲁迅这段"硬骨头"进一步想象生命的悲剧性：

他该庆幸自己没有活到
世纪的下半叶，等待他的
"要么是闭嘴要么是坐牢"，不，
即使闭嘴也难逃铁窗的厄运，而且
是和他一个也不打算宽恕的那些人
一起，被批斗被侮辱……

《再寄湖心亭》则别出心裁地由湖心亭中那个与张岱共饮的匿名者来看张岱，从而想象文化人的精神悲剧：

我并不知道他是谁，但我猜
他是一个因纵欲被逐下西天的罗汉，
被罚到人间搜集和装订
雪片般到处撒落的一页页经书。

而在写给诗歌前辈、友人张枣的悼亡诗中，他进一步触及张枣去国、归国历程中文化身份建构的艰难，其间更是直接以卡夫卡笔下的 K 与张枣相类比：

琴弦得不得友谊的调校、家园的回声，
演奏，就是一个招魂的动作，
焦灼如走出冥府的俄耳浦斯，不能确证
在他背后真爱是否紧紧跟随？那里，
自由的救济金无法兑换每天的面包，
假释的大门外，兀立 K 和他的成排城堡。
哦，双重虚空的测绘员；往往
静雪覆夜，你和窗玻璃上的自己对饮，
求醉之躯像一架渐渐瘫软的天平，
倦于再称量每一个词语的轻重，
任凭了它们羽翎般飘零，隐没在
里希滕斯坦山打字机吐出的宽如地平线的白纸。

（《隐身人——悼张枣》）

五、走向语言：生命囚徒的拯救之路

《故事》的第二首诗叫做《江南共和国——柳如是墓前》，这个诗题有深意存焉。俞平伯曾经有过"诗歌共和国"的说法，朱朱则进一步发挥。"江南"在汉语中是一个文化地理的概念，在悠久的诗文传统中，"江南"沉淀的更多是一种美学风格。而"共和国"则是一个现代政体概念，乃是民主的、自治的政权组织。当朱朱把一个文化地理的概念和一个政体概念相连的时候，他其实是在思考着时间中的生命囚徒如何通过文化书写而突围的问题。证之此诗的内容，我们会发现此言非虚。

生命的囚徒，是朱朱《故事》的重要主题。那么生命囚徒狱中何为呢？这是朱朱不容回避的问题，正如他通过书写来为被掩埋的记忆奠一曲葬歌一样，他同样透过语言和书写，作为历史人质的狱中人对"囚禁"状态进行偷袭和反击。《江南共和国——柳如是墓前》是《故事》中虚构性最强的一首，同时也可以视为应对生命囚禁写作主题的一个隐喻。

柳如是，初为婢，后为妾，继而为妓，而后又成为世人眼中有气节之妾，最终却受夫家亲属迫害而死。其身辗转于京城、外省，新旧两朝、汉满两族、婢妾与歌姬等多种身份之间。作为女性，她是各种历史力量所掠夺绑架的"人质"。但朱朱此诗，并不单纯感叹柳如是，而是在柳如是墓前（墓不正是"囚禁"的隐喻？）突生感兴，进入对某个身为民族人质、政治人质、历史人质的女性的故事书写中。诗歌上下文中，这个女性倒更像是王昭君式的和亲女性。诗歌从女性的角度，想象了作为历史人质的隐秘心理。朱朱之笔，不停留于对其被囚命运的感慨，而是借着"她"们，想象了历史人质的突围可能。诗中，一个在国家的政治交媾中成为人质的美丽女人出塞。有趣的是，诗歌以这个作为人质的女人的第一人称，想象了她的心理，她驯服中的反击：

> 哦，我是压抑的
> 如同在垂老的典狱长怀抱里
> 长久得不到满足的妻子，借故走进
> 监狱的围墙内，到犯人们贪婪的目光里攫获快感
>
> （《江南共和国——柳如是墓前》）

这是国家人质的王昭君们的悲剧和反击。显然，朱朱是把这种"人质"的命运扩展为普遍命运的。这里包含着每个个体，此诗的最后一节，是作为被囚者个体的应对：

> 薄暮我回家，在剔亮的灯芯下，
> 我以那些纤微巧妙的词语，
> 就像以建筑物的倒影在水上
> 重建一座文明的七宝楼台，
>
> 再一次，骄傲和宁静
> 荡漾在内心，我相信
> 有一种深邃无法被征服，它就像
> 一种阴道，反过来吞噬最为强悍的男人。
>
> 我相信每一次重创、每一次打击
> 都是过境的飓风，然后
> 还将是一枝桃花摇曳在晴朗的半空，
> 潭水倒映苍天，琵琶声传自深巷。
>
> （《江南共和国——柳如是墓前》）

在囚禁的状态中，再一次相信语言，是诗人面对囚禁最虚无而又最有力的回答。正如朵渔写过的"柔软，未必不是对铁的回答"[2]；柔软的语言，始终是诗人自我拯救的方式。朱朱说"我以那些纤微巧妙的词语，/就像以建筑物的倒影在水上/重建一座文明的七宝楼台"。显然，"江南共和国"的宫殿楼台，正是诗人美学创造的语言结晶。

语言与世界的关系，已经被讨论了无数次。语言工具论者认为，世界先于人类，而人类先于语言。人类创造了语言，并利用语言工具相互交流。语言本体论者认为，语言是存在的家园，世界在语言中敞开。因此，有什么样的语言，便有什么样的世界。他们相信，通过语言的构造，人们可以去挽留一个自己的世界。海德格尔、罗兰·巴特无疑都是这种语言观的拥护者。进入 1990 年代，主张社会介入的萨特在中国影响大降，而主张语言介入的罗兰·巴特影响大增，究其原因，正是因为巴特的语言本体观提供了调度 1980 年代文化亡灵的机制。我们发现，朱朱不但共享着 1980 年代的文化创伤，事实上也共享着 1990 年代以来此种文化创伤的疗治方案。他同样是在诗写中去寻找还乡的可能，果如其然，朱朱的诗歌，是被囚的诗，同时也是寻找故乡的诗。而故乡，不在具体的时空，而在寻找的途中瞬间敞开。因此，朱朱的诗，是寻乡之诗，也是有根之诗。

总之，朱朱的近期诗歌特别是其在诗集《故事》中，融合重构了诗人的童年经验和中年回望，其诗歌"故事"的核心还指向了"生命落差"的命运之谜。朱朱以极强的"诗性记忆"能力使种种生命细节在诗艺定型剂中获得造型、色彩和温度。《故事》见证了朱朱从早期繁复的工笔细描到新近的质朴准确的技艺转变，同时也是已届不惑的朱朱重建自我跟世界、自我跟记忆关系的一次意味深长的尝试。《故事》的"故事"在小处关乎童年、亲情，又在大处勾连着作为伤痕和禁忌的历史记忆，并被提升为一种生命囚徒的思想体悟以及走向语言以自我拯救的诗写立场。

注释：

① 朱朱：《故事》，上海人民出版社 2011 年版。本文所引诗歌没有特殊注释的则皆来自此书，文中不再一一注明出处。

② 见朵渔：《大雾：致索尔仁尼琴》，《追蝴蝶：朵渔诗选（1998—2008）》，《诗歌与人》专号，2009 年 5 月。

参考文献：

［1］卡尔维诺. 未来千年文学备忘录［M］. 杨德友，译. 沈阳：辽宁教育出版
　　社，1997.

［2］欧阳江河. 89 后国内写作：本土气质、中年特征与知识分子身份［M］//站在
　　虚构这边. 北京：生活·读书·新知三联书店，2001.

［3］朱朱. 一个中年诗人的画像［M］//张桃洲. 中国新诗总系：8，(1989—2000).
　　北京：人民文学出版社，2010.

［4］米歇尔·福柯. 规训与惩罚［M］. 刘北成，杨远缨，译. 北京：三联书店，2003.

——原载《江汉学术》2015 年第 1 期：66—74.

"莽汉主义"诗歌："垮掉"阴影下的游走

◎白　杰

摘　要：中国当代新诗之"莽汉主义"与美国垮掉派有着密切的亲缘关系。1980年代中期，莽汉诗人初涉诗坛时，不仅可以上承朦胧诗、"文革"地下写作而汲取到今天派等精神因子，还可相当广泛地接触到已被批量译介的垮掉派文艺。在具体创作中，以李亚伟为样本，我们更可以清晰看到垮掉派作品传播对诗人创作风格转变的牵动。伴随垮掉派的强力辐射，莽汉主义表现出迥异于传统诗歌的精神气质和艺术形态，成为第三代诗歌运动的先行者，但仅隔数年就衰落解体，无力成为先锋诗坛的主力。究其病灶，主要集中在两方面：一是以行动意识代替写作实践、以青春激情稀释人文理想；二是"文革"记忆恶性膨胀。二者合力将莽汉主义推至破坏、解构一极，而未确立积极的建构意愿。

关键词：莽汉主义；李亚伟；垮掉派；金斯伯格；第三代诗歌

及至1990年代，第三代诗歌运动就已尘埃落定，莽汉主义成为汉语新诗诗史书写、诗学研究的重要对象之一。当事人之一李亚伟在1996年撰文《英雄与泼皮》，回顾了莽汉主义的源起、发展，其中特别将"莽汉"与美国垮掉派相类比，并戏称后者为"洋莽汉"。当事人的陈述强势主导了研究者的阐述框架。此后有关莽汉主义的研究，相当一部分是在垮掉派的参照下展开的。垮掉派是美国后现代主义诗歌的先行者，对20世纪下半叶的世界诗坛产生了极为深远的影响。主动与其攀亲，大大提升了莽汉主义的地位和影响，强化了自己之于第三代诗歌的源头性作用以及在当代先锋诗歌中的领袖地位。以垮掉派来赞誉莽汉主义的评论并不鲜见，"就像金斯堡之于'垮掉的一代'一样，真正能体现第三代人诗歌运动的流浪、冒险、叛逆精神与实践的，无疑是'莽汉'诗派，尤其是李亚伟本人"[1]。只是让人稍感意外的是，主动借力垮掉派的李亚伟，并不承认垮掉派对于莽汉主义的催生作用。他讲到，直到1985年夏天岛子从西安寄来《嚎叫》译文，才得知垮掉派的存在[2]228。除以阅读上的滞后，斩断垮掉派与莽汉主义的脐带，李亚伟还进一步指出双方在相近的反叛姿态、奇异思想外，尚存更多人生态度、文化背景及精神遗传上的差异。

一、垮掉派：隐秘而重要的"影响源"

如果李亚伟所说属实，即在 1985 年后才接触到垮掉派，那么莽汉主义的独立创生几乎无可疑义。按照柏桦的说法就是，"中国的莽汉们无师自通，从学校到工地到江湖遍地都是莽汉诗句，拾起来就用，舞起来就圆，唱起来就好听"[3]。因为早在 1984 年初，胡冬的《我想乘上一艘慢船到巴黎去》、李亚伟的《中文系》等就已诞生。照此来看，莽汉主义自当享有更高的历史地位。仅就艺术风格来说，那汹涌起伏的长句、密集刚硬的语词、狂乱炽热的情绪喷涌，在百年新诗历史中都是极为罕见的。其对新诗传统的强力突破，对于西方后现代主义的跨越式追进，不能不说是一次伟大的诗学革命和天才创造。

不过对于当事人的现身说法，仍有不少学者不愿采信。他们虽然拿不出充足证据去反驳李亚伟，无法坐实垮掉与莽汉的事实联系，但还是竭力以艺术观念、写作姿态，特别是叙述风格等方面的高度相似而暗示二者的承继仿效关系："中国'莽汉主义'诗歌运动的代表诗人李亚伟的一些诗歌中，也有许多复杂、并列的句式，显然是受到了金斯伯格的影响，带有明显的模仿痕迹。"[4]"这与《嚎叫》中的句子何其相似"[5]，"李亚伟的疾速的语言流，密集的词语制造的长句，多少类似金斯伯格呕吐般的'嚎叫'"[6]。

莽汉主义与垮掉派的形肖神似究竟是中西诗学的偶发性共振，还是存有某种隐秘的关联影响？如为前者，莽汉主义的创生动力应当主要来自本民族传统和个人写作资源。不过即便选取其旗帜人物李亚伟为样本，我们还是很难发现致使突变发生的内在动因。按照杨黎的回忆，"在写'莽汉诗'之前，李亚伟仅仅是徘徊在普希金的抒情世界里"[7]37，"写出来还是传统抒情的东西"[7]210；然而到了 1984 年，在几乎没有任何明确的借鉴对象、缺乏必要的探索演进的情况下，诗人起笔即是颇具垮掉风范的《中文系》，不仅甩掉了普希金那"深刻而明亮的忧郁"，也挣脱了本土诗歌传统的地心引力，完成了写作道路上的根本性断裂。这让我们不得不考虑某种外力的潜在作用，"一位作家和他的艺术作品，如果显示出某种外来的效果，而这种效果又是他的本国文学传统和他本人的发展无法解释的，那么，我们可以说这位作家受到了外国作家的影响"[8]。而最具可能性的影响源自然是早在 1960 年代前后即已进入中国的垮掉派。

二十世纪五六十年代之交，《国外社会科学文献》《世界文学》等刊物已经刊发了一些有关垮掉派的译介文章。不过对中国读者影响最大的还是随后出现的"黄皮书"译本。虽然"黄皮书"仅限内部发行，在销售、阅读、传播上都有严格管控，但还是有一部分流入民间，在青年读者中秘密传阅，成为特殊时代里的启蒙之作。如《在路上》那充满自由与欲望的流浪行旅，对于体制、道德的嘲讽和抗争，就极大影响了上山下乡知青的思想状态和行为方式。1970 年代许多文艺沙龙、地下创作都与这些内部书刊有关系。据"太阳纵队"诗社张郎郎回忆，"当时狂热到这样程度，有人把《麦田守望者》全书抄下，我也抄了半本，当红模子练手。董沙贝可以大段大段背下《在路上》。那时居然觉得，他们的精神境界和我们最接近"。更有一些知青仿效主人公的叛逆行为，尝试"在路上"的流浪，"没怎么想，随便翻墙进北京站赶火车就走了，身上只带了两块多钱。心中充满反叛的劲，对家庭，对社会。美国有本书叫《在路上》，我们也是走到路上再说"[9]。

莽汉诗人出生在 1960 年代初，在时间上与垮掉派的"黄皮书"存有交集。但考虑到他们集聚在相对偏远的巴蜀地区，且很少有人出身高干、高知家庭，因此阅读到内部书籍的可能性并不大。最重要的是，莽汉诗人在"文革"中尚不具备足够的思想意识、阅读能力，根本无法与年龄足大他们一轮的白洋淀诗群等知青部落相提并论。像 1963 年生人的李亚伟，曾在十一岁那年从知青点上借到过一批外国著作，但稍微艰深一点的就"完全看不懂"了。垮掉派对莽汉主义产生实质性影响，应当延滞到了"文革"之后，但不会迟至李亚伟所说的 1985 年。

某种意义上，作为点燃中国地下文学的重要火种，垮掉派的基因早已渗入当代新诗血脉，成为新时期诗歌小传统的一部分。当莽汉诗人紧承朦胧诗而踏上先锋道路时，无论其以何种姿态面对前辈，或承继，或断裂，或对抗，都会不可避免地受到"白洋淀诗群—今天派—朦胧诗"一脉的牵引，程度不同地受到垮掉精神的辐射。如果接受者怀持积极意愿，垮掉基因完全可能被激活、增殖。更何况"文革"结束后，莽汉诗人已有更多机会去阅读译介评述文章，直接与垮掉派交合。杨黎的一段回忆可做旁证："非常偶然的机会，在一本破烂不堪的《中国青年》杂志上，看见一篇批判性介绍美国'垮掉一代'的小文章。在那一篇文章里，除了让我知道美国有一群吸毒和搞同性恋的人之外，最让一个诗歌少年震撼的，是文章中引用的一句金斯伯格的诗：我看见我三条腿在走路。在这句诗的后面，那篇小文章的作者说，这是诗人吸了大麻后的幻觉……那是一本六十年代（或者五十年代）的《中国青年》，我是在读高中（1978 年）时看见的。时过两年，我模仿着这句话，写出了《我从灰色的大街上走过》。"[7]37

杨黎属于非非主义一派，但与万夏、胡冬、李亚伟等过从甚密，经常"像走亲戚一样"喝酒吃肉、谈天说地、交换诗作，有"莽汉第一兄弟"的称号。在如此紧凑活跃的诗歌沙龙中，杨黎获取到的"垮掉"资源不难为莽汉诗人分享。更何况1980 年之后，关于垮掉派的译介开始大量出现。诗人完全用不着从废旧书刊上捡拾零星诗句。《译林》1980 年 2 期发表象愚的评论《垮掉的一代》，《飞天》1981 年 2期发表赵一凡的评论《"垮掉的一代"——当代西方文学流派讲话之四》，《当代外国文学》1981 年 3 期除了刊发赵一凡的评论《"垮掉的一代"述评》，还推出赵一凡节译的金斯伯格的《嚎叫》、赵毅衡翻译的"垮掉的一代短诗选"，后者覆盖了金斯伯格、柯尔索、雷克思罗斯、施奈德、弗林盖蒂等众多垮掉诗人的代表作。

如果考虑到"文革"后中国作家、文学爱好者、大学生群体对于西方现代文艺的狂热追求，以及《飞天》《译林》《当代外国文学》的巨大发行量，1980 年代初入读大学的莽汉诗人对垮掉派不应太陌生。就如李亚伟，从 1981 年考入四川师范学院（现西华师范大学），到 1984 年 2 月写下《苏东坡和他的朋友们》，他足有两年半的时间去搜寻已经公开发表的垮掉派作品和相关评论。依其开阔的文学视域，"大学第一年读的法国书就有五十多本"[10]，上述译作理当不会被遗漏。

及至 1984 年下半年，垮掉派更已俨然成为文坛上最抢眼的现代西洋景观。8月，由袁可嘉等选编的《外国现代派作品选》（第三册）由上海文艺出版社推出，其中收录了郑敏译的《嚎叫》（第一节）、黄雨石和施咸荣合译的《在路上》（节译），第一版就印行两万一千余册。10 月到 11 月，金斯伯格应中国作协之邀出席中美作家第二次会议，访问了北京、上海、苏州、西安、河北保定等地，还在河北大学讲学一月，进一步带动垮掉文学热潮。而李亚伟集中推出堪称莽汉主义经典的《中文系》《我是中国》《硬汉们》等系列作品，也是在 11 月。众多事实表明，垮掉派在1980 年代前期已成为中国文坛极为重要的异域资源，而莽汉主义的成长发展也与垮掉派的传播扩散保持了同步。在此背景下，如说笃志先锋、钟情西方的李亚伟等人对"洋莽汉""老莽汉"毫不知晓，是难以想象的。

二、诗艺创造与诗学迷津①

当然，仅凭本土创作与文学译介在时间维度上的关联，尚不足以完全认定影响事实。因为真正的影响一定会在时空交集基础上进一步作用于精神观念、语言技艺等，最终在文本肌质中体现。也就是说，要确证莽汉主义与垮掉派的亲缘关系，还必须从诗歌文本中提取到相当数量的垮掉因子。完成此任务，理想的剖析标本还是李亚伟。尽管李亚伟没有存留他在 1984 年前完成的任何诗歌作品、诗学论述，让研究者很难获知诗人在转轨莽汉前所遭遇的诗学碰撞；但在踏上莽汉道路后的几次写作转向，还是显露了垮掉派日渐强大的磁力场。

1984 年 2 月，李亚伟完成了他的第一则莽汉诗篇《苏东坡和他的朋友们》。文人士大夫遭到极尽揶揄，此诗揭示了其孱弱、虚伪、媚俗的病态生命。作品反权威、反文化、反主流的价值立场很好地体现了莽汉主义的基调，也非常切近于垮掉派。不过整体来看，这首诗的莽汉气息还不够浓重。无论与作者稍后写出的《硬汉们》《我是中国》等相比，还是与胡冬一个月前刚刚完成的《我想乘上一艘慢船到巴黎去》相比，都显得平和内敛、温和从容，"叛逆指数"并不算高[11]12-13。

> 这些古人很少谈恋爱
> 娶个叫老婆的东西就行了
> 爱情从不发生三国鼎立的不幸事件
> 多数时候去看看山
> 看看遥远的天
> 坐一叶扁舟去看短暂的人生

可以看出，作品以短句为主，诙谐幽默的口语叙述下，涌动着自在轻松的嬉戏心态。只是这种戏谑有余而挑衅不足的尝试，不仅未达到莽汉诗歌的理想形态："形式上几乎全用口语，内容大都带有故事性，色彩上极富挑衅、反讽的全新的作品"[2]222，也与金斯伯格《嚎叫》那声嘶力竭、长句起伏的语言风格存有较大差异。这一阶段李亚伟对垮掉派的接受方式，很可能与杨黎相似，即通过一些评介文章、甚至是批判性论述来获取模糊的观念感召，而对垮掉派的创作文本缺乏具体感知。

但伴随译介作品在 1984 年下半年的迅速丰富，"影响源"开始渗入语言层面，李亚伟诗歌变得刚硬了起来，用语粗豪芜杂，粗口频频出现，酗酒、流浪、斗殴、追女人等有违世俗常规的话题被大量引入。当年 11 月完成的《中文系》《我是中国》《硬汉们》等已有了声嘶力竭的"嚎叫"音效，情绪亢奋激昂，语调由调侃走向挑衅，语言的暴力意识与粗鄙化特征亦大大增强，节奏变得紧张急促起来。

> 我活着，只能算是另一个我
> 浓茶烈酒丑女朋友
> 我成为一个向前冲去又被退回来的斗士
> 我也许是另外的我、很多的我、半个我
> 我是未来的历史，车站另一头的路
> 我是很多的诗人和臭诗人

（《我是中国》）

诗歌至此拥有了足够的硬度、力道、韧性和冲击效果，与垮掉派的亲和性大大增强。从学步普希金到戏谑苏东坡，再到挑衅权威做硬汉，这一系列突变都发生在垮掉文学的译介热潮中。李亚伟诗歌风格的阶段性变化，暗合了影响源的力量强化。到 1985 年 8 月，诗人更是舍弃最拿手的短句，开始了超长句式的写作[11]15。诗人自述，这时他已读过《嚎叫》全译文。这一时期的创作，如《恐龙》《盲虎》《困兽》《行者》等，留下了相当明显的《嚎叫》印迹，无论句式结构还是叙述语调：

他们穷困潦倒衣衫褴褛眼窝深陷醉醺醺地坐在没有热水装置的黑暗公寓里抽烟喷出烟雾漂过城市上空冥想着的爵士乐曲

（金斯伯格《嚎叫》，赵一凡译）

他的那只被蒙古人吃掉的手臂穿越这座夏天向他/伸来缓缓端走眼前空空的生存之杯漫漫长路他/醉醺醺朝故乡走去一步步回收自己的脚印

（李亚伟《行者》）

你现在的同类那些人立而行的兄弟姐妹龙的传人/一日一日地从大地的日历上翻过去爬上生育高峰拐过/更年期穿过/回光返照的古怪脾气进入殡仪馆冶炼本质

（李亚伟《恐龙》）

发生巨变的，还有题材内容。诗人在 1985 年后几乎完全告别了自己最熟悉的"中文系"，而潜入到幽深压抑的远古时空。曾经纵酒狂歌的浪子频频造访有"恐龙""盲虎""怪兽"隐现的密林荒原，深掘历史隐秘，"他朝向巨石和深涧朝向大口大口呼吸着狂飙的森林"（《困兽》）。题材的变革，应合了语言形式上的要求。因为超长句式的延展，离不开强烈而持续的能量驱动。可莽汉诗人平日的生命状态——考试、翘课、喝酒、打架、追女生，这些悬浮在生活表层的青春叛逆很难给予持续的能量支持。为形似于《嚎叫》、支撑起金斯伯格式的长句，李亚伟毅然向久远的历史岩层钻探。如果参照"第三代"中"整体主义""新传统主义"的史诗创作，像欧阳江河的《悬棺》等，就不难明白历史题材对于长句写作的重要作用。确实，天地玄黄、宇宙洪荒，李亚伟在此阶段创造的时空构架如此宏阔，较之于《嚎叫》亦毫不逊色；尽管后者的时空布景已非常雄浑，从穆罕默德到柏拉图到布克莱，从火山到地铁到摩天大楼，从美国到法兰西到意大利到墨西哥。奔突在亿万年前的辽阔荒原上，李亚伟的诗句伴随时空的大跨度转移而被强力拉长，形式上前所未有地接近垮掉派。

为追求《嚎叫》的长句特色，李亚伟不惜偏离既有创作轨道，更易已经驾轻就熟的题材、句式和语言风格。但在形式及内容的大幅转换中，诗人并未完全理解、也未真正导入垮掉派的精神内涵。早前拥有的造反意念、叛逆行径在苍茫的历史空间内，变得毫无冲击力。这些实验之作不仅缺少《嚎叫》那样的强劲语流、繁复语义，就连前期作品所具有的粗野气质也流失殆尽，"李亚伟离开了最有心得的控诉对象（中文系）之后……诗句因而变得沉重而且冗长。"[11]45其与垮掉派出现了貌合神离的尴尬。到了1987年，诗人终于停止了长句创作。对于这一阶段的创作，李亚伟是不太满意的。前面提到的《恐龙》《盲虎》等几则诗篇，都未进入他唯一的自选诗集《豪猪的诗篇》。绝大多数的诗史叙述，在论及李亚伟和莽汉主义时，也基本止步于《中文系》。

三、青春激情与"文革"记忆的杂拌

垮掉派对莽汉主义的影响在1980年代中期由隐而显、由弱及强，在精神气质、艺术技法、语言风格等诸多方面都留下了深深印迹。只是伴随影响源的强力辐射，莽汉主义却走向了衰落。当第三代诗歌在"中国诗坛：1986'现代诗群体大展"上集体亮相，"非非主义""他们"诗社异军突起时，莽汉主义却宣告解体，终究未能获得"洋莽汉"那样的生命力和影响力。莽汉主义夭折的原因是多方面的，但有一点至关重要，即行动高于写作。其在仿效垮掉派，力图以行动意识来牵引反文化运动时，却抽离了丰富的文化内涵和社会内容。此外，青春激情对诗学理念的稀释、"文革"记忆的恶性膨胀，也使莽汉主义重破轻立，缺乏真正的艺术创造与思想突破。

二战后崛起的垮掉派，从一开始就与主流社会尖锐对立，着力揭露美国"丰裕社会"（affluent society）的虚伪和专制，声讨带给人类恐怖阴影的反共运动以及越南战争。作为战争最大受益国，美国在1950年代后进入前所未有的繁荣期。科学技术高速发展、物质财富迅速膨胀，许多跻身中产阶层的市民满足于现有的社会秩序，不敢也不愿去质疑为他们带来富足生活的价值体系，"美国各利益之间出现一种自然的和谐"[12]。美国历史学家戈德弗雷·豪杰逊（Godfrey Hodgson）将其命名为"自由主义共识时代"（the age of liberal consensus）。当时的美国经济繁荣但秩序森严，一切有可能带来社会新变并触动现有利益关系的言行都受到强力压制。广大民众蛰伏在逼仄的个人空间内，不断让渡独立意识、自由精神，渐渐沦为"沉默的羔羊"。垮掉派敏锐察觉到，中世纪的专制风暴正在现代文明旗帜的掩护下滚滚袭来。

垮掉派同时从艺术与行动两个层面向病态社会发起挑战，企图以非理性的重锤击碎用工具理性编织的专制牢笼，修复被资本主义严重扭曲的美国的价值基准——

以个人主义为内核的民主和自由。在他们那里，艺术与毒品、酒精、性爱一样，都是逃离黑暗现实、寻求精神寄托的手段。他们用超现实的笔墨描绘出美国社会的地狱场景，指出时代的吃人本质，"我看见我这一代的精英被疯狂毁灭，饥肠辘辘赤身露体歇斯底里"（金斯伯格《嚎叫》）。现代工业生产如同摩洛克（Moloch）恶魔一般，吞噬着天才、生命与想象。垮掉派的反抗行动，离不开青春激情的催动，但其意义早已扩展到对现代工业文明的整体反思。在诗篇《美国》里，金斯伯格公然咒骂："美国我们何时停止人类的大战？/用你们的原子弹操你们自己去吧。/……美国，我孩提时曾信奉共产主义，但我不感到遗憾。/我也从不错过每一次吸大麻的机会。"不难看出，他们对道德边界的逾越，内中包含着对意识形态、对人类战争等严肃的政治思考与表态。

莽汉主义的兴起，距垮掉派有二十余年。其时东西方的意识形态冲突相对缓和，改革开放也带来了经济科技的大发展，美国社会享有的"丰裕生活"开始在中国大陆渐渐实现。一种庸常而又物质化的生活状态、价值观念也开始在不断壮大的市民阶层中扩散。曾以异端面目出现的朦胧诗此时已被基本整合到意识形态体系内。少数如北岛那样的诗人，在经历"清除精神污染"等一系列社会政治运动后，也努力借用"象征""隐喻"手段更加严实地包裹对抗性主题。中国社会进入一个内部沸腾，但表面平和的"共识时代"。平静的水面最易产生涟漪，看似一团和气的诗坛格局为莽汉诗人的崭露头角提供了契机。他们毫不手软地将盘踞诗坛中心的朦胧诗作为首要批判对象，以前所未有的语言暴力为当代先锋诗歌开拓出新的路向。

不过莽汉诗人很快就把这样的文化反叛转化到个人的现实生活中，且试图以行动意识来取代创作实践，声称"'莽汉主义'不完全是诗歌，'莽汉主义'更多地存在于莽汉行为。作者们写作和读书的时间相当少，精力和文化被更多地用在各种动作上"[2]215。他们要以身体的流浪逐步代替语言的流浪，"它就是中国的流浪汉诗歌、现代汉语的行吟诗歌。行为和语言占有同样重要的成分"[2]218；将诗歌创作改造为某种行为艺术，"一、找远方，二、找酒，三、找女人"[2]234。于是"匕首""火药枪""美女照""春药""伤口""脓疮"统统都是他们的创作成果。与垮掉派相比，莽汉主义以生命原欲的释放为终点，"太沉溺于小圈子的败德活动和性苦闷，把自己封闭在一个颓废的'小流氓生活想象'里"，既没有将"行动"与"写作"统一起来，也未展开更深广的文化反思、社会批判，这对先锋写作来说是非常致命的。[11]17

1980年代初期，在渐趋宽松的社会环境中，莽汉主义这群二十来岁的青年人走进了大学校园。他们享受到了思想解放运动带来的精神成果，对民主自由世界怀有美好大胆的想象，热切渴盼着人性解放、个性张扬。但体制变革需要多方面的条件保障，是一个艰难坎坷的渐进过程，许多承诺都无法在现实生活中及时兑现。理想与现实的分裂、理想之于现实的屡弱一面，很快为这些敏感多思的年轻人所感受。他们不满模式化、禁欲式的学院体制，却又无力冲决，"一生的理想，在窗外/冻成了一颗霜粒"（赵野《水银泻地的时候》）。幻灭的青春梦想很快散落为"真实怡人"的力比多，疯狂生长、无节制喷涌。但这并不意味着与现实和解，恰恰相反，诗人们以自我放逐、自我亵渎的方式拒绝体制的规训，在沉沦的生命状态中向庸常生活示威，"我们一面忍受生活的无聊琐碎，一面又以唯美主义和享乐主义为旗帜，从中追逐巨大的欢乐"[13]。他们常常做出一些类似"嬉皮士"的举动；只是涉世未深，所做出的反抗基本限定在"中文系"的狭仄范围，很少关涉校园之外更为深广的社会现实和历史文化，"现在我之所以忠实地写出一群十八九岁的大学生在做诗人的同时几乎做上了流氓，是因为我认为当时大学里的教育方式、教师、文学教材和文学现状怎么着也会产生这样的'初生牛犊'和'诗坛小荷'或'写作雏鹰'，文学教材的枯燥无聊和中青年教师的不学无术到了让求知欲强的学生惟恐避之不及的程度。"[2]226 如果能立足青春基点，将学校教育与社会现实、历史文化相融通，将学院批判提升至广泛深刻的社会批判，揭示出现代文明之于人性的异化一面，那么莽汉主义势将更加有效地推动思想文化变革，也会体现出更加鲜明的后现代特色。但他们没能做到这一点。长期活动在四川盆地、游走于大学校园及周边，莽汉主义对从东南沿海扩展而来的大规模的现代生产生活缺乏真切感知。改革开放带来的经济腾飞、文化断裂、观念冲突、阶层分化、利益集团交锋等深层社会图景，都在创作中缺席。青春荷尔蒙在此非但没有转换为新的思维方式和文化立场，反而以单一的感官追求限制了社会思考的深入，影响了莽汉诗人在精神层面的相互认同。

奥地利学者康拉德·劳伦兹（Konrad Lorenz）在《攻击的秘密》一书中指出，动物在成长过程中经常要打破既成的器官组织的结构，通过蜕壳等方式适应新的环境，经历一段危险而脆弱的时期。人类与此类似。正统文化和标准仪式是人类的骨骼和甲壳，当个人成长到一个阶段时，就会努力蜕掉它，"在青春这段时间和这段时间之后的一小段时间里，毫无疑问的，人们都松懈下来，不再顺服文化里的传统仪式和社会标准，任由概念思想对他们的价值投以怀疑的眼光，而去找寻新的，也可能是更有价值的理想"[14]304。这似乎也从生物学角度支持了先锋与青春的亲缘。但他接着补充，青春期是目标固定化的敏感期，至关重要，"假若在这段决定性的期间，旧的理想在批评与追究后被认为是错误的，而新的又还未被找到，结果将是完全的茫然无目标，十足的无奈与厌烦"[14]304。由是观之，莽汉诗人显然有如此遭遇。他们凭借青春烈焰焚烧掉文化甲壳后，没有寻找到足以培植新的组织机构的精神理想，仅仅在群体性的叫嚣中求取存在感。这种情况同样符合劳伦兹的判断：

"在青春期后，有些人被一股无比的力量鼓舞着去采纳一种固定体而找不到一个有价值的时候，令人惊讶的是，他会固定在一个较低等的代替物。希望成为亲密组织团体的一分子，而为共同的目标奋斗的这种本能需求非常的强烈，以至于使他们不再认为'团体的理想是什么'，'它有何内在价值'等问题是顶重要的。"[14]305

当青春激情渐渐散去时，这个一直提倡行动高于创作、缺乏明确诗学观念统辖的诗歌群体就必然走向解体。作为莽汉主义发起人的万夏、胡冬在创作两个月的莽汉诗歌后就改弦易辙了。万夏那飘逸空灵的《白马》、胡冬那古雅玄秘的《九行诗》，全无一点莽汉印迹。此后独立支撑莽汉主义的李亚伟，在摹写金斯伯格长句的过程中，也放弃了"中文系"的青春话题，开始在茂密的历史丛林打转，尽失粗莽之气。青春易聚更易散、激情易涨更易落，完全建基其上的诗歌群落或诗歌运动，很难获得持久的能量支持。所以莽汉主义的分崩离析，从表面来看是因为行动大于艺术，甚或以行动取代艺术，但究其根因，还是未能以坚实的精神根基来凝合行动与艺术，为诗派成员设定相对一致的诗学目标。

青春激情外，莽汉主义的文化反抗还与"文革"记忆有关。1966 年 6 月 1 日，《人民日报》发表社论《横扫一切牛鬼蛇神》，要求："无产阶级文化革命，是要彻底破除几千年来一切剥削阶级所造成的毒害人民的旧思想、旧文化、旧风俗、旧习惯，在广大人民群众中，创造和形成崭新的无产阶级的新思想、新文化、新风俗、新习惯。"[15]数月后，革命小将喊着"破四旧"的口号，冲出校园、走上街头，发传单、做演讲，甚至抄抢打砸，"把基于意识形态正确的思想文化上的破旧立新，简单化为对旧思想、旧文化、旧风俗、旧习惯的一系列物化形态的破坏行动"[16]，试图用红色油彩重绘这个触目皆"旧"的文化世界。在他们眼中，除了马克思、列宁、毛泽东等极少数革命导师的著作，再加上江青排演的"样板戏"外，其他一应抛入"旧文化"的垃圾箱。在这场文化造反运动中，红卫兵"把所谓资产阶级的'专家''学者''权威''祖师爷'打得落花流水，使他们威风扫地"[15]，摧毁了中国传统文化中父对子、上对下的绝对权威。他们获得此前子辈们从未享有过的权力、荣耀和欲望满足。

这一切都为 1960 年代初出生的莽汉诗人所渴慕，"1968 年，毛泽东在天安门广场检阅三百万红卫兵，万夏 6 岁、我 5 岁，两个小男孩，被革命的光辉照得红彤彤。我们没有得到主席的检阅，大串连的列车中也没有我们……革命行动拒绝了我，革命的行动就这样拒绝了热烈的孩子，但我牢牢记住了长大后要批判的对象，那就是封、资、修，那就是权威"[2]216-217。年幼的他们虽然没能加入红卫兵队列，却目睹了青春与革命媾合后的集体狂欢，见证了暴力对于权威的肆意击打，也铭记了兄长们"在路上"的干天豪气，"大串联"时走南闯北、横冲直撞，把革命烈火烧向全国，"上山下乡"运动中翻山越岭，到祖国最需要的地方大显身手。某种意义上，这批革命旁观者比当年的革命弄潮儿有着更为强烈的革命意愿。

带着童年奠基而成的精神结构，莽汉诗人进入 1980 年代。面对这个常常被后人怀想、享有文学黄金时代赞誉的历史段落，诗人们无尽伤感。他们的年龄已与当年叱咤风云的红卫兵相仿，但旁观者、边缘人的身份没有随时间推移自然退去，既没有机会投身到真正的革命斗争中、去解放全世界四分之三的受苦受难大众，也无法像朦胧诗人那样用启蒙主义光辉重新照耀一个时代。革命理想的落空，带来巨大的精神焦虑。在红卫兵造反经验的影响下，莽汉诗人并不甘心长期生活在权威阴影下。他们很快就找到了突围之策，并付诸行动：用暴力砸碎权威倚靠的文化宝座，拆除社会秩序背后的文化层级关系，在诗歌世界里模拟政治运动中的刺激性情景。

莽汉诗人一登台就为朦胧诗贴上吹牛诗、口红诗、象征诗的负面标签，还用"没文化"为自己的暴力行为辩解，以更有效地袭击盘踞诗坛中心的文化英雄，"在跟现有文化找茬的同时，不能过分好学，不能去找经典和大师、做出学贯中西的样子来仗势欺人，更不能'写经典'和'装大师'，要主动说服、相信和公开认为自己没文化。只有这样，才能找到一个史无前例的起点"[2]224。否定大师、拒绝经典，游离在文化规范之外的莽汉们频频突入现实生活和艺术空间，恣意撒野，频频犯禁，自我形象极度膨胀，"我们仍在痛打白天袭击黑夜/ 我们这些不安的瓶装烧酒/ 这群狂奔的高脚杯/我们本来就是/腰间挂着诗篇的豪猪！"一切秩序规范都已被取消，现代文明极力压制的暴力因子四处弥漫。

由"文革"旁观者成长起来的莽汉诗人，没有受到太多历史风暴的冲击，既不像红卫兵一样陷入派斗漩涡，也未如插队知青一样将青春埋葬在偏远乡村。他们面对那段荒谬历史所持有的，与其说是觉醒与反思，倒不如说是一份浪漫空想与乐观主义豪情。与许多有过红卫兵或知青经历的朦胧诗人相比，莽汉诗人有着更加强烈的"文革"遗风——偏激决绝，粗俗豪迈，追求"英雄主义""理想主义"。胡冬长诗《我想乘上一艘慢船到巴黎去》就是典型。

"文革"之后，国人重获睁眼看世界的机会，此时百废待兴的国族，与西方世界差距甚大，曾经长久缠绕中国近现代历史的民族焦虑再度出现。"寻根"与"走向世界"成为摆脱焦虑的两种主要方式。江河、杨炼的文化诗，"第三代"阵营中的整体主义、新传统主义都可归入寻根一脉。莽汉主义受西方牵引较大，似乎更愿意走向世界，胡冬也期盼"到巴黎去"。对于巴黎，中国诗人有着复杂情愫。在近数百年里，巴黎始终是世界上最具创造性、最具辐射力的思想文化中心，许多重要的文艺思潮、文艺运动都发端于此。中国新诗史上，李金发、穆木天、冯乃超、梁宗岱、戴望舒、艾青等都曾到巴黎朝圣取道，汲取了丰富的艺术滋养。但是巴黎那高傲的文化姿态、发达的都市文明，也让作为弱国子民的艺术家备感压抑。在他们写就的巴黎诗篇中，虔诚赞美中有时竟会渗透出略显病态的民族愤激，"我恨你像爱你似的坚强"。艾青在 1929 年的长诗《巴黎》中就以妖冶性感、歇斯底里的妓女喻之，"解散了绯红的衣裤/赤裸着一片鲜美的肉/任性的淫荡……你！/尽只是朝向我/和朝向几十万的移民/送出了/强韧的，诱惑的招徕……"

　　通过性别隐喻，中国之于巴黎的弱者处境，转变为男性对于女性的征服，民族焦虑在艺术幻境中得到纾解，但没有得到真正解决。否则胡冬不会在时隔近六十年后再度向巴黎"造反"。胡冬要清查凡·高、毕加索"隐瞒的家庭成分"，枪毙掉这些坏蛋，分配掉他们的女人；要收回卢浮宫、凡尔赛宫的宝贝，抢劫蓬皮杜艺术中心的收藏，将它们统统交回故宫；要带走法国的土特产和白兰地；要卖给法国收藏家那些臭袜子和中山装。巴黎公社运动的根据地贝尔·拉雪兹神父公墓也遭亵弄，"我要穿得干干净净，在死者墓前默哀/亲手献上一束中国红月季/我要选一个良辰吉日/亲自去慰问死者的大妻二妻及小妻若干"。胡冬的复仇情绪与艾青一代非常相近，以至同样启用了性喻，"不管是哪国少女都必须美丽/她们将为我生下品种多样的儿子"。面对积重难返的民族弱势，诗人潜入阿Q式的性喻想象中寻求反转，"借助男女性别上的征服这一隐喻，进行替代性或象征性的征服"[17]。但在复仇方式上，莽汉显然要比前辈们更加粗暴。将前现代模式移用至后现代语境，致使时空错位、进化链条断裂，其行为虽不乏后殖民主义的批判色彩，但更具游戏消遣的荒诞意味。诗人不仅恣意嘲弄以巴黎为代表的西方世界，同时也把自己、自己的国族、本土主流文化列为解构对象。中国文物被戏称为"唐爷爷的茶壶宋奶奶的擀面棒"，中国文明被挪揄为"臭袜子""中山装"和"臭火药"。其戏谑效果几近于《围城》里方鸿渐拿鸦片与梅毒作中华国粹。

　　莽汉以强烈的"自反性"表明，自己并无意用东方打破西方、建立某种全新的社会秩序。不拘时空地域，一切进入中心或可能进入中心的事物都是其批判的对象，包括自己。其反文化运动虽然在行动上没有垮掉派那样激烈，但在价值破毁上却更加彻底。强烈的自反性，很容易让运动失去坚实的价值支点，并走向虚无主义的深渊。不过从另一方面讲，"自渎"又从某些方面限制了文革经验的破坏性，使莽汉区别于红卫兵。前者主动自我矮化、自我丑化，以"流氓"自居，向权威叫板，后者则借真理之名神化、圣化自己，以革命接班人身份向"牛鬼蛇神"造反；前者在击碎现有文化后寻求的是自我生命的放纵，是生命对文化的根本性取代，后者则要在旧文化废墟上创建一个水晶般纯洁世界，是新文化对旧文化的更迭；前者不再臣服于任何权威，包括有可能成为新权威的自我，"'莽汉诗歌'刚出现时，我们意识到这是对当时流行诗歌的反动，其特点是排他性十足，连自己也反对"[2]223，后者则发自肺腑地尊崇着最高革命领袖，"在他们心中，毛泽东不但是政治统帅，也是精神偶像和真理化身……真理与权威的悄然错位却被青年学生看成了真理与权威的合二为一"[18]。

"文革"赋予莽汉少年以激情飞扬的政治生命。只是未及这些旁观者登台表演，"文革"闹剧就已谢幕。留存的生命能量，在思想解放运动鼓动下，在西方叛逆文化的感召下，渐渐挣脱了意识形态枷锁，开始回归个体本位；不过受新启蒙浪潮中理性主义的压制，未能得到充分释放。矗立诗坛中心的依然是高举启蒙大旗、以殉道者自居的朦胧诗人。直到 1980 年代中期，相对宽松自由的大学校园开始与青春生命、先锋文艺遇合，为莽汉提供强大的能量供给。他们首先是在行动中释放能量，打架、酗酒、追女孩子，其次才是写诗。在当时，诗人身份天然地拥有一些离经叛道的特权，在败德行为上更容易获得理解和宽容。诗歌仅仅是激情宣泄的途径之一，绝非唯一。它主要服务于造反行动，负责宣告、辩护和记录。行动高于写作，莽汉将大部精力放在诗歌之外；就算进入诗歌文本，也是着力呈现一种桀骜不驯、玩世不恭的行为姿态，而对语言本体的认知甚是浅陋。与"非非""他们"诗群以及中国语言诗派相比，这是显而易见的。

语言根基的缺失，让莽汉诗人迫不及待地在异域资源中寻找可资借用的语言模板。这时金斯伯格和垮掉派恰好进入他们的视野。相近的青春激情、相近的造反意识，竟然在大洋彼岸的诗界早已存在，莽汉们既兴奋又焦虑。面对卓有成就的模仿对象、重要影响源，后继者大都会产生这样的情绪。某种意义上，文学传统的传承和突破、异质民族文学的交流对话都是在"影响的焦虑"中推进的。可是莽汉对于这份焦虑的处理方式算不得恰当。他们为模仿金斯伯格的长句，而对创作内容作了大幅调整，从尖锐的学院教育批判急速转向空泛的历史文化巡游，鲜活的生命经验遭到抽离，之于社会现实的批判力度亦大大降低。其写作的两大动力，青春激情和"文革"记忆，非但没有转变成变革现代文明的力量，反主动让位于外部的行动、形而上的历史。在后现代道路上，莽汉主义不仅无法与"洋莽汉"相提就论，而且无法与同代的"他们""非非主义"并肩。但不能抹杀的是，莽汉诗人对道德的大胆藐视，对原欲的狂热释放，对陈旧体制的激烈反叛，都强力导引了第三代诗歌在生命维度上的攀行。

注释：

① 台湾学者陈大为先生在长文《阴影里的明灭——美国垮掉派对李亚伟"莽汉诗歌"的影响研究》（载《诗探索：理论卷》2012 年第 2 期）中对金斯伯格与李亚

伟的文本，特别是共有的长句创作进行了细致深入地比对分析，对本文第二部分写作颇有启发，在此表示感谢。

参考文献：

[1] 李少君. 从莽汉到撒娇 [J]. 读书，2005（6）.

[2] 李亚伟. 豪猪的诗篇 [M]. 广州：花城出版社，2006.

[3] 柏桦. 演春与种梨 [M]. 西宁：青海人民出版社，2009：257.

[4] 张国庆. "垮掉的一代"与中国当代文学 [M]. 武汉：武汉大学出版社，2006：178.

[5] 樊星. 中国当代文学与美国文学 [M]. 北京：中国社会科学出版社，2009：207.

[6] 马策. 诗歌之死 [M]//杨克. 中国新诗年鉴 2000. 广州：广州出版社，2001：556.

[7] 杨黎. 灿烂 [M]. 北京：中华工商联合出版社，2014.

[8] 约瑟夫·T·肖. 文学借鉴与比较文学研究 [M]//张隆溪. 比较文学译文集. 北京：北京大学出版社，1982：38.

[9] 刘禾. 持灯的使者 [M]. 香港：香港牛津大学出版社，1999：351—352.

[10] 刘溜. "莽汉"李亚伟 [N]. 经济观察报，2009—04—27.

[11] 陈大为. 阴影里的明灭——美国垮掉派对李亚伟"莽汉诗歌"的影响研究 [J]. 诗探索：理论卷，2012（2）.

[12] Godfrey Hodgson. In Our Time：America from World War II to Nixon [M]. New York：Vintage Books，1976：76.

[13] 赵野. 80 年代那些云烟 [M]//向继东. 新启蒙年代. 广州：广东人民出版社，2011：89.

[14] 康拉德·劳伦兹. 攻击的秘密 [M]. 王守珍，译. 北京：中国和平出版社，2000.

[15] 横扫一切牛鬼蛇神 [N]. 人民日报，1966—06—01.

[16] 李晨，李健. 中国共产党九十年历程 [M]. 长春：吉林人民出版社，2011：85.

[17] 王一川. 中国形象诗学 [M]. 上海：三联书店，1998：257.

[18] 江沛. 红卫兵狂飙 [M]. 郑州：河南人民出版社，1994：246.

——原载《江汉学术》2016 年第 3 期：59—67.

心灵的纹理

——骆一禾、海子情爱主题和孤独主题比较研究

◎西　渡

摘　要： 骆一禾和海子被视为一对具有共同诗歌趣味和诗歌追求的诗人，其诗歌主题也多有重合。情爱主题和孤独主题在骆一禾和海子的诗歌书写中都占有极为重要的分量，但其中体现的诗人的心灵向度却各不相同。在情爱主题上，骆一禾把情爱视为通向世界的桥梁，最终走向了宗教性的"无因之爱"；海子则把情爱视为一个封闭的天地，它在本质上是一种自我之爱。在孤独主题上，骆一禾一开始把孤独视为反思的对象，相信人不止拥有一个灵魂；海子则一直沉溺于孤独的体验中，最终走向了石头似的自我封闭。体现在情爱主题和孤独主题上的这些深刻差异反映了两位诗人深层心灵构造的不同纹理，呈现了各自鲜明而难以混同的个性。

关键词： 骆一禾；海子；诗歌主题；情爱主题；孤独主题

骆一禾和海子被视为一对具有共同诗歌趣味和诗歌追求的诗人，但实际上两人各有其不同的"诗歌心象"；作为活生生的人，也各有其鲜明的个性。我们曾经从时间主题和死亡主题的比较中，考察骆一禾、海子在精神构造和心理结构上的差异[1]。事实上，这种差异不仅反映在两位诗人意含各别的时间主题和死亡主题中，也展开在情爱主题、孤独主题、历史主题以及其他主题的表现中。本文将从情爱主题和孤独主题在两位诗人作品的展开脉络，考察他们深层心灵构造中那些曾被人忽略的不同纹理，以求最终认清两位诗人各自"活生生的个性"。

一、升华与冷凝：情爱主题的两样风景

骆一禾和海子都是当代诗人中写情诗的圣手，他们都写出过我们这个时代最美丽、最深挚的情诗。尤其是海子，情诗数量之多、质量之高，在当代诗人中罕有其

四。就海子本人的写作而言，情诗也是其全部作品中最引人注目的部分。然而，骆一禾、海子情诗所呈现的风景却大不相同。骆一禾的情爱从一开始就有一种升华趋势，他从爱人的身上看见世界，或者说，他在爱人的身上爱着整个世界。这种爱的升华最终把他带到了一种没有原因、没有条件的绝对的爱——无因之爱。海子的情爱却缺乏这样一种向上的动因。他的爱一往情深，如痴如醉，于他本人更是性命攸关，但也患得患失、疑虑重重。他的爱是和忧郁、病，甚至是和死亡联系在一起的。事实上，海子在恋人身上看见的是他自己，也可以说，他在恋人身上爱着自己。在海子看来，爱情正是从自恋中产生的。在他的短篇小说《取火》（1986?）中，他写道："长久地凝望自己，产生了爱情。"[2]1145这样，当爱的愿望不能得到满足时，他就走向了爱的反面：蔑视和憎恨。这正是后期海子一个解不开的情结，也是弥漫于其后期诗歌中的暴力修辞和黑暗修辞的心理根据。

骆一禾的情爱咏唱是从对少女的赞美开始的。1982年的《少女》一诗写出了一个还没有恋爱的少年对女性世界的向往。从1983年8月到1984年，骆一禾集中写了一批情诗。尽管这些诗在艺术上并不成熟，却呈现了骆一禾情诗的两个特点：一是，他的爱是和世界相联系的，显示了他通过爱情进入世界的能力；二是，他的爱是和生命相联系的，因为爱情，他更深地爱着高贵的生命。在《给我的姑娘》中，诗人说："能在你的手腕上/宽广地进入夏天"①；在《激动》中，他说："世界是从两个赤裸的年轻恋人开始的"；在《爱情（二）》中，他还说："我们通过爱情/获得有河流的城市/有河流的梦/与有河流的身体"。爱情在这里是成长的过程，也是通向世界的桥梁。与此同时，骆一禾对生命的信念和热爱也因为爱情获得了新的能源。在《爱的祈祷》中，他说："要你活着/要你活着/哪怕你痛苦"；在《四月》中，他说"我不愿所爱者死去"；在《爱情（二）》中，他说"我想/你是不会死的"。

正是这样的爱情使没有翅膀的人类有了飞行的能力，并体验到万类一体："听屋顶的飞鸟萧萧鸣叫/世界的尘土飞扬/天下的花儿盛开/我爱的只是你 我要的只是你/灵敏的双耳贯穿白花/我聆听着幸福"（《爱情（三）》）。这样的爱情不是自我包裹的蚕茧，而是通往世界的道路。诗人在一只耳朵聆听爱的幸福的同时，另一只耳朵却聆听着人间的苦难："在这个辽阔无边的世界上/只有人间是这么苦难/世世代代建立在我的身上"（《爱情（三）》）。这里的情感逻辑是：我爱她，故我爱世界；我幸福，故我愿普天下人幸福。——沿着这爱情的上冲曲线，诗人最终来到了那个诗人称为"无因之爱"的绝对爱的领域：

　　　　这是自心中产生的
　　　　光线自天空产生

这无因之爱是我所新生

（骆一禾《爱情（四）》）

一个人需要有那种无因之爱
那种没有其他人的宁静
幸福在天空中闪闪发光
也许一生只是为了它
只是短暂的一瞬

（骆一禾《落日》）

而我将热爱她
因为这雨水是这样的无因之爱

（骆一禾《世界的血·飞行》）

至此，骆一禾的情爱主题从对少女和女性的赞美出发，经由在彼此倾心、彼此合一的爱情中的成长，终于登上了绝对的爱的顶峰："而生命此刻像矿石一样割开矿脉/爱的纯金把我彻底地夺去"（《身体：生存之祭》）。这是说，生命通过把自身彻底地让渡给爱，而完成了自身。

与骆一禾的情况相似，海子的情爱主题也是从少女颂开始的。海子对女性的感受开始于15岁的日子，也正是他初入大学的日子，"最初对女性和美丽的温暖感觉"，让这个少年诗人感觉"夜晚几乎像白天"。他这样形容这些少年的黄金日子："每一年的每一天都会爱上一个新的女性，犹如露珠日日破裂日日重生，对于生命的本体和大地没有损害，只是增添了大地诗意的缤纷、朦胧和空幻。一切如此美好，每一天都有一个新的异常美丽的面孔等着我去爱上。每一个日子我都早早起床，我迷恋于清晨，投身于一个又一个日子，那日子并不是生活——那日子他只是梦，少年的梦。"[3]海子最早发表的一首诗《女孩》，是对骆一禾《少女》一诗的仿写，两者的纯洁心境也相似。海子曾经为少女写过最美丽的诗句："少女们多得好像/我真有这么多女儿/真的曾经这样幸福/用一根水勺子/用小豆、菠菜、油菜/把她们养大"（《歌：阳光打在地上》）[2]，"少女/一根伐自上帝/美丽的枝条"（《诗人叶赛宁》），"伞中裸体少女沉默不语//贫穷孤独的少女像女王一样住在一把伞中"（《雨》）。

在小说《太阳·你是父亲的好女儿》中，海子对少女的赞美达于顶点："一切少女都会被生活和生活中的民族举上自己的头顶，成为自己的生活和民族的象征。世界历史的最后结局是一位少女。"在这部幻想小说里，海子塑造了一个光辉的少女形象——也许是中国文学中最光辉的少女形象——血儿。血儿的形象与歌德笔下的迷娘有诸多相似之处，她们都是精灵似的人物，美丽非凡，能歌善舞，身世离奇，向一个腐朽的世界挑战性地散播着光明灿烂的诗意。实际上，她们都是女性之美、世界之美的诗意产物。她们是黑暗人间仅有的光明，是腐朽的世界上唯一值得拯救，和应该拯救的部分。在血儿的形象中，凝注了海子关于女性的最美好的想象和体验，小说中叙述者的独白，应当也是诗人的独白："我在你身上倾注了我所爱的一切，倾注了我所有的爱情与灵感，我把你当成南方和南方大海的一声召唤，我把你当成理想的女伴，小小的女孩，如今你已长成人，要离我而去了，去吧，我的印度洋的少女，雪山的女儿，你几番在我梦中出现，变成了不同的模样。在我的这个故事，这本寂寞而痛苦的书中，你是唯一值得活下去的。你乘着这第一阵大雪，或第一阵春风，或第一片落叶，去吧，从我的呓语和文字中走出，在印度洋的和风下，长成一个真正女儿的身体。"在这段话中，有几点值得注意：一是血儿是"从我的呓语和文字中走出"的，表明她是诗人想象的产物；二是在血儿身上，诗人倾注了"我所爱的一切""我所有的爱情与灵感"，表明她是诗人对女性之美的理想化产物；三是血儿身上概括了诗人所系恋的几位女性的形象，特别是其初恋女友的形象——这就是所谓"你几番在我梦中出现，变成了不同的模样"，或者说这些现实中的女性，在海子看来都是血儿形象在现实中的不同化身。

　　塑造血儿形象之时的海子，是他最接近骆一禾的时刻。在这部小说里，诗人对爱情和生命的不朽获得了和骆一禾类似的信仰："她不会属于死神。她不会死亡。"血儿的形象也就是骆一禾《飞行》中那个不可伤害的女孩形象在叙事中的展开。我们已经说过，海子这部小说在主题和构思上都深受骆一禾影响。但进一步的研究，我们会发现海子的少女想象总的说来与骆一禾的意趣并不相同。从源头上说，海子最早的少女想象中缺少骆一禾诗中的纯洁气息和青春热情，而多了某种不安和骚动，甚至与死亡想象纠缠一起。在《九盏灯》中，海子对于少女的想象集中于她的月事："海底下的大火，经过山谷中的月亮/经过十步以外的少女/风吹过月窟/少女在木柴上/每月一次，发现鲜血/海底下的大火咬着她的双腿。"对女性生理的这种特别关注，实际上表明了海子对于女性世界的隔膜。《病少女》表现了海子对于"少女"和"病"的固执的爱好："病少女清澈如草/眉目清朗，使人一见难忘/听见了美丽村庄被风吹拂//我爱你的生病的女儿，陌生的父亲。"在《八月尾》中，海子把少女想象成危险的豹子："月亮是红豹子/树林是绿豹子/少女是你们俩/生下的花豹子。"海子还难以置信地把少女和暴力联系起来："少女/头枕斧头和水/安然睡去"（《诗人叶赛宁》），"还没剥开羊皮举着火把/还没剥开少女和母亲美丽的身体。"（《汉俳·王位上的诗人》）在某些时候，海子甚至在少女身上读到死亡气息："大黑光啊，粗壮的少女/为何不露出笑容/代表死亡也代表新生"（《传说》），"但我的手指没有/碰过女孩的骨灰"（《但是水、水》），"瓮内的白骨飞走了那些美丽少女"

（《吊半坡并给擅入都市的农民》），"月亮的众神，一如既往在屋水/只有屋水，纺织月光/（用少女的胫骨）。"（《太阳·土地篇》）可以说，海子既倾心于爱情，又倾心于死亡，或者说他像倾心爱情一样倾心死亡。

不同于骆一禾通过爱情走向世界，海子的爱情似乎反而成了成长的阻碍。1985年前后，海子于初恋期间写了一大批优美的情诗，表现了海子对女性与女性世界独特的想象和感受力，但与此同时，这些诗也表现出失败的预感，和不愿成长、畏惧成长的心理倾向。《你的手》是一首独具魅力的情诗，诗中把恋人的手比作两盏小灯，把"我"的肩膀比作被恋人的手照亮的两座旧房子，确是非海子不能想、不能写。而这首诗结束于这样一句诗："只能远远地抚摸。"这里已经隐伏失败的预感。在《海子诗全编》接下来的两首诗《得不到你》《中午》中，这种失败的预感更加明显："得不到你/我用河水做成的妻子/得不到你/我的有弱点的妇女/……我们确实被太阳烤焦，秋天内外/我不能再保护自己/我不能再/让爱情随便受伤//得不到你/但我同时又在秋天成亲/歌声四起"（《得不到你》），"你在一生的情义中/来到/落下布帆/仿佛水面上我握住你的手指//（手指/是船）/心上人/爱着，第一次/都很累，船/泊在整个清澈的中午"（《中午》）。初恋的甜蜜并没有消除海子内心的焦虑和不安全感，因此诗中弥漫着一种紧张的气氛和对难以预料的命运的无力感。

写于1985年的《北方门前》《写给脖子上的菩萨》《房屋》《蓝姬的巢》《莲界慈航》《城里》是海子最温暖的情诗，应该写于海子对幸福最有信心的时刻。从字面上看，这些诗写的全然是爱情的甜蜜："我愿意/愿意像一座宝塔/在夜里悄悄建成//晨光中她突然发现我/她眯起眼睛/她看得我浑身美丽"（《北方门前》），"呼吸，呼吸/我们是装满热气的/两只小瓶/被菩萨放在一起/……/两片抖动的小红帆/含在我的唇间"（《写给脖子上的菩萨》），"爱情房屋温暖地坐着/遮蔽母亲也遮蔽儿子//遮蔽你也遮蔽我"（《房屋》）。但我们仍然难以把这些诗称为快乐的诗、幸福的诗。在我看来，海子一生只写过三首幸福的诗，那就是1986年的《幸福（或我的女儿叫波兰）》、1987年的《幸福的一日——致秋天的花楸树》和《日出》。《日出》写的是另一种幸福——诗人作为创造者的幸福，不是这里所说的情爱幸福。《幸福的一日》则没有摆脱死亡意念的纠缠："在劈开了我的秋天/在劈开了我的骨头的秋天/我爱你，花楸树。"所以，海子的诗中只有《幸福（或我的女儿叫波兰）》是一首完全幸福的诗。

海子其他的诗，那些似乎表现情爱的甜蜜与幸福的诗，却总是隐藏着不祥的预兆。这些诗有一种和表面的字句不相称的孤寂乃至凄凉的气氛。这些诗意象优美，想象独特，但却缺少一种幸福的节奏。这些诗近乎静止的节奏暴露了诗人内心的秘密——他的那种不安全感从来没有完全消除。另外，我们看到这些诗的中心意象都是封闭的——塔、房屋、巢、热水瓶、菩萨，等等——全然没有幸福感所有的那种敞开和明亮的感觉，相反，它们都呈现出一种封闭空间中的枯寂、灰暗的色调。犹如出土的秦俑，虽然栩栩如生，生命却已从内部枯萎。海子即使在叙述情爱经验时，我们也看不到那种恋人之间身心交融的感受，倒好像是在听他讲时过境迁的回忆，"只是当时已惘然"。这种孤寂的氛围，在那首有名的《打钟》中最为显著："打钟的声音里皇帝在恋爱／一枝火焰里／皇帝在恋爱／……钟声就是这枝火焰／在众人的包围中／苦心的皇帝在恋爱。"深宫中的、众人包围中的皇帝是一个孤独者的形象，而他的爱人是大野中央的一只神秘生物，她是"敌人的女儿"和"义军的女首领"，皇帝和她之间除了互相为敌，没有别的交集。这些隐喻形象，也许透露了海子的一种独特的情爱观，爱人就是敌人，爱情是一场谁也无法取胜的战争。另一方面，它们也许还曲折地表达了诗人对爱的恐惧。事实上，海子对于失败的预感很快变成了现实："我轻轻走过关上窗户／我的手扶着自己像清风扶着空空的杯子／我摸黑坐下询问自己／杯中的幸福阳光如今安在？"（《失恋之夜》）失恋在海子那里造成的孤寂之感和自我怜惜之情令人动容："我的名字躺在我身边／像我重逢的朋友／我从没有像今夜珍惜我自己。"（《失恋之夜》）

奇怪的是，即使那个理想的、光辉的少女血儿，也不能帮助诗人从孤独、封闭的自我走向世界，而似乎仅仅不断重复着诗人的自我之梦："我的血儿，我的女儿，我的肋骨，我的姐妹，我的妻子，我的神秘的母亲，我的肉中之肉，梦中之梦，所有的你不都是从我的肋间苏醒长成女儿经过姐妹爱人最后到达神秘的母亲中。所有的女人都是你。"（《太阳·你是父亲的好女儿》）这里不断重复的"我"，暴露了海子自我中心的心理和情感定势。对海子来说，爱人也是自我的一部分，是"从我的肋间苏醒长成女儿"的。在《四姐妹》中，海子则把他一生爱过的四个女性比作"我亲手写下的四首诗"。若说骆一禾在爱人身上看到世界和宇宙，海子则在世界和所有女人中看到同一个女人。正如他在《日记》中说的："姐姐，今夜我不关心人类／我只想你"，世界因此缩小为一个爱人——实际上她只是另一个自我的镜像。

另一方面，海子似乎既不能使自己在爱情中获得成长，也不能使对方在爱情中成长。他似乎不愿成长为一个男人和一个父亲，也无力让一个少女成长为妻子和母亲。在1987年的一篇日记中，海子说："我还要写到我结识的一个个女性、少女和女人。她们在童年似姐妹和母亲，似遥远的滚动而退却远方的黑色的地平线。她们是白天的边界之外的异境，是异国的群山，是别的民族的山河，是天堂的美丽灯盏一般挂下的果实，那样的可望而不可即。"[3]因此，海子的情爱主题缺少骆一禾那样的上冲力。海子让自己止步于一个情种，他说"我就是那个情种"（《七月不远》），而没能像骆一禾那样从一个爱人成长为一个爱者。这样，即使海子倾注了所有爱情与灵感的血儿，当她从一个少女成长为一个真正的女人时，她还是要离诗人而去："我的流浪和歌唱中的女孩儿如今已经长成了一个女郎。她带着我的愿望，我赠予的名字和思想，带着对北方的荒凉的回忆，回到了印度洋的大船上。"（《太阳·你是父亲的好女儿》）所以，血儿对海子始终是远方，是异国他乡："你具有一种异国他乡的容貌。你的美丽不是那种家乡的美丽而是那种远方的美丽，带着某种秘密，又隐藏了某种秘密。"这个秘密就是女性世界的秘密，诞生和成长的秘密，是作为少年诗人的海子无法窥破，也无法触及的，或者说是他不愿窥破、不愿触及的。

就在海子写作他那些温暖情诗的同时，死的愿望已悄悄渗入诗行。几乎写《北方门前》《给脖子上的菩萨》《房屋》的同时，海子写出了《我请求：雨》。这是海子第一首明确表达了对死的向往的诗："我请求熄灭/生铁的光、爱人的光和阳光/我请求下雨/我请求/在夜里死去//我请求在早上/你碰见埋我的人。"不久，海子又写了《早祷与枭》，另一首以死亡为主题的诗。从此，海子的情爱主题就和死亡主题纠结在一起。也许就在1986年，海子写了两首奇特的情诗《半截的诗》《爱情诗集》：

> 你是我的
> 半截的诗
> 半截用心爱着
> 半截用肉体埋着
> 你是我的
> 半截的诗
> 不许别人更改一个字
>
> （海子《半截的诗》）
>
> 坐在烛台上
> 我是一只花圈
> 想着另一只花圈
> 不知道何时献上
> 不知道怎样安放
>
> （海子《爱情诗集》）

这里出现了一种不祥的，或可以称为诗谶的东西，似乎已经预言着海子后来的结局。或许，海子在这时候已经开始规划他自己的死亡。稍后的另一首诗《葡萄园之西的话语》更把恋人之间的关系比作互为棺材，"你这女子中极美丽的，你是我的棺材，我是你的棺材"，其中分明透露着海子之死与其情爱之间的因果。《泪水》

写于海子初恋失败之后，在诗中海子声称："在十月的最后一夜/我从此不再写你"。爱情的死亡在这里引起了一系列的死亡，用诗中的话说，引起了一系列死亡的"疯狂奔驰"。"背靠酒馆白墙的那个人"应是诗人自指，"家乡的豆子地里埋葬的人"则暗示了自己的死亡。"背靠酒馆白墙的那个人/问起家乡的豆子地里埋葬的人"，是自己问起自己的死亡，是对自己的死亡和埋葬的想象。

海子同一时期的诗作《给1986》《海水没顶》《七月的大海》都属于这死亡奔驰留下的脚印。事实上，这三首诗不过是在不同情境下表达了同一凄凉的心境。对海子来说，初恋的失败确是"海水没顶"，造成了永远无法磨灭的创伤——磨灭的办法只有一个，那就是死亡。《七月不远——给青海湖，请熄灭我的爱情》则把爱情视为一种难以药治的疾病，请求青海湖给予治疗的力量，同时再一次表达了被爱情抛弃的无尽凄凉，仿佛生命的鸟群已从心上飞去，空留下行尸走肉："只有五月生命的鸟群早已飞去/只有饮我宝石的头一只鸟早已飞去/只剩下青海湖，这宝石的尸体/暮色苍茫的水面。"在《眺望北方》中，海子将这种难以割舍的爱称为"孤单的蛇"，必得在"痛楚苦涩的海水里度过一生"。透过这些诗作，我们不难发现海子的死亡主题和情爱主题之间的关联。

这种爱与死的纠缠不但醒目地存在于海子的短诗里，也溢入他的《太阳·七部书》中。《七部书》的主题一言以蔽之，正是：爱与死。在《断头篇》中，海子试图在创世的图景中完成一首伟大的行动的诗，结果一不小心却写成了一首死亡的颂歌："除了死亡/还能收获什么/除了死得惨烈/还能怎样辉煌"（第一幕第二场），"死亡是事实/唯一的事实"（第二幕第三场）。而其中最感人的还是死亡背景下的情爱言说："我需要你/我非常需要你/就一句话/就一句/说完。我就沉入/永恒的深渊"（第二幕第三场），"诗人/被死亡之水摇晃着/心中只有一个人/在他肉体里/像火焰和歌/心中只有那个人//除了爱你/在这个平静漆黑的世界上/难道还有别的奇迹"，"我孤独积蓄的/一切优秀美好的/全部倾注在你身上"，"永远、永远不要背弃我的爱情"（第二幕第三场）。——在海子的心中，世界再大，大不过这一个人，宇宙背景、创世的爆炸，似乎都只为推出这几行爱的表白。《土地篇》中情欲老人与死亡老人的合一，重复了这个爱与死合一的海子式母题。《大札撒》的残稿化用了多首海子关于死亡的短诗，而把女人和斧头相联系（"女人躲在月亮形斧头上/血红色的斧头/一只母狮/一只肉养育家乡"），也显示出海子以爱与死展开想象并以之作为结构动力的定势。在《你是父亲的好女儿》中，海子虽然力图创造一个完美的少女形象，但爱与死的纠缠仍昭然若揭。事实上，在血儿的形象中，也融入了海子的死亡想象，似乎爱情也是互相杀戮："可有谁能用斧子劈开我那混沌的梦?! 我抱着我的血儿，裸露着我们的身体。我把精液射进她的刚刚成熟的子宫里。那里是黑暗的。我觉得我就要断气了。血儿每个毛孔都是张开的。我不应该这样写我的血儿。但那混沌就是这样的。谁是我手头嘹亮的斧子？……但是在梦和一片混沌中，我还抱着血儿睡在这青稞地中。混沌中，我用镰刀割下了血儿的头颅，然后又割下自己的头颅，把这两颗头颅献给丰收和丰收之神。两条天堂的大狗飞过来。用嘴咬住了这两颗头颅。又飞回去了。飞回了天空的深处。"在《弑》中，爱与死的联系得到了情节化、叙事化的展示，剧中的公主红因爱而疯、因爱而死，几个主要男性人物剑、青草、吉卜赛、猛兽也在爱与疯狂中自戮或互相杀戮，最后结束于收尸人"打碎。打破头。打死"的嬉笑中。《诗剧》一边慷慨悲歌"我走到了人类的尽头"，一边朗声高吟"一切都源于爱情"。事实上，写到《诗剧》，海子身上爱的力量似乎用尽，代之而起的是蔑视和憎恨。这样的感情在海子以往的诗中从未出现过："我走到了人类的尽头/我还爱着。虽然我爱的是火/而不是人类这一堆灰烬。/我爱的是魔鬼的火太阳的火/对于无辜的人类少女或王子/我全部蔑视或全部憎恨。"这时候，海子似乎已走到人类的对立面："在伟大、空虚和黑暗中/谁还需要人类？/在太阳的中心谁拥有人类就拥有无限的空虚。"因此，"他离弃了众神离弃了亲人/弃尽躯体了结恩情/血还给母亲肉还给父亲/一魂不死以一只猿/来到赤道"。但海子在这里仍试图从仇恨和愤怒中自我恢复："我的儿子/仇恨的骨髓/愤怒的骨髓/疯狂的自我焚烧的骨髓/在太阳中央/被砍伐或火烧之后/仍有自我恢复的迹象。"而到《弥赛亚》，海子已完全被仇恨占据，所谓"一阵长风吹过上书'灭绝人类和世界'"。这个时候，海子确已无法还原为人。在《弥赛亚》中，死亡的主题最终战胜了爱的主题，充斥《弥赛亚》的是末日的疯狂杀戮。然而，在全剧临近结束的时候，象征爱的疯公主上台了。她在末日的大火中高喊："把我救出去！/让我离开这里！把我救出去！"但她终于支持不住了："啊……我的双手/没有任何知觉了。啊/呀！我的手，我的脚，我的腿呀！/……我的手颤抖得厉害/我的脚也颤抖……"最后一次，在公主的眼中出现象征爱与生命的火："我的面前出现了一堆火。/……我的双手感到很疼痛/……好像烧着了。"火光终于熄灭了："火渐渐地熄灭下去——灰烬变成了一条粗大的/灰褐色的、陶土似的虫子"——这是爱的最后死亡。随后舞台上响起盲人合唱队所唱盲目的颂歌，这是献给光明的最后的颂歌，然而也是黑暗的颂歌。这是海子最后的挣扎，是他向光明发出的求救信号。这歌队叫视而不见，这歌声叫听而不闻。在天堂沉默的大雪中，剧幕拉上，一切结束。

二、孤独与拥有不止一个灵魂：孤独主题的两般景象

孤独是海子诗歌除了爱和死以外最重要的主题，也是另一个贯穿其全部诗歌履

历的主题，就其在海子诗歌中的重要性而言，远远超过另一重要的青春主题。海子早期诗歌追随江河、杨炼的史诗，其主题集中于对农耕文明和自然诗意的歌咏和文化寻根，虽然表达上已显出个人特质，但主题的个人色彩却不明显。其主题个人特质的最早表现，开始于孤独主题在自然和农耕咏歌中的侵入，这一侵入使得海子诗歌在主题层面突破了寻根诗的文化围城，同时开创了海子个人化的表达领域。

实际上，在海子的创作履历上，孤独主题的出现要早于情爱和死亡主题。它最早出现于组诗《燕子与蛇》中的一首《手》："离开劳动/和爱情，我的手/变成自我安慰的狗/这两只狗/一样的/孤独/在我脸上摸索/擦掉眼泪/这是不是我的狗/是不是我最后的家乡的狗？"用手来表达孤独的心理主题也许不算海子的发明，但把手比喻为自我安慰的狗，却充分显示了海子独特的感受性和诗意地处理经验的能力。以狗喻手中有自我爱怜，更有对孤独的强烈指示——这是一种连狗的陪伴也没有的孤独。所以，诗人只好把自己的手想象成"最后的家乡的狗"来安慰自己。这首诗蕴藉而昭著地写出了少年海子在异乡的孤独体验。

《孤独的东方人》是一首叙述视角独特的诗，它以月亮的口吻谈论东方人的孤独，实际上把月亮和东方人视为一体，一个在天，一个在地，却共有一种孤独。月亮和孤独的东方人想象爱人"像一片叶子完整地藏在树上"，想象孩子"是落入怀中的阳光"，然而"几番追逐之后"，终于还是"爱情远遁心中"，"我在树下和夜晚对面而坐"。这是少年人向往爱情的孤独，却透出一种沧桑以至苍老的心态。海子早期诗歌中，最淋漓尽致地抒发孤独主题的还数《在昌平的孤独》：

孤独是一只鱼筐
是鱼筐中的泉水
放在泉水中

孤独是泉水中睡着的鹿王
梦见的猎鹿人
就是那用鱼筐提水的人

以及其他的孤独
是柏舟中的两个儿子
和所有女儿，围着桑麻
在爱情中失败
他们是鱼筐中的火苗

沉到水底

拉到岸上还是一只鱼筐
孤独不可言说

这首诗在收入海子、西川的诗合集《麦地之瓮》时，题为"鱼筐"（词句也有不同，这里采用的是《麦地之瓮》的文本），大概诗人嫌这标题还不够显豁，后来直接改为"在昌平的孤独"。这一改动限制了读者对诗意的理解，在艺术上并不见得成功，但却传递了一个重要的信息：诗人对自己在昌平的孤独状态确已到了忍无可忍的地步。泉水中的鱼筐和泉水各自隔离，各自孤独，就像鹿王和猎人各自隔绝而孤独。鹿王和猎人的比喻，以及"柏舟中的两个儿子""在爱情中失败"的暗示，说明海子在此抒发的孤独和情爱有关。但这一关系中的奇妙之处在于，鹿王和猎人的相遇，不是孤独的化解，而是死亡。

此后，海子的孤独主题大致沿三个方向展开：一是和情爱主题相联系，表现爱中的孤独；二是和写作主题相联系，探讨孤独和写作、和诗歌的关系；三是和远方主题相联系，阐发孤独和远方的关系。其实，这也是克服孤独的三种可能选择。然而，在三个方向上海子都未能抵达对孤独的克服，反而加深、强化了孤独体验。

《打钟》是海子诗中孤独主题与情爱主题最早的合题之作。事实上，海子早期的情诗都有一种封闭倾向，透露着诗人内心的焦虑——即使在情意浓密的时刻，诗人的孤独也一如既往。正如他在《但是水、水》的"代后记"中所写的："另一个人……她给我带来了更多的孤独。……河流本身，和男人的本质一样，是孤独而寂寞的。"[14]把孤独视为男人的本质，实际上是诗人自身心理定势的一种映出，同时也证明诗人始终未能拥有一种可以彻底交托自身的爱情。在《太阳·断头篇》中，我们看到正是爱情把人引向孤独的深渊："第一次也是最后一次/我第一次抱起被血碰伤的月亮/相遇的时刻到了/她属于我了/属于我了/永远/把我引入孤独的深渊。""第一次抱起被血碰伤的月亮"显然是性爱的隐喻，然而这里的性爱中却没有理解，只有更深的孤独。单向的爱情让孤独变得更加难以承受："你的头发垂下像黑夜/我是黑夜中孤独的僧侣。"（《无名的野花》）在《七月不远》中，海子写道："青海湖上/我的孤独如天堂的马匹"——这还是因爱而生的孤独。因此，诗人请求青海湖帮助熄灭他的爱情。但是，苍茫的湖水却不能熄灭已经在另一人心中死去的爱情。在《太阳和野花》中，海子这样写："太阳是他自己的头/野花是她自己的诗。"这是各怀心思的太阳和野花。诗人希望有朝一日太阳和野花能够共有一颗心，那时候，"太阳是野花的头/野花是太阳的诗"。然而，梦想难以成真，诗人只能在期待中"写一首孤独而绝望的诗歌/死亡的诗歌"。在同一首诗中，他还说："一群鸟比一只鸟更加孤独。"在心上人移居大洋彼岸之后，海子把太平洋作为倾诉对象，写了多首献给太平洋的诗。他把太平洋当作自己的新娘："我的婚礼染红太平洋/我的新娘是太平洋/连亚洲也是我悲伤而平静的新娘/你自己的血染红你内部孤独的天空//上帝悲伤的新娘，你自己的血染红/天空，你内部孤独的海洋/你美丽的头发/像太平洋的黄昏。"（《献给太平洋》）太平洋的内部是孤独的天空，天空内部是孤独的海洋，这种同义反复中涌起的是孤独洪波和孤独长涌。

爱情不能克服孤独，诗人转而把克服孤独的希望寄托于远方。这是诗人一生中多次远游，浪迹天涯的原因，他希望远方能帮助他恢复爱情的创伤，走出无法忍受的孤独。然而，远方回报他的是"一无所有"和"更加孤独"：

更远的地方　更加孤独
远方啊　除了遥远　一无所有

（海子《远方》）

西藏，一块孤独的石头坐满整个天空
没有任何夜晚能使我沉睡
没有任何黎明能使我醒来

一块孤独的石头坐满整个天空
他说：在这一千年里我只热爱我自己

一块孤独的石头坐满整个天空
没有任何泪水使我变成花朵
没有任何国王使我变成王座

（海子《西藏》）

海子把克服孤独的最后希望寄托在诗歌事业上，诗人试图从中找到治疗孤独的药方。这在文学上有着久远"知音"传统的中国，本来是最正当的选择。海子开始也对此寄予厚望。在他为自己最早的自印诗集《小站》所写的后记中，海子引用了惠特曼的诗句："陌生人哟，假使你偶然走过我身边并愿意和我说话，你为什么不和我说话呢？/我又为什么不和你说话呢？"他说："我期望着理解和交流。……对宽容我的我回报以宽容。对伸出手臂的我同样伸出手臂，因为对话是人性最美好的姿势。"[5]然而，诗歌虽然为他找到了骆一禾、西川这样的朋友，却并不能消除他的孤独。海子的诗歌选择在同时代诗人中没有得到充分认同，甚至因为"搞新浪漫主义"和"写长诗"同时受到官方和先锋诗坛的批判。诗歌界的人际踩踏则使他备受伤害[6]。他的诗歌理想，就是与他的朋友骆一禾、西川等人也有很大区别。因此，海子在诗歌事业上同样深感孤独："我孤独一人/没有先行者没有后来人/……/让我独自走向赤道。/让我独自度过一生。"（《太阳·诗剧》）他把自己想象为孤独的诗歌皇帝，只能高处不胜寒地享受自己的孤独："当众人齐集河畔高声歌唱生活/我定会孤独返回空无一人的山峦"（《汉俳·诗歌皇帝》），"两半血红的月亮抱在一起/那是诗人孤独的王座。"（《黎明和黄昏》）

　　通过爱情、诗歌和远方克服孤独的努力都归于失败。在这样的情形下，诗人宣称放弃事业和爱情，坦然接受孤独的命运："你要把事业留给兄弟留给战友/你要把爱情留给姐妹留给爱人/你要把孤独留给海子留给自己。"（《为什么你不生活在沙漠上》）他甚至反其意地把孤独和幸福联系在一起，把它视为积极的心理体验："孤独是唯一的幸福。"（《太阳·断头篇·葬礼之歌》）沿此方向，海子走向了最彻底的封闭和最彻底的孤独。这就是石头的形象所披露的内心秘密："我没有一扇门通向石头的外面/我就是石头，我就是我自己的孤独。"（《弑》第一幕第五场）这是海子后期诗歌中到处堆砌着石头的原因。海子诗歌履历的一种写法，就是从活泼流动、亲润万物的水走向紧抱自身、完全封闭的石头的过程。这也是爱和生命在海子诗歌中逐渐耗尽的过程。

　　孤独主题在骆一禾诗歌中展开的方式，与海子的诗歌完全两样。孤独作为主题进入骆一禾诗歌，最早是在1984年的《滔滔北中国》，此诗的第二部分的标题即为"孤独"。诗中说："黄昏里/没有什么在死去/那洞穴似的声音还能感召谁呢/如果龙不肯放过幸福/我们就此孤独/也不为它哀号而凶残/佩金络子的马儿到远处去了/卧龙的山莽莽苍苍不使人向往。"我们看到，"孤独"作为诗歌主题，在骆一禾的诗里它从开始出现就是一个反思的对象，而非仅仅停留在情感和心理体验的范畴。在骆一禾看来，孤独是爱的反题，它使人与人彼此隔绝，自限于自我的小天地。从个人角度来说，它将使人们失去成长的机会；从民族、文化和文明角度而言，它将褫夺一个民族、一种文化和一个文明自新的可能。因此，在骆一禾看来，突破孤独的状态，走向理解和爱，正是诗人与诗的目标。骆一禾很早就对当代诗歌中"孤独"的泛滥进行了严厉的批评。他说："写诗像气功师一样'轻松'或闹个'孤独'的不二法门，把其他切除，是能力的抽缩变简"（《艺术思维中的惯性》），"对于自我极度自大造成的孤独的过度玩味，这种玩味正揭示了自我的装饰性风度。把孤独当作上帝以修饰自己，到处可以见到一群人在六层或十二层的楼上，将这个话题当作每日的一项嚼谷，在一批新诗里充满了这种自大的夸饰造成的细细的咬啮声。我并不是一概地反对描写自我与孤独的两个母题，而是说，不可忘记在十二层楼上嚼谷的时候，首先要看看自己与地面相去的距离，它与其说是一个题目，不如说是一种促使我们去写作的压力。"（《美神》）

可见，骆一禾一开始就把那种夸饰性的孤独视为盲目自大、与世隔绝造成的一种心理症候。与海子试图通过情爱、诗歌和远方寻求克服孤独的路径不同，骆一禾通过打破隔绝、广大自己的生命来克服孤独。他说："我时时听见/人类中传道：孤独/绿色和声音是与地层和鼎力对应/不能广大的孤独，孤独便毫无生命。"（《大海·第十一歌新生》）对骆一禾来说，生命是一个大于我的存在，"我"只有把自己献给这个更大的存在，才能获得自身存在的意义。因此，"我"的生命关联着世上的一切生命。孤独所具有的自闭、自满和自大心态正是他所严加拒斥的。他说："他从未与我无关"（《塔》），"这是我所行的/为我成为一个赤子/也是一个与我无关的人"（《漫游时代》）。成为"一个与我无关的人"，就是走向世界，与大生命全体融会沟通。这样，即使在只身一人的时刻，诗人也会感到自己与另一些隐身的人、另一些灵魂在一起：

> 当年我只身一人跋涉
> 我只身一人渡河
> 石头飘过面颊
> 向天空挥出水滴，有一些面颊
> 在空中默不作声
> 时远时近

（骆一禾《渡河》）

事实上，人每时每刻都与其他的灵魂在一起。我们来到此时此地，并非全靠自己的力量。我们眼前的道路、桥梁、渡船，都是其他灵魂在场的证据，它们是另外的人们伸向我们的手臂，是他们向我们挥出的水滴，也是他们对我们的祝福。自闭的孤独无视众多灵魂的在场，而使自己隔绝于世界，实在是一种不恰当的自大。孤独最坏的地方就在于使我们变得冷漠，对世界和他人漠不关心，把自我的心智一角当作整个世界。那么，所谓孤独其实是精神的萎缩和作茧自缚。这样的状态就是生命的冷冻。这冷冻的生命要联通于世界，前提是解冻。在骆一禾看来，解冻的办法只有一个，那就是"燃烧"。只有"燃烧"能为解冻提供足够的热量，也只有"燃烧"才能融化"孤独"自造的坚冰：

于是我垂直击穿百代
于是我彻底燃烧了

我看到
正是在那片雪亮晶莹的大天空里
那寥廓而稀薄的蓝色长天
斜对着太阳
有一群黑白相间的物体宽敞地飞过
挥舞着翅膀　连翩地升高

（骆一禾《灵魂》）

这正是骆一禾钟情"燃烧"的原因。对于"燃烧"的情状，骆一禾在诗论中有更直接明晰的表达："仿佛在燃烧之中，我看到历史挥动幽暗的翅膀掠过了许多世纪，那些生者与死者的鬼魂，拉长了自己的身体，拉长了满身的水滴，手捧着他们的千条火焰，迈着永生的步子，挨次汹涌地走过我的身体、我的思致、我的面颊：李白、陶渊明、叶芝、惠特曼、瓦雷里……不论他们是贬谪的仙人，是教徒，是隐士，是神秘者，是曼哈顿的儿子，或者像河马一样来自被称为 Linbo 的监狱，他们都把自己作为'无名'整个注入了诗章。"（《美神》）他认为每一个体都是这一心脏连成的弦索上的一环。这弦索贯穿古今，纵横五洲，把生者与生者、死者与生者，把李白、陶渊明、叶芝、惠特曼、瓦雷里……和"我"联系在一起。从灵魂的视野来考察，没有什么前无古人、后无来者，也没有什么天上地下，唯我独尊。灵魂永远与灵魂在一起。因此，骆一禾认为，真正的人不止拥有一个灵魂。他在给友人的信中说："即使在我感到停顿的时候，我仍然感到我在继续，这就是朋友对我最重要的意义。这得以使我不是只有一个灵魂。"[7]骆一禾在诗里一再发挥这一思想：

我正在长久地凝望着你
一个灵魂的世界
绵长而黝暗
一个人绝不是只有一个灵魂

（骆一禾《黄昏（二）》）

对于息息相通的灵魂
死者对于生者

必定灵魂附体
只有一个灵魂，不能称为活着

（骆一禾《零雨其濛：纪念两个故人》）

如果我活得很久
就会吸附很多灵魂　导者
和大海
只有一个灵魂的人
我不能称之为具有灵魂
就在北极星很大的节日里
我们已共存日久

（骆一禾《大海》第二歌）

生命就广大于这样一种共存的意识。我以为，这一意识正是骆一禾诗歌气质最突出的特征和标志。在骆一禾看来，诗歌是天下的公器，并不是个人的名山事业；诗歌的目标是"真正地为他的民族谋求真理"，而不以追求个人不朽为标的。骆一禾在他的诗歌编辑生涯中所以能把不同地域、不同主张、不同派别的诗人为新生的事业聚于一堂，正是出于这一诗歌为公的信念。

在骆一禾"愿尽知世界"的远游中，也有感到孤独的时刻。他说："当你在长途之上/你感到自己是孤独的。"（《屋宇》）这似乎和他所信仰的灵魂相通的信念矛盾。事实上，这种孤独感正是从现实中灵魂的隔绝状态中产生的。这种"事实"状态和"理想"状态的矛盾造成了诗人的信仰和情感的矛盾。但他没有屈服于显明的"事实"状态，而愿背负这份孤独向着光明迈进。他说："我不能让光明先于我/被刻薄地考验/孤独应当能够承担。"（《闪电（三）》）也就是说，诗人始终坚持灵魂相通的信仰。在一只运粮的蚂蚁身上，他也看到了灵魂和光明的存在，并与之有灵犀相通的对话："一只背粮的蚂蚁/与我相识/放下身上的米粒/问我背着大地是否还感到平安。"（《渡河》）

显然，骆一禾所体验到的"孤独"并不使人与世隔绝，诗人始终与世界、与一切而至万灵俱在。对于骆一禾来说，"孤独"的最高境界乃是"万般俱在"："但丁使孤独达到了万般俱在/在其中占据的，必为他所拥有。"（《为了但丁》）孤独如何达到万般俱在？骆一禾曾经严厉批评的"孤独"拜物教产生于自我的膨胀，它以自我为世界，当然绝无可能达到"万般俱在"。骆一禾这里所谓"万般俱在"是这种孤独的反面，它一开始就以自我的广大和尽知世界为目标，其最高的成就就是万般俱在——生命与生命全体达到了汇通，从而"与一切而至万灵"。这就是所谓"使孤独达到了万般俱在"。

通过以上考察，我们不难认识到情爱主题和孤独主题在骆一禾和海子的诗歌书写中都占有极重要的分量，体现其中的诗人的心灵向度却各不相同。在情爱主题上，骆一禾把情爱视为通向世界的桥梁，最终走向了宗教性的"无因之爱"；海子则把情爱视为一个封闭的天地，其本质上是一种自我之爱。在孤独主题上，骆一禾一开始把孤独视为反思的对象，相信人不止拥有一个灵魂；海子则一直沉溺于孤独的体验中，最终走向了石头似的自我封闭。体现在情爱主题和孤独主题上的这些深刻差异反映了两位诗人深层心灵构造的不同纹理，呈现了各自鲜明而难以混同的个性。

注释：

① 骆一禾：《给我的姑娘》，见张玞编：《骆一禾诗全编》，上海三联书店，1997 年第 57 页。本文骆一禾引诗、引文均出自上海三联书店，1997 年版《骆一禾诗全编》，下文不另加注。

② 海子《歌：阳光打在地上》，西川编：《海子诗全编》，上海三联书店，1997 第 106 页。"把她们养大"原作"把它们养大"，据作家出版社 2009 年版《海子诗全集》（西川编）改。本文海子引诗均出自上海三联书店 1997 年版《海子诗全编》，下文不另加注。

③ 这两首诗均收入自印于 1986 年夏天的海子、西川诗合集《麦地之瓮》。

参考文献：

[1] 西渡. 灵魂的构造——骆一禾、海子时间主题和死亡主题比较研究 [J]. 江汉学术，2013（5）.

[2] 海子. 取火 [M] //西川. 海子诗全集. 北京：作家出版社，2009：1145.

[3] 海子. 日记（1987 年 11 月 14 日）[M] //西川. 海子诗全编. 上海：上海三联书店，1997：884—885.

[4] 海子. 寂静（《但是水、水》代后记）[M] //西川. 海子诗全编. 上海：上海三联书店，1997：878.

[5] 海子.《小站》后记 [M] //西川. 海子诗全集. 北京：作家出版社，2009：1117.

[6] 西川. 死亡后记 [M] //西川. 海子诗全编. 上海：上海三联书店，1997：926.

[7] 骆一禾. 致袁安 [J]. 倾向，1990（2）：108.

——原载《江汉学术》2014 年第 4 期：42—51.

黄昏里的行走与歌唱

——从骆一禾的《大黄昏》看其诗学理想

◎林　琳

摘　要：在骆一禾众多的诗歌作品中，《大黄昏》一诗不容忽视。于 1984 年 4 月创作的《大黄昏》一诗，不仅是第一首直接以其诗歌创作中的重要意象——"黄昏"来命名的诗歌，更是从文明视野俯瞰华夏文明的发展，饱含诗人深刻的文明思考和忧患意识，展现了骆一禾关于"文明黄昏"的思考，以及其对诗人形象与使命的期许和寄寓。骆一禾以独特的意象群构筑了其诗歌王国，自成一体，相互映照，使其诗作之间存在着一定的互解性和对话性。《大黄昏》一诗在某种意义上也可视为骆一禾早期作品的微缩和集合。此外，这首诗之所以重要，不仅是由于它为我们进入骆一禾的诗歌世界提供了一条有效途径，更是因为这首诗凝聚了其重要的诗学观念。《大黄昏》在强烈的生命感受之中展现了对"燃烧"的强调和对"修远"的暗示，使其在文明意识之中也包含着骆一禾本人对诗歌本身的认识和期待。

关键词：当代诗歌；诗学观念；骆一禾；《大黄昏》；黄昏

生于 1961 年的骆一禾，自 1979 年进入大学时开始诗歌创作，在其近十年的诗歌创作生涯中，大体上保持了两三天便创作一首诗的高频状态，留下了短诗二百四十来首，长诗《世界的血》和《大海》①，以及重要诗论多篇。诗人陈东东曾将海子与骆一禾并提，认为海子是一个不为任何一个时代歌唱、却竭力歌唱"永恒"和"生命"的歌唱者，而将骆一禾视为一个倾听者，"一只为诗歌而存在的耳朵"[1]。近些年，相较于海子研究的热潮，关于骆一禾的研究却处于相对冷清的状态。但正如姜涛所言："长期以来，骆一禾也主要是作为海子作品的整理者、阐释者以及'海子神话'的缔造者而被后人铭记的，他本人非凡的诗歌成就和诗学思考，并没有得到认真的对待。"[2]事实上，作为倾听者的骆一禾，也是一位歌唱"生命"和"朝霞"

的歌唱者。骆一禾诗歌中所包含的高远的文明视野和强有力的生命跃动，及所构筑的具有一定完整性和自足性的诗歌意象群，值得重视和深思。这在他的代表性诗作《大黄昏》中有充分的体现。

一、"有一种情绪黄昏般出现"

《大黄昏》一诗创作于 1984 年 4 月，后被整合入长诗《世界的血》中。也许是"那拾穗者/移动在黄昏里的背影/成了我的美感"（《平原》）所带给诗人的深深的触动和心灵的震撼，也许是"我有一种情绪/黄昏般出现/使我怆然泣下拒绝任何理由"（《四月》）的神启和执着，"黄昏"成为骆一禾诗作中反复出现的意象。不同于古典诗歌中的"日西愁坐到黄昏"，骆一禾对黄昏的执着早已超越了往往与"黄昏"意象相联系的对时间易逝的感伤和惆怅。作为特殊的意象存在，"黄昏"不仅饱含了骆一禾个人的生命情感体验，更是他在文明视野俯瞰下的独特诗歌景观，与其诗学观念息息相关。

西渡称骆一禾是"鲁迅以来少数几个以文明为背景来考虑自身文学事业和文化使命的中国作家"[3]。在骆一禾的诗歌考虑中，诗歌问题始终和文明问题联系在一起，而他对文明问题的关注和思索，不仅仅停留在斯宾格勒和汤因比的影响之下，更是在其中，镕铸了属于骆一禾个人的独特的"朝霞气质"[3]。斯宾格勒认为："每一个活生生的文化都要经历内在与外在的完成，最后达致终结"[4]，"20 世纪的中国和西方都处于文化生命周期的最后文明阶段，一个心灵萎缩、创造力消失、拜物教的没落、解体、死亡的阶段"[5]。不同于斯宾格勒的文明终结论，汤因比亲子相继的文明再生理论则认为解体并不是结束和死亡，而是一种新文明的孕育和肇始。尽管汤因比发展了斯宾格勒的观点，然而在其早期的文明思考中，对华夏文明的未来前景却持犹疑态度，看不到新文明的曙光。虽然骆一禾认同西方先哲对文明解体现状的认定，但是由其内在的"朝霞气质"，积极、乐观的态度，他在汤因比的观点上进行了生发，认为华夏文明尽管处于第三代文明的末端，但同时也包含了第四代文明的曙光："我们处于第三代文明末端：挽歌，诸神的黄昏，死亡的时间里；也处于第四代文明的起始：新诗、朝霞和生机的时间。"[6]作为一个具有悲悯情怀和忧患意识的生命个体，诗人骆一禾经历了从文明视野俯视华夏文明，并承认文明解体的现状的忧虑和痛苦。华夏文明解体所带来的强烈的飘零和悲凉之感，给予一个有着沉重责任意识和雄伟抱负的个体以生命之不能承受之重。而他的诗歌构想也建立在这样的文明认识之上，因此，"他要求从'诗'的原初意义上恢复诗歌创造、创始、行动的力量，唤醒民族记忆，并以此对华夏文明进行结构性的改造，最终重塑我们的文明和民族性"[3]。

　　1984 年，骆一禾在《滔滔北中国》第二部分的"孤独"之题下，写下了这样的诗句："黄昏里/总有什么在死去。"西渡说："骆一禾属于那些对国家和民族复兴寄予了最热烈希望的人们，也是最早从这新生之梦中醒觉的人。"[3]20 世纪 80 年代初，诗人骆一禾感触到了斯宾格勒观念中文明解体的微妙状态：心灵萎缩、创造力消失、拜物教的没落。他不仅在对黄昏的感触中注入了对时间的观察和考量，而且在其中发现了某种契合。在骆一禾笔下，"黄昏"不再仅仅只是一个时间概念，更成了"第三代文明末端"的象征，成为其诗歌创作的大背景和情感底蕴。

　　不同于此前诗作中出现的"黄昏"意象，1984 年 4 月创作的这首《大黄昏》不仅是其第一首直接以"黄昏"命名的诗篇，更从此开创了以黄昏为主导意象、取代早期诗歌中以"清晨"为象征性和背景性意象的局面，"黄昏"给予人的心灵压力陡然上升，并成为生命运行的基调和背景。作为较早期的诗作，《大黄昏》包含了骆一禾对黄昏的原初感受，在这种黄昏感受中也饱含了诗人真实的生命体验和哲思。整首诗通读下来，是一副黄昏色调下的巨幅画卷的展现以及宛如流水的玄思。后来骆一禾将其整合溶入《世界的血》中，不仅体现了此诗对他的重大意义，同时也体现了诗人对生命、文明与使命的持续关注和深入思考。

　　作为全诗抒情主人公"我"，实际上是一个隐含着的披戴着朝圣意味的行者形象，这个行者形象与《河的传说》中"背起布袋"的人有着极大的相似性："对背起布袋的人/穿涉沼泽的时刻里/力是生命唯一的定义"（《河的传说》）。这个"背起布袋的行者"形象在其诗作中反复出现，成了一种精神象征和寄托：

　　　　而我也穿过沼泽地
　　　　背负着原来的
　　　　空空的长布袋

　　　　　　　　　　　　　　　　（骆一禾《青春激荡》）

　　　　但我们自海岸出发
　　　　涉过海床深处的沼泽
　　　　背着空而且长长的布袋
　　　　为把海岸对波浪的情义
　　　　连成一体

　　　　　　　　　　　　　　　　（骆一禾《告白》）

　　"背起布袋的行者"形象里寄寓着骆一禾对诗人形象的自我期许，而《大黄昏》

中的"我"同样也担负着这样的自我期许。

全诗在广阔寂寥的探求道路上展开，包含了体现"行动""道路""生命"等深意的意象群，共同舞之，形成了一种"生命的律动"。此外，由于某些诗歌意象在其诗作中的高频使用，形成了一些独特的诗歌意象群，这就使得骆一禾的诗作在某种程度上具有一定的互解性和对话性。他所建筑起的诗歌国度不仅自成一体，而且以农耕意象为根基，以道路主题为律动，众多生机勃勃的植物性意象和具有精神指向的动物性意象，在"水"系意象的滋养和渗透中形成了独特的景观和魅力。最初作为单独创作的《大黄昏》，后来进入长诗《世界的血》中，两次诗歌生命的唤醒和跳动，以及转换于短长诗之中和整体与部分之中所带来的跨度和张力，为我们走进骆一禾的诗歌世界提供了一条路径，也为理解其宏大的诗歌构想进行了预热。

二、"这黄昏把我的忧伤磨得有些灿烂了"

《大黄昏》共分为八节，总体上展现了诗人关于"文明黄昏"的思考，以及对行动的力的强调，同时显示了骆一禾对诗人形象的期许。前三节展现了一系列的农耕意象，农耕意象是骆一禾诗作中最为典型的意象群，它们构筑了其诗歌田园的基础面貌，并成为其诗作的基本元素之一，例如：平原、土地、麦地、玉米、葡萄、耕牛、马等等。诗人不仅在这些农耕意象中寄寓了生命的活力、生存的哲思、生命历程的把握，同时渗入了其对文明历程的思考，以及对道路的坚持和希望。

诗的开篇，即将读者的视野拉入广袤的平原：

> 走了很久很久
> 平原比想象更遥远

骆一禾在他的另一首诗《土地》中这样写道："土地是没有声音的时间/人长不出/脱离它飞去的翅膀。"作为典型的农耕意象，"平原"不仅是土地的一部分，也承载了人们赖以生存的物质意义，人们在平原上耕种，付出劳动，也迎来收获；既要遵守自然的规律，也要克服和对抗不可预料的灾祸。世世代代的人类都在这与生存紧密相关的平原上繁衍和不断发展。因此，"平原"也成了人们行走、奋斗的道路的象征。"比想象更遥远"喻示着人类文明历程的悠久和无尽。以抽象的动词"想象"来形容平原的无穷尽，将"道路"历程的广阔性拉伸到了极致。任何一个实体都无法超越"想象"的界限，个体生命在文明历程中始终处于行走的状态并无法出离其中。

接下来，"河"的意象开始出现：

> 河水沾湿了红马儿的嘴唇
> 青麦子地里
> 飘着露水
> 失传的歌子还没有唱起来

在骆一禾的诗作中，与"水"相关的意象较多，如"河流""血""雪"等，这些意象都与生命力紧密相关。如："雪在春天/痛楚地酿成了/坚持不懈的生命/具有了/被白天和黑夜承认的/极地的弧光"（《河的旷观》）；"作为世代的见证和希望/我们组成了大地的河/我们是蓝色星球的播种者"（《河的传说》）。此处不仅展现了黄昏下的自然图景，并且将动态的红马和河流与静态的青麦子地巧妙结合起来，其中暗含深意。"河水"往往象征着古老而悠久的历史发展脉络，同时也作为哺育生命的源流，在骆一禾的诗作中不仅作为生命力的象征而存在，同时喻示着人类百折不回的生命历程。人类的发展如同河水的奔流，道路的曲直也亦如河道："我们在那里流散/分而复合合而复分/哼唱着河道谱下的迈进的歌。"（《河的传说》）

而这几句诗中的"马"的意涵，则与骆一禾的道路主题相联系，他的《修远》一诗中有这样的诗句："是道路/使血流充沛了万马"。"马"的意象在其诗作中通常与"道路""行动""牺牲"这些关键词相联系，并隐喻生命。"麦地"则可谓是骆一禾诗作中最为典型的农耕意象，他十分强调麦子的精神性，麦地记录了生命个体的所为和所获"我收过的几道麦茬/就是我一生的脚印"（《麦地（一）》）。对这首诗而言，麦地是生存景象的展现，它隐喻着千千万万的生命个体在文明历程中的生存状态，联系着家园意识。"青"色则寓意着生命历程正当发展之中，有着勃勃生机，等待耕耘和劳动，强调了过程，而对于收获与否还处于未知的状态。"失传的歌子还没有唱起来"则暗示了文明的断代现象依旧在持续。整体上，这几行诗在静谧、辽远的自然图景中释放了生命、文明的韵味，展现了博大的生存景观。个体生命走在曲折有限的生命历程之中，同时走在广阔无尽的人类文明进程之中，在一片饱含生机的生存图景之中，精神上的文明断代还在持续。

在随后的诗句"只有我的果树林/还在簸扬着/春天的苦味"中，"果树林"是一个表现骆一禾爱情主题的词，较为集中地出现在较早期的诗作之中，如《给我的姑娘》（1983）："我亲爱的/果树林一样清新的/水一样给人纯洁和生命的/果树林/大地/是属于你的"；《爱的河》（1983）："果树林/你怀中的河要向哪里去/我的爱情/永远没有路/我只能沿河流淌/让空气成为我的母亲/你成为我的爱人"，等等。以

"爱"为出发点的这一节，在复杂的情绪中透露了春天所蕴含的希望。由于对生命的热爱，对文明进程的关注，即使身处"第三代文明末端"，面临"文明解体"的境况，也依然对未来抱有生生不息的希望。"只有"一词，和"簸扬"的"苦味"，将"我"复杂的心理过程展现无余，生命个体在苦楚的思想精神境地中既饱受煎熬和重压，又不断地以乐观的精神自我抚慰，为自己树立精神支柱。

以上两节诗的情景，可以与骆一禾于1985年所写的诗论《春天》相对应："对黄昏易逝的感受包含着人对时间的觉察，是生之春天的感受，活力的衰退概与时间的敏感的丧失共在，将荏口朝向春天，以苦色的香气触动黄昏——太阳西沉，面前散布着大片的土，大片的水，石头和树木，这些赖以生存的基本元素，就如此直观地呈现于眼前——能这样感受，处身心于鲜活的恐惧之中，教之玄思者苍雄的推理，更为深沉。"[7]这一段表述，几乎可以视为《大黄昏》一诗的基调解读。

到了第三节，这种感受得到进一步深化，突出对"行动"和"力"的强调：

> 弥漫江岸的水凇
> 还在结成
> 白茫茫的树挂

在此，"水凇"象征着生命历程中的艰难和阻碍。象征着个体生命的树，在"水凇"的包裹下得到了定格：

> 在这些树木的年轮里
> 刻着一个春耕的人
> 没有光泽的寂静的低洼地

"春耕"是对行动的隐喻，是农耕意象群中有力的一部分，与树木生长的年轮类似的，成为生命发展的标志，并促使其不断壮大的正是行动的力量。即使被孤独团团笼罩，处于"没有光泽的寂静的"文明黄昏，处于曲折的道路之中，行动的力始终是现代文明生生不息的本质。

从第四节开始，诗的视角由人类生命历程、文明发展的高远视野转换到个体感受的视角。诗的后五节以隐含的行者形象为抒情主人公"我"，表达了在文明黄昏下，先觉者的切身体验和复杂情绪：

> 哦　黄昏抵在胸口上

> 积雪在长风里
> 衰落着光

　　一个"抵"字,将其在文明黄昏和易逝之感中所深切感受的沉重心理压力表现了出来。集合了人类智慧、勇气的行者,在无际无尽的"平原"上孤独地行走,孤独是其所处的环境,也是其保持前进的动力。先于常人的醒觉,让其深感文明黄昏的重压和自身的使命:

> 我的心在深渊里沉重地上升着
> 好像一只
> 太大的鸟儿

　　骆一禾诗作中出现的动物性意象相对于植物性意象来说较少,并且比较集中,例如"鸟""野鹿""灰鹤""豹"等。不同于一般诗作中对"鸟"的轻盈和跃动的描绘,骆一禾笔下的"鸟"的意象常常处于困苦沉重的书写环境之中,"一如大鸟跌落/匍匐在地上泥土溅满双眼"(《沉思》)。整体上来看,这一节诗作是对文明黄昏下独行的醒觉者的切身体验的描绘,而这一部分,让我们不禁可联系其同作于1984年的诗作《大地》:"只有巨大的黄昏把我冲上山顶/巨大的黄昏/把我的心灵的火山震撼/我变得非常沉重……然后/你热爱黄昏吧/想象扑动一只翅膀/如受了重伤的鸟儿挣扎着/写下一句诗。"将心比喻成一只"太大的鸟儿",以此来表现沉重的,饱含紧张扑动的"我的心",被黄昏震撼,心的跳动如同鸟扑动的翅膀。
　　接下来的两节中,引入了抒情对象的第二人称"你",呈现出一种对话关系,是醒觉者对人类的关切:

> 在哪里呵?
> 滚滚的黄昏
> 你在哪儿

　　《大黄昏》暗藏着一种问题意识,这首诗被收录在《世界的血》的第三章中,第三章"缘生生命"中的六歌都呼应了"从哪里来,向何处去"这样一个关乎存在的问题。"日出而作,日落而息",成为黑夜与白日过渡阶段的黄昏,包裹了各种复杂的情绪:充实的收获的喜悦或是空虚的无获的失落,归家的急切或是漂泊的茫然,黄昏这样一个时间段给予了人们自省和思考空间。这是一个既夹带着疲惫又即将休整的时间，也是一个对末路者而言的茫然时刻。在一片茫茫的文明黄昏之中，同时处于文明的断代之中，作为生命个体的"你"和"我"既不知从何而来，也不知将去向何方，发出了"在哪里呵"的疑问，这里人称的转换，使得这种困惑之境所围困的对象不仅仅只是醒觉者，而是面向了所有处于大黄昏之下的华夏人民。

随后的一节诗则将语调转变，从沉重、困窘的状态中抽离，对黄昏之景表示欣赏：

> 沉重的风雨和水纹
> 已经积满了平原

人类赖以生存的平原，行走并繁盛精神麦地的平原，生存的道路、人类生命的历程和精神文明发展在历史的进程中已打上了无数风雨的印记：

> 平原上就该有这样平坦的黄昏呵
> 一下一下撞你的心
> 每一步都踏在灵魂上

在经历了沉重的心理压力和倍感文明黄昏的伤痛之后，转向积极与乐观。人类发展需要经历这样的文明黄昏，让黄昏震撼无数醒觉者的心灵火山，使行走更有意义。背负着使命的行走，"每一步都踏在灵魂上"，既不是轻轻地"走过"，也不是有力地"踩过"，而是稳稳地"踏"在了灵魂上。"踏"上的不是路，而是"灵魂"这样一个极其抽象的对象，其中所包含的使命感和神圣感陡然倍增。

紧接着的诗句，仍然着眼于黄昏与"我"的关系：

> 这黄昏把我的忧伤
> 磨得有些灿烂了

"磨"字将先行者"我"面对文明黄昏的复杂情绪和艰难的心理转变过程表现了出来；而"灿烂"则体现了一种积极的，饱含希望与期许的意味。西渡称："骆一禾的诗歌行动既是一种醒目的晴夜之前的落日之舞，同时又沛然赋有分明的朝霞性质。"[3]应该充分体会骆一禾诗作中的这种朝霞气质，即其诗作中所体现出的希望，积极向上的态度和乐观的精神。在《大黄昏》中，便体现了这种朝霞气质：

> 这黄昏
> 为女儿们
> 铺下一条绿石子的河

"女儿们"是其诗作中具有较高频率的意象，它既代指了人类的繁衍生息，也蕴含了生命生生不息的顽强。"绿石子"从属于道路主题之下，石头作为组成道路的部分，既有顽强之意，也代指了道路。"河"则与之前出现的一样，喻示着百折不回的生命历程。"绿石子的河"这个意象十分精妙，将喻示道路的石子和喻示生命历程的河流相结合，不仅在视觉上具有强烈的感官效果，获得一种力的动感和冲击，同时意味深远。文明黄昏不仅仅只是将人们笼罩于茫然、恐惧之中，更是借黄昏的悲怆和沉重来延续更为艰实有力的灵魂之路和文明发展史。

这节里接下来有一句十分醒目："这黄昏让我们烧着了。"此句中的"我们"，是指与先行者一样在黄昏里醒觉过来的人，包含了骆一禾本人对诗人形象的一个自我期待。"燃烧"是骆一禾诗论中非常重要的一个关键词，他在《美神》中这样说道："我想申说一下'燃烧'，它意味着头脑的原则与生命的整体，思维与存在之间分裂的解脱，凝结为'一团火焰，一团情愫，一团不能忘怀的痛惜'。"[8]燃烧使语言转化为诗，"燃烧"在其诗中更是打通生命全体，使其汇通，融化孤独坚冰的力量，诗是"生命的自明"，而"燃烧"便是实现"生命自明"的方式：

> 红月亮
> 流着太阳的血
> 红月亮把山顶举起来

这里的"红月亮"也可视为骆一禾对诗人形象的隐喻，它勾连着上文中的"我们"，"血"是骆一禾诗作中非常重要的意象，"哪一首血写的诗歌不是热血自焚"（《世界的血》）。骆一禾认为"诗歌写作时'生命律动的损耗'，诗人靠血管中的血来写作的"，"每写一次，就在燃烧一次自己"。在其诗作中，血的外流则意味着爱与牺牲和价值的实现。"太阳"喻指光明与恢弘，"山顶"则代表了沉重、重压。在文明黄昏中，诗人对诗人形象和使命做出了构想，担负起重责和压力，燃尽生命的血，创造出能带来希望、光明的诗作来解救"黄昏之境"，这也与其宏大的大诗歌构想相呼应："骆一禾希望创造一种类似希伯来和古希腊的体系性的史诗，为文明复兴提供一个具有吸附力的价值基础和意义构架，一个孕育新生命的蛹体。"[3]他在《水上的弦子》中这样描述："我感受吾人正生活于大黄昏之中，所做的乃是红月亮流着太阳的血，是春之五月的血……一面是巨大的死，一面是弱者的生，美从拇指姑娘长成维纳斯，唯赖心的挣展，舍此别无他途，母性巨大的阵痛产出仅一六斤婴儿，生之规律大概都是这样的。"[9]可见，其对行动的力量的重视，这行动既指广义上的生命个体，也喻指诗人自身的自我期许和使命。

诗的最后一节，再次出现了"河流"：

> 而那些
> 洁白坚硬的河流上
> 飘洒着绿色的五月

这一节以清晰的画面透露了春之五月的希望与热情，和对生命历程的坚持和稳步前行。"绿色的五月"在色彩上与前面的金黄、红色这两个暖色调形成对照。整首诗正是在"红"与"绿"的色调的强力冲击下，织就了黄昏的弥漫之景，富有张力。

总体上看，全诗形成了有序的生命律动，饱含着骆一禾高远视角下的文明哲思，及其所持的诗是"生命的自明"的诗学观念。对"燃烧"的强调和"生命律动的损耗"的坚持，使得诗作中散发出的对诗歌创作的虔诚和敬意，极具感染力，令人震撼和感动。在看似隐晦、跳跃的意象之中，涌动着辽远的生命思索和希望之光。

三、"一个孕育新生命的蛹体"

《大黄昏》一诗之所以重要，不仅仅是由于它为我们进入骆一禾诗歌世界提供了一条有效途径，使我们能够触摸其诗作中的典型意象群的概貌，领略其诗歌王国的风貌。更重要的是，这首诗所包含的内容非常丰富而独特，几乎可视为骆一禾诗学观念的一个微缩。《大黄昏》不仅饱含了他诗作中普遍具有的强烈生命感受，而且囊括了一些诗人对诗歌本身的思考，其中尤其体现了一种对诗歌的期待和寄寓。

正如西渡所言："骆一禾始终是一个生命的热情讴歌者。"[10]在骆一禾看来，诗歌是生命的象征。他在诗论《春天》中这样写道："以智力驾驭性灵，割舍时间而入于空间，直达空而坚硬的永恒，其结果是使诗成为哲学的象征而非生命的象征。"[7]将"生命"与"诗歌"对应起来，"生命"成为理解骆一禾诗歌和其诗学观念的一个重要关键词。荣格将文学创作活动的内驱动力归结为源于集体无意识的自主情结："创作冲动从艺术家得到滋养，就像一棵树从它赖以汲取养料的土壤中得到滋养一样。因此，我们最好把创作过程看成是一种扎根在人心中的有生命的东西。在分析心理学的语言中，这种有生命的东西就叫做自主情结（autonomous complex）。它是心理中分裂了的一部分，在意识的统治集团之外过着自己的生活。"[11]与荣格观点既有所相似又截然不同，骆一禾将艺术创作的内驱力归结为一种非艺术家本身的存在，但这种内驱力却不是集体无意识，而是生命。生命成为诗歌创作的内驱动力，因此，他用"情感本体论的生命哲学"来概括他所讨论的诗歌创作论。骆一禾认为："生命作为历程大于它的设想及占有者。"[8]他所论及的"生命"并非生命个体，"个体生命只是生命进程的一个次点"[8]，而是指由无数个体生命实体构成的，包含了过去、未来和现在的生命历程。骆一禾的诗歌创作论则紧紧围绕"生命"展开，在他看来，诗歌创作是一种"燃烧"，"它意味着头脑的原则与生命整体，思维与存在之间分裂的解脱"[8]。诗歌创作的真髓在于"身心合一"，诗歌的欣赏则应是个体生命与艺术的直接汇通，实现艺术思维的发挥而非艺术原则的生搬硬套。

骆一禾对于生命原初感受的强调，使我们不难理解其诗作中所透露出的强烈生命感受。与此同时，不难发现，他的这种以"生命"为核心的诗学观念与其深重的文明意识有着密切联系。20世纪文明解体现象带给诗人骆一禾的是一种被他称为"人之无常"的"伟大的核心的恐惧"。他认为这种恐惧与"我们最基本的情感，我们整个基本状态，形成共同的原型"[8]，而这种"原型"则是诗歌创作中所不应该回避的。与荣格所强调的原型不同，骆一禾所说的"原型"并不是集体无意识的载体和形式，而是一种更加具体的实在。他所指的"原型"指的是面临文明解体所产生的危机意识与人类基本情感和基本状态的融合。通过对"原型"的触动和感知而形成的创作，饱含了生命意识的律动。因此，骆一禾所看重的并不是玩弄意象拼贴而获取某种技巧高度的诗歌，而是诗人直面"原型"，并在其驱动下所创作出的诗歌，这种诗歌所包含的意象序列具有整体的律动。

20世纪文明解体现象给予诗人骆一禾"生命易逝"的感受，使其更注重对"生命"的强调，同时，他也从"生命"本身探寻到了精神的出路。正如"生命是一场伟大的运动，在这个不朽与长生的运动里，生命开辟创造，一去不返，迅暂不可即离，刹生刹灭，新新顿起，不断使生命燃亮精神，也就是使语流成为生命"[8]。文明解体所带来的也不会是文明的终结，"时代的建筑物是建筑在有血有肉的个体身上的，除去个体之外，没有任何一种东西真正死去过：红蜂在死前预先把卵子产生在螟蛉身上；一个文明在解体前，往往有一个外部的战群来占领它造成一个亚种。"[8]在骆一禾看来，诗歌创作不仅要融汇于生命，实现生命自明，形成意象序列的整体律动，同时也要使精神世界通明净化。骆一禾认为内心是一个世界而非一个角落，如果任由自我中心主义发展，内心空间的挤压会使得诗歌意象自身的势能受到压制，从而形成琐碎的拼贴。相比之下，他更倾向于对意象序列本身张力的保护。"万物自有光明"，语言不应成为压制意象的枷锁，而应使语词展现出自身的表现力，缺乏艺术造型的词符本身是没有魔力的，但出于生命内驱力而将其置于一定的文本语境中，则会使它的魔力得以显现出来。在诗歌创作中，骆一禾所看重的并非是艺术规则和艺术手法的运用，而是"生命自明"。

骆一禾曾说："当我写诗的活动淹没了我的时候，我是个艺术家，一旦这个动作停止，我便完全地不是。"[8]骆一禾的这个观点与荣格对艺术家与艺术创作之间关系的辨析十分相似。荣格认为："艺术是一种天赋的动力，它抓住一个人，使他成为它的工具。艺术家不是拥有自由意志、寻找实现其个人目的的人，而是一个允许艺术通过他实现艺术目的的人。"[11]但是不同于荣格过分注重集体无意识对艺术家的掌控，而将艺术家个人在艺术创造活动中的作用抹杀。尽管骆一禾在其诗歌创作观念中十分强调"生命"作为诗歌创作核心内驱力的观点，但在其诗学观念中，诗人不仅发挥着一定的主观能动性，同时，他也强调诗人所应有的担当和责任意识。这种责任意识与 20 世纪文明解体现象息息相关，无论是受 80 年代整体洋溢的理想主义激情氛围的影响，还是他自身文明观念的驱使，骆一禾在诗作中所展现的诗歌理想与抱负，"都显示了某种逾越 20 世纪 80 年代诗歌框架的努力"[12]。在文明黄昏的心理负荷下，骆一禾所希望创造出的是"一种具有一种类似希伯来和古希腊的体系性的史诗，为文明复兴提供一个具有吸附力的价值基础和意义构架，一个孕育新生命的蛹体。"[3]与他的这种诗歌理想紧密联系的则是其诗学观念中的另外一个关键词——"修远"。

"修远"代表了一种具有崇高理想的诗歌精神，是骆一禾对自身诗歌理想和诗人使命的提炼。"修远"与其在文明意识下的诗歌构想紧密相关。正如论者张桃洲所言："'修远'一词的确体现了一种担当，试图回归屈原那样的诗人的高贵形象，但也可以说是对诗歌本身那种繁复的、复杂的技艺的追寻。"[12]骆一禾在诗作《修远》中这样写道：

> 修远。我以此迎接太阳
> 持着诗，那个人和睡眠，那阵暴雨
> 有一条道路在肝脏里震颤
> 那血做的诗人站在这里　这路上
> 长眠不醒

　　"路漫漫其修远兮，吾将上下而求索"，骆一禾诗作中反复出现的"背着长长的空布袋，走过沼泽地"的行者形象，几乎可视为他对诗人形象的一个比拟。尽管《大黄昏》一诗并未出现这样的行者，却俨然是这样的行者在黄昏背景下的低吟。在骆一禾看来，诗是生命的象征，诗歌创作则是生命的燃烧，诗作所凝聚的不仅是火光的温度，更有血的浓度。"带有灵性敏悟的诗歌创作，是一个比较易说得无以复加的宣言更加缓慢的运作，在天分的一闪铸成律动浑然的艺术整体的过程中，它与整个精神质地有一种命定般的血色，创作是在一种比设想更艰巨的缓慢的速度中进行的。"[8]诗歌创作是一种有浓度的创作，这种浓度并不单纯指物理时间上的长短，也包含了在诗歌创作中，诗人内心的心理压强。相比于智性的哲思，骆一禾所强调的是根源自生命本体的血色搏动。面对文明解体现象，"修远"本身所担负的神圣感与使命感都陡然上升。从骆一禾的诗论不难发现，无论是其对"原型"的强调，还是批驳当时"自我与孤独"两大母题充斥在新诗中的现象，骆一禾所强调的是诗歌所应担负的文化责任和整体性的文化功能。正如诗中所言："红月亮/流着太阳的血/红月亮把山顶举起来"。

　　正如有论者指出的，"骆一禾的那种气象是对诗歌的一种期待，但是他没有把它外在化，他在诗歌里面试图包容而不是把它压碎，用它填充诗歌，而是以诗歌自身包容这些东西——文化的、历史的东西"[12]。《大黄昏》一诗饱含了诗人骆一禾强烈的责任意识和使命感，对宏大的"大诗歌"构想的向往所体现出的真诚和热情，让人真切地感受了"我在一条天路上走着我自己"深远意味。这个为华夏文明解体而忧虑痛苦，又对之抱以希望和深沉之爱的青年诗人，洋溢着青春激荡的热情和"黄昏时分/心灵的门向内旋转/我沉重地悸动"的思考，这个沉思"要背向你的前人/还要背向你的后人"，"以我的惊涛/站立在大地上/并以惊涛思想"（《沉思》）的青年诗人，尽管"我不知命运的突然/不知死亡怎样来临"（《头》），却也毫无畏惧，认定自己激荡的青春："我不爱死不畏死也不言说死/我不歌颂死/只因为我是青春"（《生命》）。命运将骆一禾的生命定格于 28 岁的青春，然而他的诗歌精神和他诗作中所涌动的生命律动却将始终如春天："这里坚硬/而/温暖"（《春天（一）》）。

注释：

① 文中引用的骆一禾诗作均出自张玞主编的《骆一禾诗全编》，上海三联书店 1997 年版。

参考文献：

[1] 陈东东. 丧失了歌唱和倾听——悼海子、骆一禾 [J]. 上海文学，1989（9）.

[2] 姜涛. 在山巅上万物尽收眼底——重读骆一禾的诗论 [M] // 新诗评论. 北京：
北京大学出版社，2009：57.

[3] 西渡. 壮烈风景：骆一禾论、骆一禾海子比较论 [M]. 北京：中国社会出版
社，2012.

[4] 斯宾格勒. 西方的没落：第一卷 [M]. 吴琼，译. 上海：上海三联书店，
2006：104.

[5] 斯宾格勒. 西方的没落：下册 [M]. 齐世荣，译. 北京：商务印书馆，1963.

[6] 张玞. 大生命——论《屋宇》和《飞行》[J]. 倾向，1990（2）.

[7] 骆一禾. 春天 [M] // 骆一禾诗全编. 上海：上海三联书店，1997.

[8] 骆一禾. 美神 [M] // 骆一禾诗全编. 上海：上海三联书店，1997.

[9] 骆一禾. 水上的弦子 [M] // 骆一禾诗全编. 上海：上海三联书店，1997.

[10] 西渡. 灵魂的构造——骆一禾、海子诗歌时间主题与死亡主题比较研究 [J].
江汉学术，2013（5）.

[11] 荣格. 心理学与文学 [M]. 冯川，苏克，译. 北京：生活·读书·新知三联书
店，1987.

[12] 姜涛. 困境、语境及其他——新诗精神的重建 [M] // 张桃洲，孙晓娅. 内外
之间：新诗研究的问题与方法. 北京：社会科学文献出版社，2012.

——原载《江汉学术》2015 年第 5 期：81—88.

能指作为拟幻：论臧棣诗的基本面向

◎杨小滨

摘　要：从主体、语言和他者等概念来论述臧棣诗歌的修辞特征与精神向度，可揭示出其诗中能指作为一种"拟幻"的基本面貌。臧棣诗中强烈的语言意识表明了他的写作是建构在语言构成之上的抒情主体对语言符号秩序的一种回应。也就是说，主体不仅反映出语言他者的欲望形态，还体现了对语言他者的质疑与搏斗。他特别挪用"解释"的语式来对建立在启蒙理性基础上的符号法则基本运作形态进行清理。臧棣展示了能指无限滑动的诗歌形式，从而虚拟出能够填补符号域匮乏的主体欲望。通过揭示符号他者的拟幻性，臧棣的诗瓦解了语言符号的权威性压制。在意指关系的不确定性中，臧棣创造出一种新的诗学范式。因此，从积极的面向来看，臧棣的诗也体现了能指的自我叠加和自我生成的无限可能，通过挖掘语言内核中不可能的快感，迫使语言在非意指性的状态下产生出更加丰饶的层次。

关键词：臧棣诗歌；拟幻；符号；他者；能指滑动

臧棣的诗对形式感的自觉是不容否认的。近年来，臧棣几乎所有的诗都冠以"……协会"或"……丛书"的标题，比如《沸腾协会》《小挽歌丛书》，这两个标题都被他用作了诗集名。对这个令人困惑不解（甚至引起不满）的做法，臧棣自己有所解说：

　　冠之以"协会"或"丛书"，我多少会在诗歌场景和诗歌结构上有意识地回应一种人文想象。因为协会或丛书，都不可能是由个人来完成的，它一定意味着一个可以自由进出的、不受限制的、开放的诗性空间的产生。也就是说，诗歌最终是由想象的共同体来生产和完成的。……写"丛书诗"和"协会诗"时，我很看重诗歌是否可以抵达一种分享。诗歌应该在精神上可以被无限分享，这就是诗歌的友谊政治学。诗，展现的是一种最根本的政治友谊。我们在诗中寻找精神的同道，辨认出心灵的战友。[1]

在这段访谈中，臧棣提到了"想象的共同体"的概念。"想象的共同体"（imagined communities），原是本尼迪克特·安德森（Benedict Andersen）提出的一个概念，用来指称民族国家的虚拟特性。我想要提出的是，尽管安德森并非借用或挪用拉康（Jacques Lacan）的想象域（the imaginary）概念，但这两者间的联系却依稀可见。国族认同与镜像认同之所以类似，是因为两者都通过与他者的认同（同一化），想象了一个完整的身份（identity）。那么，臧棣的写作，从行为目标上来看，具有某种寻求自我认同以确立诗学完整性的内在要求。

一、抒情主体对语言符号秩序的回应

无论如何，语言是臧棣诗作及诗学最显见的关注点。在他早年著名的《后朦胧诗：作为一种写作的诗歌》一文中，臧棣最具启发性的论点之一便是："我们时代的一切写作，尤其是诗歌的写作'已卷入与语言的搏斗中'"，这种语言的自我缠绕区隔于"用语言与存在的事物搏斗"的前行写作[2]。而从拉康的理论来看，语言在符号他者领域中起着至为关键的作用：主体身处语言之中，并由语言他者所建构。因此，本文将先从语言的角度入手，探讨写作主体与符号他者之间的关系。

有意思的是，臧棣的诗以晦涩著称，没有一个"理想读者"（即使是对臧棣诗怀有极度热忱的读者）有可能完全把握他作品所谓"意义"。由此，我们可以发现，尽管臧棣的诗试图获取某种整一的诗意身份，他的抒情主体仍然依赖于一种与语言他者的特殊关系，需要我们去深入观察。在他近年的一条微博里，臧棣表示："我还真不是为诗艺而诗。我顶多是，为汉语而诗。"[3]如果说"汉语"代表了中国文化政治语境下的语言大他者，我们不难发现在臧棣的诗中，主体的"欲望是他者的欲望"[4]235。汉语正是具体构造了无意识的那个巨大的他者，而作为语言的艺术，诗所面对的不得不首先是这个大他者。比如，在《秘密语言学丛书》里，臧棣不断告诉我们：

> 语言的秘密
> 神秘地反映在诗中
> ……
> 语言秘密地活着。活出了生命的

另一种滋味。语言因为等待你的出现

而听任太阳下有不同的生活

……

语言的秘密取决于诗如何行动

这里，（诗歌）主体与（语言）他者之间的微妙关系获得了展示。首先，语言被定位为一种秘密，是在无形中进入诗人的作品中的。语言是自在的，独立于这个世界的普通生活，但却必须从具体的主体表达那里体现出自身的隐秘欲望，因为正是诗的主体反映出这个语言他者的欲望形态。同时，他者与主体的辩证性还在于，抒情主体无时不在与作为符号规则的语言进行着某种搏斗，挑战大他者的宰制。在《搬运过程》一诗中，臧棣再次涉及了主体和语言的问题。尽管遭到了语言的抵制，主体仍然不懈地对语言进行重新安置。

我把一些石头搬出了诗歌。

不止干了一次。但我不能确定

减轻的重量是否和诗歌有关。

我继续搬运着剩下的石头。

每块石头都有一个词的形状。

我喜欢做这样的事情——

因为在搬运过程中，

几乎每个词都冲我嚷嚷过：

"见鬼"，或是"放下我"。[5]

几乎可以肯定，对于抒情主体而言，那些词语具有"石头"般的沉重，才需要愚公移山般的努力去清除它们的压迫。在这个过程里，语言并未被动承受主体的处置，而是不甘心地抵制着。在这两个例子里，我们可以看出，对于臧棣来说，一方面，主体不得不成为语言他者的执行者；另一方面，主体也反过来对这个他者的符号秩序进行某种清理。

大概谁都不会否认，臧棣是一个风格化的诗人。但是，风格是一种直观感性的写作特点，我们又如何可能从风格上来切入对臧棣诗的探讨？拉康在他《文集》的《开场白》里，一开头引用了布封（Georges-Louis Leclerc, Comte de Buffon）的格言——"风格即人"，不过随后又做了自己的补充：拉康认为"风格即人"这句格言应该还要加上几个字——"风格即作为言说对象的人"[6]。也就是说，对拉康而言，风格代表了人获得他者言说之后而形成的主体的符号世界，因为（无意识的）主体，当然是他者话语的产物。换句话说，风格代表了臧棣至为独特的符号主体，这个主体是被符号他者言说的。在与泉子的访谈里，臧棣谈到诗歌写作主题的时候曾经触及这个他者与主体的辩证关系：

> 在诗歌写作中，我关心的是主题的生成性，或称，诗意空间的自主生成。也就是说，在具体的意象空间里，主题如何向我们的感受发出邀请，以及这种邀请又是如何展示其语言特性的。也不妨说，诗的主题不过是语言的一种特殊的自我生成能力。[7]74

臧棣试图说明的是：主题以语言他者的方式对主体发出邀请。这里，有两点值得我们特别注意：一是诗的主题并不是在内容那一边，而是在语言这一边；二是语言主动邀请了主体，而不是相反。这似乎从另一个角度阐发了拉康这一论断："风格即作为言说对象的人"，因为诗人的风格恰好体现在作为语言对象的抒情主体这里。那么，拉康关于"作为言说对象"的风格也许还可以推进为"作为回应的言说对象"的风格。但是，显然臧棣不是一个被动接受语言邀请的，被语言牵着鼻子走的诗人。从积极的意义上说，臧棣对语言始终保持着一种警惕，对他而言，语言所传递的往往是一个具有威胁性的讯息：他者想从我这里获得什么？

二、能指滑动与诠释的"形式"

臧棣在诗中的应对方式具有特殊性。他的诗不以题材取胜，也不以刻意的修辞取胜，他的写作秘密在于直接来自语言本身的构造，来自对于语言他者的警觉、诘问、探究。正如拉康断言，作为主体的"无意识是语言的方式结构的"（The unconscious is structured like a language）[4]149，那么臧棣诗歌的抒情主体也可以说正是建构在语言构成之上的。臧棣曾自述道："有一阵子，我认为诗歌中最令人着迷的声音是解释事物时的那种语调。最近，我觉得把事物当成消息来传递时采用的声音，也非常吸引我。"[8]这里"解释事物时的那种语调"指的显然是那种通用的、常态化的陈述样式，也可以说是语言构成的基本模式，是大他者的结构性框架。在这个提示下，我们从臧棣的近作中就可以发现不少"解释时的语调"，特别是"意思（就）是……""意味着……"或类似的句式：

　　盘旋的鹰，像刚刚按下的开关——/意思是，好天气准备好了。（《语言是一种开始丛书》)）①

　　"我忙得就像划桨奴隶"。/意思就是，其他的解释不妨见鬼去吧。（《语言是一种开始丛书》）

　　它为自己的飘落发明的床。/那意思是，飘落的东西还会浮起，继续旅行。（《就是这样丛书》）

　　该死的芒刺，也就是说，/在世界是否已被神抛弃的问题上，/有人对你撒了谎。（《蜥蜴丛书》）

　　沉睡的时候，/你比一个影子更像一个还未出生的人。/意思就是，仿佛只要彻底醒来，/就会有用不完的水。（《明天就是圣诞节丛书》）

　　比死亡更善于前提，/意味着，逆水准备好了。（《语言是一种开始丛书》）

　　不轻信/死亡的吸引，意味着摘下的面具/像一条刚擦过热汗的毛巾。（《斩首的激情丛书》）

　　重新认识世界，意味着我们/还有可能重新分叉成/我和你。（《纪念王小波丛书》）

　　而清洗，意味着绝不可一味依赖水。（《2013年愚人节丛书》）

　　说一首诗干净得像一颗草莓，/意味着今天也可以是愚人节。（《2013年愚人节丛书》）

　　白色的深渊/意味着狼不在时，可与狐狸共舞。（《纪念辛波丝卡丛书》）

　　迷人的人，其实没别的意思，/那不过意味着我们大胆地设想过一个秘密。（《纪念王尔德丛书》）

　　你叫它们麒麟草时，却很形象——/这意味着，每个生动的名字后面/都有一个经得起历史磨损的故事。（《麒麟草丛书》）

　　但是崇拜你，就意味着减损你，/甚至是侮辱你。（《麒麟草丛书》）

　　没有什么东西是这雨水/不能清洗掉的。这意味着仁慈/比我们想象得更有原则。（《慢雨丛书》）

　　我是我的空白，/这意味着一种填法。（《绣球花又名紫阳花丛书》）

　　从节奏上看，原因不复杂。/意思就是，不是大海制造了海浪，/而是海浪制作了海浪。（《防波堤丛书》）

　　你读到这首诗，表明这首诗还活着……（《世界末日丛书》）

　　结束时，窗外的雨声表明，/淅沥谐音洗礼，本身就已是很好的礼物。（《我现在有理由以为一切都是丛书》）

　　沿途，人性的荆棘表明/道德毫无经验可言。（《纪念王尔德丛书》）

你的骨头也是一件衣服，/这只能说明，我比你更失败。（《解冻指南丛书》）

你登不上那座山峰，/说明你的睡眠中还缺少一把冰镐。/你没能采到那颗珍珠，/说明你的睡眠中缺少波浪。（《世界睡眠日丛书》）

你看上去就像/一个即将消失在空衣柜里的/有趣的新神。换句话说，一件熏过的衣服/就可能把你套回到真相之中。（《薰衣草丛书》）

挖掘只剩下一个意思：你是你的每一滴汗。/换句话说，比石头更硬的东西多就多呗。（《自我鉴定丛书》）

空气的浮力/会缓和你在世界和现实之间做出的选择吗？/换句话说，人的面目中曾掠过多少鸟的影子。（《越冬丛书》）

必须强调的是，尽管这一类句式在臧棣诗中占据了一定的篇幅，但由于臧棣诗作众多，在我本次取样的范围内（即臧棣的最新诗集《小挽歌丛书》），出现此类句式的诗作仅占约五分之一。当然我们可以看出，臧棣的确倾向于在许多场合以"意思（就）是……"或"意味着……""表明""说明""想说的是""换句话说"这类句式来建构诗句与诗句之间的联系。这样，与其说是"解释的语调"，或许以"解释的语式"来看待更为准确。臧棣所感兴趣并着手处理的，正是这种"解释"模式的语言呈现方式。即使臧棣用了"说明"（他的语式通常是"这说明……"或"……，说明……"）一词，他的解释形态并非"经验分析科学"对于因果关系的"说明"（explanation），而更着重于某种内在理解的形态——尽管他所关注的也绝非真正的诠释，而是诠释的"形式"。

作为现代科学的语言基础，"解释"无疑是符号法则的一种基本运作形态，也是现代哲学各流派所关注的焦点之一。现代解释学或诠释学的鼻祖施莱尔马赫（Friedrich Schleiermacher）认为，人从根本上说是语言的造物，对人类而言，任何理解都建立在语言的基础上。不过，如果说启蒙理性所代表的科学主义试图建立语言与解释的必然性与客观性，那么伽达默尔（Hans-Georg Gadamer）的诠释学就建立在承认"合理偏见"的基础上[9]。也就是说，诠释的要义不仅仅是正确地解说那个绝对无误的诠释对象，对象本身只有在与主观视域融合（fusion of horizons）的情形下才能被诠释其意义。广义而言，符号学，从索绪尔（Ferdinand de Saussure）的结构主义语言学到拉康的后结构主义精神分析学，尽管与诠释学的理论脉络完全不同，却也相当程度上关乎符号释义的指向。拉康认为弗洛伊德的无意识理论最终是落实到语言的层面，不仅是对语误和笑话的分析，甚至对梦境的分析也是基于其语言或修辞运作上的。因此，拉康沿袭了雅各布森（Roman Jakobson）关于梦境运作

（dream-work）中凝缩（condensation）是隐喻、移置（displacement）是换喻的理论，而无尽的转义（trope）成为语言的基本原则②。对拉康而言，"句法是前意识的。……主体的句法是与无意识的储备相关的。当主体讲述故事时，会有什么隐秘地统领着这个句法，并使之越来越凝缩。凝缩于弗洛伊德所称的内核。……而这个内核指的是某种创伤性的东西……这个内核必须被标明是属于真实域的"[4]68。在拉康那里，不但滑动的能指不再能与其所指之间形成固定不变的意指关系，而且作为能指结构的句法本身也充盈着真实域的创伤内核。

我们当然不难察觉臧棣诗中语言能指的滑动状态，但这里须进一步说明的是，意指关系的不确定性也正是上述句式的理论基础。在臧棣的诗里，不管是"意思（就）是……"，还是"意味着……"或"表明""说明""想说的是""换句话说"，被连接的前后两部分基本都不具有（甚至完全缺乏）合理的应对关系。几乎可以说，臧棣在这里建立的非逻辑关系揭示了语言他者内在的匮乏与崩坍。比如以上所引的《昆仑山下，或虽然很渺小协会》中这几行："但是现在，遥远的意思是：/它能用一口气把你吹进石头，/而你会在石头里醒来"，通过对"遥远"的虚拟界定，重新感受了人和自然（高山、岩石……）的关系，而这种关系并未在前人的文字中出现过，或者说，是以突破现存符号秩序的逻辑为标志的。那么，在另一个例子《明天就是圣诞节丛书》里，"沉睡的时候，/你比一个影子更像一个还未出生的人。/意思就是，仿佛只要彻底醒来，/就会有用不完的水"，我们不难发现，太阳、圣诞夜、耶稣、影子、胎儿/婴儿、水、睡眠、苏醒……的确成为不断穿插、不断渗透的能指，从一个意指关系滑动到另一个意指关系中。这样，不仅"太阳"这个最初的能指符号沿着"沉睡"者、"影子""未出生的人"……的意指链不断变换，而"沉睡的时候，/你比一个影子更像一个还未出生的人"的陈述又意指了"仿佛只要彻底醒来，/就会有用不完的水"这另一个陈述。必须强调的是，太阳和影子、沉睡和出生，甚至耶稣和水之间的连接并不罕见，臧棣在这里为我们展示的是如何在能指滑动的情形下重组符号秩序，而这个秩序主要是由"意思就是"这样的语词来执行某种缝合点（point de capiton）的功能，同时也是由"……的时候，比……更像……"或"仿佛只要……，就会……"这样的句式来执行换喻式的能指替换③。

尽管多处用了"意思（就）是……""意味着……"这类语词，后面这两个句式——"……的时候，比……更像……"和"仿佛只要……，就会……"——显然代表了臧棣作品中"语调"的多样性和复杂性。随机观察就可以发现，除了"毕竟""谁让""没准""你不会想到""现在的问题是"等带有别致语调但仍属简单的例子，还有相当多较为复杂的句式，如"表面看去……，但又……""说实话，我才不……，我……的是……""即使没有……，也轮不到……""为……着想，我不想让……"等等，遍布于臧棣的诗中：

> 表面看去，两件事/都无关生活的堕落：有点暧昧/但又不是暧昧得不同寻常。（《写给喜鹊的信丛书》）
> 说实话，我才不在乎你/是否熟悉青蛙怎样越冬呢——/……/我在意的是，冬眠/即将结束，你是否已学会掂量/美丽的犹豫（《新的责任丛书》）
> 即使没有骗子托马斯，/也轮不到我远离巴西。（《区曼纽·丽娃丛书》）
> 或者为潜台词着想，我不想让沙子变成/唯一能让我们冷静下来的东西。（《波浪的眼光始终是最准确的丛书》）

必须再次指出的是，在臧棣这里，种种具有连接功能的句式结构往往实际上连接了相当遥远的（甚至不可能的）事物或情境。在《波浪的眼光始终是最准确的丛书》这首诗里，"沙子"在"身体"的"河岸"上究竟代表了什么，并没有一个明确而显见的答案。在这首诗的二、三行，臧棣强调了"河岸"不是"湖岸"，也不是"海岸"——"为什么不是湖岸，可以有一百个理由，/为什么不是海岸，至少有一万个原因"（《波浪的眼光始终是最准确的丛书》）——而湖、海与河的区别在于河是朝向一个方向不断流淌的，而湖和海则没有方向感，也缺乏有速度的动感。那么，沙子或多或少也暗示了它在流动的河畔，相对于河流之动态的那种静止（这也是"让我们冷静下来"背景上的"潜台词"）。但"为……着想，我不想让……"这个句式使得沙子的静止、冷静或安慰性功能需要服从对"潜台词"的考量，而"潜台词"，不就是沙子的静止与河流的动态之间的那种张力吗？也就是说，在这种张力面前，沙子不是唯一的；甚至，冷静也不是沙子唯一的功能——因为接下去的诗句展示了另一个方向的滑动："沙子应该去干点别的事情。"（《波浪的眼光始终是最准确的丛书》）可以看出，借助具有连接功能的句式，来产生能指自身的滑动以及若即若离的能指链所代表的主体对自身欲望形态的虚拟填补，臧棣的诗创造出了一种新的诗学范式。

三、修辞作为拟幻的他者

也可以说，语言结构在臧棣那里被处理为一种（拉康所称的）"拟幻"的符号他者，原初的句式形态被保留了，但仅仅是虚拟的幻相，因为能指的滑动消解了结构的稳定性。臧棣致力于揭示的正是符号他者的这种拟幻性，以瓦解其权威的压制。对于拉康而言，这种"拟幻"不仅有虚幻的特征，也有诱惑的特征，它一方面替代了那个本来或可占据这个位置的引起焦虑或恐惧之物——真实域的黑洞，也就是彻底无序的疯狂言说——另一方面也消解了符号域一体化法则的压制。

在和泉子的访谈中，臧棣还用了"褶皱和缝隙"来说明他对写作中语言结构的处理方式："在现代书写中，我觉得最好的诗意来源于句子和句子之间那种流动的绵延的彼此映衬的关联。作为一个诗人，我专注于这种关联，对句子和句子之间的相互游移所形成的隐喻张力深感兴趣。对我来说，这也是现代写作吸引人的地方。从书写的角度看，诗的秘密差不多就存在于句子和句子之间的那些褶皱和缝隙里。"[7]77 从这一点来看，臧棣的诗跳出了以意象为基本轴心的现代诗写作模式。当然，这不能说是臧棣的发明，早在多多 1970 年代的创作里，我们就可以发现对于句式的重视，这也是多多较早地超越了朦胧诗诗学模式的重要面向。比如："失落在石阶上的/只有枫叶、纸牌/留在记忆中的/也只有无情的雨声"[10]42 （《秋》，1975），或者"如果有可能/还会坚持打碎一样东西/可你一定要等到晚上/再重翻我的手稿/还要在无意中突然感到惧怕"[10]58 （《给乐观者的女儿》，1977）。不过，臧棣更强调了"句子和句子之间的相互游移"，也就是能指的无尽滑动。

臧棣关于（句子和句子之间）"缝隙"的说法，呼应了我在《欲望、换喻与小它物：当代汉语诗的后现代修辞与文化政治》一文中论述到的作为"沟壑的伦理"[11] 的欲望。而他从德勒兹（Gilles Deleuze）那里借用的"褶皱"（pli）概念则又与拉康的欲望理论有着根本的差异④。如果说臧棣所说的"缝隙"与拉康理论中否定性的欲望或匮乏概念相关，那么"褶皱"则强调了德勒兹式的肯定性面向，即某种自我叠加和自我生成的可能：这使得那种巴洛克式的结构形态无限地复杂化，"数量有限的元素产生出数量无限的组合"[12]103 。举例来说，比如在臧棣这样的诗句"茅草的小裁纸刀/正唰唰地裁着宇宙的毛边"[13] 里，我们除了可以感受"茅草"与"宇宙的毛边"之间的某种冲突性的紧张，还可以把握到"茅草"与"裁纸刀"之间的那种复沓、叠加的效果，"宇宙"及其"毛边"之间所生成的前所未有的新颖组合，甚至"唰唰"的声响所添加的听觉面向在整体画面中的又一层"褶皱"。"缝隙"和"褶皱"在这里是互补的："褶皱"也可以看作是对"缝隙"的一种虚拟的缝合⑤。假如说莫比乌斯带作为对内与外的缝合，使得内与外处在了同一个表面——绝爽（jouissance）对于欲望的填补以一种不可能的快感来填补了无法填补的匮乏——那么褶皱则将外部内在化（"褶皱"意味着"内部只不过是外部的一个褶皱"[12]107），迫使语言产生出更加丰饶的层次，编织出更加错综的路径。无论如何，在德勒兹"褶皱"的意义上，语言愈加成为一种非意指性的形态。

在语言的层面上，本文所观察的不仅是表面上的修辞手段（大部分臧棣诗评都集中于此），而是一种语言他者的激发下形成的新的写作主体如何以其独特的风格回应他者的问题。换句话说，在臧棣的写作中，关键在于我们如何发现诗歌语言的问题不仅限于语言本身，而是语言的运作过程如何体现出抒情主体与符号他者的博弈。必须强调的是，揭示出二者之间的关系也就同时揭示了抒情主体所代表的历史主体性。

注释：

① 文中所引臧棣诗歌未标注者均来自臧棣诗集《小挽歌丛书》，台北：秀威资讯科技股份有限公司，2013 年版。

② 我曾在《欲望、换喻与小它物：当代汉语诗的后现代政治》一文中曾论及臧棣的诗。见杨小滨：《欲望与绝爽：拉康视野下的当代华语文学与文化》（台北：麦田出版公司，2013），第 27—29 页。毫无疑问，臧棣与大部分中国当代诗人一样保持着对于换喻的特殊偏好，盖因换喻建立在语言性差异的基础上，通过能指与能指之间的缝隙所营造的欲望沟壑来推动了诗的意指链的不断延展。本文并不聚焦于臧棣诗中的换喻，不过仍需指出换喻在臧棣诗歌写作中的关键地位。

③ 有关换喻与当代诗语言的关系，请见我的《欲望、换喻与小它物：当代汉语诗的后现代修辞与文化政治》，《政大中文学报》第十四期（2010 年 12 月），第 241—266 页。

④ 臧棣对于德勒兹的兴趣也可以从他对自己主编的一套诗集"千高原诗丛"的命名获得佐证："千高原"一词也来自德勒兹的名著《千高原》（Mille Plateaux）。

⑤ 如 Jacques-Alain Miller 所言：缝合是对空缺的某种替代，显示出非同一的面貌。见 Jacques-Alain Miller， "Suture（Elements of the Logic of the Suignifier），" in Peter Hallward and Knox Peden eds.，Concept and Form ，Volume 1：Selections from the Cahiers Pour L'Analyse（Lonon：Verso，2012），p. 99.

参考文献：

[1] 田志凌. 臧棣访谈：着眼于希望诗学 [J]. 坚持，2009（6）：172.

[2] 臧棣. 后朦胧诗：作为一种写作的诗歌 [M] //王家新，孙文波. 中国诗歌：九十年代备忘录. 北京：人民文学出版社，2000：203.

[3] 臧棣新浪微博 [EB/OL]. （2013—08—02）[2016—02—10]. http：//weibo.com/u/2451603510.

[4] Jacques Lacan. The Four Fundamental Concepts of Psycho-Analysis [M]. Jacques-Alain Miller，ed. Alan Sheridan，trans. New York：W. W. Norton，1978.

[5] 臧棣. 搬运过程 [M] //臧棣. 宇宙是扁的. 北京：作家出版社，2008：116.

[6] Jacques Lacan. Écrits：The First Complete Edition in English [M]. Bruce Fink，trans. New York：Norton，2006：9.

[7] 泉子. 臧棣访谈：请想象这样一个故事：语言是可以纯洁的 [J]. 西湖，2006 (9).

[8] 臧棣. 假如我们真的不知道我们在写些什么——答诗人西渡的书面采访 [M] //萧开愚，臧棣，孙文波. 从最小的可能性开始. 北京：人民文学出版社，2000：272.

[9] Hans-Georg Gadamer. Truth and Method [M]. New York：Seabury Press，1975：240.

[10] 多多. 依旧是 [M]. 台北：秀威资讯科技股份有限公司，2013：42.

[11] 杨小滨. 欲望与绝爽：拉冈视野下的当代华语文学与文化 [M]. 台北：麦田出版公司，2013：37.

[12] Adrian Parr. The Deleuze Dictionary [M]. Manhattan：Columbia University Press，2005.

[13] 臧棣. 签名 [M] //新鲜的荆棘. 北京：新世界出版社，2002：121.

——原载《江汉学术》2016 年第 4 期：63—68.

为什么——悼念一棵枫树？

——细读《悼念一棵枫树》，并纪念牛汉

◎段从学

摘　要：关于牛汉《悼念一棵枫树》的通行解读，不仅与作者牛汉的诗学理念相悖，也很难说清楚《悼念一棵枫树》的意义和价值之所在。将牛汉的"悼念"行为放置在现代人与大自然互为主客体的敌对性关系结构中，以文本细读的方式，可揭开牛汉"悼念一棵枫树"的现代性内涵。作为客体的大自然和枫树，实际上是以死亡的特殊方式唤醒了诗人，使诗人从单一可控的主体复活为自由生动的生命个体，因此，《悼念一棵枫树》表达的是一个被拯救了的生命向自己的拯救者发出的致敬和感谢。

关键词：牛汉；《悼念一棵枫树》；细读；符号性主体；死亡

一、一首"透明"的诗？

牛汉的《悼念一棵枫树》（以下或简称《枫树》），是近乎完全"透明"的一首诗。一方面，是诗本身的"透明"：通篇上下没有隐晦曲折的表达，词语、意象和诗行，无不以最原始的样态和含义，一目了然地裸露在那里，没有歧义，无需解释。它就是这样。另一方面，是作者本人已经不止一次站出来，对创作背景、写作动因等问题做了详细交代和说明，把这首诗放置在了众所周知的透视装置里。所以诗歌的主题思想，艺术特色之一二三，很快就被总结和归纳出来，成了文学史的常识。剩下的，就是在不同的场合——尤其是学校课堂上——重复其主题思想和艺术成就，最终让它从一首诗，变成"诗知识"，消失在无休止的人类知识增长链中。总之，《悼念一棵枫树》就是悼念一棵枫树，一切都已经被"看透"，没有什么需要解释的了。我们唯一能做的，似乎就只有根据既有结论和常识，一次又一次地重复《枫树》之为"好诗"的理由和根据了。

但这样一个问题，却一直困扰着我：牛汉为什么——要悼念一棵枫树？

正常情况下，悼念的对象不言而喻应该是人。而且，还不能是随随便便的任何一个人，而必须是某个做出了重大或较为重大贡献的人。通俗地说，就是"人物"，或者"重要人物"。村上的阿猫阿狗死了，也要开个追悼会的习俗，虽经领袖大力提倡，但至今仍未形成风气，就是这个道理。把植物，把一棵枫树当作悼念对象，确实难以理喻。

再说了，统计学数据无可置疑地表明，我们这个世界上随时都有人在死去。对绝大部分人来说，死亡因此早已经成了不再会引起任何关注的符号和数据。动物的死亡，植物的死亡，那就更无需关心，根本就是不可能被我们留心与看见的事。牛汉为什么要"悼念一棵枫树"的死亡呢？为什么只有牛汉，才为这棵枫树写下了悼词？

二、"这首诗"的结构与节奏

关于一首诗的知识，只能描述性地告诉我们"这首诗"有什么样的一些特征，而不能告诉我们"这首诗"是什么。存在不等于存在者。关于一株小草的知识不等于一株小草。拥有关于一首诗的知识也绝不等于理解了"这首诗"。关于《枫树》的"诗知识"，可能恰好阻碍了我们对《枫树》这首诗的阅读和理解。

理由很简单。关于一首诗的知识，只能在"这首诗"已经在我们面前摆出来、成为对象之后，才能被我们抽象和归纳出来。而理解一首诗，却不能停留在结果上，不能站在"这首诗"面前来作抽象而冷静的观察、分析和归纳。我们必须进入内部，从源头开始，在词语、意象和气息的引导下，体会和触摸"这首诗"从无到有，从开始到终结的过程。只有在这种"入乎其内"的过程中，才能让一首诗从僵死的结果，复活为一个鲜活的生命过程。理解，就是放弃自我固有的位置，进入并体验另一种生命过程，在突破自我中寻找丰富自我、改变自我的可能。面对牛汉这样的诗人，面对《枫树》这样"透明"的作品时，更是如此。

就此而言，我们可以把《枫树》理解为一个由远及近，再由近入远的过程。"在秋天的一个早晨"，诗人首先在远离枫树的地方，和"几个村庄"、周围的山野、山野中的草木等等，同时"听到了，感觉到了/枫树倒下的声响"。一种巨大的震颤和悲哀，驱使着诗人向着这棵已经倒下了的枫树急切、但却又沉重而迟缓地奔过去。急切，当然是出于对枫树命运的焦虑和关心。沉重和迟缓，则是不愿意相信枫树已经被伐倒的事实，不忍心看见枫树被伐倒的样子。这种不愿，也不忍的心情，让诗人把急切的焦灼变成了沉重的伤痛，变成了走近那已经倒下了的枫树时的疑虑、缓慢和沉重。

焦虑和关心，让诗人迅速抛开一切，把所有的感觉都集中在了枫树上。而因不愿和不忍而来的迟缓，则让诗人在奔向枫树的过程中，敏锐而又痛苦地注视着与之有关的一切：

> 家家的门窗和屋瓦
>
> 每棵树，每根草
>
> 每一朵野花
>
> 树上的鸟，花上的蜂
>
> 湖边停泊的小船
>
> 都颤颤地哆嗦起来……

一个以枫树为中心，关联着周围每棵树、每根草、每一朵野花的世界，由此而被呈现出来，构成了一个亲密的生存整体。但令人痛心的是，这个亲密的生存整体却是以枫树被伐倒，以死亡和消失的方式，才第一次呈现在我们的面前。唯其如此，它曾经的亲密性也就更令人痛惜，更加显示为一个巨大的悲剧性存在。

——这里顺便说一句，我认为"是由于悲哀吗？"这行诗，其实是多余的败笔。最初的版本，将它单独作为一节，尤其显得刺眼。从语义上看，事实就摆在那里，它提出的问题根本就不需要回答。这个预先设定了答案的问题，其实是把这个亲密生存整体"颤颤地哆嗦起来"多样而丰富的含义单一化了。它如此明显地从诗人的角度来要求和推测一切，其实是把刚刚以死亡和消失的方式呈现出来的亲密整体，再一次压缩到了人的世界里。从整首诗的感情节奏上看，它其实非常突兀地跳出来，打断了由急切和迟缓两种反应交织而形成的厚实而强大的情绪流。牛汉曾经说过，冯雪峰、曾卓等都批评过他不少诗作总是"差那么一点"而难以再往前跨一步，进入"完美的境地"的问题，承认自己有时候确实对技巧和形式存在偏见，对诗意锤炼不够，存在"没有去尽非诗的杂质"[1]的问题。"是由于悲哀吗？"这突兀而多余的一问，在我看来就属于《枫树》"非诗的杂质"。

回到《枫树》上来。在急切和沉重的迟缓两种情绪交织而成的复杂心情的推动下，越来越接近枫树的诗人，首先嗅到了枫树散发出来的清香。这飘忽的清香，证实了诗人不愿也不忍承认的残酷事实：枫树已经被伐倒，生命气息正在消散。芬芳的清香，袒露了枫树贮蓄在生命内部令人意想不到的美。这种在死亡中才袒露出来的美，反过来进一步强化了这棵枫树之死的悲剧性。正因为这棵枫树比我们通常认为的还要美，它的死亡也就越加令人悲伤。"芬芳/使人悲伤"的理由，就在这里。

循着令人悲伤的芬芳，诗人最终来到被伐倒的枫树面前，近距离凭吊这美丽的生命：

> 枫树直挺挺地
> 躺在草丛和荆棘上
> 那么庞大，那么青翠
> 看上去比它站立的时候
> 还要雄伟和美丽

正如芬芳的清香更加凸显出枫树之死的悲剧性一样，被伐倒的枫树以它的庞大、它的青翠，它的雄伟和美丽，再一次为自己的死亡，增添了浓厚的悲剧性。而我们的诗人，也最终完成了由远及近地感受和观察枫树之死的过程，最终站在了被伐倒的枫树面前。

接下来，我们分明看见诗人失魂落魄地徘徊在被伐倒的枫树周围，整整三天，看着这美丽的生命被一点一点地肢解，痛入心扉地感受着一个生命无可奈何的消失。在诗的后半部分，诗人一方面继续追踪着枫树本身，关注着这个美丽的生命如何用"亿万只含泪的眼睛/向大自然告别"，用它"凝固的泪珠"和"还没有死亡的血球"，向世界发出最后的抗议、最后的呐喊。令人痛心而无奈的是：这告别，这抗议，这呐喊，本身却又是枫树的生命走向死亡，走向消失的见证。

一方面，诗人自始至终紧紧扣住在消失和死亡中呈现的枫树的美丽。枫树以美丽昭示消失和死亡的悲剧性这个张力结构，把视野从远处的山野，一点一点地最终推进到了只有近距离的凝视才能看见，才能体会到的枫树"还没有死亡的血球"。这个由远及近的过程，也是一个由外部一点一点渗到枫树内部，细致入微地展示其所有的美丽，用生命的美昭示其消失和死亡之巨大悲剧性的过程。

另一方面，在紧紧抓住枫树本身，以其生命之美昭示消失和死亡的巨大悲剧性的同时，诗人又反过来以枫树为中心向外拓展，揭示了这棵枫树与周围世界的亲密关联。枫树被伐倒，湖边的白鹤失去了栖息之所，远方的老鹰失去了家园。在《枫树》之前，牛汉写过一首《鹰的诞生》，其中描述鹰筑巢习惯说，"江南的平原和丘陵地带/鹰的窠筑在最高的大树上，/（哪棵最高就筑在哪棵上）"。据此，我们完全有理由相信，这棵被伐倒的枫树既然是湖边山丘上最高大的一棵，鹰的巢穴必定会筑在上面。"还朝着枫树这里飞翔"的老鹰，必定是来凭吊它消失了的家园。——甚至，是怀着巨大的愤怒和痛苦，前来寻找失散了的亲人。

这一点，我们可以从牛汉在咸宁向阳湖"五七干校"时期留下的一则诗学笔记中得到印证。这则名叫《长颈鹤为什么沉默地飞》的笔记写道：

黎明前后，常常听到嗖嗖的声音，划过静穆的天空。出门仰望，就会看见一只只雪白的长颈鹤急速地从远方飞回来，村边几棵枫树上有它们的窠，雏鹤呱呱地叫个不停。天空急飞的白颈鹤一声不叫，只顾奋飞，我最初不明白，它们为什么一声不叫，沉默地飞多么寂寞。后来晓得它们的嘴里都嘁着小鱼，还有几滴湖水。[2]

枫树已经被伐倒之后，还习惯性地"朝着枫树这里飞翔"的白鹤，无疑就是曾经在枫树上筑巢，哺育过一代又一代幼小的生命的白鹤，就是在这棵枫树的巢穴里长大，长大成为母亲、成为父亲的白鹤。它们的家园，它们的生命记忆，随着枫树倒下而消失了。永远地，消失了。

一棵枫树不是孤零零的一棵枫树，它是白鹤的家，鹰的家，无数生命赖以栖息的生活世界。它的死亡，因此也就不单单是一棵树的死亡，而是一个世界的死亡。诗人对枫树之死的痛惜，和对伐树之举的控诉，最终被同时推向了顶峰：

> 村边的山丘
> 缩小了许多
> 仿佛低下了头颅
>
> 伐倒了
> 一棵枫树
> 伐倒了
> 一个与大地相连的生命

诗人既是在悼念一棵枫树，一棵青翠、雄伟而美丽的枫树，更是在悼念一个美丽而鲜活的生命的死亡，一个亲密生活世界的毁灭。

三、诗人的复活

枫树已经被伐倒，被肢解成宽阔的木板，永远地消失了。诗人痛心疾首的悼念，在某种意义上也就变成了自言自语，变成了只有对人类来说才有意义的行为。这就是说，牛汉之所以悼念这棵被伐倒了的枫树，想要"写几页小诗，把你最后的绿叶保留下几片来"，其实是为了唤醒自我，把生命中的某种感情复活并保存下来。问题，因此又回到了最初的起点：牛汉，究竟为什么——要悼念一棵枫树？《悼念一棵枫树》究竟唤醒了诗人怎样的情感体验？

对此，我们必须遵循诗人的指引，彻底抛弃"通过 X 表现了 Y"的流行思路。诗人牛汉最讨厌的就是"通过（某首）诗表现了什么"的逻辑，"它把诗的语言降低到奴隶的地位，仅仅当成一种工具"，活生生地扼杀了语言和诗人的平等互动关系[3]。写诗不是表达一个已经摆在那里了的观念或世界，而是创造一个新的生命，新的世界。诗人与诗相互发明，相互给对方以生命。他再三强调说："谈我的诗，须谈谈我这个人。我的诗和我这个人，可以说是同体共生的。没有我，没有我的特殊的人生经历，就没有我的诗。""如果没有碰到诗，或者说，诗没有找寻到我，我多半早已被厄运吞没，不在这个世界上了。诗在拯救我的同时，也找到了它自己的一个真身（诗至少有一千个自己）。于是，我与我的诗相依为命。"[4]

诗人说得很清楚，《悼念一棵枫树》就是悼念一棵枫树："我当时并没有想要象征什么，更不是立意通过这棵树的悲剧命运去影射什么，抨击什么。我悼念的仅仅是天地间一棵高大的枫树。我确实没有象征的意图，我写的是实实在在的感触。这棵枫树的命运，在我的心目中，是巨大而神圣的一个形象，什么象征的词语对于它都是无力的，它也不是为了象征什么才存在的。"枫树的死亡，本身就是独立自足的事件，一个应该为之哀悼，为之"写几行诗"，把它"最后的绿叶保留下几片来"的事件。

个中原因，首先当然是牛汉不止一次在回忆中谈到过的这一棵枫树，和诗人在特殊历史时期发生的血肉关联。从 1969 年 9 月到 1974 年 12 月，诗人被迫在咸宁向阳湖从事最繁重的劳役，"浑身的骨头（特别是背脊）严重劳损，睡觉翻身都困难"。为了减轻身体劳损的痛苦：

> 那几年，只要有一点属于自己的时间，我总要到一片没有路的丛林中去徘徊，一座小山丘的顶端立着一棵高大的枫树，我常常背靠它久久地坐着。我的疼痛的背脊贴着它结实而挺拔的躯干，弓形的背脊才得以慢慢地竖直起来。生命得到了支持。我的背脊所以到现在（年近七十）仍然没有弯曲，我血肉地觉得是这棵被伐倒了 20 年的枫树挺拔的躯干一直在支持着我，我的骨骼里树立着它永恒的姿态，血液里流淌着枫叶的火焰。

特殊历史关联铸造成的生命感，让牛汉在枫树被伐倒之后，"几乎失魂落魄，生命像被连根拔起"。写诗悼念这一棵枫树，就是为了不让"它的伟大的形象从天地间消失"，"把它重新树立在天地间"[5]。

这一棵枫树长成了牛汉的骨骼，化成了牛汉的血液。它被伐倒了，诗人生命的一部分就死亡了，消失了。写诗悼念这一棵枫树，保存它的伟大形象——请注意"伟大形象"这四个字的质量感——，"把它重新树立在天地间"，就是让死亡的骨骸重生，让消失的血液复活，把它们重新树立在天地间。这是我们理解牛汉何以要郑重地"悼念一棵枫树"，感受汩汩流淌在诗里的沉痛感的入口和起点。

这个理由，足够让牛汉悼念这一棵枫树吗？够了。但问题，似乎不止这么简单。

四、自然之死的生命意蕴

停留在牛汉特殊历史情境中的个人经验层面上，实际上等于把诗人降格成了生活在个人有限的喜怒得失里的自私之徒，一具被个人经验和情感束缚起来了的僵尸。诗歌，也相应地，变成了传达个人生命情感的工具。"通过（某首）诗表现了什么"的死亡逻辑，仍然是诗人、诗歌，和正在阅读《枫树》这首诗的我们的主语。

我们已经看到，即便在诗与诗人的关系维度上，牛汉也极力反对把诗歌和语言当作工具，自始至终在强调诗歌拯救诗人，给诗人带来新生命的积极意义。一首诗之所以能够从作者转移到读者，从诞生的历史语境转移到阅读的历史语境，恰好就在于它超越作者有限的个人情感，创造了一个更为阔大的生活世界。为此，我们必须超越诗与诗人情感经验这个入口和起点，追问这样一个问题：在当时特殊的中国社会历史语境中，《悼念一棵枫树》究竟创造出怎样一个新的生活世界而"拯救"了诗人。

为了避免重复文学史的老生常谈，这里不再详述《枫树》的创作背景，而只是立足于理解问题的必须性，把当时中国的社会历史语境提炼为这样两点。第一，把整个世界当作改造和征服的对象。第二，活生生的人被要求成为"革命事业"的驯服工具，以便切实保证改造世界和征服世界的"革命事业"能够按照权力的指令有条不紊地持续展开。

通常情况下，人们都会根据它所涉及的对象，把这两种基本态度割裂成互不相干的两个领域。而事实上，这两种基本态度乃是同一回事。人类自古以来就生活在地球上，生活在我们"这个世界"里，但把自己当作改造世界和征服世界的主体来看待，却是近代以来才逐渐明确起来的现代性态度。人类并非天生就是改造世界和征服世界的主体。相应地，世界也并不是天生就是客体，就是人类改造和征服的客观对象。只有在对世界采取改造和征服性的"革命态度"的地方，人类才变成了主体。同理，也只有在人类成为改造世界和征服世界的主体的地方，世界才变成了客体，变成了客观世界。作为主体的人类，和作为客体的客观世界，事实上都是同一种"革命态度"的产物。主观和客观的统一，其实就统一在这种"革命态度"里。

"革命态度"笼罩一切，支配一切。这，就是《枫树》诞生的历史语境。在这历史语境中，对自然的改造和征服越彻底，也就越是要求一个个活生生的人变成改造自然和征服自然的主体，变成单一可控的行动功能。"劳动改造"，乃是改造世界和改造人的统一体。延安时期轰轰烈烈的大生产运动，早已经无可辩驳地"证明改造自然也同时即改造人性"[6]。在改造自然和征服自然的劳动中，人变成了"劳动力"，变成了"劳动价值"，变成了单一且可计算和交换的功能性符号。

逻辑上，只有首先将人改造成主体，改造成单一可控的行动功能之后，才有可能展开改造自然和征服自然的"革命行动"。对人的改造因此而占据优先地位，变成了先于改造自然和征服自然而展开的"革命行动"。时间上，牛汉等大批"牛鬼蛇神"，就是在被这样那样的"革命行动"打入另册，从活生生的人变成各式各样的"分子"之后，才被发送到向阳湖，在"革命群众"的监督下从事改造自然和征服自然的繁重劳役，以此"改造思想"的。

牛汉从改造世界的革命者变成了被改造的"分子"。向阳湖从自然性存在，变成了被改造和被征服的客观世界。作为"分子"的牛汉来到了向阳湖。作为"客观世界"的向阳湖进入了牛汉的生活。向阳湖在毫无节制的主体性暴力肆虐下的死亡，触动了牛汉的诗思。诗人回忆在咸宁向阳湖从事改造自然和征服自然之"革命"时的情形说：

> 大自然的创伤与痛苦触动了我的心灵。由于圩湖造田，向阳湖从一九七〇年起就名存实亡，成为一个没有水的湖。我们在过去的湖底、今天的草泽泥沼里造田。炎炎似火的阳光下，我看见一个热透了的小小的湖沼（这是一个方圆几十里的湖最后一点水域）吐着泡沫，蒸腾着死亡的腐烂气味，湖面上漂起一层苍白的死鱼，成百的水蛇耐不住闷热，棕色的头探出水面，大张着嘴巴喘气，吸血的蚂蟥逃到芦苇秆上缩成核桃大小的球体。一片嘎嘎的鸣叫声，千百只水鸟朝这个刚刚死亡的湖沼飞来，除去人之外，已死的和垂死的生物，都成为它们争夺的食物。向阳湖最后闭上了眼睛……十几年来，我第一次感到诗在心中冲动。[7]

向阳湖的死亡，鱼类、水蛇等自然生命大规模的死亡，触动了牛汉的诗思。这种诗思的真实含义是：以死亡的形式，向阳湖将自身从作为被改造和被征服对象的"客观世界"呈现为鲜活丰富的有机生命，呈现为鱼的生活世界、水蛇的家园、蚂蟥和水鸟的栖居之地。"向阳湖最后闭上了眼睛",恰好是它之为生命世界的见证。

向阳湖之死,让牛汉从"革命态度"的束缚中挣脱出来,开始以人,而不是以"劳动力"的主体性眼光来看待大自然。向阳湖从被征服和被改造的"客观世界",转化为有诞生和有死亡的"生命世界",牛汉也就从符号性的"劳动力"和可计算、可交换的"劳动价值"转化成了"人"——鲜活生动且独一无二的个体生命。对枫树之死的沉痛悼念,就是在这种把大自然当作生命世界来对待的奠基性态度中生发出来的。

但是,我们决不能由此而把《悼念一棵枫树》理解为对那棵被伐倒了的枫树居高临下的怜悯,把诗人当作大自然的拯救者和解放者。

前面说过,改造自然和征服自然的前提是对人的改造和控制,大自然成为"客观世界"的前提是人类成为主体。只有在预先自觉或不自觉地接受了"革命态度"的支配和束缚,从活生生的个体生命变成了单一可控的主体的地方,大自然才从鲜活的生命世界变成了有待改造和征服的"客观世界"。世界成为"客观世界",和人类成为主体,乃是同一枚硬币的两面。现代人通过把世界设置为"客观世界"而建构了人类之于"客观世界"的主体性神话,以此掩盖自身同样处于现代性"革命态度"的支配和束缚之中,同样生活在有待改造和征服的"客观世界"里的事实。世界越是成为"客观世界",人类也就越是成为主体,越是更深地陷入"革命态度"的支配和束缚之中,越是从活生生的个体生命变成单一可控的主体。"这也就是说,对世界作为被征服的世界的支配越是广泛和深入,客体之显现越是客观,则主体也就越主观地,亦即越迫切地突现出来,世界观和世界学说也就越无保留地变成一种关于人的学说,变成人类学"[8],人类也就越是被牢牢地束缚在单一可控的主体性地位上,越是与鲜活的生命世界相隔绝。

反过来,也只有在世界从"客观世界"转变成生命世界的地方,现代人也才会挣脱"革命态度"的支配和束缚,从单一可控的主体转化为自由生动的生命个体。诗人牛汉也才会由"分子",复活而为"人"。

这种转化得以发生的契机,可以从两方面来说。一方面,是在"革命态度"将自身设定为世界的标准和尺度,"革命战士"和"正常人"变成了同义词的特殊历史语境中,作为"分子"的牛汉却被从"正常人"的社会秩序里被剥离出来,进入了直接面向大自然,与大自然打交道的生存维度。这种被剥夺的特殊经验,为牛汉挣脱"革命态度"的支配和束缚提供了可能。

人来到世界上,不可避免地要和大自然、和人类社会、和他自己打交道。任何一个人,都必然要同时在人与自然、人与社会、人与自身等多重维度上,以不同的方式绽现为自由生动的生命个体。现代性"革命态度"的问题,就在于把人与社会的关系准则,而且是仅仅适用于部分特殊人群的关系准则,强行放大为普遍性的生存原则,施加到人与自然、人与自身等完全不同的生存维度上,最终把自由生动的生命个体,扭曲成了单一可控的符号性存在。被剥夺了"革命战士"资格,从"人"变成了"分子"的牛汉,在直接面对向阳湖的时候,也就是在早已经被严重扭曲了的人与社会这个生存维度之外,获得了重新发现大自然,发现自己的机会。牛汉回忆说:"那时我失去了一切正常的生存条件,也可以说,卸去了一切世俗的因袭负担,我的身心许多年来没有如此地单纯和素白。我感到难得的自在,对世界的感情完整地只属于自己,孤独的周围是空旷,是生命经过粉身碎骨的冲击和肢解后获得的解脱。"诗人由此真切地触摸到了大自然的生命的脉动,"我觉得一草一木都和我的生命相连,相通。我狂喜,爆发的狂喜!没人管我,我觉得自己就是天地人间的小小的一分子。"从社会历史领域的另类"分子"而成为"天地人间的小小的一分子",牛汉豁然间恢复了个体生命的自由与灵动。"我的生命有再生之感",他郑重宣告说。[9]

很显然,这种解放感和再生感,仍然局限在诗人一端,没有触及大自然对诗人的拯救问题,尚不足以构成"我与我的诗相依为命"的整体生存论关联。必须将同时发生在大自然一端的变化,即大自然如何将自身展现为鲜活丰富的生命世界而唤醒牛汉,最终引领着牛汉挣脱"革命态度"支配和束缚的问题考虑进来,才能理解牛汉何以要说"我与我的诗相依为命",才能真正理解牛汉何以要"悼念一棵枫树"。

那么,大自然究竟以怎样的方式,将自身展现为鲜活的生命世界的呢?答案是:死亡。向阳湖的死亡。枫树的死亡。

纯粹的大自然本身是匿名的,因而也就谈不上"客观世界"或"生命世界"之分。只有在遭遇到人之处,它才从匿名中显现而为大自然。进而,也才有了"客观世界"或"生命世界"之类的划分。而人类,也才能通过对大自然的划分,或者把自己确立为单一可控的主体,或者把自己确立为自由生动的生命个体。从"革命战士"的角度来看,向阳湖的消失乃是圩湖造田的"革命事业"的伟大胜利。向阳湖消失得越快,越彻底,就越能激发"革命战士"的主体性豪情,越能证明"革命事业"的正当性。

但对牛汉来说,却完全是另一回事。死亡是生命世界所特有的事件。"客观世界"不会死亡。"向阳湖最后闭上了眼睛",恰好说明此前的向阳湖是有眼睛的生命。"死亡的腐烂气味",恰好说明这一切并非"革命事业"的伟大胜利,而是生命在肆无忌惮的人类暴力面前的大规模死亡。诗人瞩目于自然生命大规模死亡,进入并逗留在死亡阴影中的过程,就是从"革命态度"的支配和束缚中挣脱出来,将自身确立为自由生动的生命个体的过程。自然生命的死亡越是呈现得触目惊心,诗人距离"客观世界"也就越远，也就越深入到生命世界内部，他的生命也就越自由，越丰富，越生动。

具体到《枫树》一诗，就是：被伐倒的枫树，以死亡的形式将自身揭示为"一个与大地相连的生命"，一个丰富生动的生命世界——白鹤的家，老鹰的家，无数生命的栖居之所。诗人失魂落魄地徘徊在被伐倒的枫树周围，沉浸在他的芬芳之中，查看他的青翠美丽，感受他凝固的眼泪，聆听没有死亡的血球的呐喊的过程，就是挣脱"革命态度"的支配和束缚，从"客观世界"进入生命世界的过程，就是从单一可控的主体复活为自由生动的生命个体的过程。诗人对枫树之死的体验越是强烈，在失魂落魄中逗留越久，拯救和复活也就越彻底。写诗，逗留在枫树之死的阴影中，进而将这种逗留永久地保存下来。

枫树以自身的死亡，引领着牛汉完成了从单一可控的主体到自由生动的生命个体的复活。枫树以自身的死亡，"拯救"了牛汉，让牛汉从"分子"转化成了"人"。因此，牛汉之所以悼念这一棵枫树，绝不是惋惜一个有价值的"客观世界"之消失，更不是因为自己生命之一部分之死而发出自私的哀叹。这种悼念，是对大自然的感激，对世界的感激，对"拯救"了自己的另一个生命的感激。也只有在这里，在对枫树的感激之中，在对世界的感激之中，牛汉才彻底摆脱了将世界当作有待征服和改造的"客观世界"，摆脱了将世界敌视的现代性"革命态度"的支配和束缚。

世界从"客观世界"转化为"生命世界"之处，也正是牛汉从无休止地向他者索取有价值之物的贪婪攫取者复活成为一个高尚的人、一个"第一义的诗人"之时。一个人在多大程度上把世界当作"生命世界"来对待，他就能在多大程度上获得生命的自由与生动。牛汉当年悼念一棵枫树，我们今天细读《悼念一棵枫树》，意义就在于此。

参考文献：

[1] 牛汉. 差一点 [M] //学诗手记. 北京：生活·读书·新知三联书店，1986：136—137.

[2] 牛汉. 没有形成诗的札记·长颈鹤为什么沉默地飞 [M] //牛汉. 学诗手记. 北京：生活·读书·新知三联书店，1986：157.

[3] 晓渡. 历史结出的果子——牛汉访谈录 [M] //刘福春. 牛汉诗文集：第5卷. 北京：人民文学出版社，2010：901—902.

[4] 牛汉. 谈谈我这个人，以及我的诗 [M] //牛汉. 梦游人说诗. 北京：华文出版社，2001：1.

［5］牛汉. 一首诗的故乡［M］//牛汉. 梦游人说诗. 北京：华文出版社，2001：36—37.

［6］中央财政经济部关于一九三九年陕甘宁边区生产运动总结的通报［M］//中央档案馆. 中共中央文件选集：第9册. 北京：中央党校出版社，1986：291.

［7］牛汉. 对于人生和诗的点滴回顾和断想·诗又在心中冲动［M］//牛汉. 学诗手记. 北京：生活·读书·新知三联书店，1986：23.

［8］马丁·海德格尔. 世界图像的时代［M］//孙周兴，译. 林中路：修订本. 上海：上海译文出版社，2004：94—95.

［9］牛汉. 我仍在苦苦跋涉——牛汉自述［M］. 北京：生活·读书·新知三联书店，2008：181.

——原载《江汉学术》2015年第3期：48—54.

在"内心独白"与"自由联想"间挣脱梦魇

——牛汉诗歌《梦游》第一稿与第三稿的比较研究

◎邱景华

摘　要：《梦游》是牛汉晚年的代表作，得到研究者较广泛的推崇，但人们对于《梦游》刊发的第一稿与第三稿，却有三种不同看法：或认为第一稿胜过第三稿，或认为第三稿比第一稿好，或认为两稿是两首独立不同的诗。牛汉在情境诗的基础上，吸收了艾略特现代诗的艺术手法，创造了一种具有个人风格的现代诗，这是两稿的共同之处。牛汉在第三稿的修改中，重新进入了艺术创造过程。两稿的戏剧化叙述者，各不相同，他们所讲述的自然是不同的梦游情境。第一稿用"内心独白"创造超现实的梦境，以隐喻和暗示见长，并将"梦游"与"梦醒"后进行比较，具有整体性的反讽结构；第三稿为了"不使苦难失重"，增加了"内心独白"和"自由联想"中"清醒"理性的叙述成分，加大了"梦游"前挣脱梦魇的艰难，和"梦游"中残破生命的"痛感"。《梦游》两稿，既是一种改写的关系，又具有各自独立完整的艺术生命，构成一种独特而奇异的"互文性"。

关键词：牛汉；《梦游》；现代诗；情境诗；内心独白；自由联想

一、五位学者解读《梦游》：三种不同观点

《梦游》是牛汉晚年的代表作之一。《梦游》的独特，在于共有三稿，后来牛汉又将第一稿和第三稿同时发表，且一并收入诗集，成为一个"特例"①。牛汉为什么要这样做？这种反常规的做法，有什么特别的目的，对于现代诗的创作，有什么启示意义？

《梦游》发表三十年来，得到研究者较广泛的推崇，但人们对于第一稿与第三

稿，却有不同的看法和评价。归纳起来，大致有三种意见：

最早的看法，来自蓝棣之和唐晓渡，他们认为第一稿胜过第三稿。唐晓渡写道："动员诗人删去梦醒后的几十行肯定不是一个高明的主意。同时我也不认为二、三稿比第一稿更好。确实，后者相比之下更原始、更粗糙、更少结构方面的考虑；但蕴涵在这些当中的那种本真的韵味和魅力，却又为显得用力太过的前者所不及。在这一点上，我很高兴与蓝棣之先生的看法相似。"[1]"……梦游意味着自我的分裂，生命的还原。梦游前、梦游中、梦醒后的'我'体现着不同的生命状态。它们互相渗透，互为参照，结成一个有机的整体；而'梦游'世界的独特性，则是由梦游前，梦醒后的世界（同为现实世界，但如同诗中的表现，有很大不同）所共同凸现出来的。删去梦醒后的部分，就等于删去了一重自我，一重世界。诸如下面的这些诗句，一旦删去，必然削弱可能的意蕴，使诗的整体性受到极大损害（在第二稿、第三稿中，它们确实被删去了）。"[2]

但王光明后来的看法，则与蓝棣之和唐晓渡相反，他更推崇第三稿，认为："……《梦游》的修改稿与初稿比起来，显得更丰满、更有血肉，情境的营造也更成功，并且还融入了一些新的艺术表现手法（如荒诞、意识流等）。"他把《梦游》的修改过程，看成是牛汉"不断地超越诗歌创作中的习惯性的'陷溺'，即沉湎艺术套路，而要向更高的诗艺境界出发"[3]。

孙玉石的评价，更耐人寻味。他说："最能体现这种艺术追求之成绩的，是他直接写自己梦游者独白的两首长诗：《梦游》第一稿和《梦游》第三稿。""两首《梦游》诗，一简一繁，都详细叙述了自己作为一个梦游者的怪诞而痛苦的不平凡经历。"[4]孙玉石虽然没有对《梦游》第一稿和第三稿进行细致的比较，但他认为两稿一简一繁，是两首长诗。

2009年9月，叶橹在《牛汉论》中认为："……第一稿中那种明净的风格和叙述方式呈现出来的诗性，让人产生愉悦的阅读感受之余，又能生发出对生命追求的思索；而第三稿的庞杂叙述方式，某种程度上的魔幻手法的'写实'，加上发自生命内部爆发式的激情，更能够让人品味一种五味俱全的人生内涵。这就是《梦游》的两种版本得以现时存在并获得认可的根本原因。"[5]336换言之，是两稿各有长处，不可替代，所以并存。

值得注意的是，越到后来，研究者不再对第一稿与第三稿进行优劣比较；孙玉石和叶橹的看法出现了某种共识：认为第一稿与第三稿各有独特而完整的艺术生命，是两首独立的诗。

叶橹还指出："《梦游》为什么以两种不同的版本问世，显然是因为诗人在修改过程中不断获得新的灵感和启示，在修正和充实诗的内涵，调整表现的视角和方式时，牛汉似乎感到了把两者合则有互伤之弊，各自独立成篇反而各有所长。于是我们读到的第一稿和第三稿，便成为考察牛汉在这种'梦游'中留下的艺术足迹彳亍回环的印痕。"[5]335

蓝棣之、唐晓渡、王光明、孙玉石、叶橹，这五位都是研究当代新诗的知名专家。他们相异及至相反的看法，说明了《梦游》的神奇、博大和复杂性，甚至可能是一代人难以说尽的。

二、在情境诗的基础上，吸收艾略特现代诗手法

讨论《梦游》，先追溯和梳理牛汉诗歌创作的多重艺术来源，对《梦游》在诗体上的继承和创新，特别是对第一稿与第三稿在诗艺上的异同，会有更清晰的辨析。

牛汉在"文革"时期写的"干校诗"，主要是情境诗。歌德的情境诗，是强调诗是从现实生活中的境遇而产生的；或者说，是现实生活提供诗的情境。这与牛汉的看法不谋而合，不论是《悼念一棵枫树》《半棵树》，还是《麂子》《华南虎》，都是现实生活提供的意象和情境；或者说，都是从牛汉的"苦难记忆"和"伤疤感觉"中升华出来的。

法国超现实主义诗人艾吕雅的情境诗，既继承了歌德重视现实情境的传统，又提出要表现内心世界——"那个我们幻想出来的变了样的世界，那个当我们瞪大眼睛看生活时在我们心中出现的真理"——超现实的情境[6]。这种新诗学，对牛汉新时期诗歌创作产生了很大的影响，那就是启示和诱发牛汉根据自己的生命体验，创造生活中没有的、由内心幻想出来的超现实情境。

情境诗的主要特点，就是诗人必须要有激情。没有激情，就无法进行情境的创造。这是与西方现代派诗歌那种客观冷静的所谓知性诗的最大不同。知性诗的"场景"，多数是客观的，不同于情境诗主观和客观的相融合的"情境"。

激情，是牛汉创作个性的一个基本特点。1978年夏天，"复出"后的艾青曾经问牛汉："你这许多年的最大的能耐是什么？"牛汉不假思索就回答："能承受灾难和痛苦，并且在灾难和痛苦中做着遥远的美梦。"[7]作为诗人的牛汉的激情，就是来自能"在灾难和痛苦中做着遥远的美梦"。虽然年青时所追求的理想主义幻灭了，但对理想的憧憬和向往，始终如一。所以，牛汉吸收了艾吕雅的诗学，重新审视自己的梦游症。

牛汉现实中梦游症的病因，是1946年参加争取自由和民主的学生运动，脑袋被国民党军警的枪托砸打，颅腔瘀血压迫神经，出现了类似梦游的症状。后来牛汉

的梦游症多次复发并加重。其精神创伤深入到无意识，成为无法消除的梦魇。换言之，对牛汉而言，梦游症也就是时代的梦魇，本身就具有一种特别的时代象征和隐喻意义。其梦魇的特征，表现为被众人追捕的逃亡，无处躲藏的逃亡。如实写来，虽然可以真实地表现出暴力和强权对知识分子精神的残酷迫害，但又过于单一，不能完整地表现牛汉的人生经验。牛汉虽然经历了长期的苦难，曾经信奉的理想主义已经幻灭，但即便是在绝境中，牛汉也不放弃对理想的追求。他多次提到他是蒙古族的后代，具有不断去远方游牧的精神特点，不愿被固定在一个指定的地方。"但是命运却使我不幸成为一个在围场中被捕猎的活物。我只能从命运中冲出去才有生路。这些复杂的生命体验引发我沉入一个个噩梦和幻想之中……"[8]于是在长久的构思中，"由于诗的神奇作用，梦游中的幻觉和经历，已不完全是由于病症引起的生理现象，倒更多地成为一种与人生的感悟相渗透的隐秘的心灵活动"[8]。

换言之，梦游症原本的梦魇内容，后来在牛汉超现实的想象中，产生了质变——"梦游"成了挣脱梦魇，追求自由和光明的隐喻。这是从现实生活到艺术境界的质变，不仅保持了梦游症的时代内容，而且增加了牛汉的梦想和希冀。从"梦游症病患者"，到"无意识的梦魇"，最后到作为"深层意象"的"梦游"隐喻，经历了一个产生新质的想象飞跃。所谓"深层意象"，是来自无意识深处，凝聚着无意识、特别是民族无意识的内涵。虽然这种"深层意象"，表面上看，常常与现实生活中的"物象"相同，比如，现实生活中梦游病，与诗中作为梦魇时代、受难知识分子，在绝境中依靠自己的生命之光，苦苦寻找光明和希望的"梦游"隐喻，有着本质的区别（本文用加冒号的"梦游"，以区别现实生活中梦游病）。

牛汉不仅创造了"梦游"的"深层意象"，而且还创造了一个超现实的"梦游"情境。吸收了艾略特现代诗的"内心独白"和"自由联想"，来讲述和呈现一百多行的超现实情境。"戏剧独白诗"，是英国诗歌的传统。其特点是作者创造出一个诗中的人物，一般是主角，由他作为叙述者，来讲述诗的内容。于是，作者与叙述者相分离，作者成为"隐含作者"。艾略特继承了这个传统，同时又引入"内心独白"和"自由联想"等新的艺术手法，形成表现人物潜意识和无意识的意识流，创作了著名的《普鲁弗洛克的情歌》《小老头》等现代诗。由于艾略特的世界性影响，他的诗已成为中国现代诗的重要艺术来源之一。

歌德的现实情境诗、艾吕雅的超现实情境诗，基本上没采用"戏剧化"的叙述者，多数是由作者来抒情和叙述，且诗大都不长。因为《梦游》是长诗，所以采用"戏剧独白诗"的戏剧化叙述者，可以自由而灵活地讲述长诗的内容。

要言之，《梦游》的主要艺术来源也许有三个：歌德的现实情境诗、艾吕雅的超现实情境诗和艾略特的现代诗。牛汉主要是以自己的梦游体验为基础，把现实中具有时代内容的梦魇，转换成反抗暴力和强权，追求自由和光明的隐喻，并创造性地融化了这三个艺术来源的营养，为我所用，来讲述自己独特的生命苦难和时代痛感。

牛汉在《梦游》中融合创新，形成一种新的个人化的现代诗体，这是第一稿和第三稿的相同之处。如果从互文性分析，《梦游》第一稿和第三稿，在诗体上没有根本的差别，不同的是牛汉在对第一稿的反思中，产生了新的想法，为了表达这些新想法，而对具体的艺术手法，进行新的选择和不同功能的强化，从而产生差异极大的艺术效果，形成两首不同的现代诗。

三、第一稿：超现实情境和反讽结构

《梦游》第一稿，是以"梦游人"叙述者的"内心独白"和"自由联想"，讲述超现实的"梦游"，一开始就进入一种独特的艺术真实。

> 我的体魄顽健
> 头脑也算清楚
> 但常常在深更半夜
> 从床上猛地蹦起
> 心脏是起爆的火药
>
> 我挣脱了
> 压在心口的
> 一块巨大的岩石
> 凄厉地狂吼一阵
> 光着脚丫
> 裸着胸膛
> 从家屋里冲出
> 不管门外面遍地冰雪
> 还是荆棘或泥泞[②]

现实中梦游患者的梦游，作为一种病理性的无意识行为，是悄悄进行的。而诗中的"梦游"，则是"超现实"的隐喻："梦游人"艰难地挣脱梦魇——压在心口的一块巨大岩石，然后凄厉地狂吼一阵，光脚裸胸，冲出家门，去追求梦境。短句而形成的快节奏，鲜明地传达出这种痛苦而悲壮的行为。

第二部分，从第三节至六节，则是"梦游人"讲述他的"梦游"经历。其"内心独白"和"自由联想"发生了变化，融入情境诗创造"情境"的特点："内心独白"充满着朦胧而恍惚的梦幻感觉，梦中醒不过来、迷迷糊糊的自我疑问的梦呓语调，给人一种真正进入"梦游"情境的真实感。

　　　不是从噩梦中惊醒
　　　我没有做梦
　　　我像是走入梦中
　　　躯体失重
　　　变成一个内囊空洞的人形
　　　被感觉不到的风
　　　轻轻地吹动

在无意识的"梦游"中，首先出现的是"失重感"："躯体失重/变成一个内囊空洞的人形。"接着是"失明感"："被感觉不到的风/轻轻地吹动。""感觉不到"，把"梦游"中无法辨别方向的"失明"感，鲜明地传达出来。因为"梦游人"的意识没有醒来，眼睛也就失去了功能。被风一吹动，就有飘浮感，"加重"了"梦游人"的"失重"之感。虽然"梦游"在"失明"和"失重"的情形下进行，但在现实中，梦游人具有神奇而神秘的特异功能，能不靠眼睛，在梦游中不磕不碰飞步游走，甚至能爬上屋顶而不会摔倒。诗中的"梦游人"，再现了这种神奇的特异功能。

　　　屋里屋外
　　　没有灯光
　　　天地间一片混沌
　　　我仿佛潜入浑浊的河流
　　　仿佛秋天月亮地那样朦胧
　　　也许这就是鬼魂生活的
　　　那个我没有到达的世界

朦朦胧胧中的自我疑问，使"梦游人"的梦呓语调，更加恍惚，也更加真实。在这个漆黑的梦境中，似乎打开了一个神秘的空间，通向一个不可知的世界："也许这就是鬼魂生活的/那个我没有到达的世界。"

但"梦游人"并没有看见鬼魂,而是在无边的黑暗中,意外地看到了光明:

> 眼前闪现出一束雪白的光
> 没有月亮没有星星
> 哪来的这光
> 是不是我心灵的触角
> 不明白

在漆黑的梦境中,突然出现来历不明的"一束雪白的光",增加了"梦游"的神秘感。"梦游人"不禁疑问"没有月亮没有星星/哪来的这光/是不是我心灵的触角/不明白"?后面这一句疑问,非常重要。换言之,这"一束光",是不是"梦游人"自己心灵的触角发出的?正在"梦游"中的他,自然不清楚。"心灵的触角"比喻非常好,"触角"本是昆虫重要的感觉器官。通常昆虫总是在上下左右不停地摆动触角,好像两根天线或雷达,时刻在接受电波和追踪目标。这个明喻,把"梦游人"在黑暗中,心灵不停摸索、苦苦追求光明的心境暗示了出来。

> 它牵引我向前
> 像走在长长的独木桥上
> 钻进一孔透亮的隧道
> 隧道洞穿了比岩石还坚实的黑暗
> 我穿透了黑暗
> 我觉得自己是冥冥黑海中一尾鳞光灿烂的鱼

在"一束雪白的光"的牵引下,"梦游人"产生了幻觉和幻境:感觉自己"穿透了黑暗","我觉得自己是冥冥黑海中一尾鳞光灿烂的鱼"。这19字的长句,是从无意识深处直接"喷发"出来的,是神来之笔!这是心灵在极度压抑之后,突遇久久渴望的光明,精神瞬间解放、极度放松而产生出来的情绪节奏。非如此的长句,不足以传达"梦游人"挣脱梦魇之后,在"一束光"的引导下,在黑暗中看到光明,全身被照亮的那种心灵至乐!

于是,"梦游人"萌发了要飞翔的冲动,句式也悄然发生变化,长句消失,轻盈向上的短句出现了:

> 柔软的手

　　茸茸的翅羽
　　把我托扶起
　　向上向前
　　轻轻地飞行

　　轻快节奏的短句，传达出此时"梦游人"在黑暗中看到光明后，身心产生飘飘欲飞的感觉。"梦游人"所特有的"失重感"，变成"飞翔感"。
　　这是《梦游》第一稿最精彩的地方，就是以"梦游"的种种不同的感觉，作为内在的情感节奏，来造句、组行和建节。

　　我想歌唱
　　想飞翔着唱歌
　　我变成一个哑默的游动的音符
　　那一束光
　　真像五线谱
　　哦，谁听见过
　　我这时奏出的歌

　　在"一束光"照耀下，"梦游人"产生"飞行"的幻觉，并且是"飞翔着唱歌"，但"梦游人"是"失声"的，所以"梦游"中的歌声是"哑默"的。"那一束光/真像五线谱"，而"我变成一个哑默的游动的音符"，在五线谱中快乐地游动，这真是神奇的想象。
　　"梦游人""飞翔唱歌"之后，自我疑问的梦呓语调又出现了："哦，谁听见过/我这时奏出的歌"？这种自我疑问，让"梦游人"在短暂的快乐幻觉和幻象之后，又产生新的转折，从"飞行"变成"游走"。此时，"梦游人"又出现了"失聪"——听不到外界的声音，因为"梦游人"的意识并没有醒来，当然听不到外界的声音。这种"失聪感"又加上"失重感"，让"梦游人"再次产生梦境中无法确认"自我"的疑问：

　　我或许是出壳的魂灵
　　那么我的躯壳呢
　　我的躯壳里沉沉的哀伤呢

即使是在梦境的"失重"状态，"梦游人"也没有忘记自己躯壳里沉重的苦难！这样一种连在"梦游"中都无法忘却的苦难感，是牛汉诗独特的感觉。虽然是淡淡地叙述，但暗藏在躯壳里的血泪，是何等沉痛和哀伤！

《梦游》第一稿，实际上有三重情境：挣脱梦魇，即艰难的灵魂突围，然后进入"梦游"；灵魂出壳的"梦游"；"梦游"醒过来的情境。由这三重情境，构成"梦游"的完整过程，也就是诗的结构。从结构角度分析：入梦前是 14 行，"梦游"中是 62 行，"醒过来"是 48 行。很有意思的是，"梦游"前和"醒过来"，加起来也是 62 行。换言之，真正的"梦游"只占全诗字数的一半；"醒过来"的 48 行，也不容忽视。从结构上讲，"梦游"情境与"醒过来的"情境，是对比结构，也是反讽结构，作者深意存焉。

当"梦游人"还在"梦游"中："只想沿着那雪白的一束亮光/走向远远的前面/前面一定是一片开阔的平原/也许是一个港口"。但这只是梦境中的美好愿望：原来，挣脱梦魇，在飞翔中歌唱的"梦游"，只存在于梦境之中。而"现实"却是还在"梦游"的"梦游人"，却被"惊恐万分的亲人找到/我正匍匐在一个墙角/他们拍拍我窒闷的心胸/抓住我舞动的手臂/我才怔怔地醒过来"。

有了这一段"写实"的细节，"梦游"才显得真实可信。更重要的暗示是："梦游"，只存在于"梦游人"的梦境中，其实他并没有真正逃离和挣脱有形和无形的囚禁和牢笼，仍然生活在梦魇的现实情境之中。这就是对比结构所潜藏的深刻寓义。

但这不是说，"梦游人"的"梦游"，不过是"白日做梦""黄粱一梦"。因为从第十节到结尾，是"醒过来"后的第三部分，"梦游人"讲述的重点，不是悲叹"梦游"的幻灭，而是在不断"证实"："梦游"中所看到的"那一束雪白的光"，不是幻觉和幻象，而是"真实"的存在。如果没有这种超现实的艺术处理，《梦游》第一稿分量将大大减轻。

> 每次醒来
> 留不下任何记忆
> 仿佛生命刚刚诞生
> 只有那一束雪白的亮光
> 使我痴痴地向往
> 一生一世不会忘记

"梦游人""醒过来"之后的几节，不断提到那"一束光"。也就是说，这"一束光"是连接"梦游"和"醒过来"两个部分的内在线索。

"醒过来"这种不断的回忆，是表明"梦游"不是子虚乌有，而是"确有此事"，更重要的是："梦游"有如神启，经历了一次"梦游"，"梦游人"的灵魂深处会发生重大变化：会相信、依靠自己的灵魂之光和潜藏的内心力量，战胜"黑暗"。（这是未经历"梦游"的人，所无法理解的）。这样一种超现实的情境，所产生的力量，正是《梦游》所追求的艺术效果（对此，研究者较少分析）。

> 我有一个
> 神奇的夜

诗的最后一节，只有二句：四字一行的短句，以一种警句式的概括，浓缩了在"一束雪白的光"引导下的神奇之夜的"梦游"，非常凝练有力，启人深思。

如果我们能更细致地体味，就能觉察到《梦游》第一稿的叙述者，还是一个反讽叙述者。第一稿的"梦游人"叙述者，是以一种特殊的语调开始讲述他"梦游"："我的体魄顽健/头脑也算清楚"。"体魄顽健"的"梦游病患者"，看似矛盾，实则悖谬。"顽健"两字用得好，有一种潜藏的反讽语调。以反讽的语调开篇，为后面展开丰富而复杂的内涵，奠定了基础。题记："医生确诊，我是一个有三十多年病史的梦游患者。"表面上看，是强调叙述者是现实生活中真实的梦游患者；实际上是一种反讽手法，是肯定中的否定，隐喻叙述者是以"梦游"的方式，在梦魇时代追求光明和自由。反讽，是现代诗"戏剧化"的主要方法之一。

第一稿"戏剧化"的叙述者，在"梦游"中，是自由而快乐的飞翔和歌唱，因为它挣脱了现实中的枷锁。但"惊恐万分的亲人们"却不知道他"梦游"时的快乐，把他找到并唤醒。但他们万万没想到：这样做，却是让"我从那一束雪白的亮光/铺成的桥上/坠落下来/浑身疼痛/我不停地呻吟"。这样就构成"现实"不如"梦游"的对比反讽。

> 二三十年来
> 我顽强的身上
> 留下一块块乌黑的伤疤
> 它们都是在阳光之下
> 受到的重创
> 而在漆黑的夜间梦游
> 没有摔伤过一回

即使摔倒在地上

也不感到一点疼痛

叙述者在"黑暗"中"梦游"，并没有摔倒，没有受伤；反倒是在"醒过来"的世界里，特别是在阳光下，饱受重创，留下浑身的伤疤。还有比这更尖锐的荒诞对比、更意味深长的反讽吗？

反讽，还潜藏在整体结构上。《梦游》的结构是："梦游"前—"梦游"中—"醒过来"。本来梦游是一种病态的无意识行为；但在诗中，却成为"梦游人"挣脱所处时代的梦魇，追求自由和光明的超现实隐喻。这就是说，"醒过来"的世界，是梦魇的世界；而"梦游"世界，却是挣脱梦魇之后，在黑暗中追求光明的快乐飞翔。两者超越常识的颠倒，构成一种强烈的内在整体性的"反讽"结构。

总之，《梦游》第一稿的三重情境所构成的整体性结构，具有丰富而复杂隐喻，深藏的启示非常深刻。这是第三稿删去"醒过来"的情境所不具备的。

四、第三稿："梦游"中的生命痛感和艰难"游走"

牛汉为什么要在《梦游》第一稿完成之后，又写了第二稿和第三稿？其中的原因，虽然是采纳了北岛和《中国》青年编辑们的建议，但这只是外因，真正的内因是：牛汉认为，《梦游》的构思，是把现实的梦游症转换成追求光明和希望的隐喻；虽然这种隐喻强化了追求光明和希望的"梦游"，但也淡化了现实生活中所遭受的梦魇，这会不会减弱苦难的深度？

如何使苦难不会失重，这对诗人牛汉而言，是头等的大事[9]。我猜想，这可能是牛汉在构思和修改《梦游》过程中反复出现的焦虑。显然，他对自己经过六年构思而写出第一稿而高兴，但又感到不满意。所以，压了四年。这四年中，梦魇的苦难与"梦游"中的飞翔之间的艺术矛盾，一直"梗"在牛汉的心头。既要表现梦魇，又要表现"梦游"，如何在艺术上达到一种平衡？假如没有梦魇，也就不需要追求自由和光明的"梦游"；假如没有"梦游"，只有梦魇，那就是漆黑一团，过于悲哀和绝望；只有在挣脱梦魇之后的"梦游"，才能显示出在绝境中与苦难抗争和追求光明的精神。

耐人寻味的是：第一稿"梦游"中的"飞翔"，在第三稿中消失了，改为"游走"。从中可以看出：牛汉确是认为第一稿还不足以表达出他所体验的现实苦难的沉重和惨烈。所以，牛汉在修改时，要加大苦难的重量。但是第一稿的戏剧化叙述者是一个"梦游叙述者"和"反讽叙述者"，主要是采用隐喻和反讽的手法，是以暗示为主。如果继续采用第一稿的叙述者，则无法加入他在修改中所获得的新灵感和新启示。所以，第三稿重新创造一个戏剧化的叙述者。虽然还是以"内心独白"和"自由联想"为主，但大大弱化了第一稿叙述者在"内心独白"中不断地自我质疑、恍惚的感觉和梦呓语调；突出和强化"内心独白"和"自由联想"中的理性思考。如果说，第一稿的叙述者是在无意识中的"梦游"，那么，第三稿的叙述者，已从无意识上升到潜意识（潜意识是联结和沟通无意识和上意识）。这样，第三稿的叙述者既有无意识的梦境和感觉，又可连接上意识的理性思考，更接近于"半醒过来"时的理性，他所讲述的是似梦似醒的理性叙述。牛汉就可以通过第三稿的叙述者，比较自由地讲述和呈现他相关的思考过程。

要言之，两个不同的叙述者，讲述的自然是两种不同的"梦游"情境。

第三稿开篇，牛汉首先加大了"梦游人"挣脱梦魇，进入"梦游"，即灵魂突围的艰难和痛苦。诗中以"梦游人"炸碎自己的身躯，让灵魂出壳的幻象为隐喻，来暗示这种挣脱现实梦魇艰难而惨烈的过程。

> 但是在深更半夜不可预测的一瞬间
> 我常常猛地一声长长的呼吼
> 挣脱了亲人援救的手臂
> 从床上蹦起飞跃起升腾而起
> 心脏仿佛是胸腔里埋没很久的雷管
> 体躯的岩壁爆裂得粉碎
> 连同里面蠢蠢而动的一群噩梦
> 和短暂安歇的人生……

"梦游"：就是苦难的生命，通过"炸碎"和挣脱自己的躯壳，成为出壳的自由灵魂，并且希望与自己被摧残的破碎生命——"永别"。这样痛苦的超现实的想象和隐喻，让人心悸和震撼。为什么要"炸碎"自己的躯壳？因为不采取如此惨烈的极端行为，无法搬动"梦魇"压在心口的巨石。第一稿只是简单地提到，梦魇是压在胸口的一块巨石。第三稿却大大增加了具象的描述："这块镇心石/几十年来/它把我的肺叶/压成了血红的片页岩/把呐喊把歌把笑把叹息把哭诉/从胸腔里/一滴不留地统统挤压净光。""梦游人"叙述者觉得还不够分量，又增加了把梦魇比喻为一只可怕的"黑兽"："原来压伏在我胸口的/还有一匹毛茸茸（铁叉似的尖硬）的兽/它比黑夜还黑它有长长的牙和爪子/刺透了我的躯体"。"黑兽"的可怕，还在于它是"隐形"的，但又似乎是无处不在，比有形更加令人恐怖。隐形的"黑兽"，还在暗夜里嗥叫，"向安静的人间和梦游的人/猖獗地示威"。

这样，第三稿梦魇的恐怖气氛更加强烈而真实。"梦游人"要挣脱梦魇，必须抛开"镇心石"，和压伏在胸口的"黑兽"。只有一种方法，就是把躯体"炸碎"，含有与它们同归于尽的悲壮。这就大大增加了挣脱梦魇，进入"梦游"的艰难，隐喻要从现实生活中有形和无形的囚禁和牢笼中冲破突围出来，是多么的艰难和不易。相比之下，第一稿的相关内容就显得单薄了。

第三稿内容上还有一处重大的修改：就是增加了"光的梯子"幻象：

> 有许多次在黑沉沉的前面
> 我望见雪亮雪亮地竖着一架梯子
> 不错，是梯子，光线凝铸的梯子
> 看不清它有多高
> 不知道它是怎么竖立起来的
> 我信赖它
> ……
> 我风暴般扑过去呼喊地扑过去
> 但总摸不到抓不到那梯子
> 梯子呢梯子呢
> 那梯子还雪亮地竖立在前面
> 看去并不遥远

"梦游人"叙述者看不清"光的梯子"有多高，也不知道它是怎么竖立起来的，但是叙述者信赖它，一直在追求它……其隐喻的内涵非常深刻。我们常常只知道理想的目标，却不知道它源自何处，又是怎样发展的，我们只被允许"信赖它"、追随它，而不许质疑和追问。这是牛汉最痛苦的体验之一：从年轻时代起，他所坚定向往和热烈追求的理想和光明的目标，不断地破灭，好像那"光的梯子"，始终是前方发光，吸引着和他一样的无数的"追光者"，但那始终是个诱人且骗人的幻象。

正因为"光的梯子"是个幻象，在理想不断破灭之后，只能靠自己生命（骨头和血液）中发出的一点荧光，在苦难的岁月中独自支撑着活下来。假如没有这一点生命之光，就会坠入现实的深渊。有了生命发出的这"一束亮光"，才会有"梦游人"，"梦游"才显出非凡的意义。

在梦魇时代，不能靠外在的"光的梯子"，只能靠自己发出的生命之光，胜过任何外在的理想光芒，才没有落入深渊。这是第三稿在主题上的升华，它把诗人在梦魇时代的体验：靠个人的信念而支撑活下来的生存悲剧，表达得更加真实，也更加有力。应该说，这样的表现，与第一稿相比，在思想深度上，显然有了更大的开拓。增加"光的梯子"的幻象，也表明"梦游人"在"梦游"中并不是一帆风顺，还会被外在的幻象所欺骗，这就使得"梦游"的过程，也变得异常艰难和曲折，更加真实。

第三稿中，当"梦游人"看到"一束雪白的亮光"之后，也像第一稿那样想飞翔着歌唱。第三稿，删掉了"飞翔"，直接进入歌唱。但与第一稿相比，即便是歌唱，也充满着伤残生命的伤痛和悲愤，少了第一稿那种灵魂冲出囚禁和牢笼的解放感和愉悦感。

> 我想唱歌
> 一边游走一边唱歌
> 像风像河流
> 但嘴唇和肺叶全部消失
> 我的歌声
> 只响在遥远遥远的白天的记忆里
> 我似乎听见了隐隐的歌声
> 它在我的深深的生命里回响
> 久不封口的伤疤
> 进化成会歌唱的嘴唇
> 血管成为发声的琴弦
>
> 我轻飘飘地游走
> 黑暗在回避我
> 我像峭厉的风
> 即便我真是风
> 风也有凸出的胸和高昂的头
> 它的面部和胸部上也会有深深的伤疤

第三稿的"梦游人"想要歌唱，但嘴唇和肺叶都消失了，于是歌声只能发自"久不封口的伤疤/进化为歌唱的嘴唇"。这样，与第一稿相比，虽然是梦中的歌唱，但这是从久不封口的伤疤中发出的歌声。伤疤在梦中歌唱，这苦难中生命的幻象，是同时代诗歌所没有的。多么痛苦，多么沉重！还有，即便"梦游人"变成无形的风，它的面部和胸口也会有深深的伤疤。

这样的叙述，才能呈现出被极度摧残、长期被蹂躏的生命苦难。但"梦游人"并不止于此，"即便我真是风/风也有凸出的胸和高昂的头"。即便是伤残生命上的伤疤，永不封口；但也要用这永不封口的伤疤，发出的追求光明和自由的歌声！

以上这三节，每节的开头，都用"我想唱歌""我想似乎听见了隐隐的歌声""我轻飘飘地游走""我飘飘荡荡地游走"，以"我"打头的"自由联想"排比句，形成一种意识流，来呈现梦游人的心理过程。要言之，第三稿增加了"梦游人"的"自由联想"和"内心独白"，形成了比第一稿更明显更强烈的意识流，清晰地描述出"梦游人"的潜意识和思维过程。

第三稿不同于第一稿的特点，就是"自由联想"加强。当"梦游人"挣脱梦魇，炸碎身躯，他经历了这样的转变：

> 我并没有毁灭
> 我是蛹变成了蝴蝶
> 我是岩石变成了火焰
> 我是凋枯的花放射出浓浓的香气

叙述者采用明喻排比句形成的"自由联想"，即通过"形变"而产生的"质变"，来表现挣脱梦魇之后的"梦游"。

《梦游》第三稿虽然吸收了艾略特现代诗的"自由联想"和"内心独白"，但又有很大的不同。艾略特的现代诗，是以"内心独白"的叙述中融合着片断的场景。这些片断场景，多为客观场景。而牛汉《梦游》第三稿，则是以"内心独白"融合着情境，情境是"有我之境"，不同于"无我之境"的场景。更深层的不同是：第三稿仍然具有情境诗的内在激情，或者说充满激情的"内心独白"：梦游人出窍的灵魂，是"一团飞腾的火光"。这是牛汉的特点，而艾略特现代诗基本是冷静的叙述。两位诗人不同的情感，还影响了诗中人物的创造——"梦游人"不同于艾略特的"空心人"：

> 不再惧怕坠落
> 不再惧怕摔倒
> 不再惧怕撞击
> 不再惧怕焚烧
> 我的躯体轻飘飘完完全全失重

挣脱了贮蓄血泪的脏腑
变成一个空洞的人形
我飘然地游动
我是带血的风
我不同于艾略特的空心人
那不过是一个稻草人
我是一个出壳的灵魂
一团飞腾的火光

第一稿是以隐喻为主，而第三稿除了隐喻之外，最重要的变化是增加了众多的明喻，并且是以此来表达叙述者追求光明和自由的激情，深邃的理性思考。那种简单地认为现代主义诗歌是以"远取譬"的隐喻，代替浪漫主义"近取譬"的明喻，是一种线性进化的审美思维。第三稿隐喻和明喻的共用，产生了很好的艺术效果。

要言之，第三稿的"伤疤"感觉、苦难情境大大加强，思考的深度也大大拓展；但如果仅仅于此，那么随之而来的则是梦游的情境过于灰暗和沉痛。所以，第三稿的激情也随之加大，通过由明喻排比句所组成的"自由联想"来表达。第一稿"梦游"时，充满恍惚的自我疑问和梦呓语调消失了，代之而来的是第三稿明确而坚定的激情之抒情：

哪来的这熠熠的光
是我的灵魂
（感谢它没有离弃我）
向远方伸出的触须
我相信心灵的触须
是能以穿透坚实的黑夜的火焰
有几回这束亮光像是纤绳
紧绷绷地牵引着我
生怕我沉没到河底
我的躯壳变成兜满风的布帆
直立的黑夜是岩峰囚禁的深深的岸
这亮光是流动的河
听不到流动的音响
它是一束奔腾的光

第三稿，苦难力量加大，追求光明的激情也加大，两者形成一种张力，一种艺术的平衡，从而产生一种新的艺术魅力。那就是台湾学者吕正惠所说的：牛汉诗中有很大的伤痛，但又会给人很大的安慰[10]。第三稿的最后部分："梦游人"始终没有"醒过来"，一直处在"梦游"中，但是：

> 沿着那一束雪亮的光
> 执迷地向远远的黑夜游走
> 如果没有这束光
> 人世间决不会有梦游的人
>
> 前面一定有一片开阔的平原
> 有一个港口
> 一个光的湖泊
>
> 可我从来没有走到过尽头

虽然前面是开阔的平原，港口、充满光明的湖泊，可是"梦游人"却不可能到达那光明的所在。第三稿以这样意味深长的结尾，隐喻"梦游"始终是一个遥远的"美梦"，也就是哲学上所说的"物自体"——终极理想的特点，不可能在尘世实现。在尘世中承受苦难，是人的宿命。

五、结　语

所谓的互文性，就是文本间性，指文本之间的改写、借鉴和相互影响的关系。《梦游》第一稿和第三稿的"互文性"，首先是一种改写的关系，即第三稿对第一稿的改写；但各自具有独立完整的艺术生命，是两首不同的现代诗。所以，两稿构成一种独特而奇异的"互文性"，不同于一般的互文性。这在新诗史上是罕见的。

第一稿和第三稿虽然题材相同，但是牛汉对题材的理解却发生了变化，即产生了新的认知和新的艺术思维，并以此重新选择和创造不同的艺术手法。也证明中国现代诗因为具有艺术上的综合性（吸收了小说、散文和戏剧等各种文体的手法），已经具备了表达诗人生命体验的多种可能性。

第一稿经过六年的酝酿，在无意识中完成艺术转换，因为语言之根无意识，灵感也是来自无意识。成功诗篇的内形式，常常是在无意识中酝酿完成的。这就是诗歌创造的一次性和不可重复性。《梦游》第一稿创造了一个充满梦游感觉和梦呓语调的超现实梦游情境，但又具有艺术真实。牛汉自言："第一稿是原生态的创作，我没修改……"[11] 从创作论的层面讲，已经在无意识经过艺术转换完成的诗，是不可以修改的；意识层面的理性修改，只会破坏已经成活的艺术生命。[12] 第一稿那种身临其境，充满着细节真实的想象，那是来自无意识深处的超现实想象，多么本真，多么神奇！牛汉后来不断强调创作"原生态"的重要性，也说明他已经感悟到意识层面的理性修改，会破坏在无意识中已经完成的艺术生命。

第一稿完成后，牛汉并没有送到刊物发表，而是存放了四年。这四年，其实是牛汉对第一稿的重新审视，重新构思和想象，并在无意识中重新凝聚和沉淀，再次进入新一轮的艺术创造过程（并不像常见的修改那样，基本是在理性层面进行）。彭燕郊认为：艾略特的现代诗，是以"内心独白"来表现诗人的思想（在艾略特的影响下，世界现代诗的一个特点，就是通过梦境，表现潜意识和无意识。其主要的艺术手法，就是"自由联想"和"内心独白"）。《梦游》第三稿，就是强化了"内心独白"以及"自由联想"的思考功能；而第一稿的"内心独白"，主要是创造"梦游人"的梦幻感觉和梦呓语调。这就是作者对题材的不同理解，而产生不同的创造力。能与之相比美的，在中国的现代诗中，可能有彭燕郊的长篇散文诗《混沌初开》。在两位大家的笔下，创造性地用外来的"内心独白"和"自由联想"，深刻地表现所处时代的苦难和痛感，具有鲜明的本土性，表现出不同于西方现代派诗歌的民族气派和民族风格。

但丁的《神曲》、歌德的《浮士德》，凝聚着诗人一生的经验和智慧。与之相近似，20 世纪中国新诗的几篇杰作，如彭燕郊的《混沌初开》、牛汉的《梦游》，还有昌耀的《慈航》、蔡其矫的《在西藏》，也都是诗人经历了漫长苦难之后的晚年顿悟之作。他们特殊的苦难经历、独特的审美观念，在绝境中渴望光明的不屈精神，都凝聚在这些充满现代感的光辉诗篇中。

注释：

① 《梦游》第一稿的创作是从 1976 到 1982 年，写完并没有马上发表，而是存放了四年。第二稿是从 1986 年初开始修改，半年后发表在《中国》1986 年第 7 期。1987 年，在编诗集时，牛汉又作了少许改动，加了一节，这就是第三稿；第三稿与第二稿大体上没有什么差别。第一稿反而是迟发表，1989 年因蓝棣之写《梦游》诗评，才在《名作欣赏》第 2 期发表。1993 年 12 月的《诗季》，将第一稿和第三稿一起刊出，后又一起收入诗集。参见：牛汉《我的梦游症与梦游诗》，

《牛汉诗文选》第 4 卷，作家出版社 2010 年版，第 412 页。

② 本文引用的《梦游》第一稿采用版本出自雷达和韩作荣主编的《中国当代名家诗歌经典》，云南人民出版社 2000 年版，第 10—15 页；《梦游》第三稿采用版本出自洪子诚和程光炜主编的《中国新诗百年大典》（第 7 卷），长江文艺出版社 2013 年版，第 316—323 页。此处统一说明，文中不再一一标注。

参考文献：

[1] 唐晓渡. 另一个世界的秘密飞行 [M] //诗季：秋之卷. 天津：百花文艺出版社，1993：30.

[2] 牛汉. 我的梦游症和梦游诗 [M] //牛汉诗文集：第四册. 北京：人民文学出版社，2010：412.

[3] 王光明. 现代汉诗的新诗百年演变 [M]. 北京：人民出版社，2003：591—592.

[4] 孙玉石. 时代与生命苦难的睿智升华——牛汉诗及其魅力的一些思考 [J]. 文学前沿，2003（7）.

[5] 叶橹. 牛汉论 [M] //叶橹文集：第 2 卷. 南京：凤凰出版社，2014：336.

[6] 艾吕雅. 论情境诗 [M] //法国作家论文学. 北京：三联书店，1994：369.

[7] 牛汉. 我爱这土地 [M] //牛汉诗文集：第 5 卷. 北京：人民文学出版社，2010：649.

[8] 牛汉. 谈谈我这个人，以及我的诗 [M] //牛汉诗文集：第 5 卷. 北京：人民文学出版社，2010：689.

[9] 邱景华. 使苦难不会失重——论牛汉的情境诗 [M] //吴思敬. 牛汉诗歌研究论集. 长春：时代出版社，2005：218.

[10] 马富丽，宠冬. "跋涉与梦游——《牛汉诗文集》出版座谈会" 综述 [M]. 中国诗歌研究动态：第八辑. 北京：学苑出版社，2011：201.

[11] 孙晓娅. 牛汉访谈录 [M] //跋涉的梦游者. 长春：北方妇女儿童出版社，2003：324.

[12] 郑敏. 创伤与艺术转换：关于我的创作历程 [M] //郑敏文集：文论卷（下）. 北京：北京师范大学出版社，2012：752.

——原载《江汉学术》2017 年第 2 期：47—56.

台 湾 诗 歌

郑慧如　郑慧如　白　灵　郑慧如
杨宗翰

台湾当代诗的命名效力与诠释样态

——以"超现实"在台湾诗歌中的流变为例

◎郑慧如

摘　要：在台湾当代诗的研究中，我们发现诠释力所涵盖的诗人群或诗潮相当程度地遮蔽了富于创造力与生命感却未必"与时俱进"的诗人个体。诗风或诗潮命名者的光环经常笼罩诗作的个别现象，时间久了，暂时性的权宜命名则鸠占鹊巢，变成恒常的指谓。命名关乎对文学现象内涵与外延的界定，用恰当的语词替诗作的各种元素命名，以建构诗史的诠释体系，则关系到诗体的认知选择与美学倾向。从名实问题入手，以洛夫为例，拈取具标杆性的超现实作品，可以讨论台湾当代诗中因诗潮而汇聚的诗风，并兼及因诗风涌现而累积的文学史议题——我们发现，洛夫在 1950 年代的《石室之死亡》，其"超现实"包裹着"事件的即兴演出"的"后现代诗"因子；1980 年代之后方兴未艾的"后现代"时代，洛夫的《漂木》，不但显现"政治议题与文本交欢"的后现代特质，也涌动着"浮动在现实之上"的"超现实"影子。于是命名的权宜性与固着性令人深思，其中牵涉的命名效力与诠释样态，是我们应当思考的核心。

关键词：台湾当代诗；命名；洛夫；《漂木》；《石室之死亡》；超现实；诗风；诗潮

一、引　言

　　基于文本细读，在台湾当代诗的研究中，可发现诠释力所涵盖的诗人群或诗潮相当程度地遮蔽了富于创造力与生命感却未必"与时俱进"的诗人个体。诗风或诗潮命名者的光环经常笼罩诗作的个别现象，时间久了，暂时性的权宜命名则鸠占鹊巢，变成恒常的指谓。时过境迁，当繁荣表象下的失效命名演化为研究者无法置若罔闻的强固根基，在潮来潮往的夸夸其谈中，我们的再补一笔，便主要建立在以诗潮及诗风为考察物件的反思上。

台湾当代诗的相关论著，虽然不直接提及"命名"这个词汇，撰述的语气中却包括或隐或显的命名意图。分立的各种诗派即展现各式的命名方式：例如苏绍连在《吹鼓吹诗论坛》提出"无意象诗派"，以别于当代诗以意象别于其他文类的方式。[1]而大陆学界对于"命名"这一文学史权力的重要议题则已有相当成果，如解志熙、刘洁岷、张厚刚、周志强以诗史为主的讨论，刘锋杰以文艺心理学为基础的想法，席建彬、张福贵以文学史普遍性为思考点的意见，或陈爱中基于翻译问题的见解等等。① 大致上，大陆学界对于当代诗命名的基本共识有两处：其一，认为以共同价值与理念为基础的共名写作状态，在大陆诗坛约止于朦胧诗；其二，归类的、标签化的方式难以担当对多数当下诗作的综合命名。

命名关乎对文学现象内涵与外延的界定，用恰当的语词替诗作的各种元素命名，以建构诗史的诠释体系，则关系到诗体的认知选择与美学倾向。本文主要以洛夫为例，拈取具标杆性的超现实作品，讨论台湾当代诗中，因诗潮而汇聚的诗风，并兼及因诗风涌现而累积的文学史议题。

二、命名的名实问题

就主题、美学风格或思想趋向为诗命名，本是文学史的常态。然而清晰的命名概念通常不是命名的主要目的，为引起注意而创发的各种命名也就不足为怪。此类命名，名称甚具装饰性，命名与诗体、诗作或诗风没有必然关联，名实是否相符也不是命名的重点。

命名在台湾，从政治、社会，到文化、文学，一以贯之的真相是：先占据版面再说。有以名之，曰，"搏版面"。版面而需奋力一搏方能屈居报刊一隅，"搏"既透显巧取豪夺的群雄争辉，亦可侧面彰显"搏版面者"的钻营能事。台湾当代诗的伪命名现象，或可参照媒体"搏版面"的现象，而得到较合理的解释。②

1950 年代，以纪弦为主导的《现代诗》杂志曾被命为"现代诗派"，此种以杂志为命名的方式，和以《新月》杂志命名的"新月诗派"如出一辙，乃以作品载体为标志，姑且为一群文人划出源流，而诗作或诗人之间不具备决定性与必然性，属于他者的言说。[2]这是名实不符的命名显例。

20 世纪后半叶以降，随意冠上前称的某诗学、某运动，巧立名目，此起彼落，在台湾诗坛各立界碑、各有响应的小众，一段时间后也各自无疾而终；一旦无声凋萎，从此乏人问津，也都自然而然。真假参半的各式"诗学"，常常也是伪命名。20世纪末起，讨论当代诗语言结构之变异而有"变形诗学"；延伸感官论述、阐释当代诗各种负面情境的有"魔怪书写"。21世纪初的这十年，则有研究诗作与其他作品关系的"互文诗学"，有对照研究诗人手稿与发表后作品的"手稿诗学"，有以各种非文字素材演示诗作把诗带入生活细节的"行动诗学"等等。各类的"诗学"名字取得隆重堂皇，虚实掩映，却未必有知识性的基础作为后盾，而往往只是诗运动的学术化妆，或是一个人的喧天锣鼓。这个诗学那个诗学，"诗学"一词在台湾当代诗中用得如此轻易，"说得比唱得还好听"的"诗学"命名，却为何不沿袭1960、1970年代的文化风尚，以"运动"代替"诗学"一词，以求名实相副？正解难以印证，往往只是从晚近台湾社会民粹化与媒体主政的特殊现象推演，似乎炒热话题远比寻求真相重要。

　　主题式的命名法也是一种化约了的伪命名。评论者已设定制式的辨识系统，在肉眼的立即区辨之后，出于纯粹游戏的缺乏人生深度，论者经常为已经在播散中甚至消散中的意义，寻找主题上的意义，以弥补诗艺上的空缺，于是"这首诗主要在写什么"这类题旨上的解诗法，取代了突梯辗转、在诗行里以字寻字、以象寻意的阅读，用欠缺幽微观照的论笔来显现。当我们说：女性诗、感官书写、都市诗、殖民诗等以主题区分的诗作是"后现代诗"的主要内涵；而非以"这首诗怎么写"来展现后现代的多重、随意、隐约、自省及自我涂销，即可知"后现代主义"关键性的思想因素并未浸润到论述者的思想里，内化而成为创作者与评论者观察作品、创作诗歌的要素。[③]当我们认定：罗青、夏宇、林耀德是"后现代诗人"，往往从作品的形式上来认定，并且以诗作中违逆某种权力核心、巩固"边缘"的特质，作为"果然和后现代一样边缘"的担保，认为"后现代诗"是有目的的反叛。[④]可事实并不如此。

三、先发命名："超现实"的例子

　　台湾当代诗的命名现象，对诗作或诗潮具有相当大的引导作用，同时裹挟着意识形态和各种干扰，在诗与非诗、现实与心灵的纠葛中演进。与文学史中的各种命名内涵最大的不同在于：文学史的命名大抵是对于文学现象、文学流派或文体的总结；而台湾当代诗中的许多命名现象，显现的经常不是既定现象或文体的梳理，而是以横空而来的姿态刷洗当下的言说，体现为流行而非文体的命名。

　　既然以他者的论述介入而游走于成形中的诗风与诗潮，如果研究者一味以阐释学命名的游戏规则来规范，自然就会发现许多误读，特别是从西方传来的各种"主义"。因为诗人对于东渐的主义与流派之渗入诗潮，本不专意在亦步亦趋的学习拟仿，而无宁更在借着新奇一时的词汇掀起或者已然稍显平静的风浪；就诗人而言，将自己的语词经验汇入时潮的源语言，做不同语符之间的相互转换而别起新解，亦无妨视为语际交流的结果。

进一步而言，从台湾当代诗对各种命名的实践来看，诗人亟欲进入文学史的焦虑更甚于前朝历代，对于引起瞩目的文风或思想流派，许多诗人积极以创作实践他们宁可误读也不愿轻纵的决断力。

学者专家恒以归纳法研究文学史中的命名，并以归纳法为文体命名的正法，演绎王国维"自成习套"的文体理念[⑤]，但是这种"今之视昔"的文风观察法，对于20世纪之后的台湾当代诗而言显然不足为训。而假如不以文学史中隐约的阐释权作为台湾当代诗命名的潜规则，那么就很难解释：在信息爆表的20世纪下半叶之后，诗人对翻译语境下的几种"某某主义诗"，为何还能有诸般牵强、皮相、穿凿的诠解与创作实践。以下即以超现实主义在台湾当代诗创作中的流变为例。

超现实主义（surrealism）起于第一次世界大战后的法国，本为对资本主义文化的反动，后来衍为一场精神革命，范畴扩及文学、绘画、音乐，致力于探触潜意识，呈现深层的心象世界。最初的文学实践源于布鲁东，后起者借以处理现实和梦境的对立状态；[⑥]拉美作家阿思图里亚斯响应布鲁东所谓的超现实，认为在真实和非真实之间的第三个真实的范畴，融合梦境与幻觉，谓之魔幻现实。[⑦]

1933年，杨炽昌创办"风车诗社"，即运用超现实的手法以逃躲思想上的政治控制；与彼时的王白渊同有超现实诗人之称。到了1950、1960年代，超现实主义诗作以前卫创作的姿态盛极一时。纪弦创办《现代诗》时，曾号称该刊"包含了波特莱尔以降一切新兴诗派的精神与要素"；洛夫、痖弦、张默合资筹办《创世纪》，更直接打起超现实主义的旗帜。[⑧]洛夫、商禽、罗英、痖弦等的早年创作就被印下"超现实主义"的注册商标。

台湾当代诗中，一般对于"超现实"的理解为"脱离现实"或"超脱现实"；翁文娴则认为"超现实"的"超"，意为"在现实之上"，故超现实即为"在现实之上"，可推演为"浮动在现实之上"；[⑨]另一种说法，以为"超现实"的"超"有"更"的意思，"超现实"即为"更现实"、"最真实"[⑩]。一词三转，台湾诗界对"超现实主义诗作"的理解，已在"晦涩"、"脱离现实"与"更现实"、"最真实"的两端，远非阐释者的常态定义。至于"以超现实主义的手法作为强权政治下的保护伞"一说，主要流行于解严不久的台湾文坛；在21世纪过了13年的今日，这样的目的论与1970年代台湾本土诗人对"超现实诗""罔顾现实"的评论一样，差不多已成了笑话。[⑪]诗风与诗人的性情、学养密切相关，丝毫勉强不得。

　　超现实主义诗作的定义和诠释，在台湾能够如此"兼容并蓄"，首先表现于"超现实"一词的思想流变。在以"超现实主义"枉称1950、1960年代某些读起来感觉"晦涩"的诗作时，"超现实"的基本书写倾向与美学原则尚未随着"主义"的流行而一并被框定。张汉良很早就认定，超现实主义在台湾不能以影响研究来看待；奚密则认为，台湾现代主义的前身应往1930年代的中国现代派去追寻。[12]正因在"超现实"熏染下的诗作各有各的"超现实"，诗人试为沟通调和，以创作实现对时兴潮流的美好愿望与想象；学者则或观澜索源，从认知的脉络理解、参照以约定"超现实诗"的合法性，或借彼言此，透过作品阐释以验证文本的独立性。学者探讨超现实在台湾轨迹的文章，相当程度实现了他们的文体观察；对于仍然在发展中的"超现实主义诗"而言，论者探触水深的观察方式，在寻根溯源的霉味中也透着机巧。

　　然而，超现实主义或现代派的来龙去脉，如果不是对台湾当代诗起了革命性的作用，学者当不至于如此卖力地发落其根源。而即使诗人与学者经常借重波特莱尔、伯格森、弗罗伊德，或西协顺三郎的学说来阐述诗作的内在理念、评论其艺术价值，被圈定为"超现实主义诗作"的诗人总以受困委屈的姿态，期待有朝一日"沉冤得雪"。奈何，套一痖弦诗的名句"既被目为一条河总得继续流下去的"，在台湾当代诗史的曲折与起伏里，尽管后起之秀如黑夜里璀璨的点点星光，却从未能覆盖既定印象里，如洛夫、痖弦、商禽那样的"超现实主义诗人"。

　　即使一开始，"超现实"便以先发性的命名为台湾当代诗的辟开蹊径，诗人对于这一时流仍各自心领神会、各自表述，其千姿百态尤使得"超现实"的演绎生机无限。有些诗人将"超现实"引为作品的命题取向；有些诗人将之等同于象牙塔里封闭的意识；有的延展为现实世界的尾音。洛夫的《石室之死亡》可谓1950年代"超现实主义诗"的代表作；痖弦《深渊》里的"超现实"是内在活动的意象化；而大荒出版于1973年的长诗《存愁》，则以"超现实"作为思维方式，观照以他者为主的当下人间。[13]

　　超现实主义在台湾当代诗创作中葛藤缠绕，有时以为以超现实名家的诗人，不同时期的作品中也会展现迥异的"超现实"风景：洛夫就是一个例子。洛夫开发意象语言，在当代汉诗中成为"令人激动的名字"[3]，然而，以《石室之死亡》和《漂木》为思维的两端，洛夫展现了从内心意识转化到现实轮廓的极大变化[14]。在反战、离散、漂泊等贯注时代性的标签性母题之外，洛夫在这两集长诗中展现招牌的雄浑与谐趣，并在撼人心魄的意象里刻画吊诡的人生。而就超现实的表现而言，最大的差异在于写作意识的变革。试以《石室之死亡》[4]和《漂木》[15]部分段落为例。

《石室之死亡》：

　　在清晨，那人以裸体去背叛死（第1首）

　　闪电从左颊穿入右颊
　　云层直劈而下，当回声四起
　　山色突然逼近，重重撞击久闭的眼瞳（第12首）

　　我确是那株被锯断的苦梨
　　在年轮上，你仍可听清楚风声、蝉声

　　我只是历史中流浪了许久的那滴泪
　　老找不到一副脸来安置

　　蓦然回首
　　远处站着一个望坟而笑的婴儿（第36首）

　　从灰烬中摸出千种冷千种白的那只手
　　举起便成为一炸裂的太阳（第57首）

《漂木》：

　　痔疮。久坐龙椅的后遗症
　　胆固醇。巷子里走出一位虚胖的哲学家（页40）

　　诗人便笑了
　　笑声滴落在稿纸上湿了一片（第3章）

　　这两首发表时间相距四十余年的长诗，显示洛夫对于生命中潜隐或无奈的悲伤惯于笑中带泪，出以戏谑的仿写。但是从"我只是历史中流浪了许久的那滴泪/老找不到一副脸来安置"到"诗人便笑了/笑声滴落在稿纸上湿了一片"，仍可看出两者在镜像关系之外的显然区别。《石室之死亡》中，叙述声音浓缩为一滴流浪在历史里的泪，而诗人的精神自我则放到极大，呕言"尽在愁里老，不向死前休"的心情；在《漂木》里，叙述者自称诗人的语气安然自在，又化哭为笑，笑中带泪，用意更为深刻。"笑声滴落在稿纸上湿了一片"，笑声引发千般思绪，惆怅万端，所以诗中人又哭又笑；不过从"滴落"和"湿了一片"可知笑与泪的比重，而只写笑而不写泪，笔法俨然是《共伞》前两句："共伞的日子/我们的笑声就未曾湿过"的变文取意。⑯对照之下，《石室之死亡》较以意气自许，《漂木》较深婉不迫；尤其《漂木》在日常琐细里润泽枯焦，言随意遣，初不似《石室之死亡》全力搏兔，读来更觉间不容发。

再就前举的个别诗行而言，《石室之死亡》的意象常常劈空而下，把感时、忧国、今昔、离合、生死的怀抱，透过重重提起的异常意象表现绝人的才藻。如"闪电从左颊穿入右颊""从灰烬中摸出千种冷千种白的那只手/举起便成为一炸裂的太阳"，意象猛烈而不主故常，也不待诗行的首尾相衔以成其功。《漂木》的意象塑造则常以人情物理之变探生命造化之微，在悠扬不迫的情境中吐露一点点的自我解嘲之意。例如从痔疮到久坐龙椅、数钞机到宾馆与炽烈情欲的种种发想，所牵引及暗讽者两两相对，有青出于蓝之效；身体与政权、经济勃发与政治首脑、外宿与不伦欲望的关系，意象即出即止，不待反复折难而其理判然。两相比较，《石室之死亡》气焰独盛，意象叙述起伏顿挫，更显矫健，第36首的"望坟而笑的婴儿"尤其可称当时超现实书写的绝唱，但诗中人从"那株被锯断的苦梨"到"历史中流浪了许久的那滴泪"，固然骇愕有余，亦可见两个隐喻之间，转圜相对生硬。

《石室之死亡》时期的超现实洛夫，找不到《漂木》里，像"痔疮""胆固醇""五星级的情欲"这种词汇；《漂木》倒可以寻觅《石室之死亡》修改过的惊人之语：比如《漂木》第2章的"我们的旅程/是命定，是绝对/是从灰烬中提炼出的一朵冷焰"与《石室之死亡》第1首的"我的面容展开如一株树/树在火中成长"；《漂木》第2章的"我们那副宇宙的脸/栖息着/一颗庞大的泪/跌落海面/溅起千丈波涛"与《石室之死亡》第36首的"我只是历史中流浪了许久的那滴泪/老找不到一副脸来安置"等。对照相似句，《石室之死亡》的意象偏动态，《漂木》呈静态；《漂木》的语言也比较散文化，有时出现说明的句子。前后两首长诗的类似意象，见得洛夫得意于《石室之死亡》的造象，所以掎摭连通，自蹈其迹。

然而，撇开意象的自我蹈袭与开拓等问题，单就洛夫相隔近半世纪的两部长诗讨论"超现实书写"在"诗魔"洛夫的个人创作实践，可以看到，《石室之死亡》时期的"超现实"着意于意象的翻空出奇，重笔彩绘，往往拼贴遥远而不相称的两个现实，或出以梦魇般的神秘气氛，以翻出胸中的沉郁之气；《漂木》中意象的虚实关系则侧重在眼下外在环境的彼此呼应。《漂木》取景于开阔的大自然，以冷漠、疏离的荒原景观触发对日常事物的新看法，或以违逆事物的原理原则而造成荒谬感；《石室之死亡》取景于封闭而诡谲的石室，习于以分解或变形的事物跳脱日常世界的惯性，逼视内心世界里的幽暗死角。

倘若姑且以"超现实"一词在台湾的发展脉络考量，则《漂木》趋近于"浮动在现实之上"意义下的"超现实"。硬要比附的话，与其说《石室之死亡》是1950年代被默认的"脱离现实"的"超现实书写"，不如说它趋近于魔幻现实的要素；"脱离现实"和"更现实"这两种对"超现实主义诗作"的阐释，对于甚具"台湾超现实主义诗人"代表的洛夫来说，都是失效的命名。《石室之死亡》里，例如诗中缩图、漫画一般的世界、比重相近的独门意象使得作品呈现向心性的风格，因焦点清晰而在读者的视觉上产生奇特效果，赋予诗作不安、澄澈、锐利的感受等等，比起1950年代台湾诗坛对"超现实"的解释，《石室之死亡》的这些创作手法无疑更贴近一般定名下，以实证幻、以幻衬实的"魔幻现实"[17]。但是"魔幻现实"之于洛夫，似未曾被讨论过，包括一直以来深信《石室之死亡》是"超现实主义创作"的洛夫自己；不过严格说来，"魔幻现实"讲究立基于信仰而对现实有所突变或启示，以发掘神奇的现实而振奋人心，这种精神样貌也非洛夫的路数。这种情况下，假如我们仍然坚称而且必为《石室之死亡》冠上"超现实"的帽子，那么这样的"超现实"，不但已经"在地化"，而且"洛夫化"。

四、结　语

就台湾当代诗中对超现实的命名定义与创作实践发展，可知表象上以思潮作为诗史的截空断代，数十年之间的前后思潮往往互相掩映，不易实时定义。如1950及1960年代是超现实诗，1980年代以降是后现代诗，当思潮已远，诗潮猎迹而自创，演为进行中的诗风，就作品来实际论述，仍然是最可靠的方式。我们可以发现，洛夫在1950年代的《石室之死亡》，其"超现实"包裹着"事件的即兴演出"的"后现代诗"因子；1980年代之后方兴未艾的"后现代"时代，洛夫的《漂木》，不但显现"政治议题与文本交欢"的"后现代特质"，也涌动着"浮动在现实之上"的"超现实"影子。[18]

从对台湾当代诗最大的利益着眼，各种诗潮或时兴的诗运动就像春天未曾稍歇的芳菲，它们各展姿容与香气，真正的效用在于共同落实春天的美好。然而在全球化呼声如此绵密的此刻，个体化的离同趋异也日益讲究，所谓"越全球，越分化"，诗史中的命名现象因而更值得我们一探虚实。

注释：

① 参见解志熙：《"好诗的历史主义"——关于新诗编选的标准及其他》，《诗探索·理论卷》，2011 年，第 2 辑，第 41—46 页；刘洁岷：《新世纪诗歌：那些"繁荣"假面下的失效命名》，湛江师范学院：《21 世纪中国现代诗第 6 届研讨会论文集》（2011 年 12 月），第 183—188 页；张厚刚：《新世纪诗歌的命名及其焦虑》，湛江师范学院：《21 世纪中国现代诗第 6 届研讨会论文集》（2011 年 12 月）；周志强：《"第三代"诗：命名与阐释》，《江汉论坛》，2012 年，第 6 辑，第 95—99 页；刘锋杰：《"文艺心理学"的命名之难——新时期以来"文学的跨学科研究"学术考察之一》，《文艺理论研究》，2012 年，第 5 期，第 13—20 页；席建彬：《在文学史"命名"的背后》，《文艺争鸣》，2007 年 12 月，第 16—20 页；张福贵：《从"现代文学"到"民国文学"——再谈中国现代文学的命名问题》，《文艺争鸣》，2011 年 7 月，第 65—70 页；陈爱中：《论中国新诗命名的异质性——基于翻译的视角》，《文艺评论》，2011 年第 11 期第 10—15 页。

② 廖炳惠的系列后现代论述就比较文学与文化研究的角度着手，重视彼此交错而不直接依赖的面向，把后现代的格局放到更宽广的领域中，并依陆蓉之的看法，看待后现代为"历史解构重组而失序的时代"。相关论述可参见廖炳惠：《另类现代情》，台北：允晨出版社，2011 年。

③ 刘纪雯在《后现代主义》一书中，首先评介了哈山、苏珊·朗格、李欧塔、詹明信的后现代观念，最后认为，后现代主义是发展中的抵中心、反本质化的多元论述，不可能以某个单一的定义限定。以附在论述后的例子，证明了一个理论引介兼文学诠释者对后现代主义的提问方式。在两首诗例之后，刘纪雯的导读借着问题与批注牵引读者的思考，提示方向而未给标准答案；尤值得注意的是：所指引的方向偏向主题而非美学或哲学的方向。然而后现代的精神是以主题论定吗？此书给了读者逆向的思索空间。参见刘纪雯：《后现代主义》，台北：文建会出版，2010 年。

④ 有关台湾"后现代诗人"在专著中的个别讨论，可参考萧萧：《后现代新诗美学》，台北：尔雅出版社，2012 年。书中专章讨论罗青、陈黎、夏宇、陈克华等人。

⑤ 王国维说过："文体通行既久，染指遂多，自成习套，豪杰之士，亦难于其中自出新意，遂遁而作他体，以自解脱。一切文体之始盛终衰者，皆由于此。"

⑥ 本文有关超现实主义的理解，参考自霍普金斯：《达达和超现实主义》，江苏：译林出版社，2013 年；柳鸣九：《未来主义·超现实主义·现实主义》，台北：淑

馨出版社，1990 年；陈正芳：《魔幻现实主义》，台北："行政院文化建设委员会"，2010 年。

⑦ 魔幻现实（Realismo Mágico），台湾常见的翻译是魔幻写实，中国大陆的翻译则以魔幻现实居多。本文根据陈正芳：《魔幻现实主义》，台北："行政院文化建设委员会"，2010 年，第 204 页的意见。该书以为原文不只是描写现实的技巧，而以现实与魔幻之间的关系呈现为主，翻为魔幻现实较贴切。

⑧ 台湾学界对《创世纪》的历史定位已有共识，咸认为《创世纪》创社之初，本以"确立新诗的民族路线"为宗旨，其后改为"提倡诗的世界性、超现实性、独创性和纯粹性"，1960 年代时，全面以超现实主义担起台湾诗坛最前卫的位置。参见 http：//www. rti. org. tw/ajax/recommend/Literatorcontent. aspx? id ＝ 93，2014 年 3 月 18 日。

⑨ 参见翁文娴：《商禽——包裹奇思的现实性分量》，《当代诗学》，第 2 期（2006 年 9 月），第 116—128 页。此文诠释"超现实"源自法文的 Sur'ealisme 的 Sur，认为有"在……之上"之意，故"超现实"即为"在现实之上"。而"超现实"一词的意涵，翁文以为，可能是更深的内质的现实飘了出来，浮动在现实之上。并说，中文若将"超"看作"超离"，再衍为"脱离"，只是抓到形貌而忽略深刻的内涵。翁文娴以为，法文的"在……之上"不一定是离开，其间有许多含混和梦的色彩；进一步说，即使曾经被诠释为"超脱现实"的"超现实诗作"，也应还原为"更现实"的美学本义：创作者要把表层和底层同时现出。不单做到表面的意象，还要把心理和脑中的一并呈现，才算是完整的"超现实"。对于超现实诗风的命名虚实，翁文娴此文提供相当具语源性的思考。

⑩ 商禽语："我不是超现实主义者，而是超级现实或更现实、最最现实。"见商禽：《商禽诗全集》，台北：印刻出版社，2009 年。

⑪ 顾有诗人对于自己在 1960 年代随着风潮实践"超现实"的作品，而后来被众多论者评为"晦涩难解"，并问及当时如此创作的原因时，诗人动辄以"高压政治下不得已的掩护方式"为由。事实上许多创作技巧，如象征、隐喻、暗示、转喻等等，都可以用来当作烟幕弹，"晦涩"原与"超现实手法"或"高压政治"不直接相干。"超现实主义"枉担台湾当代诗创作里的"晦涩"虚名，与"现实书写"枉担诗人必定勇于面对现实一样，都是应该拨云见日的误会。

⑫ 参见张汉良：《中国现代诗的"超现实主义风潮"——一个影响研究的仿作》，《中外文学》，第 10 卷，第 1 期（1980 年 6 月），第 161 页；奚密：《边缘、前卫、超现实：对台湾五六十年代现代主义的反思》，收于《台湾现代诗史论》，台北：文讯杂志社，1996 年，第 247—264 页；刘纪蕙：《前卫的推离与净化：论林亨泰

与杨炽昌的前卫诗论及其被遮盖的境遇》，收于周英雄、刘纪蕙主编：《书写台湾：文学史、后殖民、后现代》，台北：麦田出版社，2000年。其中，张汉良首先为台湾诗坛的超现实主义风潮下了时间的圈限，认为台湾诗坛的超现实主义风潮始于1956年纪弦在《现代诗》第13期的宣言，终于1965年痖弦离台赴越南。

⑬ 大荒的《存愁》评论者少，简政珍在《落实人间的意象美学——一个新世代诗学的建立》一文里，标举大荒及其《存愁》："在诗艺的展现上，几乎每一首都媲美甚至超越痖弦的《深渊》"、"大荒是那个时代成就几乎最高，却是最被忽视的诗人。"

⑭ 洛夫自述："1959年我在战火的硝烟中开始写《石室之死亡》，由于初次采用超现实的表现手法，读者一时极不习惯这种过激的语式变形……创造了惊人的语言……我的诗歌王朝早已在创作《石室之死亡》之时，就已建成，日后的若干重要作品可说都是《石室之死亡》诗的诠释、辩证、转化和延伸。……《石室之死亡》虽富于原创性，达到某种精神高度，但在诗艺上的不成熟也很显然。为了补救早年在创作上的缺憾，也为了艺术生命的延伸与扩展，我终于在诗歌的征途上，又做了一次大的探险，走了一次更惊心动魄的诗的钢索。在日薄崦嵫的晚年（2000年），写下了一部三千行的长诗《漂木》。……在人文精神层面上，在透过意象思维方式以传达生命意义上，《漂木》与《石室之死亡》这两部时隔四十多年的诗集，竟是如此的思路贯通，一脉相承，但二者的语言风格与表达形式大不相同，《漂木》的语言仍能维持《石室之死亡》中的张力与纯度，但已尽可能摆脱《石室之死亡》诗中那种过度紧张艰涩的困境。"见洛夫：《镜中之象的背后——〈洛夫诗歌全集〉自序》，《洛夫诗歌全集I》，台北：普音文化出版，2009年，第14—26页。

⑮ 本文中的《漂木》诗句，取自《洛夫诗歌全集IV》，台北：普音文化公司出版，2009年，第162—442页。

⑯ 洛夫：《共伞》，原收于洛夫诗集：《酿酒的石头》，本文之引用见于《洛夫诗歌全集II》，台北：普音文化公司出版，2009年，第324页。

⑰ 参见黄诗涵：《交织"魔幻"于"写实"——论〈Khiàng 姆－仔 beh 起行〉》，《台湾文学评论》，第11卷，第4期（2011年10月），第65—72页；陈俊荣：《杜国清的新即物主义论》，《当代诗学》，第3期（2007年12月），第48—67页；毛蓓雯：《以实证幻，以幻衬实——从〈百年孤寂〉看魔幻写实》，《中外文学》，第31卷，第5期（2002年10月），第19—34页。

⑱ 参见孟樊：《台湾后现代诗的理论与实际》，台北：扬智出版社，2004年；廖咸浩：《悲喜未若世纪末——一九九〇年代的台湾后现代诗》，收于林水福编：《两

岸后现代研讨会论文集》，台北：辅仁大学外语学院，1998 年，第 33—56 页。

参考文献：

[1] 苏绍连. 无意象诗·论——意象如何？如何无意象？ [J]. 新地文学，2011
　　(17)：22—45.

[2] 陈爱中. 论中国新诗命名的异质性——基于翻译的视角 [J]. 文艺评论，2011
　　(11)：10—15.

[3] 张默. 每片草叶都是你一条血管 [M]//张默. 大河的雄辩——洛夫诗作评论
　　集：第二部. 台北：创世纪诗社出版，2008：1—10.

[4] 洛夫. 石室之死亡 [M]. 台北：创世纪诗社，1965.

——原载《江汉学术》2014 年第 3 期：47—52.

形式与意蕴的织染：重读洛夫《石室之死亡》

◎郑慧如

摘　要：洛夫的《石室之死亡》为组诗/长诗，具有大致整齐的
形式：64首，每首2段，每段5行，共640行。组成的
每一首诗以标号为序次，从1、2、3……直至64，不另
取诗题。《石室之死亡》以煞尾句营造斩截语势；以排
比修辞形塑等待、栖止之感；以逗号作为所欲强调的分
隔，或并两句为一句，处理本来可能增加的行数；在每
小节五行的短秩之内表现唾手可得的警句；以"住于不
住，不住于住"为内容与形式奇诡搭配的结果。因为固
定的形式，飞奔辐射的各种想法不至于溃散无归；因为
生灭变幻的生命情境，从一而终的结构不至于沉闷、僵
固。这是一首攀缘于传统形式，在强烈的主体性与汪洋
般的潜意识中释放紧张的诗。10行的最初设计经过丰
约不一的剪裁，最后为了集结再统一为每首10行。就
外部形式与思维意蕴检视，它不是以形式为先导再填入
文字；更不是意念先行的创作，而是一个意念又一个意
念，或一个意象接一个意象，因宜适变的结晶。

关键词：洛夫；《石室之死亡》；组诗；长诗；形式；意蕴

鉴于《石室之死亡》在现当代汉诗史发展中的重要性，本文择取外部形式与思维意蕴为切入点，重读《石室之死亡》[①]。

1965年出版的《石室之死亡》是洛夫的第二本诗集，与1957年出版的首部个人诗集《灵河》相距8年。以回眸的姿态，洛夫特别强调《石室之死亡》的关键位置，甚至不排除化约地将自己的诗创作生命兜拢到这首长诗，以它作为一个天才诗人一出手就完全成熟的坚实证据[②]。

不论就评论文章之多、对洛夫个人创作生命之影响，或是在现当代汉诗发展史上，《石室之死亡》都是非常重要的作品[③]。然而《石室之死亡》的文本受到与令人赞叹的评论文章数量几乎等量齐观的漠视与误会。例如因读不懂而说该诗"超现

实"；例如仅以前几首的创作背景而径说该诗写于战地金门。

以下讨论，将先厘清阅读《石室之死亡》该具备的基础认知；再就形式与意蕴的交相织染探入诗行①。

一、《石室之死亡》的基础认知

（一）《石室之死亡》的写作背景？

根据洛夫 1987 年发表的《关于"石室之死亡"——跋》，《石室之死亡》创作的时空背景，是 1959 年 5 月洛夫从外语学校毕业后，7 月被派到战地金门担任新闻联络官。起初 3 个月在地下碉堡过夜，因不习惯隧道内不发电的夜间生活而开启诗思。当年 8 月，即在办公室写下《石室之死亡》的第一句；从此展开长达 5 年的长诗创作，于 1963 年完成整部长诗，1965 年出版。

值得留意的是，《石室之死亡》在金门的创作时间只有 8 个多月，占整部长诗总写作时间不到 15%。1960 年 5 月，洛夫自金门返回台湾，续写《石室之死亡》，直到 1963 年。

倘若拿诗人个人的生活与诗作相比附，则 1960 年代初期台湾海峡两岸的不稳局势、大陆来台诗人犹疑焦虑的心境，以及洛夫 1961 年结婚、1962 年长女诞生、诗友覃子豪生病等等，印证于诗作，这些外于实际战争的主客观因素，比起"八二三炮战"，更可能是《石室之死亡》的"潜背景"。

（二）"石室"是什么？

许多讨论《石室之死亡》的文章认为，"石室"就是战壕或碉堡之类。然而"石室"作为意象，并未贯穿整首长诗，反而仅是局部点染。作为战壕或碉堡的别称，"石室"确有所指；但诗行进展中，时空迁改，"石室"由实入虚，虚实交错，变成思维的生发点，意象之间牵连影射，在诗中产生虚实相济的效果，是否真有"石室"，或"石室"是什么，就不再重要。

检查"石室"在诗中的出现状态。"石室"一词，在《石室之死亡》64 首诗中出现过 2 次。一次在编号 30："首次出现于此一哑然的石室／我是多么不信任这一片燃烧后的寂静"；一次在编号 43："石室倒悬，便有一些暗影沿壁走来"。《石室之死亡》中，与"石室"一词相类，或因呼应、暗示而产生的词汇，则有"石壁""巨石""囚室""坟墓""子宫"等。

（三）为什么洛夫把题目取做"石室之死亡"？

洛夫说："这组诗的诗题只是随便拟上去，与其中任何一首诗均无多大关系；如勉强解释，则因这批诗之前数首'乃于金门炮弹嗖嗖声中完成'……诗的题目犹如大衣左面一排多余的纽扣，对诗的本身并无必然的意义。"[1]

洛夫写作这组长诗，心灵活动长期专注，成为潜意识，久之诗中感慨的界限渐趋分明，不再需要为了这习焉成套的组诗别立创作对象，但是诗成之际，命名就成为问题。

"对诗的本身无必然意义"，但可能对诗人、诗名，或诗的传播力、感染力等"诗本身以外的东西"有意义。假如诗题"犹如大衣左面一排多余的纽扣"，"多余"说明了附属、非主体，那么诚如"多余的纽扣"的"醉翁之意"不在扣住两边衣角，而常在装饰。洛夫这个比喻也侧面说明了《石室之死亡》的取题不在扣住诗行的主题或内涵，而在透过艺术加工，以扩大诗作的艺术表现力、丰富作品的艺术形象，可能是"语不惊人死不休"的命名方式，它的意义在于打造充满创作者个性的审美效益。

（四）《石室之死亡》的主题是什么？

《石室之死亡》不为某一特定的主题服务，而是在诗行中随意象迸发星爆般的思想内涵，若有所谓主题，也随诗行演进而更易。

我们可以从几组专题接近作品的原始构思，例如 16—18 首题为"早春——给杨唤"，33—36 原题《睡莲》；47—50 原题《四月的传说》；51—53 首为"初生之黑"，给其初生之女莫非；54—56 首题为"火曜日之歌"，给病中诗人覃子豪；57—63 原题《太阳手札》。不过我们更多发现，《石室之死亡》各节内容无必然关联。

"主题"不完全等同于"思想内涵"或"诗的意蕴"。这个观念，从阅读《石室之死亡》可得印证⑤。诗人落笔之先，要是早就知道会写些什么出来，依洛夫在诗中显现的性情，约莫就不会写了。

（五）《石室之死亡》的形式特质？

《石室之死亡》为组诗，具有大致整齐的形式：64 首，每首 2 段，每段 5 行，共 640 行。组成的每一首诗以标号为序次，从 1、2、3……直至 64，不另取诗题。关于《石室之死亡》的形式，最具洞见的是林亨泰的说法。林亨泰说（这编号）："与其说是对诗所必须的，毋宁说是只因为诗集的整理上所必须的。"[2]

5—2—64，《石室之死亡》这些段落结构上最显著的特质，李英豪揣度那是洛夫无意或潜意识创造出来的"立意"与"姿势",与诗人内在的推动、观念的成熟相关。其后,《石室之死亡》思维与形式的关联,就偶尔被论及,而且无独有偶,都聚焦在 5 行一节、2 节一首的诗行结构上,作想当然尔的推论。如许悔之说 10 行的形式表示既定的生存情境,此 64 首 10 行诗为洛夫"魔幻写实的倾斜构图"[3]。

(六)《石室之死亡》在诗坛引起的瞩目点?

叶维廉在《洛夫论》中的说法,可以大致概括当时及后来诗坛对《石室之死亡》注意的关键点。主要是该诗由孤绝感所散发的意象、语言、意识:包括黑色意象、禁锢意识、背面意义、紧张的语言、横空的惊呼、压抑的愤怒、不安的气质、错杂的内在、生死的冥思、空间的时间化[4]。

二、形式与思维的互相织染

综观洛夫对诗的见解,可以看出,洛夫虽不拒绝偶尔着力于形式,但对于形式的著述只是偶一为之、轻轻点染的名相戏论[6]。而在洛夫的诗创作实践里,《隐题诗》的"形式"是整部诗集的聚光点;以单首而言,形式技巧特出者亦不乏例证,比如《烟之外》的注重字形、《爱的辩证》的一题二式、《杜甫草堂》及《与李贺共饮》的嵌入古典诗句、《车上读杜甫》的以古典诗句为纲、《白色墓园》讲究排列的类图像写法、《致诸神》与《向废墟致敬》以排句或迭句换句的模式等等。而洛夫诗论绝大多数的着意点都不在表象的诗歌形态或结构[7]。

对于洛夫来说,诗形与诗名的关系如何?我们都清楚,成就洛夫"魔性"的绝不是诗的形式,而是思维与内涵。《石室之死亡》用的是再传统不过的诗行结构;令人赞叹的《外外集》诸诗篇,让读者沉吟再三的是外于诗行、字形与结构的"某某某之外"。几乎随手拈来、左奔右突的思维与意象,造就像《石室之死亡》《外外集》这样独具"诗魔"特质的篇章,而这些诗篇都完成于洛夫撰文专门讨论形式之前。当创作的爆发力排山倒海而来,形式的作用主要是意象与思维的攀缘处。

细读《石室之死亡》,可知该诗基本上可说是洛夫对"纯诗"的实验。洛夫将一种积极寻觅存在的精神向度渗透到文字中,借由总共 64 首、每首共 10 行、分为 2 段的结构,以各种几乎是喷发的意象去体会、描写存在。洛夫让自己待在往内寻找的过程中,促使自我的结晶更强壮。从 640 行诗句里,我们发现《石室之死亡》是形式与思维互相织染的极佳例证。表面上,思维安住于每首 10 行、2 段的固定形式;其实这 10 行的形式也依赖诗行中汪洋恣肆的诗想而获得意义。

以意蕴与思维为主、结构段落等表面形式为辅,可注意到《石室之死亡》的几个特点：

（一）句式与修辞：以煞尾句为主的斩截语势

在每首 10 行的固定结构里，句式变化很值得留意。《石室之死亡》有几种常见的句式或修辞：

1. 逗号

逗号是《石室之死亡》使用最频繁的标点符号。洛夫在诗中，以逗号作为所欲强调的分隔，或并两句为一句，处理本来可能增加的行数。例如第 33 首：

血，催睡莲在这肉体与那肉体中绽放

主语"血"之后的谓语加逗号，停顿之外有强调的效果；第 36 首：

诸神之侧，你是一片阶石，最后一个座椅
你是一粒糖，被迫去诱开体内的一匹兽

在动词和宾语之间，"一片阶石"和"一粒糖"的主语之前加逗号，一则两句排比并陈，再则和逗号之后的谓语分开，也维持了固定的行数；第 41 首：

向那回廊尽头望过去，你就是那座坟

虽然也可以用"你就是回廊尽头望过去的那座坟"一行写完，但以"你就是那座坟"作为"回廊尽头"的宾语，同时表示了句子结构和思维的中断，有无尽依依之感。

2. 顶真

《石室之死亡》中的顶真修辞有连结两句语气的作用，一并影响到灌注于两句不同内涵之间的语调。例如第 43 首：

而我算什么，一次可怕的遗忘
遗忘那婴尸是你，或我
我是从日历中翻出的一阵嘿嘿桀笑

第 51 首：

你在眉际铺一条路，通向清晨
清晨为承接另一颗星的下坠而醒来

3. 排比

《石室之死亡》中的排比修辞，形塑了等待、栖止的意蕴。例如第44首：

从贝叶中悟出一尾蠹鱼，瞿然
在蒲团上参出一只蟾蜍，愕然

第56首：

是晨曦，太阳呼喊着太阳
是杯底的余醉，是凤凰飞翔时的燃烧
伊是枕边不求结论的争吵

第60首：

有人咆哮，有人握不住掌心的汗
有人拥抱一盏灯就像拥抱一场战争

4. 煞尾句

煞尾句对《石室之死亡》整体而言的笃定、斩钉截铁的语气，以及充满割锋、撞击力的气势很具效果。例如第58首：

几乎对自己的骄傲不疑，我们蠢若雨前之伞
撑开在一握之中只使世界造成一阵哄笑
一朵羞涩的云，云是背阳植物
床亦是，常在花朵不停的怒放中呼痛

句末的"床亦是，常在花朵不停的怒放中呼痛"和《石室之死亡》造成的雄辩、强悍、锐利的气势相得益彰。煞尾句是《石室之死亡》在形式上的重要姿势，也是洛夫透过《石室之死亡》抵抗生死欲望的外显现象。

（二）五行短秩的诗想练习

《石室之死亡》因为每首 10 行、分 2 段、每段 5 行的固定结构，以及以煞尾句为主的句式，形成 5 行之内斟酌法度、权衡所裁的必然性。5 行的短秩之内，选词、命意锱铢必较，"立片言而居要"的警句因而随处可见。例如：

> 棺材以虎虎的步子踢翻了满街灯火
> 这真是一种奇怪的威风
> 犹如被女子们折叠好的绸质枕头（第 11 首）

> 第一回想到水，河川已在我的体内泛滥过千百次
> 而灵魂只是一袭在河岸上腐烂的亵衣（第 19 首）

> 感激，常如梳妆台上一炳冷冷的银锁
> 常在守候着最初的开启（第 25 首）

> 蓦然回首
> 远处站着一个望坟而笑的婴儿（第 36 首）

> 战争，黑袜子般在我们之间摇晃（第 41 首）

> 当光被吸尽，你遂破云而下
> 终至摔成传说中那个人的样子（第 47 首）

> 设使有人以身段取悦于卧榻
> 黎明，你便倨傲得如螳螂之一进一退（第 48 首）

> 落日如鞭，在被抽红的海面上
> 我是一只举螯而怒的蟹（第 59 首）

这些警句都是煞尾句，有一种"不由分说"的气势，"文气"乃成为以诗行为观察焦点的表面形式与离众绝致的诗想之间的张力。诗例中的逗号作用主要在调节行数，其次才是造成语气上的顿挫（如第 25 首、41 首、48 首），否则第 36 首原也

可以在"蓦然回首"之后加逗号，延续"远处站着一个望坟而笑的婴儿"而写为一行。

撇开形式的框架，要说《石室之死亡》是洛夫的造句练习也未尝不可，因为孤立的秀句比比皆是。援例中，第11首的诗行为原诗第一段的前3行；该段的后面两行是"我去远方，为自己寻找葬地/埋下一件疑案"。5行组成的这一段意义完足，但又可以与后面"刚认识骨灰的价值，它便飞起"的下一段呼应，段与段之间可离可合，结构性不强；一个段落的5行之间关系较紧密。前段前三句的奇警处在于"虎虎生风"的棺材横过热闹的市街，结合了死寂、凄厉与繁华等不相称的因素，还在于因为形象与功能近似（死人躺棺材，活人躺枕头）而把"棺材"和"枕头"并置，以及多个子句的迭合。"这真是一种奇怪的威风"作为副词子句，"虎虎的步子踢翻了满街灯火"作为形容词子句，指向"棺材"："犹如被女子们折叠好的绸质枕头"，这些意象集中在三个句子里，彼此以意象牵引，以意蕴映照，整体读来则透着和谐。

（三）以固定的形式反映生命的碎片

《石室之死亡》呈现的因缘与生命碎片如同大海中的波浪，而诗人的诗思如风，风不断吹，波浪不断出现，一个波浪接一个波浪，但身为波浪不会持久，一下子就回到意识的汪洋中，有如容易破碎的水泡，而结构上圈定的框框则使得诗人生灭不断的感受与想法有所依止。

《石室之死亡》安住于以数字序列而不冠标题、每首10行、分为2段、每段5行的固定形式，借以反应诗思泉涌之际无暇定名的各种纷至沓来的意象，使得那些由文字组成、如梦幻泡影般的意象暂时栖居，然后串组成一首长诗。

以稳定的诗行结构为生灭不定的内涵的家，使得来去如客、动摇似尘的各种想象得以依归，进而完成创作生命中一段折冲奔突、驱力的示现，这是《石室之死亡》内容与形式的奇诡配合：住于不住，不住于住。因为固定的形式，飞奔辐射的各种想法不至于溃散无归；因为生灭变幻的生命情境，从一而终的结构不至于沉闷、僵固。

洛夫这种看似随性的长诗写法，颇能体现"行于所当行，止于所不可不止"的创作态度。正因洛夫创作之初，将此诗写成如何的一种面貌缺乏全面谋划，此诗呈现怎样的"精神内涵"、怎样的"纯诗"，才是洛夫着眼的焦点。在1960年代，洛夫如此展现长诗的样态引来许多类似的解读，比如叶维廉说："'石'诗就是因为游离而有时失去一个凝聚的主轴。""洛夫必须冲出来，给它一个较紧密的结构。"比如林亨泰说《石室之死亡》："专心致志于联想系统的切断。"⑧思维与形式互相织染，刚开始写的时候可能无意，后来因兴而作，在跷跷板的两端思维恒是江河汹涌，相形之下形式也就不成问题，也包括为什么序次始于 1、止于 64；它只是就写到第 64首。洛夫未必打算给读者一个可信服的"为什么是 64 首"的理由⑨。

《石室之死亡》的前面几首诗，摹写及想象的空间较贴近"石室"的原始命题——碉堡，血腥不安之气也较明显，然而每当气氛凝聚到一个临界点，洛夫总是会赋予宛如整个时代墙壁的"石室"辽阔的感性，然后荡漾出原本贴恋着的意象与情境，在嘲讽与无奈里快意为诗。如第一首：

> 只偶然昂首向邻居的甬道，我便怔住
> 在清晨，那人以裸体去背叛死
> 任一条黑色支流咆哮横过他的脉管
> 我便怔住，我以目光扫过那座石壁
> 上面即凿成两道血槽
>
> 我的面容展开如一株树，树在火中成长
> 一切静止，唯眸子在眼睑后面移动
> 移向许多人都怕谈及的方向
> 而我确是那株被锯断的苦梨
> 在年轮上，你仍可听清楚风声、蝉声

诗中人从战壕中探头张望，两句"我便怔住"写出不同程度的怔忡和始终如一的愤怒。指点"那人"，"以裸体去背叛死"，裸尸以被作贱的身体袒陈回应死亡，"那人"无意识睥睨身后的世界，在万物为生的清晨，对衣冠整齐的文明之死进行了悖逆式的反抗，而无言的羞辱透过诗中人的类代言体流泄。由此展开的第一段想象"那人"死亡的过程。"我以目光扫过那座石壁/上面即凿成两道血槽"极写怒火。贲张的血流凝成黑色，沥青一般胶着，"任一条黑色支流咆哮横过他的脉管"，"咆哮"既是"他"撕裂般的痛感，也是造成"黑色支流"的主体狂暴肆虐的结果。此段第一个"我便怔住"是因为不经意看到了战死的裸尸，第二个"我便怔住"是凝视尸体后的遐想。第二段伊始，"我"的面容在火中展开如一株苦梨，"被锯断""在火中成长"，对死亡与战争的态度从慨叹、挑弄到静默、坚守。"一切静止，唯眸子在眼睑后面移动"则死亡与不安犹如羽绒被将"我"覆盖，万物皆静止，诗中人的思绪不畏不惧，仍在转动；然而唯有眼珠子在动的这个动作，也看出"我"的无能为力。除了延续第一段"扫过石壁的目光"之灼烈，也增添非比寻常的诡异气氛。同时在色调上，第二段的画面瞬间从晦暗而逼仄的石室中转移到风声蝉声交响的广阔大自然里。

（四）似断若续的意象与思维边际

《石室之死亡》以 640 句连结似断若续的意象，游走在意识与现实的边缘。以通篇而论，整体的协调、融合、关联与牵挂不足，几乎是历来对此作的普遍看法。很有趣的是，对《石室之死亡》的这个意见也反映了当代诗学对长诗或组诗的成见：长诗的意象、段落或造语，必须前后平衡、调和、呼应、牵连或"成一系列"。在这方面，《石室之死亡》颠覆了传统诗学对长诗或组诗的成见。

《石室之死亡》有几组被解读者挖出来的关系意象：黑色相关、石室相关、坟墓相关，而呈现以藕断丝连的意象串接成的"欣赏边际"。与黑色相关的意象，在该诗中表现为忧惧的流动或沉痛的呼喊，例如：

> 当十字架第三次拒绝那杯行前酒而扭断了臂，/我遂把光交给黑色（第 21 首）
> 战争是一袭折不拢的黑裙（第 24 首）
> 一撮黑髭粘住一片惊愕（第 25 首）
> 你们原该相信，慕尼黑的太阳是黑的（第 29 首）
> 不管谁在颤动，一靠近即饮尽了黑色（第 35 首）
> 从迸裂的镜面中，你将猛然惊觉/一袭黑雨衣在那上尉肩际滑落（第 38 首）

以"黑色的相关意象"为主轴，联系了诗中人对战争、信仰、死亡的意念，想象的触角又延伸到诗行中的盲瞳、蛇腹、黑裙、墓冢、火血。黑色，几乎承载了《石室之死亡》诗中孤绝魂灵的暗魅世界。

假如循着阅读惯性，试图为《石室之死亡》寻找同一意象系列的脉络，那么除了"黑色的相关意象"，睡莲、比目鱼、玫瑰、响尾蛇另可成为隐喻或转喻较接近的意象组；倘若以坟墓的相关意象为主轴，则子宫可与之应和而成为同一原型的意象：张汉良就以神话原型阐释《石室之死亡》。[5]

但其实，对《石室之死亡》通篇"协调不足"的普遍看法，以及隐约若符合节的思维串接之余，我们更应考虑："整体"或"成系列"的思维与意象，就诗行的阅读视图，是否合乎洛夫当初的创作设计？或者那些认为《石室之死亡》"游离""不够凝聚"的"缺失"，除了表示超出读者的阅读理解之外，并未真正射中《石室之死亡》的软肋。

我们应特别留意洛夫自己和颜元叔的说法。洛夫曾评论众说纷纭下的《石室之死亡》内涵，说："这些观点应非哲理性的，而是透过繁复意象转化为纯粹的诗。"[6]
颜元叔在《细读洛夫的两首诗》谈到《石室之死亡》中，后来另外取题的《太阳手
札》，曾说："'太阳手札'的最独到处——这也是洛夫诗才之最高表现——便是意
象语之丰富、奇特，与魄力。也就是洛夫的意象语之力量如此，读者的意识被驱赶
着，急速奔驰于字里行间，而无法稍停以审视其内的连贯性。"[6]116-131洛夫把对"纯
诗"的理想付诸实践，不甘平淡的意象演出才是《石室之死亡》的焦点；"不够凝
聚"是一记回马枪，更是合理化读者的阅读理解的方式——当读者难以招架丰富而
奇特的意象，又偏偏受它吸引时。

（五）淡薄的故事线索与紧张的意念发展

《石室之死亡》多半展现的紧张意念具有破坏性——当诗行透出渴望；但是也
有极少数的诗，想象沿着意念显现了建设性。这其中的差别，在于诗中人（就《石
室之死亡》而言等于诗人）"当时所是的状态"和"想变成的理想"的差距，如果
两者差距大，紧张的意念就强；差距小，紧张就小。即使根据似有似无的题材，洛
夫仍不紧依着故事脉络写诗，而是以种种假设，淡化题材的背景，突出意象，透显
心象。《石室之死亡》中的大多数诗作，"当时所是"与"当时所要"差距很大，因
此充满了紧张。矛盾语或主客易位成为 1960 年代的洛夫的书写特质，亦由此而来。

与某些大河型的诗作相较，《石室之死亡》有显著的自我凝视的特质，而小说
企图与故事线索较淡薄。如 16—18 首副题为"早春——给杨唤"、54—56 首题为
"火曜日之歌"，给病中诗人覃子豪，虽各自组成一个完整发展的意念，却没有前后
事件的因果说明，也不强调序次的时间，而只留下某些提示的枝节，模糊故事的发
展轮廓。整部《石室之死亡》以几个较显著的意念为主、零星妄发的狂想为助，把
感情或由景物引起的经验激发到某一种高度与浓度，再经修整，"添油加醋"而成
终作。

描摹意念，《石室之死亡》的笔触是流动的。在力的建造和放射的意象中，《石
室之死亡》倾向内在感受对外在时空的投射，或外在空间向内在空间的移动，到处
充满主客易位、时间的空间化，以及延长静观的瞬间。尽管一开始的几首诗有江河
澎湃的味道，但其后荡漾开来，整首诗的因兴而作早就冲淡了"金门—战地—碉
堡—战死"的书写旨意，反而是对生死爱欲的思索。

且以第 5 首为例：

> 火柴以爆燃之姿拥抱整个世界
> 焚城之前，一个暴徒在欢呼中诞生

雪季已至，向日葵扭转脖子寻太阳的回声
我再度看到，长廊的阴暗从门缝闪过

光在中央，蝙蝠将路灯吃了一层又一层
我们确为这间白日空下的房子伤透了心
某些衣裳发亮，某些脸在里面腐烂
那么多咳嗽，那么多枯干的手掌
握不住一点暖意

　　诗行绕着"火"和"光"，发挥意象的展演。我们可以循着诗行，为这首诗构设出"故事线索"：暴徒焚城、阴暗的长廊、雪季中的向日葵、白天的空屋、重重围着路灯飞翔的蝙蝠等等，表现出城市劫毁后渐渐生长的样态。第一段下手那么重，"爆燃""扭转脖子""暴徒在欢呼中诞生"，告诉我们：诗行中的紧张来自于洛夫对诗中当下并不存在的幻想，透过心象而创造出的故事与可能性带来紧张，演变为如"某些衣裳发亮，某些脸在里面腐烂""那么多咳嗽，那么多枯干的手掌/握不住一点暖意"那样的警句。从诗行中，我们看到洛夫对黑暗与暴力的想象，很难确定那想象基于对抗或期待，但能体会诗中人想要改变诗中的状态。
　　再如第 53 首：

由一些睡姿，一个黑夜构成
你是珠蚌，两壳夹大海的滔滔而来
哦，啼声，我为吞食有音响的东西活着
且让我安稳地步出你的双瞳
且让我向所有的头发宣布：我就是这黑

世界乃一断臂的袖，你来时已空无所有
两掌伸展，为抓住明天而伸展
你是初生之黑，一次闪光就是一次盛宴
客人们都以刺伤的眼看你——
在胸中栽植一株铃兰

　　在第 5 首诗中，"我"和"我们""某些衣裳""某些脸"呈现一种"关系"，然而在第 53 首诗里，"客人"和"你"仍以某种"关系"展现，而"你"却像是"我"

的一种内在状态——"且让我安稳地步出你的双瞳",或者也可以说,"你"是"我"的呼吸——"哦,啼声,我为吞食有音响的东西活着"。我们循着诗行可以构设的"故事线索"比第5首简化,因为诗中单纯到几乎只表现孩子初生的愉悦。这首诗表现的是整部《石室之死亡》难得绽放的深沉宁静。要说由矛盾语或主客易位构成的张力,第53首不及第5首。诗中的"我"怡然自得,很满意当下的状态,没有什么紧张,也不渴望成为任何其他的样子。唯一突出的紧张意念是末两句:当感觉与主体分离时。在这首诗里,洛夫的想象力集中在诗中所写的情境当下,没有特别创造出各种期待或渴望,而仅仅呈现存在的、生活的某种方式,与其说这首诗中诗人的精神是放松的,不如说超越了紧张。

三、结　语

综上所论,《石室之死亡》是一首攀缘于传统形式,在强烈的主体性与汪洋般的潜意识中释放紧张的诗。如果不是一个既定的形式,我们可能失去其实无所住的诗意,失去《石室之死亡》。因为泅泳其中的洛夫将如水滴般,因过于投入而遗忘自己,成为汪洋的一部分,终究变成海洋而得到整个海洋;因而也就没有诗,没有后来放松为《魔歌》的洛夫。

诗想如影,结构如形,影之随形理所必然,有幸与思维意蕴相逢的外表形式,也就造成了诗人与自己内在能量相逢后的伟大高潮。就像无止境的狂喜,洛夫带着自己和读者,永远保持在高处,而那个高处变成内里最深的核心、最深的存在。

10行的最初设计经过丰约不一的剪裁,最后为了结集再统一为每首10行,可见《石室之死亡》不是以形式为先导再填入文字;《石室之死亡》更不是意念先行的创作,而是一个意念又一个意念,或一个意象接一个意象,因宜适变的结晶。若就行数、结构、句式等表面形式检视《石室之死亡》中意蕴的安置,可证洛夫果真是斫轮老手。

注释:

① 本文用的《石室之死亡》版本均出自洛夫:《洛夫诗歌全集:ⅳ》(台北:普音出版社,2009年),第26—90页。以下引诗不注明页数。

② 2013年底,洛夫接受台湾"人间卫视"的"知道"节目专访,以总结创作成绩的态度,特别提出《石室之死亡》《魔歌》与《漂木》三部诗集,作为诗创作的三个转型标志。在访问中,洛夫说《石室之死亡》以超现实书写创下向法国诗人

取火的实验基础；《魔歌》回归清朗的语言与文化中国的诸多典故；《漂木》则以《石室之死亡》的局部意象为根基而将语言更浅白化，叩问历史与人生，为晚年力作。

③ 对洛夫的研究非常多，汉学界所累积者，篇数已达万计；但集中讨论《石室之死亡》的篇章则较有限，例如从 CNKI 数据库上，仅三篇论文讨论《石室之死亡》，为：郑淑蓉、朱立：《由生死意象窥探洛夫诗歌的生命意识——以长诗〈石室之死亡〉为例》，《鲁东大学学报. 哲学社会科学版》，2012 年第 2 期，第 42—46 页；董正宇、樊水闸：《洛夫〈石室之死亡〉新探——兼论中国现代诗的"晦涩"倾向》，《湖南科技学院学报》，2012 年第 1 期，第 39—43 页；王骏：《从〈石室之死亡〉到〈漂木〉——洛夫诗歌艺术特色比较分析》，《世界华文文学论坛》，2003 年第 4 期，第 14—18 页。三文对于《石室之死亡》与现代诗发展过程中的晦涩关系，《石室之死亡》的放射与多元主题、繁复的意象与非理性连结等多所论述。唯许多文章的观点经常有误读之后的误用或误引，因此文章虽多，对此一经典名篇反而没有解读上的加乘作用。尤其形式与意蕴之间的关联，亟待进一步讨论。也因为如此，《石室之死亡》亟待重新细读，纠正一些非常基本的、从文本而来的认知。这是本文撰写的动机。限于篇幅，640 行的巨作仍无法细到逐行译码，但本文是一个开端。也因如此，本文不罗列洛夫研究的众多历史资料，仅援几篇真正具有洞见、正确而深入阅读的文献。

④ 历来对《石室之死亡》的讨论篇章，观点多集中在该诗的意象、警句、内涵、主题。

⑤ 李英豪前揭文"大而化之"地说《石室之死亡》侧重"原始之存在"。但这个堂皇的理由后来被比较仔细的推演几乎覆盖。如龙彼德就从命意与结构指出《石室之死亡》："节节皆可独立为一首短诗"。参见龙彼德：《沉潜与超越：洛夫新论》，收于张默主编：《大河的雄辩：洛夫诗作评论集》，台北：创世纪诗社，2008 年，第 47—69 页。

⑥ 可参考洛夫：《洛夫诗论选集》（台北：金川出版社，1978 年）中的相关文章。

⑦ 洛夫曾撰文表示一般人把形式与内容截然二分的"粗率"，又说："纯粹的作品其内涵是直觉的，而非名理的、象征的，而非实用的。纯粹度越高，则愈无法将其可述性之意义抽离出来，故纯粹的诗绝不是预先设计好一个模型，然后再将某些概念灌进去。"见洛夫：《诗的语言》，收于洛夫：《洛夫诗论选集》，台北：金川出版社，1978 年，第 73—82 页。

⑧ 叶维廉：《洛夫论》，收于萧萧主编：《诗魔的蜕变》（台北：诗之华出版社，1991 年，第 1—59 页；林亨泰：《大乘的写法》，收于侯吉谅主编：《洛夫〈石室之死

亡〉及其相关重要评论》，台北：汉光书局，1988 年，第 92—103 页。

⑨ 关于行数，洛夫在《关于"石室之死亡"——跋》，提到《石室之死亡》："……
五年之间，当它分别于各诗刊杂志上发表时，形式各不相同，有的十行一首，有
的行数不定，但最后结集出版时，全部改为十行一首。十行一首本为我最初设计
的形式，而日后分开发表时改为不定行数，只是权宜的处理，别无其他作
用，……"文收于侯吉谅主编：《洛夫〈石室之死亡〉及其相关重要评论》，台
北：汉光书局，1988 年，第 192—203 页。

参考文献：

［1］李英豪. 论洛夫《石室之死亡》［M］//萧萧. 诗魔的蜕变. 台北：诗之华出版
社，1991：323—336.

［2］林亨泰. 大乘的写法［M］//侯吉谅. 洛夫《石室之死亡》及其相关重要评论.
台北：汉光书局，1988：92—103.

［3］许悔之. 石室内的赋格——初探《石室之死亡》兼论洛夫的黑色时期［M］//
萧萧. 诗魔的蜕变. 台北：诗之华出版社，1991：347—374.

［4］叶维廉. 洛夫论［M］//萧萧. 诗魔的蜕变. 台北：诗之华出版社，1991：
1—59.

［5］张汉良. 论洛夫后期风格的演变［M］//萧萧. 诗魔的蜕变. 台北：诗之华出版
社，1991：109—141.

［6］洛夫. 关于"石室之死亡"·跋［M］//侯吉谅. 洛夫《石室之死亡》及其相关
重要评论. 台北：汉光书局，1988：192—203.

——原载《江汉学术》2016 年第 1 期：5—12.

从商禽之梦看台湾新诗的跨领域现象

——基于左右脑与语言、非语言的关系

◎白　灵

摘　要：由商禽之梦说起，可借助左右脑功能的不对称性和科学
酶反应中的活化能观点，讨论1980年代前后开始的台
湾新诗之跨领域趋势和发展，并对拉康幻象公式中的障
碍观重予解释，继而讨论诗之作者、作品、读者之间的
关系。诗的声光化、影像化、数字化，乃至全方位化、
庶民化，是诗在"跨领域年代"中所有艺术皆朝向右脑
化、无框化、无界限化、非辖域化方向运动的一显著现
象，也正是后现代实践的必然趋势，是使诗深入一般读
者与其共鸣并使读者"可逆参与"成为作者的重要
路径。

关键词：台湾新诗；商禽；左右脑功能；数字化；跨领域

一、领域向非领域化、左脑向右脑化移动

2006年台湾前行代诗人、被称为"散文诗教主"的商禽（1930—2010）于76
岁时，在一篇访问稿中曾说：

> 诗人创作，是用文字来描述诗的意象，把文字可视化。现代诗现在多半是
> 可视化，而不再是声音化。所以每一个诗人大概最终的愿望，就是做一个画家
> 兼导演，把声音、形象、色彩全部表达出来。[1]

此处商禽指出两点，一是现代诗人多以文字"可视化诗的意象"，却不够重视
"声音化"，即音韵的妙处在当代新诗中难以展现，其实很多诗作即使是"可视化"
或形象思维化了，他的作品也不必然能够成功。二是诗人脑中的意象太玄妙了，不
把声音、形象、色彩"全部表达出来"着实不过瘾，因此"最终的愿望，就是做一

个画家兼导演"，此点指出文字非万能、有所不足，除文字外，只有加上"画家"、"导演"才能"全部"地表达。不管商禽说的"全部"究竟是不是全部，他指出的两点，至少与"音"及"影"有关，它们脱离左脑主控存取之文字的象征领域，转而去与右脑主控存取的影音勾连，而且说这是"每一个诗人大概最终的愿望"，此"最终"二字说白了即等于指出"文字独揽"时代已结束，而"图文并驾"乃至"影音突出"时代的来临。虽然在商禽有此"最终的愿望"之前的 1980 年代早就露此端倪，只是于今为烈吧。这是"商禽之梦"，是到 21 世纪的商禽回头看过去"纯文本时代"与"图文并出的现代"的一大落差，显然他心中有诸多的画面和超现实场景以文字展现不出、却已来不及展现，即随着他在 2010 年逝去了。

　　众所皆知，左右脑两半球有不对称性（asymmetry）或偏侧性（lateralization），"商禽之梦"所重视的"影"和"音"皆在右脑，而右脑与人的感性直觉息息相关。而语言文字则偏侧在左脑，与人的理性逻辑息息相关。语言学家雅各布森（Roman Jakobson，1896—1982）晚年特别注意左右脑与语言、非语言的关系。比如他注意到右脑和语言之外的其他心智能力之运作关系，认为左脑在辨认语言需经编码的程序，因此是有结构性，无法被编码时即代表听不懂。而右脑在听取非语言性声响时则大大不同，这些音响的听取和理解是不必透过编码过程的，虽然听取后仍要以编码方式进一步对这些刺激进行构思。而右脑的听取涉及的是某些直接经验刺激之辨认（包括视、听、触、嗅、味、动作等身体所感），一个人的右脑如果因电激受损而左脑正常的话，左脑仍可毫无困难地听解别人的言语，但对于铃声、水流声、动物嘶吼或鸡啼、狗吠、牛鸣、猪叫、儿童哭闹、瓷器摔碎、雷鸣、金属碰撞、步履声、踩叶声、飞机声等平常极易辨别又极度丰富的日常声响却失去了区别的能力，这些声响对于右脑受损的人来说可能都是差不多的声音。因此他重新强调了非语言之声音对人类的重要性："右脑处理的，主要是人类日常生活上的，乃至因大自然力量之湍动而被吾人听取的现象。"[2] "大自然力量之湍动"即是人之天生智能中极易与之共鸣之处，理应是"天生优势智能"（在右脑，但在社会上却是处于劣势的半球，比如爱好音乐美术者难以生存），反而语言文字要透过后天长期学习如何编码方可习得，其实是"天生弱势智能"（在左脑，在社会上反而是处于优势的半球，比如科技理性人才较易生存）。右脑之"优势智能"人人均易于切入，但在教育体制中却处于边缘地位，未被尊重和注视。商禽说"现代诗现在多半是可视化，而不再是声音化"是提醒我们对此天生"天生优势智能"（还包括视、触、嗅、闻、味、动作、身体所感）及对"大自然力量之湍动"重予注意。

　　另外，雅各布森也强调右脑与语言中之感情语调之识别关联，他曾指出：右脑掌管了语言中带感情成分的感叹语调之识别工作。如果一个病人的右脑功能受了损害，但左脑正常，则病人于听取别人说话时，虽对说话所传达的知性内容完全明白，但却不能清楚地掌握别人说话中所带的情绪和感叹语调，也难以对别人的感情做出适当反应，即病人丧失了常人透过调整语音之抑扬缓急轻重以表达自己的情感爱恶的能力。而且右脑受损病人在语言活动失去感情方面的控制的同时，会变得更健谈、滔滔不绝，却讲一些感情中性的话，反而使他人更难以理解他真正想表达的是什么。因此一个健全的右脑负起了平衡和抑制左脑表语活动的责任，透过合理的抑制，正常人所讲出来的话才有一定之"可解度"（readability）。而会不会因为如此，不少人把诗写得很长，滔滔不绝，感情却是中性的，反而使他人更难以理解，莫非右脑的感性力（或也代表较大的想逃逸社会化、进入"非辖域化"的倾向）受到压抑，表达感情语调的能力下降；而左脑理性发达（或也代表较大的社会化、象征域化或"辖域化"倾向），其结果却是单纯的知性内容并不能使读者真正地理解。

如此或可得出几点小结论：一是语言长度与声情（非语言）的存在成反比关系。声情加入，语言可减少其长度，或即音韵铿锵的诗作都不必过长的原因；二是语言属辖域化范畴，需要编码或结构化，非语言的声情属非辖域化范畴，对语言有"解辖域化"的作用；三是"解辖域化"使语言与非语言之间产生"跨领域作用"，实即左脑必得与右脑密切合作，因此"跨"的意义乃使"有框无框化""有界无界化""辖域非辖域化""领域非领域化""左脑右脑化"等说法成为可能；四是声情与"大自然力量之湍动"相关，易互动而生共鸣，是出自内发、内在的，乃人类天生优势智能，语言是外铄的、教化的。内发的对外铄的有降低其对人的挫伤作用，并提升其感动力。

二、能量障碍与幻象公式

拉康（Lacan）曾用幻象公式（$\$\Diamond a$），说明欲望主体"$\$$"与欲求客体"a"之间的不可能关系，"$\Diamond$"指的是一道屏障，像一座障碍，需要极大的能量才能越过，亦即"$\$$"与"a"之间永远有个能量障碍阻绝。其中"$\$$"是"S"（主体）身上划上一条杠，代表欲望主体是一个分裂的主体，或自婴儿起即被他者与社会（拉康三域中的象征域，或大他者 A）教化的主体，是受了伤或符号化了的主体，因此"$\$$"并非拉康三域中实在域的主体"S"本身，那"S"像人类所来自的、与之合一的母体或子宫，是早已永恒地失落了。因此"$\$$"代表人的不完美、被社会化了的、投到世上的，内在是永恒地匮乏的，追求再多的欲求客体"a"（小他者），都永远无法满足。因此"a"就只成了激发主体欲望的原因而非其欲望的真正对象，齐泽克（Slavoj Zizek）说"a"其实是崇高的对象（the sublime object），不断引发我们

的欲望，但如果我们离它太近，它就会失去其崇高的特质，变成普通之物。

但幻象公式中的能量障碍或阻绝"◇"究竟多高多大并未见说明。而因有"障碍才能揭示欲望是什么"，它是"一种必需的盲点"，那是因为"潜意识欲望的对象，只能够由他意识欲求的对象的障碍加以代表"，而对"障碍"的"成功回避"或"追寻"均能形构出吊诡式的乐趣，有"障碍"才有此乐趣，但"差劲的障碍使我们贫乏"[3]，如此能量障碍或阻绝"◇"是必要的，却又不宜过高或过大，也不宜过度轻易，因此上策即是如何使原有的大能量障碍想方设法降低，又不时处于"活化态"的状况（在图一中为曲线的高峰，表示能量障碍仍在，只是暂获克服），而非攫取住"a"。

此处或可借酶（又称酵素）的催化反应体系和活化能（activation energy，即能量障碍）加以引申[4]。一个反应要能起动，必须反应中的分子超过活化能或能量障碍，最常见的是加热其系统，这是最常见的一般状态，如下列图一中的路径 I，其能量障碍甚大而且始终不会改变（不论横坐标由左向右或由右向左）。但此时若有化学（非生物性）催化剂（catalyst）加入，则将如图一中的路径 II，其能量障碍将降低。而若是借助酶（生物性的 catalyst）的催化，则反应体系将如图一中的路径 III，能量障碍将大降。不论是路径 I 或 II 或 III，其目的无非是想达至"活化态"（activated state，图一中路径 I 或 II 或 III 的高点），因此幻象公式（$ ◇ a$）也可说借助着"a"的幻象物，引诱被教化的主体"$"自以为进入乃至处于"活化态"中，仿如短暂地瞥见了自身的"S"，而事实上只是幻象物，只是寄托物，一旦"离它太近，它就会失去其崇高的特质，变成普通之物"，世上不论何种人、情、爱、事、物、名或利，率皆如是，一朝在手，则幻象尽失，人即由"活化态"落回"常态"（图 1 中三条曲线的两端）。

因此人如何使自身能时时处于"活化态"（接近声情湍动），比何者是"a"更重要，或者若有什么"a"可时时逗引"$"去追索不尽，此追索不尽使人常常短暂地、间断性地仿如置身于"活化态"中，则亦无不可。问题是，诗对多数读者而言，由于文字大能量障碍的存在，使"a"远远不俱时时逗引"$"去追索不尽、去设法达至于"活化态"中。因此达至"活化态"比"达不到活化态"（因为文字障碍）更重要。

由此可知，若能有一大幅降低能量障碍如酶（酵素）者，则体系将如图一中的路径 III，就极易进入"活化态"中。那很像在面对大能量障碍时，干脆凿一山洞隧道穿透它，是使"◇"凿通，而且是双向的、可逆的。否则如图一中的路径 I，由个人到社会（由左向右）的路径，要到达"活化态"不仅要克服极大的能量障碍，当由社会返回个人（由右向左）的路径时，要克服的能量障碍就更高更大。而路径

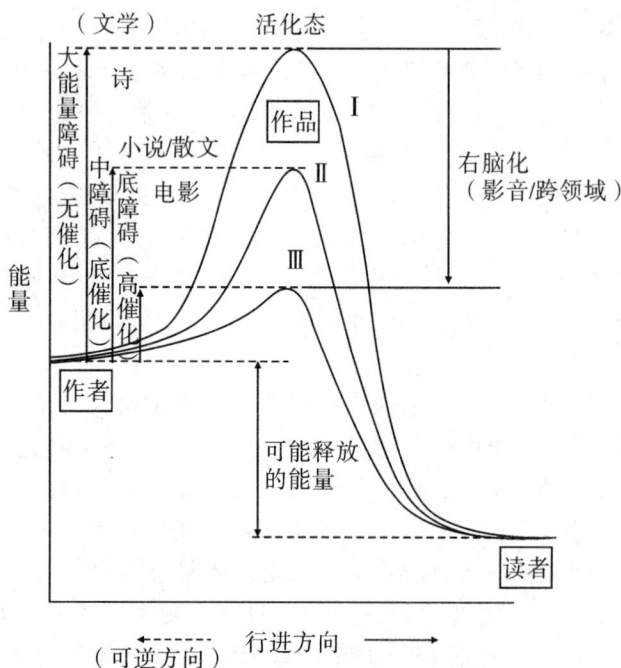

（文学）　　　活化态

大能量障碍（无催化）　诗

小说/散文

中障碍（底催化）　底障碍（高催化）　电影

能量

作品　　Ⅰ

Ⅱ

Ⅲ

右脑化（影音/跨领域）

作者

可能释放的能量

读者

◄----- 行进方向 ----►

（可逆方向）

图 1　右脑化在作者/读者关系中可缩减能量障碍

Ⅲ 的正方向与可逆方向则较路径 I 或 II 皆低矮了许多。

因此诗人与社会互动中，面对此根本不能克服的"大能量障碍"，乃常常聚会、集社、办刊物和活动、跨倾域与画家作曲家合作，相濡以沫，互激互励，使自身尽一切可能达到"活化态"（如图 2 的路径 I 的高能量障碍），这成了每一代诗人以不同形式突破困境找到出口共同的经验。当然最好是寻求催化剂以达至"中能量障碍"（如图 2 的路径 II），乃至找到宛如上述生化反应中神奇魔物的"酶"，以降低此"大能量障碍"，达至"低能量障碍"（如图 2 的路径 III）。

尤其是图 2 的路径 III，由于可大大降低能量障碍，达至"活化态"，则个人被完全社会化的可能，会因其可逆向返回个人而大为降低，也或可说幻象公式（$\$\Diamond a$）中，可自"a"中汲取能量回身浇灌"$\$$"，使"S"身上的杠杠有机会部分剥落，"被教化的主体"不致完全固着。

图 2 中又以路径 I 为一般状态，路径 II 为通过知识，路径 III 为通过自然或梦（右脑）。路径 III 也一如图 1 所示，有类似酶的生物催化作用，能大幅度地降低能量障碍，尤其是通过自然（或雅各布森所说"大自然力量之湍动"），引发的读者共鸣度比梦更厉害。

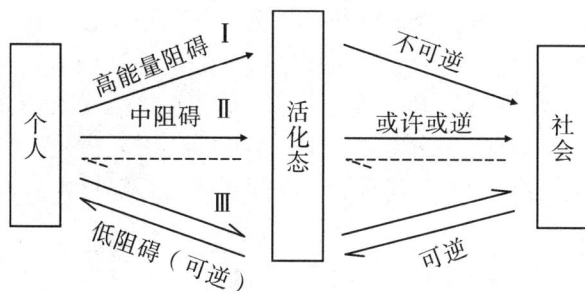

Ⅰ：一般状态　/Ⅱ：通过知识　/Ⅲ：通过自然或梦

图 2　由社会回返个人与低能量阻碍及可逆的关系

　　宛如将"◇"的障碍凿出一山洞隧道，可容人穿透它，是使"◇"凿通，而且是双向的、可逆的。而在心理学上"自然"本即是被视为"倒退式"的母亲的象征，而当一个人逃入自然，获致短暂"不必与人为伍"的自由时，他的心理的孤独感是透过身体移动的自由感而表现出来的。因此漂泊、流浪、自由获取的方式，其实即孤独感获取的方式，而"自然"即被视为人类重建自身身份的第一选择：

　　　　一个人要重建他的身份认同以及自尊时，第一步，通常便是退回自然的孤独怀抱。可是，所有回归自然物想象，同时也包含了共生的渴望（渴望未经分化的齐一，人类和自然之间、人和同侪之间不言自明的了解）……[5]

　　"倒退式"的"回归"，或指从左脑以语言操控的社会化、辖域化范畴逃逸，"倒退"至非辖域化的右脑非语言的、却是更自然的声情的范畴。其"绝对正面的效果"正是跨领域后的无界限状态，甚至有可能"跟自然产生不可思议的融合"，那时又与精神的自由无异。

　　因此现代科技的长足进步，使高画质高影音承载量的各种信息，在网络进行输送或传递、展演时更易进行，这是人类试图由左脑主控的文字语言象征符号脱离，进入"右脑化"即影音也是更接近自然的声情为主的后现代现象，这即是上述要"跟自然产生不可思议的融合"，以达至精神的自由之一种途径。因此"跨领域"此一名词本意指打破既有框架，跳脱本位，穿梭于不同的领域之间，以开放性的观念瓦解传统艺术文学的封闭性，因此诗从"词语"向"图像"转向，其实正可看作左脑"向右脑转向"、向自然天生优势智能转向，而左脑是拉康所指的主体被划了一杠的"¥"所在的象征域，是被教化了的、逐步社会化的范畴。当今之"数字媒体"因具有多元复合特性，容纳了文字、声音、影像、舞蹈、戏剧、互动、感应科技等多项元素，由此延伸出各种跨界结合与创新的可能，而"诗"正是文学中最易穿梭其间的小飞侠。图文并茂已大量取代了纯文本印刷，使得网络诗、影像诗、超文本诗面貌与纯文本可以完全不一样，而且也只有在网络上可图文并进，连平媒都瞠乎其后，有朝一日，等到图像设计比今日更易操作时，大量新的文字与图混搭的作品或将喷涌而出，正是人类向其自然的本能回归的必然趋势。

拉康的幻象公式基本上是由柏拉图以观念论为主的否定哲学，如由左右脑来看，他也是偏向以左脑理性当家的思考模式，仅仅在想象域及原始创伤的硬核等观点触及右脑的一小部分。而人脑本是宇宙的缩影，所谓的虚无或虚空并不真正是没有。当代的量子物理学家和科学思想家戴维·玻姆（David Joseph Bohm，1917—1992）[①]认为，即使我们称为"虚空"的东西也包含着巨大的能量背景，我们所知道的物质只是这种背景上面的一种小小的、"量子化的"波状的激发，它就像汪洋大海上面的一道小波纹。"能量海洋……处于隐秩序中。它不是定域化的。当你在虚空的能量上面（这种能量是巨大的）激发出一点点能量，在顶部形成细浪，那么你就得到了物质。"[6]此处的"不是定域化"即如右脑的"非辖域化"，是理性或象征域之左脑的"辖域化"所思索不及之处。

吉儿·泰勒是第一个能将亲身经历一场严重伤及左脑功能的"中风"经验予以详述的专家，她在《奇迹》一书即透过左右大脑的结构与功能，生动地描绘自己内在左右脑的细微变化，自述从中风、手术到复原细腻的生理与心理感受，此书使她获选美国《时代》杂志的 2008 年百大影响人物。[7]在她左脑逐渐"关掉"，右脑功能突显的时刻，几乎变成了一个婴儿，躲在女人的躯壳里，然后有了惊人的发现：

> 我意识到自己不再能清楚地分辨出自己身体的疆界，分辨不出我从哪里开始的，到哪里结束。……我感觉自己是由液体组成的……已经与周遭的空间和流体混合在一起了。[8]33

> 我的左脑被训练成把自己看成一个固体，和其他实体是分离的状态。但是现在，自从逃出那个有限的回路，我的右脑快乐地搭上了永恒之流。我不再疏离与孤单。我的灵魂和宇宙一样宽广，在无垠的大海里快活嬉戏。

> 对很多人来说，如果我们把自己想成灵魂有如宇宙般宽广的流体，与所有能量流相连，通常会让我们感觉不安。但是在缺乏左脑的判断来告诉我说我是固体，我的自我认知便回到这个天然的流体状态。[8]74

以上叙述可看出，右脑显然比左脑具有更大的能量、更强的联结力和更大的"快乐指数"，而这是理性教化的社会所要控管的。因此寻常人之所以会迷于影音声色是可以理解的，但又不可能全然地"右脑化"，随时都有左脑"理性的提醒"或控管。而诗既然是左脑语言思维与右脑形象思维合作的产物，如何"推"读者"进入右脑"，增进其"快乐指数"，又"拉"住阅听者"回到左脑"的日常生活秩序、深化其思维和看待事物的角度；因此诗的影音化声光化（歌曲、超文本、影像诗）在视觉文化的转向下扮演着"既推又拉"、既"词语"又"影音"的角色，也就势所必然了。故而，全然由词语文字所建构的诗不能不由过去平面印刷体"偏向左脑"的表现形式，逐渐朝电子化、超文本化、影音化"偏向右脑"的方向思索。

拉康的幻象公式因此或可略向右脑偏转，则被划了杠的"$"，或有机会短暂或瞬时进入右脑状态，隐现一下"S"的投影或分身，至少借助"自然力量之湍动"倒退至与母合一的短暂脱离左脑操控状态，如图 3 所示：

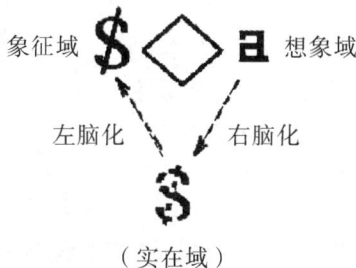

（实在域）

图 3　拉康幻象公式与左右脑关系

三、向形式与发表发问：生活创作展、诗的声光到影像诗

诗一向扮演着文学的先锋角色，企图以各种激进的实验和形式表现其内在情感的不平衡。诗与歌、诗与画的跨领域现象自古已然，于今更烈，尤其在信息媒体快速变化、成长，越来越贴近人性所求和生活所需的今日，诗人更是文学界中最易躁动、敏锐地嗅闻到此项变革所带来掀天巨浪的一群。在计算机个人化之前，诗与歌、诗与画、诗与剧、诗与舞等的互动，在台湾，早已受到诗人相当的瞩目和实践，尤其是前二者。

1976 年 5 月 25 至 30 日，由罗青、张香华、詹澈、李男、邱丰松等多人创办的草根（诗）社[②]在台湾省立博物馆举办了一场别开生面的"草根生活创作展"[③]，该社策划此项展览的胡宝林[④]提出"多元媒体创作的可能性"之深具划时代性意义的主张。胡氏由于旅居欧洲多年，对西方 1970 年代的艺术思潮深有体会，为了此项展览他还写了一篇文章《七十年代艺术思潮与草根生活创作展》登在《中国时报》上，此文中强调"白话诗以视觉语言作桥梁"，要连结"大众"与"生活"，且"对诗的现有发表场所与方式起了一个问号，并试图去解答"[9]，显然对诗的"纸本"展现形式大为质疑，于是这与后来 1980 年代中期出现的"诗的声光"、20 世纪末出现的"超文本"、21 世纪前十年出现的"影像诗"等"发表场所与方式"有了遥远的联系。胡宝林不讳言草根诗社的活动受到 1970 年代西方艺术思潮的影响：

> 七十年代的艺街思潮有两项重要的表征：一是认为艺术的追求不只是创作本身，同时也是当代社会、政治及环境的问题，以一个纵横交错的方式去追问；一是认为新的作品不是存在于一个封闭的传统（开放的传统才有意义）美学体系里，而存在于真实的空间、真实的时间里，一切的媒体都可以是作品的形式与传达方式。

胡氏所说两项表征，一是创作对"当代社会、政治及环境的问题"不能不追问，一是作品的存在应"以开放性取代封闭性"与当下真实时空相呼吸，因此"一切的媒体都可以是作品的形式与传达方式"，这与前一年《草根诗刊》中《草根宣言》[10] 提到"创作方向"时强调"诗想是诗的语言和形式的先决条件"相互呼应，但此处更进一步指出其跨媒体的实践方式，这似乎是迄今为止，台湾所有诗社诗刊中恐怕是"最早"也"最具开放性"地提出"诗的跨领域可能性"的主张。

胡氏行文中提到"向作品的形式与发表方式发问"，也就是反对既定疆域下的固有规范，企图打破旧有框架，跳脱本位，穿梭于相异的领域之间，也可说早期尚未流行"跨领域"此一名词的另一说法。1976 年 5 月的"草根生活创作展"及胡氏的主张即已具备了几项"跨领域"的特点：

> 1. 跨领域的多元创作（诗与绘画、版画、插画、摄影、造型、设计、印刷、转印、剪贴、喷漆）。
>
> 2. 跨媒介的多元传达（酒瓶、椅子、衣服、器具、复印机、化学原料、包装纸箱，报纸分类广告、名片等日常用品）。
>
> 3. 与开放性的传统美学连结（如诗出现在中国历史上的日用品、工艺、建筑及服饰上）。
>
> 4. 诗与多媒体创作的既断又连（务求形式上能独立，但意象则与诗相配合）。
>
> 5. 将诗注入日常语言使产生活力（将语言的创造能力发挥在商品及大众媒介的工具上，使诗与现实生活交感）。
>
> 6. 任谁皆可多元媒体创作（虽可征询专业达人，但宜自己动手制作）。

胡氏在此文另一段中并提到何妨利用工程与物理电子知识及"去专业化"的创作观：

> 使光、色、音、力、舞、造型集合一体，以新的形式来阐释传统美学的价值。
>
> 面对这艺术完全开放之大门，怎不引得"凡夫俗子"跃跃欲试起来呢？创作已不再是艺术家、文学家的特权专业了。

"光、色、音、力、舞、造型集合一体"，"创作已不再是艺术家、文学家的特权专业了"。这种"类'后现代化'"跨多媒体领域的表现观和"类'去中心化'"的创作观，其实正是"有框的无框化，有界的无界化"后现代精神的具体先声。胡氏所说"光、色、音、力、舞、造型集合一体"当然是泛指一切艺术彼此交融互动的可能，而若由诗领域跨出，其触及的领域变化与其后三十余年陆续衍生出的"视觉诗"（1980年代）、"诗的声光"（1985—1998）、"超文本"（20世纪末）、"影像诗"（2003年起），乃至与其他领域互动、与网络科技结合，甚至未来"3D化"、"云端化"等，均已或可包含在内。

因此胡宝林此文是一篇极重要的"诗的跨领域"主张，大大超出了过去诗与画、诗与歌（音乐）单纯跨两界的范围，并与其前后不同诗社或单位举办的各种活动有了极大区隔，而其"多媒体化"是由一群人实实在在付诸实验和行动的。可惜的是之后并未获得同道进一步的阐发和诗史家的重视，直到1985年"诗的声光"承继了上项主张，在其后的十余年不断反复以行动与之相呼应为止。当然这些超前的宣示皆非紧接其后的乡土文学论战（1977—1978）所关心的范畴和议题。

直到1990年代中期网络诗坛另类兴起，直到2000年台北市文化局在作家龙应台的"强硬坚持"下开辟"诗歌节"，诗歌的跨领域活动才迈向另一阶段。

在新世纪以来的网络中，新世代的读者或创作者是不分的，比如他们曾以早年著名的卞之琳《断章》为基材，以比"微电影"（2007—　）更自由简便的"影像诗"形式，处理、再诠释或再创作此一近七十余年前的新诗作品，此在2003年以后的台湾逐渐成为风潮，语言（左脑/文）与非语言（右脑/图或影音）的强烈互动成为一大趋势，读者的"可逆参与"（由文而图，或由图而文）模糊了读者与作者的分界。即以卞之琳1930年代的名作《断章》为例，经过搜索，曾以《断章》为题的影像诗至少有十件。为方便讨论及节省篇幅，底下以其中两件《断章》的影像诗为讨论重心，以见出其与卞氏原文本的关系和意涵，以及读者"可逆参与"成为另类作者的可能：

（一）ivy yeung 的《断章》⑤

此影像诗叙述：一对小姊妹放学牵手下阶回家→再上另一阶梯时遇一时髦女子下阶来，一面打手机，状似愉快（图1-1）→小女孩与她擦身而过，仿佛有香花自天而降（图1-2）→二小女孩跑至一天桥旁，由上而下斜看（图1-3）→该打手机女子在一房门走廊上继续讲手机，似要求对方回来开门（图1-4）→半夜十二点多有吵闹声（图1-5）→楼对面白天那女子与男友吵架、摔东西、夺门而出→出现贴着地面快速奔走的低矮镜头，且沿梯而上而下至白天二小女孩待的天桥对面栏杆也观看她们，最后又跑走→再贴水沟、路面、奔跑追逐，才知是猫（图1-6，1-7）→抚触它的是其中一个小女孩（图1-8）。

1-1

1-2

1-3

1-4

1-5

1-6

此影像诗触及的是这对小姊妹亲情的匮乏，于是打手机的女性成年人成了女孩们对母亲情感的想象，并持续加以追逐其行踪，自高处桥栏旁观看、倾听她的一举一动。直到半夜吵架夺门而出，似仍无损于小姊妹心理内在的幻想，只更凸显了两姊妹的亲情缺乏。由是影片显现的是孩子的匮乏和"不在"的部分（她们的父或母均未出现），于是"在场"（成年女性）的与"不在场"（母亲）的并不能对等，而只是"香水"小客体引发的想象，而她们所欲望的有可能是社会整体付予的欲望。其后焦点转移到小花猫对二女孩的观看，这是本影片借助《断章》原诗视角转变最有创意的部分。而女孩对成年女性是没有互动的、单方向的，小花猫此一"新能指"（旧能指是成年女性）的出现改变了这关系，使得小花猫与二女孩有了交集或"相向交射"或"回看""互看"和花猫奔走的世界引发视野"全方位观看"的机会。虽然"装饰"二女孩生活的成分多寡有别，但凸显"缺席""无""不在场"的机制是相近的。

　　（二）鲍孟德的《断章》⑥

 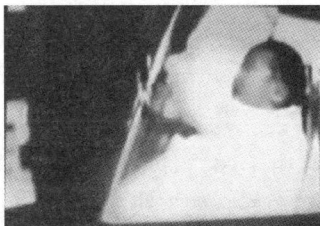

　　此3分钟影片曾获2008年获台北诗歌节影像诗特别奖，也曾参与马来西亚"凝结状态—台湾实验电影展"，参与2009台北城市游牧影展，参与韩国首尔实验电影展等。此片实验性质强烈，片中影像层层叠叠，先自手机拍摄睡梦中婴孩，至以录像拍摄手机所录，至用计算机显现，至计算机外是猫在观赏，而猫之影像又是另一

部计算机显现的影像之一，于是实体与虚拟之间难有界线，实是虚之一部分，此虚又是另一实的部分，该实是又再度虚化成另一实之部分，于是不知其底线在何处，好像可持续玩下去。而影像之外又有男声女声普通话和粤语以朗诵《断章》的不同速度交相叠诵。此片采取了《断章》原诗中风景中有风景风景中又另有风景的方式，或装饰中有装饰装饰中又另有装饰的视角切入，宛如在场的是另一更大在场的在场，此在场相对地又是更更大在场之在场，到末了仿佛所有的在场皆可以不在场、不一定需要在场。

四、结 语

商禽之梦大胆地说出"每一个诗人大概最终的愿望，就是做一个画家兼导演，把声音、形象、色彩全部表达出来"[1]。即使这个"最终的愿望"很难付诸实践，但他要说的是左脑语文并不足以完整展现诗人所思所想，不足以包括右脑影音的创意、流动和变换，应该还有更便利的形式可以"把声音、形象、色彩全部表达出"。这在科技网络不发达的年代，几乎是不可能的，档案的储存就是一个极大问题，何况是传播？现在由于3G、4G乃至未来5G网络以及3D影像、3D打印年代的来临，很多"声音、形象、色彩"极有可能以更不可思议的方式制作和传播。诗人不可能将语言文字完全自外于这些符应人类右脑影音的无限渴求。商禽之梦虽然不是预见，因为在台湾诗坛"跨领域现象"早已经走了很长一段路，至少在三十年以上，但毕竟仍在试验阶段，就像新诗已经近百年，也仍在不断地试验一样。左脑语文和右脑影音的并列和互相需求，是基本人性，如何打破诗仅能文字躺在册页的迷思，使左右脑互动、图文同时放在平等位置，正视它们之间的关联和互补性，恐是诗人经常得面对的课题。

雅各布森所注意的左右脑与语言、非语言的关系也值得进一步研究，比如左脑在辨认语言需经编码，而右脑在听取非语言性声响时是不必透过编码，涉及的是人的生理共感、更为直接可感和获得共鸣经验刺激之辨认（包括视、听、触、嗅、味、动作等身体所感），因此他一再强调非语言之声音对人类的重要性："右脑处理的，主要是人类日常生活上的，乃至因大自然力量之湍动而被吾人听取的现象。"[2]"大自然力量之湍动"即是人之天生智能中极易与他人直接联系和取得共鸣之处，也是商禽之梦对"现代诗现在多半是可视化，而不再是声音化"的忧心，是提醒我们对此天生"易生理共感"及听到"大自然力量之湍动"的部分要重予注意，而这正是影音世界强势主导的部位，诗的跨领域现象正是要更直接面对这样的趋势和变革。

而大脑科学的研究，已让我们逐渐了解右脑显然比左脑具有更大的能量、更强悍难以抵御的联结力和更大的"快乐指数"（相当于化学上降低了障碍和活化能，使较易达到活化态），也等于暂时逃离左脑理性（包括语文）的掌握，而那是理性教化的社会秩序所欲控管乃至恐惧其无远弗届的魅惑。常人迷于影音声色是可以理解的，却又不可能全然地"右脑化"、完全无顾社会理性教化的秩序，因此随时都会有左脑"理性的提醒"与控管。而诗既然是左脑语言思维与右脑形象思维合作的产物，如何借诗的影音化声光化（歌曲、超文本、影像诗）在视觉文化的转向下扮演着"既推又拉"、既"词语"又"影音"的角色，既在拉康的象征域（左脑）又与想象域（左右脑间）、实在域（右脑）产生互动与跨越，值得进一步思索和探讨。

1990 年代中叶以后台湾再创立的新兴诗社甚为有限，近年冲劲甚大以年轻诗人为主力的《卫生纸＋》诗刊（2008 年创刊）主张：

> 诗指的不是文体，崇尚作为文体的诗没有意义。诗只是一种路径，一种方法，一种行为的呼唤，一种可能，去到我们想去的地方。然后可以如卫生纸般，用过即弃。[7]

强调要丢弃"无理而妙"的诗，改追求如卫生纸"有用之用"、用后可丢的诗。此与传统讲究主义流派和美学、以诗为文学正统、标榜学术或小众少数特质的诗落差极大，以边界之姿却又试图与大众站在一起，此种发展与传统纯平面印刷传播方式极大不同，强调"诗只是一种路径，一种方法，一种行为的呼唤"的新进路，显然与前述草根诗刊所呼吁的新诗主张遥相呼应。

如此诗的未来发展或将不断转出新路径，而不再被视为非如何不可的固定疆域的文体了，而跨领域的趋向使读者"可逆参与"成为作者的难度大降，右脑化影音化显然是有着酶一样的催化作用，那也更符合人要寻求与自然共生或合一的渴望。至于诗是否一定"卫生纸化"，则有待时间去验证了。

注释：

① 戴维·玻姆是欧本海默的弟子，爱因斯坦的同事，20 世纪主要的哲人之一。其代表作有：《量子力学》《现代物理学的因果法则与或然率》《相对论的特殊理论》《秩序与创造力》《整体性与隐缠序——卷展中的宇宙与意识》。

② 此社创立于 1975 年 5 月 4 日，"草根社"是其原称，"草根诗社"则是一般对此诗社的称呼。

③ 举办日期参见阮美慧：《台湾精神的回归：六〇、七〇年代台湾现代诗风的转

折》，成功大学中文所博士论文，1992 年，第 330 页。

④ 胡宝林生于越南西贡，以侨生的身份来台升学，完成成功大学建筑系学士后，赴瑞士留学，获苏黎世工业大学建筑硕士暨国家建筑师资格。为多栖之创造力教育学者及创作者，曾与画家、诗人创立"诗人画会"、"草根诗社"、"新思潮艺术联盟"，曾在台北、瑞士、德国、奥地利、美国累积八年专业实务经验后，任教维也纳国立应用艺术大学建筑系七年，两度返国在中原大学建筑系及室内设计系专任 25 年，曾任中原大学设计学院院长及室内设计学系主任。见其个人网页 http：//www. boulinhu. url. tw/1－1sho. htm.

⑤ ivy yeung 的作品，SM1016 Moving Image Workshop，参见 http：//www. youtube. com/watch？v＝viybGh1vclM.

⑥ 参见 http：//www. youtube. com/watch？v＝DZ6v4ve3Igs.

⑦ 见鸿鸿在每期《卫生纸》诗刊的征稿说明。

参考文献：

[1] 紫鹃. 玫瑰路上的诗人——商禽访问录 [J]. 乾坤诗刊，2006，40 (10).

[2] Roman Jakobson. Brain and Language：Cerebral Hemispheresand Linguistic Structure in Mutual Light [M]. Columbia/Ohio：Slavica Publishers，Inc. 1980：20.

[3] 亚当·菲立普. 吻、搔痒与烦闷 [M]. 陈信宏，译. 台北：究竟出版社，2000：151.

[4] Laidler K J. Physical Chemistry [M]. Gleriview：Scott Foresmen and Co.，2001：456.

[5] 琼安·魏兰·波斯顿. 孤独世纪末 [M]. 宋伟航，译. 台北：立绪文化事业有限公司，1999：126.

[6] 戴维·玻姆. 整体性与隐缠序——卷展中的宇宙与意识 [M]. 洪定国，张桂权，查有梁，译. 上海：上海科技教育出版社，2004：124.

[7] 林欣谊. 吉儿·泰勒的大脑"奇迹" [N]. 中国时报. 开卷周报，2009－03－15：B1.

[8] 吉儿·泰勒. 奇迹 [M]. 杨玉龄，译. 台北：天下文化出版公司，2009.

[9] 胡宝林. 七十年代艺术思潮与草根生活创作展 [N]. 中国时报，1976－05－26.

[10] 罗青. 草根宣言 [J]. 草根，1975，1 (1)：1－9.

——原载《江汉学术》2014 年第 6 期：47—54.

1990 年代以来台湾数字诗的发展与美感生成

◎郑慧如

摘　要：自 1986 年出现类程序语言的诗作，数字环境改变了解
　　　　严后的台湾当代诗，而使得互动、制动、多向、多媒
　　　　体、非平面、多重叙述的创作方式，大幅冲击了以平面
　　　　出版、单纯文字构筑的文学环境，形成 20 世纪末备受
　　　　瞩目的文化现象。从文字到图像与影音，从单一媒体到
　　　　多媒体，从单一文本到超文本，从作者往读者的单向灌
　　　　输到作者与读者间的多重互动，数字语境下的台湾当代
　　　　诗在文字与非文字、意象与意义之外，引逗出令人反思
　　　　的情意姿态。数字语境之于台湾当代诗，呈显激发创作
　　　　动力、扬掀传播媒体的革命、活化读者与作者之间的管
　　　　道，而未曾背离纯文字书写的文化论述。同时，作为工
　　　　具的数字元素，在人为的发扬蹈厉之初，从试图摆脱单
　　　　文本、纯文字、纸面传媒的当代诗发展背景，建构各种
　　　　超文本、多媒体、多向性的作品，而使得文字与图像的
　　　　依违关系由显而隐，无意间碰触意义释放、意象表现等
　　　　问题。以超文本文学下的台湾当代诗发展为主，可描述
　　　　1990 年代以来，台湾当代诗在数字语境下的发展概况以
　　　　及数字文学论述的建构；以网路社群中拈取苏绍连的数
　　　　字创作为例，可探入台湾当代诗因传播媒介转变而开启
　　　　的创作实验与诗艺格局。
关键词：台湾数字诗；台湾当代诗；超文本；传播媒介；苏绍连

一、隐匿的马戏班——台湾当代诗的数字发展概述

　　数字环境，指的是以电脑通讯和数码传输技术为基础的电子化环境[①]；而数字
文学，则广义指向利用电脑或网路接口创作的文学作品[②]。

　　大量资讯以电波及光纤折射的字节在虚空中传递，迅捷而无重量，原来只能在平面创作的文本可以输入电脑，随时新增、修改、复制、删除，无以数计的作品、作者、读者，因为数字环境而连结为浩大的互联网；程序语言跨越时空，连结全世界成一个巨大的语境，全球化、地球村的文明梦因电脑发明而达致。出版业跨足数字文学领域，企图从中寻找商机；众多的文学网站建立厚实的读者群；实体书无法呈现的交互式数字文学也可借由网页产生。

　　数字环境下的文学创作形成不同于纸面传媒的文化现象。相较于书写印刷的传统文学，栖居网路的文学结合科技与文字，更换了读者对文本的认知和审美边界。陈征蔚即认为，数字文学具备断裂、拼贴、文本可塑性、叙述多线性、"制动"与"互动"、娱乐性、游戏性、团队合作、多媒体及跨媒体的创作特性，以及网路社群与个人生活这些常态认知下的数字文学特质，在台湾数字文学的发展中一应俱全。更值得注意的是，台湾的数字文学发展，一开始极尽标新立异之能事，仿佛急于区隔于书写印刷的文学创作，但是较晚近的数字文学作品却渐渐重新采用读者更能接受的方式创作，而形成台湾数字文学的在地特色[1]。

　　本文将以苏绍连为例，讨论台湾因电脑网路普及与数字技术进步，而表现不同于纸本的创作形式、可呈现文学创作的新经验，所谓"超文本"的文学；亦即在电脑网路中，配合 HTML、ASP、GIF、JIVA、FLASH 等程序文本为基础而创作出的新文本①。一如麦奎尔（Denis McQuail）所言，以传送、小型化、贮存与检索、显示、控制等网路科技，使得传播效果与过程具有去中心化、互动性、灵活性等特质的文学作品②。

　　台湾当代诗的数字创作研究，大抵以传播与教学为中心③。1999 年，经营电子布告栏颇有成绩的《晨曦诗刊》曾召开"新诗落网"研讨会，电子布告栏的相关研究文献因而有了初步的论述。2000 年，"联合电子报"的《e 世代文学报》广泛讨论网路书写的各种样态，网罗多位熟悉网路的评论者，每周提出观察报告，在当时是新颖的网路文学论坛。大专校院的论述中，向阳、李顺兴、须文蔚、曹志涟皆具代表性；其中又以须文蔚出版于 2003 年的《台湾数字文学论——数字美学、传播与教学之理论与实践》最成系统。须文蔚在该书的第二章《数字诗创作的破与立》形塑台湾当代诗数字创作的客观条件与类型，并举著名的数字创作网站为例，可说全面整合了 20 世纪末台湾当代诗的数字发展概况[3]。曹志涟的《虚拟曼陀罗》谈网路艺术，对网路文化提出反省与批判，在当时亦颇引起瞩目④。以数字或网路与文学的关系为范畴的硕、博士论文亦次第于 21 世纪初期出现，代表一个资料众多、值得整理与讨论的研究议题⑤。

　　台湾当代诗的数字发展可从时间和载具上概括为几个阶段。首先，就时间的顺

序而言:

(一) 突破线性与单一符号 (1986—1991)

须文蔚认为数字诗分为"新具体诗""多向文本""多媒体诗""互动诗""造景诗"五大类[3]52-59;而在 1990 年代以前,黄智溶和林群盛运用程序语言创作的诗,即已尝试突破以文字为主的单一符号表现。运用程序语言写诗是台湾当代诗数字化的端绪,在譬喻的层面上,用电脑程序语法当作诗性语言,实际执行程序的同时暗示某种意涵,相当于符号的转化或翻译。黄智溶的《档案一》在诗行中的某些位置转换界域,林耀德称之为"电脑诗";林群盛全以 BASIC 电脑语言写成、诗行中没有任何中文字的代表作《沉默》,发表来年受张汉良推重而选入当时具指标性的《七十六年诗选》[6]。运用程序语言写诗固然跳脱或挑战了既定的文学及语言常规,却必得遵循程序语法的思维,在程序语言的约束下逸离文学语言的句构,达到所谓的创意。如此一来,读者主体的样态也因此而与传统以文字为媒体的文本迥然不同:作者追求形式上的新变,读者在此方面也必须自我成长。

(二) 迈向多向叙述 (1992—2000)

1990 年代之后,透过电脑网路产生的广大虚拟社群[7],台湾的资讯与文学传播发生了巨大的变貌。借着网路,可由各种方式,如网页、电子布告栏、在线电视、在线图书馆、电子邮件、新闻群组等等,取得各种知识。藉由网路,数字文学发展也逐渐形成不同于纸面出版的模式。1994 年因特网普及,1995 年世界贸易组织运作,开启经济与资讯的全球化时代。尤其从 1998 到 2000 年之间,台湾的数字文学风起云涌,多媒体、多线与多向叙述的诗作从纯文字表现中汲取视觉诗与具象诗的质素,大量发展以影像处理的作品。

根据须文蔚的研究,最早多向诗在网路上展现的是代橘的《超情书》,时间为1999 年;1996 年曹志涟"涩柿子的世界"和姚大钧"妙缪庙"为个人创作网站的源头;1998 年李顺兴的"歧路花园"则为文学结盟网站的开端。"歧路花园"专力于以数字方式发表的超文本文学,为台湾数字文学的论述发出先声,描绘实验性格强烈的书写景致;其中的"Brave New Word"网页与苏绍连共同筹设,展出多样的数字诗作。[3]

2000 年以前,以几位诗人辟设的网站为主,迅速崛起的网路文学很快引起众多瞩目。典型的例子,如苏绍连以米罗·卡索为网路上的笔名,于 1999 年架设"当代诗的岛屿",先尝试改装纸本的旧作,再融入超文本观念以创发许多实验性强烈的作品[8]。1998 年,向阳陆续以"向阳工坊"与"台湾网路诗实验室"步入网路诗的实验领域。1998 年 9 月，吴德亮发起"全方位艺术家联盟"，挂在 1997 年由文建会策划成立的"诗路：台湾当代诗网路联盟"之下，结合白灵、大蒙、侯吉谅、吕道详、须文蔚等诗人，以网路副刊的性质与多媒体制作方式，一方面提供当代诗作张贴，一方面典藏当代诗作品与史料，以网路进行不同于以往的文学传播⑨。数字环境带着革命精神的低成本与自由特质，兴起一股将平面文学搬上网的风潮。2000 年网路泡沫化之前，为数众多的个人网页已为台湾当代诗在数字环境中立下指针。

（三）影像与文学分途（2001—2005）

数字元素的位阶拉高，数字诗逐渐偎向影像叙述，而以纯文字表现的诗作逐渐回到非数字的轨道上，两者分野渐次清朗。约在 2001 年到 2005 年之间，数字文学理论一下涌入台湾，引起学术界和文化界直击传播环境的剧变，以网路文学或数字文学为主题的研讨会相继举办，成功大学、台北大学等大专院校陆续设置数字文学的校内奖项。电信的"手机文学大未来座谈会"以及台北市政府举办的"台北诗歌节"整合商业机制与大众文学教育，发展较成熟的创作产销供应链。从部落格、社群网站，到逐步风行的云端技术，台湾当代诗在数字语境中曾经新鲜而激越的旋律，渐渐转向整合与应用，而有蛰伏、沉潜之势。一方面，各种数字元素透过更贴近人性视听习惯的模式，仍在网路的轨道上搬演影音与文字的文学叙述；另一方面，曾经兴致浓烈的网路写手，在网路上取得一定的名气后，仍以平面的出版模式、纯文字的诗艺导向为发展依归。

（四）数字科技的多元运用（2006 年迄今）

根据陈征蔚的研究，台湾的数字文学在 1998—2005 年之间达到高峰，之后的挑战即在于如何运用数字科技而使作品"陌生化"，从形式之余重拾文学的原始感动。数字科技在台湾的庆贺姿态，在全面普及的数字环境里出现了耐人寻味的回归现象，电子书、网路杂志等数字世界非但成为弱化了传统的阅读模式，反而强化了以文字文主体的资讯传播媒介⑩。

除了时间的顺序之外，数字环境下的台湾当代诗进程可以有另一种分类法：

1. 前数字的跨领域演出：1980 年代，因为意识到文字的感染力不如声光，由白灵、罗青、杜十三等人发起"诗的声光"，透过相声、舞台剧、哑剧、合唱、舞蹈、幻灯片等各种声光处理，加工名诗人的作品，以表演的形式展现作品的变貌，展演过一百多首作品⑪。

2. 电子布告栏（bbs）：从 1990 年代中期开始，电子布告栏成为台湾大专院校的特定文化现象。著名的电子布告栏如《晨曦诗刊》《田寮别业》《尤里西斯文社》

《山抹微云艺文专业站》等。这些虚拟的文学社群强调创作的机动、自由、反传统，以打破主流文学媒体的主导优势为宗旨。全球资讯网兴起之后，论战不休而又缺乏清晰权力结构的电子布告栏渐趋萧条。《晨曦诗刊》即在出版 6 期以后，于 2000 年中辍。

3. 全球资讯网（WWW）、个人新闻台（mypaper）、个人部落格（blog）：全球资讯网下的台湾当代诗结合了论坛、综合网站与网站专栏，较之电子布告栏，跨度很大；多向诗亦起于此时期。包括诗社的公版、诗人或学者的当代诗网站、政府挹注的当代诗数据库等等，均紧接在 1990 年代中期、电子布告栏风行之后。⑫

约在 1996 年后，各诗社次第建构诗坛网站，如《创世纪》《台湾诗学》《双子星》《掌门诗学》《秋水诗刊》；具相当规模的专业文学站台则有"诗路：台湾当代诗网路联盟"。怀抱理想的文学新秀运用网路冲撞主流媒体、建立文学社群，寻得成名与跨媒体出版的途径，亦为数字环境成就的新世纪文学现象。而《银月诗报》《诗路年度诗选》《我们这群诗妖逗阵新闻网》的成立与出版，展现网路文学社群重组的潮流。⑬

诗人各自成立的部落格，由"台湾网路诗人部落格联盟"大致收编⑭，串联了约百家诗人的部落格，成为方便网路上的诗友检索、交流的工具。有的诗人，如苏绍连、白灵，设置了多个新闻台或部落格。⑮部落格的站长仍以年轻诗人为主，如鲸向海的"偷鲸向海的贼"、杨佳娴的"女鲸学园"、刘哲廷的"菌落病历"、阿钝的"阿钝速回"、黑侠的"黑侠的窝"、廖经元的"天人五衰"、印卡的"我的 2000 年开始旅行"、kama 的"蔗尾蜂房"、曾琮琇的"陌生地"等。

4. 脸书（FaceBook）：在线社群网路服务转为诗人与读者互动的媒介，就台湾当代诗而言，在 21 世纪以后较为普及。多位著名诗人或诗论家建置了自己的脸书，与已有的个人部落格并存，或取代部落格以发表作品，并分享自己的照片、动态。向明、苏绍连、渡也、杨小滨、林于弘、孟樊、萧萧、颜艾琳、唐捐、鲸向海、李癸云、须文蔚、许悔之、廖之韵、林群盛、丁威仁等诗人，均运用自己的脸书写日记、杂记，作为发表诗文或与他人互动的工具。

数字语境下的台湾当代诗，轻文本特别当行。无论用词、结构、主旨、意涵各方面，以电脑网路为主的数字媒体流行的是轻飘飘的诗：篇幅短、谐谑、夸张、讽刺、调侃、嬉戏、自嘲、流荡、无所谓、不在乎、以破为立、离析正统、玩世不恭、没有时间感、拮取草根性的表演方式出语惊人，而在有意无意间触及事物本质。如唐捐在脸书社群上戏称的"'白烂'脸书诗"、"无厘头诗"⑯，或鲸向海戏拟多位诗人风格的诗作，均为典型轻文本的例子。

数字环境下，作者和读者随时形成新社群，也不定时重组。不固定的网路聚落既随着新出现的通信协议改变，也随着除旧布新的网路使用行为而更易。木焱就指称1999到2004这五年之间的"从电子布告栏出走的风潮"[⑰]；杨佳娴也说，新闻台吸引的读者层次比较丰富，故而跨足个人新闻台以后就逐渐脱离在电子布告栏写作的习惯。在以去中心为表面诉求的网路社会结构里，文学社群不断建构、拆解、崩毁、休眠或重组，以反市场机制的性质期待严谨的网路守门行为，形塑新的文学典律[⑱]。

台湾的数字环境兴起于1990年代中期，且一崛起就攀上高峰，而在2000年则因网路泡沫化而迅即降温。之后，当时崛起于网路的诗人也纷纷在平面的出版市场现身，或借由文学奖重新崭露头角，而使得网路文学社群渐成文坛主力，例如鲸向海、林德俊、杨佳娴、木焱、丁威仁、布灵奇、廖之韵、解昆桦等人均是如此。网路上的写手以各种表现形式进行对平面纸本文学的变革，号召当代诗换到视听感知的时代。数字环境驱使文学网站分众化及专业化，而网路展现诗人的好奇与实验精神，从电子布告栏（BBS）到全球资讯网（WWW）[⑲]，到电子报，以至于部落格（blog）、脸书（Face Book），网路文学媒体日新月异，不但开辟当代诗更多样的发表园地，也使得神出鬼没的网路写手愈加此起彼落，以"隐匿的马戏班"存在于虚拟的云端。

二、鼠标所遇即是——数字诗的美感生成

结合动态影像、声音、文字的数字诗，曾有"影像诗""录像诗"等称谓，其发展涉及录像、影像编辑技术、行动阅读接口的普及程度。而目前数字诗的两大宗，一类相当于诗人把电脑当成稿纸，键入诗作后贴到网路上；一类运用其他的数字科技，创造出与平面出版殊异的超文本诗。第一类以文字呈现意念、表现意象为主，多媒体的作用还是在辅助的位置上。此类作品以文字为主、图像或音效为辅，逼近心里的构图，html或flash等技术发挥了相当功效。但是，即使诗人以绘图的方式接近自己想表达的事物，在几番修改的过程中却很容易偏离最初的感动，于是数字文学世界里科技与文学的结合，便有这样的矛盾：越想用新技术迫近自己的初衷，离目标却越远。文字与图像的关系，在数字环境下便呈现吊诡与拉扯。第二类的超文本诗，透过电脑的数字格式与网路的互动性质，文字与其他的数字符号地位相当；数字世界中的各种声音、影像、动画、色彩变化与效果等等，把其他的艺术领域引进诗中，重新镕铸结合，产生了包括作者、读者、表现装置的新型态创作。数字网路打破文类的藩篱，文字不再占据网路诗的主导位置，符号个别剥离或拼贴，使得网路诗以非线性阅读为特色。

数字环境为科技与文学的联合平添技术装备，然而对于台湾当代诗的进步效益

而言，重点更在于这些技术装备是否为作品的文学性增加审美价值。颇有学者反思网路盛行后的当代诗发展，而得出网路环境下的诗创作"媚俗""快餐文化""消解文学性"的结论。[4]白灵亦曾指出，"所指"模糊、散漫、倒错，"能指"游戏、自娱，因字生词、随机而行的表现模式间接印证了数字创作的普遍特质：由本质走向现象、由真实走向虚拟、弃所指而追求能指[5]。当我们检视台湾当代诗的数字创作，这些语重心长的论述从侧面提出一些警示。而当数字成为全球化的必要条件，除了传输工具与数字科技的进展，诗史中的数字创作尤值得让我们省察：1. 诗人在运用数字科技的同时，如何留意诗性的展现？2. 在鼠标所遇即是的数字花园里，诗文本如何透过不同于纸本的方式与读者交流，而表现美感？

运用电脑媒介的超文本当代诗创作，从 1998 年开始，在台湾大量出现。曹志涟（涩柿子）、姚大钧（响葫芦）、李顺兴、苏绍连、向阳、须文蔚、大蒙、林群盛、代橘等人首先投身到这一波实验，技术上频频推陈出新。整体而言，即使是知名诗人的作品，就文学性来说，其数字文学创作一般低于平面的纸本诗作，且大多以视觉艺术为数字诗打扮，就算有文字，文字的展示功能也多半远大于表意功能。具一时代表性的网路诗作，如李顺兴在"歧路花园"发表的《围城》、苏绍连的《心在变》、须文蔚的《成住坏空》、苏默默的《抹黑李白》《物质想象》、涩柿子的《想象书》《印象书》[20]。这些作品在文字之外使用了二维或三维的画面，有时还配上各种形式的声响，融合各种媒体，而自创为新的样式，整合传统文学的优势，相当程度表现了数字诗的变革。只要是文学的文本，文学性都端赖作者的书写与读者的阅读来诠释，数字文本自然也不例外。就以哲的理论，阅读行为就是作者文本的阅读端和读者完成具体化的审美端之间的相互作用达到什么程度。[6]超文本诗作为读者带来接近文学的视听途径，然而数字元素的技术运用，是否能与文字整合，而发挥引譬连类的作用，仍有待细部的文本阅读。瞬间流过眼前的数字文本因而不纯粹是泛可视化的创作，当我们截图阅读、放大数字的瞬间，文学性与美感也因而展现。

苏绍连跨足平面和数字两种书写方式，从 1998 年起，即以米罗·卡索为笔名，投入数字诗创作，用力甚勤。以"Flash 超文学"为例，即收录自己的 96 首 Flash 诗，产量可观。饶有兴味的是，苏绍连大致上是文字的固守者、守护者，数字形式与技巧只是召唤读者的另一种方式。虽然将自己的数字技法分为 18 类[21]，但是苏绍连有许多诗作仍是传统文字格式的数字加工与再制，换言之，表面上运用 Flash 技术的作品，其实是传统诗行的数字改编。作品的数字设计，大都在首页以文字加上图片做成最基本的背景，配合题旨，带出鲜明的视觉印象；并经常用图标或按钮做为外显的召唤结构，引导读者操作数字诗作。以下以苏绍连的《时代》《鱼鼓》《泊秦淮》为例，说明数字作品的美感生成。

这是苏绍连《时代》的数字截图[22]：

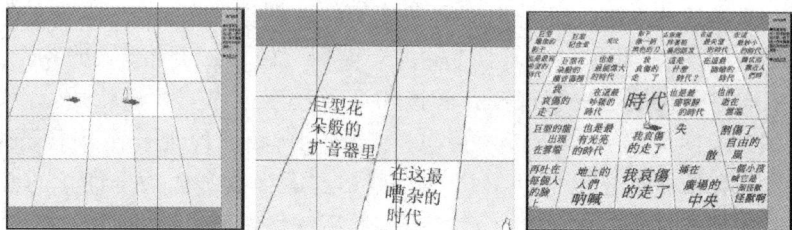

纯文字的《时代》，诗行如下：

在这最嘈杂的时代，也是最感宁静的时
代。巨型花朵般的扩音器里，舌头搅拌
着粗暴的语言，再吐在每个人的脸上。
我哀伤的走了。

在这最阴暗的时代，也是最有光亮的时
代。巨型雕像般的影子割伤了自由的风，
影子像一炳黑色的刀插在广场的中央
我哀伤的走了。

在这最渺小的时代，也是最能伟大的时
代。巨型纪念堂蹲伏而靠近人们时，
一个小孩喊它是一头怪兽，怪兽啊。
我哀伤的走了。

在这最失望的时代，也是最有希望的时
代。巨型的龙出现在云端，也消逝在云
端，地上的人们呐喊、哭泣、失散。
我哀伤的走了。[23]

《时代》的数字影像，先是一个线条描绘的人形和自己的黑影子行走于纵横交
错的格子之间，当光标移到人形而按下鼠标左键，格子里就会出现一行诗句，然后
人影跳到别的格子里，逐次引导读者移动鼠标，现出全诗的完整诗句。随着图示移
动，读者的视点集中到不同的诗句，而点选完全部的诗句后，原诗最先的句子顺序

即打乱，诗句分布在每个格子里。接续第一次点选的最后句子："这是什么时代？"整个画面纷陈着各种矛盾交杂的答案："最吵杂""最光亮""最宁静""最失望""最阴暗""最渺小""最有希望""最能伟大"等等。三句"我哀伤的走了"落在画面正中央，而徘徊的人形却如何也走不出时代的广场。看似被格子切成多块的诗句仍为单向叙述，而且诗行出现的顺序也已排定，读者仅能掌握每个句子出现的时间间隔，因而《时代》一诗全由作者制约，读者无法借重数字技术和文本互动。但是在形式整饬的四节诗行中，每节最后一行的"我哀伤的走了"，与读者每单击鼠标、人形就挪到另一个空格的指谓相近，文字与图像因这一行的数次重复而互相呼应。随着图示移动，读者的视点集中在不同诗句，而诗句的内容也牵引读者，主动和被动的视点游移串起独特的诠释，苏绍连的其他数字诗作如《困兽之斗》《小海洋》《心在变》等，都运用类似的创作模式。

纯文字的《时代》与数字的《时代》艺术表现相当对称。阅读数字创作的《时代》，视点经由主动点选被动制约的游移而串起独特的阅读网路。纯文字的《时代》语言明朗，较具文学性的句子如"舌头搅拌着粗糙的语言，再吐在每个人的脸上""巨型雕像般的影子割伤了自由的风/影子像一炳黑色的刀插在广场的中央"，其实建立在"扩音器里不断搅拌的舌头"与"广场上的雕像有如一炳巨大的刀，划伤每一个向往自由的灵魂"这样的意象上，但是这动态意象未经由数字技巧展现；数字呈现的《时代》最后以填满空格的诗行表现独行者的私语，于是空格仿佛广场方砖的暗示乃豁然明晓，回首参照纯文字的《时代》，可发现借由数字技术，诗人强调了纯文字作品中，人影踽踽独行于广场上的追寻与无奈，相对也弱化了突出的动态感。经由纯文字与数字技巧，苏绍连让《时代》一诗有了不同焦点的阅读指标。

再以《鱼鼓》为例。仍先取部分截图如下[24]：

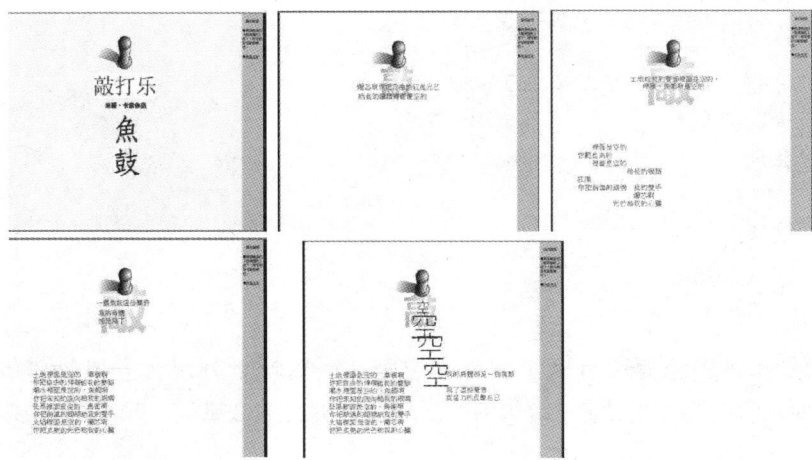

《鱼鼓》的完整诗行为:

> 土地里面是空的,草根啊
> 你把自由的伸展给我的双脚
> 潮水里面是空的,鱼虾啊
> 你把未知的流向我的眼睛
> 狂风里面是空的,鸟雀啊
> 你把前进的翅膀给我的双手
> 火焰里面是空的,烛蕊啊
> 你把炙热的光芒给我的心脏
>
> 我的身体却是一个鱼鼓
> 空,空,空,空
> 为了这些声音
> 我猛力的反击自己⑯

　　《鱼鼓》体现超文本诗作在阅读过程中,读者以行动填补文本空白的重要性。此诗副题为"标打乐"。读者点选画面上的摇杆,"咚!"一声,敲击声响,摇杆下端现出灰阶的"敲"字,泻出两行诗;再点选摇杆,"咚!"声再响,"敲"字再现,又落下两行诗。如是数次,落下的字句就自行重组排列,文字变成:

> 里面是空的
> 你把自由的
>
> 给我的眼睛
> 狂风
>
> 烛蕊啊
> 光芒

　　诗行留下许多隐隐若有联系的许多空隙,而摇杆下方出现一段提供线索的句子:"里面是空的你把前进的/给我的双手 翅膀/给我的心脏。"

再次按下鼠标左键，这段文字掉入先前的诗行，变成：

> 里面是空的
> 你把自由的
> 里面是空的
> 给我的眼睛
> 狂风
> 你把前进的翅膀　我的双手
> 烛蕊啊
> 光芒给我的心脏

此时诗行里原来的空白减少了，但是又出现新的空白，而摇杆下方又掉下另一段文字："土地给我的双脚里面是空的，/伸展，鱼虾啊是空的。"

再次重组，与前面的诗句连接，得出更接近完整意义的诗行；然后再敲一次摇杆，诗行变成：

> 土地里面是空的，草根啊
> 你把自由的伸展给我的双脚
> 潮水里面是空的，鱼虾啊
> 你把未知的流向给我的眼睛
> 狂风里面是空的，鸟雀啊
> 你把前进的翅膀给我的双手
> 火焰里面是空的，烛蕊啊
> 你把炙热的光芒给我的心灵

此时摇杆又摇落一段句子："一个鱼鼓这些声音/我的身体却是为了……。"

点题的"鱼鼓"一词和喻示主述者完形的"我的身体"出现，此时摇杆落下的句子也渐渐减少，《鱼鼓》的数字展演随着最后一次的鼠标点选而结束，主旨显现：

> 我的身体却是一个鱼鼓
> 空，空，空，空
> 为了这些声音
> 我猛力的反击自己

此时画面约三分之一的下方出现完整的《鱼鼓》诗行，而摇杆则落下由小而大的"空空空空"字样。"空"字呼应点击鱼鼓的声响，而仿如落叶摇坠的效果也把全诗带入高潮，同时把初以为单纯状物的文本引入人生思索的层面。而读者点击鼠标后，文本出现的节奏和顺序，端赖作者的数字设计。《鱼鼓》一诗的平面纸本阅读，完全由读者掌握的阅读节奏和诠释，不但因为作者的数字技术而立体化，而且在相当的层面上，数字的《鱼鼓》也把诠释权收回作者的手中，由作者制造空白，引导读者依照顺序填补，以接近文本的美感呈现。

利用数字技巧，诗人可以与读者互动。当诗人并非单纯以文字构成作品，而以数字形式进行多媒体整合或互动时，意符汇集在众多网系里，文本可以经由不同的门径登堂入室，以不确定的意义延伸符码，读者被赋予较大的阅读延伸空间，随时准备作品经由互动而带来的惊喜[35]。透过超文本的连结点，读者可以依照鼠标的点击而与作者共同创造新的文本。

苏绍连这两首数字作品，《鱼鼓》的数字文本，让读者以鼠标操控开关、控制诗行，按下开关时，文字纷纷由画面上方飘坠，在不断点击鼠标、文字飘落中，一首诗也逐渐完成。而《时代》数字文本，画面上不断有人走动，其中有一个作者特意摆上单独的影子，读者点击该影子之后，同一处就会出现诗行，不断点击，诗行就依序呈现，最后在读者的参与下，整首诗完整出现。类似这样，诗作隐藏在作者设计的动作环境里，因读者的"手动"而抉发；虽然读者的意识没有加诸文本上，但是如果不加入作者设计的读者操作，诗行就不会出现，读者也无法看到整首诗。而隐喻的层面上，无法终篇的《泊秦淮变奏曲·地雷版》[37]暗示杜牧《泊秦淮》原诗末句："隔江犹唱后庭花"的永远唱不了。以古喻今，对照苏绍连《泊秦淮变奏曲》[38]的诗行末句："隔着江水是隔着台湾海峡"，踩地雷的游戏设计似有深意在焉，它可以是政治上的禁忌议题，也可视为实际上的飞弹；而当诗人提供踩地雷这么一个快意的游戏，读者即使无法意会，也能替自己触动诗中隐藏的悲情。

按照不断进步的网路在线模式，每一个开启画面的过客都可以是诗作的创造者，诗人不再是作品唯一的主导者，数字诗因而以未完成的姿态存在于网路；而且作者可以根据不同的环境、时间，或针对不同的读者而创作新文本，提供不同的版本给各种读者。甚至可以运用电动玩具的概念，让诗作和许多在线的读者组成联盟，以在线对话的方式沟通。如此一来，每一位读者在相同的诗作中仍可发挥自己不同的创意，获得与众不同的诗作。在作者与读者之间，诗作经常是半完成的状态：已完成的一半出于作者设计的互动画面，余下的一半等待读者介入的程度。换言之，超文本诗作以读者为主要考虑，作品的构成必须承受读者随时的挑战或威胁。电脑荧幕成形的超文本诗作掺杂了读者的构思，作者与读者的传统界线因而模糊[22]。

相较于平面的纸本阅读，数字荧幕上的阅读往往是一整片一整片的，缺乏与文本绸缪、缠绵的时间，于是读者对文本注意力的阙如，经由作者设计数字文本的制动程序，或可得到某些弥补，进而促使读者尚未充分感觉化的阅读状态拉回意识之内，达到以哲所谓的"被动综合"[23]。基本上，数字语境下的超文本诗作仍然透过作者的引导，使读者在参与文本实验时，依旧可以贴近作者的思考方式，而完成整个文本。这是数字诗之所以别于纸本的重要特质。扣除互动，所谓的数字诗仅止于作品的数字化，等于把纸张印刷转为荧幕上的光点输出。所谓意义，就苏绍连创作的多半数字诗而言，经常必须在作者的引导或暗示下，逗使读者握着鼠标"点到为止"，为被动综合的过程。透过被动（制动）阅读与主动点选，苏绍连数字创作的诗句与图像意涵得到审美的印证。

三、诗是"一根烟斗"吗？——"数字"的趋近与反诘

台湾学界对于受到电子、数字、网路等媒介影响的文学创作，略名之以"数字文学"。在朝向"数字文学史"的路上，一方面，诗人为求塑造诗的"亲民"性格，而使得原为"源头活水"的数字手法，在不断重复、拼贴、制作的过程中逐渐扩张，而挤压了诗的文字表现；另一方面，当各种数字元素渐渐反客为主，蚕食纯文字的诗领域，台湾当代诗的数字表现却有猛然下降的趋势，多位具有代表性的数字诗创作者，虽仍兼顾以电脑和网路为媒介的数字作品，创作主力已回到平面出版上。经过讨论，本文愿总结为以下几点：

（一）煞有介事的话语系统

数字语境提供台湾当代诗创作许多传播、提问与反省的机会，其价值正如超现实主义画家马格利特透过《这不是一根烟斗》引发与福柯的对话。数字语境以庞大的机械技术和程序化与将文字转译为符号，挑战当代诗的外在表现与内部再现、观看与凝视与监视等等以文字为独大的话语系统。就某个层面而言，"数字"是煞有介事而不知所终的追求与想象。

（二）多元而随机的传播面

网路无远弗届，缩短作品发表的时间，也缩短读者与作者沟通的距离；然而仿如一波波的浮花浪蕊，台湾当代诗的数字创作以其随立随扫成就自身特质而跻身一时的主流，锋面过去之后，检视潮流积淀的遗迹，可以发现"网路诗""数字诗"

"多媒体诗"或"超文本诗",是因应传播媒介更迭的权宜称谓。而如潮来潮又去,台湾当代诗的数字风潮在 1990 到 2000 的十年之间迅速涌起滔天巨浪。21 世纪的台湾当代诗,数字环境更优渥便利,在网路上贴文的诗人更多,作品的面貌更多元。

（三）创作媒介的解放

突破文字书写的线性阶层,解放创作媒介,是数字文学的主要方向。从文字到多媒体,数字环境促使文学创作宣告物质媒材到能量媒材的转变[7]。就当代诗而言,数字文学环境可利用超级链接及内嵌多媒体,赋予一篇原本以书面传播的文本以多方面的、随机的可能性。数字环境为传统的平面出版模式开拓新局,网路上的多向文本创作让读者开了眼,在网路上贴文的自由与开放,则使得以新生代为主的网路写手有了新的书写动力与活动场域。而以在网路上发表诗作为桥梁,从读者的点击数取得有别于平面传播的走红认证,并透过链接、转载、截取、删除、修改、新增,数字诗以一种"前文学"的姿态,在云端先过筛,㉛如果主客观条件配合得当,最终还是以平面出版为考虑,从快餐文化走向轻食文化。

（四）辗转聚合的创作主体

数字载具不断演进,数字诗独具的超文本、多媒体、互动性等特质不但没有与时俱进,反而呈现萎缩;特别在脸书风行之后,以公开贴文发表的诗作,超文本的炫酷特质几乎不见了,取而代之的是配合照片的几行短诗,或直接张贴诗行的纯粹书写。优渥便利的数字环境不再驱动诗人"玩文字"的心,而愿意返回较传统的方式,几乎只把网路当作可与隐形读者随时联系的纸张、创作的草稿、已刊登于报章杂志的诗作纪录。掌握脸书的时代特征,公开张贴的纯文字作品里令人低回者,依然是从隐喻翻转理念、由意象牵引意象的诗行,鲸向海的《脸书残句》即指摘出诗创作在网路传输中的迷茫气质:

> 是谁的小蹄按出了迸裂的火星
> 使今夜漫长而破烂的征途受孕了
>
> 是谁坐穿了生活的牢狱
> 把自己按成一个拖曳的巨人
>
> 是谁对着魔鬼大笑的头盖骨按赞
> 在锅炉里媚视了如烟的人群㉜

数字环境下的当代诗创作者，即如鲸向海《脸书残句》呈现的，是一个辗转聚合的创作主体。

（五）前瞻与反诘

如果我们认定前瞻而重要的议题选择是现代文学研究者的天赋，而当代诗的数字环境与创作不再是焦点议题，则在一定的层面上，数字诗或网路诗无疑向世人宣示：文学创作的热门未必等于前瞻，主流不见得重要。只是，主流必然热门，而热门具有的缤纷与热闹，经常挡住观察者期待高瞻远瞩的视野，其喧腾与繁华又让人无法忽略。于是，台湾当代诗的数字创作，便建立在这样啼笑皆非的基础上：立即而虚拟的发表园地、实验性强烈而经不起重复的图文诗歌、互动密切而身份不明的沟通桥梁。

坚守文字本位，而借重数字技术诱导读者接近诗文本的台湾当代诗，以其自具的演进特征，昭告：第一，数字载具的演进不能左右或等同诗艺的演进，也无法干扰诗人对创作的自觉；第二，网路对台湾当代诗创作的助力或框限，尚未超出诗人以超文本为创作标杆的工具认知；第三，就诗史而言，数字环境下的台湾当代诗发展，最大的成绩仍在超文本作品上。

注释：

① 平板电脑、智能型手机，及其他电子播放器材也是数位环境下的传播媒介，但本文聚焦于台湾当代诗因电脑网路普及而导致的多媒体尝试及对文学性的体验范式，故不探讨电脑以外的数位设施。

② 须文蔚于 2003 年出版的《台湾数位文学论》中，以"数位文学"一词取代"电脑文学"、"网路文学""多媒体文学""超文学"等词汇，此后台湾学界逐渐以"数位文学"定名。关于台湾的数位文学发展，参见陈征蔚：《电子网路科技与文学创意——台湾数位文学史（1992—2012）》高雄：台湾文学馆，2012 年版第 9 页。以下整理学者的论点，概略定义这些称谓。多媒体诗：运用网路科技，结合声音、影像、文字、动画，以类似电视播放的创作形态。超本文诗：运用全球因特网，将诗作结合动态网页或动画、超级链接等，所创作的诗。多向诗：为超文本诗的一支；指的是以联机与跳接串起枝散文本的不连续书写系统。新具体诗：又称视觉诗，借着文字或其他符号，结合排版、绘画、摄影、电脑合成技术，强调视觉所引发的思考。互动诗：配合程序语言，开放读者的响应资讯，提供读者参与创作，达至平面媒体无法达到的作者与读者的互动。

③ 虽然台湾数位文学的论述可从文化研究与数位形式入手，讨论数位作品的文字与艺术，然而以文学网站为基础的数位文学研究，较之以平面媒体为传播管道的文学创作，最大的差异性仍在虚空间与随时涂抹的实验性格。相关讨论可参见李顺兴：《文学创作工具与形式的再思考——以中文超文本作品为例》，http：//nchuir. lib. nchu. edu. tw/handle/309270000 /64662.

④ 该文收于《中外文学》第 26 卷，第 11 辑（总 311 期）的"科幻与网路"专辑，1998 年 4 月第 78—109 页。

⑤ 研究网路文学的学位论文，如陈致中：《网路文学创作者行为之初探研究》（高雄：中山大学传播管理研究所硕士论文，2002）；谢伟仁：《网路对文学解构的影响》（彰化：彰化师范大学国文学系硕士论文，2004）；刘美君：《网路文学发展之观察与展望》（高雄：高雄师范大学国文系硕士论文，2004）；吕慧君：《台湾网路小说之呈现与发展》（彰化：彰化师范大学国文系，2008）；江庭宇：《"文学网路化"研究》（宜兰：佛光大学文学系硕士论文，2009）等。

⑥ 林群盛《沉默》全诗为："10 CLS/20 GOTO 10/30 END//RUN"。收于张汉良主编：《七十六年诗选》（台北：尔雅，1988），第 88 页。张汉良认为，该诗表达了诗人面对人工智力的心绪，间接呈现语言开始之前与结束之后的状态，彰显电脑和使用者之间的关系。李顺兴则认为，由诗中第二道指令"GOTO 10"造成的重复执行与循环效果，《沉默》内含一股嬉玩的气质，而未必是张汉良感受到的沉重心情的静谧表征。参见张汉良：《编者按语》，《七十六年诗选》，台北：尔雅出版社，1988，第 88 页；张汉良：《电脑. 人机界面》，收于林耀德主编：《当代台湾文学评论大系. 2. 文学现象. 卷二》，台北：正中，1993，第 497—522 页；李顺兴：《程序文学. 文学程序：谈数位文学主体的核心特征》，收于徐照华主编：《台湾文学传播全国学术研讨会论文集》，台中：中兴大学台湾文学研究所，2006，第 283—300 页。

⑦ 虚拟社群，主要借电脑网路彼此沟通的人们，彼此有某种程度的认识、分享某种程度的知识与资讯、相当程度如同对待友人般彼此关怀，所形成的团体。

⑧ 网路普遍成为诗人形式游戏新宠的 1990 年代中期，苏绍连的"当代诗的岛屿"、白灵的"白灵文学船"、陈黎的"文学仓库"、林彧的"林彧之驿"、向阳的"向阳工坊"、须文蔚的"旅次"、侯吉谅的"诗砚斋"、焦桐的"文艺工厂"、李进文的"飞刀工厂"、陈大为的"麒麟之城"均各有特色。其中如"白灵文学船"收藏当代诗在 1980 年代之初的多媒体尝试，留存"诗的声光"舞台表演数位化的成果；并在"象天堂"的栏目里，展示以 Flash 创作的系列诗作，揭示创作形式的可能性。

⑨ "诗路"的成立宗旨有三：一、结合既有当代诗发行刊物，进行网路的文学传播；二、以多媒体制作方式，典藏当代诗作品与史料；三、开创网路当代诗的创作类型。在文建会的经费挹注下，"诗路"不仅为台湾当代诗的传播开创新局，且还原了部分的绝版诗刊，如《当代诗》《植物园》《曼陀罗》《美学蓝湾》等，并设立"每日一诗电子报"推广好诗，亦"诗作涂鸦区"为网路写手的挑战空间，再以约十分之一的挑选比重，经过编辑而将优秀诗作摘入"精华区"，编选为诗路的年度诗选。在2001年文建会停止经费支持以前，"诗路"展现了文学人的理想性格。

⑩ 根据陈征蔚的研究，2005年到2012年之间的台湾数位文学发展，可归纳为六大现象：部落格的普及与发展、重拾口语传播、社群网路与微文学的兴盛、电子书产业链成形、个人出版与内容自动产出的技术出现、文学奖朝数位文学类继续摸索前进。参见陈征蔚：《电子网路科技与文学创意——台湾数位文学史（1992—2012）》（高雄：台湾文学馆，2012年），第155页。

⑪ 网路上的当代诗作，不乏作者张贴的纯文字稿，看起来和平面媒体上的作品没有两样，唯可以运用网路取得和读者立即而随时的沟通。即使数位环境造就了蓬勃的多媒体，张贴的纯文字稿仍居很大的部分。

⑫ 相关数据参见白灵《由躺的诗到站的诗》《媒介转换——文学书写与空间展演》，以及"诗的声光"3D版。网址见 http：//www. cc. ntut. edu. tw/～thchuang /body. html；及 http：//www. cc. ntut. edu. tw/～thchuang /thises _ 3－12. html.

⑬ 《银月诗报》由银色快手发起，集合迟钝、鲸向海、杨佳娴、林德俊、木焱等诗人，以经营各自的新闻台为重心，在 Internet BBS 的基础上，进行个人传播系统的实作。《诗路》在1996年成立"涂鸦投稿区"，提供网路写手发表场域；累积相当作品后，编选出网路上的年度诗选。

⑭ 参考"台湾网路诗人部落格联盟"。网址：http：//blog. yam. com/taiwan _ po-em.

⑮ 例如苏绍连即设有个人网站："当代诗岛屿""Flash 超文学"；个人部落格："意象轰趴密室""目击成诗""影像练习曲"；个人新闻台："出诗表""锁住眼睛的影像""那人是谁？"；也为台湾诗学季刊杂志社建立了"吹鼓吹诗论坛""台湾诗学网路投稿区"。

⑯ 见唐捐脸书："秘密读着"，2013年7月12日为诗集《蚱哭蜢笑王子面》写的片段："有爱的菩啊无情的萨，我怎能尴掉满满的尬。/唐捐用可笑可怪的诗，回应多才多病的世界。/笔法自由自在，意念无天无地。既古典，又白烂。/书里既有

胡闹取胜、认真求败的'无厘头诗',/也有烘烤日常生活,脚麻当有趣的"脸书诗"。/粗语嫩话,相克相生,热哭冷叫,半哄半骗。/诗人以笑为探讨,把恶搞当做哀悼。正所谓:"鼠生猫中,无风自冷。奶在咖啡,与之俱黑。"网址:https://www.facebook.com/juan.tang1?fref=ts.又如唐捐2013年9月27日脸书之作:"我心寒时,萤火即太阳/猪走过窗前,我正恬不/知耻地吃着大肠包小肠"。

⑰ 木焱说,曾经颇具创作能量的"晨曦诗刊""尤里西斯""山抹微云艺文专业站""田寮别业""政大猫空行馆""榔林"等电子布告栏的文学版,在那段时间内,大量的转帖文章取代了创作发表。

⑱ 一般而言,社群知名度提升、成员的言谈素质改善、平台设施进步、成员的文学程成长等因素促使网路社群意识提高,有利网路社群正向发展;而滥用管理权力、匿名攻击、论战脱轨、资源匮乏、黑客入侵等因素,则使得网路社群互动环境恶化。因此,与时俱进的网路技术、热情而高素质的作者、良好的交流环境和强大的网络管理能力,往往是一个网站长期经营的关键。

⑲ 从1990年代中期开始,电子布告栏成为台湾大专院校的特定文化现象。著名的电子布告栏有《晨曦诗刊》《田寮别业》《尤里西斯文社》《山抹微云艺文专业站》等。这些虚拟的文学社群强调创作的机动、自由、反传统,以打破主流文学媒体的主导优势为宗旨。全球资讯网兴起之后,论战不休而又缺乏清晰权力结构的电子布告栏渐趋萧条。《晨曦诗刊》即在出版六期以后,于2000年中辍。

⑳ 《心在变》先以平面展示错杂无序的诗行,再透过层层炼结使得隐藏的文字一段段出现,以文字的铺排画面呈现心的变化,彰显主旨。《想象书》以平面图像、动画、随机阅读的诗文选单等设计打造成多向文本,打破纸本的线性阅读习惯,读者需循着指针上的光点挪移方向按下鼠标,才能阅读作品。《成住坏空》运用网页图形的特效软件,在犹如装置艺术般的时钟四个角落各写上成、住、坏、空四字,以一首动态的回文诗当作刻度,并制作透过电脑即可翻转的立体方块,让读者在时钟的空间里往外点去,可阅读到林立的诗行。

㉑ 苏绍连在《米罗·卡索自评》中,把自己的作品分为以下18类:文字图像化、文字象征化、文本拼合、文本破碎、随机拼组、搜索探寻、不同路径、多重选择、双重结果、效果操作、掀开覆盖、接合操作、进行停止、互动操作、游戏操作、散聚操作、文本重组、填充操作。网址参见:http://home.educities.edu.tw/poem/mi04a-07.html.

㉒ 苏绍连:《时代》超文本,2013年7月23日见"Flash超文学"(米罗·卡索),网址:http://poetry.myweb.hinet.net/flashpoem/index.html.

㉓ 苏绍连：《时代》原诗行，2013 年 7 月 23 日见"Flash 超文学"（米罗·卡索），网址：http：//poetry. myweb. hinet. net/flashpoem/poem/po07. html.

㉔ 苏绍连《鱼鼓》超文本，2013 年 7 月 23 日见"Flash 超文学"（米罗·卡索），网址：http：//poetry. myweb. hinet. net/flashpoem/index. html.

㉕ 苏绍连《鱼鼓》原诗行，2013 年 7 月 23 日见"Flash 超文学"（米罗·卡索），网址：http：//poetry. myweb. hinet. net /flashpoem/poem/po09. html.

㉖ 罗兰·巴特著. 郑明萱译：《多向文本》，台北：扬智出版公司，1997 第 63 页："在这个理想的文本里面，网系众多而且彼此互动，谁也不凌驾于谁；这样的文本，是意符的灿烂汇集，而非意旨的组织结合；它没有起点，它可以逆转，可以由好几个不同的门径登堂入室，却没有一处能以权威口吻，宣称它是唯一门径；它动员的符码无限延伸，直到眼目所能及处，它们的意义没有确定。"

㉗ 苏绍连：《泊秦淮变奏曲》超文本，2013 年 9 月 30 日见"苏绍连·意象轰趴密室"，网址：http：//poempoem. pixnet. net/blog/post/1626015 － ％ E7％ 8E％ A9％E8％A9％A9％E2％80％A7％E8％A2％ AB％ E8％ A9％ A9％ E7％8E％ A9％EF％BC％9A％ E3％80％8C％ E6％ B3％8A％E7％ A7％ A6％ E6％ B7％ AE％ E8％ AE％ 8A％ E5％A5％8F％E6％9B％B2％E3％80％8D.

㉘ 苏绍连：《泊秦淮变奏曲》原诗行，2013 年 9 月 30 日见"苏绍连·意象轰趴密室"，网址：http：// poempoem. pixnet. net/blog/post/1626015 － ％ E7％ 8E％ A9％E8％A9％A9％E2％80％A7％E8％ A2％ AB％ E8％ A9％ A9％ E7％8E％ A9％EF％BC％9A％ E3％80％8C％ E6％ B3％8A％E7％ A7％ A6％ E6％ B7％ AE％ E8％ AE％ 8A％ E5％A5％8F％E6％9B％B2％E3％80％8D.

㉙ 例如《台湾诗学》的网路论坛，由"吹鼓吹诗论坛"递变到"facebook 诗论坛"，转移阵地但仍保留原先的吹鼓吹网址，形成互联网。"吹鼓吹诗论坛"由苏绍连于 2003 年 6 月成立，定位为以新生代为主要势力的网路诗社群，开设 60 个版面，会员总数曾达五千多人，发表诗文主题三万多个，诗文总数八千多篇，为相当大型的诗论坛。网址为 http：//www. taiwanpoetry. com/phpbb3/index. php. 2010 年增设的"facebook 诗论坛"网址则为 ttps：//www. facebook. com/groups/supoem/.

㉚ 以数位诗的阅读为例，在阅读的每一瞬间，读者的视点会凝聚于某个特定区块，而下一秒钟又转移到新的区块，此区块与彼区块之间，读者所得的视觉片段尚未通过意识的融合而完成整体的阅读，新的视点又马上引入新的区块，无法有凝定的一刻。而数位创作中的某些方式，可以链接读者游移于各个区块、有所区别又相互联系的视点，以涌现文本的意义、形成浑然的美感。此种"被动综合"的观

点，参考沃尔夫冈·伊瑟尔（Wolfgang Iser）著、岑溢成译：《阅读过程中的被动综合》，转引自郑树森：《现象学与文学批评》（台北：三民书局，2004），第81—120页。

㉛ 视网路文学为"前文学"的论点，来自王珂：《博客正成为新诗传播与接受的主要方式》，《湘潭大学学报（哲学社会科学版）》，2011年第2期第98—102页。

㉜ 鲸向海：《脸书残句》，2013年7月23日见"犄角/鲸向海"，网址：http：//www. wretch. cc/blog/EYEtoEYE/11196863.

参考文献：

[1] 陈征蔚. 电子网路科技与文学创意——台湾数位文学史（1992—2012）[M]. 高雄：台湾文学馆，2012：30.

[2] 丹尼斯·麦奎尔，斯文·温德尔. 大众传播模式论 [M]. 祝建华，译. 上海：译文出版社，2008.

[3] 须文蔚. 台湾数位文学论——数位美学、传播与教学之理论与实践 [M]. 台北：二鱼文化，2003.

[4] 欧阳友权. 数字媒介对文学性的消解与技术建构 [J]. 吉林大学社会科学学报，2007（4）：106—111.

[5] 白灵. 漂浮的数位花园——序《诗路2001年网路诗选》 [M] //须文蔚，林德俊. 诗次元——诗路2001年网路诗选，台北：河童出版社，2002.

[6] 伊莉萨白·弗洛恩德. 读者反应理论批评 [M]. 陈燕谷，译. 台北：骆驼出版社，1994：139—139.

[7] 谢清俊. 文学文献与资讯：文学文献的数位化问题 [M] //罗凤珠. 语言、文学与资讯. 新竹："国立清华大学"出版社，2005：93—94.

——原载《江汉学术》2014年第6期：37—46.

回归期台湾新诗史里的抒情之声

——以张错、席慕蓉、方娥真与温瑞安为例

◎杨宗翰

摘　要： 台湾新诗史回归期（1972—1983）以正视现实、肯定明朗、关怀乡土、拥抱民族为主要特征。其成因则与诗作风格丕变、文学论战四起、诗社诗刊涌现、空前外交变局四点密切相关。彼时诗人积极思考自我身份及过往诗潮流弊，扬弃了"世界性""超现实性""纯粹性"等现代主义主张，改朝"民族性""社会性""世俗性"等现实主义路线发展，进行书写与行动的双重实践。以抒情诗见长的张错（1943—　）、席慕蓉（1943—　）、方娥真（1954—　）与温瑞安（1954—　）四位就身份而言，可能都算某种意义上的"外人"。但在文学史书写上，四人毫无疑问都该被纳入"台湾文学'之内'"，构成回归期台湾新诗史极为重要的环节。文学界普遍认为"温是侠骨、方是柔肠"，在文学表现上方往往也被视为温的附属品。其实方娥真的诗作产量不逊于温瑞安，意象营造、文字功力与节奏控制更在温之上。上述这种说法所反映的往往不是诗作风格，而是尊卑位阶，亦即视女性为他者或附属品，以呈现男性的自我及优势位置。

关键词： 女性诗人；抒情；抒情性；新诗史；张错；席慕蓉；方娥真；温瑞安

一、回归期台湾新诗史的主要特征及其成因

回归期台湾新诗史（1972—1983 年）的主要特征，在于回归传统、正视现实、关怀乡土、肯定明朗、拥抱民族。传统、现实、乡土、明朗，分别对应诗的源流、

风格、题材、语言，欲对抗者为之前风行的恶性西化、超现实主义、内心风景、晦涩聱牙。至于所谓"民族"，其认同的对象实是"中国"（或"中国性"）而非"台湾"。会有回归传统、正视现实、肯定明朗、关怀乡土、拥抱民族这几项特征，起因于以下四点：第一，诗作风格丕变；第二，文学论战四起；第三，诗社诗刊涌现；第四，空前外交变局。

自 1950 年代即开始创作、发表的洛夫、余光中、郑愁予，诗史回归期持续活跃并屡有佳作。三人呕思突破"横的移植"以降之局限，但又不愿落入仿古或复古的陷阱；故改从中国古典文学之意象、节奏、声韵、词汇乃至抒情方式中汲取资源，尝试借此再铸新诗。其中以洛夫著作最丰，计有《魔歌》《众荷喧哗》《时间之伤》《酿酒的石头》四部诗集；余光中亦有《白玉苦瓜》《天狼星》《隔水观音》三部；郑愁予先有总前期创作大成之《郑愁予诗选集》，继而推出新作《燕人行》。经过了发展期之现代主义洗礼，三人不可能满足于素朴的"以诗反映现实"，但亦不愿陷入超现实及无意识书写之诱惑。三位诗人改以创作来反思 1950 年代起"横的移植"以降之局限，但他们所求，既非仿古，更非复古，而是想从中国古典文学之意象、节奏、声韵、词汇乃至抒情方式中汲取资源，再铸新诗。另一项明显的转变，应是重新结合"诗"与"歌"之尝试，"以诗入歌"遂成为彼时"民歌运动"的一大特色。杨弦《中国现代民歌集》首开台湾民歌运动的第一枪，这张专辑的歌词大都来自余光中诗集《白玉苦瓜》，《乡愁》《江湖上》遂成为传唱一时的名作①。洛夫《向海洋》、郑愁予《偈》等作，亦曾被改编成民歌演唱。有了对古典意识的重新认识，复加上民歌与现代诗的结合，遂使洛夫、余光中与郑愁予彼时的诗作风格丕变。

除了这三位早已卓然成家的前行代诗人，彼时还有许多一出手便引起瞩目的青年诗人。最具有诗史标志性意义者，当属罗青（1948—　）及其首部诗集《吃西瓜的方法》。余光中《新现代诗的起点》中指出，罗青的出现"象征着六十年代老现代诗的结束，和七十年代新现代诗的开启"。在罗青身上看得到"现代诗运如何运转，如何改向，如何在主题和语言上起了蜕变"[1]。倘若采取文本主义立场检视诗史，坚持把历史还原为文学本身（并兼及接受的历史），便可将《吃西瓜的方法》印行问世的 1972 年，视为"回归期"台湾新诗史的真正起点。至于新诗史的下一阶段"开拓期"，则应以夏宇推出台湾首部后现代诗集《备忘录》的 1984 年为起点。[2]

在回归期台湾新诗史中，甫出道的青年诗人各骋其才，与彼时涌现的新兴诗社、诗刊结合，展现了与前行代迥异的风姿神貌。相较于前行代的西化倾向、对欧美现代主义及其价值判断的全盘认同，这些青年诗人多能反思自我文化身份及检讨过往诗潮流弊，扬弃"世界性""超现实性""纯粹性"等现代主义主张，改朝"民族性""社会性""世俗性"等现实主义路线发展，进行书写与行动的双重实践。不过在现实主义路线与现代主义路线两者的权力倾轧（power struggle）之外，其实还有一脉广受读者欢迎、不容轻忽小觑的抒情之声。本文即从后者中，选择最具代表性的张错（1943—　）、席慕蓉（1943—　）、方娥真（1954—　）与温瑞安（1954—　）四家，尝试分析其诗作特质与书写历程。值得一提的是，这四位就身份而言，可能都算某种意义上的"外人"：张错澳门出生、台湾求学、美国定居；席慕蓉则生于重庆、长于台湾、父母来自内蒙古；温瑞安跟方娥真皆生于马来亚，持"侨生"身份赴台求学、1980年却被安上"涉嫌叛乱""为匪宣传"罪名驱逐出境，在大马亦无容身处，不得不改赴香港发展。纵然如此，在文学史书写上，四人毫无疑问都该被纳入"台湾文学'之内'"，构成回归期台湾新诗史极为重要的环节。且就出生年份及生理性别而观，张错（1943—　）与席慕蓉（1943—　）、温瑞安（1954—　）与方娥真（1954—　）恰两两各成一组，故拟将四位之诗史回归期诗作，一起列入本文中讨论。

二、张错诗作中的抒情之声

漂泊，是诗人张错最鲜明的外在形象；沧桑，则是他最真切的内在心境[②]。诗人祖籍广东惠阳，生于澳门，幼时曾在私塾学习古文。中学就读香港华仁书院，大学时考入台湾的政治大学西洋语文系，1967年离台赴美求学，先后取得英文硕士及比较文学博士学位。1974年起诗人在美国洛杉矶南加州大学任教与定居，但身虽定、心未平，作品中常自比为"中国的孤儿"，羁留在异国飘零，渴求"更完整一点的国，/和更美满安定的家"（《沧桑》）。他写诗起步甚早，自1966年起便以另一笔名"翱翱"陆续出版《过渡》（1966）、《死亡的触角》（1967）、《鸟叫》（1970）、《洛城草》（1979）四部诗集。这时的诗人翱翱虽是星座诗社要员，但1960年代少作不脱彼时现代主义诗风影响，遍布晦涩的印记："而庭前的月桂颤停后又再抖颤/无视于一响火山或一发榴弹/明年的春夜又是一批巫师一批处女/倚卧骸骷上作法及奉祭/仍是那种手势与步姿/风流至今夜"（《死亡的触角》）。书写死亡至这般生硬、费解，若再沿此走下去，恐非坦途。所幸第四部诗集《洛城草》已有不同，诗人以诗直指人间不平事，如1976年作品《加州议案第十四号》就为加州农民（尤其是在田地工作的少数民族农人）发声，争取合理福利及待遇。不只在诗题材上力求开拓，诗语言上更大幅度朝向明朗化与口语化倾斜，甚至出现这样的句子："什么非法居留者？才不管他妈的，/要他们时就合法，踢走他们时就非法，/赞成赞成赞成！"自《洛城草》起，诗人也开始尝试不避标点符号，几达全诗每句必有标点。

逗号、句号、分号……使用起来既可控制节奏，又有视觉上的整体美感，最后竟也成了诗人的独特标志。

进入 1980 年代，诗人将笔名改为"张错"，并出版他在回归期新诗史最具代表性的《错误十四行》（1981）。除了沿用"句必标点"此一标志，张错更在现代口语与古典雅言间力求平衡，题材则或涉时事，或表感怀，或思乡，或赠友，不拘一格而境界大开③。在他最好的抒情诗中，可以看到虽身处现代资本主义世界，犹有一位卜居校园的忧国者，始终不愿向冷漠臣服："这是宗教的时代，/我们以落花为飘零，/这是忧国的时代，/我们用剑的行动，/来做书的答案。"（《答主人问》）剑与书互为表里，这里面既是中国古典的启示，亦有诗人张错的寄托。像这样易被视为"过时"的刀与剑入诗者，至少还有《观剑》《刀颂》等佳作。书写江湖掌故或比试过程，显非诗人所愿为。张错作诗，意在召唤，因为《观剑》中那道龙泉清水已"在漫长的历史冻成铿锵的冰块"，《刀颂》里虽刀柄脱落、护手不牢、刀身蒙尘暗哑，但别忘了"刀锋仍有饥饿的缺口"。《观剑》旨在期待"龙吟"再起，《刀颂》则盼能一刀削尽列强瓜分中国的建议，两诗皆可视为忧国者张错欲借古之刀剑，激励今之志士。在异地为客，爱国实难；恨国之沉睡，更难。既愤其不起，唯有写诗刺之，张错诸多以古物为歌颂对象的诗，皆可作如是观，譬如古剑、古刀、古镜、古玉环、唐三彩、兵马俑……咏古以刺今，遂成张错诗作的一种解读可能。

诗人既然心无定所，去国十年所作的《落叶》一诗，便可见他自比为"落叶"，以擅长的独白体表达渴慕回归之思。此诗前三段分别以"该怎样向风倾诉我飘零的身世？""又该怎样和露水对泣我一生的辛酸？""那么该怎样去诠释我底降落？/以及对生命的执着？"开始，多重自我叩问下，最末一段也自己给了答案："那么我底下跌还是幸福的，/——叶的降落，/当然归根。"落叶的下跌是生命的终结，死别竟还能感到幸福，足证归根的诱惑至大且深。张错诗中的抒情声音，最能以独白展现一介漂泊者对家国无悔的追寻，以及对认同坚定的信念。④

忧国、咏古、寻根固然是张错诗作特色，但《错误十四行》之所以能够成为诗人彼时最重要的代表作，乃是因为他尝试建立起自成一脉、难以模仿的抒情诗法。书写爱情的《错误十四行》，最能说明此"法"何在。此诗共分为七篇，虽号称"十四行"（即 Sonnet，昔多译为"商籁"），但第二篇仅有十三行，是货真价实的"违规"。以诗人的外国文学专业背景，不可能不知道十四行诗"规则"，故可推测蓄意违反的理由在于寻求解放。十四行诗毕竟是一种严格的诗体，论押韵、究音步、讲结构安排。爱情可以同样接受严格安排吗？诗中写道："我们底相恋/就是一首十四行/而且十分莎士比亚/开始了头四行的押韵——/离合离合。//我也知道/中间四行底押韵也是固定的——/聚散聚散。"就是因为太过"固定"，才让这段相恋走向离/合与聚/散，而且"十分莎士比亚"。诗中第四篇援引莎翁名剧《罗密欧与朱丽叶》，并说那是把"两种错误放在一起"，遂"做成了正确的死亡"。他俩的恋情不正是因为不愿接受安排，最终才走向凄然绝望，悲剧告终？可见《错误十四行》从诗题命名到诗行安排，都是有意挑战"法"的存在（此法可以是爱情之法，或是诗律之法）。其实诗人从第一篇起便对十四行的重重限制，表露出无奈之情：

> 苦就苦在开始了第一行
> 就知道只剩下十三行
> 从第一到第十四
> 中间是不三不四
> 乱七八糟的倒叙。
>
> 像一幅设计好的山水
> 从主峰到飞瀑，
> 白云什么时候飘来，
> 秋天什么时候落叶；
> 我们的恋歌
>
> 已写到最后第四行
> 是否还要押一个险韵
> 或者按平仄的规矩行事，唉，
> 反正是错误十四行。

首篇即采"五、五、四"三段之诗式，对押韵更是自由放任，完全不合 Sonnet 基本规则。那又如何？诗中不是都说了："反正是错误十四行。"其实张错赴美攻读博士时，论文主题选择做冯至研究。因为冯至留学德国，其《十四行集》受过里尔克（Rainer Maria Rilke）《致奥菲斯的十四行诗》（Sonnets to Orpheus）影响。张错欲从里尔克、冯至一脉，再联结到何其芳、卞之琳、辛笛等中国诗人，尝试重建遗落的新诗抒情传统。在此背景下，《错误十四行》可以理解成张错将学术专长及研究心得，实践于当代中文诗的书写；当然亦可诠释为，诗人对他知之甚详的英诗 Sonnet/中文诗十四行"规则"的反叛，欲破旧法，以立新法。⑤《错误十四行》最末篇除了采独白体自问自答，还带有一种刻意捉弄感，是对读者的明知故问：

十四行是一个字还是三个字？
一行还是十四行？
十四行是一行字？
还是十四个字一行？

错误是什么时候开始的？
在十四行的前面？
还是错误是名词
十四行是动词？

错误十四行是一句话
或是十四句话？
还是十四句胡言乱语
放在一个错误的主题？

其实打从最初的一撇一点开始
便从第一个字错落去第十四行。

　　《错误十四行》试着告诉读者：往往是双方爱到后来，才发现原来不过是一场错爱，因为现代爱情是不能够忍受太多限制的。或许，现代诗亦是如此？总之这种叙述方式，在回归期新诗史以前实在罕见——因为尽管写的是失恋，未免太欢愉、太快乐了，太不"现代诗"了。

三、席慕蓉诗作中的抒情之声

　　第一本诗集《七里香》（1981）创下一年内再版七次的纪录，让席慕蓉从此被视为"畅销诗人"，广受读者瞩目及评论者关注。第二本诗集《无怨的青春》（1983）跟《七里香》一样，不但畅销而且长销，两本书仅花了十年左右就轻易突破五十刷，创造了迄今全台无人能及的诗集销售成绩。长久以来被视为出版市场"票房毒药"的新诗集，待席慕蓉《七里香》与《无怨的青春》出而骤变。这两部诗集吸引了许多从未想要亲近诗的读者，惊人的销售量及读者数更是跨出台湾，延伸到中国大陆各地："一九八四年席慕蓉有六本书列入畅销书排行榜（引按：指台湾一地），有三本还进入了前十名，有人称当年为'席慕蓉年'"，"席慕蓉作品很快也引起了大陆读者的兴趣……即使在边远地区，学生们也如数年前对舒婷的熟悉那样，以浓厚的兴趣谈论着席慕蓉"[3]。岂料诗人及其作品的"畅销现象"竟成了一个好用的标签，供文学史籍轻率判别、随意粘贴。譬如公仲与汪义生合撰之《台湾新文学史初编》便认为："席慕蓉是近年连续几届畅销书的佼佼者，获得了'诗界琼瑶'之美称。"[4]古继堂《台湾新诗发展史》则指出："席慕蓉成为台湾诗坛异数的另一个内涵是，她一出现便成了台湾诗坛的'暴发户'，创造了'软性诗'的'席慕蓉现象'。她的诗集成为畅销书排行榜上的显位；她的作品成为大、中学校女生手中的瑰宝；她的名字成为报刊、电台的热门话题；她甚至被看成是台湾'诗中的琼瑶'。"[5]我们认为，小说家琼瑶跟诗人席慕蓉，两人其实处境迥异。前者为受文化消费市场机制要求、宰制的专业作家，后者却是以教书为本业、绘画为追求，写诗则既非其专职，亦非其任务。仅用畅销、通俗、言情这三者的类同，强迫席慕蓉成为所谓的"诗界琼瑶"，这显然不是"美称"而是"讥评"了。⑥

畅销何罪？出版后受到读者欢迎，本非作者自身能够预料。正因为写诗之于席慕蓉"从来没有刻意地去做过些什么努力，我只是安静地等待着，在灯下，在芳香的夜晚，等待它来到我的心中"[6]192，故不存在讨好读者的问题——而且为何广受"大众"喜欢的作家，就被预设必然会/必然得讨好读者呢？原本在台湾现代主义美学典律下，俨然持对峙之势的"新诗"跟"大众"两端，至诗史回归期已不再如此关系紧绷；1970年代起重回主流的现实主义美学典律，却又让新诗与书写土地、反映现实、民族情怀等大叙述太过贴近。在两种美学的倾轧交替中，席慕蓉这些可读宜诵、力避艰涩的抒情诗，带给了彼时读者另一种新鲜的选择。笔者认为：品评席慕蓉的创作时，不宜仅从新诗而论。13岁写诗，14岁习画，再加上数量众多的散文创作，诗、画、文三者合构，才是席氏艺术世界的全貌。她1970—1980年代的散文书写，其中不乏散文诗企图之作，只是最后选择编入个人散文集中。《七里香》与《无怨的青春》里收录的诗，涵盖席慕蓉十几岁到近四十岁的作品，实在没有理由以青春浪漫或少女情怀等刻板印象，任意标签与借题发挥。

相反地，从《七里香》与《无怨的青春》中便可看出，诗人的抒情声音固尚婉约，但其心坚定，不容怀疑："当星星的瞳子渐冷渐暗/而千山万径都灭绝了踪迹//我只是一棵孤独的树/在抗拒着秋的来临。"（《树的画像》）以一棵树欲力抗一整个季节，忍受无涯孤独与多方试探，即可谓是席慕蓉对诗人的想象、对自己的定位。1997年她写《深夜读诗》时依然如此："而我深深爱慕着的诗人啊/你们应是一棵又一棵孤独的树/植根在无垠的旷野忍受试探/坚持要记下那些生命里最美丽的细节。"⑦最末句当是席慕蓉对自己的期许，想以写作铭记那些"生命里最美丽的细节"，而书写细节（detail）正是女性诗学的一项重要特征。

当有人提问《诗的价值》何在时，诗人自喻为日夜敲击捶打的一名金匠，"只为把痛苦延展成/薄如蝉翼的金饰"，盼能"把忧伤的来源转化成/光泽细柔的词句"。诗末句更转而反问对方，这些努力"是不是也有一种/美丽的价值"？这类反问句乃以疑问的句式表达肯定之意，向来是席慕蓉拿手技法，譬如《试验之一》："如果在我们的心中放进/一首诗/是不是也可以/沉淀出所有的昨日"。席慕蓉作诗不只好用反问，更胜在节奏控制，故特别适合朗诵，足证流传日广并非无因。

席慕蓉的抒情诗擅长创造戏剧化情境，让抒情主体"我"及倾诉对象"你"或相遇，或别离，乃至期盼良久却终未能逢的爱情悲剧：

> 如何让你遇见我
> 在我最美丽的时刻　为这
> 我已在佛前　求了五百年
> 求他让我们结一段尘缘
>
> 佛于是把我化作一棵树
> 长在你必经的路旁
> 阳光下慎重地开满了花
> 朵朵都是我前世的盼望
>
> 当你走近　请你细听
> 那颤抖的叶是我等待的热情
> 而当你终于无视地走过
> 在你身后落了一地的
> 朋友啊　那不是花瓣
> 是我凋零的心

这首《一棵开花的树》再次以树为喻，不过这次并非述志诗或论诗诗，而是揣想抒情主体"我"该如何布置，好在"最美丽的时刻"[⑧]与倾诉对象"你"相遇。佛前求五百年，方能化身为树以结尘缘（先彰显时间）；"我"如此慎重以对，花独自为"你"绽放（再彰显态度）；当期待已久的倾诉对象无视而过，只能人惆怅，花凋零（终彰显结局）。但若仅以少女怀春的角度来诠释此诗，实是窄化了其可能。因为《一棵开花的树》亦可视为"我"这棵树期待在最美丽的时刻，能与诗人"你"某地相会。主客易位之际，解读自然不同——相同的是情、韵与节奏之合拍，堪称是席慕蓉在回归期诗史的抒情诗代表作。

在"畅销诗人席慕蓉"之外，还有两个便宜行事的标签围绕着她："蒙古诗人席慕蓉"与"女性诗人席慕蓉"。她生于四川、长于台湾，祖籍则是蒙古察哈尔盟明安旗。蒙古全名为穆伦·席连勃的席慕蓉，慕蓉正是"穆伦"（意指大江河）的音译。但若非作者在书中自揭身世，《七里香》与《无怨的青春》实无太多与蒙古有关之作。乡愁想象与边塞风光，仅可在《出塞曲》《长城谣》《狂风沙》《隐痛》与《楼兰新娘》等得见，但没有蒙古籍亦不难写出这样的诗作。"蒙古诗人"这个标签，显然不适合用来探讨席慕蓉的诗史回归期作品。她对于蒙古的深度书写应起自1990年代，可以《蒙文课》等诗作为代表，2016年发表的千行叙事长诗《英雄博尔术》更臻巅峰[9]。

"女性诗人席慕蓉"此一说法，不仅是从生理性别替诗人定位，更是企图把轻盈、纯洁、阴柔等性别刻板印象（stereotype）与其强制连结。张晓风替席慕蓉首部诗集《七里香》所写的序文《江河》可为一例：

> 不要以前辈诗人的"重量级标准"去预期她。余光中的磅礴激健、洛夫的邃密孤峭、杨牧的雅洁深秀、郑愁予的潇洒妩媚，乃至于管管的俏皮生鲜都不是她所能及的。但是她是她自己，和她的名字一样，一条适意而流的江河……[6]29

张晓风笔下的"江河"显然只能是轻量、适意、不作男性诗人力所能及的诗，等同把女性特质的位阶自动贬低，沦为性别刻板印象下的牺牲品。最奇怪的是，这个说法竟出自于一位生理女性作家！会被安上这样的"罪名"，当然与席慕蓉的诗主题多涉爱情有关。评论者往往只注意到这位诗人嗜写爱情，却忽略了她对女性特质的敏感与探索，以《出岫的忧愁》为例："骤雨之后/就像云的出岫你一定要原谅/一定要原谅啊一个女子的/无端的忧愁。"诗中虽云"你一定要原谅"，那其实并非哀求或怯弱，而是叙述者欲凸显忧愁之"无端"。骤雨（及其带来的潮湿）常被视为阴性的象征，并可解读成情绪的突然爆发。男性诗人陶潜可以写"云无心以出岫"，任凭自然、毫无心机；席慕蓉为何不能主张女人有"无端的忧愁"特质，情绪爆发时或忧虑哀伤处，极可能毫无理由？云既然可以在山峰间自在飘荡，忧愁当然有权力无端而出。有了诗的捍卫，女子们"无端的忧愁"将不再师出/诗出无名。

四、侠骨与柔肠？"神州诗社"双杰温瑞安与方娥真

大学院校学生发起、组织的众多校园诗社与诗刊，长久以来都在台湾现代诗

史/文学史的讨论视域之外。校园诗刊字里行间及大学诗社活动记录，应被视为台湾文学从下而上的"小历史"（history from below，little history），一旦发现便不容成灰。"国民政府"迁台后第一个大学校园诗社，是1951年由林晓峰创办的"台大诗歌研究社"。该社社刊命名为《青潮》，是不定期的诗歌综合杂志。1954年杨允达接手社长一职，6月时《青潮新诗季刊（革新号）》面世，彩32开本，由路平（即诗人罗行）主编，成为一份纯新诗刊物。⑩值得注意的是，此后几份重要的校园诗社及诗刊，主要发起者多为赴台念书的海外华侨学生，亦即俗称的"侨生"⑪。譬如1957年5月《海洋诗刊》即由来自香港的余玉书创办，1961年3月跨校性之《纵横诗刊》由刘国全负责主编，李树昆任社长、毕文泽任副社长。另一个跨校性文学团体以马来亚与澳门留台学生为班底，1963年设"星座诗社"、1964年创《星座诗刊》，主要成员包括王润华、林绿、翱翱（张错）、黄德伟、陈慧桦（陈鹏翔）、淡莹等。他们后来在文学创作与研究上的成绩皆相当突出，多数也进入各大学教授文学课程，堪称所谓"侨生"笔阵中最早的学院诗人。⑫

　　1966年起中国大陆历经十年"文革"浩劫，传统文化被大肆破坏。因台湾推行"中华文化复兴运动"与之对应，台湾这个"文化中国"对来台升学的"海外侨生"很具吸引力——那是超越补助金额及加分机制，一种由"边缘"可向"中心"移动的强力魅惑。彼时众多受此吸引的海外华侨学生中，有一批以温瑞安、方娥真、黄昏星、周清啸为主的马华青年，自1974年起陆续赴台读书，8月就在台北出版了《天狼星诗刊》。1976年他们跟大马本地的"天狼星诗社"领袖温任平决裂，于大学校园另组"神州诗社"，出版《神州诗刊》。这群年轻的"神州人"仿佛欲在台北重现武侠世界，终日于"试剑山庄"练文习武，不放弃在校园内外宣扬神州精神及贩卖同仁著作（神州人行话叫"打仗"）的任何机会。时报、四季、长河、皇冠、源成等出版社替他们刊行了多部诗文集，本地文坛前辈更不吝称赞这群"海外"青年热爱"中国"的壮举。神州诗社后期遂直接改称"神州社"，以发扬民族精神、复兴中华文化为己任，并于1979年组织"青年中国杂志社"，出版《青年中国》以鼓吹"文化中国"理念。"神州"至此已非属大学校园诗社或诗刊，倒像是一群梁山泊聚义的"好汉"，有义气而无好诗了。频繁集会结社与严密组织分工，再加上从不讳言对"中国"的好奇渴望，引起台湾特务机构的关注，遂于1980年9月25日晚上闯入"试剑山庄"逮捕温瑞安与方娥真。羁押数月后未经审判，温、方二人终以"涉嫌叛乱""为匪宣传"罪名被驱逐出境，侥幸免于一死。此时神州社员早已星散，短短四年的神州梦，画下了充满荒谬感与悲剧性的休止符。

　　诗社本来就只是情感的集合体，加入好诗社并不能保证写出好诗，此理甚明。加上神州诗社全盛期成员虽高达三百人，但几乎都忙于强身报国（道馆练拳）、出外打仗（书籍推销），以及服务"大哥"温瑞安及其伴侣方娥真。神州诸君的诗创作，多徘徊在侨居地大马乡镇与不可望、亦不可及之中国河山，处于两端间悲痛沉吟，遂成为无法抵御的宿命。黄昏星、周清啸合着诗集《两岸灯火》（1978）即为显例。残酷的是，温、方两人的诗创作，竟是神州诗社众多兄弟姊妹中"唯二"足道者——文学史毕竟是实力的竞技场，讲义气、排辈分、论兄弟……当然没有意义。

温瑞安是能够日写万字的快笔，但他最致力者应为武侠小说的江湖世界，诗之于他宛如"江南白衣方振眉"的副产品。写诗不过是他行走江湖的一部分，可以尽情展现他的侠情。最显著的例子，就是1975至1976年间完成的十首《山河录》系列："我便是长安城里那书生/握书成卷，握竹成箫/手搓一搓便燃亮一盏灯/握刀握剑，或诀或别"（《长安》）；"我带一卷诗上千山万峰/才知道诗里没有人/五岳之外，我独立成山峰/谁来伴我一生的孤寂？/寒鸦，青灯，还是抬美眸看我的小女孩？"（《武当》）。英雄出少年，22岁的温瑞安已有如此抱负："这首诗我不停而写/才气你究竟什么时候才断绝？""我化成大海/你化成清风/我们再守一守/那锦绣的神州……"（《黄河》）守护神州的大梦里，当然还有这位少年剑侠欲和"少女"[13]相知相守的小梦："古之舞者……何其伤忧/最美丽而完美的少女/常常是一柄痛苦的小刀/时时刻画着我们易惊易喜的心胸。"（《江南》）。

温瑞安诗作的魅力，正在于以古典武侠想象为背景，理直气壮地结合"故国之思"与"情爱之私"两者为一。在"山河录"首篇《长安》中，诗人有云："我在这二十世纪古典的灯下写诗给你/才发觉古典有多遥远"，此处"你"可以是深情女子，亦可指涉母土——十首《山河录》皆可如是观。在回归期新诗史上，诗人们对中国古典的态度丕变。余光中、郑愁予、洛夫便从古典文学之意象、节奏、声韵、词汇乃至抒情方式中汲取资源，再铸新诗；来自大马的温瑞安另辟蹊径，改拥侠情以守护神州："写到这里，或说我借古典还魂/我说不如是借中国吧/或人说我自命为侠/我说谁愿侠情只成了古远的回音？"（《西藏》）。温诗中布满了这种对中国性（Chineseness）的无止境追寻。同一首诗作有云："仿佛离中原远了/而我确实从边塞而来"，莫不是在指涉自己的大马华侨学生身份？一种朝向中心、寻求认同的冲动？在温瑞安笔下，大马霹雳州美罗小镇总是隐遁不出，台北其实也不是现代长安。他是借想象与文字在召唤"古典中国"，一个仅存于新诗书写及武侠小说中的完美世界。

温瑞安三部诗集《将军令》（1975）、《山河录》（1979）、《楚汉》（2000）多所重复，台湾版《山河录》便收录了在大马出版的《将军令》部分作品，《楚汉》则多数来自前两部诗集，再加上一辑写牢狱之灾前后心境的"天牢记"。温瑞安彼时的伴侣方娥真则仅有一部诗集《娥眉赋》（1977），文学界普遍认为温是侠骨、方是柔肠，在文学表现上方往往也被视为温的附属品。⑭本文以为：这种说法所反映的往往不是诗作风格，而是尊卑位阶，亦即视女性为他者（the other）或附属品，以呈现男性的自我（self）及优势位置。其实方娥真的诗作产量不逊于温瑞安，意象营造、文字功力与节奏控制更在温之上：

> 我要告诉你
> 告诉你一句话
> 那句话，在世界上
> 只许一盏烛火照亮
> 照在你的壁上
> 垂挂成歌扇
> 点点斑斑
> 一扇展颜
> 生和死是扇面的底子
> 情缘是浮雕
> 那句话，你在扇中
> 可以寻到

　　正因为方常被视为温的附属（或永远的"娥真姐"），方娥真的诗作往往被诠释为写给温瑞安的情诗，这种既定印象严重窄化了诗之可能。这首《歌扇》充满古典情韵，不应只理解为写给温瑞安的情诗，"你"实可指每一位诗的读者。歌扇是古代歌者歌唱时，持以掩面的扇子。诗中"那句话"究竟为何？诗人不说，仅以不容置疑的语气表示此话"只许一盏烛火照亮"，答案早已化为壁上垂挂的歌扇。全诗以扇起兴，一扇展颜、死生同列，"那句话"在"你"的壁上，就等待"你"来取（或可说是邀请此诗读者前来寻扇解谜）。

　　与许多被视为"闺怨作家"的诗人不同，方娥真的诗看得出甚有主张、才气纵横，更厉害的是首尾两端常常拔地而起，却又显得十分自信与自在。取与"娥真""峨眉"双关为题的《娥眉赋》，开头便写道："怎么办呢？如果才情绝峰/而我年华尚浅/如果稚嫩还在含苞/日子正当少女"，破题一句"怎么办呢？"其实是无比自信的展现。其后对第二人称"你"的大段絮语倾诉，恰可与诗中不断出现、回旋飘浮的那句"日子正当少女"相较，无非是提醒良人或豪侠，"我"不愿继续"等待"的委屈。诗中不乏"你看你看，所有的可怜都姓方""我才不要年岁的加深/悲哀是一种想死的渴切"这类不由分说的主张，娇羞中自有强势，自不宜视为无知少女强说愁。"看它繁华的倾城/看它豪华的倾国/火灭了，雪塌了/而我还在/日子正当少女"，159 行的《娥眉赋》以此作结，显然倾城倾国，火灭雪塌皆非关己事，诗人只愿守护自己的青春年华，不愿过多涉入凡尘俗世。

方娥真的抒情诗多指向第二人称的"你"，力避艰涩求工一路，诗中隽语尤多，如："为什么不带我去流浪呢/我柔情的灯每一盏/都向你归来的梦照"（《墓帏》）；"你知道吗/暗恋是一本颦眉的日记/待展而未开/待锁而未鐾"（《存愁》）。《娥眉赋》中的"你"，不必然指涉现实中的谁（或固定的某个人，譬如温瑞安），方诗之价值亦不会因此有所减损。《娥眉赋》中还有一系列想象少女夭亡之作，如《绝笔》《幕帏》《倒影》《侧影》《捧心》《掬血》《聊斋》，率皆死生相隔，鬼气幢幢，在回归期诗史中甚为罕见。这已经不是在写情诗，而是在写人世之变与不变了。过往因为方娥真太常与温瑞安相连，像《掬血》所云"常牺牲你的大我，完成你的小娥"更成为铁证；殊不知方娥真的诗作自有其天地，不容干犯。方娥真不像温瑞安汲汲于对"中国性"的无度求索，亦因此幸免于被其吞噬而不自知。她的诗可亲可爱，没有神州诸子的悲愤苦闷，却有一种"认真地不讲理"的天真情怀："我再也不想独自外出/宁愿死在家中的诗里/每一刻夭折/换取感动的绝句。"（《扶渡》）

五、结　语

回归期台湾新诗史的书写，除了应关注现实主义路线与现代主义路线两者间的权力倾轧，更不宜忽视最受读者欢迎、影响不容小觑的"抒情之声"。本文选择了具代表性的张错、席慕蓉、方娥真与温瑞安四家，举例分析其抒情诗的创作特质及发展历程。欲了解该期抒情诗创作所达到的高度，张错《错误十四行》、席慕蓉《七里香》与《无怨的青春》、方娥真《娥眉赋》、温瑞安《山河录》皆堪称代表。在他们最好的抒情诗里，不求如何"反映现实"抑或"追逐现代"，反而试图揉合情韵与节奏，并努力将诗想探向（可以想象却无法碰触的）古典中国世界。

这四位抒情诗人虽曾身在台湾，但常被视为某种意义上的"外人"：张错澳门出生，台湾求学，美国定居；席慕蓉生于重庆，长于台湾，父母来自内蒙古；温瑞安及方娥真生于马来亚，后赴台湾大学求学，未及毕业却被驱逐出境。换言之，他们既曾在台湾文学"之内"，却不时被台湾文学史研究者（乃至文学史书写者）移至台湾文学"之外"。在以正视现实、肯定明朗、关怀乡土、拥抱民族为主要特征的回归期台湾新诗史上，四人的"抒情之声"处境其实相当无奈：他们的抒情诗既与过往之"世界性""超现实性""纯粹性"等现代主义主张无涉，复与回归期当道之"民族性""社会性""世俗性"等现实主义路线不符。再加上这四位的"外人"

身分，导致评论界如此轻易漠视其存在与价值——新诗评论家却无从否认，他们的诗作深受读者欢迎这项事实。

比轻易漠视更严重的，应该是错误评估，这点在性别议题上最为明显。把席慕蓉绑在"女性诗人"这个标签上，等于把轻盈、纯洁、阴柔等性别刻板印象（stereotype）与其抒情诗作强制连结。评论者只注意到席慕蓉好写爱情，却忽略她对女性特质的敏感与探索。再如"神州诗社"的双杰温瑞安与方娥真，评论界咸认为"温是侠骨、方是柔肠"，在文学表现上方亦被视为温的附属品。其实方娥真的诗作数量并不逊于温瑞安，意象营造、文字功力、节奏控制等处更是在温瑞安之上。其实无论席慕蓉或方娥真，都可谓是台湾新诗评论界长久以来，习于视女性为他者（the other），以呈现男性之自我（self）及优势位置的牺牲品。

注释：

① 在台湾音乐史上，1975年由洪建全基金会出版的《中国现代民歌集》是相当重要的一张唱片，它揭开了青年"唱自己的歌"与台湾的民歌运动序幕。

② 张错曾把诗集命名为《漂泊者》（台北：尔雅出版社，1986）。其中有一首1984年作品《沧桑》，颇能表露诗人心境："且让我们以一夜的苦茗/诉说半生的沧桑。/我们都是执着而无悔的一群，/以飘零作归宿"。

③ 张错《错误十四行》（台北：时报文化出版公司，1981）中有多首写"茶"之作，便是显例。譬如1974年作品《茶的情诗》以"如果我是开水/你是茶叶/那么你底香郁/必须倚赖我底无味"开篇，却不是真的寡味或清香，而是以淡笔书写深浓情欲："无论你怎样浮沉/把持不定/你终将缓缓的/（喔，轻轻的）/落下，攒聚/在我最深处。"如此巧喻及形似，很容易让读者联想到性爱交欢。唯张错写来不沾一字"性"或"爱"，收束更是工稳妥当："那时候/你最苦底一滴泪/将是我最甘美的/一口茶。"此作堪称1970年代的情色文学与饮食文学间，最有交集处的新诗杰作。

④ 这种认同感当然出于血缘及文化（而非生活经验），毕竟张错在澳、港、台、美才有真正的"生活经验"。欲见诗人的台湾经验如何成熟地转化为诗，张错《槟榔花》（台北：大雁书店，1990）可为代表。

⑤ 勇于反叛抒情诗既有规则，当然是一种"诗法"。若能借此建立起新的声音腔调或叙述模式，便堪称"为诗立新法"了。

⑥ 更进一步讨论，可见杨宗翰：《台湾现代诗史：批判的阅读》，台北：巨流图书公司，2002，第185—189页。

⑦《深夜读诗》收于席慕蓉第四本诗集《边缘光影》（台北：尔雅出版社，1999），距 1978 年《树的画像》已逾二十年。

⑧ 席慕蓉喜用"最美丽的时刻"一词，诗文皆然。可见席慕蓉：《七里香》，台北：大地出版社，1981，第 192 页。

⑨《蒙文课》初稿写于 1996 年，1999 年修改后收入席慕蓉第四本诗集《边缘光影》，台北：尔雅出版社，1999。晚近的蒙古书写代表作当属 1060 行叙事长诗《英雄博尔术》，刊于《文讯杂志》第 365 期，2016 年 3 月号，第 198－225 页。《英雄博尔术》此诗亦收入席慕蓉：《除你之外》，台北：圆神出版社有限公司，2016。

⑩《青潮》内容涵盖新诗、旧诗、词与诗论，共出版了五期。后因人手不足，停刊了一年多。1954 年杨允达担任社长后，与同仁决定在诗人节复刊《青潮》，并改为三个月出版一期的纯新诗刊物。

⑪ 1951 年蒋中正指示恢复侨教业务，积极招收侨生来台升学。第二次世界大战结束后，美苏两强形成冷战对峙局面，美援台湾的计划中，侨生教育亦是其中一环，从 1954 年开始实施到 1965 年结束，造就了数万名以东南亚学生为主的大专侨生。美援停止后，台湾继续设置各项奖学金、补助金与公费生名额，盼继续吸引侨生来台升学。晚近台湾因广设大学院校、生育率偏低等因素，引发一连串高等教育招生危机，侨生遂成为填补生源空缺之重要来源——可见台湾对侨生的定位，始终是工具性取向。今日看来，"侨生"一词所蕴含的寄居异地、心向中土之意，在新生代确认本国认同下早已不合时宜，此源于"血统论"之旧名亦该废除。笔者在此援用"侨生"一词，实为不得已的权宜之策，特此说明。

⑫《纵横诗刊》上辟有"华侨诗选"，刊登菲律宾、香港、马来亚等地来稿；亦于国外零售上列出四种货币（菲币七角、港币六角、叻币四角、美金二角），可见其有追求"国际化"与跨国交流之理念。《星座诗刊》1964 年 4 月发行创刊号，至 1969 年 6 月停刊，期间共出版了 13 期，论成绩与影响皆比其他校园诗社、诗刊凸显。当年创刊主力是政大第五宿舍的王润华、张错（皆西语系），室友毕洛（新闻系），加上当年驻防木栅的军中诗人蓝采。两年后林绿自马来台，改推出"星座革新号"，编辑成员中侨生与台生各半，譬如新闻系的陌上桑等人都是本地台生。《星座诗刊》停刊后，1972 年部分前"星座"成员加入新创之"大地诗社"，并于 9 月出版《大地诗刊》（共 19 期，至 1977 年 1 月休刊）。陈慧桦、余中生、李弦（李丰懋）、陈芳明、林锋雄都是"大地"要角，显然海外侨生与本地作者皆在其列。关于《星座诗刊》在台发展的评述，可见杨宗翰：《抛出了地心吸力的诗人们：从〈星座〉看现代主义文学"小历史"》，《联合文学》，第 381 期（2016 年 7 月），第 46－48 页。

⑬ 方娥真有一部散文集就命名为《日子正当少女》，台南：长河出版社，1978。
⑭ "温瑞安的侠骨，方娥真的柔肠，相映成趣"，语出余光中替《娥眉赋》所撰之序《楼高灯亦愁》。见方娥真：《娥眉赋》，台北：四季出版社，1977，第 2 页。

参考文献：

[1] 余光中. 新现代诗的起点——罗青《吃西瓜的方法》读后 [J]. 幼狮文艺 (232)：10—30.

[2] 杨宗翰. 台湾新诗史：书写的构图 [J]. 创世纪诗杂志，2004（140/141）：111—117.

[3] 陈素琰. 不敢为梦终成梦——席慕蓉的艺术魅力 [M] //席慕蓉. 席慕蓉·世纪诗选 [M]. 台北：尔雅出版社，2000：12—13.

[4] 公仲，汪义生. 台湾新文学史初编 [M]. 南昌：江西人民出版社，1989：337.

[5] 古继堂. 台湾新诗发展史 [M]. 台北：文史哲出版社，1997，528—529.

[6] 席慕蓉. 七里香 [M]. 台北：大地出版社，1981.

——原载《江汉学术》2016 年第 6 期：45—53.

异 域 诗 歌

龚浩敏　盛艳

叶芝诗歌：民族的吊诡与东方的悖论

——论其文化民族主义、身份、主体与东方传统

◎龚浩敏

摘　要： 作为爱尔兰现代诗歌的代表，叶芝自信地承担着对爱尔兰民族性构建的历史责任，然而叶芝自身暧昧的盎格鲁—爱尔兰的民族身份对他构成了一种挑战。因此，诗人试图寻求一种文化的民族主义成为其构建爱尔兰民族性的基础，爱尔兰原始的乡土文化被视为其民族根性的源泉，然而这种民间性又与诗人精英性的气质相抵触。在建立现代的民族诗歌的过程中，叶芝瞥见了神秘的东方传统这一蹊径，用东方文化的宇宙观与美学观为灵感来抵制西方文化中的裂隙。可是强烈的民族诉求又决定了诗人强力主体性的始终存在。通过对东方传统中"无我"的挪用来确立"自我"的民族意识，叶芝的诗歌始终显现出无法超脱的种种悖论。然而，这种悖论的存在也正凸显了叶芝的诗歌美学。

关键词： 叶芝诗歌；爱尔兰性；文化民族主义；强力主体；东方主义

　　虽然西方学界很早就注意到东方传统对叶芝诗歌创作的影响，但至今还并没有给予这一影响以应有的重视，其主要原因或许是叶芝仍然被视为西方文化框架内的现代主义民族诗人[1-3]。随着比较文学学科的发展，在过去二十年中，中国学界陆续出现了一些讨论叶芝与东方的文章[4-9]。这些文章试图挖掘叶芝诗歌中东方文化影响的价值，然而却往往透露出这种影响的有限，导致近来的某些研究虽显努力却略有牵强。究其原因，这些研究往往囿于东—西影响论的窠臼，而有意无意忽略了民族主义这一核心议题对于"民族诗人"叶芝的重要性。本文拟通过对叶芝诗歌中民族主义这一颇有"问题"的问题梳理，来探讨叶芝对东方文化的挪用和误读，试图解释为何东方这个叶芝诗歌中历久弥新的主题却构建了诗人西方的、现代的、民族的身份。

一、精英文化民族主义与爱尔兰文学复兴的修辞策略

在叶芝诗歌研究当中，民族主义问题可以作为一个有效的切入点，来探讨其诗歌中身份、主体、文化民族主义和东方主义这几个问题间错综复杂的关系。长期以来，西方学界对叶芝与民族主义问题保持着浓厚的兴趣[10-11]，这主要源于两方面的因素：其一，"爱尔兰性"（Irishness）——或"盖尔性"（Celticity）——对于叶芝来说始终是一种挥之不去的文化（潜）意识，诗人对其想象性的构建贯穿了他整个写作生涯；其二，"爱尔兰性"与叶芝对几乎所有重要问题——从个人的爱情到其文化观、历史观与哲学观等等——的冥思交织在一起。其中与本文研究最直接相关的是民族主义与叶芝的盎格鲁—爱尔兰人的身份之间难以厘清的种种纠葛。

叶芝始终抱有一个信念，那就是在爱尔兰"有一种可辨认的、广为各种族所共有的种族成分，那便是'爱尔兰性'，它表现为与现代世界的敌意"[12]95。但是叶芝很清楚，这样一种广为种族成员所共有的成分不可能简单地建立在种族一致性的基础上，因为他自己作为盎格鲁—爱尔兰人中的一员，亲身经历了盎格鲁—爱尔兰人与天主教—爱尔兰人之间的激烈斗争。那么，他所找到的那个坚固的民族统一构成基础就是麦克尔·诺斯所说的"文化民族主义"[13]387-393，这成了叶芝建构爱尔兰民族根性的一贯策略。这种"文化民族主义"引导了本研究的两个相互交织的方向：第一，在叶芝建构爱尔兰文化以及他意识中这种理想化的文化反过来影响其创作的这个过程中，他的盎格鲁—爱尔兰人的身份扮演了什么样的角色；第二，叶芝对于神秘的东方文化的挪用。

叶芝的文化民族主义从本质上讲是一种精英主义。他所说的文化能够统一和代表一个民族，但这种文化却并不是广大普通民众所拥有的大众文化。叶芝从其创作的初期，便开始建构理想的"爱尔兰性"的概念。此概念主要根植于原始的、非理性的、女性化的爱尔兰乡间，但这并不表示普通的爱尔兰民众在叶芝那里具有道德上的优势。相反，该概念进一步确认了叶芝对高雅的贵族文化的信心——他认为只有这些人才是真正精神性的拥有者，这与诗人对于精致的日本能剧的兴趣是一致的。在一篇写于1890年的文章中，叶芝谈到，"没有民族性就没有伟大的文学"，同样"没有文学也就没有的伟大民族"。[14]74这其中传达出两个思想：其一是叶芝对于民族文学创作重要性的确认；而更重要的一点是他对在民族身份建构的过程中美学所起到的绝对重要作用的肯定。许多评论家都特别指出了叶芝思想中所表现的精英民族主义。例如，约易普·里尔森写道：

　　对于格里夫斯和其原住民主义的新芬党的理念来说，民族的对立面是"国外"；而对于叶芝和他的集体来说，民族的对立面则是"地方"。对于格里夫斯和拥有相似理念的民族主义者来说，建立民族戏剧是指培养自己的、根植于民间的、不受外国污染的文学。与之相对应，允许国外的影响进入艾比剧院就意味着抛弃了自身的国内价值观，迎合国外的异乡情调，将爱尔兰置于欧洲颓废思潮的困境之中。相反，对于叶芝及其圈中人士来说，民族的则意味着超越地方性以及阿林汉学派伤感主义的浅薄。他们的目标是将爱尔兰带出维多利亚地方主义的漩涡，将其提升至一个成熟的水平，使得其能够与欧洲其他民族并列于民族之林。为了这个目的，将薄伽丘以及欧洲传统中的其他伟大人物作为比照对象也是可以接受的。[15]219

　　加里·史密斯同样强调了两者间的差异："民族主义……产生民族主义（nationalistic）诗歌，而非民族（national）诗歌。这一点给叶芝、约翰逊和其同僚批评家带来一个问题，尽管这个问题对于盎格鲁—爱尔兰有着实用意义。"史密斯接着论述道，许多"青年爱尔兰"爱国诗人，如托马斯·戴维斯，都怀有这样一种"问题性的民族主义"，它"激发了一种大众主义的、缺乏复杂性深度的文学，并不适合代表一片新近被想象为充满传奇和英雄、质朴与精神的土地。"[14]74正如我们所见，在叶芝的"文化民族主义"中（如果我们暂且不论史密斯所言的该词在词义上值得进一步探讨的差别），"文化"，特别是高雅文化，是该词的核心因素。

　　另外，我们可以进一步说，曾经使得叶芝相信法西斯主义的文化贵族倾向，源自于他作为盎格鲁—爱尔兰人的那种"介于两者之间"（in-betweenness）的身份。在叶芝身上，似乎总有一种内在的要求——他对于爱尔兰自由国家的政治、天主教会、爱尔兰民主以及由现代性所带来的庸俗主义和物质主义的不满和恐惧等等——驱使着他走向精英主义。这样一种要求一直刺激着叶芝去创造一种"爱尔兰性"，支持着他"反文艺复兴"倾向的斗争。我们不难看出这种要求下的叶芝对于自身身份问题的一种自觉或不自觉的执著探寻。他在这个问题上与自己和他人的不懈斗争反映了他根深蒂固的关切与焦虑。特里·伊格尔顿曾富有洞察力地指出，盎格鲁—爱尔兰复兴主义者求助于"现代主义者为人称道的形式主义与美学主义"，是对于"他们自身无根性的境况"的一种行之有效的且具有抵触性的合理化举动[16]300；也如麦克尔·诺斯所言，文化统一是"强制性的"（coercive）[13]390。

　　如果我们将叶芝对文化民族主义的执著看作是对自身身份问题采取的防御机制，那么很明显，他的复兴主义立场则是挪用爱尔兰古文化来确立盎格鲁—爱尔兰中心性的一项策略。所谓的民族性格仅仅只是一种建构和创造，缺乏坚固的核心理念。在考察爱尔兰文学复兴的冲突中，诺斯指出，叶芝民族主义所依靠的文化是基于"人为的、武断的（arbitrary）概念"[13]390。叶芝与天主教国人间的身份认同危机构成了其民族主义斗争中的裂隙，同时也促使他去弥合包括此裂隙在内的种种断裂。

格利高里·卡斯特尔对"爱尔兰式的人类学现代主义的修辞、想象力量"的富有启发性的研究可以使我们对于这种策略理解得更加清晰：

> 这种现代主义的文化代偿美学是凯尔特复兴运动中最具争议的一种成分，其部分原因是它背后的人类学意义上的权威性使得它具有内在的矛盾性——有一种表现传统、试图用理想化、本质化的爱尔兰乡间"原始的"社会境况来使得爱尔兰文化获得救赎，这种权威性既与该传统合谋，又与之为敌。这在叶芝和辛格等作家身上表现得尤为真实。他们对于爱尔兰文化的思考运用了文化差异理论并借用了（类似于）人类学的话语手段和策略。英国或欧洲的现代主义者将人类学作为将非西方的感受和视角纳入西方参照框架的一种手段，而爱尔兰复兴主义者一定为能够与这种学说合谋而感到满意——该学说在极其重要的方面，通过生产认识被殖民人民的具有权威性的知识体系，而巩固扩大了帝国主义者的利益。[17]3

卡斯特尔对于英国、天主教—爱尔兰和盎格鲁—爱尔兰之间复杂关系的勾画，加深了我们对于叶芝挪用古代本土爱尔兰文化的理解。这种挪用是真诚的，用以建构他心目中理想的"爱尔兰性"，既区别又平等于其他欧洲民族。而"人类学"这一措辞深刻又昭然地揭示，这种理想化的古老爱尔兰文化并非叶芝所在文化中的"不可分割的、内在的"一部分。叶芝以一种超然的视角将其视作一个原始的"他者"，虽然他的眼光中也不乏真挚的温情。从另外一方面来说，这一措辞也同时损害了该问题的复杂性与丰富性。使用"人类学"一词无异于将叶芝简单地与帝国主义者并列（叶芝的对手"青年爱尔兰"者便是如此批评他）。正如叶芝的朋友莱昂内尔·约翰逊所说，"'艺术'成了'英格兰性'的诅咒，而非'爱尔兰性'的赞美"[18]93。在这个问题上，里尔森的论断似乎更为接近要点："一方面，叶芝求助于爱尔兰想象来激发他的创造力，逃避英国主流文学的颓势；另一方面，他将欧洲大陆象征主义的所有自以为是的、萎靡不振的颓废注入爱尔兰文化，产生当代都市性的道德两难与复杂，使得爱尔兰乡间生活的简单真理复杂化。"[15]218英国的文化遗产对于叶芝来说，既是祝福，又是诅咒。

二、强力诗人的"自我"主体

叶芝的写作生涯也是不断探讨他命途多舛的国家命运的过程——爱尔兰面临着即将到来的现代性、帝国主义的占领和宗教冲突等种种威胁。在叶芝的写作中，交织在一起的身份问题与民族主义问题不仅仅在他诗歌创作的内容之中，同时也在他诗歌表达思想的方式里有所表现。叶芝是一位自我意识很强的诗人，这一点是有目共睹的。在他的诗歌中，牢牢确立着"我"这个概念。他将自己作为祖国和一个确信的"自我"的代言人，这个立场似乎是无需证明的。但是，为了这个强力的"自我"主体，叶芝使用了各种手段以实现其合法性。首先，"介于二者之间"的诡谲身份给他提供了一个十分有利的位置，他可以立于双方而又不被任何一方所约束。

以叶芝早期诗歌《致时光十字架上的玫瑰》为例，这首诗是他于 1892 年出版的诗歌集《玫瑰》中的第一首诗①。该诗总起全集，是叶芝走向诗人之路的宣言书。起始两行为："红玫瑰，骄傲的玫瑰，我一生的悲哀的玫瑰！/请来到我近前，听我歌唱那些古代的故事。"诗人在此呼唤爱尔兰缪斯赐予他诗情的灵感，誓言"歌唱那些古代的故事"。这朵柏拉图式的、永恒的、神秘的、女性化的玫瑰是精神性的所在，很明显，它象征着爱尔兰民族间以及基督教的手足之情。在此呼唤中，诗人从古老爱尔兰乡间文化里获得了诗歌的力量；与此同时，也从他的盎格鲁继承身份中积累了文化资本：读者很快就被他极其浪漫优美的诗句所吸引（如第 7 行："脚跟银屐在海面上舞蹈"）。作为强力诗人的主体，叶芝既与爱尔兰民族传统紧密相连，又有着盎格鲁的美学特征，在两者中同时获得了合法性证明。如卡斯特尔所示，盎格鲁—爱尔兰复兴主义者占据着一个十分模糊的社会地位，既作为占主导地位的统治阶级，又作为民族主义者自我确认的反对派。在伊格尔顿所说的、由古老和现代所构成的张力所统治的社会里[17]2，这样一种社会地位给予他们一个非常有利的位置。在此意义上，他们的身份在政治和美学上似乎更是一种祝福而非诅咒。

批评家们已经注意到了叶芝的一个无法化解的困局——"民族排他性与民族自我充实间的冲突"[15]218，认为这是他写作的一个很重要的动力。史密斯给我们提供了一个很有趣的解构主义的解读。他在"补充性"（supplementarity）的意义上分析了冲突双方的关系：

> 真实的民族经验必定为一种"补充性"所占据，这种"补充性"将为盎格鲁—爱尔兰在当代爱尔兰中确保一个位置。在政治意义上，这种补充性被认作是都市的一个必要维度，以抵制地方性和孤立性的邪恶。在美学意义上，它意

味着与风格、技巧和真正的艺术——道（例如与戴维斯式的宣传鼓吹相对立），批评被列为真实民族经历的组成成分。该概念中的根本矛盾在于，叶芝一方面坚持自己的生活与自己的艺术应该等同，而另一方面却否认源自于批评对象的批评的真实性，或否认引起自身批评的艺术。批评一定通过与其文化客体发生关系来确认盎格鲁—爱尔兰经验，这既统一又有差别。[14]75

在叶芝民族特性的建构中，"自我完满"的（基于乡村的）爱尔兰身份的中心性却诡异地需要由"都市的一个必要维度"来补充。或许我们可以进一步说，鉴于其介于二者之间的身份，叶芝自我确认的主体也需要有其他外来资源作为"补充"。如上所述，他既有对爱尔兰民族主义的忠诚，又从盎格鲁都市美学中得到了主体合法性的确认——从后者中获得的诗学文化资本"补充"了他对建构真实的"爱尔兰性"的执著追求。

在哲学层面上，叶芝的文化民族主义中的内在二元性不仅可以追溯到他模糊的身份，也可以上溯到从柏拉图以来根植于西方形而上学中的二元主义，古代哲学中本质与形式间的张力转化为现代的主体与客体间的张力②。这种本质上的二元主义深深地系于西方思想中对主体的根本确认。叶芝的矛盾同样源于他自我意识强烈的身份与主体问题，它只是这种分裂一种特例的展现而已。

三、强力主体与东方神秘主义的挪用

叶芝似乎也从一开始意识到这种潜藏的分裂，他试图通过从非西方的文化中寻找灵感来解决这个问题。他似乎从古老的印度哲学中发现了慰藉，来寻求自我与宇宙本体（梵）的同一。如约翰·里卡德写道："被困于现代爱尔兰国家给他带来的痛楚与他对法西斯主义的越来越不信任之间，叶芝建构了一座想象中的印度文化的山峰，以建构一种未受现代性污染的、有近似于他认为是盖尔和印—欧文化本原特性的哲学和种族"[12]110。

叶芝寻求于印度乃至整个东方文化的行为，一直被认作是对面临现代性来袭的真正的"爱尔兰性"的救赎——"对于原始的回归受到欢迎，同时也是已然被确定的——它被当作是18世纪理性主义和19世纪物质主义的解毒剂"[19]153。叶芝在两种文化间所发现的共同点——包括精神性所依托的古老的原始性、受英国殖民者的共同压迫——可以解释叶芝对印度文化的兴趣。但是主体性在现代西方思维中的——特别是在叶芝的事例中的——中心性，使得整个问题变得复杂化：一方面，叶芝寄希望于东方文化能为民族主义和身份问题的危机找到一条出路，不仅仅通过给他提供精神性的神秘文化作为类比，而且还给他展示一条通过降低并最终消除自我来绕开西方哲学中裂痕的途径；但在另一方面吊诡的是，这些"他者"文化同时也加强了他自我肯定的主体性。

我们可以看到，上文中里卡德对印度文化在叶芝诗歌中所扮演的角色的评价，同时也暗示了叶芝挪用古代印度文化来作为爱尔兰文化对抗现代性的拯救策略。如果我们能理解叶芝处理古代爱尔兰文化中的想象性、挪用性的立场，那么我们就不会对他对待古印度文化中的类似态度发生误解。对于叶芝来说，后者在地缘政治和心理上是更加遥远的客体。这种对印度文化的挪用（而非与其产生共识），包括主体走向客体的过程，反过来也证明了具有强烈自我意识的"我"在叶芝诗歌中的重要分量。另外，叶芝所挪用的印度以及其他东方文化也是额外的却有效的方式，以对他自我肯定的主体性进行合法化。印度的情人、玫瑰、星辰，日本的宝剑，中国的雕刻、佛教、禅宗——所有这些神秘的、异域的、具有异国风情的文化"他者"象征，都强化了叶芝作为一名知识渊博的、自己文化的合格代言人。如果叶芝确实从盎格鲁这个"（半）他者"中获取了文化资本，那么他对东方文化的诉求不也可以作为他确认自己为有良知的爱尔兰文化代表的另一种尝试么？

在下面部分中，我将着重考察叶芝是如何在他解决自身问题的议程中利用东方文化象征的。在这个过程中，他或许也曾试图去把握这些文化的本质，以从消除自我的视角提供给他对付自身危机的道路，但是他对东方的强力误读却重新确立了他的主体性，加强了他作为一位伟大诗人的地位。

叶芝与东方传统的经历已有多种论述，此处不赘[4][6]。叶芝早期以印度作为主题的诗作《印度人致所爱》（1886年12月）便反映出他对印度文化的殷羡之情。但我们也不难看出，这首田园爱情诗是欧洲抒情诗歌传统和诗歌形式与印度主题的有趣结合：

> 诉说世俗中惟独我们两人
> 是怎样远远在宁静的树下藏躲，
> 而我们的爱情长成一颗印度星辰，
> 一颗燃烧的心的流火，
> 带有那粼粼的海潮、那疾闪的羽翮

（第11—15行）

除了说话的印度男子和作为他爱情象征的印度明星，全诗没有任何特别意象将印度展现为独特的文化参照。在此，印度被用作一种神秘主义的符号，而叶芝相信有一种永恒的美藏身于此。总体上来说，这只是一个想象中的理想化的印度。

叶芝曾于 1908 年写道："我写作之初，是阅读引导我四处寻找创作主题，我倾向于所有其他国家，如雅卡迪和浪漫的印度，但现在我说服了自己……我不应该在除我自己国家以外的任何地方寻求诗歌的画面"。可以看到，其诗本质上是爱尔兰的，年轻浪漫的避世主义者通过创造一个梦幻之岛印度，将自己乌托邦式的爱情之土投射过来——这片热土远离"不平静的土地"，梦幻之岛也是抽象的、普适的。

在写于 1923 年的《内战期间的沉思》中，一柄远古的仪式用剑成了在现代性物质主义的变动不居中永恒不变的高雅文化的象征（"就像这剑一样不曾变更"）。此剑是日本外交官佐藤纯 1920 年赠予叶芝的，在此成为东方文化的又一代表。它被当作高雅文化的真正拥有者（"一件不朽的艺术品"）以及不变的精神性（为了"一颗疼痛的心"）的象征；它将灵魂带入天堂，"可以徼戒/我的日子免于无目的的虚抛"（第三章《我的桌子》，第 4—5 行）。这柄剑在写于 1929 年的《自性与灵魂的对话》一诗中再次出现：

> 横在我膝上的这神圣的剑
> 是佐藤的古剑

（第 9—10 行）

> 依然像从前一样，
> 依然快如剃刀，依然像明镜一样，
> 不曾被几个世纪的岁月染上锈斑；
> 扯自某位宫廷贵妇的袍衣，
> 在那木制剑鞘上围裹包缠，
> 那绣花的、丝织的、古老的锦缎
> 破损了，仍能保护，褪色了，仍能装饰。

（第 10—16 行）

但是叶芝对于该剑象征的取舍在这六年中似乎发生了很大的变化。此处所强调的不变的部分是剑的"物质性"而非以往所拥有的"精神性"。当"我的灵魂"宣布精神之塔的垮掉，"我的自性"却在肯定这柄利剑仍熠熠生光的物质层面：

> ……它周围躺着
> 来自我所不知的某种刺绣的花朵——
> 像心一样猩红——我把这些东西

都当做白昼的象征，与那象征

黑夜的塔楼相互对立……

（第 26—30 行）

　　叶芝不仅解释了该剑的历史与外形，而且还将它的物质性（"像心一样猩红"的刺绣）与塔楼的精神性相对立："我把这些东西／都当作白昼的象征，与那象征／黑夜的塔楼相互对立"。在这里，此剑不再是精神与仪式的象征，而成为物质与世俗的象征。它赞颂了世俗的英雄主义，并暗示着男性的权威。该剑象征的转变——甚至可以说是逆转——伴随着诗人思想的发展。

　　在这里，同一件事物（一柄日本古剑）作为象征的巨大转变（尽管它本质的稳定性没有发生改变），使得诗人对该事物的掌握与挪用意图更为明显。东方的象征物被作为一个符号，可以灵活地用以指征。通过使用异国之剑的象征，"我的自性"在与"我的灵魂"的对话中实现了它决定性的地位。在与"我的灵魂"的争斗中，诗人的自性通过带领灵魂进入物质性的话语之中而取得了上风。"我的灵魂"无法发言，因为当它一旦使用了（"物质性的"）声音，就已经落入了"我的自性"的话语之中了。因此，"我的灵魂"之舌从第一节结束便成了"石头"，在接下来的诗节中完全保持沉默。那个曾经是决定性的灵魂失去了对神秘宝剑的支配，将自己的中心地位交于了"补充性"的自性。但在这场争夺文化资本的斗争中，除了叶芝，并没有最终的胜利者。他是本诗的作者（author），也是人类内心斗争权威（authoritative）的代言人。"我的自性"与"我的灵魂"之间的对话便傲慢地普适化为《自性与灵魂的对话》，诗人英雄化的主体在此得到充分的展现。

　　尽管"我的灵魂"在绝大部分时间里都沉默不言，但是我们不能忽视它受佛家思想的影响：

想一想祖先留传下来的夜，

只要想象藐视凡尘世界，

理智藐视其从此到彼

又到其他事物的游移，

夜就能使你脱离生与死的罪恶。

（第 20—24 行）

　　对于"我的灵魂"来说，超验的精神性可以类比于永恒的涅槃，超越生死轮回与尘世间的孽。根据佛家教义，到达涅槃之理想境界，需经过仪式性的冥想以求得自我意识的消除、欲望的泯灭。但是灵魂认为，人类过于受制于尘世间的事物，不再能够辨识"'在'与'应在'，或'能知'与'所知'"（第 37 行）之间的差别，这使得他们无法升入天堂。"惟有死者能够得到赦免"（第 39 行），因为他们已从悲剧性的无限轮回中解脱。但是"我的自性"因为拥有话语权，沉溺于当下、自我和此世世俗的无限可能性：

> 我满足于在行动或思想中追溯
> 每一事件，直至其源头根底；
> 衡量一切；彻底原谅我自己！
> 当我这样的人把悔恨抛出，
> 一股巨大的甜蜜流入胸中时，
> 我们必大笑，我们必歌呼，
> 我们备受一切事物的祝福，
> 我们目视的一切都有了福气。

（第 65—72 行）

和灵魂的世界形成鲜明反差，这里"活者"得以宽恕。更重要的是，此宽恕的过程也是自我合法化过程，反之确证了主体的确然性。

或许叶芝过于强烈的自我意识使得他无法把握佛家之道，通过降低直至最终消除自我的意识来解除自身的痛苦——"他几乎已经触摸到了真谛！"但他选择了入世、作为和介入，而非避世主义，是由于他强烈的民族意识与责任感不允许他超然于这个世界之外。换而言之，他选择了确证、斗争与痛苦。

叶芝对于东方哲学情有独钟的更为明显的例子是他哲学中的"目光"和"旋回"（gyre）。在他的哲学理念里，月亮的圆缺对应着人生的起伏，"旋回"的开放与收缩循环往复，对立成分相互包容，这都与佛家的轮回和道家的阴阳形成类比。不同的是，佛家与道家都以宣扬"无我"的状态于世，而叶芝的哲学却强调特别阶段与时刻的实际效用，因此，更为确证后者中自我作为行动的主体。

说到佛家和道家，《天青石雕》一诗（1938 年）是一个有趣的例子。该诗在不经意中运用了道家哲学来阐述诗人"悲伤的快乐"这一哲学思想，而超越了外在的灾难。诗的一开头故意使用了非正式的、随意性的描述来减轻社会灾难所带来的沉重，然后策略性地将"悲伤的快乐"的事例由西方转向（精心挑选的）希腊——因为它横跨东西的文化地理位置，最后到达中国/东方——精神之都：

天青石上雕刻着两个中国佬，

身后跟着第三个人，

他们头顶上飞着一只长腿鸟，

那是长生不老的象征；

第三位无疑是仆人，

随身携带一件乐器。

（第 37—42 行）

　　前面几行诗句介绍了作为佛家哲学精髓之一起起落落的永恒轮回："一切都倾覆又被重造，/重造一切的人们是快乐的。"（第 35—36 行）有了这几行作为转承，本节这一描述性的诗节似乎是以把握中国艺术之精髓为目标的。从某种程度上讲，本节的确传达了一些传统中国画的精神和韵味：白描的、非聚焦的，或者说多点聚焦的描述特点正是道家绘画的特色。道家绘画尽量降低人的作用，表达他们与外在世界合而为一的境界。但是本诗中主体性的"目光""自我"（eye/I）却得到了某种暗示："无疑"一词十分突兀，暗示了观察者由外部强加的判断。

　　叶芝本人从未企图掩盖他对这件艺术品注视的目光，他十分明确地宣称："……我乐于/想象他们在那里坐定"（第 49—50 行，笔者的强调）。同时，该描述也被证明是想象性地重新建构：那"熏香了半山腰上那小小凉亭"的"杏花或樱枝"实际上是一棵松树。另外，在中国传统艺术中，山中隐士很少是英雄式的人物③，而叶芝则在这东方的艺术品中看到非常西方化的"绝望中的英雄的呼喊"[21]116。这种对中国雕刻叶芝式的"创造"说明了诗人先入为主的"悲伤的快乐"的概念。

　　叶芝对东方艺术的兴趣同时也见于 1938 年的另一首诗《仿日本诗》。正如诗人对友人所说，该诗的灵感来自于一首赞美春天的日本俳句[13]116。叶芝确实在音步与节奏形式上模仿了深受中国古典诗歌传统影响的日本俳句，但是他却不愿深究。就拿最为方便寻找却又最为重要的一首西方俳句——埃兹拉·庞德的《在地铁车站》（1913 年）——作为比较和对比的对象：

　　　　这几张脸在人群中幻景般闪现；

　　　　湿漉漉的黑树枝上花瓣数点。

　　我们在这两行诗句里读到的，或者说看到的，是好几个叠加的意象，用来传达特定的感觉与感受。此叠加中十分重要的一点是连接词（辅助语）的少用或不运用。这样一来，诗人给意象留下足够的空间，让它们彼此自由联系，在读者脑海里产生各种可能性，以达到制造足够多义的目的。诗人根本就无意说明和确定任何实在的意义，只是想通过意象间的张力来传达一些可触摸的感觉而已。这与道家的某些思想不谋而合。另外，自然中的无我境界也正是道家哲学的特点④。我们可以说，庞德的这首意象诗把握住了传统东方诗学的这些要点，但是叶芝的模仿却没有：

> 极其稀奇一件事，
> 我已活了七十年；
>
> （欢呼春天繁花开，
> 因为春天又来临。）
>
> 我已活了七十年，
> 没做褴褛讨饭人；
> 我已活了七十年，
> 七十年来少与老，
> 今始欢乐而舞蹈。

从句法上来说，叶芝过于依赖助词，让诗中的逻辑联系显得十分清晰——这是由于中文和英文在语言学上的差异所造成的。相比较而言，庞德的努力在"模仿"的意义上来说似乎更有成效。另外，叶芝没有试图通过纳入更多的意象而使这首短诗更加丰满和具有诗意，而是在这种形式所允许的有限空间内，颂歌般地为他生命之泉的"第二次降临"近乎奢侈地欢呼。而这个极其中心化的"我"确然占据了诗歌空间的绝大部分，没有给读者留下太大的空间。

诗人所表现出的确然主体似乎成为他真正"进入"东方文化的障碍。换言之，他的这种自我意识和对民族主义和身份问题的执著，使得他无法真正地把握东方哲学。诚如许多论者指出，叶芝抓住了东方传统中"实用"的部分，为其民族诗歌的现代表达所用。但从另一个角度来看，叶芝平生的诗学追求不允许他去消除自我，他需要将自己确立为一个介入性的知识分子；他对东方文化的强力借用与误读使他获得了他所渴望的强力诗人的地位，使他能够以他自己的方式应对爱尔兰问题，解决哲学上潜在的分裂——尽管他的这种诗学在许多方面引起各种矛盾和悖论。

四、叶芝的诗学暴力/诗歌美学

如我们所见，叶芝深潜于西方传统之中，拥有过强的个性，虽然他试图从东方世界寻找灵感，但还是无法解决其自身的哲学问题。作为一个富有良知的强力诗人，叶芝英雄化的却又未能完成的斗争，赋予他的诗歌一种悲剧性的气息和永恒的魅力（如他的诗集《最后的诗作》，特别是其中《不尔本山下》一诗中所表现）。但同时我们也看到他在美学上通过诗的破格和诗学暴力所建构出的他孜孜以求的统一性。他早期诗歌中呈现出对立状态的意象和力量，在他晚期诗歌中神秘地实现了统一，或者说暧昧地交织于一处。

麦克尔·特拉特纳论述道，叶芝的诗歌创作"可以看作是早期和晚期集体主义和现代主义的桥梁——连接着对大众的恐惧和对大众的融入"，他作品中"由个人主义者向集体主义者"的转变可以从他的"暴力诗学"来解释[20]135。叶芝本身真正集体主义者的立场值得怀疑，这也是特拉特纳论述中潜藏的逻辑矛盾。但是我认为，他的"暴力诗学"的观点确实很有洞见地指出了叶芝试图克服各个层次的裂隙与矛盾所采取的策略。特拉特纳将"暴力"解释为对垂死的男性理性毁灭性的力量，这种力量昭示着由失落、痛苦甚至恐怖所带来的具有女性精神性的新世界。特拉特纳的该"性别化"论述在何种程度上合理，需要另文再讨论，这里只想说明的是，特氏所指出的叶芝诗歌创作中的暴力倾向，有助于我们对其诗歌产生新的认识。我认为，如果我们将该暴力理解为诗歌美学，在叶芝的诗歌中转化了众多矛盾，形成了矛盾的统一，那么这种解释将更富有建设性。

在叶芝的许多诗歌中，一些概念和思想彼此矛盾对立，但它们又会在诗人的长期思索中同时成立；或者在另外的情况下，它们会共存抑或被强行拗在一起，形成极其复杂的意象。例如上面所说的日本宝剑，通过互文性解读我们知道，纯粹的物质性或者精神性都不足以构成民族建构的充分条件，或许文化根性与英雄举动的结合可以共同构成所需要的条件。自我与灵魂间的对话也是一样——尽管在第二诗章中"我的自我"通过话语权力使得"我的灵魂"完全沉默，但是我们也可以这样理解：对于"此世界"过于傲慢的确认，反而会使得其让对立面的完全隐退更加困难，这样就暗示了同样重要的、一个相对立的立场，那就是对"彼世界"的认可。"彼世界"的暂时隐形仅仅只是因为它与当前的话语不协调，而此话语又是当前唯一存在的话语，因此留下的空白在一种反讽的意义上——或者在道家的意义上——却显示了一种别样的力量。

叶芝的诗学暴力更加明显地体现在那些具有统一性和已经统一的意象之中。特拉特那写道："意象是暴力转型（violent transformation）的同义词：和柏拉图哲学不同，意象创造非连续性"[20]161。叶芝许多晚期的诗歌作品都运用了意义模糊、晦涩的意象，不仅仅是为了实现书写上的政治暴力，更重要的是为了用诗歌美学来克服业已存在的断裂。最诡谲的一个意象是经常被提及的"舞者"。她最早出现在写于 1919 年的《麦克尔·罗巴蒂斯的双重幻视》一诗中，是一个女子的雕塑，在一个"生着女人胸脯和狮爪"的斯芬克斯和"一手安住/一手举起祝福"的佛陀间起舞。这个特殊的位置处于一个象征智慧的女性形象和一个象征情感的男性形象之间，暗示着二元对立的沟通的可能性——这对于诗人来说极为重要。他（或者说是叙述者）在月亮升起的"第十五个夜晚"思考，认为："我有生之年没有什么比这更为坚实"（第 26 行）。在许多不同的情况下，舞者呈现为一个完美的组合形象，因为他是一个统一的、思考的个体。《在学童中间》（1927 年）是一个很有说服力的例子，诗歌是这样结束的：

> 呵，栗树，根须粗壮繁花兴旺，
> 你究竟是叶子、花朵还是枝干？
> 呵，身随乐摆，呵，眼光照人，
> 我们怎能将跳舞人和舞蹈区分？

（第 61—64 行）

在这首诗当中，前面几节在年老与年轻、男性与女性、盎格鲁—爱尔兰人与天主教信徒、过去与将来等关系之间构成了张力。在最后一节里，这种紧张非常诗化地，或者说非常暴力地消解于两个有趣的意象中：作为无法分割的整体的栗树，和一个无性别的、无种族的、不老的舞者，象征着主体与客体的结合。

在复杂性方面，这种结合更为晦涩的表达是在《拜占庭》（1930 年）一诗的结尾：

> 舞场铺地的大理石
> 截断聚合的强烈怒气，
> 那些仍在滋生
> 新幻影的幻影，
> 那被海豚划破、锣声折磨的大海。

（第 36—40 行）

那些意象是如同"那被海豚划破、锣声折磨的大海"一样没有被净化，还是它们是属于已被净化的精神性的世界，如同"舞场铺地的大理石"？抑或两者都是？另外，作为精神性象征的拜占庭在这里值得质疑，因为其中的许多意义模糊的意象，例如皇帝的酒醉的士兵们，以及充满人类血脉的怒气和淤泥的世界等。正如特拉特纳写道："这首诗非常暧昧，因为它本身就是关于暧昧这个话题的——这是一个以消除意义来产生新的意义的过程"[20]163。正因如此，我认为叶芝所使用的意象跨越两个对立却又同时成立的范畴，因此，其中的对立被转换成为二律背反。

五、结　语

东方传统时而彰显时而隐灭地贯穿于叶芝的写作生涯。或许诗人从未"特意转向东方寻找创作题材和灵感了，而只是偶尔利用东方的感性形象来象征他的抽象理念"[4]56；或许是他所处的世纪之交的社会历史情境、他父亲的哲学影响、他自身的诗人气质和追求以及他政治、情感、交友经历等各种因素共同造就了他与东方剪不断理还乱的遭遇[6]。另外，爱尔兰与东方同作为"他者"的地位，于叶芝而言也有着某种情感上的同构性[22]。印度哲学和东方文化中的整体统一性确实给予了叶芝灵感的瞬间及自信，来克服一直困扰他的、深潜于西方思维中的断裂以及其不同形式的变形。但是，诗人未能也无法把握东方传统的本质，而只能是挪用它们和对它们进行误读，这样只会强化诗人本身的主体意识，又恰恰与东方哲学中的"无我"的概念相悖。这种悖论显现于诗人对东方传统追求的各个方面，如其所追求的世俗人生之永恒而非超脱六道轮回之永恒，以及科学实证的神秘学信仰等。

叶芝在构建自己个人哲学的过程中触摸到了东方这一蹊径，但是作为一个民族的和民族主义的诗人，且拥有强健的个性与美学诉求，叶芝自信无法放弃自己的历史与文化责任。因此，他对东方文化的诉求只能限于一种颇具良知的、英雄性的挪用行为，这使得他确证而非消除自己的主体性，与其梦寐的东方南辕北辙了。如此，（当然还有通过其他途径）叶芝获得了他作为一位强力诗人的地位，拥有了合法性的主体，得到了行使诗学暴力而可被豁免的权利。在艺术创造的意义上，我们或许可以说，叶芝的创作生涯起始于想象（imagination），而结束于想象性的意象（imaginative images）。

注释：

① 本文叶芝诗歌译文均选自傅浩译《叶芝诗集》，石家庄：河北教育出版社，2003。

② 阿多诺写道："如果说一切决定性（determinants）——也就是那些决定某事物成其为某事物本身的因素——确实是由'形式'（form）所发生；反之，如果'实体'（matter）确实是不确定、抽象的，那么，在这种前主观（pre-subjective）、本体论的思维之中，早已包含了后来的唯心主义信条的精确轮廓。根据该信条，认知实体是绝对不确定的，要从它的形式之中，也就是主观性之中，获得它一切的决定性和内容。"参看 Adorno, Theodore W. Metaphysics: Concepts and Problems. Stanford, California: Stanford University Press, 2001: 49.

③ 该资料感谢讨论课上谢文姗女士的论文 "Recreating a Stone: Yeats's 'Lapis Lazuli'" 中提供的信息。她参考了 O'Donnell, William H. "The Arts of Yeats's 'Lapis Lazuli'." Massachusetts Review 23 (Summer 1982), pp. 353—67; Chung, Liang. "A Humanized World: An Appreciation of Chinese Lyrics." In Literature of the Eastern World, edited by James E. Miller, JR., Robert O'Neal, and Helen M. McDonnell. Illinois: Scott, Foresman, and Company, 1970.

④ 叶维廉在中国诗学和东西方比较诗学方面做出过许多深富洞察力的研究，参看 Yip Wai-lim, ed. and trans. Chinese Poetry: Major Modes and Genres. Berkeley, CA: University of California Press, 1976; Yip, Wai-lim. Diffusion of Distances: Dialogues between Chinese and Western Poetics. Berkeley, CA: University of California Press, 1993; Yip, Wai-lim. Between Landscapes. Santa Fe: Pennywhistle Press, 1994.

参考文献：

［1］ Wilson B M. "From Mirror after Mirror": Yeats and Eastern Thought ［J］. Comparative Literature, 1982, 34 (1): 28—46.

［2］ Boehmer E. Colonial and Postcolonial Literature: Migrant Metaphors ［M］. Oxford, England and New York: Oxford University Press, 1995.

［3］ Clarke JJ. Oriental Enlightenment: The Encounter between Asian and Western Thought ［M］. London and New York: Routledge, 1997.

［4］ 傅浩. 叶芝诗中的东方因素 ［J］. 外国文学评论, 1996 (3).

［5］ 张思齐. 叶芝诗歌创作中的东方神秘主义 ［J］. 武汉大学学报（人文科学版）, 2002 (4).

［6］ 杜平. 超越自我的二元对立——评叶芝对东方神秘主义的接受与误读 ［J］. 中国比较文学, 2003 (2).

[7] 张跃军，周丹. 叶芝"天青石雕"对中国山水画及道家美学思想的表现 [J]. 外国文学研究，2011（6）.

[8] 周小聘，胡则远. 论叶芝文学作品中的中国文化元素 [J]. 杭州电子科技大学学报（社会科学版），2013（1）.

[9] 肖福平. 叶芝心灵之旅的中国驿站——重释《天青石雕》与诗人的道家情怀 [J]. 延安大学学报（社会科学版），2013（6）.

[10] Cullingford E. Yeats, Ireland and Fascism [M]. New York：New York University Press，1981.

[11] Howes，Marjorie E. Yeats's Nations：Gender，Class，and Irishness [M]. Cambridge and New York：Cambridge University Press，1996.

[12] Rickard J. Studying a New Science [M] //Representing Ireland：Gender，Class，Nationality. Susan Shaw Sailer，ed. Gainesville：University Press of Florida，1997.

[13] North M. W. B. Yeats：Cultural Nationalism [M] //Yeats's Poetry, Drama, and Prose. James Pethica，ed. New York and London：W. W. Norton and Company，2000.

[14] Smyth G. Decolonisation and Criticism：The Construction of Irish Literature [M]. London and Sterling，VA：Pluto Press，1998.

[15] Leerssen J. Remembrance and Imagination：Patterns in the Historical and Literary Representation of Ireland in the Nineteenth Century [M]. Cork，Ireland：Cork University Press，1996.

[16] Eagleton T. Heathcliff and the Great Hunger：Studies in Irish Culture [M]. London and New York：Verso，1995.

[17] Castle，Gregory. Modernism and the Celtic Revival [M]. Cambridge，UK：Cambridge University Press，2001.

[18] Johnson L. Poetry and Patriotism [M] //Poetry and Ireland since 1800：A Source Book. Mark Storey，ed. London：Routledge，1988.

[19] Innes L. Orientalism and Celticism [M] // Irish and Postcolonial Writing：History，Theory，Practice. Glenn Hooper，Colin Graham，ed. New York：Palgrave Macmillan，2002.

[20] Tratner M. Modernism and Mass Politics：Joyce，Woolf，Eliot，Yeats [M]. Stanford，California：Stanford University Press，1995.

[21] Yeats W B，Dorothy W. Letters on Poetry from W. B. Yeats to Dorothy Welles-

ley [M]. London and New York：Oxford University Press，1964.

[22] Lennon J. Irish Orientalism：A Literary and Intellectual History [M]. Syracuse，N. Y.：Syracuse University Press，2004.

——原载《江汉学术》2015 年第 3 期：39—47.

生命之重的话语承载

——论罗伯特·哈斯诗歌的"催眠"艺术

◎盛　艳

摘　要：罗伯特·哈斯是集创作、翻译与文艺评论之大成的美国现代派诗人。哈斯用词语流开辟进入潜意识的通道，在创作中自觉地以诗的节奏完成了诗之"催眠"。诗人用催眠性的语言缔造梦一般的感受，同时又清醒而自知，常在结尾处唤醒梦境。从三个方面可对哈斯诗歌中的催眠艺术进行解读和阐释：第一，哈斯将词语流植入到诗中，借助由季语构成的词语流，打破时间与空间的界限，缔造诗之催眠与梦的营造。第二，在哈斯的诗中"光"有柔化现实、净化记忆、唤醒噩梦的功能。"光"多次在诗歌中将"我"从梦境或是回忆中唤醒。第三，诗中催眠术的实质是对于现实的柔化，将诗作为承载现实重量的容器，通过"诗"消解生命不能承受之重。

关键词：罗伯特·哈斯；美国诗人；词语流；催眠；话语

罗伯特·哈斯于 1941 年出生于美国旧金山，在 1995—1997 年间任美国桂冠诗人，是波兰诗人米沃什（Czeslaw Milosz）的英译者。哈斯思维深邃、视野广阔、情感细腻、论著颇丰，是一位集创作、翻译与文艺评论之大成的诗人。

哈斯早年希望成为小说家和散文家，后受到加里·斯奈德（Gary Snyder）和艾伦·金斯堡（Allen Ginsberg）的启发，最终转向诗歌创作。哈斯生长于加利福尼亚，他吸收了西海岸的文学传统，受到了加州的亚系影响（California's Asian influence）、激进的政治观念和地理风貌等因素的熏陶[1]。哈斯常被称为"加州诗人"或"西海岸诗人"[2]49，他的诗呈现了美国自然风貌并多次获奖，其中包括 1984 年国家图书文艺评论奖和 2008 年普利策诗歌大奖等。哈斯的主要诗集有《奥利玛的苹果树》（2010）、《时间与物质》（2007）、《阳光下的树林》（1996）、《人类的愿望》（1989）、《赞美》（1979）、《野地向导》（1972）。诗学文集有《二十世纪的欢愉：诗歌视角》（1984）和《光可以做什么》（2012）。大多数西方读者对于哈斯的认识缘于

2009 年他在华盛顿邮报开设的专栏"诗人的选择",在专栏中哈斯或自创诗歌或推荐诗人。

哈斯的诗有秉承加州传统的享乐主义倾向,绝望与伤心的情绪在哈斯的诗歌中也有体现。这也许源于诗人童年时母亲酗酒的经历[3]。享乐主义常与诗人营造的如梦般的景象同时出现,而在结束处,哈斯诗歌又呈现出与梦境不符合的幻灭、消极情绪。另一方面,哈斯的第二任妻子,诗人布兰达·希尔曼(Brenda Hillman),为他的诗歌创作提供了新的动力。在布兰达的影响下,哈斯综观了艾米丽·狄金森(Emily Dickinson)和塞尔维亚·普拉斯(Salvia Plath)的诗歌,书写下很多通过催眠和冥想而深入潜意识的诗[1]。在与催眠艺术相关的诗歌创作中,哈斯隐匿地表达了他对日常生活的态度:缔造梦一般的感受,自我催眠,对现实清醒的自知使得诗人每在结尾处将梦境唤醒。尽管哈斯在诗歌中传递了脆弱和敏感,但是在诗的起伏转折中并未屈服于现代诗中常见的自白性语言,他传达了一种严肃的自知感[4]。从现实到梦境,再回归现实,哈斯将"诗"作为承载现实重量的容器,用诗的语言柔化现实的沉重,通过催眠般的梦境最终消解残酷的现实。

一、梦的介质:词语流

催眠是利用语言符号、意象以及细节感受进入人的潜意识。同样,诗的语言也正是经由语言符号,塑造意象,提升感受的敏锐度,由此可知"催眠"是诗所不可回避的功用之一。然而,经由语言进入催眠,并不是诗歌所独具的,萨满、先知、僧侣等一系列与玄学相关的人,都具备某种借助语言激发潜意识,从而实施催眠的能力。诗之催眠本质着眼于对于独特的诗之语言的应用,这包含节奏、意象、能指和所指之间的张力,或者诗歌以其结构所展现的某些理念等。

并非所有的诗人在创作中都会强调诗的语言所具备的"催眠"功能,但是哈斯在创作中有意识地以诗的节奏完成了诗之催眠,梦的塑造和唤醒。哈斯利用词语流开辟进入潜意识的通道,通过词语流将梦嵌入暗示,并通过意象、隐喻,极大地提高了感觉的敏锐度,从而进一步加强了暗示。

1965 年,英国医学会将催眠定义为"由他人引起的被试者一时性的注意改变的状态。在这种状态下,被试者可以自然地,或由言语及其他刺激产生多种不同的现象,如意识和记忆的改变、暗示性增高,并出现一些非同寻常的反应和观念。"[5]因此催眠中很重要的两个要素是言语刺激和暗示。言语刺激在哈斯的诗中主要表现为与季节相关的"词语流"的使用。

"词语流"与艾略特所说的客观对应物不相同,它的范围更宽泛,更为多元化与立体。词语流具有极强的意向性，并构成了诗人的意象之网。词语流的表现方式是有意地打破词语出现的正常秩序，在直觉的引导下，用语言来表现心灵的即兴感应。哈斯对于词语流的使用有其特别之处，这些词语流大多是用季语构成的。日本是四季变化丰富的国度，对自然感觉细腻的日本人对季节有着自己独特的感受，并形成了有独特日本特色的季语。季语是日本文学最独特的特征之一，亦是其审美意识的综合反映。哈斯的诗中多有与季节相关事物和景物的描述，一方面是因为诗人对于季节四时有着细微而敏感的领悟，其二则是由于哈斯受到了深厚的东方文化，特别是日本俳句的影响。哈斯是翻译俳句以及创作俳句的高手，曾翻译日本著名的俳句诗人松尾芭蕉（Matsuo Bashō）、谢芜村（Yosa bason）和小林一茶（Kobayashi Issa）的俳句。哈斯着迷于俳句的语法，以及它的清晰和简洁，开始学习并且修订其他译者的俳句译文。虽然他的日语并不娴熟，但是他试图对这种俳句独特的诗歌形式，对其进行研究与解码[6]。这说明哈斯对于季语的语法、功能和应用非常熟悉。由季语构成的词语流是哈斯营造梦境的介质。《暮春时节》提到了"催梦的叙述"。使催眠术得以实现的则是哈斯对于类似俳句中的"季语"的娴熟的应用。

暗示则是催眠现象的心理机制，颜色、语言、嗅味，都可以对我们构成某种暗示，形成一种观念，转化为一定的行动或产生某种效验[7]。词语流正好是用语言的方式通过描述颜色和气味，形成某种暗示。词语流中的季语不仅与季节紧密相关，而且可以反映出诗歌中的情绪，因此词语流能增强暗示，使得读者自然地进入诗人所营造的梦境中。哈斯将季语移植到英诗中，由季语构成的词语流带着催眠的魔力，打破了时间与空间的界限，使得哈斯完成了诗之催眠与诗之梦境的营造。

在《里面有黄瓜的诗》①中，诗人写到记忆中的某一个夏日。在诗的第一节，哈斯写道：

> 有时从这片山坡刚刚日落
> 天边呈现一抹极苍白的
> 绿，像一条黄瓜的肉
> 当你小心翼翼削它的时候

山坡成为日头坠落的延长线，加深了坠落感。同时这也与催眠常用的光点刺激法相契合，阅读者跟随者诗人的描述，凝视着山顶绿色的微光，此时，山的主体已经淹没在暮色中，天边的绿是在日落后微暗的暮色中山坡顶部显现的苍绿色。从浓暗到微亮的色彩变化，使得景物被柔化。而这种色彩的渐变，是通过动词"削"（peel）来表达的。"削"传达出的锋利感仿佛是探入潜意识深冰的斧头，正如卡夫卡所言："一本书必须是能劈开我们心中冰封的大海的破冰斧。"[8]

在第二诗节，哈斯追忆了在克里特岛的一个炎热的夏日，用诗的语言塑造了梦一般的景象：

> 一次在克里特，夏日，
> 午夜依然很热，
> 我们坐在水边的酒馆
> 望着捕鱿鱼船摇摆在月光里，
> 喝着松香味希腊葡萄酒，吃着混杂
> 凉拌碎黄瓜、酸奶
> 和一点儿小茴香沙拉。

克里特岛（Crete）是地中海第五大岛屿。克里特岛形成了希腊的经济和文化遗产的重要组成部分，同时保留了地方诗歌和音乐的文化特质。它曾是最早的欧洲文明——克里特文明的中心。[9]这节诗是自由体和偶尔的俳句式碎片的结合，展现了不同的地域情调，这表现于诗人对于词语流的娴熟应用。"水边的酒馆"中的"酒馆"（taverner）特指希腊的小酒馆，"摇摆在月光里"的"捕鱿鱼船""希腊葡萄酒"充满了欧式风情。小茴香又称为"莳萝"，它的起源之一是地中海，这是克里特岛的独特香料。1640年英国国王查理一世要求在腌黄瓜添加莳萝，现在莳萝黄瓜是美国最常见的泡菜品种[10]。美国元素正是隐藏在加了小茴香的凉拌黄瓜中。所有这些词语都向读者传递出了夏夜悠闲沁凉的感觉。哈斯先入为主地写下"夏日午夜依然很热"，树立了"热"的概念，然后用诗的语言去消解它。概念的消解是用词语流进行催眠式的描述过程中得以实现的，这使得哈斯的诗歌仿佛罩着朦胧的面纱，具备梦一般轻、软的特质。

在阅读中，读者的期待感得到满足，一方面是因为词语流提供的意象繁多的催眠信息，由"依旧热的午夜"和词语流传达出的沁凉感是矛盾的，这种矛盾感唤醒了阅读中的个人经验，使诗歌成为进入催眠的通道成为可能；另一方面，词语流又超越个人经验，呈现出一幅能被所有人默许的夏日图景。在读诗的过程中，读者很容易将自身经验融入诗中。这使得阅读成了双向的交流，而诗歌本身也呈现出开放的特质，这正和梦境类似，做梦人并不知道何时进入的梦境，梦中的一切对被催眠者而言都是合理的存在。

第三节通过小茴香味道的黄瓜在口腔所激发的味觉，完成了黄瓜与舌头之间看似荒诞的演变。

少许盐味，在舌头上有像淀粉的东西，
一种草或绿叶的香精油的东西
是舌头
和黄瓜
相互朝对方演变。

　　哈斯想表达的也许只是小茴香的味道布满舌头，但是诗的语言却使得这一过程呈现出色香味相互转变的动态。第四节将第三节的荒诞感通过 cumbersome（累赘），拖累（cumber），encumbered（受到拖累）和 cucumber（黄瓜）读音上的相似做了一个文字游戏。

　　　　既然累赘的（cumbersome）是一个词，
　　　　拖累（cumber）必然也是一个词，
　　　　我们现在无从知晓了，即使那时，
　　　　对于一个受拖累（encumbered）的人，
　　　　站在水槽边，切一条黄瓜（cucumber），
　　　　必定依然感觉到秩序和公正。

　　在这一节在翻译的中，译者（远洋）使用了用括号加注原文的办法，这反映出这节诗某种程度上的不可译性，这主要是因为整节诗的意义是以相似的读音和拼写为线索不断推进的[②]。而这种枯燥的音节重复也是催眠常用的技巧之一，譬如在《拉古尼塔斯冥想》的结尾，哈斯用了三个降调的 strawberry（黑莓），结束了冥想，这种音节的重复也暗示了从冥想进入睡眠。第五节，哈斯戏谑道："假如你以为我要在这首诗里制造/一个色情笑话，你就错了。"这时，意识又从茫茫的看似无逻辑的潜意识中跳跃出来，展现了现实与梦境的相互混杂的荒诞无序感，也暗示着催眠之梦即将结束。
　　可以看到，第三、四、五节呈现出了梦的无逻辑感和偶尔出现的转瞬即逝的秩序。这三节仿佛是做梦人在梦的荒诞和现实的理性边缘徘徊，处于浅梦的状态。在第六节中，哈斯用黄瓜多层次的绿色来表现时而清晰时而模糊的梦境：

　　　　而那个梦，模糊
　　　　但逐渐清晰，以水的
　　　　形式，而就在此时，

> 仍然更模糊，它想象的
> 那黄瓜的暗绿色表皮和猫眼石绿的肉

　　这与第一节的"削"相呼应，诗的语言打破了潜意识的坚冰，最终呈现出了"暗绿色的表皮和猫眼石绿的肉"。这表现出诗人潜意识内对于美好事物的期待。

　　六节诗均用＊号连接，仿佛每一节都是独立的，但彼此又通过"黄瓜"的颜色、味道甚至是 cucumber（黄瓜）一词的拼写与读音，相互缠绕，仿拟了梦境中蔓延的、不断生长的潜意识的藤蔓。这首诗不仅反映了哈斯的潜意识，同时也能够让读者汇入完全属于自己的个人独特经验于阅读过程中，使得整首诗成为一个开放的、不断生长的文本。黄瓜在诗中不仅充当了连接起了现实与梦境，当下与回忆的引子，果实的绿色也表明了对于美好的向往。哈斯写这首诗的真实意图也许就是营造一个表面看上去与现实似乎有着微弱联系，实质上却格格不入的梦境。

　　同样，《暮春时节》展现了催眠如何作用于平凡的日常。变形的现实、扭曲梦境和消极的幻觉充盈着整首诗。诗歌的开头，"草莓""桃子""鱿鱼"组成的词语流将五月的景致铺陈开来。接下来，哈斯用"广口瓶""八爪鱼""月光"将梦透明、巨大、奇诡等特征表现得淋漓尽致。

> 也正由于光会扩展你的白天，你晚上的梦将奇怪如广口
> 瓶般的八爪鱼——你曾在夏夜月光下一个渔民的船上看
> 见过。

　　这充分展示了哈斯优秀的造梦和催眠的潜质。梦境的营造离不开"雾"，在白天与黑夜的交错时分，"当无人喜欢的雾滚滚而来——嗨，雾，米沃克人唱，他们先居住在这里，你最好回家，塘鹅在把你的妻子敲打——""雾"的亦真亦幻，模糊难辨，帮助哈斯完成了一次梦的营造。在结尾处，诗人写道："世事多变；无需这种催梦的叙述；那将使我一直醒着的节奏，在改变。"能够清醒地认识到自己所使用的诗的语言是"催梦的叙述"，这说明在某种程度上哈斯并不是无意识地营造梦境，而是故意而为之。而这种"故意"却不落窠臼，不留痕迹。

二、"催眠"的唤醒：上升与光

　　"光"常作为隐喻出现在文学作品中。究其原因，是因为人类对光有着强烈的生理和心理反应。自然光将人类从睡梦中唤醒，人类对于一年四时和一天内不同时

刻的光都有着不同的感受，反映在文学作品中则是诗人既歌颂春光，又留恋秋光，既爱慕朝阳，又吟咏日暮。同时，光又对人类心灵有着深远影响。以《圣经》为例，"起初神造天地。地是空虚混沌，渊面黑暗"，上帝说"要有光"，于是就有了光，有了昼夜，其后上帝又造日月星辰。因而有了"节令、日子、年岁"[11]。"光"代表着至高无上的神力，给混沌的世界带来了光明和生机，由此，中世纪圣·奥古斯丁等神学家所提出的"光照说"也是一种光的唤醒，光象征着理性、神力和秩序。

催眠术的重要步骤之一即催眠的唤醒。唤醒使得现实的沉重得以在催眠中卸下，同时现实与梦境又相互映射，使内心真正的愿望得以抒发。催眠的唤醒方式通常有两种：一种唤醒的方式是与坠落感相反的感受，即飞翔感。催眠师常会通过营造一种模糊的沉重的坠落的感觉（譬如勾勒从高处乘坐下行电梯的景象）来帮助受术者进入催眠状态。以《七月笔记：鸟儿》为例，这首诗不仅彰显了哈斯娴熟的催眠和造梦技巧，也呈现了从催眠到唤醒的完整过程。

在第一诗节中，哈斯写道："睡眠像下行电梯/对记忆减退的模仿"。"减退、下坠"带有强烈的催眠感。诗人一再重复"晨光"这个词语，笔下意识流般的描述荒谬而浪漫，从"英俊，西装革履，无可挑剔/吃饭全部点了可口可乐"的"非洲人"到"正在去斯德哥尔摩路上"的"年轻的美国女孩/来自哥伦比亚特区的兽医助理"，再到与女孩乘坐一列火车的"美国人/黑头发，在最近记忆中任何时候/都没梳理过，昂贵的意大利衬衫"。从男人手中正在阅读的葡萄牙语短语手册，诗人猜测他"应有一个恋人在里斯本或法罗"，于是诗人尽情展开想象，"应有一短语适于这乘客的款款柔情/忽隐忽现的看法像稍后涅瓦河上/白色浪花，当芬兰湾的风/吹皱河流水面，并撒落小小的花瓣——那堤岸灰石上的/白紫丁香"，这描述似梦境般流畅而缺乏逻辑，人物、事物、名词短语不断涌入，对梦境进行填充，最后所有的画面淡出，成了风、河流和风中的花瓣。

向上而轻盈的动作和下坠而沉重的感觉相反，常被用作唤醒催眠。哈斯似一个老练的催眠师，在梦境的结尾处写道："堤岸上方，两只黑脸鸥/斜掠在空中，尖锐而又尖锐地，高声叫喊"。"向上""斜掠""尖锐的高声叫喊"刺破了梦的模糊。

催眠术中常用的另一种唤醒手法则是光的唤醒。光的介入暗示着催眠即将结束，受术人要苏醒过来。在哈斯的诗歌中，"光"多次将"我"从梦境或是回忆中唤醒。阳光将人们从睡眠中唤醒，而格外炫目的夏日之光，则更被视为唤醒睡眠，打破梦境的暗示。

在《七月笔记：鸟儿》中，诗人用问话的方式与"你"对话，而问题均与催眠结束有关："你现在醒了吗"和"你在哪儿？你仍然沉浸于梦里吗？"在造梦的同时，诗人清醒地控制着梦的节奏，并通过对于光的描述，力求将诗歌中的"你"唤醒。光由柔和变得强烈，首先是"晨光"，其后是"太阳聚焦于一个发光点/在沿路蓝房子门廊/未点亮的门廊灯泡里/盯着它几乎会灼伤"，最后光变得无比强烈，成为"黑头盔上聚焦于一个发光点"。光的逐渐强烈，使得催眠感被唤醒，而诗结束于"这是一个男孩在滑板车上，在夏日清晨。/我说了光在抚摸着万物吗？"，速度，柔和的光线，梦境与现实的亦真亦幻，使得一切仍然恍如梦中。虽然现实中的黑脸鸥叫声尖锐，光线聚集形成刺眼的光点，哈斯最终仍选择了折中，用柔和万物的光让读者随着他一起徜徉在半梦半醒中。哈斯的诗中"光"有柔化现实、净化记忆、唤醒噩梦的功能。

《给花朵命名的孩子》勾勒了相悖的童年画面，一方面"我曾是小山上的英雄，在明净的阳光中"，另一方面"我被扔下/落入童年的恐怖，落入镜子和油污的刀丛，/黑暗/无花果树下的柴垛/在黑暗里。/这只有/恶意的声音，古老的恐怖/算得了什么，父母亲/吵架，有人/喝醉了"。从诗中可以窥探到母亲酗酒给哈斯童年打下的烙印。当书写无法避免要进入和童年的黑暗，哈斯又是如何运用诗的语言自我唤醒呢？

诗人通过"光"唤醒噩梦，实现自我救赎："在这个阳光的早晨，在我作为成年人的生活里，我看着/纯净晶莹的桃子/在一幅乔治娜·奥基弗的绘画中。/这是万物在光中的丰满。"奥基弗（Georgia O'Keefe）是美国现代派艺术的先驱者，被誉为"美国最伟大的女性艺术家"，她的作品的色彩简洁、明快、纯粹、干净、透明[12]。奥基弗常用放大的比例对物象，特别是花朵进行呈现，这表现了画家对于世界与细节的体察。

哈斯用一幅巨大的有关桃子的画作驱走童年记忆阴霾的原因也隐藏于诗人的其他诗歌中。在《九月初》这首诗中，哈斯两次写道："夏天/桃子那日出之色"和"桃子的内部/是日出之色"。代表艺术之光的"桃子"是和光线烂漫的夏日联系在一起的，是有关夏日的季语。诗中的"光"并非自然光，也非心灵之光，是介乎二者之间的，来自于"桃子"的"光"，是兼具了自然性和心理性的艺术之光，是照亮心灵的日出之光。这种"光"兼具唤醒和净化作用，"光"涤荡了恶，带走黑暗，丰满万物。哈斯深知生命的不能承受之重，他写道："生活的抗拒/和颓朽之感，萦绕着我/这两者可怕的联合/迫使我总是更多的/为生命而辛苦劳作。"[13]哈斯的诗像阳光和水一样，充满了救赎并怀有诗人独有的悲悯。

三、"催眠"实质：消解生命不能承受之重

弗洛伊德认为，文学创作的目的，就是为了实现无意识的本能冲动。但这种本

能冲动在文学作品中并不是赤裸裸地表现出来，而要进行净化和升华。因此，在某种意义上说，文学又是无意识的升华。[14]虽然哈斯在诗歌创作时似一个技巧熟练的催眠师，但是这种文学活动并非是有意识的，它们常常是无意识的，哈斯的诗中的催眠，无论是对自我的，还是针对他人的，都具备自发性。一方面，如前文所论，这种催眠是"故意"而为之；另一方面，这种"故意"而为之又是自发的诗歌行为。即哈斯诗歌中的催眠艺术是因为诗人深谙现实的沉重，而不由自主地在诗中通过冥想乃至催眠来释放潜意识的真正需求。这种矛盾行为究其本质不过是对于现实的柔化，是通过"诗"消解生命不能承受之重。

在《九月初》一诗中，哈斯写道："危险无处不在，助动词，鱼骨，纯粹的粗心。"诗人笔下的男女都是负担沉重的都市人："无人真的喜欢天竺葵的气味，既不是做白日梦、上班总是迟到的妇女，也不是在新环境里会非常快乐的男人。"女人们做白日梦，上班迟到，男人们即使变换了环境，仍旧闷闷不乐。"半是谋生，半是鼹鼠"不仅是街边残疾的乞讨者的生存状况，也映射了大部分现代人的生活处境。在《艺术与生活》一诗中，哈斯写道："……我们想持续不断地重生/但是真的去做——你注意到了吗？/似乎有点多余。……"诗人表达了在生活中重生的渴望，这种对渴望的描述与《荒原》中艾略特描述宗教仪式中水的重生有着同样的目的，均是为了从日常的生活中挣脱，希望从生命的净化过程中汲取新生的力量。

在接下来的诗行中，诗人描述了画家维米尔的日常生活，"这儿是选择了你/并且你选择了的生活"，通过绘画，"我们不能拥有的东西留下来，因为我们不能拥有它而栩栩如生"。艺术使日常生活重获新生，与此类似，诗歌中的催眠术帮助诗人暂时卸下生活不能承受之重。哈斯对于人类的生活状态一直有着清醒的自知，在《春日图画之一》中，哈斯写道："世事多变，无需这种催眠的叙述，那将使我一直醒着的节奏，一直在变。"自发的催眠行为后是"使我一直醒着的节奏，一直在变"。对于生活的真实面目，诗人是内省和自知的。在催眠过程的最后，催眠师会唤醒受术者，让他们逐渐清醒，回到当下的现实。哈斯诗歌中的催眠叙述与此有异曲同工之妙。诗人宛如娴熟的催眠施术者，用诗的语言将自己和读者带入催眠状态，再慢慢将其唤醒。

以构造了婴儿之梦的《博物馆》为例，婴儿的父母在哈斯的笔下被描述为："他的头发凌乱，她的眼神浮肿。"走进博物馆餐厅夫妻二人"几乎没有交换一个眼神"。现实中虽然表现默契但无任何情感交流的夫妻和凯绥·珂勒惠支的木刻中"没有忍受苦难的才能或能力的人们在忍受各种各样痛苦的最麻木的面孔"相互对照。在木刻家的刀下，"饥饿，无助的恐怖"使人们有着麻木的面孔；而现实生活中，能够饱餐并自由阅读报纸周刊的夫妇同样有着麻木的生活状态。当饥饿不再成为麻木的理由，是什么使得博物馆餐厅内进餐的夫妻仍呈现出这种麻木状态呢？哈斯并没有直接提出这个问题，仅在诗中呈现出"并置"（juxtaposition）的状态，从而使读者自发地提出问题并思考原因。

在结尾处，哈斯用诗的语言，进入了婴儿的睡眠"婴儿睡熟了，那翠绿色已经开始从哈密瓜的外皮/浮现"。哈斯用香瓜的绿色描述婴儿的梦境。各种深浅不一的绿色是哈斯描述梦境时常用到的颜色。只有在梦中"一切看起来皆有可能"，哈斯用柔软的笔触继续着婴儿的梦境，用"梦"隔开了成人和婴孩的世界，纯净的事物正因为在梦里，才可以不受到外界的侵蚀。婴儿之梦将现实的一切柔化，沉重的生活最后在哈斯营造的梦境中被消解，在分不清的现实与梦幻的虚幻之地，人们可以暂时卸下生之重担，这亦成为哈斯作品中最打动心弦之处：哈斯借诗中呈现的对比唤起对人类困境的思索，在面对痛苦生活的同时保留了对美好与快乐的渴望。

此外，哈斯在催眠叙述中独特地应用了镜头的转换。这些不动声色的镜头变换实现了色调的转换，并且最终定格到颇有深意的镜头上，流露出哈斯对于生活不能承受之重的真正态度。以《幸福》一诗为例，与常识中自发的幸福相反，哈斯笔下的"幸福"并非自然发生的，三个诗节以表示强烈因果关系的"因为"（because）开头，试图为主观的感受寻觅客观的证据。

根据颜色的转换和象征物，如下图所示：

诗节	镜头	色彩转换	象征物	画面定格
1	远—近—远	红—绿	警觉（wakefulness）	绿眼睛
2	远—近	黑/黄—白/黑	神秘（mystery）	黑眼睛
3	近—镜头放大并定格	淡蓝色—黑色	蝙蝠（bat）	眼角扬起似倒挂的蝙蝠

在第一节中，"我们"从蒙着雾气的窗看到一对红狐狸蹚过那条小河，在雨中吃最后几枚被风刮落的苹果。一对狐狸吃苹果呈现出一幅幸福的景象。但是"狐狸""苹果""雨""小河"，营造了氤氲的气氛和模糊的感觉，让人情不自禁地追问幸福的真面目究竟是什么。其后，诗人传递给读者的是模糊的幸福感后的警觉（wakefulness）。在第二诗节中，"我"与"她"分道扬镳，色彩从暖色"黄"逐渐到中间色"黑"与"白"。在这一诗节中，诗人用"雾"这一意象具体描述了"模糊"，并通过啄食新草的一群天鹅，为幸福增加"神秘"之感："在日记上写下——雾从海湾中升起/好似意图的面貌，明亮且不确定/一小群冻土原上的天鹅/第二次来这里越冬排成行啄食新草/那刚从湿地长出的；它们象征着神秘，我猜，/它们也被叫做吹瞭哨的天鹅，非常之洁白/并且它们的眼睛是漆黑的——"（笔者译）

第三节中的色调是淡蓝色，诗歌结束于"我们醒得早，在清晨/躺在床上吻着/

我们的眼角扬起像倒挂的蝙蝠"。"蝙蝠"在西方文化中的充满了哥特色彩,常和吸血鬼相联系。中世纪欧洲的艺术家总是典型地用蝙蝠状翅膀和尖耳朵来描绘魔鬼。[15]诗节定格为"眼角扬起像倒挂的蝙蝠","蝙蝠"和"幸福"之间的距离,它们之间的内涵冲突,诗人所铺陈的故作恩爱的镜头使得读者在一瞬间并不能辨识出哈斯写诗的真实意图,有恍惚和惶惑的感受。

这首诗在色调上呈现出从暖色到中间色最后到冷色调的转变,象征物从抽象转化为具体的蝙蝠的形象,镜头也从远逐渐拉近。催眠般的语言如同潜流,悄无声息地完成了这一系列的转变,呈现出幸福的虚幻和不真实,而诗篇开头的那种美好的好似梦境般的感受,最终被消解。

由此可以看到,《幸福》这首诗并非对幸福的追寻,而是有关幸福的悖论。整首诗塑造了梦境般的"狐狸在雨中吃最后几枚被风刮落的苹果"和"天鹅排队啄食新草"的景象。这两个景象和"我""一个人在咖啡馆"的孤独呈现出鲜明的对比,使"幸福"成为现实生活的镜像;真实的生活看似清晰,实则模糊,看似幸福,实则麻木。诗歌题名中所出现的"幸福",被诗的语言消解。现代人的孤单、失落、情感的无助被精准地投射在诗中,而这也似乎揭示出哈斯之所以用催眠性的语言造梦的本质——为了消解生命不能承受之重。

注释:

① 除《幸福》为笔者自译,本文引用的其他诗歌均为远洋译。译本见罗伯特·哈斯:《亚当的苹果园》(远洋译),江苏文艺出版社,2014年版。

② Poem with a Cucumber in It 的第四节的英文原作为:Since cumbersome is a word,/Cumber must have been a word,/Lost to us now, and even then,/For a person feeling encumbered,/It must have felt orderly and right-minded /To stand at a sink and slice a cucumber. 见 Robert Hass, Poem with a Cucumber in It. The American Poetry Review, Vol. 36, No. 5 (SEPTEMBER/OCTOBER 2007), p. 34。

参考文献:

[1] Robert Hass'Biography [EB/OL]. (2008-12-12) [2016-06-01]. http://www.enotes.com/topics/robert-hass.

[2] 顾悦. 当代美国诗学的自然之音——评罗伯特哈斯文集《光可以做什么》[J].

外国文学动态，2014（6）：49.

［3］O'Driscoll，Dennis. Beyond Words：the Poetry of Robert Hass The Poetry Ireland Review［J］. Special North American Issue，1994（43/44）：163.

［4］Gery John. Robert Hass and the Poetry of Nostalgia［J］. The Threepenny Review，1981（5）.

［5］催眠的定义与解释［EB/OL］.（2012—02—19）［2016—06—01］. http：//www. cnpsy. net/ReadNews. asp？NewsID＝8904.

［6］Hauf Kandice. Review on The Essential Haiku：Versions of Basho，Buson，&Issa edited by Robert Hass［J］. Harvard Review，1994（7）：187.

［7］卡夫卡. 致奥斯卡·波拉克（书信）［M］//叶廷芳. 论卡夫卡. 北京：中国社会科学出版社，1988.

［8］Wikipedia encyclopedia. Crete［EB/OL］.（2005—11—24）［2016—06—01］. https：//en. wikipedia. org/wiki/Crete.

［9］History of Dill［EB/OL］.（2010—3—27）［2016—6—1］. http：//www. indepthinfo. com/dill/history. htm.

［10］杨志芳，邬启扬. 关于催眠术的心理学思考［J］. 心理学探新，1990（1）.

［11］中国基督教协会. 圣经［M］. 南京：爱德华印刷有限公司，2000.

［12］陈玲洁. 一花一世界——美国女画家欧姬芙的花卉艺术［J］. 美术大观，2010（12）.

［13］Robert Hass. "In Weather" from Field Guide［EB/OL］.（2007—11—22）［2016—06 — 01］. http：//www. blographia-lit. eraria. com/2007/11/in-weather-robert-hass. html.

［14］邱运华. 文学批评方法与案例［M］. 北京：北京大学出版社，2005：87.

［15］叶锡铮. 从蝙蝠形象看中西文化精神［D］. 长沙：湖南师范大学，2007：22.

——原载《江汉学术》2016 年第 5 期：55—61.

新诗的技艺、体式与语言

简政珍　李心释　陈仲义　赖彧煌
张凯成

现代诗中隐喻、转喻与意象产生的关系

◎简政珍

摘　要：我们试图尝试延续现代语言学家雅各布森对隐喻与转喻
的诠释，进一步探讨隐喻、转喻与意象产生的关系。传
统（包括雅各布森）将明喻与隐喻归于同一类，实际上
明喻倾向意象的相似，而隐喻的趣味则是彼此的相异。
一方面，对比与相异让隐喻翻转理念；另一方面，从相
异引发相似的联想是隐喻意象诗趣之所在。相较于隐喻
大都基于"发明"，转喻大都基于"发现"，但"发现"
经常是更大的"发明"。时间性的接续促成意象的环炼，
空间性的接续牵引意象的比邻。"语意的比邻"所产生
的意象经常是叙述的逸轨。由于词语与意象必然经由选
择与接续而产生，所以大部分诗的意象是隐喻与转喻互
动的结果。

关键词：雅各布森；隐喻；转喻；语意；叙述；意象

　　意象是诗的核心。诗作的产生是意象思维的过程。[①]但意象如何产生？雅各布森（Roman Jakobson）在其著名的《语言的两极》（"Two Aspects of Language：Metaphor and Metonymy"）里说：语言/言语是选择（selection）轴与组合（combination）轴的交互活动，先在相似的词语中选择，再和前后的词语组合而接续成叙述。由于隐喻基于相似，转喻基于接续，因而言语的活动也就是隐喻与转喻交互的活动。有些人擅于相似词语间的联想，而欠缺词语接续的能力，因而倾向隐喻。有些人擅于接续词语，而欠缺相似词、相反词的联想，因而倾向转喻。假如以意象取代词语，意象是否就在隐喻轴与转喻轴的相互牵引中产生？

一、隐喻与意象的产生

（一）在相似间选择产生意象

　　自古以来，比喻就理所当然被当作相似词语之间的修辞。"我的希望是雾中风

景"是说话者认为"希望"如雾中的景致，朦胧不清。雅各布森认为，在相似的"词语与物像"中选择，选择是关键，也是形成隐喻的必要过程。当诗人在思考诗中人冬天在灯旁想起往事时，他是应该写"我在想念往事"还是"寒灯思旧事"？这里不是文言与白话的比较，而是在主词的位置，"我"与"寒灯"的选择。诗人最后选择"寒灯"，一方面让物有了人的思维，让文字富于诗趣；另一方面，由于被选择的对象是"我"与"寒灯"，意味两者应该有某种相似性。为了思索其中的相似，读者进而体会到诗中人思念往事，犹如时间的放逐者，心之凄楚有如寒冬室内的一盏孤灯。一般说来，从明确相似的个体中做选择是比喻正规的途径；如今，由于选择动作的需求，而逆向思索被选择对象彼此间的相似，进而发现意象沉潜幽微的情境，这是雅各布森意在言外的启发。

白灵的诗行"时间加上大雨的王水/将大地喉结似的土冢们反复消融"[1]118也是如此。第一行"王水"与"硝基酸盐"是被选择对象，因为两者不仅相似且相同。选择"王水"保留了硝基酸盐的强烈腐蚀性，又能暗讽当代生活空间中酸雨是"水中之王"的形象，因此更具意象性。

雅各布森选择轴的运用，让人额外惊喜的是，一般比喻是发现比喻的主客体间的相似在先，而这里则是经由选择再发现两者的相似。这有点像早期布莱克（Max Black）对比喻物与被比喻物的互动（interaction）思维，相似是互动后的结果，讲者与听者从比喻主客体的互动中发现相似，[2]正如屠韧格与斯滕伯格（Roger Tourangeau & Robert J. Sternberg）对布莱克的观察："诠释不是比较 tenor 与 vehicle 有多少相似，而是解析时创造两者的相似。"[3][2]

（二）明喻、隐喻与意象的产生

雅各布森的隐喻除了隐喻/暗喻外，还包含了词语带有"如"、"像"的明喻，都在选择轴上。一般的状况是，明喻倾向相似性，而暗喻则指向相似之外的相异。戴魏生（Donald Davidson）甚至说："明喻与隐喻语意上最明显的差别是：所有的明喻都是真的，而大部分的隐喻都是假的。"[3]如此立论的着眼点是明喻与隐喻字面上的意涵。戴魏生举例说当有人说"他像猪"，我们一定可以在长相个性上找到他"像"猪的理由，但是假如说"他是猪"，绝对是假的，因为他是人，怎么是猪？戴魏生继续说："每当我们知道相对应的隐喻是假的时候，我们经常会用明喻。"[4][3]同样都位于选择轴，考虑用明喻还是隐喻的关键，在于明喻朝相似性的正向思维，而隐喻却意味着：也许隐藏一些相似，但是字面上却凸显其相异，因此在迈向相似的认知途径上是迂回的。明喻似乎比较单纯，隐喻则隐含一种吊诡情境。假如布鲁克斯（Cleanth Brooks）说所有诗的语言都是吊诡的语言，单单隐喻似乎就可以为他背书。我们首先认定"他是猪"是假的,因为他是人。但是进一步想想他的举止,又开始觉得这个隐喻似乎有点真。

朵思《咀嚼》的诗行:"听家具咀嚼寂寞。"[4]"咀嚼"的动作意味家具是人、是动物,这当然是假的。但是进一步思维,寂静的空气中,家具发出咀嚼的声音,原来里面有蛀虫,人看不到蛀虫,只看到家具,因而觉得家具在咀嚼寂寞,也有些道理,并不假。隐喻的迂回让真假的认知充满吊诡。假设原来的诗行写成:"听像蛀虫的家具咀嚼寂寞",意象多了一点说明性,因而压缩了读者的想象。另外,这样的写法理念比较明确,但文字反而变得曲折,念起来拗口,"做诗"的痕迹也比较明显。⑤

(三)在对比中选择产生意象

雅各布森的隐喻还建立在相对比的物像与词语上,对比的主客双方在相异中隐含相似。雅各布森把皇宫与小木屋都归诸隐喻。皇宫与小木屋有极大的落差,但是两者都是住屋,故相似。同理,男女相异,但都是人类,故相似,两者只是性别的对比。

对比导引诗心从相似中逆转,开拓了读者的视野,选择的活动多了一层迂回。比如:"夏天,战争过后,终于晨曦/东山洒下的寒光/也无法冷却这个灼伤的球体",创作时运用了对比中的选择,产生引人遐思的意象。晨曦来临,应该是阳光普照,而阳光应该是和煦的,在战争之后,给人们带来温暖。但读者看到的是与温暖阳光对比的寒光;可以想见在经营这个意象时,写诗人是在选择轴上,权衡"阳光"与"寒光"所产生的情境。最后选择寒光,可能是因为整夜的厮杀,大地已经燃烧着炙热的恨意,极需要加以冷却。再则,"寒光"似乎有月亮的影子,因而更有冷却的功能。其实这两行有两种潜在对比的情境:一者,黑夜应该是清凉的,却是炙热,因为厮杀。二者,晨曦来临,阳光应该是温暖,但我们希望这个"灼伤的球体"能尽速冷却,因而更期盼寒光。

(四)隐喻的"发明"与"无中生有"

不论相似或是对比,在进入隐喻的诗路之旅中,都是诗人"心眼"的"发明"。笔者的《台湾现代诗美学》曾经提出诗创作中的"发现"与"发明"。所谓"发明"是基于"无中生有",而"发现"则基于"众人应见却未见的有"。这是权宜性、相对性的区隔,并非绝对性的对立。如此区隔概略说明了意象不同的缘起。大体上,诗人之"发明"隐喻,着重的是"心眼"而不是"肉眼"。转喻则来自"发现",诗人需要敏锐的"肉眼",以"肉眼"之所见再引发"心眼"的想象。当然隐喻与转喻并非二元对立，有时在两者的交融状态中，"心眼"与"肉眼"同时打开，"发明"与"发现"同步进行。

"发明"之所以"无中生有"，有两种状况。第一，意象的产生，不是来自于现场的物像。第二，意象与人事或自然界中的景象不一定有对应关系。抽象概念与物像的牵连，不一定因为彼此"像"，而是意象的发明者——写诗人——主体意识的运作。"自由像风筝"的意象，并非自由有一个外表像风筝，也非自由的属性类似风筝的属性。如此的意象是写诗人想象风筝在空中自由翱翔的样貌。由于不一定有"相像"或是"相似"的基础，意象的产出是基于写诗人的主观意识。

抽象概念具象化是诗人意识类似的运作。看到风筝摆荡的姿态因而写成"自由的舞姿"（这里的"自由"是名词），好似自由也像人有动作有思维。看到瓜果盈盈而写成"丰满的秋天"也如此。经由如此的抽象具象化，秋天一般仅止于意念上的感受，竟然有了身材的轮廓。同理，"自由"与"风筝"本来没有关连，经由抽象具象化，经由想象的"发明"，两者被赋予因果，而"无中生有"。

（五）由相异产生意象

造成"无中生有"的关键是，个体的"相似"实际上容含了更多的"相异"。众多语言学家强调隐喻之所以为隐喻，在于比喻的主客体间的相异。[⑥]以意象产生的观点来说，由于比喻主客体的相异，才有创意的可能，也就是"发明"的可能。创意似乎意味把"相异"写成"相似"，让原来没有对应的产生对应。

既然所有隐喻的主客体都无法绝对相似，几乎所有诗作此类的意象都来自于相异。信手拈来，李进文的诗行："他下半身是大理石，耳朵长出一株/无用的树"[5]。"下半身"与"大理石"全然不同，耳朵长出树也是透过隐喻产生意象。诗人的发明，在于将大理石与下半身的相异说成相似，将耳朵长出的耳屎等等比喻成一株树。有趣的是，因为主客体如此相异，反而引发读者的惊觉其中可能的相似。也许身体已经失去热度冰冷如大理石，也许诗中人固执己见如坚硬的大理石，也许藉由"下半身"与"下半生"的谐音，诗中人的作品下半生将成历史，镌刻于大理石。诗中的意象正如早期史顿（Gustaf Stern）就已经说过的，"隐喻的价值是赋予被指涉物新的面向，让其通过复杂的关系网络，让人眼睛一亮"[6]。新的面向能让人眼睛一亮的关键在于：让读者从表象的相异看到相似。

（六）由隐喻翻转理念产生意象

自古以来，说话者或是演说者经常引用比喻增加说服力。演讲者以比喻烘托理念，经常变成翻转理念。用之于理念的隐喻经常跨越该理念的疆界，正如意象与理念的关系。比喻的天性似乎是一把刀的两面开口，在呈现理念正向目的的当下，又"明目张胆"地暗度陈仓，从说教的意图中逸轨，从哲学家的言说中解脱。保罗·德曼（Paul de Man）说："比喻不是旅行者，而是走私者，可能是偷窃物的走私者。"[7] 隐喻虽然被用之于言说，被视为是言说的修辞，但隐喻实际上已经是书写；德里达有关书写的特性，如延异思维中差别之外的延宕，重复中显露差异，增补是补足且替代等，都可以在隐喻与理念的关系中映现。试以陈义芝的诗作《我们一起》的前两节为例：

> 揉自己的发面在爱情砧板
> 切雨点一样的葱花
> 用平底锅烙韭菜盒
> 用大火炒带壳的虾
>
> 知道砧板的道理与床
> 如爱情与厨房
> 我们一起炖丰腴的肉锅
> 煮沸腾的鱼汤[8]

我们从本诗第二节的前两行"知道砧板的道理与床/如爱情与厨房"比喻，体认到诗人的理念是，将砧板写成恋爱甚至是做爱的床，将厨房比喻成恋爱的空间。习惯上，"饮食男女"经常用来形容男女的"食"与"色"，当前社会甚至以"炒饭"暗喻做爱。由于诗人明白将厨房比喻成恋爱、做爱的场域，诗中的措辞与意象如"大火""沸腾"让人联想到爱情的炙热，而"丰腴的肉锅"也让人想到肉体的丰盈等。

也许诗人并不一定认可读者对"大火""沸腾""丰腴的肉锅"上述的联想，认为这不是他原先的理念，但经由隐喻产生的意象，本来就可能增补、替代原先创作动机的理念。而且读者如此解读，并不是随意为之，他根据的是作者原先设定的比喻：砧板如床，爱情如厨房。隐喻对原先理念最大的翻转是：当砧板被比喻成床的时候，躺在床上的情侣，已经变成被切割的鱼肉，因此肉锅炖煮的是自己，沸腾的鱼汤也是自身。至此，读者不免要问，诗人是要表达爱的甜蜜呢，还是情侣被切碎炖煮的痛苦？这不是质疑诗人比喻失当或诗艺不足，而是理念经由隐喻必然造成该理念的消解。也许极致地做爱时甜蜜与痛苦不可分，肉体切割才更能体会爱的"刻骨铭心"。假如有这一层了解，读者的阅读反而赋予诗作更深沉的面向。也许这样的诠释并不是诗人原来的理念，但隐喻产生的意象已经翻转了这个理念。

（七）"相异"的想象空间

隐喻所映现的是理念之外的"杂质"，相似之外的相异使隐喻变成主体，而非理念的附属品。如此的见解赋予当代诗极宽广的想象空间。诗强调想象与创意，而所谓想象是否有参考点？天马行空的想象与落实于人间的想象迥然有别。极端标榜想象可能刻意标新立异，这时所谓"相异"几乎已经不存在，因为所谓意象已经没有指涉的理念与物像，意象是自由游移的符征，没有符旨。在此，意象没有身影，意味着意象可以脱离人间，意象只是一种意念上的幻影。因为没有人生的参考点，意象已不是意象，而是意涵接近掏空的符号。进一步说，诗甚至可以不要意象，语言只是自身的指涉与游戏。

雅各布森在谈到诗的功能（Poetic function）时说诗功能大于指涉功能，因而经常被学者诠释成为诗已经不对外（现实）指涉，而是自我指涉。但这是个误解，他在同一本着作里也说道："诗功能比指涉功能优越，并不是把指涉消除，而是把它变成双重意涵。双重意涵的讯息和分裂的讯息发送者、分裂的讯息接受者还有分裂的指涉相对应。"[9]

保罗·利科（Paul Ricoeur）睿智地指出，雅各布森体认到诗作中不是对指涉的压抑，而是以讯息的双重意涵作深层的改变。保罗·利科说所谓"分裂的指涉"（split reference）是将日常的指涉先悬置起来，然后再导入第二层次的指涉，将"间接的指涉建立在直接指涉的废墟上"[7]。他进一步说："诗人是借由创造虚构而制造分裂指涉的天才"。在虚构中，那个被悬置因而一度缺席的现实和"肯定的洞见"（positive insight）融为一体。[10]

以超现实的诗作来说，优秀的作品表象将现实悬置，而创造虚构的超现实，但也在虚构中，被悬置的现实已经与超现实融为一体。诗人把握住了隐喻与现实的差异，既然有所差异，也就意味现实并未被消除，而是潜伏于意识的底层，以分裂指涉的形态出现。想象与发明在于如何将现实转换，让意象来自人间却又超乎复制人间的模式。意象转化现实，因为转化，当然不是写实，但是由于有现实的痕迹，意象的"发明"是在"既像又不像"中展现想象。

（八）隐喻与超现实

雅各布森在上述《语言的双极》中指出，过去文学史的演进中，浪漫主义与超现实主义的思维主要基于隐喻，而写实主义则是转喻。绘画上，达利的超现实是隐喻，毕加索的立体主义是转喻。达利的超现实绘画，经常将被思维的内容取代思维的主体。如心里想到苹果，绘画中人的心就画成一颗苹果。在此，人心与苹果全然相异，但经由思维的牵系，促成隐喻的对应，也促成主客体的取代与翻转。台湾现当代诗作里，如此的写法非常普遍，一般写作班所谓创意的培养，经常强调的是类似的思维。

假如我们细致体会以上"相异"不同的想象以及隐喻的超现实面向，重新审视台湾 1950—1960 年代泛称的"超现实主义"诗作，当有崭新的发现。同样都是意象的"发明"，但所展现的想象也造就了诗人不同的视野。碧果诗作的想象若不是远离人生的立足点，就是人生已经成为无实质内涵的意念。文字是自我而足的存在，诗作是写诗人意念的演练与组合，试以萧萧极为推崇的《结束》为例说明之："乃/旋。乃/旋之黑之旋之黑之旋/乃/一握之/我之/芽/乃"[8][11]243-244。诗中，现实的情境以及物像的轮廓已经消失，只剩下一个盘桓于意识的"黑"，"黑"的意念和"旋"的动作纠缠，诗中人将其掌握住，因为它是"我之芽"。

细究之，这样的书写仍然有些现实的依据，但现实的情境经由诗行后已经稀释汽化，因而所谓超现实，不是意象的产生，而是将物像缩减成意念。碧果大部分的诗作，都类似意象的稀释或消失。诗行借由同样字词的重复排比，一般人能容纳五六个意象的诗行，最后只剩下盘旋不去的单一意念，如萧萧同一篇文章所推崇的另一首诗《来与去》前三分之二的诗行："一列列/一列列/一列列的/一棵棵/一棵棵的/巨齿/我们。/一棵棵/一棵棵的/巨齿/你们。/于是/咀嚼着/你们/你们/你们。咀嚼着/我们/我们/我们。咀嚼着/你们/我们。咀嚼着"[11]254-255 重复的意念大略要表达的是：我们和你们都是长着巨齿，会互咬，会吃人。文字如此地排列好像增添了一些气氛，但大部分的读者对于这样的超现实诗作，真想问一句："诗人，你玩够了吗？"[9]

同样是超现实的思维，洛夫和痖弦等人的诗作，迥然不同。既然主要是超现实的思维，意象的产生并不一定是当下现实物像的启发，它可能也是意念的产物，但是意念隐隐约约有人间的情境。现实的景象似乎沉淀在潜意识里，写诗时，潜意识的活动时隐时现，零散呈现于诗行。诗的结构不是现实人间明晰的逻辑，但是超现实的想象与意识底层的人生情境结合成隐约虚线状的结构，如洛夫的《石室之死亡》第 36 首第一节：

> 诸神之侧，你是一片阶石，最后一个座椅
> 你是一粒糖，被迫去诱开体内的一匹兽
> 日出自脉管，饥饿自一巨鹰之眈视
> 我们赔了昨天却赚够了灵魂

任多余的肌骨去做化灰的努力[12]43

　　假如碧果的超现实是意象的稀释，洛夫的超现实则是意象的浓密；之所以浓密是因为超现实的思维在意识的底层有厚重的现实支撑。试以前面三行说明之。第一行，是诗中人形上的思考，想到人如何在神身旁。这一行的意象来自意念的运转，而非实际的景象。另一方面，虽然没有实际的景象，意念中的"阶石"以及"阶石"在潜意识里的景象、意念中的"座椅"以及"座椅"在潜意识里的样貌与意涵都让形而上学的思考有了人生的依据。读者对本行的认知，可能认为诗中人要传达的是，诗中人想在神的身旁，但却很难和神在一起，在迈向神的精神之旅中，自己只是一块阶石，是别人的踏脚石。即使到了神身旁，也可能只是让别人安坐的一个座椅而已。有趣的是，如此的认知和诠释几近诗行的散文化，因而将可能的多重意涵单一固定化。诗行由于只是意象，没有说明，原来的"阶石"与"座椅"除了上述的诠释外，也可能是人的转喻，也就是人已经踏上进阶之石，已坐上神旁边的座椅。意象说明诗隐约虚线的结构与意涵，而诠释的散文将其具体化时也将其单一化。多重意涵是超现实情境的可能性，单一化可能是现实实际的认知。

　　从第一行转到第二行的"糖"与"兽"，意象的产生不是物像的导引⑩，而是突发的"转念"。但是就这一行本身，仍然隐含现实人生的情境。因为是甜甜的糖，所以有"诱开"的动作。要诱开去除的是"兽"性，为的是能到达"诸神之侧"。

　　第三行的诗句，是1950—1960年代超现实时代典型的句法。"日出自脉管"真正的情境是看到日出时的血脉贲张。"饥饿自一巨鹰之眈视"真正的情景是巨鹰因为饥饿而睁大眼睛环视周遭寻找猎物。句法倒装因而主客易位，让现实添加超现实的诗心。⑪如此的超现实实际上是基于现实。

　　德里达的解构论述里说，语法让意涵溢出语意（syntax overflows the meaning of semantics）。语意的意涵不可能自我而足，更不可能饱满，语法的变动都将牵动既有的语意。洛夫这种主客易位的诗句，印证了语法能产生语意之外的意涵。我们可以说假如语意是以现实人生为参考点，语法似乎让几近同样的文字从现实迈向超现实。

　　以上三个诗句整体说来是跨越现实的超现实思维，但如此的超现实又有现实虚线的牵系。1950、1960年代洛夫、痖弦、大荒、辛郁等诗人的"超现实"诗作大都如此。他们意象的产生大都来自"发明"，因为当下似乎没有依傍的物像，但意象似乎又和意识底层所沉积的现实遥相呼应。虽然是超现实，由于隐含现实人生的影子，他们的诗作仍然能动人，如洛夫《石室之死亡》第49首的诗行："筑一切坟墓于耳间，只想听清楚/你们出征时的鞋声"[12]56。

（九）风筝与超现实意象的产生

因此，超现实的书写经常被认为是"超越"现实、远离现实，但并非创意本身就必然成就优秀的超现实诗作。创意要动人才可贵，而动人的关键，在于想象仍然来自于人间。隐喻并不必然是指涉真理，但它显现某种真实。真正有价值的创意当超现实的思维像风筝远离地面在空中飘扬，它仍然有一条线和大地牵系，因为线头在一只紧握的手中。假如线从手中脱落，风筝会在一瞬间飞得更高更远，但终将坠落摔毁。假如抓住线的手掌控得宜，风筝将在空中翱翔得很有韵致。这时的风筝正如布鲁克斯（Cleanth Brooks）在阐述反讽时所提的风筝的尾巴。意象与文字所构筑的内在张力就是诗的情境，风筝之所以能够翱翔，最主要来自于风筝的尾巴，尾巴的飘动让风筝往上飞升，但尾巴本身的重量又似乎让风筝往下坠，就在上升与下坠两种张力的拉扯中，风中得以在空中持续飘扬并且展现风姿。[13]

超现实诗作也类似。在优秀的超现实诗作中，现实与超现实之间有一条隐约虚线。因为只是虚线，现实不会变成钳制想象与创意的框架⑫；但因为有虚线，超现实的诗作，透露出生命感。虽然"超越"现实，连接现实与超现实的虚线却充满张力，犹如上述的风筝在人们手中的线以及风筝的尾巴。布莱克说：若以字面上的意义来看，隐喻经常让人觉得荒谬（absurdity）与虚假（falsity），"假如荒谬与错误缺席，我们就没有隐喻而只有表象的文字。"[14]21 但这些表象谬误的隐喻会让我们看到这个世界的某种面向，"告诉我们有关这个世界的一些东西"[14]35，让我们对现实的事物产生洞见[14]39。正如隐喻，优秀的超现实诗作"表象"超越现实，但那些表象"荒谬的"超现实让我们看到现实的另一种面向，让我们看到这个世界被人忽视的样貌。超现实的心眼总在观照人间。

综上所述，1950—1960 年代，同样被贴上超现实的标签，有些诗人将物像稀释成意念，以意念取代意象，借由意念的重复产生诗作，如碧果许多的诗。有些诗人则因为超现实的苍穹有一条隐约的虚线连接人间，借由意识底层中的现实与超现实间的张力产生意象，如洛夫大部分的诗。

二、转喻与发现

（一）转喻与现实

相较于隐喻可以"无中生有"，转喻大都基于现实中的"有"，由物像的"有"产生意象。假如"无中生有"是一种发明，那么转喻则来自于发现。由于来自于现实的有，以转喻为基础的意象自然展现了现实关怀。如此的诗作不像风筝在空中遨游，而是漫步人间，看到人生各种动人的场景，各种引人遐思的情境；出入巷弄，因为那里有一个嗷嗷待哺的弃婴，行走街头，因为美国在台协会的屋顶上有一只大鸣大放的火鸡。

中国在苦痛中进入 20 世纪，历史事件不必重述，沉淀于现实人间只剩下伤痕累累的记忆。大部分的诗人是人文主义者，在这样的时代中想为时代发声，为苦痛的族群争取卑微的生机。但是由于"抗议"的目的性太强，作品经常变成呐喊，类似陈情书。1920—1930 年代，台湾的 1970 年代，诗坛充斥着如此的诗作，因而如今一旦提起现实的书写，就经常被简化成目的论的代言人，因而文笔粗糙、炮声隆隆是既定的印象，写实主义变成被污蔑的标签。

但我们似乎忘记了 19 世纪末当写实主义在欧美兴起时，小说家的人文关怀傍依着美学的修为。写实作家要为弱势发声，他们关心人间的伦理，但美国写实主义的代言人豪威尔斯（William Howells）说：伦理（ethics）绝不能以美学（aesthetics）为牺牲品。事实上，当时写实主义强调描述的客观性，谨慎选择叙述人称，作者不主观介入评述，几乎完全没有明白说教与抗议的痕迹。读者感受到社会不平的氛围与情境，但小说家绝不开口控诉不平。如此的书写展现了写实主义的美学。

由于没有真正体会到写实主义的美学精髓，台湾经过 1970 年代粗糙的乡土文学与抗议文学后，文学界对现实书写产生根深蒂固的误解并将其污名化。诗创作因而走入另一个极端，一般读者甚至是诗评家误以为"非现实"的书写或是玩弄文字游戏的诗作才有创意；再加上 1980 年代之后，诗坛对后现代主义的简化诠释，游戏诗作进而身居文学的要津。

（二）转喻与惊喜

其实，文学总来自于人间。漠视人间的作品，不免苍白失血。台湾经常将现实书写的了解简化成写实报道，因而将其污名化。但现实的书写反而需要丰富的想象力，因为它必须通过真实人生的检验，不能随意为之。换句话说，要能写出生命的痛痒而不煽情，引人深思而不说教，展现创意而不玩弄文字游戏，是对诗人极大的挑战。在当代，让现实书写展现契机的关键在于转喻的运用与认知。

雅各布森在"语言双极"的论述中，大部分的篇幅在于说明转喻是词语的组合与接续（contiguity），而接续的焦点是语言前后文的进展。由于是"进展"，接续似乎偏向时间性。但是后来保罗·德曼以及热拉尔·热奈特（Gerard Genette）等人进一步阐述接续的空间性[13]，转喻因而为诗学开拓了新天地。其实有关接续的空间性，雅各布森虽没有直接言明，但他在该文有关心理实验的部分，提出"语意的接续"（semantic contiguity）就有空间的意涵。该文的最后的结语是：一般人研究诗着重隐喻，忽略转喻，而产生另一个语言双极而被阉割成单极的失错现象。[⑭]

"语意的接续"产生联想，从茅草屋联想到垃圾，有前后的因果，也有空间的关联。"接续的空间性"让各种物像（不只是词语）因缘和合而产生意象。因为时间与空间是流动状态，物像随机组合，世界原有的逻辑性被偶发性所取代。因为接续或是比邻，人生充满惊奇与惊喜。

于是，意大利著名导演费里尼到纽约充满惊喜，他看到街道上各种新奇的组合，因而他说纽约是一首诗。"发现"惊奇而产生惊喜，转喻打开人的肉眼与心眼。对于大部分的纽约客来说这些景致习以为常，因而费里尼的惊喜是一种创见，"见他人所未见"。同样都是现实人生的景象，有人有所惊觉，而大多数人却躲在习惯的阴影里惯性思维。他们感受不到台风期间客厅的茶几供奉摩托车所显现的惊奇。他们也听不到老母亲今晨的咳嗽有不同的杂音。英国19世纪的美学家佩特（Walter Pater）说："养成习惯是一种失败"。因为视觉不仰赖习惯，转喻让人的肉眼变成慧眼。

有时同样的景象，却因为角度的调整而别有洞天。转喻的创意就在于打破固定的观点与认知。一个喷水池水花四溅，但观赏的人向前挪动两三步后"发现"了水花中的彩虹。假如转喻来自现实人生，有物像的基础，诗人经常以异于常人的角度看到令人惊喜的人生。

综上，转喻之所以有"见他人所未见"的发现，在于：第一，细心观照物像的接续与组合；第二，打破惯性反应；第三，观点的调整与转移。

三、转喻与意象的产生

（一）从物像产生意象

意象来自物像本来就是天经地义。从小学生的作文开始："黄昏，太阳翻越山头的时候，父亲就扛着锄头回来了"，一切的文字都是根据实际的景象。但类似这样的文字只是情景的描述，是众人之所见，平凡无奇。转喻的创意在于虽然是以物像为基础，但却让人心眼大开，如白灵如下的诗行：

> 落日与我
> 面对面
> 身高等长

中间坐着好大的
空[1]87

这是《大戈壁》里的诗行，描述的情境几乎就是现场的翻版。但和上述的小学生作文不一样的是，平淡写实的文字所呈现的意象让人惊喜。因为是落日，太阳已经接近地平线，因而人和落日"身高等长"。而当人意识到和落日同样的高度时，瞬间似乎翻转了人"仰望"太阳的习惯性姿势，但如此的意象也进一步让人联想到，当身高等同太阳时，心中闪现的反而可能是一种苍茫。当人自问为何如此？这是心眼的"发现"。当然，给读者最大的发现是最后的两行，在我与落日间"坐着好大的/空"，假如人与落日同高且人是站立着，脚下的沙漠当然是类似坐着的姿态。"坐"着也暗示广大的沙漠的沉稳，已经在此坐了千万年。最后一个字"空"既是写实，也是写意，是物像也是意象，是转喻产生的意象。放眼望去，除了沙漠，空空如也。这是写实，是物像，但肉眼所看到的空让人联想到心眼所见的空。空境呼应前一行的"坐"，进而让人联想所谓的"坐"可能是打坐或是禅坐。禅坐进入空境，但"空"来自于"实"，沙漠展现空，也转喻横亘时空的一切皆是空。

（二）从观点的转移中产生意象

有些诗作是物像经由观点的转移后变成意象，而物像与意象之间经常就是转喻的关系。由于观点转移，诗所展现的情境让读者惊喜，因为意象让人打破习惯性的认知，试以向明《吞吐》的诗行为例：

吞下几滴漱口水
吐出一段大长令
吞下大堆昆布结
吐出一座垃圾山
吞下几片胃肠药
吐出冒牌舍利子

吞下一大筐怨气
吐出无数个响屁[15]

以上所有"吞下"的动作和内容都非常写实，几乎就是日常生活的平白直叙。能让这些平凡的文字产生惊奇的在于"吐出"的动作。所有"吐出"的都是"吞下"的转喻。猛吃"昆布结",接着呕吐"垃圾山",在身体的进出间,食物的转化,也是物像变成意象的转化,垃圾既是写实,也是食物的转喻,带有讽刺意味。同理,"怨气"与"响屁"之间也如此。"响屁"是气体,是怨气的延续,承受怨气,无处发泄,只有以响屁回应。这是诗中人的自我揶揄、自我调侃。

引文中,以吞下"胃肠药",而吐出"冒牌舍利子"最精彩。上述几组"吞下"与"吐出"的动作的因果关系比较明确,这一组的因果之间的逻辑却有极大的跨越,是观点转移所产生的效果。吃药,是希望身体器官通畅后,也期盼精神的舒畅。但吐出的动作却是通畅的假象。不仅肠胃仍然不适继续呕吐,而且反讽的是,吐出来竟然是冒牌的舍利子。舍利子是有道行的人火化后显现的修行结晶,在这里变成本诗的意象,暗示诗中人对精神领域的渴望。反讽的是,这些舍利子是假的,只是食物不能消化而凝结成固体的伪装,意识底层对精神的期盼,终究还是回到肉体形而下的层次。

(三)从接续中产生意象

以接续说明转喻几乎是众所周知的认知,但是一般的使用大都局限于单一领域内两个接续观念之间的关系,如部分与整体,原因与结果,制造者与产品,艺术家与艺术的形式,容器与容器的内含物等等[15]。相较之下,雅各布森在语言的双轴中有关接续的讨论有极大的跨越。他在本文中大部分强调其词语的组合与语言开展的功能,也就是时间性的接续。以这种观念用之于诗作,意象叙述则是意象的进展与推演,是时间先后的接续状态。在叙述的过程中,意象牵引意象,甚至是意象寻找意象,而形成意象的环链。在这个环链中,意象彼此相互成为转喻,勾勒出生命的情境。转喻在此就是生命的情境化。试以冯青《重复的河图》中部分的诗行为例:

> 那时
> 你的眼眸可曾加深
> 音乐的颜色
> 半睡着秋光的画屏
> 竟拭不出
> 一串死去晚钟的山谷[16]

"眼眸"给人的期待是视觉之所见,因而下一行的"颜色"是视觉的响应,也是视觉意象的牵引。但这不是图画的颜色或是任何具象物体的颜色,而是"音乐的颜色",视觉加入了听觉,增加了心境的复杂。再下一行"秋光的画屏"再度是视觉的牵引，但音乐的听觉意象也需要响应，终于在下一行的"晚钟"得到回响。引文的最后一行的意象"一串死去晚钟的山谷"是这小节的最后一行，因而也总结了听觉（晚钟）与视觉（山谷）的意象。值得注意的是，"山谷"不仅是视觉之所见，也能回响声音，因而本身就是视觉与听觉的迭影。从开始"眼眸"的期盼（"加深"），到最后"死去晚钟的山谷"，层层的转喻勾勒出生命的氛围与情境。

时间性的接续凸显的是，诗作不是意象而已，而是意象叙述，而叙述是"动态"的，在开展延伸中产生变化。以隐喻的意象所做的叙述，经常透过单一意象的特质，而让后续的诗行沾染这个特质，而完成叙述；转喻的意象叙述，经常以接续的特质，让意象牵引意象。前者比较有意，经由逻辑的控制，后者则是似有意似无意，操控的痕迹比较不明显，因而也比较富于变化。

（四）从比邻中产生意象

正如上述，一般的转喻大都强调在单一领域（single domain）内的接续关系。雅各布森、保罗·德曼与热奈特的论述，则跨越到不同领域，因为接续有空间性的面向，且随机组合。本节进一步讨论空间性的接续所产生的意象，探讨物像/意象前后接续或是左右并置的关系。为了方便讨论，本文将比邻等同于并置，不再细分。现代诗经常以比邻或是并置创造意象，比较简单的比邻如零雨《非人》的诗行："我的身体有一个秘密/客厅。卧室。观景窗//广场。一座私人教堂/一个自己的教皇。一架宇宙/飞行器。"[17]诗中人身体的秘密与下一行的"客厅"，"卧室"，"景观台"，乃至再下一行的"广场"等等并置没有"如、像"或"是"相衔接，因而彼此间不是隐喻，而是转喻。"客厅"等等是"身体秘密"的转喻，意味小小身躯自有天地。身体在客厅，客厅就隐含秘密；身体在广场，广场也就隐含秘密。此外，身体的秘密如教堂，有教皇，在宇宙间自由穿梭。

有时候，比邻的物像虽然并存于同一空间，但文字不明显，需要读者积极的想象。以下洛夫的诗行就比较复杂："战争，黑袜子般在我们之间摇晃"（《石室之死亡》第 41 首）[12]48；"而灵魂只是一袭在河岸上腐烂的褒衣"（《石室之死亡》第 19 首）[12]26。这两个诗句呈现的既是隐喻，也是转喻，极符合本文即将讨论的"隐喻与转喻的互动"的内涵。它们可以放在隐喻"相异"的特质中诠释，但是以"意象的产生"观点来说，转喻更能带领读者深入其境。再者，从转喻的角度感受其中的情境，更能展现其中的诗趣，进一步说明如下：

这两个诗行的复杂有两种状况。第一，"战争"与"灵魂"虽然不全然是抽象概念，但也不是具体物像，介于抽象与具象之间。它们是人们经常感受到、意识到的生存课题/客体，要对其真确叙述，只有透过抽象具象化。第二，带有抽象的"战争"

与"灵魂"与物像比邻，透过比邻，将其具象化。比邻在此既是具象化的过程，又是对诗行了解的必要认知。换句话说，假如读者不能体会"战争与黑袜子"并置以及"灵魂与腐烂的亵衣"比邻，他将很难掌握其中的诗趣，也更难了解为何战争会像黑袜、灵魂会像亵衣。换句话说，阅读这两个诗句的焦点，不是做隐喻的探索，去追问为何意象A"像"或"是"意象B，而是体认到转喻的比邻性是"像"或"是"的原由。也许背景有战争，也许诗中人脑子里闪现战争的意念，而自问战争是什么。现场挂在绳子上的黑袜子顿时变成战争的投影，战争因而瞬间有了轮廓。

第二个诗句可能有两种状况。第一，诗中人想到何谓灵魂时，现场看到河岸上腐烂的衣服，因而联想到衣服是灵魂的化身——一个现场随机与之比邻的物像变成灵魂的转喻。第二，河岸上有一具腐烂的尸体，衣服也已经腐烂，灵魂脱离躯体在旁。当诗中人觉得躯体一旦腐烂，灵魂也起不了作用而几近腐烂。腐烂的亵衣是腐尸的转喻，也是灵魂的转喻。

和隐喻相比较，比邻中，比喻主客体间"相异性"的幅度可能更惊人，因为两者随机组合。比邻的随机性赋予语意多种可能性，意象因而多彩多姿。但一个优秀诗人会自我提醒所谓的随机并不是随意。正如上述有关隐喻超现实一样，若是意象与现实人生没有牵系的虚线，比邻可能变成随意的拼贴，而使诗作变成文字游戏。

（五）从语意的接续中产生意象

雅各布森在语言的两极中提到转喻是语意的接续。他在叙述小朋友对茅草屋（hut）的语言反应时说："转喻的反应如茅草，垃圾，穷苦，是以语意接续的方式与位置的相似性（positional similarity）组合与对比。"[18]所谓位置的相似性，是指在同一词性的位置中各种相似的词语，如主词位置的"学者""专家""理论家"等等，或是在动词位置的"探讨""研究""钻研"等等。"茅草""垃圾""穷苦"和"茅草屋"语意上有点相似，但不是位置性的相似，而是从那个位置衍生出来的联想，吸收组合（combine）了位置相似性的某些质素，又与这个相似性有呈显对比（contrast）。试以非马《蛇2》的诗行进一步说明之：

你看这
蛇
自洞里爬出
滑溜溜
不留任何
把柄[19]

"把柄"这个意象是诗中人想象或是看到蛇身所产生的联想。以外形来说，把柄与蛇身有点相似却不相像。此外，把柄除了作为器物的握把外，还有人世间被人抓住纸漏的意涵，几乎完全逸出原来的相似性。因为语意的逸出，这个意象才显得丰富。事实上，如果去除最后的两行"不留下任何/把柄"，这首诗的诗趣几乎完全崩毁，已经接近散文。

（六）从叙述的逸轨中产生意象

上述的"逸出"，进一步可能变成"逸轨"。转喻推动叙述的逸轨，因为它更加偏离原来的位置相似性。另外，"逸轨"的理由也可能来自比邻，由于物像随机并置且交互影响，而产生语意的翻转。由于是随机，比喻的效果有时可能是独断性的。史塔拉（David Stallard）与布瑞丁（Hugh Bredin）认为转喻是发现比喻与被比喻物之间独断的潜在关系。[20-21]而朗伯格（Geoffrey Nunberg）甚至认为转喻的观念完全是开放性的（open-ended）。根据霍伯（Jerry R. Hobbs）与马丁（Paul A. Martin）的看法："朗伯格展示（接续）没有所谓固定的接合功能，指涉物之间的关系可以是任何东西。"[22]因为随机，所以指涉物之间可以任何东西，所谓独断，是因为比邻促成比喻而相似，而非两者本来就相似。这是转喻与隐喻最大的差别。试以汪启疆《柚子》的诗行说明：

> 桌子堆着柚子
> 我想的是一棵树
>
> 摸起其中之一的脸庞
> 这沉甸甸的孩子头颅
>
> 心底响着长大的声音
> 皮愈变皱缩就愈甜[23]

从柚子想到一棵树，是从果实想到果树，这是典型以小喻大的转喻。接着，柚子脸庞的诗行与孩的头颅的诗行并置，两者的属性交互影响。因此，"心底响着长大的声音"本来应该是上一节孩子意象的延续，但"皮愈皱缩就愈甜"却是橘子意象的投影。假如诗中人所想到的是小孩的成长，皮肤变皱不可能变甜，而是青春不再的苦涩。年老让人感伤，以柚子变甜相衬，是叙述的逸轨。假如意象叙述专注于柚子的成熟，表皮皱缩意味果实甜美，但由于诗行进行中有孩子意象的介入，因而让人联想到成长变老后皮肤的皱缩，而让读者心中蒙上一层阴影。这也是叙述的逸轨。

四、隐喻与转喻的交互活动

雅各布森隐喻与转喻的两极经常以横轴与纵轴显示。横轴意味接续组合，是转喻，纵轴意味同一位置中相似个体间的选择，是隐喻。由于语言的进展是选择与组合的交互活动，任何词语或是意象是两轴的交集，既对应于横轴，也对应于纵轴，既属于转喻也属于隐喻。因此，雅各布森在另一篇重要的论文说：任何隐喻都有转喻，任何转喻都有隐喻。[24]法斯（Dan Fass）在做这隐喻与转喻的综合研究时说，很多学者发现隐喻与转喻彼此互植于对方，因此既是隐喻也是转喻。[25]他特别提到古森（Louis Goosens）与华伦（Beatrice C. Warren）且将这种互植现象汇整成条目。17莱考夫（George Lakoff）与特纳（Mark Turner）两人对隐喻与转喻互动的研究很值得文学研究者注意。他们举梵文诗《孔雀蛋》里乌鸦啄食动物死尸的意象，说明这个意象在象征死亡时既是隐喻也是转喻，是隐喻与转喻互动的结果。[26]

诗创作不是静态的意象，而是意象叙述，因此任何隐喻都有转喻的痕迹，因为意象叙述就是转喻的示现。[27]"你的眼睛像明月"是很明显的隐喻，描述眼睛像明月一样清澈。但这是一个叙述语句，由主词与述语组合，由前后的文字接续与进展而产生意象，组合与接续就是转喻的特性。

转喻有两点状况，一种是语意接续中主客体潜在的相似性，如雅各布森所举的"茅草屋"与"茅草"间的关系。另一种是两者本来两不相干，由于并置或是比邻而产生相互的比喻。美国19世纪的诗人狄金森（Emily Dickinson）曾经在一首诗里将银行家与窃贼并置，让人想到银行家某方面的行径就像窃贼，因为他们用他人存款的钱所赚取利润并没有完全回馈给存款人。这是转喻所造成的隐喻。

再以上面所讨论过的隐喻与转喻中，随机择一讨论这种隐喻与转喻的互动现象。陈义芝的诗行："知道砧板的道理与床/如爱情与厨房"，本文第一部分曾经讨论砧板与床能成为隐喻，因为做菜与做爱都是爱。但砧板之于厨房，床之于爱情，两者都是以小对应大，是转喻。此外，两者能成为隐喻，也因为是相似语法的接续，接续促成叙述的进行，是转喻的运作。

本文讨论非马的"你看这/蛇/自洞里爬出/滑溜溜/不留任何/把柄"时，将"把柄"诠释成语意接续所形成的转喻。但"把柄"在形状上多少和蛇的形状有点相似，因而也有隐喻的影子。假如隐喻与转喻都有彼此的影子，那区隔两者的讨论有何意义？个别讨论在于真确体认这两个词语的真正内涵，进而了解创作与阅读时意象产生的现象。任何意象叙述里，隐喻与转喻的成分不是百分之零或是百分之百的对比，但也不是各自分摊百分之五十。有些诗人倾向相似性的联想，因而隐喻变成他诗作明显的指标。有些诗人擅长文字与意象的接续，由意象寻找意象，转喻因而建立他的诗风。有人的思维心中没有物像，因而以"发明"创造意象；有人纤细地感受人生，"见人所未见"，因而以"发现"创造意象，并且证实如此的"发现"也是一种"发明"。

五、结　语

本文隐喻与转喻的讨论，不是将意象的产生套入修辞的词汇，而是透过这些词汇的真正意涵，了解诗创作的现象。以情境中的物像当参考点来说，隐喻能够根据物像产生意象，也能"无中生有"，因而意象经常来自于"发明"，而"转喻"大都是现实物像的引发，因而意象来自"发现"。但即使隐喻产生的当下不一定有物像，意识底层里的现实总和意象有隐约的牵系。诗人对于现实的态度影响到写诗的心态：完全脱离人间的书写，意象可能消失而只剩下意念，而意念的重复可能使诗作变成游戏；转喻基于物像，但游戏的心态将使比邻变成随意的拼贴。隐喻与转喻不是二元对立，诗作的产生经常是两者的交互活动。但如此的认知并不会抵销对隐喻与转喻的个别见解。有些诗人擅于罗列相似的意象与句法，有些诗人擅用接续而完成丰富的意象叙述。但，不论擅长于选择还是组合，相似还是接续，没有一个诗人只会隐喻而不会转喻，也没有一个诗人只会接续，而不会创造出相似或相反的词语。我们只能在隐喻与转喻运用的比例上窥探意象产生的奥秘。

注释：

① 当然，这样的立论可能受到挑战，美国的"语言学派"（language school）也许就是个挑战者。台湾近年来也有"无意象诗"的写作，《台湾诗学·吹鼓吹论坛十三号》就是"无意象诗派"的专集。本人曾经写两篇论文响应"无意象诗"的写作，具体意见简而言之：假如诗只是语言游戏，意象可有可无；假如诗要呈现生命的厚度，意象不可或缺。请参见简政珍：《诗无意象的可能性？》，《文学与文化》2012 年第 3 期，第 48—58 页；简政珍：《无意象诗的缺口》，《台湾诗学·吹鼓吹诗论坛十五号》，2012 年 9 月，第 172—179 页。

② Max Black，"Metaphor" in Max Black，Models and Metaphors，New York：Cornell University Press，1962 年版。该文原先刊于：Proceedings from the Aristotelian Society，N. S. 55，273—294.

③ 本文所有外文的中译都是本人权宜性的翻译。

④ 以上戴魏生的引文与讨论都引自：Davidson，Donald．"What Metaphors Mean,"in Metaphor．Sheldon Sacks 编，Chicago and London：The University of Chicago Press，1979 年版，第 39 页。

⑤ 我曾经讨论过"写诗"与"做诗"不同，请参见简政珍：《台湾现代诗美学》，台北：扬智出版社，2004 年，第 89 页。

⑥ Tourangeau 和 Sternberg 曾经列出几位有类似观点的学者，如 Berdsley，Bickerton，Campbell，Guenther，Percy，Van Dijk，Wheelwright。

⑦ 保罗·利科至少在两个地方以同样的观点讨论到雅各布森这段诗学功能的立论，请参见：Paul Ricoeur，The Rule of Metaphor，Toronto，Buffalo，London：University of Toronto Press，1977 年版，第 224 页；Paul Ricoeur，"The Metaphorical Process，"出自 Metaphor，Sheldon Sacks 编，Chicago and London：The University of Chicago Press，1979 年版，第 150—151 页。

⑧ 本诗原来刊登于《创世纪诗杂志》第 22 期，萧萧的论文刊登于《诗宗丛书》第四号"月之芒"，后来转载于《碧果自选集》。

⑨ 显然，碧果并没有玩够，到了 2003 年出版《一只变与不变的金丝雀》（台北市：文史哲出版社）。类似游戏的诗作还是不少，试以这本诗集的标题诗第三节的"诗行"为例："所以：/水的水，水的水，水的水的水，的水的水的的水/的水的，的水的，的水的水的，水的水的水水的/水的的，水的的，水的水的水水的/的水水，的水水，的水的水的的水/水水的，水水的，水水水水，水的的/水，的的水，的的的，的水水/水的，/的水，/水的的，的的/水。/水的水的水水的，没有鼓声伴奏的/的水的水的的水，没有鼓声伴奏的/水/的"。

⑩ 洛夫的超现实有些却明显来自于物像，因而意象的产生和转喻息息相关，将在本文的第二部分论述。

⑪ 类似的句法，在叶维廉早期的诗作，以及苏绍连 1970 年代的《茫茫集》也经常出现。

⑫ 其实，有创意的诗，即使着眼现实，想象也不会受到现实的钳制，因为所谓反映现实总变成反映现实、重整现实。再则，因为有现实人生的检验，具有想象力的现实书写反而更困难。

⑬ 有关接续的空间性，请参阅：Paul de Man，Allegories of Reading，New Haven：Yale University Press，1979 年版，第 65—67 页；Gerard Genette，Figures III，Paris：Seuil，1972 年版，第 42—58 页；简政珍：《隐喻和换喻：以唐诗为例》，《中外文学》，1983 年第 2 期，第 6—18 页。

⑭ 雅各布森如此的结尾，暗示一般人忽视了诗学上"接续"亟待开展的天地。有关接续，本文将进一步说明。

⑮ 法斯（Dan Fass）曾经以他个人与他人的研究整理出 20 种类似这样的转喻，请参见 Dan Fass，Processing Metonymy and Metaphor，Greenwich，Connecticut and London：Ablex Publishing Corporation，1997 年版，第 81 页。

⑯ 本文 Stallard 的见解，转引自 Dan Fass，Processing Metonymy and Metaphor，Greenwich，Connecticut and London：Ablex Publishing Corporation，1997 年版，第 94—95 页。

⑰ 有关古森与华伦的论述，请参见：Louis Goossens，"Metaphtonymy：The Interaction of Metaphor and Metonymy in Expressions for Linguistic Action，" Cognitive Linguistics，1990 年第 1 卷第 3 期，第 336 页；Beatrice C. Warren，Sense Development-A Contrastive Study of the Development of Slang Senses and Novel Standard Senses in English，Stockholm：Almqvist & Wiksell International，1992 年版，第 99 页。法斯对两人的讨论，请见 Dan Fass，Processing Metonymy and Metaphor，Greenwich，Connecticut and London：Ablex Publishing Corporation，1997 年版，第 100 页。

参考文献：

[1] 白灵. 爱与死亡的间隙 [M]. 台北：九歌出版社，2004.

[2] Tourangeau R，Sternberg R J. Understanding and Appreciating Metaphors [J]. Cognition，1982（11）：213.

[3] Davidson D. What Metaphors Mean [M] //Metaphor. Sheldon Sacks，ed. Chicago & London：The University of Chicago Press，1979：39.

[4] 朵思. 心痕索骥 [M]. 台北：创世纪诗杂志社，1994：74.

[5] 李进文. 除了野姜花，没人在家 [M]. 台北：九歌出版社，2008：70.

[6] Stern G. Meaning and Change of Meaning [M]. Bloomington：Indiana University Press，1932：8.

[7] de Man P. The Epistemology of Metaphor [M] //Metaphor，Sheldon Sacks，ed. Chicago & London：The University of Chicago Press，1979：17.

[8] 陈义芝. 我年轻的恋人 [M]. 台北：联合文学出版社，2002：48—49.

[9] Jakobson R. Selected Writings，2 vols [M]. The Hague，1962：371.

[10] Ricoeur P. The Metaphorical Process [M] //Metaphor. Sheldon Sacks，ed.

Chicago and London：The University of Chicago Press，1979：153.

［11］碧果. 碧果自选集［M］. 台北：黎明文化事业股份有限公司，1981.

［12］洛夫. 石室之死亡［M］//洛夫石室之死亡及相关重要评论. 侯吉谅，沙笛. 台北：汉光文化事业股份有限公司，1988.

［13］Brooks C. Irony as a Principle of Structur［M］//Critical Theory Since Plato. Hazard Adams，ed. New York：Harcourt Brace Jovanovich，1971：1041.

［14］Black M. More about Metaphor［M］//Metaphor and Thought. Andrew Ortony，ed. Cambridge：Cambridge University Press，1993.

［15］向明. 低调之歌［M］. 台北：酿出版，2012：37.

［16］冯青. 雪原奔火［M］. 台北：汉光文化事业股份有限公司，1989：122.

［17］零雨. 我正前往你［M］. 台北：唐山出版社，2010：129.

［18］Jakobson R. Two Aspects of Language：Metaphor and Metonymy［M］//From Existential Phenomenology to Structuralism. Gras V W，ed. New York：Dell Publishing Co.，1973：123.

［19］非马. 梦之图案——非马新诗自选集：第二卷［M］. 台北：博雅书屋有限公司，2011：91.

［20］Stallard D. The Logical Analysis of Lexical Ambiguity［C］//Proceedings of the 25th Annual Meeting of the Association for Computational Linguistics（ACL－87）. Stanford：Stanford University. 1987：180.

［21］Bredin H. Metonymy［J］. Poetics Today，1984，5（1）：57.

［22］Hobbs J R，Martin P A. Local Pragmatics［C］//Proceedings of the 10th International Joint Conference on Artificial Intelligence（LJCAI－87），Milan，1987：521.

［23］汪启疆. 哀恸有时，跳舞有时［M］. 高雄：春晖出版社，2011：85.

［24］Roman Jakobson. Closing Statements：Linguistics and Poetics［M］//Style in Language，Thomas. A Sebeok. Cambridge：MIT Press，1960.

［25］Fass D，Processing Metonymy and Metaphor［M］. Greenwich，Connecticut and London：Ablex Publishing Corporation，1997：100.

［26］Lakoff G，Turner M. More Than Cool Reason：A Field Guide to Poetic Metaphor［M］. Chicago：The University of Chicago Press，1989：103.

［27］简政珍. 转喻与抽象具象化［J］. 北京大学学报（哲学社会科学版），2013（5）：77－79.

——原载《江汉学术》2014 年第 6 期：55—65.

论当代诗歌中"反隐喻"的可能与不可能

◎李心释

摘　要：20世纪后半叶，中外诗坛均出现过反隐喻的写作动向。西方的反隐喻是后现代艺术观念影响的自然结果，它厌倦诗歌中的语言智性，反对高峰现代主义；国内的反隐喻肇始于对朦胧诗语言同质化的反抗，反对隐喻的表意套路及其造成的审美疲劳。二者共同之处是拒绝以隐喻为代表的修辞技巧，在语言风格上转向口语化、细节化、生活化。反隐喻的实质是反对隐喻的技术霸权与旧的诗歌风格，语言本质上的隐喻特征并不可能为诗人的主张所改变，反隐喻在语言学原理上只能指向以转喻为代表的广义隐喻。诗歌中的隐喻是不可能被拒绝的，反隐喻的写作尝试实际上拓展了隐喻在现代诗中的新的可能性，传统诗与现代诗中的隐喻差别应得到足够的重视。

关键词：隐喻；反隐喻；当代诗歌；现代诗；语言学

　　现代汉语诗歌中的"反隐喻"写作动向始于 20 世纪 80 年代中期，上海诗人王小龙针对朦胧诗的高度意象化弊端，有意识地进行反意象化的诗歌写作实验。明确提出"反隐喻"观点的是于坚，自 1990 年代开始他主张在诗歌写作中拒绝隐喻[1]240－241，将诗与隐喻对立起来，认为诗已经成为隐喻的奴隶，要让诗歌语言回到命名之初的"元隐喻"状态，因为隐喻要么让诗语的意义不断累积，要么所指空洞，乃至无所指，使诗歌脱离现实。随后一大批诗人附和这一观点，使当代诗歌迅速转向口语化，又倒向另一个极端，许多诗歌完全凭借口语语感写出来，诗味寡淡，从口语化变为口水化。反隐喻并非中国诗歌独创，20 世纪 50 年代以后的美国诗坛就有一股力量反对艾略特等现代主义诗人以隐喻为中心的写作，西方对隐喻写作带来的负面影响更为警惕。中外"反隐喻"的动向有什么差别？"反隐喻"为何会促进诗歌的口语化？"反隐喻"的出路在哪里？本文以下将探讨这些问题。

一、"反隐喻"之发生

西方后现代诗歌中有一种拒绝修辞的写作倾向，语言止于对客观的描摹，以恢复其在表意上的创造力。"在研究 1950 年代后期至今的美国当代诗歌时，一些批评家指出其特征之一是，反对艾略特与庞德代表的高峰现代主义（High Modernism），反对将隐喻作为诗歌技巧的核心。"[2]119 因为从 18 世纪晚期开始，由隐喻、画面呈现、象征等手段形成的深层意象/语象（deep image），被看成诗歌的精华，到了 20 世纪中叶，西方人已经厌倦了诗歌中故作高深、晦涩难懂的隐喻，人们面对隐喻第一反应就是身陷骗局，人们对自然、易懂的诗歌的需要越来越急切，他们举起反艾略特的旗帜，以杜尚式挑衅的激进方式写作诗歌。不过，"反隐喻"（Anti-metaphor）的种子在更早时期就已埋下，"在文艺复兴时期，艺术家便对以隐喻方式描述世界带来的危害有所洞见"，而"未来整个西方艺术可在一种象征活动和一种历史记述活动之间产生创造性张力"[3]。象征活动与隐喻同构，而历史记述活动则与平实的无修辞的语言相应，后者实际上就是一种反隐喻的写作倾向。20 世纪 50 年代以后，美国当代诗人对曾经作为表现真理的智力与情感的完美结合之手段——隐喻失去了兴趣，他们认为，事物具有天然的平等性，而语言的智性介入不过是赋予了事物本不存在的秩序，无助于我们对真实世界的感受和认知，而隐喻不过是一种装饰性、娱乐性功能，不应该在诗意结构表现中占据决定性地位[4]。

在中国传统诗中，隐喻与意象之间关系并不密切，意象主要指语言外转形成的诗性事物符号，与物象息息相关。由于 image 被翻译成"意象"，西方诗学理论在"意象"旗下暗度陈仓，也使得意象和隐喻结盟了，但实际上中国传统的意象中隐喻基本没有地位。对西方而言，反隐喻就是反"意象"（准确地说是"语象"），但不是中国传统意义上的意象，后者在某种程度上恰恰是反隐喻的。20 世纪 80 年代中期，国内朦胧诗面临着严重的语言同质化问题，一方面，朦胧诗普遍使用隐喻手段创生复杂而深邃的诗意，使诗歌获得极大想象空间和张力；另一方面，隐喻泛滥，无诗不用，一些诗歌甚至直接在已有隐喻形成的意象上进行创作，语言变得僵化、晦涩而艰深。只有一些年轻诗人嗅到了朦胧诗的弊病，"他们把'意象'当成一家药铺的宝号，在那里称一两星星，四钱三叶草，半斤麦穗或悬铃木，标明'属于'、'走向'等等关系，就去煎熬'现代诗'，让修钟表的、造钢窗的、警察、运动员喝下去，变成充满时代精神的新人"[5]106。他们意识到这种荒诞后，试图回归现实生活对恢复当代诗歌创造性的意义，"我们的诗是生理、心理、思想、情绪的记录，和超声波纸上神秘的曲折线极为相似。为了使这种记录可靠一些，排除语文的障碍，我们需要实验，提出种种接近真实的可能性。这时，诗才获得独立，成为一种生活"[5]109。针对朦胧诗的弊端，上海诗人王小龙在他的文章《远帆》《自我谈话录：关于实验精神》中提出了对意象化诗歌的批评，成为当代汉诗第一个反隐喻的诗人。他的诗歌一反朦胧诗的积习，基本不见深度意象，语言直白浅显，但有别样的意味，如《外科病房》：

> 走廊上天竺葵也耷拉着脑袋
> 进来的都免不了垂头丧气
> 他们吃完晚饭把自己搬到床上
> 十分同情地凝视了一会儿雪白的绷带底下
> 那缺了一点什么的身体
> 然后故意把袖珍收音机开得哇啦哇啦响
> 想象自己假如是马拉多纳或者
> 是他妈的踢到门框上的足球
> 今天下午谁也没来
> 那个每天下午给小伙子带来橘子和微笑的姑娘不会再来
> 那个小伙子昨天晚上乘大家睡着偷偷地死了
> 早晨还有一只老麻雀跑来哭了一阵
> 现在不知躲在哪个屋檐下琢磨一句诗
> 今天下午谁也没来
> 护士抱着自己一只脚像男人一样坐着
> 把信写得长长的没有最后一行
> 她一开灯天就黑了
> 天黑以后蚊子的嘴脸特别大
> 这个世界假如没有蚊子这个世界
> 无论如何不能算坏

这在朦胧诗的世界里是很突兀的。全诗除了"天竺葵也耷拉着脑袋"和"一只老麻雀跑来哭了一阵"两处浅显的修饰性隐喻外，全部是转喻型的叙述文字，并且有些诗句很有反讽意味。语言总体风格是口语化、细节化、生活化的，"脑袋""耷拉""他妈的"等词语显示出诗歌的口语化特征，"袖珍收音机开得哇哇响""带来橘子和微笑的姑娘""护士抱着自己的一只脚"等细节化描写表现出其回避抽象的创作意图，可与阿什贝利的诗《popular songs》（《俗谣》节选）相比较：

He continued to consult her for her beauty（The host gone to a longing grave）/The story then resumed in day coaches/Both bravely eyed the finer dust on the blue. That summer/（"The worst ever"）she stayed in the car with the cur/That was something between her legs/Alton had been getting letters from his mother/About the payment-half the flood/ Over and what about the net rest of the year? /Who cares? Anyway（you know how thirsty they were）.

译文：他继续给她的漂亮提意见（主人已进入她想要得到的墓穴）/故事在白天的客车里又要开始/两人都勇敢地注视蓝天里更细的微尘，那个夏天/（迄今为止，最糟糕的是）她曾和那混蛋呆在车里/那东西就在她两腿之间/奥尔顿常收到他母亲的来信/关于赡养费——一半的现金啊/没了，接下来一年的窝又在哪？/谁会在乎呢？无论如何（你知道他们曾经那么饥渴）。

此诗具有浓烈的生活意味，充满"cur（混蛋）""who cares（谁在乎）"等口语化的词和口语化的句式，以及所描述的现实生活场景，语言流动性强，画面既不完整又不清晰，词语的涵义飘忽不定，有一种跟隐喻张力不同的张力结构。

到了 1990 年代，于坚、韩东等继续在反隐喻道路上探索和实践，并明确提出了"拒绝隐喻"的主张。于坚是在最宽泛的隐喻范畴上反对隐喻的，他说"言此意彼已成为中国人的最正常、最合法、最日常的生活方式，这一方式决定了中国诗歌的表现方式和美学原则"[1]243，他将一切"言此意彼"的方式都视为隐喻。因此他不仅反对现代诗中的隐喻和语象，并且也反对古典诗中的意象方式。语象和意象是语言纵深走向上的必然产物，隐喻的结果即形成语象，语言外转即形成意象，广义的隐喻还包括象征、双关、婉曲、用典、借代、暗示等等，它们都是创造语象、意象的手段。传统的意象方式虽然较少使用隐喻，但在整体表意方式上同样是言此意彼。于坚反对隐喻的理由首先指向隐喻和意象造成的意义累积，他批判诗歌中反复使用意象将使语词能指负担过重，而逐渐失去表意的有效性："汉语的能指系统却很少随着世界的变化而扩展，它的象形会意的命名功能导致它只是在所指的层面上垂直发展，所以它的能指功能不发达……几千年来一直是那两万左右的汉字循环反复地负载着个时代的所指、意义、隐喻、象征。"[1]242 于坚怪罪诗人没有相应地创造能指的丰富差异以应对所指的变化，没有这么做是因为隐喻与意象的垂直表意方式，由此造成了汉语语言形式系统的贫弱。这在语言学上是讲不通的，于坚将汉字与汉语混同，以为汉语能指的丰富就意味着汉字的增加，又将能指与符号混同、能指与所指分离，以为能指形式相同所指再怎么不同，就还是同一个符号，这是语言学上的无知。他反对的不应该是隐喻对汉语言系统的戕害，而是这一表意方式造成的审美疲劳和表意套路造成的空洞与矫揉造作。

二、修辞学阐释

中外反隐喻有一定相似性，从产生的基础来看，它们都是在后现代解构思潮的影响下产生的，都是反对先前诗歌中的隐喻技术霸权，反对隐喻的玄学化与意义累积，要求在诗歌实践上回到自然、现实、口语化的语言。而中国的反隐喻有其特殊的内涵，与自古以来的意象化写作有着直接关系。传统中大部分意象里本无任何隐喻可言，只是不断被后人重复使用，产生了特定不变的内涵，往往一个意象就是一个词语，如"秋"的意象，柳永《雨霖铃》中"多情自古伤离别，更那堪，冷落清秋节"，这个"秋"的意象千百年来都是一个内涵，即凄凉、萧条、伤感，言"秋"必意"悲"；即使有比喻，也跟西方不同，"中国的'比'强调类同与协调，使喻意和喻旨化而为一"[6]，不同的事物在语言媒介中易获得认同关系，之间往往缺乏明确的语义关系限定，如杜甫诗句"香雾云鬟湿，清辉玉臂寒"中的"云"与"鬟"，"玉"与"臂"之间没有任何媒介过渡，彼此相互认同而意义叠加，这本是一次正常的隐喻活动，却有着很强的因袭性，后代人反复使用，造成表意褪色，成了一种语言文化的标志。那么，反对这样的隐喻就是反对语言能指的表意失效。于坚对隐喻和意象的指控是，"在五千年后，我用汉语说的不是我的话，而是我们的话。汉语不再是存在的栖居地，而是意义的暴力场"，所以"诗是从既成的意义、隐喻系统的自觉地后退"[7]128-130。退到哪里呢？他说要退到六七世纪唐诗宋词所确立的标准。他将古典山水诗作为反隐喻的目标，通过并置、视角转换、叙述语言等表现方法成功实践了现代诗中的反隐喻，与王小龙的单纯写实化、口语化相比，其反隐喻的内涵相对丰富多了，比如《罗家生》："他天天骑一辆旧'来铃'/在烟囱冒烟的时候/来上班/驶过办公楼/驶过锻工车间/驶过仓库的围墙/走进那间木板搭成的小屋/工人们站在车间门口/看到他就说/罗家生来了/谁也不知道他是谁/谁也不问他是谁/全厂都叫他罗家生……"第一句中的"来铃"显示出其对概念语言（自行车）的排斥，三个"驶过"的叙述将一段上班的镜头拉长，表现出对生活化、细节化的追求，叙述中又有视角的转换，"全厂都叫他罗家生"可"谁也不知道他是谁"有明显的反讽张力，整首诗看似一种自然的叙述，却有超出事物本身的丰富意味。

在语言系统中予以审视的话，反隐喻表现了隐喻与转喻的对立。雅各布森将组合关系和聚合关系改造成隐喻与转喻，中介概念是邻近性与和相似性。他从失语症中发现两种错乱现象，即相似性错乱和邻近性错乱，前者表现为能顺利连词造句，但无法自由选择词语，甚至不能辨认同一词句的不同字体，实际上失去语言的聚合能力，后者表现为想象力强，词汇量丰富，但难以组词造句，实际上失去语言的组合能力，而这两种错乱恰恰相应地与隐喻、转喻不相容[8]。由此，雅各布森将原本只是修辞学概念的隐喻和转喻提升为语言运作的机制。反隐喻的出路只能是转喻，从语言运作机制看，聚合中的选择虽然最终要落实到组合上，但选择在本性上必然抵制组合的固化，所以隐喻是反语法的；同理，组合的邻近性对选择的相似性也是拒斥的，转喻之合语法性与隐喻之反语法性除了实现语言行为的共同目标外，在语言内部就是相互竞争的，在这个意义上说，转喻就是反隐喻，但不是非隐喻。

我们也可以将反隐喻看作四大格演进之阶段之一。美国修辞学家伯克（Kenneth Burke）称之为四大格（Four Master Tropes）的隐喻、提喻、转喻、反讽①也是人类文化思维演进的标志。四大格之间关系可描述为一个否定的递进关系，比喻是透视，转喻是推理，提喻是再现，反讽是辨证。但这只是一个视角的区分，其他如把反讽看作是其他"三喻"的镜像结构，即负的隐喻、转喻与提喻，提喻是部分容入整体，反讽则是部分互相排除；转喻是邻接而合作，反讽是合作而分歧；隐喻以合为目的，而反讽以分为目的[9]。在当代诗歌研究领域，董迎春首次将四体演化模式用于对当代诗人写作的分析中，将 1980 年代诗歌写作发展轨迹也分为相应的四个阶段：隐喻写作、转喻写作、提喻写作、反讽写作[10]。但在诗歌作品中，四体演进的方式显然是失效的，它不是一种表意方式终结后才产生另一种表意方式，也不是反讽之后简单地回归隐喻，因为几乎在每个阶段和每个诗人作品里，都可能出现隐喻、转喻、提喻与反讽，诗歌研究必然强调这四体的共时状态，回归到语言系统与结构上。

反讽与隐喻、转喻互不冲突，但多体现为转喻形式的反讽，它指在语境作用下，一个表达方式被扭曲成两种不相容的意思，并以相反相成、欲擒故纵的方式来表达与字面相反的意义，而后者并不需要文本与语境之间强有力的互动交流，两种不同的意思已同时出现在一个表达式的表层，并经相互靠近后一方替代另一方。布鲁克斯曾经认为反讽是诗歌语言的一种结构原则，其意思是在诗歌这个文学体裁中，语言总是言非所指，任何"非直接表达"都是反讽。后来他又用"悖论"来代替"反讽"，说"诗歌的语言是悖论的语言"，"是从诗人语言的真正本质中涌出来的"。他引用柯勒律治的话说明悖论："显露出自己对立或不和谐品质的平衡或调和：差异中的合理性，具体中的普遍性，意象中的思想，典型中的独特，陈旧而熟悉事物中的新鲜之感，寻常秩序中不寻常的感情。"[11]其意思仍然一样，不过是彼时反讽包括悖论，此时悖论包括反讽。从语言特征看，反讽与悖论还是有差别的，悖论中的矛盾意义共现于语言表达式中，而反讽的表达式本身没有矛盾意义，矛盾的意义是语境从外部强加于它的。

第三代诗歌中的冷抒情就是较为典型的反讽叙事，如梁晓明《各人》里的诗句："我们各人各喝各的茶/我们微笑相互/点头很高雅/我们很卫生/各人说各人的事情/各人数各人的手指/各人发表意见/各人带走意见/最后/我们各人走各人的路。""高雅"和"卫生"在诗中叙事语境作用下，扭曲成与自身相反的意思，成为戏谑、调侃的对象。若从语言的认知特征看，反讽的语言多是转喻型的，但隐喻型的语言也可以是反讽的，比如李亚伟《星期天》里的诗句："清晨，阳光之手将我从床上提起/穿衣镜死板的平面似乎/残留着老婆眼光射击的弹洞/扫帚正在门外庭院的地面上急促呼吸。"无论是不同语境在同一首诗里的置换，还是狂欢式的戏仿与拼贴、同一性的断裂，都在某些当代诗歌中表现得很充分，口语化诗歌因反讽而显得成熟，当然，那样的诗歌语言容易失控，走向虚无主义与消费型写作。

三、问题与出路

反隐喻诗歌的最大陷阱是诗在接近现实时，语言不知不觉沦为一种被动的写实工具，而诗歌整体也沦为大众化的情绪和思想的宣泄，这样就会与其追求新的诗歌语言的理想相悖，并在故意迎合客观的过程中牺牲了意味和深度。于坚的拒绝隐喻实践在语言和表现手法上颇有建树，但是隐喻真的能被拒绝吗？反隐喻之后的语言其实仍在广义的隐喻如反讽、悖论、转喻、提喻之中，就语言和现实的关系来看，客观事物本身如果不进入诗歌系统并通过与其他符号建立起关联而获得一个符号化外观，那就根本不存在任何所谓"存在"的意味，从而诗歌语言不可避免成为隐喻的语言。于坚也承认，"隐喻从根本上说是诗性的。诗必然是隐喻的"[7]12，诗歌里处处有隐喻的入侵，于坚《罗家生》诗中"领带"的出场就是对小资做派的影射。对于反隐喻中的隐喻，我们只能从作为一个修辞格的狭义隐喻来理解，拒绝隐喻的出路并不在反对使用隐喻，而在于在一首诗中开拓隐喻之外更多的语言表意方式，除了转喻，还有反讽，就是这一"拒绝"中产生的最好成果之一。

反隐喻诗歌为什么强调诗歌写作的现实性？这跟诗人意识到语言和现实的巨大反差有关，以往诗歌不是在已有意象的基础上写作，就是运用语言暴力任意建构语义关系，这样的诗歌自绝于活生生的现实，逐渐失去亲切感与感召力，致使诗人想恢复语言指向现实的基本功用，而日常口语是语言中天然接近现实的部分，因而反隐喻诗歌的口语化特征相当明显。但是，从语言接近现实来导向诗歌所要表现的超现实的存在是缘木求鱼，这里头隐藏着一种消极的诗歌语言观，即对语言不信任，片面强调诗歌语言的"不作为"使事物"自发地"表现出丰富的内涵。西方诗歌中的反隐喻思潮也是把直接地、客观化地呈现事物作为它的追求目标，然而诗歌中的事物是在客观事物与符号之间的相互认同中，使指称事物的符号具有了客观化效果，并非意味着诗歌中事物的建构可以脱离语言，在具体诗歌中，特定事物的符号化必须依靠语义关系即特定的上下文语境才能成形，如《古诗十九首》中的《西北有高楼》："不惜歌者苦，但伤知音稀。愿为双鸿鹄，奋翅起高飞。""鸿鹄高飞"这一意象是通过与前文的"知音"形成关联，才有"和谐默契"的意味。所以，诗歌语言的客观化其实是诗学中的偏见。西方反隐喻中的意象化追求有一种反语言的倾向，如美国后现代主义中的新超现实主义派[12]，诗歌越发荒诞、戏仿、超离外界，导致了一场以布考斯基、卡佛为代表的反对"不知道说了什么"的现实主义运动；而中国的反隐喻运动过于强调诗歌内部关系的单一化，即与现实一致，使"元隐喻"失去了诗歌语言本身应该具有的可塑性。

当前文学界讨论隐喻缺乏语言学和文学的双重视野，对隐喻研究的历史缺乏了解，这才导致诗人对隐喻的误解和荒唐的反对。西方世界从黑格尔开始，隐喻或象征渐渐被理解为人的认知方式，一种参与意义生产的工具。到 20 世纪下半叶，在现代语言学、符号学、诠释学等学科中，隐喻从话语的修饰地位过渡到人类理解的中心地位。利科指出解释与理解的秘密就是语言意义的秘密，隐喻是揭开这个谜的关键，他分别从修辞学、语义学、符号学和诠释学的角度深入研究了隐喻，指出隐喻不仅仅是名称的转用，也不仅仅是反常的命名或对名称的有意误用，隐喻是对语义不断更新的活动[13]。当代认知语言学的革命让人们更加明白语言本质上的隐喻特点，隐喻无处不在。在中国，隐喻也是一个古老的话题，惠施专门研究过"以其所知喻其所不知"的"譬"（即比喻）；两汉时期，学者们讨论了《诗经》中"赋、比、兴"的修辞手法，此三者都带有隐喻性质。隋唐以后，更多诗论探讨"意象"，而意象正是广义隐喻的结果，所以历代诗话、文论中存在大量的隐喻研究观点。只有分清修辞学的隐喻与认知方式的隐喻、语言学的隐喻与艺术的隐喻，只有通过中西比较和双重视野，中国当代文学才可能正确地谈论隐喻问题。

对于诗歌中滥用隐喻现象，除了于坚、韩东等第三代诗人外，老一辈诗人臧克家、艾青等人也反对朦胧诗中滥用隐喻和象征创造诗歌意象的手法，而"非非主义"诗歌流派则用"零度语言"的方式纠正隐喻带来的语义负重。周伦佑《想象大鸟》里诗句："鸟是一种会飞的东西／不是青鸟和蓝鸟。是大鸟／重如泰山的羽毛／在想象中清晰地逼近／这是我虚构出来的／另一种性质的翅膀／另一种性质的水和天空……"这样的隐喻有一种"平民意识"，更加冷静、低调。这些反隐喻现象一定程度上矫正了当代诗歌的弊端，能够引导诗歌走出"英雄主义"樊篱，使普通人平凡的生活状态、个人感性的生命体验也成为诗歌隐喻的题材。从某种意义上说，这是一次从修辞性的隐喻向语言本性的隐喻的回归，恢复语言本身中就潜藏的无限的隐喻生机，同时也是一次语象和意象类型的转换。

文学语言必然言此意彼，并且语言符号本身的性质就是言此意彼的，反对言此意彼也就是反语言，这是不可能的。朦胧诗中的隐喻与"拒绝隐喻"派诗歌中的隐喻并不存在质的差别，倒是传统诗隐喻与现代诗隐喻的差别需要引起足够的重视，奚密认为"传统诗学中的比喻，是两个本质上相同的事物之间的联系，而现代汉诗中的隐喻凸显的是事物之间的不同、差距、张力"[2]87。从语言形式上看，传统诗的隐喻出现在词语之间，只有词的关联，现代诗的隐喻却是一种上下文之间的关系，一首口语诗看似通篇没有隐喻，但整首诗通常都可转换为一次隐喻，如韩东《下棋的男人》："两个下棋的男人/在电灯下/这情景我经常见着/他们专心下棋/从不吵嘴/任凭那灯泡轻轻摇晃"，诗中语调和"眼光"越是客观就越是主观，正是由于这种悖反具有了言此意彼的隐喻效果而成为诗的语言。隐喻的古今差别也对应于意象的古今差别，不同性质的隐喻促成了意象的分化，产生了一个新质的意象，即语象，如顾城《摄》："阳光/在天上一闪/又被乌云掩埋/暴雨冲洗着/我灵魂的底片。""阳光"与"摄影"的关联为"闪"的语义所建构，从而获得隐喻效果，"冲洗""底片"在"暴雨"和"灵魂"的限定下构成张力，使"摄"的所指通过和自然、灵魂之间对应关系获得新的内涵。在这样的诗中，事物的符号化即意象的重要性已降为其次，一种由各种语义关系交织成的语言再度符号化即语象上升为诗眼。

注释：

① irony 也可译为"讽喻"，参见哈罗德·布鲁姆等：《读诗的艺术》，王敖译，南京大学出版社 2010 年版第 1 页。

参考文献：

[1] 于坚. 从隐喻后退 [M] // 棕皮手记. 上海：东方出版中心，1997.

[2] 奚密. 现代汉诗：一九一七年以来的理论与实践 [M]. 宋炳辉，译，上海：三联书店，2004：119.

[3] Hayden White. Metahistory：The Historical Imagination In Nineteen Century Europe [M]. The Johns Hopkins University Press，1973：254；255.

[4] Lynn Keller. Re-making It New：Contemporary Poetry and Modernist Tradition [M]. New York：Cambridge University Press，2009：11

[5] 老木. 青年诗人谈诗 [M]. 北京：北京大学五四文学社，1985.

［6］叶维廉. 中国诗学［M］. 北京：三联书店，1996：95.

［7］于坚. 拒绝隐喻［M］//于坚全集：卷5. 昆明：云南人民出版社，2004.

［8］Jakobson R，Halle M. Fundamentals of Language［M］. Oxford：Mouton & Co.，1956：76.

［9］赵毅衡. 反讽：表意形式的演化与新生［J］. 文艺研究，2011（1）.

［10］董迎春. 走向反讽叙事——20世纪80年代诗歌的符号学研究［M］. 苏州：苏州大学出版社，2013：16.

［11］布鲁克斯. 悖论的语言［M］//精致的瓮：诗歌结构研究. 郭乙瑶，译. 上海：上海人民出版社：2008：5—22.

［12］约翰·阿什贝利. 约翰·阿什贝利诗选［M］. 马永波，译. 石家庄：河北教育出版社，2003：2.

［13］保罗·利科. 活的隐喻［M］. 汪堂家，译. 上海：上海译文出版社，2004.

——原载《江汉学术》2015年第6期：54—59.

现代诗接受的"品级坐标"

◎陈仲义

摘　要：中国"诗书画"艺术一直拥有深厚的品级传统，并形成
品级形制。作为新文类的现代诗接受，一直以来却受着
诗与非诗、诗之好坏的分歧困扰。把握现代诗的接受品
级，关键是把握好文本客观性与接收主观性的辩证统
一，过分偏斜文本中心或读者中心的做法，都会造成新
的纠结。与其喋喋不休怂恿相对主义的混乱，毋宁尝试
某种可能性"出路"。"品级坐标"的纵向轴列，抽象着
文本的客观物质性——由诗质·诗语·诗形，构成文本
的形式化结构，相对客观恒定；横向轴列则通过"心
动"（感动·撼动·挑动·惊动）的细化响应，披露其主观
的接受效应（独立或混交），形成在原创性标高投射下，
围绕"心动"的品级梯度。人们或许可以依据这一内化
的"游标卡尺"，应对现代诗文本的接受现实，也于此
对应古人在艺术裁定上积累的"五品制"。品级序列的
重任：首先是区分"是"与"不是"的界限，接着再进
入好与差、高与低、优与劣的检视。

关键词：现代诗；品级；接受

一、品级的源流与走势

将现代诗的接受响应，做适度细化，可以克服终端接受过于笼统与局促，也利于建立好诗的品级梯度。众所周知，接受心理上的"心动"，是出自心理学依据，而长期来被忽略的"诗感"若加以引进，或可增加品级说服力，因为"心动"与"诗感"，在本质上有相同之处。

从字源上考证"感"字——从咸、从心；"咸"意为"酸"；咸与心组合的"感"表示"心里酸涩"，本义是心酸，引申义为内心被触动。《说文》解感，是"动

人心也"；《易·系辞》"感而遂通，天下之故"。虞注"感"也是"动也"，所以"诗感"通"心动"，或"心动"接"诗感"，是完全可行的。

1926年，徐志摩在《诗刊放假》中第一次提到"诗感"："诗感或原动的诗意是心脏的跳动，有它才有血脉的流转。"[1]他的代表作之一《雪花的快乐》是其践行的范本；同年王独清在《再谭诗》中强调"作者须要为感觉而作，读者须要为感觉而读"——感觉成为诗的要角；废名在北大讲稿《谈新诗》中提到不同时代产生"诗的不同感觉"——符合诗的规律与原理；林庚也多次在访谈中强调"给读者的感觉要新鲜"是诗的关键质素，并首提"感觉化"诗人；1943年朱自清更是将一篇文章的标题定为《诗与感觉》，加以突出。然而，长期以来诗人和研究者都把"诗感"等同于"诗的感觉"（如同把"语感"简单与语言感觉画上等号），没有再做深究。

研究现代诗感的张嘉谚，最近做了多重探讨，他从发生学与接受学角度强调具体可感的"诗东西"，可扩张为九种：感"诗情"、感"诗象"、感"诗意"、感"诗味"、感"诗语"、感"诗法"、感"诗境"、感"诗道"（诗写路径）、感"诗性"（诗的特性）[2]。尽管"心动"与"诗感"字面不一，但都可以经由心理与感觉的触动通向诗歌的品级途径，两者都是因受刺激而引起心理与感觉变化——心的"荡漾"与觉知的敏锐，培育了艺术品位的温床。

中国艺术品向来讲究高下之分，书画界尤盛。书法领域的品位品级，一般认为梁朝庾肩吾的《书品》是最早的著作，品级主要标准定在"天然"与"工夫"上，采用上中下三大品九小品的"升降"式，虽有照搬官场"九品中正制"嫌疑，却在书法界有里程碑的意义。初唐张怀瓘严密使用"神品—妙品—能品"，也由高至低，做梯度明晰的判断，为书品系统重要绳度。另有李嗣真的四品十级、朱长文的三品、包世臣的五品九级、康有为的六品十一级、杨景曾的二十四品等等，都标示着中国书学批评的成型。[3]绘画领域的品级也相似，如元和年间出现神、妙、能、逸"四品说"，一直延续很长时期。明代戏曲也曾分出"妙、雅、逸、艳、能、具"总六品。当代范曾更是把画家"拉长"为九等，六级属于"达标"画家，五级是名家；四级是大家，不同凡响；三级是大师，继往开来，一个朝代只有十数人；二级是巨匠，五百年间的不世之才；一级是魔鬼，古往今来，仍付阙如。[4]

古代诗歌品级开山祖师当属钟嵘，采用三品论。《四库全书总目》赞曰："所品古今五言诗，自汉魏以来一百有三人，论其优劣，分为上、中、下三品，每品之首，各冠以序，皆妙达文理，可与《文心雕龙》并称。"钟嵘的标准，是建立在有味者即好诗之上："使味之者无极，闻之者动心，是诗之至也。"[5]最高的诗由"味极"与"心动"双双构成，它成了品诗的重要标志。今人邓新华高度肯定这种分级逻辑："品第"批评的目的是针砭时弊，以显优劣；"品第"批评的标准是"干之以风力，润之以丹采"，严格要求外在形式和内在意蕴的统一；"品第"批评的途径，一方面是"辨彰清浊"，厘清作品的源流奇正，另一方面是"掎摭利病"，细致剖析音韵辞章的好坏；"品第"批评的手段是"同中求异"的比较分析，以此判别同一流派作家的高下。①

唐代司空图虽突出品中之味，还把"内味"引向"外味"，且以盐醋为喻，说盐止于咸，醋止于酸，好诗应有酸咸调和之后的"韵外之致""味外之旨"。然《二十四品诗》依然以风格为轴心，从含蓄到典雅，几乎都是风格化的描述。大概只剩最后第二十四品"精神"才指向"生气远出，不着死灰。妙造自然，伊谁与裁"，超出风格之外的天地。这就使得品级的尺度与风格化严重混淆。发展到宋代严羽的《沧浪诗话》，采用"九品"显然比"三品"细心一步："诗之品有九：曰高，曰古，曰深，曰远，曰长，曰雄浑，曰飘逸，曰悲壮，曰凄婉。"不过细辨一番，前五种的高、古、深、远、长，属于品位范畴，而后四种的雄浑、飘逸、悲壮、凄婉依然逃不出风格化指征。

诚然，风格与品级会有一定"重合"，但根本上，风格不好分高下优劣，而品位品级则可以区分好坏。古人总体上采用模糊裁判法，符合一般审美情状，就在风格的保险箱里划分牌位，却经常把风格作为区分高下的准绳，是有些不妥的。事实上，许多风格差异是无法定位定级的。试问，谁能强分"自然"与"含蓄"、"旷达"与"清空"、"优游不迫"与"沉着痛快"之间的优劣呢？即使不同阶位的风格，也都有很高的审美价值。当然，有部分风格可以分出高下，比如自然胜于雕饰，朴素胜于华丽，含蓄胜于浅露，委婉胜于直肆，清空胜于质实——但这些能分出高下的，往往又是超出风格范畴的。所以总的来说，司空图二十四品主要是风格上的品级定位，风格上的品级定位仅仅是总体审美接受的一个组成部分。

明代高棅《唐诗品汇》承续严羽的衣钵，用九等名目来区分诗歌高下。他改用的综合评价方法，一方面增加了历史化权重，另一方面也可能削弱美学分量。1919年，汪辟疆刊出《光宣诗坛点将录》，囊括晚清诗坛主要作者，通过指点形式、区分诗人的造诣、名位、风格、派别，把考索、疏解、辨正、评骘，继续综合到家。每人名下有赞、诗、评、杂记、小传等形式多样，单是赞语方式就有六种样式（论诗、品人、指事、比拟、双关、拈连），避免说教枯燥而"力综众说、折衷一是"。②

诗书画品级，是吾国一个光荣传统，但要真正做到位，殊非易事。失准有多种原因，远不止刘勰在《知音》中的先见："贵古贱今""崇己抑人""信伪迷真""文情难鉴""知多偏好"，它涉及立场、学养、人格、方法以及对象的独特性质。的确，要在泓涵瀚海中，杜绝浮滑浅率，精准中鹄，需要练就一对"火眼金睛"。

中国新诗唯一打出品级旗号的，是1997年出版的《中国新诗二十四品》（钟友循、汪东发），它遵循司空图的体例，选择新诗 90 年共 24 位著名诗人，一一品读，从郭若沫雄奇绚丽、冰心纤柔静穆，再到李金发凄迷奇幻、艾青深沉忧愤，40 万字五百多页，娓娓道来，遗憾的是，也是没有走出风格的半径。燎原在 2005 年完成《当代 50 位诗人点评》，其行文纵横捭阖，言简意赅，很有几分春秋笔法，离真正的臧否月旦已经不远。

几年前，南京率先推出"汉诗计划庸诗榜"（每年十名），孙文波《与沁园春无关》、伊沙《崆峒山小记》分别荣登 2006 年度、2007 年度庸诗榜榜首。是否精当公允，暂不讨论，但其用意不在打击谁或专门拿名人开刀，而在给予诗人以"好自为之"的警示。可是庸诗榜只发布两年便草草收兵，说明哪怕诗歌进入品评的初级阶段，仍重重困难。诗评家陈超曾非常认真地给出了三种级差，他写道："最好的诗，是活着的有机自在物，会随着读者的年龄增长和阅历的丰富，而不断焕发丰富的意味。次一等的诗，使读者愿意重温原来的语境。再次一等的诗既不能接引读者超越原来的语境，也无法吸引他会到原来的语境。"[6]陈超的说辞，同样还没有进入到严格的谱系，说明品级的推行工作或许还停留在一厢情愿？

西方少有严格的品级之说，而是推崇自由自在的接受响应，广泛流传的拉丁谚语"趣味无争辩"便是一个有力佐证，它后来竟成为西方审美接受史的一个"定律"。在接受问题上，不同的趣味都有其存在的合理性——情人眼里出西施。不过基本层面上的好与坏还是要分辨的。享誉世界的法国文论大家让·波德里亚，从现代形式论美学分析诗歌文本，至少划出一条形式分级线：

> 好诗就是没有剩余的诗，就是把调动起来的声音材料全部消耗尽的诗，相反，坏诗（或者根本不是诗的诗）则是有剩余的诗，在坏诗中，不是所有的音素、复音、音节或有意义的词语都被其复本重新抓住，不是所有的词语都像原始社会的交换/馈赠那样在一种严格的相互性（或对立性）中蒸发和耗尽，在坏诗中，我们可以感到剩余成分的分量，它没有找到自己的对应物，因此也没有找到自己的死亡和免诉，没有找到可以在文本自身的操作中进行交换的东西：正是根据这个残余物的比例，我们可以知道一首诗是坏诗，知道它是话语的残渣，是在可逆性言语的节日中没有烧完、没有失去、没有耗尽的某种东西。[7]

让·波里德亚对诗的好与坏做了形式论意义上的甄别——耗尽与剩余，这是大方向上的区分。现代诗人梁宗岱在《保罗·焚乐希先生》一文中曾经把诗歌分为三等，分别以"纸花""瓶花""生花"比喻之；并且咬定好诗的最低限度是要令我们感到作者的匠心。当代诗人于坚则在存在论意义上把诗歌分为两大级差——存在之诗与机智之诗：

> 最高的诗是存在之诗。存在就是场。最高的诗是将一切：道、经验、思想、思考、意义、感悟、直觉、情绪、事实、机智都导向一个"篇终接浑茫"的混沌之场，气象万千，在那里读者通过语言而不是通常的行为获得返魅式的体验。在存在之诗中，语言召唤，是自在、自然、自为的。
>
> 其次是机智之诗，机智之诗是语言游戏，其最高形态是解释、理解、分析、认识世界。……机智之诗是可以想出来的，它是一种构筑，在诗里面，惟机智之诗可以习得。[8]

两大"级差"作为分级基础，那么，更为细致的品级看来还是可行与有必要？即使学界一直无法说清"妙悟之诗""禅悟之诗"究竟为何物，也被周裕锴教授切分为五个等级，分别是：不假误、透彻之误、一知半解之误、分限之误、终不误。[9]虚无缥缈的悟道禅诗尚可划分五个等级，那么一般的新诗、现代诗的质量排序应该不成问题。

二、品级共同体与"品级坐标"

有人担心，因个体的巨大差异，品级如不严格框定在"趣味趋同"的范围内就很难奏效。这顾虑有道理。笔者从前述的阐释共同体中再提出"品级共同体"加以补充。本质上，"品级共同体"与阐释共同体是同质的——"两个牌子一套班子"，可视为"一母同生"。品级共同体主要功能是品鉴，在相对一致的美学尺度下维护良性的生态品鉴。

由于诗歌本体充满历史的沧桑巨变，"品级共同体"至少得先圈定四大时区（古典、浪漫、现代、后现代），分别作为四大不同的共同平台。四大时区的诗歌品级具有各自的接受规范，难以互相"套取"。也就是说，没有一种万能"绿卡"，能保证你在四大时区中穿梭自由、畅行无阻。你在某一时区的品级，未必能在其他时区行得通。比如，拿古典的崇尚境界来观照现代诗的意识流，人们肯定要面面相觑；用现代的智性、灵视，来透析浪漫主义的情感、情绪，不会如鲠在喉，也会嗤之以鼻；按传统的起承转合，来衡量现代"拼贴"手段，简直不可理喻；以惜墨如金的诗眼来"推敲"当下流行的"语感"，势必是风马牛不相及。所以品级共同体得先要确立相同或相近的接受时区。

其次，在同一时区中，也不能无视区间板块的鸿沟。以现代时区为例，有历史区间、存在区间、文化区间、日常生活区间等多种板块，得承受来自纵向上的——古典、浪漫、现代、后现代的历时性"压力"，又得面临横向上的——同仁、社团、流派的挑战，让你在品级中不能不事先确定所在的"方位"，否则，很容易"晕头转向"。比如，你站在道德高点上，肯定会把"下半身"将性作为楔子切入意识形态禁地的突围，轻易地当作一种无理取闹的噱头；同样，你持有精英理念，也会顺手把"垃圾派"挖掘底层民生的原生粗鄙，扔进"刁民""波普"的垃圾桶里。反过来，服膺日常生活写作的人津津于琐屑细节，绝对瞧不上神性写作的凌空高蹈；而视存有为终极荒诞者，怎么可能接纳高雅的诗情画意。

为什么前年会出现激烈的"方柳之争"？拔高者褒扬柳诗有"八重境界"，"完全可以进入诗歌史"，睥睨者嘲笑"水平低劣""只够打油诗水平"。如此截然相反的评价源于没有一个共同的品级平台。古典诗与现代诗是不同制式的写作，也是差异不小的不同接受平台，可是柳氏太自信，以为文言诗写得过得去，就可以把古风"移植"到新诗、现代诗，包打天下。

其实，其得意的新古风体只适用某些领域和题材——比如对于大中华文化、地域方志、城市文明、企业宣传，比较管用。这似乎是柳氏"得心应手"的天地。一旦野心膨胀到以为"新古体"可以完全"通吃"，殊不知是做了一场南柯之梦。因为高度概括的赋陈铺排，无法承担现代人具体细微的存在深度和人性深度，面对细部细节只能浮光掠影，遭遇现代诗界的抵制是不奇怪的。同样的道理，第六届"鲁奖"得主周啸天的《将进茶》，引起轩然大波，是因为本来属于不同写作体式的文类，应有不同的取舍标准，却硬要放在同一个评鉴天平一试高低。不同制式的诗歌强制采取相似标准，必然会陷入审美接受的混乱。聪明的策略，是先得承认诗歌至少有几大不同时区，在这一基本共同体前提下，再启动不同的诗美评鉴尺度。总之，维护接纳前提，维护品级共同体，现代诗接受或许还能在相对主义的包围中找到一块难得的"飞地"。

品级共同体的具体操作，很容易在流行的压力下走向通俗化、大众化层面，排行榜是一种争夺眼球的方式。世纪之交，有聪明人百晓生搞了"诗坛英雄座次排行榜"由"封号"与"获奖理由"两部分组成。封号的行文多有调侃成分，也多少披露一些诗坛真相，随之是各类排行榜跟风而上。③事实上，真正能起到"表率"作用的，还是应以实力诗人选本为"范式"的可靠支撑，如作家出版社 2013 年冠名的"标准诗丛"。第一辑分别推出《我述说你所见：于坚集 1982—2012》《塔可夫斯基的树：王家新集 1990—2013》《诺言：多多集 1972—2012》《我和我：西川集 1985—2012》《如此博学的饥饿：欧阳江河集 1983—2012》。2015 年推出第二辑：杨炼、韩东、翟永明、臧棣、雷平阳五种。"标准"牌号，某种程度上已为品级做了推广签盖。凭借诗人本身及其文本所形成的总体影响力，构成某类诗歌的醒目坐标，容易得到公众认可。当一个个有突出个性、风格鲜明的诗人坐标被接受，变成某种"logo"，这个符号体系所体现的内涵实际上已隐含威权的评鉴尺度了。

以此类推，还可以考虑各种维度（向度）的坐标。半个世纪的现代诗流向，如果可划成二三十种分支，我们也很容易给出定位，诸如"意象征"坐标、本真性坐标、幻型坐标、审智（智性）坐标、审丑坐标、呈现坐标、戏剧性坐标、介入性（干预性）坐标、叙实性坐标、禅思性坐标、荒诞性坐标、反讽性坐标等等。在这些坐标的高端，挺立着代表性诗人与文本，这些文本本身，如果不是出自个人财务渠道的出版，而是出自社会性机构的支持，就意味着某种品级共同体的实存与坚挺，也意味某种品级尺度与标准的可行。

也由于接受难度和由趣味主宰的法则，品级必然带来诸多悖论色彩：好诗既有标准又无标准，好诗需要标准又不需要标准，好诗应推行标准又要放弃标准，好诗须建立标准又不能预设标准。有什么办法可以缓解矛盾冲突呢？我们认为张力——相对客观的文本质量与主观化的"心动"响应所形成的张力，或许可以担负起组织品级序列的重任：首先是区分"是"与"不是"的界限，接着再进入好与差、高与低、优与劣的检视。

然而，对于批评界呼吁重建诗歌秩序与标准，多数诗人不以为然，在他们的下意识里，觉得诗人生产的文本高于一切、决定一切，由不得寄生文本的批评来"说三道四"。而受众们也觉得无所谓。这样的状况不幸被笔者在一次调查中所"言中"（2015·武汉卓尔书店），现场 100 份回收数据统计表明，有一半受众认为现代新诗没有标准为好（可有可无者也占了三分之一）。这在一定程度上反映接受市场对诗歌尺度的抵触。尽管如此，笔者依然坚持有一个隐形的接受坐标存在。基于前面的诗学理念，我们尝试用坐标轴来"想望"现代诗的品级图景：

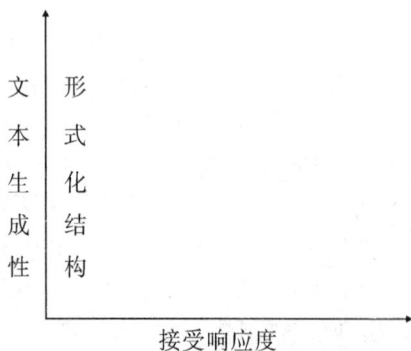

文本生成性 ｜ 形式化结构

接受响应度

纵轴与横轴的关系反映文本客观性与接受主观性的矛盾统一。纵向轴列指示诗文本的客观物质性，其生成性体现为文本的形式化结构，是由文本内部各要素合成，相对独立，也相对恒定；横向轴列则指示接受结果，以"心动"的响应程度表明它的效应。如果说前面第四章已论及"阐释共同体"属于虚拟中的理想化接受平台，那么现在的纵横轴列，可以推进到具体的、可操作层面上来。

纵轴的生成性标杆，主宰着文本形式化结构的质量，任何现代诗类型都服膺其"领衔地位"。横向轴列表明受众的接受走向，"心动"是其实现的心理表征——在心得意会和趣味的牵引下，总体呈现为"四动"（感动·撼动·挑动·惊动）的接受交响或"分延"，就此对应于品级梯度。由"心动"引发的品级有可能成立，是意识到诗歌背后，"中国有着广大的心灵市场。诗歌就其本质而言，就是一种心灵的学习或者说学问。诗歌的起源是感于心动于情，其过程是从心出发，用心写作，也可以说是一个修心的过程，而其目的是为了不断提升境界也就是心灵层次，从而不断自我超越，最终达到安心。好的诗歌作品能让他人读了以后感到动心，体验诗中情感，领悟诗中意境，同样达到安心的效果"[11]。

必须说明的是，"安排"在纵向轴列的形式化结构，即文本生成性——由文本形式化结构的各元素质素，多属于并列关系而非递进线性关系，横向轴列呈现的接受"心动"响应度，总体也多为混交、融汇、无法量化。所以借用明晰的坐标指示，难免要冒很大风险，但考量到现代诗接受的失衡、混乱与难度，与其放弃任何努力，听从无序，随波逐流，不如在不可能中寻找一点建构间隙，尝试给出某种理论轮廓，总比无数次重复那些空而疏的"完整性""超越性"追求，来得踏实些。

纵横轴列的关系主要是一种投射关系，当纵轴列的文本形式化结构被横轴列的心理场域所接受，引发的触动呈现出涟漪般的形态，大小、远近、强弱、轻重，对应于接受的响应度。严密地说，这种投射反应，不是早期（S→R）反应模式，而是皮亚杰的同化顺应关系（S↔R）。根据双向反应理论来"观察"诗歌接受，可视为是一个同化（吸纳）与顺应（重组）的平衡过程。如果接受中同化大于顺应，诗歌的形式化结构（文本客观自足性）大于接受的响应度（主观开放性），诗歌的潜在效应尚有打开的天地，如果顺应大于同化，诗歌的未来效应将超过可能的预见。也就是说，纵横轴列的投射交互关系，体现为文本形式化结构作为前提的客观基础与心理响应度作为主观接受效应的产物，有望在同化与顺应的协调中指向接受的最大化。

下面，分别讨论纵横两轴。

三、品级纵轴：形式化结构

在纵向轴列上，承载着文本的物质形态。如果没有文本这一客观对象物，所有再堂皇美妙的接受说辞都是空穴来风。文本的物质形态可视为文本的形式化结构，这种客观物质性具体体现在文本的基质与元素的构成上。基质涉及本体论，元素涉及结构论，它们都可纳入形式化结构的范畴。

诗文本的形式化建构其实就是生命本体的建构，是生命内宇宙和生命外宇宙的巨大碰撞，使得诗文本拥有无限拓展与追问的可能。诗文本永远居住在诗人全部的生命之内，其本体逻辑是从本能、冲动、力比多原点出发，但不是原地循环，而是发散式辐射，通过经验、体验的两大中介，亲历生命的本真，并企及自明。经验是外部世界在心理上留下的感性认识，通常是记忆、印象、经历的集结。经验的最大特点是较长时间的积淀，带有更多集体无意识，属于高度概括化的心理熬炼，既指示个人某些心理轨迹，又体现某类群体的心相，因此进入现代诗文本构成要素"首当其冲"；体验是指本真生命全部投入的亲历行为，最具个人特征的生命"浸淫"，难以言说的生命沉醉，具有不可重复的一过性、瞬间性，属于更加原初、本真的性质。体验是对经验的补充与完整，毫无疑问，不乏"孪生"关系的经验体验，是现代诗文本构成的重要基质。

经验体验占踞了形式化结构的头把交椅——诗质，是诗文本最重要的生命能量，是精神、意识、情感、思维的聚合物、沉淀物，自然也是现代诗重量与质量的对象化。但这种对象化必须经由诗语与诗形来呈现，否则将成为毫无附着的水中之影。诗语作为外露的底盘，借助诗形的脚手架，才得以让隐含其内的经验体验，搭建纸上构筑，三者相辅相成，生成诗的活体。

越来越清楚诗语独拥文学语言的皇冠，它是诗人灵智的产儿，比一般话语更具纯粹与诗性。现代诗语突破各种语用枷锁，朝向无限的陌生化开放。现代诗的可能性，只存在于对诗语的进入中。现代诗是语言本身，却不完全是语言本身。现代诗语既是"附体"又是本体，既是手段又是目的。任何诗语的老去、复苏、萌醒，都为着达成语言与自身存在的彼此照耀；同时也为力避陈言、化腐朽为神奇而刷新。现代诗的魅力在很大程度上体现为诗语的魅力，通过张力的罗织，诗语成为内形式质量最重要的标志。与一切传统或不传统的技艺组成联盟：隐喻、象征、变形、跳脱、断裂、空白、晦暗，也与解构的或不解构的深度模式合作：戏拟、后设、反讽、悖论、拼贴、对话、互文等等，让内形式的诗质得以呈现。

除诗语外，诗形也是诗的又一外在呈现。最小的外在呈现是由具体的分行、跨行做出充分诗意化的排列，最大的外在呈现是趋于某种共识度较高的格式呈现（如"豆腐干"、双行体、截句、半格律、十四行等）。这样，由诗质（经验·体验）、诗语（诗性话语）、诗形（排列·格式）共组的形式化结构，经由诗人一次次的心智活动，最后抵达文本的完型。

当所有这些大小、虚实、轻重、厚薄、隐显的基质或元素化合、凝定为诗文本结晶时，我们说，诗文本的客观形态完全可以抽象到纵向轴列，成为可供"建模"的一部分。现在，将形式化结构作为"观照"维度，"移植"到纵向轴列上：

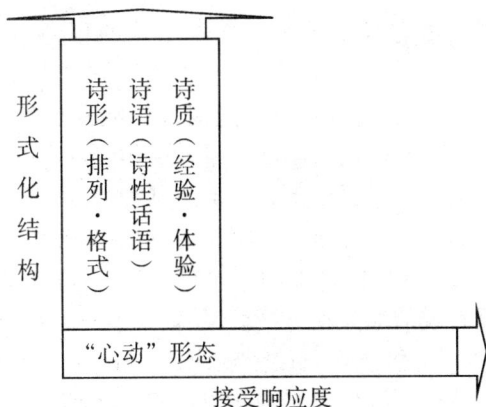

这样，相对客观性的纵轴列与主观性较强的横轴列便处在相互"投射"、相互"映照"的"视界交融"里，有条件为诗歌接受的辩证实现及品级提供虚实并存的一方"支柱"。根本上说，诗质是压缩简化了的情感、精神、思维，凝聚为文本的生命经验体验，而经验体验的外化便成为诗语、诗形的表现，诗语也同时溶解诗形或与诗形共同缔造"这一个"独异的文本"容器"，它们都以形式化的结构主体把守在纵轴列上。谁把经验体验与诗语融汇得更为自出机杼、独树一帜，谁就在文本中占据"制高点"。制高点一般出具两个唯一性——内含经验体验的唯一性，外显诗语的唯一性。它们互为表里，互为生成，酿成现代诗文本的原创性。多多有句名言"每一首诗都是对诗歌的重新定义"充满对原创（发现、发明）的推崇，尽管原创性无法完全脱离主观判断色彩，我们依然把它视为文本质量的根本标示。

当然，在这个纵向轴列上，我们还可以镌下其他刻度，如生命精神刻度、诗性思维刻度、美学技艺刻度，围绕着这些层面的要素也都可以"对号入座"，从而在纵向轴列上，"安顿"好自己的位置——形成更为细化的对应"指数"。所有的刻度与指数无疑也都聚焦于文本的最高处——原创性。而原创性通常被人们分列为所谓的深度、高度、广度、厚度、宽度、难度等等，这样的描述未尝不可，虽然比较虚大，但毕竟挺立着某些"标杆"。

笔者本来也想采用深度、高度、广度、厚度、宽度之类的描述，但最终考虑到纵轴列上的形式化结构应该坚持文本的物质客观性，尽量去除人为色彩，而采用"诗质·诗语·诗形"这样的"中性"标示，该会比"高、深、广、厚、宽"来得客观一些吧？

四、品级横轴：接受响应度

在横向轴列上，是对应着纵向轴列上文本结构的接受主观性，它是由一系列"心动"变现为接受响应度的——从"无动""微动"到"大动""恒动"。动的情态如第十章所描述的，"心动"作为发射器，放射并扩散着多种"涟漪"，以感动为核源而波及触动、波动、震动、悚动、挑动、撼动、惊动。其中重要四种，分别对应在情感、意识、思维、语言四个层面上，并形成某种梯度响应关系。

在横向轴列上，可以看到，居中的"心动"对应于较好的诗，那是带有特点、有亮点的诗；"心动"犹如钢琴键盘上的"中央 C"，愈是右移，愈是朝向有所"发见"的好诗，直至最靠右端的"大动"（含"恒动"），则接近于恒久常新的经典文本。而居中左移的，愈向左移愈趋向接受响应的"微动"及至"无动"，那便是毫无特点的、一般化的庸诗；再继续左移到端点，则是劣诗非诗。横向轴列的五种梯度对应于古人在艺术裁定上长期积累的"五品"：非品、下品、中品、上品、极品。

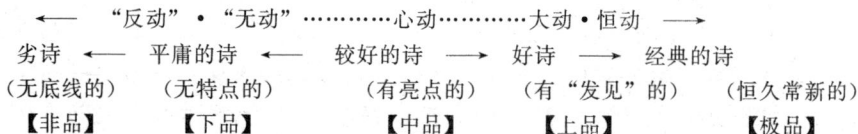

```
      ←——  "反动"·"无动"…………心动…………大动·恒动  ——→
   劣诗  ←——  平庸的诗  ←——  较好的诗  ——→  好诗  ——→  经典的诗
  （无底线的）  （无特点的）  （有亮点的）  （有"发见"的）  （恒久常新的）
   【非品】    【下品】     【中品】      【上品】       【极品】
```

当然，这是就一般接受情形而言。对于缺乏基本训练和接受力的读者，无论是浅显或深奥，是明白或晦涩，他们处于"无动于衷"中，就不在我们讨论范围。我们讨论的范围，是以触动为起始。在横向轴列上，这五种响应梯度实际上构成了某种品级共同体。以"中央 C"为界，右移的好诗梯度，形成叠加（较强向更强发展）的升值关系；左移的差诗梯度，构成衰减（较弱向更弱流失）的降值关系。人们完全可以在这一把内化的或外显的"游标卡尺"之间，来回移动，应对于现代诗文本的接受现实。尽管这是一把肉眼看不见的"游标卡尺"，但经由内化的心动的"分寸感"的衡量，一般还是能觉察诗的分界与好坏。

这把"游标卡尺"，有两大不可更移的刻度，一是诗与非诗的刻度。须知劣诗仅仅是外在分行的文字，这个问题相对容易解决——只要通过张力的"掂量"就可以辨认出真假：一般来说，抛弃张力的诗基本都是缺乏诗性、缺乏诗意的诗，统统都应清除出诗的队列。二是区分好与不好的刻度——这条升值线的难度就大多了：处在非诗边沿的是平庸的诗（即一般化的诗），它不过带有一点诗的形式或诗的元素而已（这正是许多初学者的描红阶段）；只有符合诗美规范的，才称为起码的诗，它呈现出适度的张力，并在张力的调配下，露出一点不同于一般化的"意思"。而好诗，则是属于生命层面上，富于生命感的"创意"与"发现"，它是比"意思"更多一点、更多一些"意味"的诗，亦即比一般诗呈现出与众不同的亮点；而经典的诗是比好诗更高的层级，它具有跨越时空、恒久常新的阅读效应。好在诗之高低、优劣，依然可以通过张力的"度量"、通过横向轴列上心动的响应度做出最后的鉴别。

当然，我们知道诗的好坏，不同于田径赛场上以秒表、卷尺作为精准依据，一锤定音地决出高下，但在主观性接受的打分上抑制严重偏斜是完全有必要的。尝试用品级坐标的纵横轴列来加以辩证"控制"，应该说也是一种不得已的"下策"，它至少在许多受众感到为难的地方提供了一个"抓手"。

对此，苍耳先生曾提出不同意见，他认为，既存在心动的好诗，也存在心静的好诗。所以接受状态不是一种增减的线性关系，而更像一种闭合环的状态，因为在终点上，极动与极静是重合的。[④]笔者以为，正如萍末之动，貌似不起涟漪，肉眼不见丝缕，并非表明没有留下任何"痕迹"。这种"无痕迹"的不动静态，其实还是源自隐藏深处的"心动"。痕迹学告诉我们，任何"作案现场"，伪装得再平静，还是多少会改变尘埃的排序状态而露出端倪。所以讨论接受响应的动与静关系，可以有两种角度：或者极动之后是极静，或者更深层次的心动，最后通向极静（禅境）。作为坐标轴有机组合的规定性，心动的响应度以线性的增减作为基础，自有其准则；而作为独立的、不关涉坐标的动静、循环关系，从另外一种角度同样丰富了复杂美妙的接受格局。

再从品级角度看，张力与文本品级具有内在逻辑的一致性，首先，两者都强调对立矛盾的平衡统一，其次两者都把审美接受作为超越性途径。不同的是，诗歌审美品级含有必然与自由，自然与道德的"准绳"，而张力的暗里"调节"，无非是替诗歌接受寻找一种合乎规矩的"容器"与"度量"，以便适度的"监控"。所以审美接受张力的给定，具有本在的意义，具备高度质检的技术能力。

有人会质疑，"四动"响应缺少另外的维度介入，显得单薄。的确，我们没有特别强调历史、文化、现实维度，我们仅仅从心理感受角度切进，原因在于我们确信，历史文化现实的诸多元素是融化于、内化于精神、意识、情感中的，并且以

"心动"这一最普适的形式加以实现的。我们只要把着眼点放在"接受终端"的心理上，这就意味着所有细化的接受响应，都可以把那些个历史文化现实的积淀物，经由精神、意识、情感的各种"心动"暗道，达成自己的现身与完型。

有人会不满，心动仅仅是心理标准，不是艺术标准，因而无法对应上述品级。这一驳斥表面上蛮有道理，其实不然。我们知道，所谓"心"，其实只是一种生理学意义上的器官，它的体征是搏动不止的频率，维持在 24 次/秒—240 次/秒之间。不过它与大脑的神经活动有一定联系而又分工不同。自古以来，人类一直把心与脑捆绑在一起，大脑的一切神经活动（脑动）——精神、意识、情感活动，其实一直"转嫁"到"心动"上，这就使得毫无精神可言的"心动"，反倒成为"脑动"的晴雨表。但事实上，心的舒展、郁结、奔放、阻塞、流畅、疼痛，也多少能反映出大脑活动的状况。一定程度上，心脑是一起工作的，这就使得表面上是心动的心理指标，内里依然可以指向脑动的——关乎精神、意识、情感的艺术指标（即可通过各种"动"的大小、强弱、长短的不同响应，反映出接受效应的基本指向。古人不也早就取得一致的看法——"能动人心目者，即为佳诗"（袁枚），只不过没有细分罢了。

这样，在品级共同体的关怀下，我们希望能通过品级坐标，把握大体尺度，以便接下来进入品级评鉴序列。事实上，上述"坐标建模"仅仅是一种理论"设置"，更多时候对于诗歌的品味、辨识、特别是最终鉴别，还要依赖在实践中内化的理性尺度。笔者曾担任多个诗奖评委，一直持两条守则：一是出自百年现代新诗谱系的纵向考量，二是出自集体无意识、审美潜在结构影响的横向考量。两个考量实则隐含着某种品级坐标，坐标的交叉点可简化为一句话，哪些诗歌在经验、体验、语言方面提供了与此前不同的新发现、新发明，哪些诗歌便站在了领先的前列。

注释：

① 邓新华：《中国古代接受诗学》，武汉出版社 2010 年版。参见文浩：《接受美学在中国文艺学中的"旅行"：整体行程与两大问题》，吉林大学，2011，中国知网博士论文库。

② "点将录"源头可上溯至班固《古今人表》，用精确格式做"九品"排列，影响到后人张为《诗人主客图》（唐）、吕本中《江西诗派图》（宋），刘宝书《诗家位业图》（清）及至钱仲联《近代诗坛点将录》。乃至今人冯永军做《当代诗坛点将录》（华东师范大学 2011 年版）目前还空留 26 个座位。

③ 如 2005 年中国西峡诗歌高端峰会推出了一个"当代诗坛三十六天王"、2010 年再

续"中国当代 36 位诗歌精神骑士",每人一句评语。2012 年狼吠编选"中国最著名女诗人排行榜"。2015 年周瑟瑟编选《2015 年诗歌排行榜》引进音乐圈的"榜单"模式,设 9 种组别,每种选取 10 人入榜。另有以武功命名来进行评鉴的,如"降龙十八掌""孤独九剑""吸星大法""一阳指",欠缺学理但带有民间文化情趣。

④ 2016 年 2 月 21 是苍耳回复笔者信。

参考文献:

[1] 徐志摩. 诗刊放假 [J]. 诗镌,1926 (11).

[2] 张嘉谚. 说"诗感"——看其本体性及其他 [J]. 今日文坛,2014 (冬季).

[3] 张志攀. 历代书品述评 [J]. 浙江师范大学学报 (社会科学版),2013 (5).

[4] 范曾. 范曾谈书论画——戏说"画分九品"[J]. 书画艺术,2012 (4).

[5] 徐达. 诗品全译 [M]. 贵阳:贵州人民出版社,1990:11.

[6] 陈超. 诗野游牧 [M]. 西安:陕西人民教育出版社,2015:34.

[7] 让·波德里亚. 象征交换与死亡 [M]. 车槿山,译. 南京:译林出版社,2006:301.

[8] 于坚. 棕皮手记:诗如何在 [EB/OL]. (2008-08-22). http://blog. sina. com. cn/s/blog_4889207c0100akwl. htm.

[9] 周裕锴.《沧浪诗话》的隐喻系统和诗学旨趣新论 [J]. 文学遗产,2010 (2).

[10] 李少君. 诗歌,正重回人们的日常生活 [N]. 人民日报,2015-04-07.

——原载《江汉学术》2017 年第 1 期:51—58.

论晚清至"五四"诗歌的"言说方式"

——兼及诗学与诗歌史的辩证

◎赖彧煌

摘　要：晚清至"五四"诗歌由旧而新的变迁，既源于语言形式的构造也出自现代经验的催逼，但如何理解文类内部和外部的错综关系，避免把它们或割据式地单独处置或牵强地缝合粘连，实为把握该时段诗歌的关键和难点。"言说方式"因而作如此构拟，即现代性的运作被语言"知觉"时即成了内部与外部的混融，它寄身于形式与经验交织的纹路中，改变诗，也被诗所改变。据此，"言说方式"必须挣脱静止的、惰性的结构，为从根本上克服时间性难题这一哲学和美学的拷问而赢得合法性。它由诗学的诉求而至诗歌史的关切，且在二者的互为征显中，最终作为一个面向诗学与诗歌史双重目标的概念，体现结构与运动、共时性与历史性的辩证法品格。在此基础上，该时段的诗歌在体式与经验之间不间断地角力、相斥与包容，就可以恰当地理解为，诗的异动和凝聚相生、变奏与重建共存的过程。

关键词：诗歌体式；言说方式；晚清诗歌；五四新诗；诗歌史；美学机制

一、被体式和经验割裂的诗之"内外"

诗歌史叙述中，体式的转换似乎是晚清至"五四"诗歌演变的基本特征，这在胡适的《谈新诗》《五十年来中国之文学》等文中亦有不厌其烦的申说。在形式规范层面，体式一般具有可计量、易辨别的特点，经常用于不同时期、不同类型诗歌的区分，诸如古典诗歌被分为四言诗、五言诗、七言诗等，新诗被分为自由诗、格律诗、半格律诗等。然而，体式作为凝定形态的诗文类标识，只能起到笼统、抽象的聚合作用，它难以涵纳诗所遭遇的经验冲击以及它的书写策略、美学特质的分类。正如一种体式的探索、萌生和形成无法一蹴而就，另一种体式的动摇、瓦解和崩溃也有一个漫长的、藕断丝连的过程，无论旧体式的调适、变形还是新体式的实验、新建，体式本身既不具备使诗持守不易的自足性，也不具备使诗聚合转变的原动力。毋宁说，体式不过是诗的变奏过程中部分形式要素的成型与征显。

以诗歌体式的变动为标志，至多表明了某种既定的、外在的诗歌形态特征，它无法标记诗歌写作在具体历史语境下遭遇压力和形变的过程，也很难指示体式本身的活力或惰性，更遑论分疏出业已深刻介入到文类内部的经验等问题，以及诸多要素之间长期的冲撞、分裂与暂时的平衡、媾和。这意味着，尚需引入其他维度才能更好地彰显该时段诗歌的特性。值得注意的是，晚清以降的诗歌较之过往的任何时代，都更深刻地受制于外部的挤压与牵引，它经由文化与社会系统得到展现，这是诗歌书写的语境和现场。但是，源于现实情势和语言策略之间的非决定论关系，如何处置诗的外部和内部，在该时段的诗歌研究中将更费思量。

在成熟的、有活力的体式中，外部冲击几乎无一例外地被形式结构吸纳，成为内心情致和语言节律的交响，并生动隐现于语言的坡度、拐弯和褶皱中，最终呈现为已然被形式化的体制与外观。有鉴于此，必须强调，密集的诸多事件无论裹挟多少或峻急或迂缓的声浪，因其被物化成语言的现实，对它们的谛听从来不是外部的，而是内部语言秘纹中的声响，也只有在这里，声响才不是它自身的空洞回声。一如折射定律唯有在光线、物质和观看之间才能成立。这就是为什么，在深刻书写家国情怀的屈原和杜甫那里，几乎难以将他们的遭际从文本剥离出来，相反，只有深入到内部，才能更好地听到和看见。倘若企图以切割和分离的方法还原、捕捉"外部"，以为它是可以从诗中轻易度量、轻松揭取的"外部"，必将误入歧途。

有人或许会说，楚辞与唐诗作为诗的类型在其时已高度成熟，是为可依傍的体式，再假以天才自是辉煌的创造，水乳交融后的形质当然再难以也没有必要分离。而转到不成熟甚至备受质疑的体式时，"外部"与"内部"的扞格如此扎眼，在技术层面，自可以将它们分离出来。然而，在某种体式中调适自我的诗，无论有多少权宜性、短暂性的特点，无论时势与语境中的世界之表象多么难以呈现，"外部"从来难以自外于"内部"，"内部"也从来不能独善其身，而是一同隐没在诗的编织物之中。内与外之间的缠绕使得人们不能轻忽如下事实：诗必得从美学自律与经验冲击的双重挑战予以考量，而该时段诗歌较之以往（譬如盛唐时期在既有体制上加富增华的诗歌），益发深刻体现为矛盾重重的探求、质询乃至重建——如何既不自外于美学自律性的准则，又不自闭于对经验的开放。

理解晚清至"五四"的诗歌，自然也要面向如下目标，即诗最终必以内部反应的方式面对"外部"。但是，作为对内外关系的分辨而不是分离，叙述策略上却必须以"外部"作为起点。只有这样，才能更好地突出"外部"的双重性：它既是强大的势能，又是有待确认的后果。换言之，"外部"是一个绝对的、但又有待在语言中彰显和检验的"前见"，它成了人们打量该阶段诗歌的入口。值得注意的是，有论者已将早期新诗的探讨置于外部与内部的会通之中，他认为，诸如诗集的出版、评论等方面的外部力量之调度，实际上汇合成了内外交织层面的制度与美学的创生，于此才能真正展露新诗"发生"的理路。[1]

当然，外部世界在具体的诗人那里的亲疏关系或大相径庭，有人拥抱现实急切于诗歌之力的挥发，又有人背对时势幻想于纯粹的吟哦，但即使如后一种类型，他们的语言态度也不过是以拒绝的姿态重叙外部，并显现出伦理态度的折光和反映。这是因为，无论拒绝还是沉溺，在语言的维面必将反映相应的曲径，实际是作为承受者的语言被改写的写照。另一方面，"外部"也被语言改写，哪怕前一种类型亦然，源于"外部"进入诗中时，绝不可能无抵抗地长驱直入，这和语言特质相关。

毋庸讳言，势能指的是现代性在经验层面的运动，作为动力或压力展现于伦理的维面，体现为普遍性，后果指的是经验介入和语言策略之间的异质性问题，它沉积在语言的维面，体现为特殊性。就前一种情形而言，现代性作为"问题"在近年来晚清文学的重评以及清末民初思想史的研究中，被不断"意识"到且得到了有力呈现。王德威对晚清小说被"五四"遮蔽予以了颠覆性的反拨，振聋发聩地追问："究竟是什么使得晚清小说堪称现代，并以之与'五四'传统所构造的现代话语相对应？又是什么阻止我们谈论晚清时期被压抑的多重现代性？"[2]将"现代"的标杆予以前置的做法，对于拆除"五四"新文学强硬的权力话语樊篱，的确功不可没，把"五四"老套视野中充满歧见与压抑的"他者"眼光转到了晚清对"自我"的呈现，生机勃勃的晚清和"五四"之间不是差价关系，而是"共谋"关系。重新张扬被"压抑"的晚清不仅表现在文学上，史学上亦然。汎森梳理晚清"新史学"的问题时发现，自梁启超《新史学》的出场，一种足以"从头写史"的格局被奠定了。[3]从晚清的"新史学"中，人们既能感到强烈的政治意味，也能体会现代时间试图展开新规划的冲动，后者意味着强大的现代性诉求。

以渗透和流动为特征的现代性具有强制性和普遍性只是一方面，另一方面是，语言作为一种介质却要以相应的方式对现代性作出反应，正是在这里，无界别的绝对主义被收缩、黏着在时空落差、语言特性所盘踞的部落之中，被多重差异纽结而成的特殊性再次标定。因此，尽管王德威重评晚清小说的现代性富于启迪，但是，诗文类与小说之间存在差异，它在承受、吸纳或者拒斥现代性时可能和小说不同。比如晚清诗歌的评价问题，它的命运是否像王德威对晚清小说的断言，有着"被压抑的多重现代性"？倘若更多注意到诗文类成规的制约，是否将挖掘出另一种景观？事实上，晚清诗歌深陷古典型的美学机制难以自拔，这是一幅古典与现代性相互缠绕的图景，进而言之，未得张扬的现代性的压抑很可能来自古典本身。

显而易见，没有必要对诗歌遭遇的现代性之强弱表示犹疑，它相当深刻地载入到了其时中国的政治和日常生活的各个层面，无论被迫承受还是主动追慕。然而，面对诗中的现代性问题时，一方面，不能把文化与社会系统凌驾于诗之上，企图以此判定诗的高下，如此极易滑入浅陋的机械决定论中难以自拔；另一方面，又不能将诗仅仅视为纯粹的语词符号的组合，陷入某种康德式的抽象，后者惯于与外部掩面相对。因此，该时段诗歌必须理解为自外部策动的历史语境与从内部持守的文类规范之间，即经验与体式之间不断角力、相斥和包容的运动，只有这样，才能体察出它如何在异动中走向变奏。

二、"言说方式"与现代性的纹路

有鉴于此，必须就语言的维度中对现代性的特定反应作进一步梳理。但明眼人必已看出，我们不仅绕过了现代性从西方进入中国的文化差异性，甚至忽略了对现代性在西方的源起与发展的辨认，径直奔向现代性在语言特殊性中的表征问题。在承认现代性作为"前见"的同时，有意抹去了有待分辨的现代性的多义且充满歧义的"内容"，是为置语境的限定于不顾的对现代性的理念化使用。从严格的逻辑关系看，实为一种僭越。的确，从"内容"层面，现代性有丰富且复杂的面相。

在与文化身份、政治意识密切相关的一类研究中，譬如思想史的研究，没有具体时空的限定和差异性的社会人类学方向是不可思议的，因为它的逻辑起点即是破除文化统一性的幻觉，这意味着需要重新界定和解释现代性。显然，作为来自西方且歧义纷争的概念，现代性在中国语境中有尺度与范围的争议。本杰明·史华兹就严复遭遇的中西文化冲突困境指出："在对待西方与任何一个确定的非西方社会及文化的冲突问题上，我们必须同时尽可能深刻地把握双方的特征。我们所涉及的并非是一个已知的和一个未知的变量，而是两个庞大的、变动不居的、疑窦丛生的人类实践区域。"[4]在史华兹看来，西方和中国均非不言自明的"已知量"，应谨慎地深入各自文化差异的内部把握研究对象的特征。就中国而言，封建帝国崩溃过程中伸展的现代性诉求，它的品格不能以西方（欧洲）的理性和启蒙动力为绝对的评判标准，无论发展阶段还是远景目标均和西方有相当的差别。

不唯如此，从西方现代性概念的复杂性看，也没有某种口径统一的理论能轻便征用。有马克思、韦伯的建基于资本主义生产关系或者资本主义"新教伦理"原则上的现代性，也有哈贝马斯的试图弥合工具理性与价值理性分裂的现代性，等等。哈贝马斯把现代性工程更深地扎入到发达资本主义生活世界的经验现象中，既作为对马克思、韦伯的现代性的修正与拓展，又作为对后现代理论冲击下的这项"未竟事业"的辩护。①但无论哈贝马斯伸延到"现在"（尤其是后现代语境中）的现代性理论多么雄辩，不可轻忽的是，很大程度上，他的雄心与梦想源于应对时代语境的压力——改进（装）过的马克思等人的原则如何与当下的资本主义现实展开周旋和抗争。②

实际上，现代性在中国和西方的争议均围绕它在相应的文化语境中的量值之多少展开，从文化政治学的角度，这种分辨意义深远，某种程度上，只有推定现代性的量值，才能推定与此紧密关联的文化与政治，反之亦然。但是，对于已经进入到诗中的现代性，应予以关注的重心与其说是它的量值，毋宁说它成了一个关系项进入到诗中时引致的语言策略的反应问题。比如分属两个世代的梁启超和刘大白，他们表达的现代性体验，"内容"上虽有鲜明的差异，但进行精细辨认的任务应该交给思想史，因为它对于把握晚清至"五四"时期诗歌更内在的特性，几乎毫无助益。梁启超在《二十世纪太平洋歌》中写道：

> ……乃于西历一千八百九十九年腊月晦日之夜半，扁舟横渡太平洋。其时人静月黑夜悄悄，怒波碎打寒星芒。海底蛟龙睡初起，欲嘘未嘘欲舞未舞深潜藏。其时彼士兀然坐，澄心摄虑游官茫。正住华严法界第三观，帝网深处无数镜影涵其旁。蓦然忽想今夕何夕地何地，乃是新旧二世纪之界线，东西两半球之中央。不自我先不我后，置身世界第一关键之津梁。胸中万千块垒突兀起，斗酒倾尽荡气回中肠。独饮独语苦无赖，曼声浩歌歌我二十世纪太平洋。[5]

将"新世纪"这种现代时间作为主体确立自我的标杆，所谓"乃是新旧二世纪之界线，东西两半球之中央。不自我先不我后，置身世界第一关键之津梁"，时间和自我认同于此合流了，因而，现代性是有待主体拥抱的崭新事物，它向未来无限伸延。但是，在刘大白的《淘汰来了》[6]中情形已变得截然不同，现代性既是动力也是焦虑："回头一瞧，淘汰来了！/那是吞灭我的利害东西哪！/不向前跑，怎的避掉！/待向前跑，也许跌倒！/唔！就是跌倒，/挣扎起来，还得飞跑！/要是给他追上，/怎禁得他的爪儿一抓，牙儿一咬！"在"向前跑"和"淘汰"之间划出了截然的界线，强调现代性的断裂特征，人们甚至可以从"就是跌倒，/挣扎起来，还得飞跑"中体会到现代性特有的英雄主义意味。

在晚清至"五四"的时段，可以找出许多类似的诗歌文本，它们承载的现代性体验，正如福柯对此问题的论说：

> 可以把现代性想象为一种态度而不是一个历史的时期。所谓"态度"，我指的是与当代现实相联系的模式；一种由特定人民所做的志愿的选择；最后，一种思想和感觉的方式，也是一种行为和举止的方式。[7]

然而，无论该时段诗歌中的现代性体验多么强烈，作为"思想和感觉的方式"、"行为和举止的方式"的"态度"多么丰富，唯有交织进诗歌文本，借着相应的语言和体式征显自身。现代性的介入既已成了物化的后果，对它的考量也唯有深入到诗的美学机制中，才能把握它在形式媒层的运作和反弹（在这一点上，毋宁说，社会学或思想史的深入需要形式和结构的分析，海登·怀特等人走向后现代的历史诗学实为有章可循）；更重要的是，才能探析到不再纯洁的语言和体式走向形式重组的路径。这也再次说明，承认强制性和普遍性的现代性作为该时段诗歌的"前见"只是第一步，应该更深入地分辨，语言策略以何种方式回应现代性的介入。前引梁启超的《二十世纪太平洋歌》，从中可以看到强大的现代性诉求只是一个方面，另一方面却是诗歌旧有体制的因袭（梁启超采用大盛于唐诗的歌行体，李白用此种体式写出了大量气势磅礴的诗篇），因而它并没有指向固有美学范式的变更。刘大白也仅仅着眼于"内容"的表现，全部嘱意只是为了表达"进步"意识。但无论哪一种现代性（包括伪现代性、反现代性），因其需要表达，就无法悬浮于最终将吸纳和改装它们的语言的形式与结构之上。

胡适在《建设的文学革命论》中宣称，"有什么话，说什么话；话怎么说，就怎么说"[8]。从语体和语用、书面语和口头语、文学语言和日常语言之关联与差别等层面进行了探讨，有必要对他不无简单、粗糙的逻辑予以反思，但是，就晚清以降的诗在"说话"、表达上的困境而言，胡适实质上深刻触及了"内容"的介入与形式的承载之间的矛盾。的确，该时段诗歌面对的是："说什么"和"怎么说"，而后者无疑更为突出，因为"怎么说"不仅是其时尖锐的诗的现实，更是诗的紧迫的使命。为此，更值得注意的是"说"的"方式"而非"内容"，"言说方式"当然是诗的核心命题。

现代性的介入成了诗歌调适自我的压力与动力，是诗走向变奏时既是外部的又是普遍的推动，但现代性的运作既是发挥，也是挥发，并化合进诗的形制之中。在此意义上，引入"言说方式"的框架，是为了将经验冲击内化到美学的反应中。需要强调的是，至此虽然完成了方法论的申说，却不能仅仅把"言说方式"目为诗学层面③的一个概念。尽管它标示了由外而内、以内应外的路径，从美学自律与经验冲击的双重考验来把握诗的实际运作，也为克服诗歌（文学）研究内外分治的局面指示了方向，但是，对于有一定长度且诗的体式形态前后迥然有别的区间，"言说方式"作为一种架构，不仅要应答诗学层面的要求，而且要容纳诗歌史的眼光。质言之，只有统一于诗学与诗歌史的双重目标，它的有效性与合法性才能得到彰显。

三、克服时间性难题：一个美学的梳理

粗看起来这几乎是悖论性的。一方面，"说"的问题作为诗学命题，"说什么"被涵纳在"怎么说"中，现代性介入的普遍性得以和它申说自身时的特定反应驳接起来，反应最终被视为是语言策略的。"言说方式"成为共同的使命贯穿于、回旋在晚清至"五四"的区间，展现为同质的、共时的结构。另一方面，诗歌史的要求是，"言说方式"不能碍于对差异、分裂和转折的辨认，借此才能确定方向，体现出异质的、历时的运动。但是，诗学的形式化是内指的，以定型为目标，而诗歌史的演进是外指的，以不定型为动力，两者似乎不可弥合地分裂着。

文学理论史上，这通常被视为共时性和历时性的关系，因为它的不可逾越性，总是顽强地出现在理论家的视域中。但即使像韦勒克这样举足轻重的理论家，解决上述问题时也极不成功。在其重要论文《文学理论、文学批评和文学史》里，他意识到它们之间互为支援的必要性，然而，源于他过度信奉文学应采取内部研究的方法，归于"外部"的历史研究即使不被明目张胆地放逐，也是作为内部研究的附属物被偏置在决定论的关系中的。韦勒克更欣赏的是法国思想家马尔罗在《无墙的博物馆》中践行的理念，必须清除历时性的栅栏、围墙和壁垒，艺术作品的美学特质只能展现于共时性的结构中："同造型艺术一样，同马尔罗的沉默的声音一样，文学最后也是一种声音的合唱——贯通各个时代的声音，这种合唱说出人类对时间和命运的蔑视，说出人类对克服暂时性、相对性和历史的胜利。"[9] 显而易见，韦勒克争辩的是，诗学体现的共时性优于文学史追求的历时性，历时性的问题实质上被共时性消解了。在此必须强调，这篇文章中的"文学理论"指采用内部研究的方法，更多着眼于作品的形式、结构特点的诗学分析，是一个可以和诗学相互置换的指称，而非他与沃伦合著的《文学理论》所指向的、范围更广的作为概念和实践系统的"文学理论"。因而，前者是后者提供、划分和规定的几个单元之一。

事实上，作为概念和实践系统的文学理论，面对诗学与诗歌（文学）史、共时性与历时性的关系时，难以摆脱其间的主从设置，因为系统的运作乃至重组均离不开系统内部各单元之间的偏侧与抑扬，哪怕重新选择研究路径亦然。譬如德国理论家姚斯，他采取彻底历史化的策略，所谓"文学史作为向文学理论的挑战"。他认

为，形式和结构的"共时性"体现为美学的特性，但只要诉诸审美感知，就不可能自我封闭和长存："因为每一共时系统必然包括它的过去和它的未来，作为不可分割的结构因素，在时间中历史某一点的文学生产，其共时性横断面必然暗示着进一步的历时性以前或以后的横断面。"[10]47 在极端的情况，共时性最终被历时性的黑洞所吞噬。

韦勒克和姚斯的处理，从逻辑上说，印证的是时间性问题的二律背反——侧重可凝定的、共时性的维面，必须跳脱于时间的约束之外，侧重不定型的、历时性的维面，则必须开放到时间的运动中，解决它的不二之途无疑是摆脱诗学与诗歌史、共时性与历时性之间互为对峙的困局。然而，时间性问题首先是巨大的哲学疑难，为此有必要从 20 世纪哲学和美学的进展提取有益的参照。

时间性的难题曾在海德格尔探讨实存哲学时被异常尖锐地突显出来。他的《存在与时间》试图回答的是，存在问题必须引渡到时间性的地平线中才能追问和推定。众所周知，哲学史上这部著作几乎颠覆性地重置了探讨本体论和形而上学问题的方法与立场，内中纠集了极为复杂的、盘根错节的运思，却并未有相对显明、直接的对诗（艺术）之时间性问题的探讨。尽管后来有将艺术命意到哲学论述中的另一重要著作《艺术作品的本源》，但即使在这里，海德格尔也没有以简洁、清晰的话语勾勒出时间性问题在艺术中的实际运作，而是延续和深化了此前他对存在这个元命题的关注。在此，不妨从另一个哲学家关于艺术作品的时间性命题的一篇论述集中的论文谈起。这就是伽达默尔的《审美的时间性问题》。从伽达默尔整体的哲学追求看，固然他与海德格尔之间差异大于相似，但是，时间性作为哲学疑难，伽达默尔与海德格尔有相当一致的致思步骤，背后是共同的形而上学悬设和处置方案。伽达默尔的策略则从美学问题中提取证明，这与本文的目标更贴切。因而，我们的方法是，先缕述伽达默尔解决时间性疑难的方案，再回到他与海德格尔一致的哲学立场。

伽达默尔这篇文章的中心命意是，"同时性"（共时性）将投掷在"现时性"（历时性）中，而"现时性"折射和确认"同时性"。"同时性"作为绝对的时间，它寄身于艺术作品的结构，与作品的表现相关，而时间性则体现在审美感知中，"现时性"的审美意识印证艺术作品的"同时性"。客体的维面即作品的表现作为共时性的表征只是一个方面，另一方面是主体的意识即审美感知以其每一个特定的时刻表现历时性的特点。在他看来，倘若没有"亲历其中"的意识置入，对象也仍旧是空洞的对象，但"亲历其中"不是对对象的据有，而是以此时此地的意识为开端，确认同时性。他如此道说现时性与同时性的关系：

无论如何艺术作品的存在总是与同时性相关。这同时性构成"亲历其中"的本质。同时性不是指审美意识的共生性，因为这种共生性指的是在一种意识中各种审美对象的同时存在和同时有效。与此相反，"同时性"在这里是要说一种独一无二的东西自行诉诸我们，哪怕它的来源是那么遥远，但在其指述中它便获得了完满的现时性。同时性也不是指意识中的一种给定性的方式，而是向意识提出的一项使命，一种根据自己所要求行使的作为。同时性还在于，它把握住事情本身，从而这种"同时性"得以显示，而且这也意味着，在整个现时性中所有中介都被扬弃了。[10]123-124

在伽达默尔看来，共时性和历时性的矛盾不仅可以实质性地克服，从形而上学的层面看，本体论和认识论的矛盾甚至有望解决。同样，具体到晚清至"五四"期间的诗歌问题，循着伽达默尔的致思路径则是，诗学关注的即为他所言的艺术作品的表现问题，它牵连着本体的维度，诗歌史关注的则是艺术作品的感知问题，它关涉着认识的维度。借鉴伽达默尔意义重大，这不仅事关为"言说方式"所确立的诗学与诗歌史的双重目标提供依据，也为在更大的背景下——即诗学研究说到底是一种与美学活动有关的运思方式——提供启示。可以说，伽达默尔重新校正了理解艺术作品的美学路径。

显而易见，上文所引的"本源性的东西""自行诉诸"以典型的海德格尔式的话语显露了后者作为一种资源和方法的重要性，为此，必须回到海德格尔的《艺术作品的本源》作进一步的论述。他在其中反复追问的是，譬如凡·高的油画《农鞋》，它的意义是否在于它对于某一双鞋的质地、外观以及这双鞋的所有者一时一地的精神状貌的直观性涂抹，以表象的方式对物的摹仿或是对某个柏拉图式的理念的分有？是否在于它体现了形式与质料的统一，成为感觉物和体验的对象？他认为这幅画得以成立有更深刻的根源，即"真理的自行置入"——艺术作品表征的不是别的什么，而是真理本身，是存在的敞开和显现，与此同时，真理又保证了表征的展示。[11]这表面有些循环论的思路和海德格尔的独特运思有关，不如征引伽达默尔在《〈艺术作品的本源〉导言》中的解释更直接："海德格尔所密切注视的这一特有的存在是被遗忘了的人的存在，它并不处在固定的现存状态中，而是在操心的动荡状态中为自己的存在担忧，忧虑着它自己的将来。人的'此在'是这样突现出来，即从他自己的存在出发去领悟自己的'此在'自身。由于人的'此在'不得安息地要追问自己的存在的意义，因而，就人来讲，对存在的意义的追问是受着时间的地平线的规定的。"[12]在这里，存在的"同时性"和此在的"现时性"之间不是单向的决定论关系，而处于互为关涉的"保证"与"显现"的双向抱持格局之中。在此，还可以略加回顾，诗学的方法出现在作为源头的亚里士多德那里时原本即有的丰富性，它在路径上和伽达默尔如出一辙。

如果说诗（纯文学观念兴起后，诗成了和小说、戏剧并列的文类，亚里士多德的诗则指整个艺术门类）的核心命题是"言说"的问题，而戏剧的核心命题则是"观看"的问题（现有《诗学》的存本主要探讨悲剧，悲剧观即为亚氏的诗学观）。尽管古希腊时期用于表演的戏剧和今日主要用于阅读、聆听的诗截然不同，但是，亚里士多德阐述悲剧观的理路，实际上可以成功地支持上文所设定的，即"言说方式"应和诗学（结构的、本体的）与诗歌史（运动的、感知的）的双重目标。亚里士多德从两个维面设置他的悲剧观念。第一，悲剧作为客体即观看对象的规定性，它在技术层面如悲剧长度、剧情转折、性格特征等方面被约定为一种自足的、绝对的结构，在此结构中，悲剧的本质体现为普遍性和绝对性，所谓"偶然的事件又符合因果关系"，悲剧的进展"按可然或必然的原则"结构而成。第二，悲剧自足和绝对的结构必须在具体的感知（观看）中实现，因而关联到观众实际的审美反应，正是在观看中，绝对性的悲剧每一次得以重临。[13]本质上看，亚里士多德将诗学处理为结构与运动、客体和主体的辩证法。

四、面向诗学和诗歌史的双重目标

颇费周章地为"言说方式"的共时性与历时性之统一陈说依据，无非为了强调，它是有充分依据的考量，其结构性的特征绝不静止、封闭，而包含有结构与运动的辩证法。换言之，诗学以它的共时性结构展望着历时性的"感知"，诗歌史的确认本质上是对诗学特性的感知，且为"结构"中的感知。这几乎可以视为研究中国新诗的重要途径，而不只为晚清至"五四"时段的诗歌所独有。因为诗歌演进的辩证法无外乎是，诗的特性之维护如果不是封闭静止化的，必得在历史的川流中不断检视，以保证何为诗的追问。反之，诗歌史的脉络如果不织进诗之特性中，则名之为社会史亦可，名之为文化史亦无不可（从破除学科壁垒的角度，我们并不反对诗的阅读、理解和研究有多种途径，对于在复杂时势与语言媒介几乎转折性改变中演进的诗歌，对它进行政治阅读无疑具有特别隆重的意味，但是，如果试图从作为美学活动的诗之变化来把握诗，则有难以跨越的路径需要穿透）。的确，这是诗歌（文学）研究特别的疑难。

"言说方式"面向诗学和诗歌史的双重目标，共时性和历时性之间的双向关联诚如上文所展望的，既类同于海德格尔的存在与此在，也相近于伽达默尔的结构与感知，同样，也类似于亚里士多德的约定与观看之间的关系。正如海德格尔的存在作为绝对的同时又有待检验的悬设那样，古希腊的典范悲剧也在形式规范层面首先被约定为结构性的，但它不能自我征显，只能在观看中被感知。这意味着，诗学和诗歌史、共时性和历时性之间也应确立一种海德格尔式的悬设。毫无疑问，应该选择共时性的结构作为绝对和待检验的一极，据此，对于一个时段的诗的把握，既不致过于决断地将它理念化，仿佛它是某一体式自设的结果，也不致过于仓促地将它放到线性伸展的链条中，仿佛它只是某些诗人个体和群落的流水作业。

将经验冲击内化为语言问题的诗歌，因而必将深刻地体现如下特点：形形色色的诗人们无论在实践上成功或失败、在观念上进步或保守，均不可能在经验与体式互为摩擦之外重置他们的语言和世界。作为一套显现语言策略的机制，"言说方式"超越代际、身份和诉求而成为共同的使命。与此同时，经验与体式摩擦之下的具体作为却丰富多样甚至相互对峙，"言说方式"也就成了梁启超、黄遵宪、胡适、郭沫若们位置的生动标定，醒目勾连在诗歌史历时性的辨认和感知中。

正是这种既是结构性的考量，又是差异性的凸显中，曾被简单化的体式问题在诗歌研究中的位置、功能和局限就可以得到进一步彰显。体式的凝定或破格说到底均不是诗的自足性的显示，哪怕在予以微调的梁启超或予以持守的王闿运那里亦然。比它更重要的问题恰恰是，古典性作为经验与体式之关系的表征所显现出来的闭抑与分裂的特点，尖锐地突显了诗辨识和建构它的"言说方式"的困境。再如同是以新诗象喻求解放的精神状态的康白情和郭沫若，他们的差异在自由诗这种笼统的体式中难以有效辨认，更内在的命题是，经验的冲击如何催逼出新的观物方式，使得立足于物象的康白情，在主体性的建构上落后于立足于心象的郭沫若：后者把平面、粘滞的物象的临摹变而成为心象的发明。实际上，"发明"作为一种崭新的美学有力地突显了康、郭在"言说方式"上的差异。

的确，只有紧扣"言说方式"的共时性结构，视之为诗的基本机制，才能重新评估闻一多、梁实秋与俞平伯、康白情的分野，他们的分歧在于对经验与形式、素材与技巧的不同侧重；与此相似，正是激赏汪静之《蕙的风》在情感的直接性、经验的贴近方面等方面的新鲜、大胆，鲁迅诸子才会不遗余力地鞭挞并无视胡梦华关于伦理维度的诉求，在新诗张扬自我和个性的途中，他们才会宁要其"显"而不要其"隐"的表情方式，尽管他们的知识学养对古老的"温柔敦厚"之诗教并不陌生。

有人或许仍旧不免疑惑，为何不直接依仗诗歌史的尺规，将诗人们的作为放置到有深刻目的的叙事线索中，以此让彼此之间的合作、分歧、疏离以及彻底的分道扬镳显现出来呢？的确，晚清至"五四"诗歌的表层图像似乎是，有一条从"旧"走向"新"的明晰线索，但很大程度上却是借助传统/现代的模式想象出来的。这并不是说，从文学代际和文学先锋的意义上，该时段的诗歌没有守成与开新的区别，而是强调，"言说方式"作为一种从诗学到诗歌史的指示，必须以诗学层面的结构性的特点来征显诗歌史的变动性的特点，这意味着，要"锁定"诗人个体或群落在具体的诗的写作和观念上的展现，即在"言说方式"的系统中，他们的美学反应是什么。只有这样，"言说方式"作为一个涵纳经验的冲击于语言策略中的系统既体现为结构性的，在相应的语言策略中又体现了变动性。例如就晚清诗歌而言，要避免用"五四""发明"晚清的陷阱，就必须把对象还原到它的自我纠缠。一般的诗歌史纵然摆脱了线性伸展的递进逻辑，然而值得警惕的仍然是研究视角的预设，例如黄遵宪通常被认为不如胡适"革命"，然后轻松抵达"不够进步"的结论。但在线性的脉络中，显然掩蔽了如下更可行的路径：应该以黄遵宪等人的写作纠集的问题本身作为考察基点，通过他们身上的"古典性"质询古典本身。至于胡适们可能的"革命"意义，也不能按照新/旧、白话/文言、新诗/旧诗的逻辑来肯定，而应从语言策略的因应上显现的作为，即在超脱古典的层面上予以评价。一俟不同的"言说方式"之建构的差异性得以辨明，诗歌史的叙述才能合法地征显。

如果说，诗学分析中的共时性结构，为诗歌史的描述提供坚实的、可辨识的依据，那么，当转向诗歌史的历史性问题时，共时性结构则是作为目标得到凸显。只有这样，"五四"时期的诗的观念上的新旧纠缠，就不仅应该看到人们祭起诗歌传统的背后，诗歌史尺度所具有的建构力量，更重要的是，内中作为机制的"言说方式"的考量才是诗歌史叙事的根本驱动力，这就是为什么，在新诗反对派的梅光迪诸人那里，他们采取理念化的诗歌观念否弃新诗，新诗人的诗歌（文学）史焦虑——胡适是最突出的代表，实际上是试图通过文学史的结撰，为自身的写作确认一个能够自我决断的、与古典无关的共时性的系统，如此新诗人即可以在其中生动地、合法性地展开他们的实践与建构，确立诗歌写作的位置。这也就是为什么，整理国故背景下的重新解释诗经、旧诗今译表面上是新的历史观的推动，实质上是"言说方式"作为一种共时性的系统造成的压力——他们要通过建构自身的历史评判确立现时性——相对于古史辨派和新诗人共时性的系统。因而，历时性的评判不仅是第二步的，更重要的是，历时性的叙述实际上是对共时性系统的确认和争夺。为此，面对反对派的美学理念，他们对新诗的攻击必须放在"古典型"和"现代型"的诗学对峙中予以审视；而颇有声势的整理国故运动和改写"旧诗"的背后，"新"历史的冲动契合的则是"现代型"美学的创制要求。

五、结　语

　　将形式维面的体式和内容层面的经验予以分离的做法，是曾经广泛影响文学理论的形式/内容二分法的体现，这种割裂带来的损害实质上是双重的，秉持此种陈旧框架的既有康德式的审美主义者，也有社会学式的经验主义者，但无论采取单边主义还是主从关系的做法，均难以全面审视诗（文学）在多重关系中的运作和变动。提出"言说方式"作为晚清至"五四"诗歌的核心命题，是为了克服上述两种误区（两者择一和一主一从），试图融通体式与经验之间互为形塑的关系，进而将现代性的介入内化到诗在语言策略的反应之中。

　　需要强调的是，"言说方式"并非静止的、惰性的结构，它的诗学诉求及表现始终被时间性——任何写作均是一定时段中的写作的命题所烛照，因而，"言说方式"是面向诗学和诗歌史的双重目标，在结构与运动、共时和历时中体现其辩证法的自觉。此点亦体现为对变动时代的诗之美学新变的关切：一方面，新诗在美学特质的认定、文学史的评价等方面都遭遇着特殊的困难。作为从正典的古典诗歌脱白而出的诗歌，它要获得自主性的身份、标识，则必须和古典诗歌构成差异性的关系，因之是一种较之古典诗歌走向变奏的诗歌。另一方面，诗文类作为美学的沉积，它在破坏与承袭中始终无从割断既是背景也是框架的诗的理念，这使得新诗的研究必须在差异性与关联性之间建立张力。因而，即使现代性的诸种体验突兀地矗立于梁启超、黄遵宪、胡适、郭沫若们面前，也必须把它们内化到诗的考量之中，这既是诗学层面，也是诗歌史的要求。

注释：

① 尼格尔·多德出色地梳理了哈贝马斯在修正、拓展马克思、韦伯的现代性构想方面的努力。《社会理论与现代性》，陶传进译，社会科学文献出版社，2002，第126—154页。

② 帕特里克·贝尔特云："哈贝马斯的事业无疑是勇敢无畏的。在法兰克福学派的方案已被大多数人抛弃的时候，哈贝马斯旨在为批判理论找到新的哲学基础。"《二十世纪的社会理论》，瞿铁鹏译，上海译文出版社，2002，第190页。

③ "诗学"是充满争议的概念，其内涵和外延在不同的使用中时有变动。在这里，当指涉对一部作品（无论叙事性还是抒情性的）的形式、结构进行分解和辨认时，称为诗学分析，与此相应，下文将提到的"言说方式"，当它指涉诗在语言

特质的维面中的运作时，也称为诗学层面的命题。此外，亚里士多德的传统中，诗学则是与后来的文学理论互换的两个指称，但本质上看，诗学侧重的是和语言特质密切相关的可在技术层面分解的理论与方法。

参考文献：

[1] 姜涛."新诗集"与中国新诗的发生 [M]. 北京：北京大学出版社，2005.

[2] 王德威. 被压抑的现代性——晚清小说新论 [M]. 宋伟杰，译. 北京：北京大学出版社，2005：5.

[3] 王汎森. 晚清的政治概念与"新史学" [M] //罗志田. 20世纪的中国：学术与社会·史学卷：上. 济南：山东人民出版社，2001.

[4] 本杰明·史华兹. 寻求富强：严复与西方 [M]. 叶凤美，译. 南京：江苏人民出版社，1990：1—2.

[5] 梁启超. 二十世纪太平洋歌 [M] //饮冰室合集：第5册. 北京：中华书局，1989.

[6] 刘大白. 淘汰来了 [M] //许德邻. 分类白话诗选. 北京：人民文学出版社，1988：352.

[7] 米歇尔·福柯. 什么是启蒙 [M] //汪晖，译. 文化与公共性. 北京：三联书店，2005：430.

[8] 胡适. 建设的文学革命论 [M] //顾阳哲. 胡适文集：2. 北京：北京大学出版社，1998.

[9] 韦勒克. 文学理论、文学批评和文学史 [M] //批评的概念. 张金言，译. 北京：中国美术学院出版社，1999：18.

[10] H·R·姚斯. 文学史作为文学理论的挑战 [M] //姚斯，霍拉勃. 接受美学与接受理论. 周宁，金元浦，译. 沈阳：辽宁人民出版社，1987.

[11] 海德格尔. 艺术作品的本源 [M] //林中路. 孙周兴，译. 上海：上海译文出版社，2004.

[12] 伽达默尔.《艺术作品的本源》导言 [M] //美的现实性. 张志扬，译. 上海：上海三联书店. 1991.

[13] 亚里士多德. 诗学 [M]. 罗念生，译. 北京：人民文学出版社，1997.

——原载《江汉学术》2015年第4期：67—75.

论朦胧诗"涌流期"表意系统的局限性

——以诗歌想象力和语言分析为中心

◎张凯成

摘　要: 朦胧诗"涌流期"的表意系统存在着局限性,学界尚未
出现对其"表意系统"层面的完整审思。这种局限性一
方面表现为朦胧诗想象力内部结构中存在的"个体性/
同一性"的矛盾,这使其在想象力建构过程中带有不可
避免的解构性因素,朦胧诗人在对抗"文革"诗歌的主
体建构中聚合,个体自身又带有分散的解构力,想象的
悖论由此产生;另一方面体现在朦胧诗的语言层面,以
"我"为向心力建构的语言"能指群"造成了其想象维
度的单义性,其语言的横向组合也固定在"我"的抒情
范围之内,在语言的所指层,"我"被赋予了"绝望/希
望"二元对立式悖论感,使得朦胧诗语言在表意过程中
呈现出不同程度的焦虑。朦胧诗的想象力与语言在社会
语境的指引下建立了交互式的对应关系,二者在相互的
"展开"中所构筑的表意系统有着不可规避的局限。

关键词: 朦胧诗;表意系统;想象力;语言

一、引　言

朦胧诗作为"当代诗歌'复兴'的标志"[1]为 1980 年代的中国诗坛所接受,其
诗学价值与意义毋庸置疑。随着时间推移,朦胧诗的既有定论经受着不断发展的诗
歌观念的冲刷。新世纪以来,学者们在对朦胧诗的重读中表现出对其进行的包括概
念、主体构成及其他复杂因素在内的反思与再释,这一方面反映出了多元社会语境
中评价机制的变化,另一方面则传达出学者对经典化了的"朦胧诗"的审慎思考态
度。这些文章或呈现出对朦胧诗的概念真伪的细节考辨(亚思明[2]),或赋予了对
朦胧诗的诗人构成的重新认知(张清华[3]、谷鹏和徐国源[4]),或表明了对朦胧诗论

争本身的诗学反思（王爱松[5]）……然而，朦胧诗首先作为完整的诗歌表意系统而显现，其中包含了诗人的个体想象、诗歌语言的表达等多重诗学因素。从当前的研究成果来看，学界尚未出现对朦胧诗"表意系统"层面的完整审思，笔者正是基于重新认识朦胧诗的态度，依循朦胧诗的个体想象与语言表达的路径来审视其表意系统，以期完成与学界的对话。

朦胧诗的发展经历了不同的阶段，而其从发生到发展的完整历程主要包含在"涌流期"[①]这一时间范畴之内。朦胧诗在 1978 年之前主要以"地下写作"、传抄阅读等隐蔽的方式在圈子范围内传播，其整体浮出历史地表则以《今天》的创刊为标志，随后出现的官方刊物对朦胧诗作品的转载或刊发使其以集体出场的方式得到诗界的普遍接受。而到了 1983 年，朦胧诗写作进入了"发散期"，诗评家唐晓渡对此提出了三方面的理解："其一，在经历了涌流期的集体命运之后，'朦胧诗'内部开始分化；其二，'朦胧诗'所体现的新的价值观和方法已显示出相当的凝聚力，其创作通过大批的追随者和模仿者，或成为明里暗里的参照而具有'范式'意义；其三，由于获得广泛认可，它正从旧秩序的异端慢慢转变为新的'传统'，从而酝酿着新的变革。"[6]1984 年之后，朦胧诗人普遍开始了"想象力向度的调整或转型"，并发生了"作为潮流出现的朦胧诗群的解体"[②]。随后，继起的新生代诗歌对朦胧诗整体提出了质疑，并从诗歌理念及写作实践层面对其进行超越。因此，笔者将选取"涌流期"这一时段来对朦胧诗进行再审视，试图探索出其在想象力与语言两个层面的问题，并由此生发出朦胧诗转型原因的思考。

二、朦胧诗的表意系统——"格式塔"式想象和单义性语言

法国哲学家雅克·马利坦认为，艺术与诗中存在着"创造性直觉"[③]，这种创造性直觉主要从人的精神无意识中产生。对于朦胧诗来说，创造性直觉从朦胧诗人在诗歌转型时期主观自我的自觉把握中生成，指向的是他们处于社会"变革"期之中的诗学想象力。朦胧诗人的创造性直觉建构在转型的诗歌语境中，"文革"的压制性话语极大地摧残了多数诗人的创作心理，使得诗人的精神结构大都由残缺的心理图式组成。社会"变革"的到来则为诗人提供了摆脱"文革"语境，重铸新的话语方式的心理基础，朦胧诗人的"格式塔"式直觉由此产生。当这种创造性直觉作用于诗人的想象力时，迫使诗人建构了挣脱"文革"话语束缚、重构新的写作方式的"格式塔"式想象。

然而，诗人的想象力并非是表达的"自足体"，其最终的呈现需要借助一定的载体。加斯东·巴什拉在《梦想的诗学》一书中提到，想象力在"作为欣赏的形

象"中才能获得其本源意义，如果想象力与"形象"之间的联系被强行割断，那么我们对想象力的研究也会表现出无力感。巴什拉还在书中建构了"安尼姆斯—安尼玛"的探究梦想内部与外部的模式，"安尼玛"趋向于诗人的想象力，"安尼姆斯"则指向诗歌外在的思想。由此来看，朦胧诗人的想象力正是内隐于心理结构中的"安尼玛"，但从"变革"语境中产生的"格式塔"式想象只有固定于诗歌中的具体形象——经由诗人内心的"安尼玛"所构筑出的"安尼姆斯"——之中才能够使其完成想象本体的实现。柏格森则在论述诗歌生成过程中同样指出了形象的重要性，"他（诗人）把情感发展为形象，又把形象发展为字句，而字句把形象翻译出来，同时遵循节奏的规律"[7]。诗人的情感通常在想象基础上产生，朦胧诗人在"解构/重构"的语境中建构的诗学形象则承载了诗人的想象。柏格森同时注意到，字句以有节奏的"翻译"的方式将形象呈现出来，由此可以看出，经由朦胧诗人的想象生产出来的诗学形象依靠在特定的符号——诗歌语言——中的自塑才能够最终传达出来，诗歌语言的优越性据此产生。

对于 20 世纪的西方现代哲学来说，"语言学转向"成为标识其与传统哲学进行区分的重要概念，语言的中心地位在这一转向过程中得以确立。美国语言学家爱德华·萨丕尔曾说："语言是文学的媒介，正像大理石、青铜、黏土是雕塑家的材料……文学把语言当作媒介，可是这媒介是分为两层的：一种是语言的潜在内容——我们的经验的直觉记录；一种是语言的特殊构造——特殊的记录经验的方式。"[8]这不仅指明了语言在文学中的基础作用，而且将语言区分为"直觉记录"和"经验记录"两种形式，则更有助于增强语言的阐释功能。当然，诗歌语言较之一般性的文学语言有着自身更多的复杂性特征，这种复杂性在于"诗的一切活动都建立在语言这一基础上，诗的任何探究都要从语言那里开始；语言和其他诗歌元素永远处于纠缠不清、无法剥离的关系"[9]。对于朦胧诗本身而言，其所处的"变革"语境正决定着其语言与"其他诗歌元素"尤其是想象力的相互纠葛关系，由于朦胧诗想象的"格式塔"始终存在，其语言必然要在由"格式塔"式想象所营构的语义范畴中进行自适，这便为其语言单义性的产生做了充分的铺垫。而对朦胧诗单义性语言的分析，则首先要将其作为固定化了的语言符号来看待。索绪尔认为，"语言符号连接的不是事物和名称，而是概念和音响形象"[10]94，"概念"和"音响形象"分别指称着语言符号的所指和能指，二者是构筑语言结构不可或缺的要素。同时，索绪尔引入"句段关系"和"联想关系"来明确语用学内部的结构关系，并指出"句段关系是在现场的，它以两个或几个在现实的系列中出现的要素为基础。相反，联想关系却把不在场的要素联合成潜在的记忆系列"[10]166。句段关系横向连接了各个语言单位，表明了语言的横向线条性组合；联想关系则带有心理层面的不同语言单位的可替换性特征，指向了语言的纵向聚合。朦胧诗语言符号的"能指"与"所指"框囿在固有的诗学想象之中，诗句中的语词和意象由单一抒情主体横向连接起来，而语词、意象所包含的纵向联想层面的意义层则在"格式塔"的想象中呈现出二元对立式的悖论感，由此建构而成的朦胧诗的语言便带有无法避免的单义性特征。

尽管朦胧诗的语言呈现出了很大程度的单义性，但其作为语言符号本身所具备的复杂特性并未隐失，单纯的语言学分析并不能显出其在特定历史时期的语言特性，尤其容易落入剥离 1980 年代前后繁复驳杂的社会历史语境的"形式主义"研究的"陷阱"。笔者以为，诗人的想象力从原初的混沌状态走向逐渐的明晰形态主要依靠的是力量的集聚，其最终的表现则是诗歌思维方式、思想观念、价值内涵等诗学要素的营构，诗歌语言则是想象力向诗歌本体过渡的重要载体，支撑了诗歌表意系统的最终实现。因此，诗歌的想象力与语言的综合分析的方法便显现出其独特的价值所在。朦胧诗人的想象力参与了诗歌的内部构成，而诗歌的最终完成则离不开具体语言形态的展示，想象力所构筑的朦胧诗"意象"与语言在横向组合层面的"能指"则建立了联系，而"意象"所包含朦胧诗人的想象及建构的诗歌形象则与语言纵向聚合层面的"所指"产生了紧密的关系，这些因素共同构成了朦胧诗本身的写作。

三、特定精神图景与诗学形象下的想象局限

诗评家陈超看来，诗歌的想象力是一种"神奇的力量"，"它许诺把我们从沉重刻板的现实中解放出来，'升华'到自由幻美的文本世界"[11]。作为神奇力量的想象力是"沉重的刻板的现实"与"自由幻美的文本世界"衔接的载体，朦胧诗人借此营构了转折期诗歌写作中的"朦胧"。然而，"朦胧"的生成过程始终处于压制的"文革"环境与重建的转折境遇的张力场中，这就使得朦胧诗人的精神始终处于"文革"影响的焦虑中，无法摆脱"过去"对"现在"的影响。美国批评家哈罗德·布鲁姆在《读诗的艺术》中指明了诗歌写作中"现在"与"过去"联系的必要性，"诗比其他任何一种想象性的文字更能把它的过去鲜活地带进现在。在诗歌传统中有一种仁慈的精灵，它超越了影响造成的悲哀，尤其是新的诗人对留给自己去做的事情太少而感到的恐惧"[12]。对朦胧诗人来说，"文革"诗歌是它的过去，他们的写作将"过去鲜活地带进现在"。如诗句：

一个阶级的血流尽了/一个阶级的箭手仍在发射/那空漠的没有灵感的天

空/那阴魂萦绕的古旧的中国的梦（多多《无题》）

……我/看见过足足十九个一模一样的春天/一样血腥假笑，一样的/都在三月来临……（根子《三月与末日》）

几千年海和手的劳动/一阵阵狂风一阵阵汹涌/仅仅留下/岩石，硬壳似的/船。实在而空洞（江河《星》）

昨天——/它什么也没有留下/它把该带走的全都带走了（芒克《昨天与今天》）

狭窄的地平线/标志出世界的边缘/太阳从那里沉落/留下重重黑暗/当它再度升起/却没有带来新的一天（田晓青《虚构》）

"过去"对于朦胧诗人来说是空漠的、没有灵感的天空，是"阴魂萦绕"的"古旧的梦"，它带给诗人以血腥与假笑，以一阵阵汹涌的空洞。"过去"把一切都带走了，只留下"重重黑暗"，即使太阳升起，"却没有带来新的一天"。作为"过去"的"文革"的传统中并不包含"仁慈的精灵"等诗学因素，有的只是强制性的政治话语权力与精神重压。在极力挣脱充满焦虑感的"文革"的精神图景中，朦胧诗人的想象力框囿在解构"过去"的精神压抑与重建"现在"的精神解放的空间结构中，他们在朦胧诗旗帜下具备认识上的自觉，建构出了带有同一性的诗学想象。朦胧诗解放的是饱受政治话语禁锢的审美想象力，其诗学追求也正是在审美想象力的变革和生存态度与观念的转换过程中得以实现。但与西方近代哲学所面对的宗教、神学、上帝等观念侵蚀人的精神领域的情景类似，朦胧诗直接面对的是政治意识形态对个人意识的吞噬，是"文革"时期体制化、政治化文学制度对诗人个体精神的扼杀。由此出发，朦胧诗人将精神图景建构在对"文革"的压制性权力话语的反叛层面，其诗歌理想是对人的价值、个体生命力的重新发掘与命名，这就直接限制了朦胧诗人想象力的多元化发展。

基于"压抑/解放"，"解构/重建"的悖论式精神重力，朦胧诗建构了富于人道宣谕特性的诗学形象。如食指通过"朋友，坚定地相信未来吧，/相信不屈不挠的努力，/相信战胜死亡的年轻，/相信未来，相信生命。"（《相信未来》）的宣泄式呼喊与期冀式描绘来生发出人们生活信心的重拾；北岛以"回来，我们重建家园/或永远走开，像彗星那样/灿烂而冷若冰霜/摒弃黑暗，又沉溺于黑暗中"（《彗星》）的呐喊宣告了"重建家园"所遇到的悖论式困境；江河从"在英雄倒下的地方/我起来歌唱祖国"（《祖国啊，祖国》）的表达中以对祖国的"反英雄"式歌唱完成对新生活的重新命名；舒婷以"这个世界/有沉沦的痛苦，也有苏醒的欢欣"（《致大海》）的价值宣判剖析了重构世界的"痛苦/欢欣""沉沦/苏醒"的双重性……朦胧诗人在写作中普遍表征出启蒙者和宣谕者的诗学形象，其诗歌带有着强烈的启蒙主义与人道主义特性，他们以此来表明自身对转折时期社会历史语境的"介入与参与"，宣告着"一代青年诗人作为一支现实的诗歌力量已然生成"[6]。朦胧诗人正是在人道宣谕式诗学形象的塑造中完成了对人的重新发现，他们在写作中表现出对"文革"造成的"愚昧"思想的启蒙以及对"文革"政治话语的剥离。于是，由朦胧诗人的精神结构与"文革"后普遍存在着"去政治化"的思潮处在相同的文化结构层，其建构的想象体系包含了更多的政治无意识，并且在之后始终作为朦胧诗写作的"格式塔"而挥之不去。

尽管时代使命造成了朦胧诗人形象的单一性，但作为个体的朦胧诗人在精神结构内部始终存在着想象的多元化冲动，他们在生存经历、诗歌资源的借鉴、诗歌写作技艺等层面的不同也决定着其诗歌写作的多样化特征。陈超认识到朦胧诗的想象力主体"是一个由人道主义宣谕者，红色阵营中的'右倾'，话语系谱上的浪漫主义、意象派和象征派等等，混编而成的多重矛盾主体"[13]。由"浪漫主义、意象派和象征派"等建构的朦胧诗想象主体自身具备多元化写作向度，满足了社会转型期的想象方式与思维向度，但特定时期的文学机制本身具备完整性、稳定性的特质，因此，"个体性/同一性"的矛盾存在于朦胧诗的想象力内部结构当中，使其在想象力建构过程中带有不可避免的解构因素，朦胧诗人在对抗"文革"诗歌的主体建构中聚合，个体自身又带有分散的解构力，想象的悖论由此产生。

巴什拉指出了诗人想象的载体：语言——"诗人在他们对宇宙的梦想中，用原始的言语、原始的形象述说世界。他们用世界的言语述说世界。词语，伟大自然的词语相信那些曾创造了它们的形象。"[14]他认为诗人的作用是搭建起想象力与语言之间的桥梁，将内心中的"宇宙的梦想"借助"语词"表达出来。马利坦也将诗看作是"诗性直觉"客观化的符号，并指出："既是一种在事物中所感知到的奥秘的和在广大的世界中被捕获到的某种关于自然或历险的无法反对的真的直接符号，又是一种诗人主观世界的、被隐约地展现出的诗人的本体的自我的反向符号。"[15]无论是作为事物本身的"直接符号"，还是作为诗人自我的"反向符号"，诗歌都以符号化的形式成为诗人想象力与外部世界的连接通道。由此来看，朦胧诗人的想象力主要以"符号"的形式来呈现出来。海德格尔看来，"语言乃是一地域，也就是说，它是存在的家园"[16]，诗歌自身的存在方式正是语言，而朦胧诗语言便自然担负起表达与再现朦胧诗人想象力的诗学任务。朦胧诗语言不仅作为朦胧诗人想象力的承载体，同时又因其自身固有的表意结构与表现方式影响着朦胧诗"涌流期"的表意系统。

四、语言的单义性——"我"的向心力与悖论

在德国批评家胡戈·弗里德里希看来，现代抒情诗歌中的主体是一种隐蔽的存在，"是一种匿名的、无定语的被确定者，对他来说，感情的强烈和开放元素都让位于一种隐藏的振荡，而当这种振荡面临过于微弱的危险时，它又会被离散性的附加成分硬化和陌生化"[17]。朦胧诗的写作尽管也采用一种现代诗歌的方式来反叛"文革"的压制，但与现代抒情诗歌中主体"隐蔽性的存在"相比，其抒情主体"我"则具有明确的指向性特征，这使得建构在"我"之上朦胧诗的语言表现出自身的局限性，其语言的"能指群"与"所指链"表现出很大程度的单义性。

朦胧诗语言中有着"火炬""山峰""鱼群""太阳""纪念碑"等诸多能指符号，而这一"能指群"主要围绕"我"来建构。如顾城的"我想在大地上/画满窗子/让所有习惯黑暗的眼睛/都习惯光明"（《我是一个任性的孩子》）用大地上的"窗子"来描绘出人们对光明的渴望；杨炼的"我被固定在这里/山峰似的一动不动/墓碑似的一动不动/记录下民族的痛苦和生命"（《大雁塔》）则以固定的"山峰""墓碑"来记录下民族所遭受的隐痛与伤疤；梁小斌的"那是十多年前/我沿着红色大街疯狂地奔跑，/我跑到了郊外的荒野上欢叫"（《中国，我的钥匙丢了》）以自我"疯狂地奔跑"来抵御"红色大街"的禁锢，以"荒野上欢叫"来告别"红色"的充满压制的世界；王家新的"呵，我黑褐色的石头/像是最悲壮的奔突/被岁月和废墟所凝固"（《石头》）则以黑暗的色调描绘出"废墟上的悲壮"这样一幅颇具画面感的现实，其"我想起那些真正生活过来的人们/在死亡面前，却像秋叶一样/呈现出令人惊异的尊严和美丽……"（《秋叶红了……》）赞美了灾难中的人们尽管面对着死亡，处于"秋叶"凋零感觉的包围中，但依然有着"尊严和美丽"的精神……

从朦胧诗歌的文本来看，诗人普遍用"冰川""铁幕""荒野""废墟""枷锁"等带有压抑感、恐惧感、厌恶感的意象来表征"文革"，与此相对，他们在指称新时期时则较多采用用"黎明""火光""暖流""航标"等带有释放性、希冀性、亲和性的意象表达重获新生后的激动，并在写作中用充斥着对立性的意象（新/旧、好/坏）组合来构造诗行与段落。如：

苏醒的春天终于盼来了，/阳光的利剑显示了威力，/无情地割裂冰封的河面，/冰块在河床里挣扎撞击。（食指《鱼群三部曲·三》）
如果大地早已冰封/就让我们面对着暖流/走向海（北岛《红帆船》）

把尘封在蛛网中的无尽岁月踩在脚下/向一个新世界遥望（黄翔《长城的自白——〈火神交响诗〉之四》）

给过去的写下历史/给要来到的注明航标（哑默《家园》）

朦胧诗"更新了一代人的审美想象力和态度"（陈超语），重新发掘出"我"的价值，尤其在精神层面构筑了全新的"我"。由此，"我"的所指框定在了重构的价值主体的意义层面，并在写作中成为诗人组织语言、结构诗篇的载体。一方面，朦胧诗的"我"作为受伤的典型出现在诗中，在精神与肉体均承受着时代给予的巨大创伤。如：

我的年代扑到我/斜乜着眼睛/把脚踏在我的鼻梁架上（黄翔《野兽》）

我曾和一个无形的人/握手，一声惨叫/我的手被烫伤/留下了烙印（北岛《触电》）

我只有我/我的手指和创痛（顾城《我是一个任性的孩子》）

我的身体里垒满了石头/中华民族的历史有多沉重/我就有多少重量/中华民族有多少伤口/我就流出过多少血液（江河《纪念碑》）

我被迫站在这里/守卫天空、守卫大地/守卫着自己被践踏、被凌辱的命运（杨炼《大雁塔》）

在这些诗句中，"我"被年代扑倒、被烫伤、被践踏、被凌辱，"我"承载着中华民族的历史，承载着苦难的历史，这使得重获生存希望的"我"必然发出对时代、对过去、对伤害的愤懑、反抗、对峙、决裂。但作为言语出现的"我"在朦胧诗整个语言结构（"我们"）中诞生，处于从属性的位置，而"我们"指向的是"文革"消逝、充满希冀的富于生命力和激情的整体，具有强大的聚合力与向心力，"我"只能围绕着"我们"的时代征象来塑造与建构，而不能挣脱这一樊篱。由此出发，朦胧诗中的"我"存在着相似性，"我"在集约化思维方式中生发，内心承担了诸多的压抑，代表着特定时代的情绪，而真正意义上的富有生命体验特征的"我"并未得到较好的挖掘。

另一方面，朦胧诗的"我"在承受着的巨大伤痕中不断摆脱悲惨的命运，找寻生存的希望。如江河的"我勾画出河流似的美丽的花纹/于是，乌黑的头发开始飘动/阳光下黄色的河流闪出光辉"（《沉思》），舒婷的"我站得笔直/无畏、骄傲/分外年轻/痛苦的风暴在心底/太阳在额前/我的黄皮肤光亮透明/我的黑头发丰洁茂盛"（《会唱歌的鸢尾花》），梁小斌的"我想风雨腐蚀了你，/你已经锈迹斑斑了；/不，我不那样认为，/我要顽强地寻找，/希望能把你重新找到。"（《中国，我的钥匙丢了》）……朦胧诗人在面对黑暗、扭曲、压抑的时代环境时内隐着无畏、顽强、斗争的崇高精神，正是这种精神给人以冲破压制、向往自由的信心与力量。由此，"我"在社会重压导致的极端绝望中不断寻求精神层面的希望，尽管现实的"我"已经摆脱了恶劣的生存环境，但怀着对饱受精神创伤的一代的记忆，处在过去与现实交叉共生的"绝望/希望"式结构体中的"我"这一所指饱含悖论性。

在语言的能指层，朦胧诗以"我"为向心力建构了"能指群"，使其想象方式固定在单义性的思维向度层面，其语言的横向组合也固定在"我"的抒情范围之内；在语言的所指层，"我"被赋予了"绝望/希望"二元对立式悖论感，造成了朦胧诗语言在表意的过程中呈现出不同程度的焦虑感。同时，单向度的思维模式也抑制了朦胧诗人多元化创作的内在冲动，使得诗歌意象的无节制性与混杂性无可避免。这直接影响了读者对朦胧诗的接受，因为固定化的"意象"容易使读者在阅读过程中产生强烈的视觉疲劳感，"'朦胧诗'在阅读中之所以出现意义上的朦胧状态，一个根本原因就在于大量地运用了意象，特别是'意'和'象'之间的关系越随意，意义整合的难度就越大……意象之间转换节奏越快，跳跃幅度越大，就越会出现朦胧的效果"[18]。的确，朦胧诗在出场时依靠独具特色的诗歌意象与思维方式赢得了读者，但其在随后的写作中则表现出了对多元化意象及意象构造方式的探索的忽视，与读者的阅读期待并未保持同步协调性发展，随着读者从朦胧诗中吸取的诗学营养的过期或变质，他们在对朦胧诗的接受中逐渐产生排斥与不满。

五、结　语

综上所述，朦胧诗"涌流期"的想象力与语言表现出了较大的局限性，这不仅制约了其诗歌审美机制的多元化发展，同时使得其表意系统处于巨大的焦虑中，朦胧诗人在之后开始的写作向度的调整正是基于"涌流期"想象力与语言结构所造成的局限性事实。需再次指明的是，笔者的分析并不是对朦胧诗经典价值和地位的推翻，而是在当前社会语境中，试图从诗歌想象力与语言两个层面完成对朦胧诗内部建构与外部影响因素等层面的重读，并借此来探求诗歌文本研究的新路径。

在海德格尔看来，"语言是存在之家"，作为"存在之家"的语言既是诗歌建构的内部肌质，同时也在很大程度上反映着诗歌写作的外部境遇。而作为社会性制度的语言包含了社会语境、文化制度等诸多社会性因素，这些社会性因素又是诗人精神结构与想象方式存在的基础。由此，诗歌想象力与语言在社会语境的指引下建立了交互式的对应关系，一方面，诗歌语言在社会语境中形成，带着自身的稳定性结构作用于诗人个体，通过对诗人精神结构的影响决定着诗人想象力的建构；另一方面，诗人个体化想象力在反映社会的心理结构的同时内隐着巨大的超越性征，始终存有建构个性化语言的内在冲动，由此也不断推动着诗歌语言自身的变革。

注释：

① 朦胧诗的"涌流期"是诗评家唐晓渡提出的概念："以 1978 年底《今天》的创刊为标志，（朦胧诗）前后经历了近四年的时间；其背景是广泛开展的思想解放运动，其主要特征是经由对'文革'和民族命运的反思，高扬诗人的个体主体性，并据此确立诗的本体意识。"见唐晓渡编：《在黎明的铜镜中："朦胧诗"卷》，北京：北京师范大学出版社，1993 年，第 5 页。本文所引诗歌均来自该书。

② 陈超认为 1984 年后朦胧诗的转型有四个向度："北岛由对具体意识形态的反思批判，扩展为对人类异化生存的广泛探究。杨炼更深地涉入了对种族'文化—生存—语言'综合处理的史诗性范畴。多多更专注于现代人精神分裂、反讽这一主题。芒克则以透明的语境（反浪漫华饰）写出昔日的狂飙突进者，在当代即时性欣快症中，作为其伴生物出现的空虚和不踏实感。这四种向度，是 1984 年后朦胧诗最有意义的进展。"见陈超：《个人化历史想象力的生成》，北京：北京大学出版社，2014 年，第 2—3 页。

③ 创造性直觉，即"一种在认识中通过契合或通过（产生自精神的无意识中的）同一性对他自己的自我的和事物的隐约把握。这种契合或统一性出自精神的无意识之中，它们只在工作中结果实。"见雅克·马利坦：《艺术与诗中的创造性直觉》（刘有元、罗选民等译），北京：三联书店，1991 年，第 94 页。

参考文献：

[1] 洪子诚. 中国当代新诗史 [M]. 北京：北京大学出版社，2010：217—218.

[2] 亚思明. "朦胧诗"：历史的伪概念 [J]. 学术月刊，2013（9）.

[3] 张清华. 朦胧诗：重新认知的必要和理由 [J]. 当代文坛，2008（5）.

[4] 谷鹏，徐国源. "朦胧诗"：矛盾重重的文学史叙述——兼论当代诗歌流派的解读方式 [J]. 江苏社会科学，2010（1）.

[5] 王爱松. 朦胧诗及其论争的反思 [J]. 文学评论，2006（1）.

[6] 唐晓渡. 心的变换："朦胧诗"的使命 [M]//谢冕，唐晓渡. 在黎明的铜镜中："朦胧诗"卷. 北京：北京师范大学出版社，1993：11.

[7] 柏格森. 时间与自由意志 [M]. 吴士栋，译. 北京：商务印书馆，2007：11.

[8] 爱德华·萨丕尔. 语言学——言语研究导论 [M]. 陆卓元，译. 北京：商务印书馆，2007：199.

[9] 陈仲义. 现代诗：语言张力论 [M]. 武汉：长江文艺出版社，2012：2.

[10] 索绪尔. 普通语言学教程 [M]. 高名凯，译. 北京：商务印书馆，2014：94.

[11] 陈超，李志清. 诗的想象力及其他——问与答 [J]. 山花，1996 (5).

[12] 哈罗德·布鲁姆. 读诗的艺术 [M]. 王敖，译. 南京：南京大学出版社，2010：14.

[13] 陈超. 先锋诗歌20年：想象力纬度的转换——以诗歌的"个人化历史想象力"为中心 [M] //陈超. 个人化历史想象力的生成. 北京：北京大学出版社，2014：2.

[14] 加斯东·巴什拉. 梦想的诗学 [M]. 刘自强，译. 北京：三联书店，1996：237.

[15] 雅克·马利坦. 艺术与诗中的创造性直觉 [M]. 刘有元，罗选民，译. 北京：三联书店，1991：104.

[16] 海德格尔. 诗·语言·思 [M]. 彭富春，译. 北京：文化艺术出版社，1991：120.

[17] 胡戈·弗里德里希. 现代诗歌的结构——19世纪中期至20世纪中期的抒情诗 [M]. 李双志，译. 南京：译林出版社，2014：156.

[18] 尹昌龙. 1985：延伸与转折 [M]. 济南：山东教育出版社，1998：150.

——原载《江汉学术》2016年第2期：75—80.

附　录

第二届"教育部名栏·现当代诗学研究奖"
颁奖录音实录

◎颜炼军，李海英，张桃洲，郑慧如，等

摘　要：作为教育部哲学社会科学名栏建设专项工程之一，2015
年11月2日，由江汉大学现当代诗学研究中心、《江汉
学术》编辑部主办的第二届"教育部名栏·现当代诗学
研究奖"颁奖仪式在北京"大成路九号"举行。来自北
京大学、台湾逢甲大学、北京师范大学、中央民族大
学、首都师范大学、华中师范大学、河北大学、福建师
范大学、上海师范大学、云南大学、浙江工业大学、韩
山师范学院、《新华文摘》、人大复印报刊资料中心、中
国计划出版社、中国诗歌网的专家、学者、主办方负责
人和工作人员以及在京媒体记者参加了此次仪式。颁奖
嘉宾分别将奖杯、证书和奖金颁发给了颜炼军、李海
英、张桃洲、郑慧如四位第二届"教育部名栏·现当代
诗学研究奖"得主。《江汉学术》"现当代诗学研究"为
入选教育部哲学社会科学名栏建设工程的三批57家学
术期刊中唯一的诗学研究类栏目，"教育部名栏·现当
代诗学研究奖"也是海内外首创的汉语新诗诗学研究类
专项大奖，凸显了该刊倡导的学术性、开放性、引导性
和公益性。[①]

关键词：现当代诗学研究奖；教育部名栏；颜炼军；李海英；张
桃洲；郑慧如；《江汉学术》

涂文学：

各位领导、各位来宾，女士们、先生们，大家上午好！金秋十月，秋高气爽，
第二届"教育部名栏现当代诗学研究奖"颁奖仪式暨《群岛之辨："现当代诗学研
究"专题论集》研讨会现在开始。首先，我们有请主办方江汉大学校长李强先生
致辞。

李　强：

尊敬的各位专家学者、各位嘉宾，大家上午好！

有朋自远方来，不亦乐乎。首先，我谨代表江汉大学向各位嘉宾莅临本次颁奖仪式，表示诚挚的欢迎和衷心的感谢！并向荣获第二届"教育部名栏·现当代诗学研究奖"的四位获奖者表示祝贺！

今天，各位尊贵的嘉宾齐聚在这里，在首届颁奖后的第三个年头，来见证又一个隆重的时刻——第二届"教育部名栏·现当代诗学研究奖"颁奖仪式。此次颁奖活动由江汉大学现当代诗学研究中心、《江汉学术》编辑部主办，它依托《江汉学术》的教育部名栏"现当代诗学研究"，是国内乃至整个华语诗歌理论研究界独一无二的专项诗学研究奖。从某种意义上来讲，这也是华语新诗诗学研究一项重要的、标准最为严格的奖励。

高等教育的四大使命是教书育人、科学研究、服务社会、文化传承。教育部高校哲学社会科学名栏建设工程总体目标是在数年内建设数十家代表我国高校学术水平、在国内外学术界享有较高学术声誉、为解决改革开放和社会主义现代化建设中的重大理论和现实问题、为文化的积累和传承、为学科建设发挥重要作用的高校学报品牌栏目。在全国一千二百多种高校哲学社会科学学报中，各学科目前正式入选了三批 57 家名栏，《江汉学术》"现当代诗学研究"为全国唯一入选的诗学研究名栏建设栏目。

2013 年 4 月，教育部社科司在杭州召开了名栏建设座谈会。在会议上，资深专家对《江汉学术》率先创办的教育部名栏奖给予了高度评价。会议达成的共识是：名栏建设现已进入了深水区，需要打造名栏建设升级版：一是名栏建设升级版的目标应该做到"两个领先"；二是要寻找新的学术生长点；三是在办栏模式上要逐步做到专题化；四是要全面提升名栏的学术和编校质量；五是要促进研究成果快速、广泛地传播，最大限度地发挥正能量；六是要采取多种切实可行的措施来打造名栏建设升级版。

正是基于上述思路，我们一方面是在将栏目论文精粹结集为《群峰之上："现当代诗学研究"专题论集》（2011）出版后，续编了《群岛之辨："现当代诗学研究"专题论集》（2014）出版，以拓展新的传播渠道、延长优秀学术成果的传播时效。另一方面是继续鼎力举办"教育部名栏·现当代诗学研究奖"，激励优秀作者，形成示范效应，也是在某种意义上参与探索、引导海内外诗学研究的路径与走向。

我们还在 2013 年 9 月，于古城荆州举办了"橘颂·首届两岸现当代诗学研讨峰会"，两岸诗学高手齐聚一堂交流、探讨了两岸现当代诗学的发展前景和诗学研究成果。两岸诗学峰会不仅为两岸文化深度交流提供了新的范本，也为本地、两岸乃至海外的诗人、学者提供了智性的启迪。2014 年 11 月，江汉大学特聘了洛夫先生为荣誉驻校诗人，《江汉学术》编辑部还策划了"中国武汉 2014·洛夫诗歌品读会"。洛夫这位海峡对岸曾以目光将石壁"凿成两道血槽"的深具实验精神与创造性的诗者——也即我们诗学栏目的研究对象——穿越了"金门炮战"的时空和我们一起吟咏了美好的诗篇。

"现当代诗学研究"栏目以选题为切入点，每一期集中研究一个诗学课题，对 20 世纪以来汉语新诗理论、思潮、流派、现象和新诗文本进行诗学意义上的专题研究，持续推出当下具有创造力和深邃视野的诗界学人研究成果。至今已刊发专题专辑五十多个，发表来自英、美、日、新加坡等国家及两岸三地专家学者的论文两百多篇，且被《新华文摘》《中国社会科学文摘》《高等学校文科学术文摘》《人大复印报刊资料》等转载近百篇。该栏目的作者群，几乎涵盖了本专业领域最具影响力和声望的学者，同时也发掘并推出了众多有才华与爆发力的新锐学人，壮大了现当代新诗研究的阵容。

我们的目标是在全国学术期刊中创建现当代诗歌理论研究的第一品牌栏目，远期目标是成为海内外华文新诗最具价值、不可或缺的理论平台之一。在当前期刊国际化、数字化、专业化的转型期，在当下的学术制度和评价机制深刻变革的浪潮中，我们的学术期刊和栏目将在更大的挑战中迎来新的机遇。我们坚信，有江汉大学一如既往的重视和支持，特别是有海内外诗学专家、学者包括在座的各位嘉宾的悉心指导和热切关注，在编辑部同仁的齐心努力下，我们必将再接再厉，不负众望。

最后，请允许我以我们伟大母语诗歌崇高的名义再次热忱祝贺我们的获奖者！谢谢大家！

涂文学：

谢谢李强校长热情洋溢的致辞。我们的颁奖仪式进行第二个议程。请"现当代诗学研究"栏目主持人刘洁岷先生发言。

刘洁岷：

又一次来到茫茫宇宙中的一个点，这个点——热点或焦点——是北京大成路九号。

又一次将此处二楼的一角布置、还原成三年前的模样。除了将"首届"变更成"第二届"，除了台上按新规没有摆放鲜花，来宾有少许替换以外，一切如旧，一切的新梦恍如旧梦。我又翻找出了三年前的这一天，我当做礼服的这件外套穿上了，掸去三年前由南向北的尘土和三年前在这颁奖现场衣袖上吸附到的 PM2.5 颗粒。喔藏棣，你三年前那件声称象征着香山红叶的红夹克呢？

我们大家自觉不自觉地在演绎一次"快闪"——好比就是熙熙攘攘的街头瞬间出现了一支乐队甚至大小乐器完备的乐团，还有每一个在场的人都不得不扮演不同的角色，来宾、主持人、颁奖者是可以互换的。我们不是出席而是在"出演"仪式，我体味到礼仪之美。

颁奖的实质是一种赞美。这种赞美里有一定量的货币，有盖有大红印章以显正式、郑重的证书，有黑色基座上镌刻了金色赞誉言辞的琉璃奖杯，有特邀而来的身肩"颁奖嘉宾"职责的、身份备受尊崇的人士，还有他们在现场即兴的热情洋溢、鼓舞人心的话语。掌声来自倾听者，倾听者是一些经过仔细甄选的神情友好的嘉宾。——我大致知道，在场的泽龙教授近年致力于新诗的虚词研究，并颇有心得，借用他的话语，我们可以说来宾们个个都是构成"教育部名栏·现当代诗学研究奖"的"实词"。请允许我略作列举——

潘国琪教授、龙协涛教授还有临时未能与会的田敬诚先生是教育部名栏工程的深度参与者或者说是设计实施者，是期刊界最为资深的组织者和专家，由于他们，我们的诗学栏目因而得以"借帆出海"。主管、主办单位是期刊的母体，江汉大学的一校之长和分管校长的大力度、超规格的支持自然是不可或缺的。当然还必须有江汉大学期刊社整个团队力量的凝聚。

还有汉萍女士，提供给我们她稀缺的版面有十好几次，转载的每一篇，都经她之手，在深度阅读后加以编撰，是精心的"手工"。钱蓉女士和洁宇女士，更是慷慨地睁大了她们当代伯乐的美丽慧眼，转载了大几十篇我们栏目的学术美文。

其他来宾，比如泽龙老师，每有机会，无论是在大型会议还是在小规模讲座上，逮住机会就转移话题美言我们的诗学栏目，直到把我们的脸皮都说得皮革化了。还比如光明教授，不仅是贡献了力作的作者，还特别奉献给我们栏目多位他的得意弟子为作者。在场的首届获奖者彧煌和本届特邀的作者代表培浩就是光明老师的高足。其他的还有几百位支持我们的同仁朋友们，我这就不一一细说，总之吧，他们作者是武功高强的红白案主厨，我们编者是端举沉甸甸托盘的跑堂。我想顺便说明一下的是关于桃洲。昔有三顾茅庐，今有我们三劝他受奖。我们认为，不能因为他兼任了诗学栏目主持人且那么称职，就剥夺他作为提供了多篇优异论文的栏目作者的获奖机会！

一个奖的价值，我们认为至少不全在于奖金的额度、奖杯的精美程度和颁奖地的豪华与否，更重要的是，被颁奖的其人其文是否承受得住覆盖其上的荣耀？我们对于"教育部名栏·现当代诗学研究奖"有这样一个理念：就是对颁出奖项的最终结果负责，获奖者及其论文的实至名归是最高原则。让获奖者互为镜像吧，彼此在对方的眼神里看到自己的骄傲、自豪与喜悦，而绝不是相反。

这个奖，不仅是颁给这次的四位诗学高手的，也是颁发给所有在场者的，只是获奖名额太有限了。我很羡慕一些商家逢年过节感恩回馈顾客时的那一种任性，那就是大大方方地宣布，获奖率100％。就啰唆到这，祝贺四位，感谢大家！

涂文学：

好，谢谢刘洁岷先生。下面，我们将开启今天仪式的最精彩的时刻：颁奖。我们今天将颁发四个奖项。首先，我们有请陈汉萍女士、龙协涛先生。颁奖嘉宾上台发言，并宣读授奖辞。

陈汉萍：

让我讲几句哦。我对这个"现当代诗学研究"栏目确实有几句话想讲。这个栏目呢，在评为教育部名栏之后，我觉得它的成绩有目共睹，大家都看到了。我呢，想说几句，说它的前史。我见证了这个栏目的成长。可以说这个栏目从创立开始，刘洁岷先生就开始跟我联系，我看他对作者、选题乃至文章、结构、文体、语言都严苛到了极点。怎么说呢？这是精益求精、近乎完美、非常挑剔的一种选择。甚至在我看来，某些颇为活跃的诗评家，我都觉得是很不错的，然后他说这还没有抵达诗学的深处，还没有抵达诗歌的内部，还不能上他的法眼。所以他真是以这种精益求精的、挑剔的、苛刻的甚至是近乎完美主义的一个态度，去做他的栏目。所以这个栏目从它的创立到现在，我觉得越来越大地在学界产生了影响。在被列入教育部名栏建设工程之后，它的影响更为广泛，而它的作者队伍也更加宽阔、广大。所以，我在这里，我今天来其实是向刘洁岷先生、张桃洲先生以及各位在座的诗评家、诗人致敬的。谢谢！

龙协涛：

尊敬的李校长、涂校长，以及诗学栏目主持人刘洁岷编审，很高兴作为一个颁奖嘉宾出席盛会，我借这个机会谈一点感想。教育部的名栏，目前已评了65家，但是我认为我们这个诗学栏目啊，是比较有特点的。一个，是唯一一个诗学研究栏目。第二个，我认为我们这个栏目和其他栏目相比，它能够把学术研究、诗歌评论和诗歌创作紧密地结合起来。诗歌研究、评论的目的，不是为研究而研究，而是为了推出、推动诗歌的创作，发现新的诗人，推出好的作品。我觉得这也是这个栏目的一个特点。由此我想到整个高校的学术研究，尤其是文学教育研究，亟须改革。就是这个学术研究，我们不能只是从讲堂到讲堂，从学报到期刊，从基金项目到基金项目，一定要走入社会生活。我觉得我们这个诗学栏目啊，有这个特点。而且李校长刚才也介绍了，去年聘请了台湾的著名诗人洛夫作为荣誉驻校诗人。所以由此想到我们这个栏目第三个特点就是我们还做了海峡两岸文化交流的使者工作。这个诗学栏目在湖北、在武汉、在江汉大学产生绝不是偶然的——我们中国第一个伟大诗人就出现在楚国，也在湖北。谈到我们高校的学术研究，特别是文学教育，我还想起了北京大学中文系著名学者钱理群教授。去年他发了一篇短文章，好多报刊都转载。他就很有感慨地讲过，到了晚年，退休了，他说我们好像成了"没有趣味的文人，没有文化的学者"。这是钱理群教授讲的。我自己还比较早地意识到千万别做没有情趣的文人、没有文化的学者，所以我既做学术研究，同时一直坚持文艺创作。我好像还比较新潮，不仅写诗，还写流行歌词。由钱教授的这句话，也说明了我们《江汉学术》开办这个诗学栏目的另一重价值。请允许我借这个机会向江汉大学表示祝贺，向这个诗学栏目表示祝贺，向今天第一位名栏奖获奖者颜炼军博士表示祝贺。谢谢！

陈汉萍：

致第二届"教育部名栏·现当代诗学研究奖"获奖者颜炼军的颁奖辞——

颜炼军的诗学研究近年来在多个向度发力迅猛，对于在现代汉语、现代经验中盘根错节的当代诗歌，他不甘束身就缚或拾陈蹈故，而是拓开视野，重置论述框架，在自我与他者、古典与现代、意识形态与诗意诉求的接榫处，深入辨析芜杂语境之下新诗申张自身使命的可能性，他对一些重要诗学命题的勘察与探讨因之葆有建设性品质。

涂文学：

好，有请获奖嘉宾颜炼军先生。

颜炼军：

感谢评委会让我有幸跟三位老师及同仁一起分享这个专门为诗学研究专设的奖励，也非常感谢《江汉学术》多年来为推动汉语新诗研究付出的努力。我在求学的时候，就已经是《江汉学术》的作者，从那个时候开始就一直得到这份非常好的刊物的厚爱。我在北京求学期间有幸遇到数位诗歌研究的引路人，在他们的教导和影响下，我跟诗歌研究结下了美好的缘分。特别感谢他们。坦诚地说，在今天这样一个语境下，我对自己的研究一直不满意，也没有信心，许多念头因此被虚无感驱逐得无影无踪。我感到对已有百岁年纪的汉语新诗，无论是对作品的发现和再发现，还是对诗学命题的有效释清，都面临新的难度。学术研究需要集体的力量和温暖，比起大多数的前辈和同行，我零散的诗学习作，远不足以受奖，站在这里，唯有惭愧和感谢，谢谢这份珍贵的鼓励。谢谢！

涂文学：

好，感谢颁奖嘉宾，祝贺颜炼军先生！下面我们颁发第二个奖项。有请颁奖嘉宾钱蓉女士、王光明先生。

钱　蓉：

　　非常荣幸，此时此刻能站在这里和大家见面，我今天之所以能来呢，也是因为这些获奖的人，他们也是我们书报资料中心久闻大名但一直未曾谋面的优秀作者。因为我们是转载嘛，转载的刊一般跟作者没有直接见面，或者面谈。我们都是以文会友，看见他的文章比较好，那么我们就把它转载过来。所以这个栏目，包括今天获奖者的很多文章都被我们转载过，是我们的最主要最优秀的作者。所以今天来呢，我想说几个意思。一个是祝贺。祝贺今天获奖的四位作者，祝贺他们获得了第二届"教育部名栏·现当代诗学研究奖"！第二个意思呢，就是感谢。感谢从事现当代诗学研究的学者们，也感谢我们《江汉学术》诗学名栏，感谢刘洁岷老师组约并且编辑了这么多好的文章，这样才让我们转载的文章有所可选。因为我们是二次转载，没有大家的好文章，我们也难做无米之炊。所以谢谢大家给学术界，给我们提供了这样的好文章！第三个意思呢，我就是想表达一下致敬。就是对江汉大学，对《江汉学术》，对刘洁岷老师对这个工作的这么一种担当，尤其是觉得很感动，很值得致敬。这个工作呢，虽然表面上看不是很复杂，也不是很难，但是我觉得意义非常大。首先，因为我们主要是做期刊嘛，我觉得对于期刊的意义就非常重大。他们这个以名栏来突出特色的方法，我觉得是现在的综合性期刊办出专业化、办出特色的一个有效的途径。所以这个也是意义重大。另一个意义那就是对我们现当代诗学研究这个学科的引领和促进的作用，意义同样重大。我就简单说这以上三个方面的感想。谢谢！

王光明：

　　非常高兴来参加江汉大学《江汉学术》"教育部名栏·现当代诗学研究"栏目的颁奖仪式。十年来，这个栏目发表了很多高质量的文章，那么多文章也被权威报刊转载了，同时它也培养了很多新的从事现当代诗学研究的学者。那么，到现在经过十年的努力，几乎可以说，它成了高校学报创新办栏目的一个典范。我想说的，就我们收到的学报里头，有很多仿学版。比如说像《南京理工大学学报》，它也办了一个现当代诗学研究的栏目，在你们的引领下面。还有《长沙理工大学学报》，它也办了这么一个栏目，几乎都是一样的。所以呢，这些都是由于有《江汉学术》"现当代诗学研究"栏目的一种榜样的力量，向它们召唤的这样一种力量。所以呢，这就让现当代诗学研究的学者队伍变得越来越强大。使得整个诗学研究的影响力，也越来越大。所以，十年磨一剑啊，这个剑磨得非常锋利，对中国现当代诗学研究起了非常大的推动作用，对它的人才建设和人才培养，也起了非常大的作用。因为第一届颁奖仪式举办那天我刚好有课，没来，所以这一届我必须来，向江汉大学和

《江汉学术》表示致敬和祝贺！向获奖的优秀作者表示祝贺！谢谢大家！

钱　蓉：

致李海英的授奖辞——

　　　　敏感于当代诗歌驳杂多元的追求，李海英将多重经验的呈现与捕捉，与何为诗、何为汉语诗歌的新质，进行缜密、独立的考量。这使得她在探析诗人的具体作为时，能够贴切地体会并洞悉诗意展露的肌理和路径，进而切入当代诗歌写作的内里，揭示诗歌理念与诗歌书写之间的摩擦、疑难和困境，有效地敞开诸多复合、有意味的话题。

涂文学：

好，我们有请获奖嘉宾，李海英女士。

李海英：

　　尊敬的各位老师和朋友，大家好！首先，感谢各位师长和朋友与我分享此刻，此刻必将成为日后一个愉悦的回忆。五年前当我准备考博时，我的老师刘、萧二位先生让我凭直觉在理论、小说和诗歌中选择最使我开心的一个研究方向，我说出了诗歌。我很庆幸当时的选择，尽管理由已经不是因为开心了。四年前也是这个季节，我第一篇关于当代诗歌研究的文章就是发表在我们的"现当代诗学研究"栏目，那时候《江汉学术》还叫《江汉大学学报：人文科学版》，我如此幸运地在一开始就遇到了刘洁岷老师和张桃洲老师，他们在我求学的过程中给予了许多有意义的指导和建议，非常感谢他们作为编辑时辛苦的劳动与作为师长时的鼓励与支持！

　　现在，站在此处，谈及诗歌，就像我某个节气里身处北京注视视野内的事物却无法避免地说起身处南方偏远之地的昆明，在回忆中或者想象的虚无之地，从高原而下，先是山，接下来你看见丘陵和破碎的平面，要过很长时间你最终能够俯瞰眼下的平原。我所想表达的是，对于生活，我不得不与之保持足够大的距离。我无法描述空间，对时间进行具体又实在的判断。诗歌之于我就是如此，阅读的思维与书写时的错位，言说与语言的二律背反。我无法不读诗，也无法停止思虑。大概，这也是我抵御时间比较好的方式，是我能感觉到自己尚且有能力做好某件事的方式。或许，最终能使我感到稍稍轻松而不会感到光阴虚度的并非只是一种感觉。诚实来讲，我并没有崇高的信念，也缺乏信念的崇高。我只是理所当然地关注自身作为存在之物所面临的困境与尽力能够争取到的安宁。我希望自己能够做好。而且，每逢现实维度里那些令人难以忍受的事物袭来，文学之诗歌大概能使我跨入虚构与梦境之中，能使我沉浸在我无法抵达也无法精准地加以描述的地方。这是当我在现实的生活中无去处之时能够为我提供一处暂避的地方。大抵如此。实际上，我更倾向于认为一切都是虚无的，都是虚无之境里的虚无。虽然我也站在这里，虽然也站在你们面前，是我无法自持虚静之时的沉默。

感谢刊物，我的文章能够在其上发表对于我自己来说意义并不一般。感谢将这个奖项授予我，我视之为各位前辈的信任和期许，使我有勇气集中精力去探寻一种更有意义的生活，而不是三心二意的寻求。希望刊物的理念能够深入身心，希望刊物的实际运作越来越好，希望刊能继续接收我的文稿以及我个人偏执的言语方式。谢谢！谢谢各位老师和朋友这些年来的鼓励和帮助！

涂文学：

好，我们感谢颁奖嘉宾，祝贺李海英女士！下面我们颁发今天的第三个奖项，有请颁奖嘉宾王泽龙先生、邓正兵先生。

王泽龙：

非常高兴，来参加这样一个颁奖的活动。要说的话很多，时间关系我不能多说。我和江汉大学这个诗学栏目，和这本杂志确实有很深的感情。我在华师学报当主编，6年。那么6年前的很多年，我就和洁岷是很好的诗友。这个栏目从创办，一直走到今天，结出这样一批丰硕的果实，我为它感到由衷的高兴。它先后的栏目主持人臧棣先生、张桃洲先生也和我有很特殊的感情，特别是桃洲。所以，倾注了很多爱诗的学者和诗人心血的这个栏目，成了目前国内现当代诗学研究领域的一个重镇，比我们华师学报发的诗歌研究的文章水平高。我不是恭维，汉萍在这里，她转的《江汉学术》诗歌研究的文章比华师学报的多。特别是今天获奖的海英的文章，还有慧如的文章，当然，《江汉学术》的文章我先看，后来在《新华文摘》我都拜读了。我们的这个刊物，为我们的诗学培养了新生的力量。我也由衷地期望，我们的"70后"赶快成长，中国的诗歌研究、中国的诗歌的繁荣需要你们。因为我在湖北也算是期刊界的一个老大哥，我是学报的负责人，湖北省的文科学报研究会的负责人。所以呢，我更是特别地关注这个学报。还有很多因缘的关系，比如我的学生夏莹博士也在那里当编辑，我是希望有人来助力这个期刊的发展。这是一个。第二个呢，我想谈一谈《江汉学术》关注现场，有力地推动当代诗歌创作的发展，引领我们新诗方向。这是很多刊物做不到的。比如我们的华师学报，学术性的文章发得比较多，历史的、比较的、各方面的，那么《江汉学术》时时关注的就是诗歌现场，和当代诗歌的研究紧密地联系、互动。所以它在诗学界、在诗人中间有广泛的读者。昨天，我在北大、首师大会议上发言的时候，还有人批评我：你天天研究虚词、人称代词，那对我们当代诗歌创作有什么用呢？意思是说我搞的那些东西，没有什么用。我说你就多看一下我们《江汉学术》的诗学栏目，它最关注当代诗歌现场。这是我特别要向我们这个栏目致敬、学习的地方。衷心地祝贺获奖者张桃洲，也祝贺另外三位获奖的学者！谢谢大家！

邓正兵：

我宣读致张桃洲先生的授奖辞——

张桃洲以扎实的历史纾解、自觉的理论贯注和灵动的微观分析，始终把百年新诗的历程置于有机勾连的维度，相关命题与问题的探讨均在清理、纠正和展望之间保持着充分的张力。他既不让历史的返观锁闭在"自得"的时间，也不让现实的关切解散在"自负"的空间，而是在互参互察中确立起对当代诗学具有重要启示的研究范式。无疑，这是对诗歌本心与诗学理想的逼近和深入。

涂文学：

好，我们有请张桃洲先生谈获奖感言。

张桃洲：

各位前辈、同人，上午好！此时此刻，我的心情很复杂。首先当然要感谢江汉大学，感谢江汉大学现当代诗学研究中心把这个奖颁给我，我感到非常荣幸！不过，正如洁岷刚才介绍的，当时确定获奖名单时，他曾提出将可能把我列入其中。我当时第一念头就是，这不是自己人给自己人颁奖么？显然不合适。所以我明确地表示了谢绝。后来洁岷说，这个奖是颁给作者及其为栏目提供的优质论文的人，而不考虑你的主持人身份。而且，据说我的获奖可以烘托更年轻的获奖者，而且对整个获奖者序列的秩序有益，所以我还是欣然接受了。从个人的角度来说，获得这个奖，似乎让我跟这个栏目十多年的缘分又多了一层含义，或者说是增添了一种新的缘分。我很乐意接受这个崇高的荣誉，这次获奖的颜炼军、李海英两位年轻学者，还有郑慧如教授，都是我十分敬佩也充满期待的诗歌研究者，能够同他们一起站在这里领奖，我感到由衷的高兴。

当然，我也很清楚，这个奖颁给了我，与其说是对我的一种褒奖，不如说是一种激励，这是我从中感受更多的。我想它会激发我今后对于现当代诗学研究更加努力。实事求是地说，这几年呢，由于种种原因，我出的活明显少了，其实朋友们也都注意到了，有朋友还善意地提醒了我。实际上，"种种原因"有很多只是外在的，更内在的是我发觉自己的研究已面临一个何去何从、如何重新出发的瓶颈期，这也是一个需要自我反省、自我调整的时期。所以，我更愿意把这个奖视为一种象征，以之为新的起点，让它提醒我，在今后的现当代诗学研究中不断深化、拓展，寻求新的触发点，不断调整研究视野和方式。这也是我要感谢这个奖的另一个理由。

我也想借这个难得的机会，谈谈我对目前现当代诗学研究的一点想法，就教于各位前辈和同人。不可否认，我们厕身其中的现当代诗学研究，其实是一个相对封闭、自足，也比较狭窄的研究领域。它在现当代文学研究以至整个人文研究里面，是极小的一块儿，显得"专"而"窄"。那么，应该如何看待当前的现当代诗学研究？我刚才提到今后要深化、拓展自己的研究，但究竟怎样深化、朝哪个方向或维度进行拓展，我尚来不及考虑得很成熟。我初步想到了如下方面：

其一，现当代诗学研究的定性和定位，即如何确定现当代诗学研究的属性与位置。这是针对研究与创作的关系而言。应当承认，我们的研究很多时候是滞后于创作的，也正因为此，现当代诗学研究往往被置于诗歌创作的附属位置上，被认为是后者的一个衍生品。这就使得现当代诗学研究总是处在一个被动甚至是受歧视的状态。可是，在我看来，现当代诗学研究应该具备一种明确的意识，就是它与诗歌创作即其研究对象，处在一个对等的、对称的位置上。这里所说的对等或"对称"，借用已故的著名诗评家陈超先生的话来说就是"自立"，就是现当代诗学研究能够自己立着、立起来，应该有这么一种自立性。有了这种自立性后，现当代诗学研究才会获得某种自尊和自信，才有可能打破封闭的、学院内的知识化生产状态，不至于落入到附庸、附属的地位。

其二，与上述定性、定位密切相关的问题：现当代诗学研究何为？也就是，我们的研究究竟需要做什么、能够做什么——在当下的处境中？我自己一直对诗歌的功用或价值有这样的看法，即诗歌是一个时代的审视者，它代表了一个时代的反思性力量，总是以一种反省或审视的态度看待其所处的时代。我们虽然不能极端地说诗歌应该始终处在一个时代的对立面，扮演时代的激烈批评者的角色，但无疑它应该保持足够的清醒，对其所处的时代进行审视和反思。倘若诗歌的定位如此，诗歌创作有这样的自我认知的话，那么现当代诗学研究就应该与诗歌创作一道，参与到对时代的反思和审视之中。诚然，我们的研究同诗歌一样，也要歌颂、赞美，也要表达感恩，展现很多其他事物，但对于时代的反思和审视，应该是诗学研究和诗歌创作共有的一个重要取向。

其三，今后现当代诗学研究如何深入、拓展？有目共睹的景象是，在当前，诗学研究界、诗歌创作界处在一片繁杂的状态。这"繁杂"，借用洪子诚先生转述的姜涛的一个表述就是，整个诗歌创作和研究恍若一个大 party，呈现出大杂烩的、嘉年华似的景观。那么，在这样的情景下，现当代诗学研究应该怎么突破？最近一段时日我一直在思考这个问题。刚才谈到现当代诗学研究的定位也好、取向也好，最终还是要落实到怎么实现的问题上，也就是怎么深化、拓展的问题。在我看来，在时下这样的驳杂、繁复语境下，现当代诗学研究保持自身的独立自主意识，这是进行突破的一个基本前提。长期以来，我们的研究需要应对太多诱惑的缠绕，也被迫去应对各种纷乱的外部挤压，那些挤压有如"庞然大物"，始终无形地跟随着我们的研究，紧紧地围裹着它。当然，不仅仅是现当代诗学研究，还有文学研究乃至整个人文研究，都无不经受着这样的"庞然大物"的胁迫。这个"庞然大物"，在某一段时间有可能是意识形态的东西，或者其他某种东西，但在今天，它变成了很多东西：变成了媒体上的舆论，变成了某个研究对象的身份、名气（"名气"有时候也会成为压抑研究者研究方式和作出判断的因素）……这些像空气一样弥散在我们周围，无声无息又挥之不去，势必会对我们的研究造成一种挤压。我想今后现当代诗学研究要突破的话，首先要对这样的庞然大物予以抵制。我们要与之保持距离，要针锋相对地对它予以拒斥、摒弃和消解，要"冲出重围"。然后回到我们研究自身的专业性，回到强大的"自立性"上来。至于具体如何在方法上深化拓展现当代诗学研究，我在其他场合有所表述，这里不再赘言。

再一次感谢江汉大学现当代诗学研究中心，感谢这个与我结缘十多年的栏目给予我的荣誉和激励，同时我也借这个机会向各位学术前辈同人、向长期关心支持我的朋友们致以诚挚的谢意。好，我的发言完毕，谢谢大家！

涂文学：

好，感谢颁奖嘉宾。祝贺张桃洲先生。张桃洲先生获奖，我感到非常高兴、非常自豪！为什么啊？因为他是我的老乡，我也是天门人。下面我们颁第四个奖项，有请颁奖嘉宾潘国琪先生、李强先生。

潘国琪：

各位来宾、各位学者。正式讲话以前，我想说几句回忆的话。2012年10月22日，也是在这个地方，我参加了首届颁奖活动。我穿的衣服也是这件衣服，我这衣服穿了30年了，大家看我这衣服还挺新的。为什么呢？因为平常我不穿，就是像这样隆重的场合我才穿，所以很新。我不是说假话，这有照片为证。这是第一届颁奖的江汉大学现当代诗学研究中心工作简报，我保存得挺好的，今天带来了。当时我说了这么一段话："《江汉大学学报：人文科学版》'现当代诗学研究'栏目创设8年来，以近二百篇优质论文和四十多个诗学专题，将现代诗学研究提升到了一个新的学术高度，此次颁奖非常成功，是名栏建设首创之举，值得向其他正在建设中的教育部名栏推广。"这是当时说的一段话。

以下是今天我要说的一段话，正式说啊：

尊敬的李校长、涂校长、各位专家，今天的北京啊，蓝天映红叶，和风伴丽日，充满了画意。今天的会场灯火辉煌，奇才高朋满座，充满了诗情。在这充满诗情画意的日子和地点，举办这次颁奖活动，更是充满了诗情和画意。在此，我向获奖者表示热烈的祝贺和敬意！

对诗歌本身我是个外行，但是对期刊办栏我有点感想。我觉得我们《江汉学术》"现当代诗学研究"这个名栏，从办栏的角度讲，有四条经验值得我总结也值得我学习。第一，栏目专题化。现在已经组发了五十多个诗学专题了，栏目的专题化有什么好处？过去我们办栏目，都是论文拼盘式地把它凑在一起，论文各篇之间，没有内在联系，所以显得杂而乱。如果咱们有个专题，每期有个主题，可以多角度地、多层次地、跨学科地来研究这个主题，研究这个专题，这样就研究得比较深，能够进行多向度、多维度的深化研究。所以这种专题研究是有序的，而不是杂乱的；是成规模的，而不是碎片化的。所以这条办栏经验我觉得很好。第二个就是在传播方面，我们的刘洁岷啊，这个你做得很好。大家知道，办刊人不只是要创造高质量、高水平的学术研究成果，而且要想尽一切办法使这个学术研究成果进行传播，传播的空间越广越好，传播的时间越长越好，这样才能使学术成果保持长久的生命力。刘洁岷他们是怎么做的呢，他们就是把在名栏上发表的文章，把它优中选优，集中、结集出版。现在已经出了《群峰之上》和《群岛之辨》两本专题论文集。把优质论文集中起来进行再传播，这个影响就更大了。媒体推荐、学者评价、再出版再发行，这是进行的再传播。所以呢，这是一个很好的经验。再一个，就是倚重学术名流的同时，注意培养学术新人，大家知道学术的传承和加速，不只是学术流派和学术思想的薪火相传，还要有一代又一代的学人来承前启后。所以呢，培养新人，对于学术的传承、相授和弘扬，我觉得是很重要的，这一点，我们的诗学名栏做得是非常好的。刚才获奖的前三位，好像年纪都是很小的，第四位我还没见到哦。刚才泽龙教授也讲了，特别希望新人成长。没有他们，学术很难持续下去。就栏目来讲，要持续发展，没有新人也是不可能的。这是第三条经验。第四条经验，就是我们举行论文评选，进行颁奖，我看现在全国有 65 家名栏，有 8 家升为名刊了，现在剩下 57 家名栏。像这样的举行论文评选、颁奖活动的，我还不知道别家有没有。这种颁奖活动有什么作用？我觉得一是展示了成果，感恩作者，开发稿源，吸纳力作名作，对栏目持续地发展大有推动。同时，它还有面上的影响。刚才泽龙说，回去我们也去成立诗学研究中心，这就是一种推动力、一种影响力。所以通过这种形式和举措，也推动了现当代诗学研究的进一步地发展和深化，所以这个经验也是很好的，是很不错的。我就说这些。再次向获奖的朋友致敬！

李 强：

下面宣读对获奖者郑慧如女士的授奖辞——

集强力的文本内视与可贵的诗学创新于一身，郑慧如以生动的在场意识、翔实的材料爬梳、精当的形式把握、深刻的理论辩诘，对当代诗歌展开了系列论述与批评，得出的重要判断都具有命名与再命名的启发性，体现了触及当代诗歌研究高度的诗学敏觉。在世界诗歌背景下的汉语诗歌以及两岸诗歌交融互渗的格局中，她作出的是迫近时代之广阔而切中肯綮的发掘。

涂文学：

有请获奖者郑慧如女士！

郑慧如：

各位师长、各位诗友、各位来宾：

我很高兴拿到这个奖，但得知获得《江汉学术》的"教育部名栏·现当代诗学研究奖"时我有一种很奇怪的感觉，好像突然中头彩、中乐透。获知得奖后的心情，是惭愧和茫然比较多。

我跟《江汉学术》的缘分，应该是从 2010 年左右开始。我投的《江汉学术》那时候还叫做《江汉大学学报：人文版》，刘洁岷老师向我约稿。我每次投稿，刘老师他不像一般的编辑，收了稿件只负责"要"或是"不要"。他都会给我相应的意见，包括题目、内容，甚至到注释哦，或者是里面他觉得有些问题、瑕疵的地方，他都会跟我讨论，我觉得非常的感激。所以后来我有些我自己觉得还要再讨论的文章，我就会先考虑《江汉学术》。

奖总是有荒谬性的。今天获奖的都是名家，特别都是耐压耐磨、应该、必须，也可以继续锻炼、琢磨的研究者；可是有更多把我推向这个奖、隐身在受奖者后面的人，比我更有资格得奖，但是他们超过这个奖的高度，跟这个奖不匹配，反而让我这样还走在半路上的研究者领了奖；还有更多在诗学研究的路上已经挥洒了许多汗水，但是主客观条件让他们的表现不被重视却仍然默默努力的人。

我感谢这个奖。以洁岷和桃洲为核心的《江汉学术》"现当代诗学研究"栏目编辑主持人群其实是在不断地以各种方式鼓励现当代诗学研究，不断不断地给出去，好像拥有很多很多，我感受到的不仅是资源，而主要是能量。期望优秀的诗人、诗学家，撇除自己的利益，把对现当代诗歌的热情化为动态的能量，全然地、绵绵不绝流向《江汉学术》的"教育部名栏"。我感谢这个奖，因为感谢你们为了"现当代诗学研究"，在《江汉学术》里长年的奉献。因为诗，洁岷、桃洲，和整个《江汉学术》的工作人员都拥有很多，而且都无私地想把他们的拥有给出去，好像一个芬芳被释放到风中，正在寻找欢迎它的大地，而我吸收了他们的芬芳。谢谢大家！

涂文学：

好，谢谢颁奖嘉宾，祝贺获奖者。到此为止，我们今天颁奖的环节结束了。让我们再次以热烈的掌声，向我们四位获奖者表示热烈的祝贺！下面我们进入到另外一个环节：来宾自由发言。

西　渡：

我先抛砖引玉吧。我是西渡，也是上一届诗学奖的获奖者。今天这个颁奖典礼，首先祝贺四位获奖者，其实我觉得更应该祝贺我们这个栏目。我觉得这个颁奖，实际上也是标志着我们这个栏目的一个成功、一个拓展。大家也提到了我们《江汉学术》这个栏目，影响力是在不断地扩大，后来有些刊物甚至模仿我们这种形式，也在做类似的工作。那么，实际上这个也是对中国现当代诗学建设的一个贡献，也给我们在座的诗歌批评的从业者提供了更多的园地，拓宽了我们的空间。刚才王泽龙教授提到，咱们这个诗学栏目非常重要的一个特点就是关注诗歌现场。我觉得这个说得非常对，这是这个栏目非常重要的一个优势。那么我们的作者，包括我们的获奖者都很年轻，实际上很多都是当代诗歌的参与者、批评者，他本身就在这个现场里头。那么从现场出发的这样一种活力，是很多其他的一般学术刊物很难替代的，我觉得也是对当代诗学的一种很重要的引领。所以我觉得特别是刘洁岷先生和张桃洲先生，在刊物的栏目建设上，做出了非常重要的贡献。那么我自己呢，其实不会写文章，但是最早呢是《诗探索》吴思敬老师觉得我会写文章，所以老约我写稿。写写写，也就写了。后来，洁岷也不断地约稿，我觉得很多作者确实是通过编辑培养起来的。所以编辑，对于刊物很重要，对于作者也很重要。所以我再次感谢这个栏目，感谢刘洁岷先生，也感谢张桃洲先生。好，谢谢！

王泽龙：

我下午不参加《群岛之辨》研讨会，就再说一下。洁岷，现在就是我们这个栏目办了十来年以后，你怎么深入、怎么提升？特别是现在诗学平台，很多学术期刊、学报都在关注这个栏目，包括华师学报，这几年发诗歌文章也发了不少，像光明呐、陈超呐，陈超都已经发了两次了。那么，实际上对你们这个平台是一种竞争和挑战。那么怎么深入的问题，这么多年你们办了大概四五十个专题。要办专题是很不容易的，因为我们华师学报有个农村研究的栏目，每次涉及专题寻找稿件，都是一件很困难的事情。因为我看你现在的专题每期都是两篇文章，三篇文章的都不多了，所以高水平的有分量的稿子，是稀缺的。所以这里就给我们的编辑、主编提出了很大的问题，这是回去之后我们要思考的。但是我当时也说了你们的特色，就是关注当代诗歌和诗学研究现场，很多的都是诗人、学者双重身份活跃在你们这个平台上。这是别人难以竞争的一个优势，这是我们必须要打的一张牌。诗人、学者这种双重身份，他们的诗学论文，有特别的说服力，对诗学的这种启发，都是不一样的，就是我刚才说的你们这一批活跃的诗人。这是我们必须要坚持的一个方向。对现代诗学的经典也在发表文章研究，甚至还有与古代文学相关的，都有拓展。但这些一定要处理好关系，不要淹没在所谓的拓展之中，失去特点，一定要把这个关系处理好。这是我要说的第一个。

第二个呢，我还是一个想法，要拓展学术资源。其实这个活动是很有意义的活动，实际也就是在拓展学术资源的一种方式。这几年《江汉学术》办了一些很好的活动，不是就这个栏目办栏目，而是诗学的专题、研讨会每年都有，这个非常好。事实上我们建设这个平台，来做个别的、学术性的论坛，这也是拓宽学术资源、提高学术影响、壮大学术队伍的一个很好的方式，希望你们多搞一些这样的活动。其实我们华师学报你也应该看得到，我们每年都有很多的学术专题活动。你这个评奖活动，我们也才搞过了，比你的还要大。当然，你这是专题性的评奖，在全国那是首创。我们是综合性的学术奖励。这是我说的要拓展学术资源，壮大你的学术队伍。是凭着我们这些作者群对诗歌的热爱，是凭着我们这种人文的情怀，来办这个刊物。但是要坚持下去，我觉得还要想办法。特别是当前这种学术评价体制很糟糕，因为学者一年难得写几篇好稿子，被你要去了，它又不算，也没有所在学校的学分奖励，这是说得很现实的。另外，诗歌现在又碰到了一个很好的机遇，特别是微时代，有微博、微信等传播方式，我觉得是诗歌传播的又一个回升。因为比如在微信这个平台，谁看长篇小说呢？散文你搞几千字，我们也不读。大家读得最多的，就是诗歌。很多诗友，很多诗歌的微信群，我是天天看，我也要转给我的学生、朋友看。并且我回学校之后，将启动一个新诗百年青春诗会，11 月 22 号，在武汉，声势浩大的。所以说，诗歌又迎来了一个它重新兴旺的好时机，我们要把握。我回去以后，准备在华师成立一个我们中部地区的诗歌研究中心，和我们北方的诗歌中心，和我们首都师大的、北大的，和我们江汉大学的我们一起联手，在中部崛起，助力新诗。把老王最后这一点儿余年贡献给新诗。谢谢大家！

姜　涛：

我是上届的获奖者姜涛，北京大学中文系的。其实怎么说呢，今天的整个状态是疲惫的，因为刚开了两天会。但是刚才听了洁岷和刚才各位老师的发言之后，我挺感慨的。尤其是进了这个现场之后，真的就像刚才洁岷所讲的，这个现场跟三年前一模一样。而且洁岷做了很多事情很关注细节，他用了很多心思，我觉得这个心思很有意味。包括这个字体，他说刚才就换了一个字，这个字体比三年前还加大了一些。所以真的有一点儿穿越的感觉。三年前，三年后，同一个现场，差不多是同一群人。我觉得这是一个特别好的机会，每隔三年我们定期聚一下，然后在一个特定的时间点，我们回头看看这三年都发生了什么。什么东西没有变，什么东西变化了。刚才洁岷和潘老师都说了他们的衣服，是穿了三年前的那件衣服，我就想我三年前穿的那件衣服哪儿去了。就是因为我没有衣服可换，一直在穿那件衣服，现在已经穿烂了。但是今天我穿的这件衣服，也有一点儿特别的含义。大家注意到没，臧棣穿的衣服跟我这件是一样的。我俩是在同一个地方，买了一样的衣服。后来为了怕撞衫，就注意避免在同一个场合穿同样的衣服，但是今天不约而同都穿来了，证明这是一个特殊的仪式。我们以这样一个方式，以穿一个"情侣衫"的方式来表达对这种仪式的某种感情。

刚才说的是不变，我也想说说变化的问题。确实，三年之后当代诗歌写作、批评研究的某种状况、气氛，在发生一些变化。一个变化是，我们面临很多新的问题，包括刚才泽龙老师说的微信平台等，确实面临一些新的问题和挑战。另外一个就是，我们研究者的方式和心态也在改变。桃洲讲了很多他的思考，就是我们怎么看待研究批评的位置，包括它的功能、视野等要重新做一些考虑。再有就是，我们这个群体也发生了一些变化。泽龙老师说"70后"要赶快成长，但其实我是真的"70后"，已经长不动了，已经蔫了。我三年以来的变化就是多了几斤肉，然后心脏多了几个支架，这是我三年来最主要的变化。但是我觉得现在有一批更年轻的朋友进来了。上周我参加了光昕他们组织的北京青年诗人的一个活动，主要是"80后"、"90后"，特别有朝气，而且特别有想法。他们虽然都是诗人，但是都有很强的批评的自觉，在讨论当代诗歌的前途的问题。我觉得特别受鼓舞，特别受震动，所以我们这个群体也在变化。我觉得这是一种特别重要的一种现象吧。所以我今天就在想，三年之后会怎么样？如果再过三年会怎样？我不知道洁岷有什么想法，是三年一颁还是两年一颁，或者一年一颁。所以我特别期望，三年之后再回到这个现场，然后再看一看，有什么不变，有什么变化。我也希望臧棣跟我一样，把这件衣服保护好，三年之后咱们再穿来。我就说这么多。

张光昕：

各位前辈好，各位老师好，自我介绍一下：我叫张光昕，我首先是《江汉学术》的一名作者，其次我现在是在首都师范大学工作。今天来到这个颁奖现场，我的感受其实跟前面几位老师的感受实际是一样的。感觉很亲切，走上二楼、走上这个辉煌的但是也很温馨的场合，同时也很感慨栏目主持人刘洁岷先生他的一些良苦用心，以及他在每个环节、每个装置的设计上的用心，都令我非常感慨。我觉得这个地方，是一个比在文章中更能体现诗人诗友之间心心相印的地方。我作为一个"80后"的诗歌研究者、写作者，也真正能感觉到我们是在诗歌界前辈和诗学界老师和朋友的关怀和鼓励下成长起来的。我也是在三年前有幸参加了第一届诗学奖的典礼，当时洁岷老师还特别让我作为作者代表做了发言，今天我将看到培浩君今天继续站在这个地方，做和我当年那样性质的发言。我也特别期待听到他也作为"80后"的研究者，会跟我们的诗界前辈讲些什么。我也没有特别地准备想要说什么，就是感到了我们在一个期刊、一个栏目的号召之下，然后集结在了一起。因为每个人的写作、每个人的思考都是非常孤独的状态。但是今天在这样一个像节日一样的气氛当中，我们聚集到了一块儿，一起做一件喜事，来对待一个诗歌颁奖的事件，我觉得这样的孤独也是值得的。它是有它独特的价值。另外一点我想讲的就是，就像刚才桃洲老师刚才讲的，三年了，我作为诗歌写作者和研究者，我自己也面临很多自己的问题和困境。可能这是桃洲老师以及像我这样晚一辈的作者都会面临的问题，但是我觉得特别好的一件事就是我们还有老师、朋友之间互相的鼓励、互相的指点。尤其是我们能够在《江汉学术》这样的一个诗学栏目中相聚，我也深切感受到这么多年来我的老师以及期刊界的前辈给我的鼓励。我也非常有信心，把我们这个虽然边缘、虽然寂寞的行当继续坚持下去，继续做我们分内的工作，希望能够把我们每个人的危机和困境都克服掉，把我们的事业都继续向前推进。最后，再次祝贺今天的四位获奖者，祝贺我最亲爱的研究生师兄炼军和我的老师桃洲，还有海英姐，还有慧如老师。祝福你们，我向你们学习。谢谢！

涂文学：

下面我们有请作者代表陈培浩先生发言！大家欢迎！

陈培浩：

尊敬的各位嘉宾、各位师长、各位诗歌界的同道们：

非常有幸能来参加《江汉学术》主办的"教育部名栏·现当代诗学研究奖"颁奖会，在很多我素来敬仰的前辈面前发言，令我感到忐忑和兴奋。我要对主办方的信任表示感激和感谢。我想这大概源于这个奖项创办伊始就有的"爱幼"传统。"爱幼"是光昕三年前在这里概括的，他说在当代青年学者发表论文越来越难的背景下，《江汉学术》给了很多青年研究者发表的空间，并且还给了发言的空间，所以他将获得发表和发言的机会描述为一个人两次踏进了同一条河流。三年前，他说希望有越来越多的年轻人两次踏进同样的河流，所以我有幸像他一样站在这里，所以我要表示感谢。我要向各位获奖的前辈和同道表示衷心祝贺，我确实在很多次地阅读你们的文章和著作中，感受到了一种悠远的启发，还有精神生活特殊的坡度。

在我看来，诗歌研究是一个特别成熟、自足、迷人的领域。作为一个青年研究者我同时也会受到外部的各种各样的教导。这些教导会说，你做诗歌研究即使做到顶了，也只能像某某、某某这些人一样。但是这些来自诗歌经济学或者诗歌名利学的教导，它直接粗暴得令人一笑而过。在我看来，单是上述某某、某某某这些名字，便已经足以令人心向往之，令我产生"能写出他们那样的文章，此生足矣"的感慨。这种感慨听上去似乎有点没出息，但是据我所知，很多诗歌研究者在面对他们的前辈时，确实常会发出这样的一些感慨。正是因为有这些令人敬仰的前辈们在前面作为标杆和灯塔，才会让诗歌这个领域虽然孤独、寂寞，但依然不断有人愿意投身于她。我自己也发现，很多做诗歌研究的人自己也从事诗歌写作，所以在写作当中他能够感受到诗歌与肉身之间的强烈的碰撞。很多人对于诗歌会有不同的理解、不同的概括，比如海德格尔认为"诗歌是为神明命名的最初的仪典"；罗兰·巴特则认为：诗歌或现代诗歌是最具有抵抗神话性的逆行性符号系统。在我自己切身的体会中，诗歌更像是一个月亮，他就像臧棣在诗歌《月亮》中描述的那样。臧棣说："虽然你已钉好木框/并刷过四五道清漆/但它并不是一个藏有珍宝的洞。"这是他描述的月亮，我觉得诗歌就像这样一个月亮，它由"并不是"构成的。正因为"并不是"，因此它对于每一个个体都具有特殊的意义，它更像一个无限滑动的能指，对每个人袒露它特殊的光泽。我自己的体会是，当诗歌和时光一起穿过我们的时候，时间无情的直线形状被改变了，它获得了具体的颜色、形貌、音调和温度。因为诗歌，时间没有白白从我们身上流走，它重新返回我们的身体，并让我们领悟到米沃什"这世上没有一样东西我想占有""没有一个人值得我羡慕"的领悟；让我们体味到张枣从汉语诗中提炼出的"甜"。诗歌作为关于精神生活的特殊知识，正在于它以本体征服了主体，使人生在毫无变化中千变万化。并且对每一个从事诗歌写作、从事诗歌研究行当的人，产生像橘子在暗夜散发出幽香那样的诱惑。

我想正是基于对诗歌神秘魅力的内在领悟，《江汉学术》的主创者才能拥有持续十多年的学术激情和韧性。他们要避开喧嚣的诗歌现场，在泡沫化的诗歌批评中沉淀真正的学术话题；他们也要避开日益僵硬的学报体规则，让更生动、独特的批评肉身得以出场。在我粗浅的理解中：《江汉学术》现当代诗学研究专栏以"专栏·专题·专家"的三专策略深入介入了对当代诗歌的学术诊断和主动建构。一方面尽量容纳对"当代"内部不同的阶段、传统、倾向、流派、思潮的探讨，另一方面又以更前瞻的问题意识反思当代内部日渐固化的话语方式。我们既看到它对"当代"诗歌研究失衡状态的勉力匡正，从其视域中窥见当代诗歌内部如"主体变迁""技艺更新""声音研究""倾向与经典"等诸多重要侧面。"现当代诗歌研究奖"植根于《江汉学术》营构的诗学传统中，本身也成为中国当代诗学研究的小传统之一。令我们敬重、感叹，并期望努力置身其中。就像刚才洁岷老师所描述的，"一切的新梦恍如旧梦"。对我来说，坐三千里的长途来到此时此地，既是再次确认诗歌在内心的重要位置，更希望再次在诸多前辈、师长、同道所构成的诗学小传统中获得长久的浸润。谢谢大家！

涂文学：

谢谢陈培浩先生！颁奖仪式到此结束，再一次感谢各位领导和嘉宾的光临指导！接下来有请大家合影留念。

注释：

① 录音内容由江汉大学现当代诗学研究中心夏莹、刘伊念整理。

——原载《江汉学术》2016 年第 1 期：22—32.

江汉大学特聘洛夫先生为荣誉驻校诗人

——2014 洛夫诗歌品读会在汉举行

2014 年，11 月 7 日上午 9 点，江汉大学特聘洛夫先生为荣誉驻校诗人仪式暨中国武汉 2014·洛夫诗歌品读会在江汉大学举行。

洛夫偕同夫人陈琼芳与来自武汉大学、华中师范大学、首都师范大学、中南财经政法大学、湖北美术学院、文华学院、湖北省作家协会、荆州市文联、湖北日报、长江文艺出版社、《中国诗歌》《中华传奇》杂志等高校、文艺团体和出版机构的学者、诗人、作家、画家以及江汉大学师生齐聚一堂，共同品读享誉海内外的我国台湾诗人洛夫的经典诗篇。

品读会由江汉大学武汉研究院副院长周建民教授主持。校长杨卫东教授为品读会致辞。

教育部名栏《江汉学术》"现当代诗学研究"主持人刘洁岷介绍了诗学栏目开栏十年来的业绩及该栏目对洛夫诗歌的研究情况，他将洛夫先生誉为"点词成金的'魔术师'"。在名栏建设过程中，在《江汉学术》编辑部暨江汉大学现当代诗学研究中心的策划下，2011 年结集出版了《群峰之上：现当代诗学专题论集》，2012 年颁发了"教育部名栏·首届现当代诗学研究奖"（获奖者：赖彧煌、姜涛、西渡、钱文亮、唐晓渡），2013 年举办了首届两岸现当代诗学研讨峰会，受到学界专家和教育部社科司的一致肯定。参会诗人、学者、艺术家对洛夫诗歌进行了精彩的品鉴，并与洛夫先生倾情互动。

会上，江汉大学人文学院播音主持专业的师生颇具专业水准地演绎、诵读了洛夫的《石室之死亡》《蟋蟀之歌》《与李贺共饮》等脍炙人口的诗篇，诗人们和江汉大学语言艺术团、海天涯诗社的师生也纷纷诵读献声，另外武汉诗人钱省（武汉方言）诵读了《众荷喧哗》，荆州诗人杨章池诵读了《长恨歌》选章。

会后，杨卫东校长为洛夫先生颁发了聘书，聘请他为江汉大学荣誉驻校诗人。洛夫先生在致辞时略带诙谐地说道："'驻校'是短暂的，而'荣誉'则意味着永恒。"随后，在诗人学者们和江大师生的热情提请下，配以洛夫儿子音乐人莫凡原创同名歌曲，洛夫诵读了三十多年前赠给太太的情诗《因为风的缘故》。

当天下午，洛夫先生移步江汉大学图书馆和美术学院，并现场挥毫，题写书法作品"酒是黄昏时归乡的小路""雪落无声"赠予江汉大学和《江汉学术》"现当代诗学研究"名栏。

　　附：洛夫简介

　　洛夫，本名莫洛夫，1928 年 5 月 11 日生于湖南衡阳。1949 年离乡去台湾，先后毕业于政工干校、军官外语学校、淡江大学英文系。他潜心现代诗歌的创作，写诗、译诗 70 年，对台湾现代诗的发展产生了重要的影响，同时在海内外享有盛誉，有"诗魔"之称。1954 年与张默共同创办《创世纪诗刊》，长年担任总编辑。1959 年开始发表系列组诗《石室之死亡》，1965 年结集出版，成为当时最受实验精神与创造性的诗人之一。并曾于 1961 年发表《天狼星论》，与余光中展开论战，1970 年代以后，则与颜元叔等学院派诗评家及笠诗社新世代成员有所争论，使他始终居于诗坛风暴的中心。

　　洛夫重要诗集另有《外外集》《酿酒的石头》《月光房子》等。1996 年移居加拿大温哥华，2009 年出版《洛夫诗歌全集》（台湾普音文化事业股份有限公司出版）。2013 年出版《洛夫诗全集》（江苏文艺出版社）。洛夫书法亦自成一家，多次应邀至全球各地展出，为艺坛所重。

会讯："大诗学"框架下新诗的文体与话语讨论

    江汉大学现当代诗学研究中心和北京大学中国新诗研究所共同举办的"2016年度现当代诗学研究论坛"，于2016年8月14—17日在北京成功举行。来自北京大学的姜涛，中国人民大学的张洁宇、姚丹，中国社会科学院的李哲、段美乔、周瓒，暨南大学的孙伟，厦门大学的刘奎，首都师范大学的张光昕、张桃洲，同济大学的李国华，中央民族大学的冷霜，福建师范大学的赖彧煌，韩山师范学院的陈培浩，浙江工业大学的颜炼军，西南交通大学的段从学，江汉大学的刘洁岷、夏莹等国内高校和研究机构的二十余名学者齐聚卧佛山庄，参与了这次会议。南京大学的范雪等，也向会议提交了论文。

    在为期三天的讨论中，与会学者从"作为文体的新诗"与"作为话语的新诗"的区别开始，梳理两种研究思路背后的问题意识和历史关怀，以近年来有代表性的学术成果为个案，认真探讨了如何摆脱话语错位的纠缠，让新诗研究历史化的问题。会议集中探讨的另一个话题，是研究者的社会历史位置与学术研究之间的互动。与会者结合各自的研究对象与问题意识，热烈而认真地讨论了如何在"大诗学"的视野中，通过恰当的历史对象，激活两者之间的嵌入式对话等问题。为着充分彰显近年来现当代诗学研究的方法与经验，挖掘新诗研究对于现当代文学研究的学术意义，论坛突破常规，在"大诗学"的框架下，把鲁迅、四十年代文学等，也纳入交流和研讨的对象。国家与地方、文学叙事与历史经验、个人在历史中的位置及其诗学装置的建构等话题，也因此而在这次会议上，得到了充分的释放和讨论。此届论坛成果将陆续在《江汉学术》"现当代诗学研究"名栏上推出。

    与会者还针对新诗研究的学术脉络与历史关怀，对诗学论坛接下一步的发展和走向，提出了不少建设性的意见。

《江汉学术》"现当代诗学研究"栏目获首届教育部名栏建设优秀奖

为进一步贯彻落实中央有关文化体制改革及繁荣社会科学的精神和部署，检阅"名栏工程"自 2004 年启动以来的办刊办栏成绩，总结期刊在导向、特色、创新方面的发展经验，经教育部社会科学司同意，由全国高等学校文科学报研究会、教育部"名栏工程"入选期刊联络中心主办的"导向·特色·创新——教育部名刊名栏建设研讨会暨名栏建设首届颁奖大会"于 2016 年 10 月 29 日在北京联合大学召开。

颁奖大会由全国高等学校文科学报研究会副理事长、秘书长，清华大学学报主编仲伟民主持；教育部社会科学司出版处处长田敬诚、中宣部出版局期刊处副处长杨震林、国家新闻出版广电总局新闻报刊司报刊处处长卓宏勇、北京市新闻出版局广电局报刊处处长喻萍、全国高等学校文科学报研究会理事长、北京师范大学学报主编蒋重跃出席大会并致辞。会上全国高等学校文科学报研究会原理事长、北京师范大学学报原主编潘国琪，教育部"名栏工程"入选期刊联络中心主任、中国地质大学学报主编刘传红，中国人民大学书报资料中心总编辑高自龙，南京大学中国社会科学评价中心主任王文军，全国高等学校文科学报研究会副理事长、南京大学学报主编朱剑，北京联合大学应用文理学院院长、北京学研究所所长、学报名栏"北京学"栏目主持人张宝秀等人也进行了有关名栏建设的精彩发言。

本次颁奖大会是教育部"名栏工程"启动以来的首次颁奖，经过严格评选，最终共有包括我校《江汉学术》"现当代诗学研究"栏目在内的 25 家期刊名栏获得"名栏建设优秀奖"；"现当代诗学研究"栏目负责人刘洁岷编审获得了"名栏优秀责任编辑奖"；"现当代诗学研究"栏目所发张桃洲教授的论文《去国诗人的中国经验与政治书写》获得了"名栏优秀论文奖"。